BRISÉÏS
La Chimère Maudite

BRISÉÏS

TOME 3 : LA CHIMÈRE MAUDITE

TIPHAINE SIOVEL

Irealistic

ISBN: 978-2-9591933-8-5

1

LA PREMIÈRE IDÉE

Seule au milieu du silence, la première roulotte de la place du Temps, rouge sombre, apparut au milieu d'un épais brouillard blanc comme un jouet perdu dans le néant. La porte arrière grinça, une femme remonta les pans de sa lourde robe de toile grise pour descendre les trois marches de fer forgé qui couinèrent sous son poids. Apercevant la troupe de résistants fatigués, elle leva haut le bras :

— Bienvenue, malheureux voyageurs !

— Ce n'est pas trop tôt, grimaça Aeneas, essoufflé.

Briséïs n'était pas fâchée non plus d'arriver. L'ascension depuis la Chine du VIIIe siècle avait duré de longues heures. Toute pause assise avait été exclue, pour ne pas risquer de faire perdre son équilibre à Aeneas, qui portait Leonel inconscient ficelé sur son dos.

Briséïs se sentait éreintée. Mais sa fatigue n'était rien à côté de celle du pauvre soldat grec. Il avait souffert le martyre dans cette montée interminable de l'escalier invisible, sentant ses forces décliner et ses genoux trembler. Un seul faux pas lui aurait valu une chute fatale…

— C'est un bien beau paquet que vous avez là, se moqua la femme en tripotant son épaisse tresse blonde. Vous l'avez porté pendant toute la montée ? Que comptez-vous en faire ?

— Le réveiller, belle dame, répondit Enndall, s'estimant suffisamment en sécurité pour lâcher la main d'Ohanko, et venir aider Meng à déposer Leonel contre la roulotte.

Aeneas s'écroula à son tour, dégoulinant de sueur.

— Bien joué, mon ami, fit Liz en lui tendant sa gourde d'eau. Tiens, tu l'as mérité.

Un vent changeant leur apporta soudain les apostrophes joyeuses des marchands. Le brouillard se leva d'un coup, révélant les étals. Comme lors de leur passage précédent, avant le voyage dans l'empire du Milieu, les marchands brandissaient leurs breloques sous le nez des passants. Les petits groupes habillés de blanc avançaient d'un pas plus ou moins assuré dans ce capharnaüm, au milieu des monts, grottes et océans de brume qui entouraient le plateau invisible de la place du Temps.

Ohanko s'agenouilla près de Leonel, lui tâta le front.

— Il me manque quelques herbes pour le réveiller. De l'eau et un peu de chaleur aussi, pour préparer une inhalation.

— Tout ce que vous voudrez, vous le trouverez chez Titi l'Herbe, s'enthousiasma la femme à la tresse blonde.

Elle frappa un loquet sur la façade de son logis qui se rétracta d'un coup pour laisser apparaître un large comptoir. Elle poussa un rideau, dévoilant une étonnante collection d'herbes séchées, et tira sur une chaîne, ramenant vers elle un chaudron d'eau déjà bouillante.

— Moyennant monnaie, bien sûr. Mais je ne suis pas difficile sur le mode de paiement, du moment que ça sonne quand ça trébuche.

— Vous saviez que nous arrivions avec un blessé ? s'exclama Ohanko, émerveillé.

— Oui, oh, vous n'êtes pas les premiers à qui cela arrive, si je puis dire.

— MANGE-CAUCHEMARS, ATTRAPE-TÊTARDS, TROUBLE-BÂTARDS ! MÊME SUR LA PLACE DU TEMPS, IL FAUT SAISIR LE MOMENT ! PROFITEZ-EN POUR ME FAIRE PROFITER, TANT QUE VOUS PROFITEREZ ! hurla un homme derrière elle, illustrant avec bonheur le propos de leur première hôte.

— On se sent chez soi, c'est rassurant, soupira Liz.

Ohanko préférait finir de soigner la blessure de Leonel avant de le réveiller. Ils s'assirent en tailleur autour de lui et le regardèrent travailler.

— Les marchands ont raison, c'est le moment ou jamais de s'équiper, déclara Enndall. À commencer par des miroirs réflecteurs de chimères. Ils devraient avoir les mêmes propriétés que les miroirs de feng shui.

Briséïs observa avec soulagement Liz et Meng acquiescer gravement. L'odeur putride du dragon hantait encore ses narines, et elle grelottait rien qu'à l'idée du contact des écailles humides sur sa peau. Elle avait profité de l'ascension pour leur raconter plus en détail comment le chancelier Li s'était servi du dragon pour tenter de la noyer dans la rivière de la tisserande, faisant tournoyer les grains de sable de son sablier pour contrôler la bête. Elle leur avait décrit comment, une fois son sablier récupéré, ce même dragon lui avait permis d'échapper avec Leonel à l'attaque de l'empereur. Meng autant que Liz avait pris son histoire très au sérieux. Il ne pouvait plus mettre sa parole en doute, après l'intervention de Shu Fang le fantôme, et les descriptions de Fu Tsi.

Briséïs était reconnaissante envers le fils de Meng, même si elle regrettait que Fu Tsi ne se soit pas plus dévoilé. Il n'avait raconté à son père que le strict minimum de son voyage d'apprenti Élite, et n'avait rien révélé sur la Citadelle qu'elle ne sache déjà.

— Fu Tsi vous a-t-il donné sa version des faits, à propos des tactiques de l'Élite depuis notre arrivée dans l'empire du Milieu? demanda-t-elle à ses amis.

Meng acquiesça :

— La Citadelle a commencé à me surveiller bien avant que je n'entre dans la résistance. Elle ne pouvait pas se douter que je serai recruté par le vieil homme, mais elle savait qu'un jour ou l'autre je poserai problème, parce qu'elle ne pourrait pas me soudoyer. Elle a fait en sorte que son gardien, Liang, se rapproche de ma famille pour m'avoir à l'œil. Quand je pense que je lui ai donné la main de ma fille… Il était comme un fils pour moi.

— Il n'est pas plus coupable que Fu Tsi, rappela Enndall. Fu Tsi nous a dit que les gardiens n'entrent jamais dans la Citadelle. Ils ne connaissent presque rien d'elle, parfois ignorent même l'identité de l'Alpha qui dirige leur région. Ils sont piégés autant que l'Élite, forcés à servir la Citadelle.

— Pourquoi ? Comment Liang est-il devenu gardien ?

— Fu Tsi n'a pas su nous le dire. Mais il nous a raconté le reste de l'histoire : Le chancelier n'a jamais eu l'intention de tuer Meng sur les quais, le jour de notre arrivée. Si son grand général - son bras armé, responsable de sa sécurité depuis plus de trente ans - était mort, l'empereur serait sorti de son état apathique. Il aurait écouté les conseils du ministre Xiao, qui comme Meng soupçonnait An Lushan depuis longtemps, et aurait pris les mesures nécessaires pour reprendre le contrôle. Tous les beaux travaux de l'Élite se seraient écroulés. Dès le départ, le but du chancelier en envoyant ces assassins perses était de faire monter la tension entre Meng et l'empereur. Son plan s'est précisé quand il a découvert dans le palais que nous faisions partie de la résistance. Il s'est servi du sablier pour capturer un dragon et préparer le lion à mourir durant l'opéra, et il a ordonné à An Lushan d'aller rejoindre sur la frontière du Nord-Est le fils aîné de Meng, Dewei.

— L'Élite ne s'est jamais trouvée en difficulté, enchaîna Liz. Le chancelier Li a tout maîtrisé du début à la fin. Il nous a permis d'observer suffisamment ses manigances pour nous inquiéter, mais jamais assez pour que nous puissions passer à l'acte. Il nous a fait tourner en rond comme des bourriques, le temps de monter l'empereur et Meng l'un contre l'autre.

— Et Dewei, dans tout cela ? A-t-il conscience de la présence de l'Élite ?

— Fu Tsi nous assure que non. La bataille dans le Nord-Est a duré trois jours. An Lushan est arrivé juste à la fin. Dewei a envoyé son rapport, et l'Élite l'a intercepté au palais afin d'attendre le bon moment pour le montrer à l'empereur. Fu Tsi pense que Meng est encore en vie, là-bas, parce que son esprit ici n'aurait pas pu survivre si son corps était mort. Soit Dewei n'a pas mentionné son père dans son rapport parce qu'An Lushan l'en a dissuadé, soit parce que Meng se trouve en bonne santé.

Meng leva les yeux au ciel, comme si Enndall venait d'énoncer la plus grande des âneries. Briséïs devait bien admettre qu'il était difficile d'imaginer Meng à la fois présent avec eux, et conscient quelque part dans l'empire du Milieu. Et pourtant, avec les voyages dans le temps, ce devait être possible.

— Le chancelier Li avait demandé à Liang de se rapprocher de Fu Tsi il y a quelque temps déjà, parce qu'il sentait qu'il avait des prédispositions, reprit Liz. Fu Tsi ne trouvait pas sa place dans sa famille, se sentait rejeté, inférieur. Il bouillait de cette injustice et avait soif de changement. Un candidat idéal pour la Citadelle. Ça a été une aubaine pour l'Élite, que Meng revienne juste avant les concours d'entrée de la fonction publique. Fu Tsi était à fleur de peau, mûr pour être cueilli par la forteresse. Liang a été chargé de soutenir Fu Tsi une fois qu'il avait été touché par une flèche d'angelot, jusqu'à ce qu'il passe dans la Citadelle et qu'il en revienne, prêt à dénoncer son père.

— C'est ce dont j'ai été témoin, confirma Briséïs.

Meng avait baissé la tête, le regard perdu dans de sombres pensées. Enndall posa une main réconfortante dans son dos :

— L'Élite a fait fort, en assénant son dernier coup avec ton fils. Mais elle a aussi pris un risque qu'elle a mal mesuré. Elle n'a pas pris en compte la force de l'amour filial.

— Hum, grommela Meng.

— Et An Lushan ? demanda Briséïs. Est-ce qu'il n'a réellement jamais eu l'intention d'assiéger Chang'an ? Est-ce qu'il ne fait pas partie de l'Élite ?

— Si, lui aussi est un Alpha, dit Enndall. Il n'existe qu'un Alpha par groupe d'élèves, mais l'empire du Milieu est grand, et pour le manipuler plusieurs équipes sont nécessaires. Le général An Lushan est responsable de l'Élite du Nord.

— Il y avait donc deux Alphas ? dit Briséïs estomaquée.

— Et les deux équipes d'Élite œuvrent ensemble pour qu'An Lushan prenne Chang'an par la force. Mais ils préféraient se débarrasser de Meng d'abord, pour se faciliter la tâche.

— Alors l'empire est toujours en danger. Sauf que maintenant, l'empereur a perdu toute confiance en son grand général, le seul qui puisse lui venir en aide…

— Au moins à présent je sais qui sont mes ennemis, dit Meng. Je compte bien avoir une petite discussion avec le chancelier Li, quand je pourrai rentrer chez moi pour de bon.

— En attendant, il faut prendre le temps de bien réfléchir, dit Liz. Il faut à tout prix définir notre plan d'attaque avant de nous jeter une nouvelle fois dans la gueule du loup. Allez, exercice de groupe. Qu'avons-nous appris d'utile dans l'empire du Milieu ?

— Nous savons que Meng avait raison, parce que les légendes sont effectivement l'arme de l'Élite, et les superstitions la raison pour laquelle elle prospère, dit Briséïs.

— Tu avais également raison, ajouta Liz, puisque ces légendes permettent aux chimères de descendre dans les niveaux du réel, et d'attaquer effectivement ceux qui ont peur d'elles.

— Oui, approuva Briséïs. Finalement je crois que nourrir les légendes sert trois objectifs de l'Élite. Premièrement, diriger le flux des chimères. À travers une légende générique comme celle de la tisserande, qui lie les principes de la cosmologie chinoise avec la réalité des neuf étages du Monde du Rêve ; ou à travers une légende spécifique à une chimère qu'elle souhaite faire descendre, comme un dragon. Deuxièmement, les légendes servent à faire peur et contrôler, comme nous l'avons vu avec ce dragon qui a provoqué un tremblement de terre, et qui a permis aux maîtres feng shui de dicter la marche à suivre pour l'apaiser. Troisièmement, les légendes sont utiles pour masquer les actions de l'Élite : la cour ne s'inquiétait pas de voir la direction de l'empire échapper à son empereur, sous prétexte que son idylle leur rappelait le romantisme de la légende de la tisserande.

— L'Élite maîtrise ses tactiques, résuma Ohanko. Elle sait très bien nous mener par le bout du nez en détournant notre attention de ses véritables plans.

— Et je suis le premier à être tombé dans le panneau dit Aeneas, avec mon histoire de pont des pies qui cache un escalier. J'avais tout faux.

— Tu n'avais pas tout faux, corrigea Briséïs : Les mises en scène physiques des légendes ne sont pas des lieux de passage, mais elles ont leur utilité : Elles attirent l'attention des peuples, amplifient leurs croyances, ce qui a pour effet d'attirer les chimères vers le réel. C'est presque la même chose. Il ne faut juste pas s'attendre à pouvoir couper ou détruire un passage. Même si les chimères pénètrent dans le réel uniquement à travers des œuvres d'art, ton idée nous a beaucoup servi pour comprendre le fonctionnement de l'Élite, Aeneas.

— Bien, dit Enndall. Quoi d'autre ?

Briséïs leva la main, rattrapée par les mauvaises habitudes du lycée.

— Il y a plusieurs points qui me dérangent encore. Par exemple, je sais qu'Aeneas ne pouvait pas voir le dragon parce qu'il n'était pas assez imprégné de la culture chinoise. Mais pourquoi les habitants de Chang'an n'ont pas tous vu le dragon, quand il a attaqué la ville ? La plupart sont beaucoup plus perméables à l'idée de chimères que Meng. Pourquoi ont-ils cru à un tremblement de terre ?

— Fu Tsi nous a donné la réponse à cette question, dit Aeneas. Certains ont vu le dragon, et c'est pour cela que la population en a conclu que le dieu dragon se fâchait. Mais s'ils ne l'ont pas tous vu, c'est parce que le dragon ne se trouvait pas au deuxième niveau de réalité, mais plus haut. Sur un disque que très peu de gens parviennent à voir. L'Élite l'a voulu ainsi : à chaque problème sa solution, et l'objectif ce jour-là n'était pas d'entretenir une légende de dragon, mais de faire accuser Meng. Alors l'Élite s'est adaptée. C'est ce que nous a dit Fu Tsi.

Briséïs sortit la sphère de Neil Cuba Junior, et la déplia au centre de leur cercle. Pour la énième fois, elle promena ses doigts entre les statuettes de chimères répandues sur les neuf disques dorés qui formaient la pyramide.

— Au dernier étage se trouve le Monde du Rêve, où chacun se rend la nuit dans ses songes, dit Briséïs, caressant les trois dragons au sommet, l'un surveillant le combat des deux autres. À la base se trouve le premier plan du réel, celui dans lequel aucune chimère ne peut se rendre en théorie, ajouta-t-elle, glissant un doigt sur le plus large des disques, dépourvu de chimères. Mais en réalité il leur suffit de pousser à travers les plans de réalité comme à travers un film invisible, pour nous atteindre. Ce qui rend le premier plan du réel presque plus dangereux, puisque les chimères peuvent nous attaquer sans être vues.

— Du moment que nous en avons suffisamment peur, ajouta Aeneas.

— C'est cela. Il nous faut donc modifier nos croyances pour

atteindre le deuxième plan du réel, où les chimères deviennent visibles. Mais à présent tu me dis que les chimères peuvent nous attaquer du troisième disque, encore plus difficile à atteindre pour les humains ?

— C'est ce que Fu Tsi nous a expliqué, j'en ai peur, répondit Liz.

— Et que fait-on des cinq autres disques, entre le troisième et le dernier, celui du rêve ? Faudra-t-il les monter un à un, pour se défendre des chimères ?

— Pas la peine de s'inquiéter à l'avance, dit Enndall de sa voix calme et rassurante. N'as-tu pas dit que le marchand de la place du Temps qui t'a vendu la statue pensait se trouver sur le cinquième étage ?

— Il m'aurait raconté n'importe quoi pourvu que j'achète sa marchandise, dit Briséïs, haussant les épaules. Il n'en avait pas la moindre idée.

— Repose lui la question tout de même tout à l'heure, s'il est encore là. On ne sait jamais.

— Hum… Fu Tsi vous a-t-il dit autre chose sur la façon dont l'Élite s'est servie de mon sablier ? J'ai l'impression que quelque chose ne colle pas. Qu'ont-ils réellement fait avec le dragon, dans la pagode ? Ils l'ont capturé, d'accord. Mais pourquoi l'avoir fait quinze jours avant d'avoir besoin de lui ? Qu'ont-ils fait d'une bête pareille, si longtemps ? Mais surtout, pourquoi ont-ils ensuite placé le sablier devant la cage du lion, pendant plusieurs jours ? Vous ne trouvez pas ça étrange ? J'ai l'impression qu'il nous manque un élément…

— Fu Tsi ne nous a pas tout raconté, répondit Meng. Je connais mon fils. Il y a des choses qu'il a jugé préférable de garder pour lui.

— Et que vous a-t-il dit à propos du fantôme ? Je veux dire… De ton frère défunt, Meng.

— Il n'y a pas de mal.

— Pourquoi Shu Fang a-t-il soufflé à Lo Shen cette histoire de carte-chanson qui nous aurait permis de trouver le passage de la Citadelle ? Est-il au courant des manigances de l'Élite ?

— Mon frère était déjà farceur de son vivant. Il n'y a rien qui l'amuse plus que de semer la confusion. Je ne crois pas que nous apprendrons un jour ce qu'il avait en tête. Mon fils a dû beaucoup argumenter pour obtenir son aide. Que je risque la mort ne lui faisait ni chaud ni froid. D'après Fu Tsi, il ne voit pas la mort comme une fatalité. Ce qui peut se comprendre, de son point de vue… Finalement c'est le sort réservé à Lo Shen qui l'a convaincu. J'ai bon espoir qu'il aide Fu Tsi à libérer les femmes de ma famille.

— Tu penses qu'il pourrait tout de même exister un passage construit par la Citadelle, Briséïs ? demanda Enndall. Un passage atteignable avec une carte-chanson ?

— Un passe qui ne mène pas seulement dans le Monde du Rêve, mais directement à l'intérieur de la Citadelle, peut-être… C'est avec une carte-chanson que mon ami Benji a retrouvé le portrait du docteur Richet dans la Citadelle. Celui qui est aussi accroché dans tous les services de l'hôpital d'où jc suis partie. Et c'est à travers ce même tableau que l'angelot m'a fait faire des allers-retours entre l'hôpital et la Citadelle. Puisqu'il existe au moins une carte-poème utilisée depuis des générations dans l'empire du Milieu, c'est une piste à garder en tête.

Meng s'éclaircit la gorge :

— Nous avons appris beaucoup de choses utiles dans l'empire du Milieu. Mais si avec tous ces éléments, l'art de Bai est la seule raison pour laquelle le chancelier Li était prêt à te tuer, Briséïs, alors c'est là que se cache notre moyen d'affaiblir l'Élite. Et c'est là qu'il faut concentrer nos efforts. Nous devrions acheter des pinceaux pour que Briséïs nous apprenne à peindre comme mon frère.

Enndall hocha la tête, un sourire au coin des lèvres. Reconnaître les qualités de son frère dans une telle déclaration avait dû coûter cher au général.

— Ça aurait pu être une bonne idée, mais il est trop tard, soupira Briséïs. Le feng shui appartient à la culture chinoise. Dès que nous atteindrons notre prochaine destination, il faudra tout recommencer depuis le début. C'est vraiment bête, toutes ces heures passées à dessiner le pinceau à la verticale, entre ciel et terre, pour être guidée par les mouvements du *tchi*… Garder le bras en l'air si longtemps, ça fait un mal de chien. Et tout ça pour rien. Je sais quand le déclic s'est produit, quand j'ai enfin compris l'art de ton frère : dans la carriole, en chemin vers la montagne du Cheval Noir. Ballotés comme on était, j'ai cessé de m'intéresser au résultat de mon dessin, et je me suis enfin concentrée sur le mouvement, comme Bai n'arrêtait pas de me le répéter. J'ai été si proche de pouvoir voir des chimères… C'est pour cela que j'ai aperçu le reflet du dragon dans le miroir.

— Le *tchi* est le nom donné par le peuple de Meng pour désigner une force, mais cette force doit être universelle, remarqua Ohanko. Ce nouveau savoir est en toi, tu pourras sans doute encore l'utiliser.

— Si la maîtrise du *tchi* représentait un danger uniquement dans l'empire du Milieu, Li n'aurait pas trouvé d'inconvénient à te laisser repartir comme le voulaient les angelots, renchérit Enndall.

— D'ailleurs à ce propos, fit Liz, pourquoi crois-tu que les angelots voulaient te laisser repartir ?

— Si seulement je le savais…

— La dernière fois qu'ils ont essayé de te tuer, ils pensaient encore que la lettre de ton père pouvait les incriminer, prouver qu'ils avaient commis une erreur en t'envoyant comme élève dans la Citadelle. C'était pour cette raison qu'ils voulaient se débarrasser de toi. Maintenant qu'ils ont compris que cette lettre n'a pas de valeur aux yeux de la Citadelle parce qu'elle n'a pas été écrite dans le réel, peut-être ont-ils changé de plan.

— Briséïs reste une présence dérangeante, qui leur rappelle qu'ils ont commis une erreur, dit Liz. Et s'ils espéraient racheter leur faute en livrant le vieil homme du désert à la Citadelle ? Peut-être espèrent-ils remonter jusqu'à la source de la résistance, maintenant qu'ils connaissent l'identité de Briséïs.

Ils réfléchirent en silence aux conséquences de la théorie de Liz.

— Ce serait une bonne nouvelle s'ils n'avaient plus l'intention de nous tuer, tenta Aeneas, toujours prêt à voir le verre à moitié plein.

— Sauf s'ils pensent avoir une chance d'anéantir une bonne fois pour toutes la résistance, dit Enndall.

— Si les angelots nous espionnent comme nous espionnons l'Élite, ce sera à celui qui trouvera les faiblesses de l'autre le premier, conclut Meng. Le temps va nous être compté.

— Il ne nous reste que la moitié du sable des marchands, remarqua Liz. Nous allons devoir jouer serré. Engager le contact avec les prochains autochtones rapidement mais rester méfiants, puisque n'importe qui peut se révéler être un membre de l'Élite, un gardien ou un futur élève.

— Madame Titi l'Herbe, puis-je avoir de votre eau bouillante ?

demanda Ohanko. J'ai fini mon travail avec notre blessé, il est temps de le réveiller.

Grâce à la décoction d'Ohanko, Leonel reprit connaissance brusquement et douloureusement, comme un homme à qui l'on jette un seau d'eau pour le débarrasser de sa gueule de bois. Les cris des marchands ne cessant de brailler les bienfaits de leurs marchandises achevèrent de le réveiller :

— GOBE-DOUTE TOUT-PUISSANT ! COMPTE-GOUTTE BONDISSANT ! CASSE-CROUTE SAISISSANT !

— QUI VEUT UN BEAU CADRE D'OR ? CHARPENTE INCASSABLE, OSSATURE PLIABLE, PORTRAIT ADMIRABLE ET PASSAGE IMPLACABLE !

— Faites-les taire, grogna-t-il en cachant sa tête sous ses coudes.

— Ils sont comme des coqs, y a que le soleil pour les faire taire quand il disparaît, gloussa la tisanière.

Leonel ouvrit un œil.

— Mais… fit-il en se redressant, vous êtes tous là ! Et… on est là !

Découvrant l'abîme sous ses pieds, il s'accrocha brusquement aux barreaux de la roue contre laquelle il était installé. Ohanko le poussa gentiment pour qu'il se rallonge.

— Nous avons été sauvés par un fantôme et vous par un dragon que Briséïs a su capturer.

— Quoi ? Aïe ! Qu'est-ce qu'elle est encore allée vous raconter ?

— Et si vous le mettiez à la page le temps que j'aille faire un tour ? répondit Briséïs, démangée par l'envie de lui asséner un bon coup de pied. Liz, je peux t'emprunter quelques kalours ? Je dois aller acheter de l'encre.

— Arrête de faire ton gros bébé Leo, sourit cette dernière en piochant dans son sac à bandoulière pour tendre à Briséïs quatre pièces de papier mâché, il n'y a que les idiots qui ne changent pas d'avis. Et il faut bien voir la réalité en face : les chimères existent, qu'on le veuille ou non.

Briséïs avait repéré un grand étalage où acheter de l'encre. Elle se frayait un chemin dans la foule lorsqu'une épaisse nébuleuse envahit la place du Temps. Elle ne vit bientôt plus dans cette purée de pois que le bout de son nez. Elle tenta de retrouver l'étalage en se guidant grâce aux voix des camelots, pour une fois bienvenues, mais buta contre le comptoir d'une roulotte.

— Excusez-moi, je cherche à acheter de l'encre, pourriez-vous m'indiquer où en trouver ?

Personne ne lui répondit. Tout à coup le nuage s'éclaircit, et dans la brume blanche apparut la silhouette d'un marchand assis en tailleur, les yeux dans le vague. Devant lui s'étendait une impressionnante collection de sabliers de toutes tailles. Modernes ou antiques, sculptés de motifs raffinés, mais tous recouverts d'une épaisse couche de poussière.

— Je vous reconnais, vous ! s'exclama Briséïs.

Elle se retourna pour chercher le marchand des cartes du temps qui s'était trouvé en face, la fois précédente. Il lui adressa un sourire amical, à peine visible dans la brume. Elle traversa la rue pour aller le saluer.

— Bonjour ! Vous vous souvenez de moi ? Je suis venue il y a quelque temps.

— Naturellement jeune fille ! Je me souviens de vous comme si c'était hier ! Comment va notre belle théorie du temps de Neil Cuba Junior ?

— Justement, je voulais vous demander : où avez-vous trouvé cette sculpture ? Quelqu'un est-il venu vous l'apporter ?

— Oh, vous savez, j'en reçois tous les jours, et depuis la nuit des temps, s'excusa-t-il. Je ne garde pas de comptes, pensez-vous. On me l'a apporté, oui, c'est sûr, mais qui, et quand…

— Je comprends, soupira-t-elle. Dites… À propos de la théorie du temps de Neil Cuba Junior… Sur quel disque du réel pensez-vous que nous nous trouvions en ce moment ?

— Ça c'est une question plus facile ! Je dirais le quatrième.

— Ah… Bien, merci.

— Non, attendez, non plutôt le sixième. Oui, c'est ça, le sixième.

— Si vous le dites… répondit Briséïs.

Le vieil homme aux sabliers, maintenant bien visible de l'autre côté de la rue, ne semblait pas avoir bougé d'un pouce depuis le dernier passage de Briséïs sur la place.

— Dites, le marchand de sabliers en face, est-ce que c'est le seul de la place ?

— Le seul et unique, mademoiselle !

— Merci.

Briséïs traversa à nouveau la rue, s'éclaircit la gorge pour couvrir le brouhaha de la foule.

— Bonjour ! J'ai déjà un sablier, mais il manque du sable, je l'ai perdu. Pourriez-vous m'en vendre séparément ?

Peut-être bénéficieraient-ils de plus de temps dans la prochaine époque si elle parvenait à recharger le sablier ? Ne le voyant pas réagir, elle se risqua à promener ses doigts le long des beaux instruments de mesure. Elle en souleva un, révéla un rond de poussière parfaitement dessiné sur le comptoir. Elle sortit son sablier de sa sacoche et le tendit à hauteur d'yeux.

— Si je pouvais le remplir jusque-là, ce serait l'idéal.

Enfin le vieux marchand daigna tourner la tête. Il extirpa un bras de sa vieille toge cramoisie et lui montra trois doigts.

— Trois, acquiesça Briséïs, soulagée. Pas de problème.

Elle sortit trois kalours et les lui tendit. Le vieux marchand plissa les yeux, siffla dans sa barbe et son bras rentra à l'abri de sa toge comme un serpent dans sa tanière.

— Trois yens.

— Bon, trois yens, acquiesça Briséïs.

Elle partit chercher l'aide de Meng puis revint, ses trois pièces en main.

— Tibétains. Cinquième dynastie, grogna le vieux marchand.

— Mais c'est impossible ! s'emporta-t-elle.

Le vieil homme resta de marbre. De loin, le marchand de calendriers lui fit un signe de sympathie, riant sous cape. Briséïs chercha un ton plus diplomate :

— Écoutez, j'en ai vraiment besoin. Si vous pouviez me dire au moins de quelle époque date la cinquième dynastie… Est-ce qu'il n'y a pas moyen de s'arranger ?

— Il n'a pas changé d'avis depuis des millénaires, tu ne crois pas qu'il va faire une exception pour toi ? remarqua un jeune homme en s'arrêtant près d'elle.

Le sourire espiègle, les yeux clairs pétillants de malice et les traits doux du jeune homme firent réaliser à Briséïs que pour une fois, elle n'était pas la plus jeune. Cela la mit de bonne humeur. Comme si, bizarrement, elle retrouvait un vieil ami.

Il repoussa ses longs cheveux noirs en arrière, fit rouler ses muscles d'athlète sous sa chemise de résistant, presque impudent.

— Pourquoi s'acharner à vouloir acheter un vieux sablier plein de poussière ?

— C'est du sable que je cherche. Peut-être que je pourrais en trouver ailleurs…

— Du sable ?

— J'ai déjà un sablier, expliqua-t-elle en le lui montrant.

— Tu veux mettre du sable ordinaire dans un sablier des marchands de sable ? s'esclaffa bruyamment son nouvel ami. Mais tu vas le ruiner, ton pauvre sablier ! On ne mélange pas de la poudre d'idée avec du sable ordinaire !

— De la poudre d'idée ?

— Depuis combien de temps voyages-tu ?

— Je ne sais pas… J'ai découvert deux espaces-temps.

Le jeune homme s'appuya contre le comptoir du vieux marchand pour mieux la regarder de haut en bas.

— Le sable vient de la récolte des fleurs de rêve, avant que les fées ne transportent les idées dans le réel. Tu connais l'histoire des fées ?

— Bien sûr… Je crois, ajouta-t-elle, n'ayant qu'un souvenir incertain de leur discussion avec le premier groupe de résistants qu'ils avaient rencontré en remontant de Grèce.

— La première fée a offert la notion de temps en cadeau à l'homme qu'elle aimait, pour qu'il puisse se projeter dans l'avenir, inventer la culture de la terre et prospérer.

— Parce qu'ainsi l'homme eut du temps à lui consacrer, poursuivit le jeune homme. Et quand il mourut, la petite fée répandit d'autres idées du Monde du Rêve dans le réel en son honneur, et des milliers d'autres fées l'imitèrent ensuite. Naturellement c'est une image, la première idée de l'homme n'a pas été l'agriculture. Et le jeune homme n'est pas mort, du moins son esprit a survécu, dans le Monde du Rêve. C'est ensemble qu'ils ont décidé de répandre d'autres idées dans le réel. Et de temps en temps, ils remplissent un sablier pour aider un groupe de résistants.

— Les marchands de sable ? fit Briséïs ahurie. L'homme et la fée sont les marchands de sable ?

Le jeune homme haussa les épaules, amusé.

— C'est une théorie. Ce qui est certain c'est que le sable dans leurs sabliers n'est rien d'autre que de la poudre d'idée à l'état pur.

— Nous avons découvert une histoire un peu similaire dans la dernière époque que nous avons visitée, dit Briséïs. Un homme tombe amoureux d'un être céleste, une tisserande de nuages, qui lui offre quelque chose pour qu'il puisse la rejoindre. Dans cette histoire elle fait descendre un fil de soie pour permettre à son amoureux de gravir les neuf étages du ciel. Nous avons supposé que la légende ne devait pas raconter seulement une histoire d'amour, mais illustrait aussi le passage des chimères entre les deux mondes.

— Vous avez vu juste. Les histoires du monde réel ne sont que des variantes de celles du Monde du Rêve. Et l'histoire de la première idée est surtout l'histoire du passage des chimères dans le réel, puisque les chimères sont faites de poudre d'idée.

— Quoi ? Comment cela ?

— Tout ce qui naît du Monde du Rêve est issu des fleurs de rêve. Les chimères naissent dans nos rêves, elles sont donc faites de poudre d'idée.

— Briséïs ! Tu es là, s'exclama Liz, surgissant de la foule. Tu n'as presque pas mangé ni dormi depuis deux jours. Tu as des cernes à faire peur. Meng a acheté de quoi faire une bonne tambouille, viens par là avant de tomber d'inanition.

— C'est que…

— Ton nouvel ami n'a qu'à venir, s'il veut, ajouta-t-elle en la prenant par les épaules. Moi, je ne te lâche plus tant que tu n'as pas avalé quelque chose.

Ils s'assirent au milieu de la place du Temps, et le nouvel ami de Briséïs répéta son histoire au groupe.

— Comment es-tu certain qu'il s'agit de poudre d'idée ?

demanda Leonel, une compresse de fortune appliquée sur son crâne endolori.

— N'avez-vous pas remarqué que le sable ne coule pas de façon régulière ? répondit le jeune homme. De combien de temps avez-vous disposé dans votre première époque ?

— À peine trois jours, dit Aeneas.

— Et dans la suivante ?

— Plus de quinze jours.

Le jeune homme sourit.

— Le sablier représente votre idée du temps. Le temps dont vous pensez disposer dans chaque époque. Tout dépend de vous.

— Les marchands de sable auraient pu nous prévenir, remarqua Briséïs. Si nous avions su…

— Ce n'est pas si simple, le sablier obéit à une partie de toi que tu peux difficilement maîtriser. Tout se joue là, dans ton inconscient, dit-il en tendant le bras pour lui tapoter la tempe.

— De même que pour nos croyances ?

Le jeune homme hocha la tête.

— Difficiles à maîtriser, mais pas impossibles. Tu ne pourras pas retrouver de la poudre d'idée ici. Mais tu peux tenter de faire durer votre prochain voyage plus longtemps.

— Comment ?

— En visualisant que les grains tombent lentement. En prenant le temps de souffler, pour ne pas te laisser submerger par la sensation de manque de temps… Et bien sûr en évitant de te faire piquer à nouveau du sable. Comment est-ce arrivé, la dernière fois ?

— Un membre de l'Élite Alpha s'en est emparé pour emprisonner une chimère.

— C'est effectivement la seule façon de capturer une chimère. Seule une idée peut emprisonner une autre idée.

— L'Alpha m'a aussi dit que des angelots qui nous recherchent m'ont retrouvée grâce à la signature de mon sablier. Ils m'avaient localisée à l'aide de leur insigne dans notre première époque, puis je me suis servie devant eux du sablier pour relancer le temps qu'ils avaient arrêté. L'Alpha a utilisé le même sable pour emprisonner une chimère dans la deuxième époque.

— L'Alpha t'a dit la vérité. Pour les chimères, le monde réel est aussi flou et illogique que le royaume du rêve pour nous autres mortels. La seule façon pour eux de ne pas s'y perdre est de trouver des points d'ancrage issus de leur monde. Imaginez le pont qu'empruntent les chimères comme une corde tendue : il faut quelqu'un de chaque côté pour la tenir. Le sable du couple du désert quand il vole à l'intérieur des bulbes de verre, un insigne si quelqu'un porte son attention sur lui, la cloche qu'un membre de l'Élite fait sonner, une œuvre d'art lorsqu'elle est créée ou observée…

— …Et la mise en scène d'une légende vécue par un peuple ?

— Précisément.

— Tu as l'air d'en connaître un rayon sur les chimères, remarqua Leonel d'un ton légèrement agacé. C'est quand même bizarre : la dernière fois qu'on est passés par ici, chacun en était encore à se demander si elles existaient vraiment.

— Eh oui, c'est ça le truc, répondit le jeune homme en riant. Ici, on ne rencontre que les gens qu'on est prêt à rencontrer. C'est très agaçant, il faut bien le reconnaître, même après plusieurs mois.

— Toi et ton groupe, vous avez visité beaucoup d'époques ? demanda Enndall.

— Il ne nous en reste plus qu'une.

— Et vous avez rétabli le flux ? Vous avez viré du réel les chimères contrôlées par la Citadelle ?

— On essaye, du moins…

— Comment ?

— Au début, on a tenté les trompe-l'œil. Beaucoup de légendes parlent de paysages si réalistes que l'on peut y pénétrer. On a peint beaucoup de paysages. On peignait les chimères aussi, pour les attirer, et elles venaient tout près. Mais aucune chimère n'est assez bête pour foncer tête baissée dans une toile solide.

Même merveilleusement réalisé, un trompe-l'œil ne semblait pas suffire pour créer un passage. Briséïs fronça les sourcils. Ils se heurtaient aux mêmes problèmes que les passeurs de la Citadelle. Elle avait imaginé que les passeurs étaient bloqués du fait de leur nature humaine. Mais peut-être s'était-elle trompée.

— À quel niveau du réel se trouvaient ces chimères que vous faisiez venir ? demanda-t-elle.

— Au deuxième, celui qui nous permet de les voir.

— Ce n'est probablement pas le bon. J'ai eu l'occasion d'observer des chimères sortir de tableaux à partir d'un plan qui leur était réservé. Il faut faire passer les chimères à travers les tableaux quand elles sont sur un disque plus élevé.

— Mais si elles sont sur un disque plus élevé, elles sont déjà dans le Monde du Rêve, et c'est précisément pour les renvoyer dans le Monde du Rêve que nous essayons de les forcer à traverser des tableaux. Les chimères descendent dans le réel à travers les œuvres d'art. Nous voulions leur faire prendre le même chemin dans l'autre sens.

— Ah oui, zut, bien sûr… Pardon… Je ne crois pas que les trompe-l'œil soient la solution. Je sais que c'est tentant. J'ai moi-même vécu ce sentiment de pouvoir pénétrer à l'intérieur d'une peinture, dans la Citadelle, quand j'ai regardé un tableau représentant la légende de la forteresse : le dragon noir de l'esprit et le rouge du cœur, se battant sous le regard du dragon turquoise de la sagesse. Les herbes hautes de la prairie me paraissaient si réelles, je sentais presque la brise me caresser le visage. Mais c'était un leurre. Je me demande même si la Citadelle n'expose pas ces peintures-là justement pour détourner l'attention. De pauvres passeurs que je connais semblent tenter de s'échapper par des trompe-l'œil depuis des années. Le niveau de précision de leurs peintures est impressionnant. Pourtant ils en sont toujours au même point.

— On est arrivés aux mêmes conclusions. La prochaine fois, on va se contenter de brandir un de ces cadres vides que vendent les marchands ici. La chimère sera peut-être l'élément qui transformera le paysage en tableau. Et nous ajouterons les babioles que nous recommanderont les marchands. Il doit y avoir une raison pour que tous ces objets se soient retrouvés sur la place du temps. Au fil des siècles les équipes de résistants ont dû leur trouver une utilité. Nous les avons imaginés comme les pièces d'un puzzle. Personne n'a encore réussi à les assembler toutes dans le bon ordre, mais en cherchant un peu, nous parviendrons peut-être à trouver la combinaison d'outils qui forcera les chimères à traverser les étages dans l'autre sens.

— Vous avez presque fini votre voyage, et vous n'avez encore jamais réussi ?

Le jeune homme sourit à Leonel :

— Nous avons découvert beaucoup d'éléments qui pourront servir aux prochains. Un jour, quelqu'un trouvera la solution.

— Mais renvoyer les chimères dans le Monde du Rêve n'est qu'une première étape, pour affaiblir la Citadelle ! fit Briséïs. Après il faudra découvrir qui est son Grand Gestionnaire, et comprendre ce qu'il gagne à contrôler le monde. *Ensuite* seulement pourrons-nous espérer trouver son Grand Secret, qui lui permet de rester cachée. À ce rythme, il faudra encore des siècles pour en arriver là !

Le jeune homme haussa les épaules :

— Oui, ce n'est pas impossible. Mais la quête des résistants a démarré depuis plusieurs siècles, alors ce n'est pas si grave. Ici ça n'a pas tellement de sens, puisque le temps n'existe pas.

Briséïs plongea son regard dans l'abîme, cherchant à calmer l'angoisse qu'elle sentait monter. Elle ne pouvait se permettre d'attendre que d'autres trouvent la solution, quelques années ou quelques siècles plus tard. En devenant élève de la Citadelle, elle avait signé un contrat. Si elle parvenait à la fin des neuf mois que lui accordait l'école secrète avant d'avoir trouvé le moyen de la vaincre, c'en était fini pour elle. Elle passerait le reste de sa vie écartelée, son esprit prisonnier de la forteresse comme tous les élèves ratés, son corps étendu tel un légume dans la maison de banlieue de sa mère.

— Tu peux voir les chimères, alors ? demanda Liz au jeune homme.

— De temps en temps, pas toujours. Mais on peut au moins les deviner. Cet Alpha à qui tu as parlé, es-tu parvenue à lui prendre sa bague et sa cloche ?

— Je… J'aurai sans doute pu, répondit Briséïs, mais à vrai dire sur le moment je n'y ai pas pensé.

— Dommage… Nous avons essayé plusieurs fois, mais les Alphas sont rarement seuls.

— C'est grâce aux angelots que nous sommes toujours en vie. Ils avaient demandé à l'Alpha de nous laisser partir. Mais pourquoi ?

— Pas la moindre idée. À votre place, je ne baisserais pas ma garde. Il faut se méfier des angelots comme de la peste, ils sont très intelligents.

— As-tu entendu parler d'une carte-chanson, pour accéder à un passage de la Citadelle ? demanda Meng.

— Carte-chanson ? Non. J'essayerai de me renseigner.

— Llyr ! Il faut y aller, dépêche-toi !

Le jeune homme se retourna, fit un geste de la main.

— Ouais, ouais, ça va, j'arrive ! Je suis désolé les amis, mais je dois vous laisser. Même dans un hors-temps, on passe son temps à courir. Bonne chance.

— Llyr, c'est ton nom ? demanda Briséïs, stupéfaite.

Voilà où elle avait cru reconnaître ce visage, ce regard. Dans un Llyr beaucoup plus âgé.

— Tu viens de Sparte ? demanda Aeneas, lui aussi interloqué.

— On dirait que c'est peint sur mon visage ! s'exclama Llyr, amusé.

— Llyr ! On y va maintenant !

— J'arrive ! Ce qu'ils peuvent être fatigants à la longue, je vous jure !

— As-tu déjà vu cette lettre ? demanda Briséïs, dépliant précipitamment la lettre de son père.

— Non, jamais. C'est quoi comme langue ?

— Du français. Un messager viendra te l'apporter un jour, plus tard. Je crois… Si tu la reçois, il faudra que tu la gardes très précieusement. Si tu pouvais demander son nom au messager… Tu ne me le donneras pas – je veux dire, tu ne m'as pas donné de nom, mais on ne sait jamais, peut-être que parfois, les choses changent.

— On va se revoir, alors, fit Llyr. Dans longtemps ?

— Assez, oui. Quarante ans peut-être, je ne t'avais pas reconnu.

Llyr éclata d'un rire franc.

— Je ne mourrai pas jeune alors !

Le sourire de Briséïs se crispa. La prochaine fois qu'il lui dirait au revoir, il n'aurait plus que quelques instants à vivre. Il allait être exécuté par une harpie en même temps qu'Imène, la femme d'Aeneas. Quelle sensation bizarre, quel étrange secret à garder… Y avait-il sur cette place, autour d'elle, quelqu'un qui sache déjà comment elle, Briséïs, mourrait ?

— Ne t'inquiète pas, je la garderai au chaud ta lettre, ajouta Llyr, interprétant son mal-être de travers. Allez, ne perdez pas courage les amis !

— Quel fanfaron, maugréa Leonel, la main sur le front, une fois le jeune homme parti. Il m'a fait mal à la tête, à gueuler comme ça.

Briséïs regarda Llyr s'éloigner dans la foule de costumes blancs, considéra la lettre ouverte dans ses mains. Elle aurait dû profiter de la situation pour lui poser plus de questions. Combien de fois avaient-ils eu l'occasion d'en apprendre autant ?

— Attention ! cria un homme qui portait un gobelet fumant.

Un mouvement de foule bouscula Briséïs, plantée au milieu de la place. Un peu de café gicla sur sa lettre.

— Désolé mademoiselle.

— Ce n'est rien, fit-elle, agacée, tamponnant le liquide de sa manche pour ne pas abîmer la lettre.

Des taches brunâtres se formèrent, dessinant de petites étoiles sur le papier blanc. L'une d'elles, plus grande, entourait le nom de son père en bas de la feuille. Briséïs la reconnut aussitôt, et en elle, tout s'effondra.

— Ça va ? lui demanda Aeneas en la voyant toute pâle.

— C'est celle-là…

— C'est celle-là quoi ?

— Qu'il doit recev… Où est-il ?

Fouillant la foule du regard, elle aperçut le groupe de Llyr au bord de la place. Ils se tenaient déjà la main, en file indienne, pour reprendre leur chemin.

— LLYR ! ATTENDS ! cria-t-elle, se lançant à leur suite en brandissant la lettre.

Par chance, Llyr avait l'ouïe plus fine que le facteur. Il se retourna et attendit qu'elle le rejoigne.

— C'est moi, c'est moi qui dois te la donner, laissa-t-elle échapper, essoufflée, en lui plaquant la lettre dans les mains. Je viens de m'en rendre compte. Tu me la redonneras quand tu me reverras.

— Dans quarante ans, oui, ça va, j'ai compris, rit-il, glissant la lettre dans sa besace. Bon alors bonne vie, et à pas si bientôt !

Briséïs regarda le groupe s'éloigner avec une pointe au cœur. Elle lui avait abandonné son seul lien avec son père. Elle aurait dû recopier le texte. Elle avait beau avoir lu la lettre une centaine de fois, elle avait beau croire la connaître par cœur, ce n'était pas la même chose que de l'avoir entre les mains ou contre sa poitrine, de pouvoir la relire quand bon lui semblait, dès qu'elle se sentait perdre pied. Et puis elle connaissait la suite de l'histoire. Elle ne reverrait plus sa lettre.

Quelle étrange chose, se dit-elle, toujours accrochée à la vision du petit groupe s'éloignant dans le vide. Llyr avait reçu la lettre grâce à leur rencontre sur la place du Temps, qui n'aurait pu avoir lieu s'il ne lui avait pas d'abord transmis la lettre, à Sparte. Elle en perdait son français.

Benji aurait une réponse, il en avait toujours une. Elle fut soudain prise d'une envie d'écrire, comme chaque fois qu'elle sentait la réalité lui glisser entre les doigts. Il lui fallait de l'encre.

— Courrier.

Briséïs tourna la tête et son cœur fit un bond dans sa poitrine.

— Le facteur ! s'écria-t-elle.

— Toujours le même, répondit celui-ci, de bonne humeur.

Il portait son képi jaune, l'ombre de la visière descendant jusqu'à sa moustache, plus courte que lors de leur première rencontre. Il semblait attendre quelque chose d'elle.

Elle réalisa tout à coup qu'il lui tendait un papier plié en deux. Elle le déplia, et son cœur fit un nouveau bond.

Elle tenait dans ses mains la lettre de son père, sur du papier encore plus immaculé que la première fois. Pourtant il s'agissait bien de la même lettre. Elle l'avait suffisamment étudiée pour reconnaître chacune de ses imperfections, chaque hésitation du trait.

— Qui vous l'a donnée ? demanda-t-elle avant qu'il n'ait l'idée de s'échapper.

— Toi.

Elle l'étudia un instant, pour voir s'il se moquait d'elle. Mais il avait l'air très sérieux.

— Je ne m'en souviens pas…

— Parce que tu me l'as donnée dans ton futur. Tu m'as dit de te la donner dans ton passé.

— J'ai dit ça ?... Et pourquoi vous me la donnez maintenant précisément ?

— Ben je ne vais pas te la donner à un moment où tu l'as déjà ! On ne peut pas mettre un objet deux fois dans le même espace-temps ! Sous prétexte que ça a l'air d'être le bazar, les gens s'imaginent qu'on peut faire n'importe quoi. Il y a des règles, quand même.

Il n'avait pas l'air pressé de partir. Les yeux brillants, il l'observait se débattre pour mettre de l'ordre dans ses pensées.

— Quand est-ce que je me la suis envoyée ? balbutia-t-elle.

— La première fois, ou les fois d'après ?

— Je me la suis envoyée plusieurs fois ?

— Tu *vas* te l'envoyer plusieurs fois. Nuance.

— Combien de fois ?

— Oh là ! j'ai perdu le compte !

— Mais pourquoi ?

— Qu'est-ce que j'en sais moi, tu ne me l'as pas dit... C'est peut-être pour t'envoyer des indices.

— Des indices ?

— Tu sais, pour guider ton passé vers ton futur, avec les connaissances que tu as dans ton futur.

Briséïs acquiesça pensivement, parcourut les phrases si familières. S'il y avait là des indices ajoutés au texte d'origine, ils étaient vraiment bien cachés.

— Pourquoi je ne me dirais pas les choses simplement, au lieu de me laisser des indices ?

— Peut-être que justement, tu t'es rendu compte que tu ne pouvais pas tout te dire. Alors tu te laisses des clés à découvrir petit à petit. C'est facile pour toi d'imaginer ces indices, puisque tu sais déjà quand vont arriver les événements qui vont t'aider à comprendre tes indices.

À présent, le facteur semblait réellement s'amuser. Briséïs répondit d'une petite grimace dubitative.

— C'est tordu, votre histoire...

Il haussa les épaules.

— C'est juste une hypothèse. Ça concorde avec ce que dit ton père.

Il pointa un paragraphe du doigt et récita :

— *Il faut respecter l'ignorance du passé, car les erreurs qu'elle engendre nous poussent à construire l'avenir.*

— Vous l'avez lue ? s'exclama Briséïs, repliant la lettre dans un geste protecteur.

— Elle était ouverte, ce n'est pas de ma faute.

Briséïs glissa le papier dans son sac. Si elle se renvoyait effectivement la lettre, il faudrait qu'elle fasse plus attention à la protéger.

— J'ai écrit une lettre pour vous faire revenir. C'était il y a quelques semaines, vous n'êtes jamais venu la chercher.

— Je ne manque jamais une lettre ! s'offusqua le facteur.

Briséïs extirpa de son sac la lettre écrite à son père avant son épopée en Chine. Heureusement, elle n'avait pas eu l'idée de s'en débarrasser.

Le parchemin roulé et maintenu par une ficelle, bien écrasé après quelques semaines mouvementées, éveilla tout de suite la curiosité du facteur. Il ne chercha pas à l'ouvrir mais caressa du doigt le nom, Lucien Riccetti, écrit le long du rouleau.

— Avec quoi as-tu écrit cette lettre ?

— Une plume.

— Je peux la voir ?

Briséïs sortit sa plume tachée de noir, plus soigneusement rangée sur le dessus du sac.

— Tu écris avec ça ? s'exclama le facteur, refusant de prendre la plume qu'elle lui tendait. Mais pourquoi tu fais une chose pareille ? C'est dangereux, les plumes d'angelot !

— Une plume d'angelot ? Pourquoi est-ce dangereux ? demanda-t-elle, étudiant sa plume sous un nouveau jour.

— Parce qu'elles fonctionnent avec les règles déviées de la Citadelle ! Forcément que je ne l'avais pas vue, ta lettre ! Je travaille pour le rêve libre, moi !

— C'est vraiment dangereux ?

— On ne sait jamais ce que l'on risque avec la Citadelle, mais quand le mal est fait, c'est trop tard pour revenir en arrière ! De toute façon, Lucien Riccetti n'est pas joignable. Je ne peux faire passer des lettres qu'entre les voyageurs et lui ne voyage pas, je ne le trouve pas. C'est celui qui a écrit la lettre, non ? C'est ton père ? Désolé, mais tu ne pourras lui parler que lorsque tu auras fini ton voyage.

Bon ! Le devoir m'appelle, s'exclama-t-il en enfourchant son monocycle. Ne fais pas trop de bêtises, et j'espère bien ne plus te revoir de sitôt !

Un coup de pédale suffit à faire basculer le vélo dans le vide. Le facteur chuta comme une pierre, pédalant à toute vitesse, jusqu'à ce que de petites ailes se déploient de chaque côté de la roue, permettant au monocycle de reprendre doucement sa course entre les nuages.

— Tout va bien ?

Enndall était venu la rejoindre. Il passa un bras autour de ses épaules.

— Oui, répondit Briséïs, refermant d'une main la toile de son sac pour mieux dissimuler la plume qu'elle venait de ranger. Llyr a promis de nous aider, le temps venu.

— Je me doute bien, répondit Enndall. Je veux dire, c'est ce qu'il a fait finalement, non ?

— Enndall, sur quel étalage as-tu acheté ta plume ?

— Ma plume ?

— Pour écrire.

Le chevalier retira son bras.

— Pourquoi veux-tu que je me sois acheté une plume ? Tu sais bien que je ne sais pas écrire.

Briséïs se tue un instant. Elle avait oublié ce détail.

— Pardon, c'est juste que j'ai perdu la mienne, se rattrapa-t-elle. Je pensais que je pourrais peut-être en racheter une, mais je n'ai pas d'argent non plus, alors si je pouvais utiliser celle que…

— Tu ne peux pas écrire avec la plume de l'angelot, c'est beaucoup trop dangereux, rétorqua-t-il, posant lui aussi une main protectrice sur son sac. On ne sait pas quelle magie y est reliée. Elle nous a déjà fait repérer une fois en Grèce, on ne va pas prendre de nouveaux risques.

— Non, bien sûr, tu as raison, l'assura-t-elle, bouillonnant à l'idée qu'il ait repris la plume de l'angelot en Grèce sans le leur dire.

Quant à elle, elle aurait dû se douter de son origine : il fallait bien une plume pareille pour la transporter dans la Citadelle. Elle avait refusé de voir l'évidence, trop intéressée par l'usage qu'elle en faisait….

— J'emprunterai celle d'Ohanko.

— De toute façon, nous avons décidé de dépenser tout l'argent de Meng : il n'en aura plus besoin avant son retour dans l'empire du Milieu. Ohanko a proposé de reprendre l'idée de Llyr pour attraper les chimères. Je pense qu'il a raison. Nous avons quelques courses à faire, il faudra trouver ensemble ce qui pourrait nous être le plus utile, hormis des pinceaux de feng shui. Viens, si tu veux une nouvelle plume, on t'en achètera une.

Les autres se trouvaient déjà devant un étalage de miroirs, testant la taille et le poids de chaque objet. Liz se scandalisait de ne trouver aucun miroir pliable. Après le miroir – un modèle assez simple, non pliable –, ils se penchèrent sur les pinceaux et quelques cadres de tableaux, pliables cette fois.

Il ne s'est rien passé, je n'ai rien à me reprocher, se répétait Briséïs tout en achetant de l'encre. Si les angelots avaient utilisé la plume pour s'introduire dans le groupe à travers elle, comme ils l'avaient fait avec l'oracle en Grèce, ses amis l'auraient déjà remarqué. Enndall s'inquiétait pour rien…

Près de l'étalage des sphères divinatoires, elle se rappela le dernier conseil de Fu Tsi, qui lui aussi s'était préoccupé de son usage de la plume. Sans doute avait-elle effectivement joué avec le feu. Elle se promit de s'en débarrasser.

Puis, au moment d'acheter deux filets à papillons et un entonnoir, elle se dit qu'elle la garderait quand même dans son sac, au cas où.

Leurs trouvailles bien empaquetées, ils se rapprochèrent du centre de la place pour écouter une grande femme à la peau noir ébène débattre de l'importance des chimères avec une jeune aborigène.

Le sujet n'était pas nouveau, et Briséïs eût vite fait de s'ennuyer.

Elle sortit son carnet de notes, le feuilleta distraitement. Elle s'arrêta plus longuement sur les phrases de Benji, nettement reconnaissables par leur côté penché et précipité. Elle contempla les lettres réorganisées pour former les prénoms de son père et son frère : Neil Cuba et Lucien BA, Junior et Jules. Elle tourna la page suivante comme la page d'un roman, imaginant le plaisir qu'elle aurait pu trouver à découvrir la suite de l'histoire, la résolution d'une énigme. Qu'était-il arrivé au quatuor infernal, les courageux Neil, Junior, Lucien et Jules ?

Emportée dans sa rêverie, elle ne remarqua pas tout de suite les phrases qui s'inscrivaient lentement sur la page. Elles n'étaient pourtant pas le fruit de son imagination :

Lucien Riccetti travaillait pour le Centre national de la recherche scientifique depuis douze ans lorsqu'il a brutalement donné sa démission pour ouvrir son propre centre de recherche. Il a passé plus d'un an à trafiquer ses appareils de mesure, à les tester.

Aucun résultat de recherche n'a été publié sous son nom. On ne peut découvrir la nature des appareils qu'il construisait qu'en recoupant les notes de frais retrouvées dans les magasins spécialisés où il se fournissait. Après la période de construction, c'est le silence pendant un peu plus d'un an. Puis on retrouve la trace de Lucien grâce à sa femme, Annie, qui l'a conduit à l'hôpital la première fois, et a rempli une déposition. J'ai la déposition sur cassette, avec moi.

Briséïs referma promptement son carnet. Elle ne répondrait pas. Elle venait de se promettre de ne plus utiliser la plume.

Sa mère lui avait déjà raconté ce qui s'était passé. Cet enregistrement ne lui apprendrait rien. Au cours de ses recherches, Lucien était devenu de plus en plus instable, irascible, et s'était mis à boire. Annie avait fini par le conduire à l'hôpital. Point final. Pourquoi sa mère lui aurait-elle caché des éléments ?

Elle rouvrit le carnet. Benji avait ajouté trois petits points de suspension sous son texte. Elle claqua les pages entre ses mains. Elle ne répondrait pas.

Ses doigts glissèrent doucement le long de la couverture du cahier, jouèrent avec les pages.

La magie de la plume pourrait-elle seulement marcher sur la place du Temps ? Après tout, elle n'avait échangé avec Benji qu'en Chine, les règles étaient peut-être différentes ici…

Ne serait-ce pas une découverte importante si la communication s'avérait également possible au beau milieu du ciel ? Un jour arriverait sans doute où elle se mordrait les doigts de ne pas avoir eu le courage de vérifier un fait aussi capital…

Elle plongea la main dans son sac, fouilla quelques instants, en ressortit sa plume et prit soin d'afficher une expression de surprise.

— Tiens ! Elle était là ! Je l'ai retrouvée !

Mais personne ne lui prêtait attention.

2

NEIL CUBA & FILS

Benji releva la tête dès qu'elle apparut. Il ne pouvait toujours pas la voir mais semblait avoir développé une aptitude à ressentir sa présence.

Sans rien dire, il posa son magnétophone sur la table, et appuya sur le bouton de lecture. Un grésillement se fit entendre, puis une voix frêle, éteinte, mais aux résonances merveilleusement familières. Briséïs n'avait pas réalisé à quel point sa mère lui manquait. Elle s'assit sur le bord de la table pour mieux s'imprégner de la musique de ses mots.

« Depuis combien de temps n'a-t-il pas mangé ?

— Trois jours. Je ne m'en suis pas rendu compte tout de suite. Cela faisait déjà un moment qu'il refusait de venir manger à table avec nous. Il disait qu'il n'avait pas le temps, que chaque minute comptait. Je venais lui apporter ses repas, son atelier est de l'autre côté de la rue, au bout d'une impasse. Je pensais pouvoir l'aider... Si je lui permettais de se concentrer entièrement sur ses recherches, il aurait peut-être trouvé plus rapidement, et les choses seraient redevenues comme avant. Je voulais qu'il termine avant la naissance de notre fils... Que son père soit là pour l'accueillir... Il y a trois jours

notre voisin, chez qui se trouve le laboratoire, est parti en voyage. Lucien en a profité pour jeter dans la poubelle tout ce que je lui apportais.

— Ce rapport dit que votre mari montre également des signes de privation de sommeil.

— Cela faisait un moment qu'il refusait de rentrer dormir à la maison.

— Pour ne pas perdre de temps ?

— En partie.

— Et son taux d'alcoolémie ?

— … Est-ce qu'on vous a expliqué la nature de ses recherches ?

— Non…

— Mon mari a quitté le CNRS il y a deux ans pour se consacrer à l'étude du potentiel physique des rêves. Personne ne l'a pris au sérieux. La mode dans les cercles scientifiques est plutôt à l'inverse : on étudie l'absence de matière du monde physique. Mais ce n'est pas à vous que je vais l'apprendre.

— Non.

— Lucien a toute sa tête. Même s'il a parfois des idées excentriques, il a toujours été considéré parmi ses pairs comme un scientifique brillant. Ce n'est pas la nature de ses recherches qui le discrédite, mais sa façon de ne supporter aucun délai, ni aucun compromis. Il est comme tous les grands de son domaine, il fonctionne à l'instinct. Pour lui, vérifier une hypothèse qu'il juge valable avec des contre-hypothèses est une pure perte de temps.

Puisque le CNRS ne voulait pas l'épauler, il a construit son propre laboratoire et s'est mis à expérimenter sur lui-même. Il s'endormait dans le scanner qu'il s'était fabriqué, enregistrait son activité cérébrale et l'analysait au réveil.

Au début, tout marchait comme il le voulait. Il était très content, il me disait même que ses recherches avançaient mieux que tout ce qu'il aurait pu espérer. Puis ça ne lui a plus suffi. Il pense toujours pouvoir gagner du temps, il brûle les étapes, quitte à se mettre en danger. Il a voulu trouver le moyen de prolonger ses phases de sommeil paradoxal pour mieux pouvoir les observer. Ses périodes de rêve, je veux dire.

— Oui, j'avais compris.

— Pardon... À partir du moment où il s'est mis à jouer avec son sommeil, tout a commencé à aller de travers. Il passait d'une euphorie totale à une profonde dépression en l'espace de quelques heures, piquait des crises pour un rien. Je ne le reconnaissais plus. J'ai essayé de le dissuader de continuer, mais il est tellement têtu... Il disait que boire l'aidait dans ses expérimentations. J'ai voulu cacher les bouteilles de whisky, mais il s'est mis dans une colère noire.

Il a commencé à me voir comme une ennemie. Il ne me laissait plus entrer dans le labo, il ne me racontait plus rien de ses essais, et adressait à peine la parole au voisin, qui n'avait pas le cœur de le mettre dehors. J'étais inquiète bien sûr, mais je ne savais vraiment pas quoi faire. J'ai pensé que si je le soutenais... Parfois, le soir, quand je venais lui apporter à manger, je l'entendais pleurer tout seul derrière la porte. J'ai profité d'un de ses éclairs de lucidité pour le convaincre de venir se faire soigner. Il ne va vraiment pas bien. Il faut que vous l'aidiez...

— Tenez.

— Merci.

Annie fit grésiller l'appareil en se mouchant, puis reprit :

— Je crois que... Je crois qu'il n'est pas sûr de savoir ce qui lui arrive non plus, malgré tout ce qu'il peut dire. C'est pour ça qu'il a accepté de me suivre aujourd'hui.

— Ne vous inquiétez pas, Mme Riccetti, votre mari est entre de bonnes mains. Rentrez vous coucher et revenez demain matin. Nous serons plus en mesure de vous dire ce qu'il en est. »

Un clic signala la fin de la bande. Benji sortit la cassette du magnétophone. Il portait au doigt la bague que lui avait donnée Katie, la passeuse. Il fit sonner la cloche fendue posée sur la table.

Briséïs ravala la boule coinçée dans sa gorge. Quelle sorte de père préférait s'effondrer en larmes devant ses recherches plutôt que d'ouvrir la porte à sa femme enceinte ?

— *Qui est la femme qui l'interroge ?* demanda-t-elle enfin.

— Je ne sais pas, répondit Benji après un moment. Cet enregistrement est la dernière chose que j'ai pu trouver à propos de ton père. À part bien sûr ses fiches de présence, ce qu'il a mangé pendant ses trois ans d'hôpital avant qu'Annie le récupère, des tests de sang et autres choses bénignes. L'enregistrement était dans le dossier de ta mère, c'est sans doute pour ça qu'il n'a pas été mis de côté, comme le reste des informations sur Lucien Riccetti.

— *Et sur moi et mon frère ?*

— Rien de bien extraordinaire. Vos carnets de santé et de correspondance. Je n'ai rien trouvé à propos de Jules qui aille au-delà de l'âge qu'il est censé avoir. Onze ans, n'est-ce pas ?

— *Oui.*

— Tout a sans doute été confisqué par la Citadelle, comme pour ton père. Voilà pourquoi je ne pouvais pas trouver le dossier de Neil Cuba Junior chez les passeurs, l'autre jour.

— *Confisqué par l'Élite, ou par un gardien, comme le docteur Moulin ?*

— Cela revient au même.

Elle s'était attendue à ce que Benji la bombarde de questions, mais il se contentait d'étudier le vide que laissait son invisibilité avec une intensité palpable.

— *Tu regardes toujours trop sur la droite. C'est un peu déstabilisant,* nota Briséïs, pour sortir du silence embarrassant qui s'installait.

— C'est que c'est dur de juger sans pouvoir te voir.

— *Tu n'as qu'à regarder ce Minotaure, là, au coin du cadre,* décida Briséïs en pointant inutilement un tableau derrière elle. *Je vais me mettre juste devant. Comme ça, j'aurai vraiment l'impression que tu me parles.*

Elle se plaça devant le tableau, regretta aussitôt sa démarche. Il était beaucoup plus simple de passer certaines choses sous silence en évitant de croiser son regard.

— Salut Briséïs, fit Benji, tu as une bonne tête ce soir. Un peu trop poilue peut-être.

— *Je n'étais pas sûre de pouvoir te faire confiance*, trancha-t-elle. *C'est pour ça que je n'ai rien dit avant. Je suis désolée.*

— Non, je comprends, ici les murs ont des oreilles. Mieux vaut se contenter du minimum.

— Tu… Tu ne veux pas savoir comment j'en suis arrivée là ?

— Pas si cela peut te mettre en danger. Et j'imagine bien que c'est le cas ?

— Oui… sans doute.

— Alors gardons chacun nos petits secrets.

— Comment t'en es-tu sorti avec Katie et l'autre passeur ?

— Ils m'ont jeté dehors juste après que tu as disparu. Ce n'est pas grâce à eux que j'ai retrouvé ton identité et celle de ton père, si c'est ce que tu veux savoir.

— Maintenant que tu sais qui je suis, est-ce que tu ne pourrais pas me donner la carte-chanson de la Citadelle ?

— Désolé, c'est confidentiel.

— Il va falloir nous faire confiance, sinon nous n'avancerons pas, protesta Briséïs.

Benji approuva d'un hochement de tête mais ne répondit pas.

— Où as-tu trouvé ta plume ? enchaîna-t-elle.

— Je te retourne la question.

— Qui te dit que j'ai une plume ?

Benji eut un sourire entendu, puis reprit innocemment :

— Il va falloir nous faire confiance, sinon nous n'avancerons pas.

Un vent violent frappa Briséïs à la poitrine et lui coupa le souffle. L'instant d'après, elle se trouvait à nouveau sur la place du Temps. Liz se tenait penchée au-dessus d'elle, la plume de l'angelot dans les mains.

— Ma plume ! protesta Briséïs hors d'elle, j'étais en train d'écrire !

— Je vois bien, et ce n'est plus l'heure. Tu as entendu Enndall, il faut dormir maintenant. Je n'ai pas l'intention d'être entraînée dans le vide parce que tu tombes de sommeil demain matin.

— Tu n'avais qu'à le dire, pas la peine de m'arracher la plume des mains !

— Je te l'ai répété trois fois ! Ce n'est pas de ma faute si tu es bouchée !

Liz lui jeta la plume, qui glissa dans un tourbillon d'air. Briséïs se précipita pour la rattraper et la fourra dans son sac en foudroyant Liz du regard.

— Non, c'est très rare de rencontrer un autre résistant dans son propre espace-temps, répondait une femme à Meng, assis en tailleur près du feu. C'est étrange que vous ayez pu rencontrer ce Llyr. Il n'y a que la lettre pour l'expliquer. Il vous attendait, alors il vous a trouvés. Vous avez eu de la chance…

— Vous n'avez jamais reçu d'aide ? Même pas d'un archétype ?

— Vous avez reçu de l'aide d'un des esprits du Monde du Rêve ?

— Quoi ?…

— Les esprits archétypes, les personnages qu'on retrouve dans les différentes cultures de l'humanité, avec leurs traits de caractère reconnaissables : le héros, le fou, le sage, le messager… Par exemple, le vieil homme du désert est un sage, et le facteur sur son monocycle est un messager. Lequel vous a aidé ?

— Oh ! Non, je veux parler des êtres du monde physique, des humains qui naissent avec les traits de caractère d'un esprit archétype. Vous savez, ces gens qui sont un peu… Enfin qui vivent dans leur monde imaginaire. L'un d'eux vous a-t-il aidé ?

— Ah, ceux-là ! Non… Les archétypes humains ne comprennent pas l'origine de leurs dons. Ils perçoivent l'existence du Monde du Rêve, mais ils interprètent leurs visions à travers le prisme de leurs cultures, et il n'y en a jamais deux qui vous disent la même chose. On ne peut pas compter sur eux. Dans le réel, nous sommes seuls contre l'Élite.

Longtemps, Briséïs resta éveillée, contemplant la danse des nuages sous l'éclat lunaire, emmitouflée dans son lit d'étoiles.

3

BAIN ET COCHONS

Ils se levèrent à l'aurore, pour s'exercer à peindre sous les directives de Briséïs, avant de reprendre la route. Les résultats ne furent pas très concluants. Malgré un enseignement dispensé par un expert, il avait fallu plusieurs jours d'acharnement à Briséïs pour commencer à percevoir la subtilité de l'énergie qui pourrait la guider. Elle peina pour mettre des mots sur une sensation qu'elle comprenait à peine, qu'elle devinait tout au plus. Il fallait suivre ses impulsions, sans réfléchir, sans chercher à savoir si l'énergie du *tchi* les traversait, ou si le mouvement résultait du fruit de leur imagination. Meng leva un sourcil en l'entendant prononcer le mot « impulsion ».

— Pas étonnant que mon frère t'ait choisie comme élève, soupira-t-il dans sa barbe.

Après deux heures d'exercices, Enndall conclut que plusieurs sessions seraient nécessaires, et qu'il faudrait parfaire leur éducation sur le terrain, dans leur prochaine époque de destination.

Liz mit à nouveau tout le monde en ligne pour étudier leurs possibilités d'atterrissage. Briséïs la soupçonnait de le faire simplement par plaisir de mener les hommes du groupe par le bout du nez : ils s'étaient rendu compte qu'Ohanko avait déjà croisé le chemin de quelques hommes blancs chez lui, avant son voyage. Son époque venait forcément après celle du chevalier, et avant le vingtième siècle, auquel Leonel appartenait.

Ils s'intéressèrent ensuite à leurs achats de la veille. Ils auraient aimé tester les théories de Llyr et tenter de piéger une chimère à l'abri de la place du temps. Sachant leurs espoirs vains, ils se contentèrent de distribuer à chacun un rôle, pour réagir rapidement quand l'occasion se présenterait. Briséïs serait naturellement chargée d'attirer les chimères avec ses dessins. Meng maintiendrait le miroir en ligne de mire. Aeneas et Ohanko, vifs et agiles, se tiendraient prêts à bondir avec leurs deux attrape-idées. Leonel brandirait le cadre déplié et Liz tenterait d'utiliser son expérience du futur pour trouver une utilité aux objets que leur avaient recommandés les marchands : un entonnoir, une boule de cristal, un dé à coudre et un éventail. Enndall resterait en alerte, l'épée à la main, au cas où leurs expériences tourneraient mal.

La suite de leur plan tenait sur un mouchoir de poche : ils se rapprocheraient du centre du gouvernement pour observer l'Élite, chercheraient à connaître les légendes dominantes de l'époque, et croiseraient les doigts pour que ce voyage-ci se déroule mieux que le précédent. Malgré tout Briséïs se sentit revigorée, au moment de ressortir les instruments de la vieille femme du désert, et de faire le premier pas dans le vide, sur leur prochain escalier invisible. Elle ne s'était jamais sentie aussi proche de ses compagnons. Ils avaient à présent des clés en main. Et ils avaient un plan.

Le ciel était clair comme une mer d'azur. Le soleil caressait doucement son épiderme. L'air frais de la matinée emplissait ses poumons. Le silence irréel et l'absence totale de repères terrestres rendaient leur progression abstraite, et retiraient presque à Briséïs toute sensation de danger. Le chemin translucide, parsemé d'éclats lumineux de brume de parfum, s'ouvrait à eux comme une nouvelle promesse.

Briséïs se serait crue au paradis sans cet agaçant fumet qui affluait de temps à autre. De plus en plus fréquent. De plus en plus puissant.

— Vous ne sentez pas comme une odeur ? demanda enfin Enndall, en tête de file.

— Un peu que je la sens, mais à chaque fois que j'ouvre la bouche, on me traite de chochotte, remarqua Liz.

— Nous ne devons pas être loin du point de passage, restons sur nos gardes, appuya Meng.

— Mais nous venons à peine de partir, dit Briséïs, ce n'est sûrement pas…

D'un coup, la lumière rassurante des cieux disparut, écrasée par les ténèbres. Le sol se ramollit sous ses pieds, une terre visqueuse et froide pénétra ses sandales, l'engloutit jusqu'aux chevilles, lui fit perdre l'équilibre. Elle tomba en avant, tirée par Leonel, poussée par Liz, et le nez dans la boue, découvrit pour la première fois de sa vie toute la violence et la profondeur du mot Pestilence.

— Si je tenais le crétin qui a pensé ces escaliers, gronda Liz d'une voix si menaçante que les cochons qui s'étaient agglutinés autour d'eux cessèrent instantanément de couiner.

— Au moins, on est toujours vivants, remarqua Aeneas.

— Non, Aeneas, le verre n'est pas à moitié plein, il est définitivement et complètement vide !

— Quel verre ?

— C'est une express… Mon Dieu, il me fatigue.

— Ça, c'est mon visage, remarqua Leonel.

— Pardon, s'excusa Enndall, je croyais que c'était un cochon. Enfin je veux dire…

Briséïs pouffa, emplissant sa gorge d'odeurs nauséabondes qui la firent tousser et s'étouffer.

— Bien fait, fit Leonel avant d'être contaminé par les rires d'Ohanko et Aeneas.

Ils se tordaient encore de rire, soulagés d'avoir survécu à l'escalier, lorsqu'une porte s'ouvrit et qu'une large silhouette munie d'une fourche et d'une torche se dessina sur le palier d'une maisonnette.

— QUI VA LÀ ?

— Je crois bien que c'est pour moi, dit Enndall avant de s'extirper de la boue-ventouse.

Il enjamba la barrière de l'enclos, s'approcha de l'homme à la fourche.

— Oh là, mon bon ami, je suis Enndallor d'Imbert, fils de Marie d'Armagnac et d'Ayoul d'Imbert, vicomte du pays d'Arlanc et de Kinlha, banneret du Lengadoc, et chevalier de l'ordre du Dragon. Je suis en voyage au royaume d'Aragon. Pourriez-vous avoir l'obligeance de me dire où nous nous trouvons, et à qui nous avons affaire ?

— D'où c'est que vous venez ?

— Du Val d'Aran, également dans le royaume d'Aragon.

— Hum… Connais pas… Je suis Oulivié, et vous êtes dans l'enclos à cochons de mon auberge.

— Oui… Nous nous sommes égarés.

— Là-dedans ? demanda l'homme, circonspect.

— C'est ça. Pour ainsi dire.

— Et c'est ti quoi que vous cherchiez ?

— De quoi se reposer. Une place dans votre auberge, à vrai dire, serait plus agréable que votre enclos aux cochons.

Oulivié planta le manche de sa fourche dans le sol, cherchant à savoir si on se moquait de lui.

— C'est qu'on est sur la route de Miropeis, et de Carcassona encore. Il en passe du monde par ici. On débarque pas comme ça, au milieu de la nuit, comme tombé du ciel.

— Carcassona ?

— À moins d'une journée de cheval, même.

— Hum… Vous n'allez pas refuser à un chevalier de l'ordre du Dragon un bon repas ?

L'homme grogna.

— Faudra demander à Ménina d'abord, sinon elle va pas être contente. Suivez l'bonhomme.

— Nous ne sommes pas dans le royaume d'Aragon, c'est ça ? demanda discrètement Meng au chevalier qui l'aidait à sortir de la boue.

— Non… J'aurai cru, c'est là que je me trouvais avant le début de notre voyage. J'y étais depuis plusieurs mois…

— Et c'est loin d'ici ?

— De l'autre côté de grandes montagnes, au sud. Nous ne risquons pas de croiser mon double ici.

— Ce n'est pas si étonnant, remarqua Liz à voix basse : en Chine nous sommes aussi arrivés près de chez Meng, alors qu'il était en voyage.

— Oui… Sauf que mon fief ne se trouve pas dans cette région…

Oulivié leur fit faire le tour de la maisonnette sans jamais les quitter des yeux, la fourche à la main, puis désigna une lourde porte encastrée entre les poutres apparentes d'une grande bâtisse à colombages. Enndall la poussa avec le poing pour ne pas salir la poignée. Une volute de fumée les accueillit. Le brouhaha ambiant cessa bientôt, et les têtes se tournèrent dans leur direction.

— Qu'est-ce que tu me ramènes là, Oulivié ? claironna une large femme, sillonnant entre les tables depuis la grande cheminée pour s'approcher d'eux, un pichet à la main.

— Messire d'Imbert, d'Aragon et du Dragon s'est perdu avec sa suite dans l'enclos aux cochons, Ménina, répondit Oulivié, haussant les épaules d'un air dérouté.

Quelques éclats de rire se répandirent dans la salle, parmi les hommes attablés, ventres bedonnants et chemises fatiguées de travailleurs. Ménina toisa Enndall de haut en bas, un sourire en coin.

— Eh bien, Messire, vous a-t-on pas dit qu'il y a des moyens plus simples d'atterrir dans une auberge ?

Enndall sourit, hocha la tête, mais tira lentement son épée ficelée sur son dos pour examiner la lame, bien en évidence de tous. Un silence glacé se répandit dans la salle.

— Mon épée a souffert de l'atterrissage. Elle aurait besoin de vos soins attentionnés. Un chevalier de l'ordre du Dragon sait se montrer généreux quand il est bien accueilli. De quoi nous débarbouiller, pour commencer, serait bienvenu.

— Hum. Vous êtes là pour la réunion des États du Lengadoc, ou pour les joutes ? Les deux, peut-être, après tout. Je vous préviens, y a plus de place en chambre, vous dormirez à l'étable. Oulivié, apporte le reste du chaudron en cuisine. Si Votre Seigneurie veut bien me suivre… Vous avez de la chance, l'eau du bain est presque encore chaude. Avec un petit tour de magie elle vous chauffera les fesses comme de rien, Messire, annonça Ménina en ouvrant en grand une porte. C'est que le printemps se fait désirer, hein ?

Liz pénétra la première dans la pièce, cherchant la baignoire qu'on venait de lui faire miroiter. Il n'y avait dans la sombre cuisine éclairée par deux misérables bougies qu'une table rustique couverte d'un vieux drap dégoulinant sur lequel s'entassait de la vaisselle sale, une cheminée à l'âtre vide et quelques casseroles et jambons séchés accrochés aux poutres du plafond.

Ménina tira de sous la table une large bassine de bois cerclée de fer, couverte à l'intérieur d'un drap brunâtre trempant dans une eau bien grise.

— Ce sont de drôles de défroques que vous portez là, dites donc, grimaça-t-elle en lorgnant Liz.

— Nous avions dans l'idée que quelques pièces de plus vous rendraient inventive, répondit Enndall pour venir au secours de Liz, hypnotisée par la baignoire. Nous ne pouvons décemment repartir demain dans ces fripes…

— Oh, chez moi, c'est pas l'invention qui pêche, le rassura Ménina, prenant des mains d'Oulivié qui venait d'entrer un chaudron à moitié plein. Mais mon invention à moi aime bien voir la couleur des écus avant de se révéler.

— Je pourrais vous payer maintenant, concéda Enndall, mais j'ai besoin de ce qu'il me reste sur moi pour atteindre Carcassona demain. Voilà ce que je vous propose : permettez-moi d'utiliser quelques écus pour envoyer un messager jusqu'à mon fief, et dans moins de deux semaines, vous serez payée le double de votre dû.

— Hum. C'est beaucoup de risque, pour le double. Supposez que votre messager se perde en chemin ? Pour le triple, je pourrais peut-être faire un effort. À condition que vous me laissiez un gage, bien entendu.

Enndall tendit à Ménina un médaillon doré sorti précautionneusement de son sac entre ses doigts couverts de boue. Ménina trempa dans l'eau le médaillon, puis caressa du doigt le dragon doré représenté avec sa queue enroulée autour de son cou, le dos couvert d'une large feuille argentée marquée d'une longue croix rouge.

— C'est l'emblème de mon ordre de chevalerie. Ce médaillon est ce que je possède de plus précieux, prenez-le en gage jusqu'au retour de mon messager.

— L'ordre du Dragon, hein ?

Ménina glissa le dragon dans sa poche, repêcha une carotte qui trempait dans la marmite et versa le reste du bouillon dans la baignoire.

— Voilà Messeigneurs, le bain est chaud. Y a plus de savon, mais l'eau du potage masquera les mauvaises odeurs. Vous avez qu'à vous y tremper tout entier, ça m'évitera d'avoir à mettre les mains sur vos fripes. Et bien ? Je ne vais pas vous réchauffer l'eau trois fois !

De son bout de carotte ramolli, elle poussa Liz dans le dos tout en chassant les autres de la main.

— Allez ouste, dehors !

Avant que la porte ne se referme, Briséïs eut le temps d'apercevoir Liz tremper un orteil hésitant dans le mélange, et recevoir sans crier gare un plein seau sur la tête.

— Dame ! s'étonna Ménina, ignorant les glapissements surpris de Liz, mais c'est t'y pas que vous auriez les cheveux rouges ! Si je m'y attendais !

Liz ressortit quelques minutes plus tard affublée d'une longue chemise blanche aux multiples taches qu'avait apportée Oulivié.

— Suivants ! clama la matrone, séparant Briséïs et Leonel des autres à l'aide d'une drôle de brosse au long manche.

— … Ensemble ?

— Oh, dites, vous n'allez par faire les difficiles, à votre âge, on ne voit pas la différence, répliqua Ménina en claquant la porte derrière eux.

Elle les poussa tout habillés dans le bassin tiédasse, assis l'un en face de l'autre, leur fit dégouliner de l'eau grisâtre sur le crâne et entreprit de leur frotter le dos avec son épaisse brosse.

— Y a pas idée d'aller se rouler dans un enclos à cochons, tout de même. J'aurai beau frotter, ça part pas comme ça, une odeur pareille ! C'est la rousse qui vous a amenés là ? C'est bien encore une œuvre du diable, ça. Ôtez-moi donc vos hardes, je vais les battre à la massue, je vois que ça. Sois donc pas timide, tu n'avais qu'à pas t'habiller en garçon si tu tenais tant à ta pudeur.

Attrapant les manches de Briséïs, elle tira par à-coups vers le haut jusqu'à ce que la chemise cède. Briséïs plongea aussi profondément que possible dans l'eau, les bras croisés, le rouge aux joues, tandis que Leonel étudiait obstinément le plafond et le parquet.

— Allez, toi aussi, et donnez-moi les bas, vous n'allez pas dormir avec.

Elle essorait leurs pantalons au-dessus de leurs genoux recroquevillés lorsque Oulivié fit irruption dans la pièce.

— Ménina, encore trois arrivants, à cheval, qui veulent manger !

— Jamais ils me laisseront tranquille ce soir, maugréa-t-elle. Vous autres, bougez pas je reviens. Où sont les chemises que je t'ai demandées Ouli ? Faut vraiment que je fasse tout ici !

Et Ménina sortit comme une tornade de la cuisine miteuse, tenant leurs vêtements à bout de bras, suivie par Oulivié.

Le temps sembla se suspendre. Briséïs et Leonel, enfoncés dans l'eau saumâtre jusqu'aux aisselles, observaient se former des vaguelettes entre leurs genoux, au rythme du « flic flac » de gouttelettes tombant du plafond.

— Alors comme ça, tu as dompté un dragon et on a volé dans les airs jusqu'au pied de l'escalier, risqua Leonel.

— Le chancelier Li avait emprisonné le dragon grâce à la poudre d'idée du sablier des marchands. Je n'ai fait que récupérer le sablier et espérer que le dragon m'obéirait.

Leonel sourcilla.

— C'est déjà ce que tu as dit sur la place du Temps…

— Je ne vois pas ce que je peux dire de plus.

— La vérité. Bai t'a aidée, et il t'a fait promettre de ne rien dire à son frère, alors tu as inventé cette histoire. Tu vois de quoi je parle.

— Même Meng a fini par l'accepter, répondit Briséïs calmement. Je ne comprends pas pourquoi tu t'acharnes à ne pas croire aux chimères.

— Je vais te dire pourquoi. Je voudrais bien croire qu'un chancelier du VIIIe siècle dirige des Chinois crédules grâce à son dragon. Que les sorcières du Moyen Âge répandent la peste et détruisent les villages. Mais les obus, les mitrailleuses, les gaz ? Je ne peux pas croire qu'ils soient l'œuvre de petits êtres sortis de mes songes avec de la poudre d'idée. Le monde dans lequel je vis est bien réel, et son cauchemar n'est l'œuvre que de la cruauté humaine.

— Vous vous amusez bien, là-dedans ? ricanèrent Liz et Aeneas dans le couloir.

Leonel attrapa un navet qui flottait près de son coude et le lança sur la porte pour les faire taire. Ils sifflèrent et s'éloignèrent en pouffant vers la salle commune.

— De toute façon, je n'ai pas besoin de te convaincre. Tu fais l'étonnée, mais tu penses exactement comme moi. Tu fais semblant d'y croire. Sinon, tu les aurais déjà vues. Tu t'accroches à tes soi-disant expériences comme à des bouées de sauvetage, pour t'aider à maintenir l'illusion.

— N'importe quoi !

— Tu n'en as toujours pas vu, je me trompe ?

— J'ai vu le reflet dans le miroir.

— On n'a pas besoin de s'inventer ces sornettes pour combattre la Citadelle. Tu es du futur, tu devrais comprendre ça. Mais tu t'obstines. Pourquoi veux-tu absolument qu'elles existent ?

Briséïs voulut répondre, mais elle s'arrêta avant d'avoir prononcé un mot. Elle ne s'était encore jamais posé la question de cette manière.

— Je crois que… Les chimères sont extraordinaires. Terrifiantes parce que la Citadelle les a retournées contre nous, mais à l'origine, elles ne sont que l'expression de nos rêves. Si les chimères existent, c'est… C'est qu'il y a du merveilleux partout autour de nous. C'est que nous n'avons pas encore tout compris des mystères de ce monde, et qu'il nous reste encore une chance de trouver un sens à la vie. Même s'il faut, comme pour les chimères, accepter de seulement l'entrevoir… Le pressentir, de temps en temps.

Un mouvement attira l'attention de Briséïs. Les ondes à la surface de l'eau n'étaient plus dessinées par des gouttes d'eau tombant du plafond mais par les longs orteils en forme de racine d'un être vert-de-gris, gros comme le poing, assis sur le rebord de la baignoire, qui batifolait tout en l'observant.

— Tu vois, rétorquait Leonel avec un sourire triste, c'est précisément là ton erreur. Quand on a vu ce que *j'ai* vu du monde, on comprend que son mystère n'a rien de merveilleux.

— LÀ ! hurla-t-elle, bondissant hors de l'eau.

— BRISÉÏS ! s'écria Leonel, se cachant les yeux.

Déjà le petit être avait disparu.

— IL ÉTAIT LÀ ! JE L'AI VU ! TU L'AS VU ? MAIS OUVRE LES YEUX ! brailla-t-elle, cherchant la créature.

— MAIS TU ES FOLLE ! Je sais ce que j'ai vu, couvre-toi !

Briséïs tira sur la nappe dégoulinante coincée par la vaisselle sale. Trois assiettes dégringolèrent et éclatèrent en mille morceaux sur la terre battue. Elle attrapa le torchon qui enveloppait l'un des jambons suspendus au plafond.

— J'EN AI VU UNE ! s'exclama-t-elle, fonçant vers la salle commune. Dans la baignoire ! Je l'ai vue ! Une… Toute petite, fripée ! Je l'ai vue !

— Une quoi ? demanda Meng, abasourdi, son regard reflétant la surprise qui se lisait dans les yeux des hommes attablés derrière lui.

Un grand fracas leur parvint de la cuisine. Quelques instants plus tard, Leonel apparut, la nappe dégoulinante autour des hanches, s'écriant :

— Elle est folle !

Il y eut un silence, puis la salle entière éclata de rire. Briséïs suivit les regards dirigés vers Leonel, et le drap mouillé à sa taille qui lui collait à la peau et soulignait son…

— Non, vous ne comprenez pas ! Je voulais parler d'une… chose, une, une… une créature !

Les éclats de rire redoublèrent.

— Ma vaisselle ! couina Ménina, blanche comme un linge, filant vers la cuisine.

— Mais qu'est-ce que vous faites ? gronda Enndall, attrapant Briséïs de sa main pleine de boue pour la tirer dans le couloir. Ça ne va pas de débarquer à moitié nus au milieu de tout le monde ?

— J'ai vu une chimère ! Elle était assise à nous écouter et puis paf ! Elle a disparu ! Elle ne doit pas être loin !

— Tu es sûre ?

Un Meng noir de boue se rua dans la cuisine pour renverser ce qui restait d'assiettes, de meubles et de lard séché à coups de filet à papillon.

Ménina en resta muette de stupeur, plaquée contre un mur.

— De quoi avait-elle l'air ? rugit le général.

— Verdâtre, toute fine, répondit Briséïs, arrivée derrière lui avec les autres. Elle était habillée d'une sorte de mousse brune, avec un genre de champignon sur la tête !

D'un coup, Ménina retrouva son courage et couina des morceaux de phrases entre chaque grande inspiration de panique :

— MAIS IL EST HHH ! PAS BIEN, HHH, LE JAUNE ! ÇA VA PAS NON ? HHHH ! MA BELLE HHHHH ! CUISINE !

— Ne vous inquiétez pas, tout vous sera remboursé, assura Enndall, tâchant de la calmer.

— Qu'est-ce que tu as fait juste avant qu'elle n'apparaisse ?

— Je… Je ne sais plus…

— Elle disait que la vie est merveilleuse, répondit Leonel à sa place.

— La vie est merveilleuse ! lança Meng avec force, sans se départir de son expression de guerrier, scrutant les moindres recoins de la cuisine.

— Elle n'est plus là, on l'aurait déjà trouvée, remarqua Ohanko entre deux cris de Ménina, à la limite de l'évanouissement.

Il pointa avec l'un des attrape-idées dégoulinants de boue la vaisselle cassée : il n'y avait plus beaucoup de piles d'assiettes derrière lesquelles se cacher.

— ...C'EST PAS PARCE HHHHH ! QU'ON EST MALADE DE LA PEAU HHHHH ! QU'IL FAUT TOUT HHHH ! DÉTRUIRE CHEZ LES AUTRES !

— Il n'est pas malade, ils sont tous comme ça chez lui, expliqua Aeneas, plein de bonnes intentions.

— HHHHH !

— Je ferai venir un de mes écuyers pour qu'il vous paye grassement.

— Elle n'a pas pu s'évaporer, continuez à chercher !

— Vous ne la retrouverez pas. Les créatures du roi des Aulnes ne se laissent pas approcher deux fois.

Tous se retournèrent vers l'étrange homme à l'allure fluette et au strabisme marqué apparu sur le pas de la porte. Il portait un pourpoint de velours rouge aux manches bouffantes brodées de dorures compliquées, par-dessus des collants serrés qui plongeaient dans des bottines de cuir incroyablement pointues.

— Allons bon ! HHH ! Ha ! HHH ! Une créature du roi Lugubre, HHH ! Chez moi ! s'exclama Ménina, roulant des yeux terribles, secouant son torchon comme pour chasser une mauvaise pensée, à la fois rassurée par la présence d'un homme connu et dérangée par son propos. Il ne manquerait plus que ça ! HHHH ! Et que voulez-vous que ce soit ? HHH ! Un farfadet ? HHH ! Un gnome des forêts ?

— Un bannik, je dirais. Il n'y a qu'eux pour se plaire dans une eau si noire.

— Théobald ! HH ! Ne blasphémez pas ici ! HH ! Allez plutôt raconter vos sornettes aux crédules de la salle, vous allez attirer le Malin dans ma cuisine !

Théobald s'approcha du bain avec une assurance féline, y trempa ses doigts encombrés de lourdes bagues serties de pierres.

— Il est déjà passé par là, visiblement. Ma dame à la chevelure rousse, vous êtes ravissante. Vous devez sans aucun doute ressentir la présence du Malin ? Nous autres, âmes sensibles, pressentons ces choses-là. Ici, près du cœur, fit-il, plaçant une paume sur sa poitrine et fermant les yeux.

Il acquiesça silencieusement pour lui-même, puis s'approcha de Liz et lui posa une main sur le plexus solaire d'un air compatissant.

— Là, vous sentez ? C'est terrible, mais il ne faut pas avoir peur. J'ai le pouvoir de repousser les esprits. Regardez.

Il souffla dans sa main libre, rassembla ses doigts comme pour retirer une épine du dos de son autre main, tira d'un coup sec et secoua ses dix doigts en soufflant comme un bœuf.

— C'est fait, le Malin ne vous embêtera plus.

— HH ! Théobald, ne me le faites pas répéter !

— Certes non, dame Ménina !

— Dame Ménina, risqua Enndall, je crains que nous devions encore abuser de vos services pour nous débarbouiller…

— Eh bien quoi ? Vous voulez que je vous montre le chemin ? HH ! Le bain du bannik n'est pourtant pas difficile à trouver, y a plus que lui qui tienne debout dans cette malheureuse cuisine !

— Ah ! Damoiselle, venez, nous avons à parler, poursuivit Théobald, s'approchant de Briséïs. Tenez, vous aurez besoin de vous couvrir.

Il tira des mains d'Oulivié la grande chemise pleine de taches qu'on lui réservait, la lui passa énergiquement sur la tête et souleva les manches pour qu'elle puisse y glisser ses bras.

— Qui sont les banniks ? demanda-t-elle, fascinée par le rictus inquiétant qui fendait trop largement le visage mal rasé de Théobald.

Derrière, Liz lui faisait de drôles de grimaces.

— Des êtres qui ne descendent jamais si loin dans le sud, mais le roi des Aulnes est puissant, il a dû les appeler. Il œuvre pour le Malin.

— THÉOBALD !

— C'est bon, c'est bon, dans la grande salle, on y vole, on y est déjà.

— Poussez-vous, poussez-vous, la demoiselle vient de se faire attaquer par un bannik. Il lui faut de l'air, et une tisane de romarin et de sauge pour faire fuir les esprits. Oulivié, apporte-lui de quoi se nourrir. Tu y as échappé de peu, le roi des Aulnes ne rigole pas avec ses proies. Imagine que tu aies tenu un miroir ! Tu ne serais déjà plus des nôtres. J'ai déjà sauvé ainsi une pauvre femme d'un terrible destin. J'ai senti la créature arriver là, dans mon cœur, et paf ! j'ai agi. Avec une dague trempée trois nuits de pleine lune dans une eau bénite, et trois grains de blé pris dans de la rosée éternelle. Il ne m'a fallu que quelques mouvements précis, comme ça, très facile. Ton ami jauni ne se débrouillait pas si mal. Moi je lui ai piqué les fesses, au bannik. Ils ont horreur de ça. Sans vouloir me vanter, j'ai quelques dons pour cela.

— Pour piquer les fesses ? On n'en doute pas ! s'esclaffa un homme accroché à sa chope de bière.

— Qui es-tu ? demanda Liz circonspecte à Théobald, s'asseyant en face de Briséïs.

Théobald lui décocha un sourire diabolique.

— Je ne suis pas le Malin, mais je suis plus malin que toi.

— Qui est le roi des Aulnes ? demanda Briséïs.

— Briséïs, sérieusement ? Tu vas te laisser embobiner encore une fois ? interrompit Leonel en rajustant sa nouvelle et hideuse chemise trop courte sur ses bras.

— Vous êtes ravissant mon cher, remarqua Théobald.

— Toi, va farcir la tête de quelqu'un d'autre avec ton roi imaginaire.

Quelques hommes retinrent leur respiration, puis, voyant que Théobald le prenait bien, éclatèrent de rire.

— Il n'y a pas besoin d'être aussi fêlé que Théobald pour connaître le roi Lugubre, dit l'un, rajustant son beau veston de velours violet.

Il lissa d'une main sa coupe au carré, identique à celle de Théobald et de nombreux hommes assis là, silencieux, avides de commérages.

— Ni pour croire en son existence, ajouta un autre. Y a qu'à voir ce qui se passe en ce moment. Toute la région est assaillie d'esprits malfaisants au service du roi Lugubre. Si même le sénéchal de Carcassona est prêt à organiser des joutes…

— Pourquoi des joutes ?

— Ça fait venir des chevaliers de tout le royaume. C'est le meilleur moyen de les faire participer à la traque de la vouivre.

— La vouivre ?

— La femme-dragon qui n'a que deux pattes et des ailes de chauve-souris, vous n'en avez jamais entendu parler ? Vous avez bien de la chance… On dit que seul le rubis qui lui sert de troisième œil, s'il lui est volé, peut détruire le roi Lugubre et faire fuir ses sbires.

Briséïs échangea un regard avec Leonel ; il ne leur avait pas fallu longtemps avant d'entendre parler des légendes locales.

— Tout le monde peut vous raconter comment détruire le roi des Aulnes, mais personne ne peut vous parler de lui comme moi, susurra Théobald par-dessus l'épaule de Briséïs. Voyez-vous, si j'en sais tant sur le grand roi, c'est que j'ai moi-même été l'une de ses victimes. Mais je lui ai échappé avant qu'il ne puisse aspirer mon âme.

— Allons bon, voilà qu'il recommence ! s'esclaffa l'homme au veston.

Théobald attrapa Briséïs par la chemise et planta son regard dans le sien.

— Je voyageais avec mon père. J'étais si jeune, je n'avais pas encore mes vraies dents. Il me racontait des histoires et je me blottissais contre lui, parce que je percevais dans le feuillage de la forêt des bruissements que lui ne pouvait entendre, tout absorbé dans ses conquêtes. Les branches des arbres tuberculeux me nouaient l'estomac, le souffle glacé de la nuit me pétrifiait les narines, les feuilles volant dans mes cheveux comme une volée d'oiseaux affolés me suppliaient de fuir, cui cui cui… – il fit danser ses doigts dans les cheveux de Briséïs – Je voulais prévenir mon paternel, mais paf ! – il tapa dans ses mains – c'était trop tard. Le roi des Aulnes était là. Mon père ne put rien faire pour me sauver. Je fus emporté dans son palais maudit, pour fleurir de mon âme le morne tombeau de sa malheureuse dame.

— Son tombeau ?

— Sa dame avait commis l'erreur de lui donner son cœur. Fut un temps où le roi des Aulnes était beau, preux et vaillant chevalier. Mais sa nature fauve l'emportait toujours à l'orée du monde. Il en oublia sa belle qui, ses rêves d'amour détruits, s'évapora corps et âme dans le brouillard des ombres. Le chevalier, de retour de croisade, découvrant le fruit de sa bêtise, crut périr de chagrin. Mais on ne meurt pas de crétinerie. On tombe, simplement. Ainsi alla sa chute. Depuis, il s'efforce en vain de fleurir l'autel de sa dame avec des âmes d'enfants, pour ramener son rêve, perdu à jamais.

— Et tu es encore là-bas, dans son château fantôme ? demanda Leonel sur la défensive.

Théobald l'ignora royalement.

— Le roi des Aulnes glisse dans l'espace sans rien voir de l'espoir ni du temps. Ses yeux maudits, blancs comme deux larmes de sel, ne reflètent rien d'autre que la chute du plus grand. Alors que moi, déjà à cet âge, je rayonnais des couleurs du désir. Voilà comment je lui ai échappé.

— La chute de qui ?

Théobald tira de sa poche une ficelle rouge enroulée autour d'une sorte de yoyo de fer. D'une agilité extrême, il délia le tout, et lentement fit descendre l'objet ovale le long du cordon tout en déclarant d'une voix mystérieuse :

— *Depuis quatre mille ans il tombait dans l'abîme.*
Il s'enfonçait dans l'ombre et la brume, effaré,
Seul et derrière lui, dans les nuits éternelles,
Tombaient plus lentement les plumes de ses ailes.

— Le plus grand des anges déchus, Satan, murmura un homme, et les autres de se signer en entendant son nom.

— La chute du roi des Aulnes n'est rien à côté de celle du Malin. M'est avis malgré tout que toute chute fait mal.

Briséïs étudiait Théobald, ne sachant lequel suivre de ses yeux au regard croisé.

— Tu ne devrais pas te réjouir de tels discours, marmonna Oulivié en se signant. Si ton père t'entendait parler ainsi, il ne serait pas content.

— Il faut pourtant appeler un chat un chat, objecta Théobald en se redressant, à nouveau guilleret. Et l'histoire doit être contée, pour qu'ainsi des chevaliers accourent sauver les nobles gens. N'est-ce pas vrai, messire d'Imbert, d'Aragon et du Dragon ?

Appuyé contre une poutre du comptoir, Enndall, affublé d'une chemise grisâtre lui tombant aux genoux, grogna un oui évasif.

— Vous irez chasser la vouivre après les joutes ? demanda avidement l'homme au veston.

— Il n'attend que cela ! s'exclama Théobald.

— Vous ne seriez pas le chevalier que Sa Seigneurie attend depuis deux jours ? enchaîna Oulivié, comme frappé par une révélation.

— Il l'est, assurément, approuva Théobald, solennel.

— Mais pourquoi ne l'avez-vous pas dit avant ? s'écria Oulivié, ahuri.

— Il attendait mon père, rétorqua Théobald, s'approchant d'Enndall pour lui poser une main fraternelle sur l'épaule. Un vrai chevalier ne brade pas ses mérites à tout vent, il les confie au lieutenant du sénéchal.

Un violent courant d'air s'engouffra quand la porte de l'auberge s'ouvrit. La frange coupée droit sur le front, un gentilhomme s'avança noblement dans la salle pendant qu'un pilier de comptoir avide de réponses glissait à l'attention d'Enndall :

— Ça serait donc vrai ? Seul le rubis de la vouivre donne à un chevalier la force d'occire le roi Lugubre ? De repousser les esprits du Malin qui grouillent dans la région ?

— Père ! Notre homme est enfin arrivé ! s'écria radieusement Théobald. Je l'ai reconnu tout de suite. C'est bien le frère d'armes de l'oncle de feu votre cousin germain. Messire d'Imbert, chevalier de l'ordre du Dragon, en personne.

Passant près de Briséïs, il glissa à demi-mot dans l'oreille d'Enndall : « Le vrai est mort, faites-moi confiance », avant d'accourir auprès de son père pour l'aider à se débarrasser de son manteau et de sa lourde épée.

— Sa seigneurie mon père tenait absolument à venir à votre rencontre sur le chemin de Carcassona, pour vous souhaiter la bienvenue et vous aider à trouver vos marques avant les joutes, ajouta-t-il à pleine voix. Quel chevalier refuserait une aide si précieuse quand tous se bousculent aux portes de la ville ?

Le seigneur jaugea la tenue d'Enndall d'un air circonspect avant de clamer :

— Messire d'Imbert, c'est un honneur pour moi de vous rencontrer.

Il se débarrassa de ses effets dans les bras de son fils et s'approcha.

— Baudoin Ebrard, lieutenant de Carcassona. Veuillez excuser la froideur de mon accueil, c'est que Théobald n'a pas été fichu jusqu'à ce soir de se rappeler de votre nom. J'attends depuis deux jours une ombre, sans savoir si elle n'est pas sortie de l'imagination débordante de mon demeuré de fils.

— Mais nous avons passé de merveilleux moments dans cette auberge, conclut Théobald, soupirant joyeusement.

Oulivié renifla bruyamment en se repliant derrière le bar.

Le regard d'Enndall allait de l'un à l'autre.

— C'est que… Je ne suis pas sûr de…

— Père ! Vous ne pouvez décemment recevoir un tel hôte crotté comme vous l'êtes ! Pensez-y ! Messire d'Imbert, lui, n'a pas hésité à se plonger tout habillé dans la vieille bassine de Ménina, pour vous accueillir embaumé de bouillon de légumes. Ne lui ferez-vous pas honneur à votre tour ?

— Je m'excuse, messire d'Imbert, reconnut le seigneur, agacé tout de même par l'affront de son fils. Permettez-moi de me retirer quelques instants pour me rafraîchir, je m'en reviens d'une longue chevauchée.

À peine Enndall avait-il laissé passer le seigneur que Théobald le prenait par le bras et le forçait à s'asseoir à la table de Briséïs, en chassant les curieux de gesticulations précipitées.

— Pourquoi attendiez-vous ce frère d'armes si vous saviez qu'il était…

— La mort n'apporte rien, mais l'espoir beaucoup, s'exalta le fils du lieutenant. Des sorties en campagne, surtout. J'aime beaucoup les sorties en campagne. Je n'allais pas m'en priver sous prétexte que le frère d'armes de l'oncle du cousin avait décidé d'expirer ! Je me doutais bien qu'un chevalier finirait par arriver. C'est ainsi que cela se passe dans les contes de fées, n'est-ce pas ? Et puis vous avez l'air d'avoir perdu quelques-unes de vos bourses sur le chemin. Je n'aime pas laisser des âmes en peine. J'œuvre pour la bonne cause, comme les moines exorcistes.

— Vous verrez, vous serez bien installés, chez les moines, déclara un blond barbu d'un ton très sérieux en s'approchant courageusement de leur table avec un ami, malgré le regard croisé et assassin de Théobald. C'est chez les moines, dans le palais épiscopal, qu'ils vont séjourner, n'est-ce pas Théobald ? Tout près de la cathédrale de Carcassona. Vous serez à votre aise, et bien protégés. Le Malin ne s'aventure pas dans des lieux si sacrés.

— C'est à voir, fit Théobald, comme s'il pesait le pour et le contre.

Puis son visage s'illumina :

— Attendez de voir la tête des moines et des prêtres. Vous n'aurez plus de doute alors sur l'existence du mal. Ils le cherchent tant qu'ils le voient partout, et le diable se reflète si bien dans leurs yeux qu'on croirait qu'il vit en eux ! Ha ! ha !

— Ils font leur travail…

— Pas besoin d'aller chercher la vouivre ! Satan est juste là, dans leurs yeux ! Mais allez la chercher quand même, on rigolera bien.

— Ce qu'on voulait vous dire, reprit le barbu, mal à l'aise, tâchant d'ignorer Théobald, c'est que nous vous sommes vraiment reconnaissants. Les histoires se sont tant répandues dans la région qu'on a cru pendant un temps qu'aucun chevalier ne viendrait. Il y a beaucoup de courageux mais peu de téméraires, de nos jours.

— À vrai dire, je les comprends, fit l'autre. Ce siècle est maudit. À peine sommes-nous débarrassés des Anglais que le roi des Aulnes rapplique…

— Quelles histoires se sont répandues dans la région ?

— Celles que vous venez d'entendre, rétorqua Théobald, coupant la parole au barbu. Un prince est devenu roi après avoir lâchement oublié d'aimer. Et parce qu'il est maintenant roi, même petit roi des enfers, même roi des fées et des cancrelats, tout le monde, puisqu'il pleure, doit pleurer avec lui. Ces temps sont maudits, c'est vrai, parce que les hommes ont trop péché. C'est bien fait.

Il éclata de rire.

Baudoin revint dans un pourpoint vert propre comme un sou neuf, plus sobre que celui de son fils. Il sentait toujours le cheval. Il commanda une chope de bière pour chacun et s'assit à côté d'Enndall.

— Messire d'Imbert, dit-il, trinquant avec lui, je serais fort heureux de vous entendre parler de votre personne. Par qui avez-vous entendu parler de notre situation à Carcassona ? Maurin de Montbazin ? Galhard de Besalu ? Je sais qu'il passe beaucoup de temps avec messire de Montbazin.

Enndall, se raidit, caressant gauchement la table de sa paume afin de paraître plus détendu.

— À vrai dire je ne sais rien de votre situation, hormis qu'il va y avoir des joutes.

— Alors vous ne venez pas pour la chasse de la vouivre ? fit Baudoin, déçu.

— Certes oui, si mon épée peut servir. Mais j'aurai besoin d'un peu plus d'informations.

— Bien entendu. Les mauvais esprits rôdent dans le coin depuis un moment déjà. Mais les évènements se sont bousculés dernièrement. Vous savez sans doute que le roi de France, notre Sire bien aimé, a choisi Carcassona cette année pour faire siéger les États annuels du Lengadoc, faire sa levée d'impôts et recevoir ses requêtes. Depuis un mois, la ville est submergée : les commissaires du roi, la noblesse venue de toutes les sénéchaussées du Lengadoc, les conseillers de tout ce beau monde, avec les secrétaires, valets, écuyers. Sont présents aussi bien sûr les marchands représentant l'état commun, et les hommes d'Église de tous les diocèses. La ville est presque deux fois plus peuplée qu'à l'ordinaire, et il faut bien trouver de quoi nourrir tout ce beau monde. En temps normal, ça aurait déjà été compliqué, mais nous sortons tout juste d'une longue période de famine, et avec les tours que nous jouent les esprits du Malin…

« Il y a quatre semaines, de jeunes gens excédés de voir leurs bêtes disparaître et leurs femmes et enfants morts de terreur, sont partis en chasse vers un lac tout proche, car on avait ouï dire qu'il s'y passait des choses particulièrement étranges. Ils ont disparu pendant cinq jours. On a lancé une battue pour les retrouver, et on les a retrouvés. Cinq cadavres, joliment amochés. Les marques sur les corps ne laissaient pas de doutes, par ici il n'y a qu'une vouivre qui pourrait faire une chose pareille. Les esprits simples se sont enflammés, on a cru tenir la clé de la libération du pays. Mon fils vous a conté la légende du roi des Aulnes ? Partout des paysans se sont mis en tête de tuer la vouivre et de récupérer sa pierre pour faire fuir le roi Lugubre et les esprits du Malin. Ils sont partis avec leurs fourches et leurs faux… Comme s'il suffisait d'une faux pour venir à bout d'une vouivre ! Beaucoup ont couru se faire tuer. Puis les seigneurs des terres des environs sont venus se plaindre au sénéchal en ville au nom de leurs paysans. Les gens se sont pris de passion pour l'histoire. Des écuyers, des marchands, et même des palefreniers sont partis faire la chasse à la vouivre. Le sénéchal a bien essayé de les en dissuader, mais il ne pouvait retenir toute une ville… Un vrai carnage. Heureusement, le lac est difficile à trouver. C'est sans doute pour cela que la vouivre s'y est établie. Après la première vague d'attaques, ne restaient plus que quelques rares paysans capables de servir de guide. Pour reprendre la situation en main, le sénéchal les a fait emprisonner. Il a ensuite envoyé des groupes de soldats organisés tuer la vouivre. J'y suis allé moi-même, à la tête de la garde ecclésiastique. Mais la vouivre est intelligente : si ses attaquants sont des hommes d'armes capables de se défendre, elle ne se montre que lorsqu'ils sont seuls, ou presque. Nous sommes rentrés bredouilles. Quant aux chevaliers de Carcassona ayant eu le courage de l'affronter seuls… Ils ne sont pas rentrés.

« Le roi des Aulnes, de son côté, semble avoir pris ombrage de toutes ces attaques : les phénomènes démoniaques se multiplient dans la ville. Les habitants et visiteurs de Carcassona sont à cran. La réunion des États est loin d'être terminée, mais les émissaires du royaume menacent de rentrer chez eux. L'archevêque de Tolosa, qui préside aux États cette année, est furieux. Cette situation ne peut pas durer.

Voilà pourquoi le sénéchal a organisé ces joutes, afin de faire venir les meilleurs chevaliers d'Occident. Les messagers sont partis il y a deux semaines, les premiers chevaliers ne devraient pas tarder. Je ne sais pas si vous le savez, mais les prix à gagner ont de quoi appâter des hommes d'armes bien au-delà des limites du royaume.

— Mon père est trop humble, intervint Théobald, il oublie de dire que son nom ne laissera pas le monde de la chevalerie indifférent. Une joute organisée par le grand Baudoin Ebrard, vainqueur de tant de prestigieux prix en son temps, ce n'est pas n'importe quelle joute !

— Merci Théobald, trancha Baudoin. Les festivités dureront six jours. Pour éviter les massacres et ne pas risquer de courroucer plus encore le roi Lugubre, seuls les chevaliers de lignée notable qui se seront inscrits aux joutes seront conduits jusqu'au lac. S'ils le souhaitent.

— Vous pensez qu'ils pourraient ne pas le souhaiter ?

— Le sénéchal a bon espoir : sauf votre respect, les grands chevaliers sont des hommes de fierté. Nous comptons sur leur ego pour les décider, une fois sur place, devant toute la cour du Lengadoc réunie et face à un peuple démuni.

— À quel genre de manifestation démoniaque avez-vous affaire ?

Un frisson se répandit dans le corps du lieutenant.

— Ce serait trop long à décrire. Vous verrez bien par vous-même, demain. En ville, l'effet est particulièrement frappant. Devenir le libérateur du pays du Lengadoc, cela devrait vous plaire, non ? Théobald m'a conté quelques-uns de vos exploits, mais il avait omis de préciser que vous faisiez partie de l'ordre du Dragon. J'ai beaucoup entendu parler de cet ordre, mais je n'ai jamais rencontré un de ses chevaliers. À part peut-être l'un d'eux, il y a très longtemps, lors d'un tournoi de Carcassona…

— Mon père, sans doute, Ayoul d'Imbert. Il est le seul à s'y être jamais rendu.

— Ayoul d'Imbert… Oui, peut-être, maintenant que vous le dites… Me permettriez-vous de voir votre emblème ?

— Il vous faudra le demander à dame Ménina. Je le lui ai laissé en gage, en attendant l'arrivée de mon écuyer. Il payera les réparations, et notre séjour.

— Comment ? Mais c'est hors de question ! Oulivié ! Fais donc venir ta femme !

— Comment pouvez-vous vous séparer d'un emblème pareil ? s'exclama encore Baudoin, caressant la croix rouge et la feuille argent recouvrant le dos du dragon doré, après avoir déclaré à Ménina qu'il payerait lui-même la note.

— Je comptais bien le récupérer. Dès demain, j'enverrai un coursier prévenir mes gens en mon château. En espérant qu'il soit encore debout ! Je passe le plus clair de mon temps sur la route du Sud. Dans les contrées de l'Aragon, mais aussi dans le royaume de Castille, dans le Saint Empire et dans l'Empire ottoman.

— Vos gens méritent peut-être votre confiance, mais certainement pas Ménina. Vous faites preuve d'une assurance surprenante.

— C'est un homme de cœur ! claironna Théobald avant d'être réduit au silence d'un regard par son père.

— Un homme de foi, surtout, reprit Enndall, diplomate. Dieu est miséricordieux, juste et paisible. Il me suffit de suivre sa volonté pour garantir ma sécurité.

— Naturellement… Et cette croix rouge ?

— Celle de saint Georges, elle symbolise la victoire du Christ sur les forces du mal, représentées par la bête de l'Apocalypse, ici. J'ai dédié ma vie à ce combat.

— Toute votre vie dévouée à la victoire du Christ ? Pas de femme, ni d'enfants ?

— Mon père m'a inculqué des valeurs solides.

— Comme tout bon chrétien. Mais toute une vie… Les enfants sont la source du bonheur d'un homme. Même si parfois… Il jeta un coup d'œil à Théobald qui souriait béatement. Votre père doit être un bon professeur.

— Était. Sa mort m'a servi d'enseignement. Il revenait du tournoi de Carcassona, justement, avec son plus fidèle écuyer. Je n'avais pas dix-huit ans à l'époque, mais je me souviendrai toujours du récit de l'écuyer quand, après des semaines d'errance, hagard, il s'est finalement effondré aux portes du château familial. Mon père s'était fait attaquer par une bête dans les montagnes. L'écuyer l'a vu se faire déchiqueter sous ses yeux avant de s'enfuir.

— Une vouivre ? demanda Baudoin gravement.

— On ne peut être sûr. L'écuyer n'avait plus toute sa tête, quand il est arrivé. Mais une bête de l'ombre, c'est certain. L'âme pieuse de mon père, la force de son engagement avait dû l'échauffer.

Il caressa à son tour la croix rouge du Christ posée sur le dragon.

— Mon adoubement ne devait avoir lieu que deux ans plus tard. J'ai supplié mon oncle, Albéric d'Imbert, d'avancer la date. Il m'a fait chevalier, et je suis parti dans le mois.

— Parti chasser la bête ?

— Je ne suis jamais venu près de Carcassona. J'ai préféré partir vers la source du mal, dans les empires sauvages.

— Et vous avez fait la connaissance de Maurin durant vos voyages ?

— … Maurin ?

— Messire de Montbazin, votre frère d'armes.

— … Absolument.

— Théobald avait vu juste pour une fois, il semblerait… Vous m'avez l'air d'être l'homme de la situation. Avez-vous… – Il jeta un regard suspicieux vers Meng, Ohanko et Liz – J'imagine que vous avez déjà tué une créature du Malin, depuis le temps que vous vous y consacrez ?

Briséïs et ses compagnons retinrent leur souffle. Le chevalier caressa lentement le bois rugueux de la table.

— On ne tue pas une créature du Malin. On la chasse, tout au plus. Et si vous me demandez si j'en ai déjà vu, si j'ai déjà palpé le mal de mon épée, alors oui. Mais le mal n'est jamais ce que l'on attend. Ses contours sont flous, et le lendemain, on ne peut être sûr de ce que l'on a vécu. Le mal, avant toute chose, s'insinue dans l'esprit.

Le lieutenant hocha la tête.

— C'est ce que répondraient les moines de Carcassona.

— Qui est le successeur de messire Astier de Fontaniac ?

— Oh, messire de Fontaniac est toujours vivant, et toujours sénéchal. Il dirige Carcassona d'une main de fer. Charles VII, notre bon roi, est très content de lui. Être son successeur ne sera pas facile. C'est pour cela que j'essaie de prendre de l'avance. Si vous souhaitez rencontrer le sénéchal, n'hésitez pas à me le faire savoir. Ma femme est sa fille, elle vous arrangera un rendez-vous.

— Je suis sûr qu'il a beaucoup trop à faire. Je me contenterai d'aller chasser la vouivre.

— Bien parlé ! Mais d'abord, du repos, amplement mérité. Vous a-t-on indiqué votre chambre ?

— J'ai cru comprendre que nous irions à l'étable, la bâtisse est déjà pleine.

— Comment ?

— C'est la vérité mon seigneur, y a plus un lit qui traîne ! renifla Ménina, qui depuis le début tendait l'oreille derrière le comptoir.

— Et vous autres, vous n'en avez pas un, de lit ? Prenez donc l'étable, si vous osez la proposer à un chevalier de l'ordre du Dragon !

— C'est que les petiots sont déjà couchés…

— Je les sortirai moi-même du lit si j'entends encore un de tes grognements de truie !

4

LA NATURE DU DIABLE

— Alors comme ça, la vie est merveilleuse quand tu es dans le bain avec Leonel ?

— Quoi ?

— Je t'entends, dit Leonel, arrivant derrière.

Liz éclata de rire et fit volte-face pour bloquer l'entrée de la chambre à Enndall.

— Et toi, tu passes ta vie à chasser des chimères et tu ne nous en as jamais parlé ?

— Chut, moins fort ! tempéra Meng, les poussant à l'intérieur pour refermer la porte derrière eux. Les murs n'ont pas l'air très épais ici.

— Avec tout le barouf que tu as fait dans la cuisine, maintenant tu veux rester discret ?

— Il faut savoir adapter sa tactique, siffla-t-il.

— Je n'ai pas dit que je passais ma vie à chasser des chimères, répondit Enndall, j'ai dit que je dédiais ma vie à la victoire du Christ contre le mal.

— Mais c'est ce que tu voulais dire !

— Si on veut…

— Si on veut ? Contre quoi brandis-tu ton épée, depuis plus de vingt ans ?

— Chaque cas est différent…

— Tu le sais, au moins ?

— Il n'y a qu'un seul lit dans cette pièce, constata Leonel, testant le large matelas rembourré de paille et de plumes.

— Écoute, parfois, c'est une sorcière qui terrorise un village, parfois un esprit, parfois un charlatan. Peu importe pour moi sa nature physique, ils sont tous l'objet du Malin qui ne souhaite qu'une seule chose, détruire l'espérance que nous donne le Père Tout-Puissant.

— Alors c'est ça, la légende prédominante ici ? fit Liz. L'histoire de Dieu et du diable ?

— Le Père Tout-Puissant n'est pas une chimère, répartit Enndall.

— Et le Malin non plus, j'imagine ? Pourtant tous les monstres que tu combats depuis plus de vingt ans sont à son service. Alors quoi, le Malin et la Citadelle ne font qu'un ?

Enndall resta sans voix.

— Non, non ce n'est pas la même chose, dit-il finalement.

— Tu en es sûr ? Rappelle-toi les certitudes dont Meng a dû se débarrasser chez lui. Il n'y a pas de raison que ce soit différent pour toi.

— Laisse-le tranquille avec son Dieu et son diable, Liz, dit Leonel. Les légendes d'ici sont celles du roi des Aulnes et de la vouivre. Mais tu m'intrigues avec ton ordre des Dragons et tes vingt ans de quête, Enndall.

— J'ai suivi les conseils du vieil homme. Je vous en ai dit le minimum, mais je ne vous ai pas menti, répondit Enndall. J'ai toujours été honnête avec vous.

— Cela va sans dire, conclut Meng avec force, prenant sa défense. La sincérité est la plus importante des cinq grandes vertus. Je ne tolérerai pas d'être guidé par un homme qui en manque.

Enndall se contenta de hocher discrètement la tête et ajouta d'un ton neutre :

— Si vous n'avez pas entendu certaines informations, c'est sans doute que vous n'étiez pas prêts à les entendre.

— Un peu facile, tu ne crois pas ?

— Leonel, on t'a assez entendu, cingla Meng.

— Et ce Baudoin Ebrard, demanda Liz, tu n'en avais jamais

entendu parler ? Tu crois que c'est vrai ce qu'a dit Théobald, qu'il a gagné tous ces prix ?

— Son nom ne m'était pas inconnu. Il a effectivement une sacrée réputation de jouteur.

On frappa à la porte. Meng ouvrit en grand.

— Pour vos objets et vos sacs, comme vous avez demandé, maugréa Ménina, lui tendant un seau d'eau grise.

Elle jeta un coup d'œil envieux à son lit.

— Il n'y a qu'un seul lit, remarqua Meng surprenant son regard.

— Eh bien quoi ? On y rentre bien à cinq tous les soirs, vous aurez qu'à vous serrer un peu !

— Je ne suis pas sûr d'apprécier cette mascarade, avec le frère d'armes de l'oncle de je ne sais plus qui, avoua Enndall alors qu'ils nettoyaient la boue de leurs objets personnels. Quelqu'un va finir par se rendre compte de la supercherie, surtout si toute la chevalerie de la région se rend aux joutes. On va nous accuser d'avoir abusé de la faiblesse de Théobald.

Leonel laissa échapper un petit rire :

— Sa faiblesse ? Il m'avait l'air de très bien savoir ce qu'il faisait. Ce gars a l'esprit complètement tordu, c'est sûr, mais je ne crois pas qu'il soit faible.

— Vous croyez que c'est un archétype ? demanda Ohanko en vidant entièrement son sac sur le sol.

Il avait d'abord essayé de sortir uniquement les herbes et ustensiles souillés, mais tout était si emmêlé dans sa grande besace de cuir qu'il avait fini par abandonner.

— Cette façon qu'il a eue de raconter l'histoire du roi des Aulnes qui emprisonne les jeunes âmes dans son château, exactement comme le fait la Citadelle avec ses élèves…

— C'est incontestablement la version locale de l'histoire de la Citadelle, acquiesça Meng. Il faudra essayer d'en apprendre davantage. Tu n'en avais jamais entendu parler, Enndall ?

— Les légendes sont très localisées à mon époque. Je vous l'ai dit, je ne me suis encore jamais rendu à Carcassona.

— Vous ne trouvez pas étrange que la première personne qui nous accoste nous déballe justement l'histoire qui pourrait nous intéresser ? demanda Leonel. Et si Théobald faisait partie de l'Élite ? Il nous l'a dit lui-même après tout, il s'est fait enlever par le roi des Aulnes. Par la Citadelle.

— Quel intérêt aurait-il à s'exposer ainsi s'il faisait vraiment partie de l'Élite ? demanda Ohanko.

— Quel intérêt a-t-il à faire passer Enndall pour ce frère d'armes ? Il choisit lui-même où nous serons hébergés, nous accompagne sur le chemin et garde un œil sur nous en attendant de recevoir des ordres de la Citadelle. Dois-je vous rappeler que la première action de l'Élite quand nous sommes arrivés en Chine a été de nous inventer une histoire et nous donner des rôles à jouer, avec les princesses ? Je trouve que ce que vient de faire Théobald y ressemble drôlement.

— Dans l'empire du Milieu il a fallu que nous sortions le sablier du sac de Briséïs pour que le chancelier Li comprenne que nous faisions partie de la résistance, dit Enndall. Si le chancelier a été si rapide à créer cette histoire de princesses, c'est parce qu'il avait de toute façon l'intention de se débarrasser de Meng, qu'il faisait surveiller depuis des années. Je n'ai jamais vu ce Théobald, et je n'ai jamais mis les pieds dans cette auberge, ni à Carcassona.

— Théobald nous a vus arriver avec des attrape-idées.

— De vulgaires épuisettes. Les campagnes en sont pleines à mon époque.

— Et tes campagnes sont pleines d'hommes à la peau rouge ou aux yeux bridés ?

— Nous avons notre lot de… silhouettes étranges. Écoute, nous sommes arrivés il y a moins de deux heures, au milieu de la nuit. Les membres de l'Élite n'ont pas pu nous retrouver si vite.

— Alors que si Théobald est un archétype, il a pu venir ici parce qu'il a ressenti la présence de l'escalier, dit Briséïs. Comme l'ermite en Chine, posté juste devant l'escalier. Fu Tsi nous a dit que les archétypes sont attirés par tout ce qui vient du Monde du Rêve, y compris les résistants. Ce serait logique qu'il soit venu nous parler.

— Et qu'il soit fasciné par les légendes d'ici, ajouta Aeneas. Bai peignait le Monde du Rêve avec le *tchi*, et Théobald conte ses histoires.

— Dans ce cas, il ne faudra pas être vu trop souvent en sa présence, renchérit Briséïs. L'Élite surveille les archétypes justement pour être alertée de l'arrivée de résistants.

— Mon frère et ce Théobald ont en commun d'être de grands baratineurs, réfléchit Meng.

Liz retroussa les manches de sa chemise pour plonger en grimaçant son cadre pliable dans l'eau froide.

— Et Théobald partage son goût pour l'extravagance vestimentaire. Ce n'est pas le chancelier Li qui se ferait remarquer de la sorte.

— Le chancelier Li ne s'est pas comporté comme le roi Agis en Grèce, remarqua Leonel. On ne peut pas tirer de conclusion à partir de tactiques de l'Élite d'une autre époque.

— Enndall, pourquoi sommes-nous arrivés ici à ton avis, si tu n'as jamais mis les pieds à Carcassona ? demanda Liz. À cause de ton père peut-être ?

Enndall haussa les épaules. Il n'en avait pas la moindre idée.

Briséïs essuya son sablier avec un torchon. Il avait déjà commencé à couler. Lentement, mais il restait si peu de sable qu'elle ne pouvait être certaine du nombre de jours qui leur serait accordé. Une dizaine, peut-être un peu plus avec de la chance.

— Le temps nous est compté, rappela Meng. L'Élite se trouve parmi les dirigeants, et ce lieutenant nous propose de nous mener droit jusqu'à eux. Nous ne pouvons pas nous permettre de refuser son aide. Je comprends ta réticence à mentir, Enndall. Mais ce n'est qu'un demi-mensonge, puisque tu es bien chevalier et que tu as bien l'intention de libérer Carcassona de ses démons.

— Moi, j'irais bien voir ce que font ces moines dont Théobald nous a parlé, renchérit Liz.

Leonel prit un air solennel et déclara :

— *Il s'enfonçait dans l'ombre et la brume, et derrière lui tombaient plus lentement les plumes de ses ailes.* Je suis sûr d'avoir déjà entendu ça quelque part. C'est bête, hein ? Une impression de déjà-vu, sans doute.

Enndall fit délicatement glisser la boue de la plume blanche qu'il croyait être celle de l'angelot entre ses doigts pincés tout en réfléchissant.

— Carcassona n'est pas la plus grande ville du royaume, mais avec le siège des États du Lengadoc, cela augmente le risque de croiser un Alpha. Il y aura des hommes d'église importants, des barons, des comtes, des seigneurs venus de tout le pays… Il faudra redoubler de vigilance.

La cheminée de la petite chambre était éteinte. Un méchant courant d'air s'infiltrait par l'étroite fenêtre béante sur la nuit. Ils ne portaient que de vieilles chemises rapiécées et avaient plongé leurs mains dans l'eau glacée.

Ils se serrèrent dans le lit aussi large que long, épaules contre épaules, Liz, Leonel, Aeneas et Briséïs d'un côté, croisant leurs jambes avec Ohanko, Meng et Enndall de l'autre. Ils avaient juste la place de se tenir assis, légèrement inclinés. Heureusement, cette fois-ci, il y avait de vrais coussins.

Briséïs sortit quelques feuilles de parchemin de la place du Temps miraculeusement restées au sec, collées contre son carnet de notes et son pendentif orange dans la doublure de son sac. Le décalage horaire aurait suffi à lui faire garder les yeux ouverts. Mais un décalage de siècle… 1450. Elle se trouvait en 1450. La perspective d'une toute nouvelle époque cachée dans l'obscurité de la nuit, de l'autre côté du mur à colombages, d'un monde entier à découvrir, à l'époque des chevaliers, des dragons, des sorcières… C'était bien trop pour réussir à dormir. Elle proposa à ses compagnons un second cours de peinture pour patienter.

Aeneas cala l'unique bougie dans une petite coupelle en fer entre ses pieds, au milieu du lit.

— C'est simple, sans l'être, essaya Briséïs. Il faut vous concentrer sur le mouvement du dessin, sur la vie que vous lui insufflez. Arriver à croire que le mouvement existe déjà, qu'il vous traverse. Le papier n'est là que pour retenir, presque par hasard, la trace d'une vie éphémère, celle de l'inspiration. Non Leonel, le pinceau perpendiculaire au papier, entre ciel et terre, le poignet délié, prêt à s'adapter au mouvement.

— Je ne comprends pas, tu ne dessinais pas quand tu as vu le dragon, et puis le truc tout à l'heure dans le bain. Ce n'est donc pas de dessiner qui nous permettra de voir des chimères.

Liz envoya un coup de coude à Leonel.

— Ne fais pas ton cake, reprends ton pinceau.

— C'est un travail de fond, pour vous permettre d'y croire vraiment. Plus on y croit, plus on risque de les revoir. Peindre vous aide à modifier vos croyances.

— Tiens ! s'amusa Liz, Aeneas, tu es gaucher, je n'avais pas remarqué !

— Tu crois ?

— Ben oui, regarde, tu tiens ton pinceau de la main gauche !

— Et c'est grave ?

— Mais non, tu es juste un artiste, comme moi.

— Mais tu tiens ton pinceau dans la main droite…

— Moi, je suis une artiste dans l'âme, ce n'est pas pareil. Comment voulez-vous qu'on dessine, tous serrés comme des sardines !

— Pourquoi des sardines ?

— Poissons. En boîte. Chut, Aeneas, concentre-toi.

Enndall tirait la langue en tenant son poignet de sa main gauche. Il jetait de temps en temps des coups d'œil inquiets vers le parchemin des autres, pour vérifier leur progression. Ohanko avait déjà rempli les deux côtés de son parchemin. Lui n'avait osé apposer que trois traits.

— Vous n'avez pas besoin de savoir dessiner, écrire ou même tenir un pinceau, appuya Briséïs. C'est votre cœur que vous devez délier, pas votre main.

Enndall reposa son pinceau pour s'essuyer les mains sur ses cuisses. Il passa à autre chose pour ne pas avoir à le reprendre :

— Demain, sur la route, essaye de cuisiner Théobald, Briséïs. Il a l'air de bien t'aimer. Tu pourras peut-être lui soutirer plus d'informations. Et Liz… Je pense que ce serait plus facile pour nous si tu te couvrais les cheveux. Les roux ne sont pas très appréciés dans mon époque.

— J'ai cru comprendre, oui… Ils n'iraient pas jusqu'à me brûler sur un bûcher, tout de même ?

— Non… Mais mieux vaut ne pas tenter le diable.

Le lendemain matin des vêtements les attendaient dans le couloir. Sept piles, rangées dans l'ordre, de la plus grande taille à la plus petite. Briséïs se saisit de la dernière, une robe de lin beige un peu trop large, qui avait dû appartenir à Ménina dans un plus jeune âge. Les manches étaient râpées et les pans de la jupe troués, mais elle avait enfin l'air d'une femme de l'époque. Liz avait hérité d'une robe plus cossue, quoique tout aussi usée. Son velours bleu délavé justifiait mieux le chapeau à rondins et voilette qu'Enndall était allé lui dénicher tôt dans la matinée. Elle avait l'air d'une ancienne noble ayant perdu son fief. Elle inventa aussitôt une histoire, et assigna à chacun le rôle qu'il lui faudrait tenir. Tous étaient sous la protection d'Enndall, qui les avait sauvés d'une attaque de brigands sur les routes de l'Aragon. Peu lui importait qu'ils voyagent en compagnie du lieutenant de Carcassona qui les avait vus avant qu'elle n'endosse son nouveau rôle.

Briséïs n'avait pas beaucoup dormi, mais elle se sentait fraîche, comme au premier jour d'une nouvelle vie. Elle observait chaque détail d'un œil émerveillé, tous ses sens en alerte. Le goût salé du pain aux légumes, l'odeur poignante de l'âtre froid, le couinement des cochons dehors, les voix des hommes et les sabots des chevaux. La toile rêche de sa robe sur sa peau, l'air frais caressant son visage en sortant de l'auberge. Les bourgeons des arbres inondés des rayons du levant, les quelques maisonnettes aux toits de chaume isolées dans la campagne.

Elle se sentait prête à tout affronter. Elle avait déjà traversé deux fois les cieux, avait fait face à la hargne d'un chef de guerre et à la traîtrise d'un chancelier sournois, s'était battue contre des harpies, avait volé dans les griffes d'un dragon. Plus rien ne pouvait lui faire peur. Ou presque…

— Eh bien, demoiselle ? Vous êtes toute pâle, tout à coup.

Le lieutenant de Carcassona lui tendait des rênes. Des rênes reliées à un cheval.

— Excusez-moi, balbutia-t-elle. C'est juste… Je ne m'étais pas imaginé devoir revivre ça de sitôt.

— Revivre quoi ?

Elle pointa du doigt sa superbe et terrifiante monture, sourit bêtement.

— Rien. Il est magnifique, merci.

— Remerciez plutôt votre bienfaiteur. Le chevalier d'Imbert

insiste, il souhaite absolument tout me rembourser dès qu'il aura pu faire venir son écuyer. Et les prix de la vieille folle ne sont pas donnés. Elle sait très bien que les chevaux sont chers en ce moment, avec la réunion des États. Vieille canaille. Seigneur, pardonnez-moi, elle nous est tout de même bien utile.

Théobald lui fit la courte échelle. Elle se cramponna à la crinière, le cœur plein de sa déplorable première expérience équestre. Le cheval fit un pas de côté. Elle se figea d'effroi.

— Détendez-vous, belle demoiselle, rien ne vous arrivera en ma compagnie, assura Théobald en lui tapotant la cuisse, ses yeux croisés pointant à la fois le cheval et la poitrine de Briséïs. Je vais rester près de vous.

Ohanko, trottant à côté sur sa jument alezan, lui lança un clin d'œil complice. Elle lui aurait bien botté les fesses.

Ils avançaient sur le dos d'une colline, dans la lande nimbée de brume matinale et scintillante de rosée.

— Que sais-tu d'autres sur les créatures du Malin ? demanda enfin Briséïs à Théobald, qui chevauchait à ses côtés.

— C'est-à-dire ?

— Tu avais l'air d'en connaître un rayon, hier soir. Où as-tu entendu toutes tes histoires ? Est-ce que tu en as déjà… vu une ?

Théobald sourit d'une oreille à l'autre.

— Tu veux dire, en dehors du roi des Aulnes ? Je sais ce que le père d'Enndallor a rencontré dans la montagne noire. *Ça.*

— Ça ?

— C'est comme ça qu'on l'appelle. *Ça.* La peur suprême. Elle couve dans la montagne noire, dans la bouche de l'enfer, là où personne, pas même mon père, n'ose mettre le pied.

— C'est elle que tu as déjà vue ?

— Non ! Elle fait bien trop peur ! s'exclama Théobald avant d'éclater de rire.

Briséïs avait l'impression désagréable qu'il se payait sa tête.

Il rapprocha son cheval du sien, au point que leurs genoux se touchaient.

— C'est un coquin, votre chevalier, lui susurra-t-il à l'oreille. Il n'a pas hésité une seconde à usurper l'identité d'un autre. Je me méfierais, si j'étais toi.

— Merci, je ferai attention.

— Le cœur s'emballe si vite pour de sombres individus. C'est pourtant le cœur qui doit guider les cinq sens à travers les méandres du monde physique. La vue, l'ouïe, l'odorat, le toucher, le goût ; les rappeler à l'ordre, pour préserver l'âme de tout péché mortel, pour que jamais elle ne subisse *la chute !*

Il avait reniflé tout près d'elle en prononçant *odorat*, caressé sa joue au *toucher*, et l'avait embrassée dans le cou en murmurant le *goût*. Perchée sur son diable à quatre pattes, pétrifiée, Briséïs n'avait pu ni le repousser avec force, ni se dégager brusquement… Ils se trouvaient à l'avant, cachés des autres par un coude du chemin. Elle garda le silence, se concentrant sur le lointain.

— C'est ça, insista Théobald, tu dois suivre le chef de chœur, là, dans ta poitrine. Ou tu subiras une loooongue et interminaaaable chute !

Le cheval de Briséïs plongea la tête en avant pour chaparder quelques touffes d'herbe. Elle lui céda ce caprice, espérant laisser assez de temps à Leonel et Baudoin pour qu'ils les rattrapent. Théobald stoppa également.

— Est-ce que Théobald a vraiment été enlevé par le roi des Aulnes quand il chevauchait avec vous ? demandait Leonel à Baudoin derrière eux.

Briséïs tendit l'oreille.

— Il ne faut pas croire tout ce que raconte mon fils. Il prend un malin plaisir à tirer profit de la crédulité des gens.

— Oh, rassurez-vous, je n'y ai pas cru… Pourquoi êtes-vous venu attendre le chevalier d'Imbert en dehors de la ville ? Ne pouvait-il pas trouver son chemin tout seul ?

— Assurément. Mais je devais me rendre dans les environs : j'ai fait poster des gardes de l'évêché dans tous les villages à dix lieues à la ronde de Carcassona pour surveiller les allées et venues, et je voulais vérifier que tout était en ordre. Les écorcheurs sont encore bien présents dans la région.

— Et aux écorcheurs, vous y croyez ? demanda Leonel, n'osant pas demander ce qu'étaient ces écorcheurs.

— Si je crois qu'ils sont dangereux, vous voulez dire ? Il suffirait de trois de ces anciens soldats assoiffés d'or et de sang pour mettre en péril un village, et ils sont des centaines. On dit que plus de trois cents écorcheurs se seraient regroupés sous les ordres d'un seigneur déchu du nom de Mayeul. Ils voudraient profiter de la présence de tous ces représentants des États pour s'allier aux mercenaires espagnols qui grouillent dans les montagnes des Pirenèus, former une armée de taille et attaquer Carcassona, faire prisonniers les seigneurs et réclamer des rançons au roi. Ils en seraient bien capables. Les esprits malfaisants ne sont pas de mon ressort, mais si je peux rassurer l'archevêque pour ce qui est des malfrats…

— Savez-vous comment j'ai su que messire d'Imbert se rendrait aux joutes ? fanfaronna Théobald, attrapant les rênes du cheval de Briséïs pour le rapprocher du sien alors que Baudoin et Leonel arrivaient à leur niveau. J'étais parti en voyage chez l'oncle du cousin germain, mort de noyade, le pauvre ; l'oncle devait m'enseigner les règles de bienséance attendues des chevaliers. Paraît qu'il m'en manque quelques-unes. Messire Imbert du Dragon était là, et ça lui a bien plu quand il a ouï dire qu'un tournoi prenait forme. Il a une sacrée stature, ce chevalier-là. Tellement droit, tellement honnête.

— Je ne crois pas qu'elle aime que tu la tiennes par la bride, l'apostropha Leonel, poliment autoritaire.

— Et moi je crois que je peux me défendre toute seule, riposta Briséïs, arrachant ses rênes des mains de Théobald.

— Bon, si tu le dis…

Baudoin foudroya son fils du regard.

L'agacement de Briséïs surpassa sa peur de sa monture. Elle la poussa furieusement en avant en secouant les jambes contre ses flancs.

Théobald lui colla au train tout le long du chemin. Il n'en finissait pas de déblatérer. À chaque histoire, elle avait un peu plus le sentiment qu'il se moquait d'elle. Sa tête bourdonnait.

— … C'est ce que je lui disais. J'ai une sœur qui te ressemble beaucoup. Elle a trois ans de plus que moi, si fait qu'elle doit bien en avoir dix de plus que toi. Elle a le même air excédé quand je lui parle. Les mêmes cheveux bouclés aussi. Mais blonds. Elle a le nez plus rond et les joues plus creuses, vous n'avez pas du tout la même carrure, et quand elle sourit, on ne lui voit pas la gencive comme toi. Mais vous avez le même air effronté. Enfin, je crois bien qu'on la voit, la tienne. De gencive. Souris voir un peu ? Ma mère est plus jolie. Très jolie. Plus jeune que mon père, et plus triste aussi. C'est moi qui la rends triste, je crois bien. Tant pis, hein ? C'est la fille du sénéchal. Le seul de ses enfants qui a survécu passé ses quinze ans.

Il lui donna une tape brusque sur l'épaule.

— Ne fais donc pas cette tête-là ! C'est moche à voir ! À qui tu me fais penser ? Je ne sais plus… Tu as comme un nuage noir au-dessus de ta tête. D'ailleurs, tu sais comment il faut faire pour chasser un esprit de la tempête ?

— Non… Raconte-moi.

— Facile, il suffit de repérer la formation de corbeaux qui les accompagne toujours, et de tirer à l'arc en plein milieu. La flèche doit être bénie, bien sûr. Le tempestaire tombe direct, avec son sac plein de grêlons.

— On t'a raconté cette histoire ? Ou tu as vu quelque chose qui y ressemblait ?

— Tu veux voir des créatures, hein ? Il faut être patient et attentif. On ne repère jamais d'un premier coup d'œil une créature du mal. Ou alors du coin de l'œil, l'espace d'un instant. Elles se cachent, elles sont timides. Elles attendent de voir dans quel état tu te trouves. Il faut suivre leurs règles aussi. N'espère pas voir le Mourioche avant d'avoir fait trois fois le tour à cloche-pied d'un tabouret à trois pattes, une pincée de sel dans la main gauche et une plume dans le cul, tu pourrais attendre longtemps ! Et la Brandhax, par exemple, pour lui donner son peigne, et qu'elle ne vienne pas avec sa chevelure enflammer toutes les forêts du pays, si tu veux la faire venir, il faudra bien d'abord que tu boives la soupe aux sept vents, debout sur un pied dans un ruisseau, un brin d'herbe entre les dents ! Dis voir un peu ce que tu as retenu de ce que je viens de dire ?

— Je…

— T'es bien une fille, rien dans la caboche. Sais-tu pourquoi il faut suivre des instructions aussi bêtes et méchantes ? Il fut un temps où Dieu Tout-Puissant ne fermait pas sa gueule. On l'entendait, et on savait. Mais on l'a déçu. Si bien qu'après, il nous a laissés tout seuls, comme des cons. Et comme ça fait bien longtemps de ça, on a tout oublié. On sait plus, alors on a plus qu'à suivre les instructions des ancêtres, bêtes et méchantes. Ha ha ! Ça y est ! Je sais à qui tu me fais penser ! Une trouille-de-nouille ! En voilà quelques-unes qui ont bien chuté ! Belles, nobles et puissantes qu'elles furent autrefois…

— Une quoi ?

— Trouille-de-nouille ! Reine des désirs charnels, mendiante prête à se jeter sur le premier nigaud qui passe. L'œil terne mais affûté cherche, épluche, dissèque, la bouche molle salive, les narines enflent, reniflent tout autour… Où donc trouver sa prochaine proie ? Déjà ses cuisses monstrueuses, ses hanches démesurées sous son torse de fillette frémissent, oui ! Ça y est ! Elle l'a trouvé ! Mais la trouille-de-nouille ne cherche qu'un galopin pour la nuit, toi, tu veux connaître le Malin en personne ! Ta large chair obscène frémit tout pareil. Ne te vexe donc pas, je vais t'aider. C'est facile, il suffit de chevaucher le souffle des légendes.

Fort heureusement, la ville de Carcassona venait d'apparaître à l'horizon. Briséïs se concentra sur le magnifique îlot de remparts et de tours pointues perdu dans une vallée de verdure, au pied d'une grande montagne noire et à l'orée d'une chaîne de montagnes plus grande encore, aux chapeaux enneigés. Elle se sentait déjà beaucoup mieux.

— Oui, soupira Théobald, devinant son émoi. Elle a la beauté d'un ange. Mais la nature du diable.

5

ENNDALLOR D'IMBERT

Sept siècles plus tôt, la capitale chinoise leur avait offert, avec ses murailles de terre, un spectacle saisissant de puissance et de majesté. Une magie similaire se dégageait des fortifications de pierre blanche entourant le château de Carcassona, perché sur une colline, et de la cité en contrebas dans laquelle ils pénétrèrent. Mais contrairement à la capitale chinoise, les rues étroites de la ville basse de Carcassona, pourtant rectilignes, n'offraient aucune impression d'ordre ni de contrôle. Sitôt passée la porte ouest de la ville, le paysage de contes de fées s'évanouit pour laisser place à un furieux capharnaüm. Le long des ruelles de terre battue, les rigoles débordaient d'immondices. Des bicoques en bois s'agglutinaient pêle-mêle, tenant miraculeusement debout, appuyées contre de grands hôtels particuliers, de vastes palais de pierre sculptés et de petites maisonnettes à colombages, le long desquelles pendaient des enseignes pittoresques. Dans les ruelles étroites, les façades à colombages colorés des grands édifices à six étages tanguaient au-dessus des passants, et leurs toits engloutissaient le ciel. Les effluves de la rue étaient plus pestilentiels encore que dans la porcherie du soir précédent : cadavres de chiens errants, viscères et mares de sang dans la rue des bouchers, seaux d'urine et fientes de poules chez les tisserands, chaux, soufre, soude et suif pour les tanneurs s'ajoutaient au relent général d'excréments, de pourriture et de plats chauds préparés sur les étals. Les chevaux zigzaguaient entre auvents et piétons, oies, cochons et rats. Baudoin pointa du doigt le château perché au sommet de la cité et s'époumona :

— J'espère que vous ne verrez pas d'inconvénient à être logés dans l'hospice de la cathédrale, toutes les auberges ont déjà été mobilisées.

Briséïs imagina naïvement que les rues là-bas seraient moins encombrées, moins bruyantes, et les odeurs plus supportables. Elle entretint cette illusion en passant sur le magnifique pont de pierre qui enjambait la rivière joyeuse et peu profonde séparant les deux parties de la ville, chacune prisonnière de ses remparts aux tourelles pointues. La vue sur le château y était imprenable. Mais elle déchanta bien vite, une fois les premières, puis les deuxièmes portes fortifiées de la cité haute franchies. Non seulement la cacophonie et la puanteur y campaient d'une manière aussi insupportable, mais les rues encore plus étroites et tortueuses ne laissaient aucun répit à ses sens submergés.

— C'est beau, soupira Liz, les yeux pétillants, encore envoutée par le conte de fées.

Une main protégeant son nez, Ohanko la regarda comme si elle venait d'avaler une limace gluante.

— Merci, lui répondit Enndall, empreint d'une soudaine fierté.

— Est-ce que je pourrais avoir un chapeau comme ceux-là ? ajouta-t-elle, désignant trois femmes à l'allure noble, vêtues de robes aux couleurs vives, exhibant une coiffe pointue parée de grands drapés transparents flottant comme des voiles de fées.

— Un hennin ? Je t'en ferai porter un si cela peut te faire plaisir.

— Et une baguette magique ? s'amusa Leonel, tu pourrais lui trouver ça, Enndall ?

— Je n'ai pas compris la blague, fit Aeneas, voyant Briséïs rire sous cape.

— C'est parce qu'elle n'est pas drôle, répliqua Liz d'un ton sec, sous les rires redoublés de Briséïs et Leonel.

Des enfants jouaient pieds nus dans la boue d'un caniveau, au milieu d'une courette où Baudoin mit pied à terre, près de la cathédrale. Un jeune religieux au crâne tonsuré vêtu d'une toge beige sortit d'une grande bâtisse au colombage rouge sombre et chassa les enfants d'un geste vif, pour mieux accueillir le seigneur et ses invités.

— Messire Ebrard, vous êtes de retour ! Soyez le bienvenu.

— Bonjour Jacin, le chevalier d'Imbert et sa suite séjourneront à l'hospice le temps des joutes. Veille à ce qu'il leur soit fait une place confortable.

Jacin écarquilla des yeux inquiets, puis hocha la tête d'un air décisif.

— Les pèlerins devront se tasser un peu, mais ce sera fait.

— Est-ce qu'il t'a donné des informations intéressantes ? demanda discrètement Enndall à Briséïs en désignant Théobald qui s'amusait à faire peur aux enfants en poussant son cheval échauffé vers eux.

— Je me fiche pas mal qu'il soit un archétype ou non, ne me laissez plus jamais seule avec ce détraqué, répondit-elle à mi-voix. Franchement, je comprends sa mère.

— Il t'a parlé de sa mère ?

— Il a juste dit qu'elle était triste. Il y a de quoi.

Enndall hocha la tête, pensif.

— Quels sont ces chants ? demanda Baudoin. On dirait qu'ils viennent de la cathédrale, ce n'est pourtant pas l'heure d'un office.

— Les obsèques de messire de Cournonsac. Elles ont été retardées, messire.

— De deux jours ?

— Monseigneur l'archevêque souhaitait terminer quelques affaires avec l'ensemble de la guilde des marchands avant que certains d'entre eux ne repartent vers Nîmes.

— Ne pouvait-il pas utiliser l'hôtel de la guilde ?

— Il y avait beaucoup de monde, messire. Seule la cathédrale était assez grande.

Baudoin acquiesça, visiblement contrarié, puis se tourna vers Enndall.

— Je vais devoir me rendre à la cathédrale pour rendre hommage au chevalier de Cournonsac.

— Oui, c'est fort ennuyeux, soupira Théobald qui descendait de cheval.

Baudoin ignora la remarque, gardant son attention sur Enndall.

— Théobald peut vous accompagner chez nous en attendant mon retour, ainsi vous n'aurez pas à attendre pour vous restaurer proprement. Je doute que les repas servis à l'hospice ne soient très copieux.

— Merci, répondit Enndall, mais si vous n'y voyez pas d'inconvénient, je préférerais moi aussi témoigner de mon respect à l'un de mes confrères.

— C'est tout à votre honneur.

Un hymne de toute beauté s'élevait de la cathédrale gothique. Depuis le parvis, ces voix d'hommes semblaient faire vibrer les pierres sacrées et éveiller les gargouilles menaçantes penchées vers eux depuis les hauteurs des tourelles.

Baudoin les fit pénétrer par une petite porte découpée à l'intérieur d'une plus grande, ceinte dans un arc de pierre. Briséïs fut d'abord frappée par la douceur de l'air embaumé d'encens, puis par la puissance des chants, magnifiés à l'intérieur de l'enceinte sacrée. La lumière finit de l'éblouir. Derrière la foule recueillie, tête baissée et mains jointes, des rayons colorés traversaient les splendides vitraux et les volutes de fumée de l'encensoir, pour s'échouer dans le chœur de la cathédrale. Une multitude de bougies éclairaient l'autel, faisant étinceler un immense crucifix en or et de nombreux trésors ornés de pierres précieuses. Tout près, baignant dans ce jeu de lumière, gisait un homme dans une armure rutilante. Les pleurs des nobles agenouillés auprès du défunt teintaient le cantique des clercs d'une mélancolie poignante.

Enndall mit un genou à terre pour se signer. Liz l'imita avec ferveur. À la fin du cantique, un homme d'Église somptueusement vêtu s'avança pour s'adresser à la foule. D'une cinquantaine d'années, les épaules carrées et le visage sévère, il représentait l'image d'austérité qu'avait Briséïs du clergé de l'époque. Un homme rondelet vêtu d'une robe plus sobre l'annonça en clamant d'une voix fluette :

— Monseigneur l'archevêque de Tolosa !

Ce dernier le remercia d'un signe de tête, et d'une voix posée qui portait jusqu'au fond de la cathédrale, déclara :

— Dieu veut que l'homme soit soumis à l'homme doublement :

au seigneur charnel, parce qu'il est chair, et au seigneur spirituel, parce qu'il est esprit. Et de même que l'esprit commande à la chair, les préceptes spirituels doivent être placés au-dessus des préceptes charnels. Écoutez-moi, gens du Lengadoc, car en ces temps obscurs, les périls pour l'âme n'ont jamais été si grands.

« Satan commit la faute suprême et tomba des cieux, pour l'éternité. Sa chute physique s'accompagna d'une seconde, plus cruelle. Son âme fut déchirée. Il perdit ses plumes, ses ailes se racornirent, son visage devint vil, sa peau se couvrit de pustules et ses ongles poussèrent comme les griffes d'un lion. Mais surtout, s'ancra en lui une profonde douleur dont jamais rien ni personne ne pourra le libérer. Satan est le plus grand des anges déchus. Pourtant, il n'est qu'un parmi tant d'autres. *Car Dieu n'a point épargné les anges qui ont péché, mais les a précipités dans les cachots de ténèbres, pour les garder en réserve pour le Jugement Dernier.* Ceux d'entre eux qui se rendirent moins coupables d'orgueil que le diable ont été réservés pour les apparitions trompeuses destinées au châtiment des hommes.

« Qui aime bien, châtie bien. Les coups de griffe et de croc dont a été victime le chevalier de Cournonsac ne sont qu'une douce caresse en comparaison de ce qui attend les pécheurs en enfer. Ne vous méprenez pas. Le véritable danger ne se cache pas dans la montagne, ou même dans les coins sombres des ruelles de Carcassona. Il se cache dans le cœur de chacun d'entre vous, qui dans sa folie crache à la figure du Tout-Puissant Créateur. Messire de Cournonsac a payé de sa vie les fautes d'un peuple qui se complaît dans l'orgueil, l'avarice, la paresse. Dans le mensonge, l'adultère, et les pires ignominies. Tous les chevaliers du monde ne sauraient venir à bout de telles calamités.

« Entendez la prière du serviteur de Dieu ! Repentez-vous, soumettez-vous à la direction de l'Église. Retrouvez le droit chemin, pour que le sacrifice de messire de Cournonsac n'ait point été vain. Loué soit le Seigneur.

— Loué soit le Seigneur, répondit en chœur l'assemblée.

— Rendons grâce une dernière fois à l'un des plus grands chevaliers de ce royaume.

Briséïs échangea un regard discret avec Enndall, qui acquiesça d'un air entendu. Qu'il en ait conscience ou non, l'archevêque de

Tolosa tenait un discours construit de toutes pièces par les serviteurs de la Citadelle. Suivez sa direction disait-il, ou elle continuera à vous rendre la vie impossible avec ses chimères.

Les chants reprirent, et une procession s'avança lentement depuis les bancs de la nef vers l'autel pour saluer le chevalier étendu sur sa stèle. Baudoin les invita à la rejoindre. Progressant lentement vers le chœur, Briséïs chercha un moyen d'éviter une rencontre directe avec l'archevêque sans attirer l'attention. Elle remarqua que seuls les membres de l'assemblée richement vêtus semblaient être autorisés à s'approcher du défunt. Avec sa robe beige usée et sa cape délavée, elle faisait pâle figure, et les autres ne valaient guère mieux. Enndall paraissait être arrivé à la même conclusion : au niveau de la croisée du transept, devant la dernière rangée de bancs, il ralentit et chuchota à l'oreille de Baudoin :

— Peut-être devrions-nous rester en bas.

— Certainement pas, répondit Baudoin, l'invitant à gravir les premières marches vers l'autel.

Enndall lui emboîta le pas malgré lui.

La procession se terminait et les proches du chevalier, agenouillés auprès de lui, se relevaient les uns après les autres. Aucun ne paraissait aussi dévasté qu'une belle jeune femme au visage rougi par les larmes, pleurant encore aux pieds du défunt. Le cœur serré, Briséïs l'observa lutter pour reprendre possession de ses moyens.

Voyant Baudoin arriver, certaines personnes descendirent de l'estrade pour lui laisser la place avec ses invités. L'homme d'Église rondelet leva un bras à l'intention des clercs, qui achevèrent promptement leur cantique.

— Messire Baudoin Ebrard est de retour, annonça-t-il de sa petite voix. Puisse son voyage nous apporter de bonnes nouvelles, pour soulager notre peine.

— La tristesse que me cause la mort de mon beau-fils ne saurait être soulagée, répondit Baudoin. Mais j'apporte avec moi un nouvel espoir, qui dans un jour prochain nous assurera de l'utilité du sacrifice de messire de Cournonsac. Les bénédictions de Monseigneur l'archevêque de Tolosa et de Monseigneur l'évêque de Carcassona, les prières de nos prêtres, des fidèles, ne sont pas restées vaines. Le Seigneur Tout-Puissant nous a entendus. Le chevalier d'Imbert, ici présent, est le premier de nombreux chevaliers qui viendront défendre notre ville. Dans quelques semaines, nous célébrerons la fin des joutes et le début d'une ère nouvelle. Loué soit le Seigneur.

— Loué soit le Seigneur, marmonna Enndall avec la foule de la cathédrale, la tête baissée, jetant des regards discrets autour de lui.

La jeune femme aux pieds de son époux semblait ne plus pouvoir tenir debout. Deux hommes la guidèrent vers le bas de l'estrade, accompagnés d'une dizaine d'autres femmes. Les nobles firent place aux dames, sans cacher leur curiosité à l'égard de l'étonnant chevalier accompagné d'hommes curieusement colorés. Enndall, visiblement gêné de l'attention qu'on lui portait, s'écarta lui aussi respectueusement du cortège de femmes. L'une des dames, arrivée à sa hauteur, sembla soudain prise de vertiges. Il se précipita pour la rattraper avant qu'elle ne s'effondre.

Un rire aigu traversa la nef.

Théobald s'avança vers Enndall, accroupi, la belle femme d'une cinquantaine d'années dans ses bras.

— Ma mère aime le spectacle ! s'écria-t-il avec un sourire dément.

— Théobald ! Pas maintenant ! gronda Baudoin dans une sourde fureur, lui saisissant le poignet.

Il fit un signe discret à un clerc posté à ses côtés. Ce dernier se tourna vers un supérieur. Aussitôt un cantique s'éleva, détournant l'attention des fidèles.

On aida la mère de Théobald à se relever et Baudoin invita Enndall à le rejoindre auprès du chevalier étendu devant l'autel. L'homme rondelet, l'évêque de Carcassona, repositionna nerveusement son large chapeau évasé, lissa mécaniquement sa cape brodée d'or par-dessus sa soutane pourpre, leva les bras et récita quelques prières. Face à la foule, à la vue de tous, Enndall fixait le chevalier de Cournonsac d'un air troublé. Un rayon de lumière rougeoyant colorait ses cheveux bruns et accentuait les plis de son front.

Les chants reprirent de plus belle. Enndall murmura une prière, ignorant délibérément la sourde rumeur qu'il provoquait sur les bancs de la cathédrale.

Briséïs promena son regard le long des immenses colonnes soutenant la nef, sur les voûtes de pierre loin au-dessus de leurs têtes et sur les rosaces grandioses, si semblables à celles de la bibliothèque de la Citadelle. Était-ce les voix des moines, la beauté du lieu ou ses recoins sombres qui laissaient cette impression de mysticisme, à la fois envoûtante et inquiétante ? Un sentiment étrange l'envahit peu à peu. L'espace d'un instant, elle crut entendre des rires descendre des colonnes de la nef, se mêler au cantique. Mais il n'y avait rien sur le haut des colonnes que des statues de saints empreints de piété. Théobald se tenait sagement près de son père, tête baissée. Six chevaliers s'approchèrent du défunt pour le porter cérémonieusement hors de la cathédrale. Briséïs chassa son pressentiment, riant intérieurement de ce que Leonel dirait si elle lui avouait ses pensées.

Justement, il lui tirait le coude. Elle suivit son regard jusque vers les clercs debout autour de l'autel.

— Regarde, lui glissa-t-il à l'oreille, celui-là ne comprend rien de ce qu'il chante.

Briséïs se concentra sur le petit homme au front proéminent qui s'appliquait à chanter en ouvrant grand la bouche. Elle perçut tout à coup la dissonance de son chant, et l'apparente différence du mouvement de ses lèvres par rapport aux autres. Il était le seul, semblait-il, à prononcer les paroles de l'hymne en latin. Pourtant, réalisa Briséïs, les autres chantaient forcément également en latin, bien qu'elle les entende en français.

Émerveillée de cette magie qu'elle tendait à oublier de temps à autre, Briséïs étudia les autres clercs, plongés dans une consternation appropriée à la situation. Elle fut soudain saisie d'effroi. Un jeune clerc au visage longiligne et pâle ne chantait pas. Il la regardait droit dans les yeux, sans ciller, avec une intensité déconcertante. Comme s'il avait trouvé en elle la pièce dérangeante du tableau des obsèques. Comme s'il avait souhaité lui dire : *je sais qui tu es*. Elle voulut attraper à son tour le bras de Leonel pour le lui montrer, sans pouvoir se détacher du regard hypnotisant du clerc. Mais Leonel ne se trouvait plus près d'elle. Il avait suivi la queue de la procession qui redescendait les marches de l'estrade derrière le cortège du défunt. Briséïs s'empressa de le rejoindre. Le clerc, impassible, ne la quittait pas des yeux.

La cathédrale s'était vidée peu à peu, le cortège descendait dans les rues de la cité. Resté en arrière sous le porche de la cathédrale,

Baudoin attendit que la foule se soit éloignée pour s'adresser d'un ton grave à Enndall :

— Je m'excuse de ne pas vous avoir parlé du malheureux sort réservé à mon gendre, le chevalier de Cournonsac. Voyez-vous, les obsèques auraient dû être finies depuis longtemps. J'espérais ne pas avoir à vous en parler.

Enndall acquiesça :

— Il est allé chasser la vouivre et il s'est fait tuer.

— Je ne voulais pas vous décourager d'aller la chasser à votre tour. Je portais mon gendre en haute estime, mais je reste persuadé qu'il a commis une faute grave qui a causé son trépas. La vouivre n'est pas imbattable. Tout bon chevalier, comme vous l'êtes assurément, a ses chances de réussir. Ne vous tourmentez pas trop, pensez plutôt aux nombreuses récompenses qui vous attendront à votre retour, en plus de la satisfaction d'avoir libéré une ville… Nous avons tous ici besoin de votre aide, il ne s'agit pas d'une vengeance personnelle.

— Bien entendu, répondit Enndall à mi-voix. Pourquoi n'aviez-vous pas prévu au départ d'assister aux obsèques ? Si vous me pardonnez ma curiosité…

— Cela a été un choix difficile, mais j'avais estimé plus important de montrer à la ville que les autorités prenaient les choses en main sans attendre. Et puis… Cela me permettait d'éloigner Théobald. Il a un don surprenant pour ne jamais faire ce qu'il faut au bon moment, et pour mettre les foules mal à l'aise. Nous avons évité le pire, tout à l'heure. Un office diabolisé, avec ce qui se passe en ce moment, c'est la dernière chose dont nous avons besoin.

Baudoin prit Enndall par les épaules, comme pour s'assurer de la fermeté du chevalier, puis fit venir un clerc qui se tenait en retrait sur le parvis.

— Le père Narcis vous tiendra compagnie pendant la mise en terre du chevalier. Je ne tiens pas à ce que vous ayez à subir davantage cette atmosphère de deuil. Mais j'aimerais vous inviter à dîner ce soir.

— Nous apprécions votre bonté, mais il ne me paraît pas judicieux d'imposer notre présence après ce que votre famille vient de vivre. Votre femme préférera se reposer plutôt que de veiller au bien-être d'inconnus.

— Vous êtes un preux chevalier, mais aussi un homme de tact. Merci infiniment de votre présence. Permettez-moi au moins de me charger d'envoyer un émissaire quérir vos hommes et vos titres en votre domaine.

— J'ai déjà envoyé quelqu'un, tôt ce matin, depuis l'auberge. Je ne voulais pas perdre de temps, les joutes sont pour bientôt.

— Plein d'esprit, et prévoyant ! Je sens que nous allons bien nous entendre.

Le lieutenant Ebrard les salua d'un signe de tête et les laissa en compagnie du chanoine.

— Où auront lieu les joutes ? demanda Enndall à l'homme d'Église.

— Au pied du chemin de ronde, messire.

— Dans cette prairie, près de la rivière ?

— Oui messire.

— Et comment y accède-t-on ?

— Par le pont qui relie la ville basse et la ville haute, messire.

— Très bien. Retournez à vos affaires, père, vous êtes certainement très occupé en ce moment. Je trouverai mon chemin tout seul.

D'un ton déterminé, Enndall annonça à ses amis qu'il comptait bien mettre à profit la fin d'après-midi qu'on leur accordait pour tester les théories de Llyr. Il ne voulait pas perdre de temps. Il semblait avoir été particulièrement affecté par le décès du chevalier. Peut-être, se dit Briséïs, prenait-il davantage conscience de la réalité du danger de retour dans son époque, face à la dépouille d'un confrère. Un coup d'œil à Liz lui apprit qu'elle partageait son avis mais ne trouvait pas approprié d'aborder le sujet pour l'instant.

— J'ai une idée, dit la comédienne. S'il faut utiliser tous les objets à notre disposition pour faire traverser le cadre vide aux chimères, nous devrions tenter d'incorporer aussi les cadeaux de la vieille femme. On ne sait jamais. Si mon parfum peut nous révéler un escalier, pourquoi ne pourrait-il pas nous montrer une chimère ?

— Pourquoi pas, répondit Enndall. Teste ce que tu veux. Mais sans le sablier. Nous ne voulons pas risquer de nous faire repérer par les angelots.

— De toute façon l'Élite a utilisé mon sablier pour prendre le contrôle des chimères, dit Briséïs, et ce n'est pas notre but.

Ils suivirent Enndall au pied du chemin de ronde, là où auraient bientôt lieu les joutes. La grande prairie était coupée en son milieu par une série de bosquets d'arbres couverts de feuilles vert tendre. Enndall circula entre les troncs, caressant les écorces du bout des doigts, examinant chaque point de vue, avant de se décider pour un coin de la prairie à l'abri des regards indiscrets, derrière des buissons touffus, où ils pourraient faire leurs expériences sans attirer l'attention. Chacun sortit son ustensile : attrape-idées, miroir, cadre vide, entonnoir et babioles, épée.

Son pinceau perpendiculaire à sa feuille, Briséïs inspira profondément pour se vider l'esprit et se concentrer sur la sensation du *tchi*. Le vent dansait le long des hautes herbes, dans les feuilles des arbres, et accompagnait d'une douce musique le ruissellement sourd de la rivière. Le calme était surprenant, comparé à l'agitation continue qui régnait tout près, derrière les hautes murailles des deux parties de la ville. Briséïs ferma les yeux, et pour retrouver pleinement l'énergie des chimères, imagina le dragon jaune de Chine jaillir de la rivière. Des picotements envahirent sa main droite qu'elle laissa agir à sa guise, se promenant au-dessus de sa grande feuille beige. Une ligne gracile apparut sur le papier, une épine dorsale, une crête, de grands crocs, des yeux exorbités. Briséïs n'était pas soudainement devenue experte en peinture. Un regard non averti aurait sans doute qualifié son dragon maladroit de grossier barbouillage. Mais le mouvement était là, et rien d'autre à ses yeux ne comptait. Emportée dans son élan, elle peignit deux, trois, quatre, dix dragons l'un après l'autre, chacun sur une nouvelle feuille qu'elle courait ensuite répandre autour de Liz. Celle-ci, plantée au milieu de leur terrain d'expérimentation, multipliait ses essais de combinaison d'objets. Plus de deux heures passèrent ainsi, sans résultat. Liz faisait preuve d'une grande ingéniosité, mais même une artiste futuriste épaulée de compagnons venus des quatre coins du temps avait ses limites. Peu à peu ses propositions logiques s'étiolèrent, et elle s'emmêla les pinceaux, empêtrée dans ses ustensiles.

— … Peut-être si je souffle dedans ? proposa-t-elle à court d'idées, le bout de l'entonnoir coincé entre ses dents. Un peu plus tôt, elle y avait accroché l'éventail, au bout duquel pendait le diapason d'Aeneas. Le tout survolait la boule de cristal, en équilibre sur le dé à coudre, posé sur la boussole d'Ohanko que la comédienne tenait à bout de bras. Le cube de bois de Meng sous le coude, elle agitait encore les baguettes d'Enndall, et aspergeait énergiquement l'air d'eau de parfum, comme si elle avait voulu chasser des fantômes.

— Ça marcherait mieux si tu mettais la boule de cristal en équilibre sur ta tête, suggéra Leonel.

— Du crois ?

— Ou alors non : mets plutôt l'entonnoir à l'envers sur ta tête, et la boule de cristal en équilibre par-dessus.

— C'est du sérieux, Leonel, arrêde avec des âneries.

— Mais je suis très sérieux, se défendit Leonel, négligemment accoudé à son grand cadre qu'il avait cessé de brandir.

— Tu pourrais essayer de faire sonner le miroir avec le diapason de l'escalier, proposa enfin Aeneas.

Meng s'approcha de Liz pour lui présenter le miroir. Lentement, Liz se pencha pour que la fourche de métal vienne cogner contre le miroir sans qu'elle n'ait à toucher à sa savante composition.

Une bourrasque plus violente que les autres balaya le feuillage des arbres. Un frisson parcourut Briséïs. Une grosse tache d'encre s'écrasa sur sa feuille. Aeneas et Ohanko se campèrent sur leurs jambes, à l'affût, prêts à bondir. Enndall leva son épée et se signa discrètement du pouce.

— Tenez-vous prêts, murmura-t-il.

Liz n'osait plus bouger. Le diapason pendu au bout de l'éventail, accroché au bout de l'entonnoir coincé entre les dents de la comédienne, tournoyait furieusement autour de la sphère divinatoire.

— Il bouge dout seul, ce n'est bas moi… fit-elle.

— Bien sûr que c'est toi, regarde comme tu trembles ! s'esclaffa Leonel, excédé par tant de bêtises.

La bourrasque se calma.

— Briséïs, est-ce que tu vois quelque chose ? Dans le miroir ? demanda Enndall entre ses lèvres serrées.

— Non, il n'y a rien…

Un mouvement dans les buissons attira son attention. Elle se figea. Deux prunelles noires brillaient dans le feuillage. Elle se leva d'un bond. Les yeux disparurent au milieu des branchages, et bientôt le bruit de pas précipités s'estompa. Briséïs se jeta à la poursuite de l'intrus.

Elle fonça dans le bosquet d'arbres, sans penser que sa longue robe s'empêtrerait dans les ronces. Elle arriva de l'autre côté toute essoufflée, juste à temps pour voir la silhouette de Théobald s'engouffrer dans une maison accolée aux grands remparts de la ville haute. Son cœur se serra. Si Théobald rapportait leurs étranges agissements aux autorités ecclésiastiques, Briséïs ne donnait pas cher de leur liberté. Il fallait le rattraper avant qu'il ne fasse une bêtise. Elle s'élança sur la pente douce qui menait aux remparts, bataillant contre les hautes herbes, sa lourde robe retroussée dans ses mains.

— Briséïs ! Qu'est-ce que tu fais ?

Aeneas, au pied des premiers arbres, son filet à papillons à la main, ouvrait les bras d'un air confus. Elle n'avait pas le temps de lui expliquer.

— J'arrive ! grimaça-t-elle avant de reprendre sa course.

La maison dans laquelle Théobald s'était engouffré n'était pas la seule bâtie contre les remparts, mais c'était certainement la plus grande et la plus austère, avec son toit de tuiles et un seul petit carré béant, de la taille d'un ballon, en guise de fenêtre. Briséïs n'eut pas le temps de frapper à la porte basse. On l'ouvrit de l'intérieur, et un homme à l'air sévère, vêtu d'une bure délavée, se pencha vers elle.

— Oui ?

— Bonjour, j'aimerais voir Théobald, s'il vous plaît.

— Revenez plus tard, je me confesse.

L'homme se retourna pour observer Théobald, à genoux sur la terre sèche dans la pièce sombre, les mains jointes face à une grille fermant un passage sous-terrain. Des gémissements montaient depuis le tunnel scellé.

— Théobald… j'aimerais te parler.

— Je me confesse, répéta Théobald avant de se retourner. Mais si c'est pour parler fantasmes diaboliques, je suis tout ouïe. Et je suis sûr que le père Asemar sera également ravi. De quoi s'agit-il ?

Briséïs lança un regard méfiant au père Asemar. Ses cheveux épars sur un front lisse et brillant, son nez étriqué et ses lèvres serrées n'inspiraient pas confiance.

— J'aimerais te parler en privé.

— Vous pouvez vous exprimer librement ici ma fille, s'interposa le père Asemar. Un prêtre sait tenir sa langue, et un bon chrétien ne devrait pas avoir de secrets pour l'Église. De quoi s'agit-il ?

— Certainement des petites expériences du chevalier d'Imbert dans la prairie, répondit Théobald avant que Briséïs n'ait pu ajouter un mot. Avez-vous déjà attrapé votre premier démon ? Il doit assurément y en avoir quelques-uns, au bord de la rivière.

Le père Asemar ouvrit des yeux ronds, sortit de la maison pour mieux observer la prairie.

— Comment ça, des expériences ? Que faites-vous au bord de la rivière ?

— Ce que fait la vieille Marthe quand vous ne passez pas par là, et ce qu'ont fait les trois bougres enfermés dans votre cachot, mon père. Tiens, d'ailleurs, j'oubliais les présentations. Briséïs ; père Asemar, inquisiteur de Carcassona. Oh, et vous vous trouvez sur le pas du Mur, où sont emprisonnés les sorciers et hérétiques du pays. J'aime venir me confesser ici. Cela me rappelle ce qui nous attend, nous autres pauvres pécheurs, marionnettes des démons.

Le père Asemar n'eut pas besoin de vérifier les dires de Théobald. La culpabilité était peinte sur le visage blême de Briséïs. Rouge de colère, l'inquisiteur s'empara d'un crucifix, bouscula Briséïs et descendit à grands pas la pente douce, grommelant le nom du Christ et des Saints Évangélistes. Tout ce que Briséïs put lui dire pour le ralentir, le persuader d'une erreur et le faire rebrousser chemin tomba dans l'oreille d'un sourd.

Briséïs maudissait sa maladresse. Pourquoi diable n'était-elle pas capable de mentir ? Aeneas était allé rejoindre les autres. L'inquisiteur allait les prendre en flagrant délit de sorcellerie. Briséïs était certaine que Théobald avait fait exprès de se faire remarquer avant de courir chez l'inquisiteur, pour la guider jusqu'à lui. Pour qu'elle vienne elle-même se dénoncer. Leonel avait raison, Théobald était un dangereux calculateur, qui savait parfaitement ce qu'il faisait.

— Le chevalier souhaitait simplement étudier le futur terrain de joute, essaya-t-elle encore, tout essoufflée, courant sur les talons d'Asemar tout en parlant le plus fort possible. C'est un chevalier très pieux, jamais il ne lui viendrait à l'idée de traficoter avec le diable…

Asemar déboula de l'autre côté des bosquets, s'arrêta net.

— J'imagine que la lice sera construite selon cet angle, pour ne pas favoriser l'un des combattants vis-à-vis du soleil, était en train d'expliquer Enndall à Leonel, désignant une direction avec son bras.

Il s'interrompit en découvrant l'inquisiteur tout rouge et hors d'haleine.

— Mon père ? s'exclama-t-il tout étonné, vous ne semblez pas en forme. Tout va bien ? Puis-je vous apporter mon aide ?

Le père Asemar balaya le pré d'un regard circulaire. Aeneas tenait le miroir réflecteur de chimères devant Liz, qui s'observait le bout du nez, allongée négligemment contre une pierre, tandis que Meng drapait l'entonnoir au sommet de sa coiffe et qu'Ohanko l'aspergeait abondamment de parfum tout en la ventilant furieusement avec une pile de papiers.

— Mon père ? répéta Enndall pour attirer l'attention de l'inquisiteur loin de l'étrange tableau.

— Savez-vous ce qu'il en coûte, messire d'Imbert, d'avoir recours aux sciences occultes ?

— Aux sciences occultes, mon père ? Vous devez vous méprendre…

— Je sais reconnaître une hérésie quand j'en vois une, messire !

— Je n'en doute pas, mais…

— Et votre noblesse ne vous sauvera pas du jugement de Dieu, ni du mien ! Théobald, cours prévenir la garde de ton père !

— Oh, ce n'est pas la peine, la voilà qui arrive.

Le prêtre se retourna vivement. Une jeune femme, ses longues manches traînant dans les hautes herbes, se frayait un chemin jusqu'à eux. Ce n'est que lorsqu'elle fut assez proche pour leur souhaiter le bonjour que Briséïs reconnut la femme du chevalier défunt, fille du lieutenant Ebrard.

— Son meilleur chien de garde, ajouta Théobald, lui rendant sa révérence.

— Père Asemar ? Que se passe-t-il, j'ai entendu des cris ? Tout va bien, messire d'Imbert ?

Elle avait les yeux encore rouges d'avoir pleuré, mais elle semblait avoir repris possession de ses moyens.

— Théobald, je t'ai cherché partout, dit-elle encore d'une voix autoritaire. Est-ce que tu crois que c'est le moment de jouer à cache-cache ?

— Théobald était venu se confesser, dame Cassandre. Nous avons été interrompus par ces païens que nous avons surpris en plein rituel satanique.

Son regard avait naturellement glissé vers Meng et Ohanko.

— Mon père, je me dois de protester, commença Enndall, tandis que derrière lui Liz arrachait la pile de papier des mains d'Ohanko, s'essuyait le visage avec la manche et retirait l'entonnoir de sa coiffe en fusillant Meng du regard. Mes compagnons viennent d'un pays lointain, aux bords du monde, mais je les ai christianisés en rentrant de voyage, ce ne sont plus des païens.

— En voyage ? Quel genre de voyage ?

— Je me ferai un plaisir de tout vous raconter si vous m'en laissez le temps.

Il ne fallut qu'un instant à la fille du lieutenant pour évaluer l'expression de victoire qu'esquissait son benêt de frère et comprendre la situation.

— Il semblerait qu'il te reste encore un péché à confesser, Théobald, lui dit-elle sèchement. Et vous, père Asemar, n'avez-vous donc pas suffisamment fréquenté mon frère pour encore croire à tout ce qu'il raconte ?

— Ce ne sont pas les dires de votre frère, mais l'air coupable de cette jeune demoiselle qui m'a convaincu, ma dame.

— Mais mon père, tout le monde se sentirait coupable, questionné par vous.

— Vous remettez en doute le pouvoir divin que le Seigneur a placé en ma personne, ma dame ?

— Bien sûr que non mon père, seulement votre sens de la diplomatie. Messire d'Imbert a fait un long voyage pour répondre à l'appel de mon grand-père. Ne croyez-vous pas qu'il serait malvenu d'accuser d'hérésie le premier chevalier accouru pour venir en aide à Carcassona, le jour même de son arrivée ? Qui plus est un chevalier appartenant à un ordre dédié à la victoire du Christ ! Pourquoi n'invitez-vous pas plutôt messire d'Imbert à dîner avec les chanoines et les moines, ce soir ? Il aura ainsi tout loisir de vous raconter en détail son voyage sur les bords du monde.

— Le clergé n'a que faire d'aventures rocambolesques sur les bords du monde, renifla l'inquisiteur. Néanmoins…

— Néanmoins vous l'inviterez, pour l'avoir à l'œil.

L'inquisiteur fut pris de court.

— Ne devriez-vous pas être auprès de vos proches ? riposta-t-il, vexé qu'elle ait deviné sa pensée, tandis qu'Enndall s'efforçait de dissimuler son sourire.

Cassandre n'avait pas trente ans, mais elle faisait déjà preuve d'un aplomb surprenant. La digne petite-fille d'un sénéchal.

— C'est qu'il manquait un élément important au tableau familial.

— Laissez-moi donc m'occuper de Théobald, Cassandre, votre journée a déjà été suffisamment éprouvante.

— Merci mon père.

L'inquisiteur avait sans doute voulu se débarrasser de Cassandre par ces mots mielleux. Mais celle-ci ne sourcilla pas. Elle attendit, plantée là, que l'inquisiteur fléchisse et prenne lui-même congé, fulminant sous son masque de saint homme, tirant derrière lui un Théobald radieux.

— Messire d'Imbert, reprit Cassandre en saluant humblement Enndall, j'ose espérer que mon frère ne vous a pas trop importuné ?

— Soyez rassurée, ma dame. J'ai été un peu surpris, voilà tout.

— Théobald n'est pas méchant dans le fond, mais il est incapable de mesurer les conséquences de ses actes.

— J'ai eu le temps de l'observer sur le chemin, ce matin… A-t-il toujours été ainsi ? Ou a-t-il changé récemment, de manière inattendue, peut-être ?

— Mon frère est affecté par ce qui se passe en ce moment, comme tout le monde, répondit Cassandre sur la défensive, mais il a toujours dénoté. Il n'est pas victime des manigances du Malin, si c'est ce que vous voulez savoir.

— Loin de moi cette idée, répartit Enndall. J'aimerais simplement pouvoir le comprendre. Je trouve votre frère fascinant.

Enndall savait y faire. Le visage de Cassandre se détendit. Elle esquissa même un sourire.

— Vous êtes bien le premier, dit-elle en baissant les yeux. D'habitude, les gens ne pensent qu'à l'accuser de tous les maux. Théobald le sent bien, il n'est pas bête, et il ne peut s'empêcher d'entrer dans leur jeu et d'aggraver son cas. Un de ces jours, être le fils du lieutenant ne sera plus suffisant pour le protéger… Excusez-moi, c'est étrange, mais j'ai l'impression de vous connaître… Nous sommes-nous déjà rencontrés ?

À ces mots, une infime contraction traversa le visage d'Enndall, une expression que Briséïs, malgré leur grande proximité, ne sut déchiffrer. Mais il enchaîna d'un ton assuré :

— Je ne crois pas, non. Je ne me suis jamais rendu à Carcassona.

Cassandre porta sa main sur une toute petite bourse de cuir pendue à son cou. Elle hésita un instant.

— J'espère qu'il viendra beaucoup de chevaliers de votre trempe, mais j'espère encore plus ardemment qu'aucun d'entre eux ne sera nécessaire. Il suffit d'un seul cœur brave pour remporter la bataille. Tenez, c'est pour vous. Il y a une formule gravée dans le cuir à l'intérieur, pour vous porter chance.

— Ma dame, je ne sais pas si… fit Enndall, reculant, alors qu'elle tentait de lui passer son pendentif autour du cou. C'est une pratique païenne, l'inquisiteur…

— Le jour où ses prières anéantiront le roi Lugubre, il pourra m'imposer ce qu'il voudra. En attendant, laissez-moi espérer comme je le peux. Je ne peux décemment pas vous offrir mes couleurs le jour de l'enterrement de mon mari. Mais je tiens beaucoup à ce pendentif. Pour vous souvenir de mon soutien… Ce soir, les moines vont essayer de vous dissuader de partir en chasse. Ne vous laissez pas impressionner. La tristesse m'accable, mais mon mari a fait ce qui était juste, pour le peuple. J'espère que vous aussi saurez suivre votre cœur.

Un rouge vif enflamma le visage d'ordinaire si parfaitement composé du chevalier. Le regard rivé sur ses orteils, il laissa s'échapper d'une petite voix :

— Je ferai tout ce qui est en mon pouvoir. Je vous le promets.

6

AUX BORDS DU MONDE

— Soit il l'avait déjà vue quelque part, soit leurs âmes se sont reconnues, mais une chose est sûre, c'est le plus beau coup de foudre que j'aie jamais vu.

Liz serra fort les épaules de Briséïs pour ponctuer sa déclaration, joyeusement glissée dans l'oreille tout en descendant les rues pavées gorgées d'immondices.

— Dans un sens, c'est un peu dommage, ajouta-t-elle, sautant par-dessus une mare de sang de cochon, j'aimais bien l'idée d'Enndall célibataire et disponible. Mais c'est tellement beau, ça valait le coup.

— Elle est quand même beaucoup plus jeune que lui.

— Et alors ? L'amour n'a pas d'âge.

— Tu crois que l'amour rend si grave ?

Enndall avait à peine prononcé un mot depuis que Cassandre les avait laissés en compagnie du père Narcis, venu les rejoindre sous le chemin de ronde. Le père Asemar l'avait chargé de les conduire au monastère des Augustins, dans la ville basse. Tous les moines et chanoines de Carcassona s'y étaient rassemblés pour la réunion annuelle des États du Lengadoc, afin de loger près de la cathédrale les grands dirigeants de l'Église venus d'ailleurs.

— Évidemment, gloussa Liz. Tu as encore de petites choses à apprendre sur l'amour, ma chère.

Briséïs acquiesça pour ne pas avoir à argumenter. Elle n'aimait pas aborder le sujet de son manque d'expérience. Cependant, elle n'arrivait pas à admettre que l'air morne d'Enndall et la lutte intérieure qu'il semblait mener aient pu naître d'un coup de foudre. Il ne daigna sortir de sa torpeur qu'en face des moines et chanoines, déjà attablés dans le grand réfectoire du monastère. Le père Asemar les fit bien sûr asseoir près de lui à la table d'honneur. L'abbé responsable du monastère et quelques hauts membres du clergé y siégeaient devant les moines, assis aux tables de bois massif.

La nourriture fut bénie, une prière récitée, puis on servit le repas. Enndall toucha à peine au poisson excessivement salé accompagné de navets. Sous l'œil attentif de l'inquisiteur, il souriait poliment, hochait la tête, oui, non, aux questions pressantes de l'abbé. Non, le roi d'Aragon n'avait pas l'intention de revenir sur sa décision d'arrêter le commerce avec Carcassona, et ce tant que le roi de France s'obstinerait à vouloir récupérer des terres qui ne lui appartenaient pas. Oui, Enndall était allé à la pointe de l'Espagne et avait vu des compagnies entières de Maures qui priaient Allah à longueur de journée. Non, ses deux compagnons de couleur n'étaient pas des Maures, mais oui, il les avait rencontrés sur les bords du monde, les avait convertis au christianisme et ramenés avec lui.

Meng et Ohanko hochaient la tête pour confirmer ses dires, et l'Abbé leur répondait de sourires gênés.

Le teint brun d'Ohanko pouvait se justifier par un trop plein de soleil. Mais une peau jaune et des yeux bridés ne s'expliquaient pas, et les ecclésiastiques, comme les passants croisés dans les rues, dévisageaient Meng avec un mélange de curiosité et de crainte propice à faire s'emballer l'imaginaire.

Briséïs observait avec amusement les moines à l'air sévère regarder avec attention le fond de leur assiette, quand chacun de leurs mouvements délicats trahissait l'intérêt croissant qu'ils portaient aux réponses du chevalier. Les chanoines de la cathédrale, reconnaissables à leur pardessus blanc, montraient moins d'embarras à tendre l'oreille.

— Qu'entendez-vous par les bords du monde ? demanda l'un d'entre eux. Jusqu'où êtes-vous allé ?

L'abbé lui envoya un regard de reproche – ce n'était pas à lui de poser de telles questions – mais il n'en attendit pas moins la réponse avec attention.

— Jusqu'aux bords du monde connu, répondit Enndall après un instant d'hésitation. Où l'on trouve les bêtes les plus affreuses, et les plus extraordinaires.

— Vous avez combattu des dragons ? demanda un chanoine au centre de la longue table, oubliant de prendre un ton désintéressé.

Tous les moines étaient à présent suspendus aux lèvres d'Enndall. Il s'essuya la bouche et planta son regard dans celui du premier chanoine :

— J'ai rencontré bien mieux que des dragons. Des amazones, montées sur de grands chevaux marins, leurs cheveux d'or se mouvant dans l'écume des mers. Des blemnies, avec leurs yeux sur la poitrine, le nez pointant du thorax et la bouche ouverte au niveau du nombril.

Liz laissa retomber le contenu de sa cuillère dans son assiette. Enndall avait-il perdu la tête ?

— Pourquoi au niveau du nombril ? demanda Aeneas, aussi captivé que les moines.

— Les blemnies sont des créatures nées sans tête.

— Est-ce qu'elles vous ont attaqué ? demanda le premier chanoine.

— Les blemnies sont des créatures du mal, mais ce ne sont pas les plus perfides. Jamais je ne serais revenu entier des bords du monde si je n'avais été protégé par l'insigne des chevaliers de l'ordre du Dragon. Un jour, alors que j'étais sur les traces de la bête de l'Apocalypse, un homme doté de pattes de cheval m'a proposé de grimper sur son dos pour m'aider à traverser une crevasse autrement infranchissable. Pour aller de l'avant, je n'avais d'autre choix que d'accepter. Mais quand je suis monté sur lui, le centaure est parti au galop dans la direction opposée. La peau de son torse d'homme s'est métamorphosée, ses mains devenues crochues m'ont attrapé les chevilles et m'ont frappé de paralysie pour que je ne puisse point m'échapper. Le démon avait rusé pour m'emporter dans les ténèbres d'où il venait. L'affolement qui aurait dû être le mien en voyant grandir au loin la bouche des enfers s'est évaporé au contact de la croix de saint Georges sous ma paume. Le Seigneur Tout-Puissant m'a insufflé sa force. D'une main sûre, j'ai empoigné mon épée accrochée dans mon dos et je l'ai enfoncée dans les côtes du centaure, qui s'est cabré en sentant la lame sainte le transpercer. Il m'a laissé choir et j'ai pu me sauver en rampant. Mes jambes ne m'obéissaient plus, trop engourdies par la marque du diable.

Ahuris, les compagnons d'Enndall l'observaient la bouche ouverte, comme si une corne avait soudain poussé sur son front. Imperturbable, le chevalier raconta ses combats contre des monstres toujours plus incroyables les uns que les autres. Il n'y eut pour l'interrompre que la voix fluette d'un petit moine à l'autre bout de la table :

— Et les épuisettes, demanda-t-il, à quoi vous servent-elles ?

Le regard d'Enndall s'arrêta sur les deux filets à papillons posés contre un mur, dans l'entrée. Le père Narcis ne leur avait pas laissé le loisir de retourner déposer leurs affaires à l'hospice.

— J'aime attraper des papillons quand je ne guerroie pas.

— Oh… bien sûr, fit le moine, surpris, sans toutefois se défaire de son sourire poli.

— Et fort de cette expérience sur les bords du monde, vous avez pensé être l'homme idéal pour venir chasser la vouivre ? demanda l'abbé qui, comme l'inquisiteur, n'avait cessé de jauger le chevalier au cours de son exposé.

— J'ai offert mon cœur et mon bras au service de notre Seigneur. Je me dois de secourir son peuple, partout où il me le demande.

— Mais le Seigneur lui-même a placé cette épreuve sur le chemin des pécheurs. Pensez-vous réellement aider le peuple de Carcassona en le privant du châtiment de Dieu ?

Enndall réfléchit.

— Si le Seigneur Tout-Puissant teste ses brebis, un humble chevalier comme moi ne pourra rien pour l'en empêcher. Rassurez-vous, mon père. Toutefois, je dois vous avouer quelque chose.

Il se pencha en avant pour se rapprocher de l'abbé, comme s'il allait lui faire une confidence. Tout le clergé retint sa respiration pour entendre sa prochaine phrase.

— Des années à chasser la bête de l'Apocalypse m'ont appris que chercher à détruire les ténèbres est illusoire. Je pourrais aisément aller pourfendre la vouivre, et récupérer sa pierre pour anéantir le roi des Aulnes. Mais comme l'a si bien dit l'archevêque, seule la lumière divine viendra à bout de l'ombre qui se cache dans le cœur des hommes. Non, si je suis venu ici, c'est justement parce que j'ai bon espoir d'y retrouver cette lumière. J'avais commencé ma quête de l'Amour Divin sur les bords du monde, où il est dit qu'il fut perdu, emporté en terres lointaines par Joseph d'Arimathie. Mais étrangement, mon chemin a fini par m'amener ici.

— L'Amour Divin… Vous voulez parler de la Grâce Divine ? Du sang du Christ recueilli dans le Saint Calice ? s'exclama l'abbé. Vous êtes en quête du Saint Graal ?

Leonel avala une bouchée de poisson de travers et manqua de s'étouffer avec une arête. Ohanko lui donna plusieurs tapes dans le dos pour l'aider à recracher.

— Le monde n'aura de paix qu'après sa découverte, appuya Enndall.

— Et vous pensez le trouver à Carcassona ? fit l'abbé dans un rictus.

— Je pense qu'il se trouve sur les bords du monde, mais pas de la façon dont on pourrait l'entendre. Je pense que le roi des Aulnes garde farouchement les portes du monde des ténèbres dans lequel il a été perdu. Voilà pourquoi je m'intéresse à lui. Voilà pourquoi je suis ici.

— Mais que pensez-vous trouver exactement ? L'entrée du château du roi des Aulnes ? Espérez-vous réellement qu'elle soit *quelque part ?* Le diable est partout à la fois, mon ami.

— Partout où règne la terreur, comme en ce moment même, à Carcassona.

Briséïs crut bon d'intervenir :

— J'ai eu vent d'un être étrange, fait de peur à l'état pur, qui vivrait dans la montagne noire, dans une « bouche de l'enfer », justement. S'il existe une porte menant au château du roi des Aulnes, ne se trouverait-elle pas par là ?

— Une bouche de l'enfer, soupira l'abbé d'un air contrarié. Laissez-moi deviner : c'est Théobald qui vous a raconté cela n'est-ce pas ? Père Asemar, je croyais que vous le contrôliez ?

Le père Asemar devint tout rouge.

— Je fais tout mon possible, mais je suis déjà fort occupé.

— Il est vrai qu'il existe un endroit dans la montagne noire si chargé en mauvais esprits que personne n'ose s'en approcher, reprit l'abbé. Certains en ville nomment ce phénomène *Ça*. Mais de là à l'appeler « bouche de l'enfer »… La peur, comme le diable, est partout. Vous aurez l'occasion de vous en rendre compte.

— N'y a-t-il point d'endroits où l'on perçoit mieux sa présence ? demanda Liz.

— Si, dans chaque reflet de lune, marmonna prestement un chanoine dans sa barbe.

— Père Martin, croyez-vous que ce soit le moment ? gronda le père Narcis.

Il se tourna vers Enndall, se sentant obligé d'expliquer :

— L'un de nos prêtres, Ugolin Popian, est obsédé par la lune.

— C'est parce que sa mère l'a mis au monde un soir de pleine lune, au milieu d'un champ, compléta un troisième chanoine.

— Mais non, ce n'est pas pour ça, fit un quatrième. Ce n'est pas vraiment la lune qu'il cherche, ce sont les fées Encantadas qui la nuit se revêtent des reflets de lune qu'elles récoltent à la surface de l'eau.

Le père Narcis et l'abbé auraient bien aimé que la conversation s'arrête là. Mais devant l'intérêt que semblait porter leur invité d'honneur à ce sujet, ils n'osèrent pas intervenir.

— Ugolin pense que ce sont les fées Encantadas qui sont chargées de voler les âmes des enfants pour le roi des Aulnes, ajouta le père Martin. Chaque nuit, il descend près des lavoirs dans l'espoir qu'un jour elles l'emportent, lui aussi.

— Pourquoi ?

— Il veut rejoindre l'autre monde.

— Quel autre monde ?

— On n'est pas trop sûr. Son monde imaginaire, je crois bien.

Un autre chanoine ajouta :

— Il confond avec les lavandières du purgatoire qui chantent dans les lavoirs et enveloppent ceux qui doivent mourir dans leurs draps. C'est à cause d'elles que les gens ont peur et s'enferment chez eux à double tour. Pour être sûr de ne pas entendre leurs chants.

— Ou leurs hurlements.

— Et lui n'a pas peur du jugement de Dieu ? demanda Briséïs.

— Non, Ugolin purge déjà la faute de sa mère.

— Quelle faute ?

Le chanoine haussa les épaules.

— On n'hérite pas d'un enfant comme celui-là sans avoir commis un grave péché. Vous avez peut-être déjà remarqué, mais Ugolin Popian n'est pas comme tout le monde.

D'un mouvement de tête il leur désigna l'autre bout de la table.

Briséïs fut parcourue de frissons. Comment avait-elle pu ne pas le voir avant ? Le chanoine au visage si pâle qui l'avait fixée avec insistance dans la cathédrale la dévisageait de nouveau, avec le même sans-gêne, sans sembler vraiment la voir. Ou contemplait-il plutôt le chevalier venu des bords du monde ? Les autres chanoines n'avaient pas hésité à parler de lui juste sous son nez.

— Quelle est sa peine ? demanda Enndall, lui aussi mal à l'aise.

— Précisément de croire qu'il appartient à un autre monde, au point de ne plus vivre vraiment dans celui-ci, soupira le père Narcis.

— Vous devriez lui poser des questions, messire d'Imbert, ajouta le père Martin. Je suis sûr que vous vous entendriez bien avec lui… Si vous arriviez à lui arracher plus de trois mots à la fois.

— Vous devriez avoir honte de vous délecter d'une histoire pareille, père Martin, gronda le père Narcis.

— Je vous prie de m'excuser, mon père.

Une petite voix fluette s'éleva, réduisant au silence l'assemblée :

— Pour voir d'une clarté limpide, volez à une Encantadas son habit de lune.

Ugolin Popian avait à peine bougé les lèvres, et son regard était resté perdu dans le vague. Mais ces quelques mots prononcés lentement avaient suffi à couper le souffle à tous les chanoines. Treize mots d'affilés, pour Ugolin Popian, c'était du jamais vu.

— Il est temps de vous raccompagner à l'hospice, messire d'Imbert, déclara l'abbé. Par les temps qui courent, il n'est pas bon de tarder le soir dans les rues. Père Narcis ?

— C'est-à-dire que… fit ce dernier, pris au dépourvu. Je pensais que le chevalier pourrait peut-être retrouver son chemin tout seul…

— Voyons, mon père, ce serait manquer à tous nos devoirs d'hospitalité.

Le père Narcis n'osa pas le contredire, mais se retourna vers le père Martin et s'exclama innocemment :

— Père Martin ! Vous qui avez été si loquace avec nos invités, vous serez certainement ravi de les raccompagner à bon port. Ne traînez pas, il se fait tard.

— Quand j'ai vu le dragon en Chine, j'étais dans l'eau, la nuit, face à la lune, murmura Briséïs dans l'oreille d'Enndall. Et dans l'auberge hier soir, j'étais dans l'eau encore une fois, la nuit. Sans compter que dans la Citadelle, c'est dans le reflet d'une fontaine, que j'ai repéré la première illusion.

Enndall y avait pensé lui aussi.

Briséïs serra les poings, songeant à la déclaration d'Ugolin Popian. Le jeune moine répondait à la lettre à la description d'un archétype humain. Étrange depuis l'enfance, obnubilé par un autre monde… Elle ne savait encore que penser de ses intentions, mais elle devait prendre ses déclarations autant au sérieux que celles de Théobald.

Le père Martin marchait devant en compagnie de Liz, jetant des coups d'œil inquiets à chaque croisement de rues. La ville semblait déserte, habitée seulement par un défilé d'odeurs agressives, excréments, viandes avariées, déchets de toutes sortes. Pourtant le père Martin brandissait sa torche devant lui comme s'il s'attendait à voir apparaître un monstre d'un instant à l'autre. Enndall s'arrêta, tendit l'oreille, scruta une ruelle inondée d'éclats de lune.

— Mon père, demanda-t-il d'une voix feutrée, n'est-ce pas l'eau d'une fontaine que l'on entend couler par là ?

Le père Martin se crispa.

— Si, messire.

— J'aimerais y faire un tour, pour me rafraîchir.

— C'est que… Elle n'est pas toute proche, et la journée a été éprouvante…

— Alors allez vous coucher. N'ayez crainte, nous retrouverons notre chemin.

Le père Martin acquiesça, oubliant bien vite son devoir d'hospitalité. Il leur souhaita la bonne nuit et s'éloigna seul vers la ville haute, pour rejoindre l'hospice. Mais après quelques mètres il s'arrêta, alerté par un bruit étrange venu des toits.

— Je crois qu'il est préférable que je reste avec vous, fit-il, revenant prestement sur ses pas. Le père Narcis m'en voudrait beaucoup si vous vous perdiez par ma faute… Êtes-vous certain de vouloir vous y rendre ce soir ? demanda-t-il encore en les suivant dans la ruelle. Si c'est un simple rafraîchissement qu'il vous faut, Jacin, le jeune chanoine en charge de l'hospice, pourra vous monter un seau d'eau dans votre chambre… Ce lavoir est très joli, mais il est assurément plus intéressant de jour.

— Un lavoir ? Est-ce celui où se rend Ugolin Popian ?

— Vous ne l'y trouverez pas ce soir, le père Narcis lui a interdit de sortir la nuit jusqu'à ce que… Et puis ce n'est pas le lavoir principal, juste un point d'eau, une fontaine, vraiment, rien de bien… intéressant. Vous avez entendu ce bruit ?

— Avez-vous peur de quelque chose, père Martin ? demanda Meng.

Le regard du père Martin alla du général au chevalier. Il ne semblait pas plus rassuré par la présence d'un homme jaune que par les bruits de la nuit. La douce musique de la fontaine s'élevait justement, à quelques pas. Elle montait depuis une petite place carrée plongée dans une belle lumière bleutée. Ohanko alla jeter un coup d'œil dans toutes les ruelles adjacentes, pour s'assurer qu'ils étaient bien seuls. Enndall s'approcha du bassin rectangulaire qui s'élevait à hauteur de ses genoux, accolé à une maisonnette de pierre d'où coulait un filet d'eau. Il retroussa ses manches, s'aspergea le visage pour faire bonne figure. Liz le dévorait des yeux. Elle mourait d'envie de lui poser un millier de questions, après tout ses discours, et n'en pouvait plus d'attendre que le père Martin les laisse tranquilles. Leonel s'assit sur le bord du lavoir, observant discrètement chacun des mouvements du chanoine. Aeneas et Briséïs firent le tour du point d'eau, attentifs, silencieux.

— Qu'est-ce que vous en pensez ? leur demanda Enndall à mi-voix.

Briséïs aurait bien aimé pouvoir sortir son sablier, peut-être aussi les autres instruments. Mais ils ne pouvaient pas prendre ce risque devant témoin. Elle plongea ses mains dans l'eau. Fallait-il qu'elle mette les pieds dans la fontaine pour avoir une chance de repérer une chimère ? Non, trop incongru, elle ne pouvait s'y résoudre devant le père Martin. Elle s'accroupit pour observer l'eau à hauteur d'yeux. *Voler à une Encantadas son habit de lune.* Qu'avait voulu dire Ugolin Popian ? S'ils pouvaient voler son habit à une fée c'est qu'ils pouvaient déjà la voir, auquel cas lui voler son habit perdait tout intérêt. Un instant elle se laissa distraire par la beauté du reflet lunaire dans la fontaine. La journée avait été longue, ses yeux étaient fatigués. Elle frotta ses doigts humides contre ses paupières pour mieux distinguer le reflet des maisons à colombages qui ondulait sur la surface lisse de l'eau. Mais au lieu de retrouver de la netteté, le reflet s'embrouilla plus encore, au point de ne plus rendre que des couleurs mouvantes. Comme si une silhouette transparente s'était amusée à danser sur le bord du lavoir, dans le reflet. Le mouvement s'arrêta, et la silhouette se pencha en avant, vers la surface de l'eau, pour observer Briséïs. Dans l'eau la silhouette releva la tête, et sans réfléchir Briséïs fit de même. La silhouette transparente, aussi petite qu'un lutin et drapée de scintillements lunaires, se tenait debout devant elle, sur le bord du lavoir. Penchée en avant, elle lui souriait.

— Briséïs, tu vois quelque chose ? demanda Enndall à sa droite, la voyant bouche bée.

Elle n'eut pas le temps de lui répondre. Un cri strident déchira l'air, les fit tous sursauter.

— Qu'est-ce que c'était ? demanda vivement Meng, tirant son long poignard de sa ceinture.

— Ça venait de là ! s'exclama Ohanko, pointant les toits.

Enndall avait déjà dégainé son épée.

— Briséïs ? Qu'est-ce que tu as vu ?

— Je...

Elle n'était plus trop sûre à présent. La silhouette avait disparu. La beauté du lieu aussi, lui semblait-il. Ne restait plus qu'un petit lavoir miteux au milieu d'une courette puant la charogne.

— Les hurleurs, geignit le père Martin d'une petite voix. Il ne faut pas rester ici, messire d'Imbert, les hurleurs sont des annonceurs de trépas, quelque chose est en chemin.

— Quel genre de chose ?

— Et le sénéchal les laisse faire ? demanda Liz dans un frisson. C'est sordide, comme pratique.

— Les hurleurs sont des esprits maléfiques, expliqua Enndall tout bas, à l'affût du moindre mouvement. On ne peut rien faire pour les arrêter. Briséïs, dis-nous ce que tu as vu.

— Je… Je ne suis pas sûre, une silhouette, elle a disparu.

La silhouette féerique lui paraissait bien loin à présent. Jamais elle n'avait entendu de cri aussi terrifiant.

— Seigneur Tout-Puissant qui êtes aux cieux, protégez-nous du mal ! marmonna le père Martin en se signant. Protégez-nous, Seigneur, avec l'aide du bienheureux Jean-Baptiste…

Un hurlement balaya la cour, un souffle souleva leurs cheveux. Aeneas laissa tomber son sac à terre pour mieux empoigner son filet à papillons. Ohanko fit de même. Le prêtre se cramponna au bras d'Enndall.

— Ils arrivent, il faut partir !

Une silhouette noire sembla parcourir les toits à la vitesse de l'éclair. Ohanko suivit l'ombre des yeux, prêt à s'élancer à sa suite, mais Enndall l'arrêta :

— Ohanko ! Pas maintenant. Il faut partir, vite.

— Pourquoi tu m'as retenu ? Pour une fois que nous avions quelque chose ! pesta Ohanko une fois à l'abri dans leur chambre, à l'hospice.

Briséïs n'avait jamais vu Ohanko s'énerver de la sorte. Il avait l'air d'un chasseur à qui l'on vient de faire manquer sa proie.

— Chaque chose en son temps, Ohanko, tempéra Enndall. Les chimères sont peut-être dangereuses, mais le clergé peut l'être encore plus. On ne rigole pas, ici, avec les hérétiques. Si on veut qu'ils nous laissent tranquilles, il va falloir faire les choses à leur façon.

— Vous remarquerez qu'il y a deux lits dans cette chambre, fit Leonel, sautant sur l'un des deux. On monte en grade.

Il ne trompait personne avec son air de fanfaron, lui aussi avait été secoué par les cris des hurleurs.

— À quoi est-ce que tu joues, Enndall ? explosa Liz. D'abord tu minaudes quand le lieutenant Ebrard te demande de lui raconter ta vie à chasser la bête de l'Apocalypse, et puis tu racontes toutes ces histoires abracadabrantes à propos des bords du monde au clergé ? Tu te laisses présenter comme un sauveur devant tout Carcassona, tu promets à Cassandre que tu vas aller chasser la vouivre, et ensuite tu expliques aux moines que tu n'as que faire de la vouivre, et que c'est le *Graal* qui t'intéresse ? Est-ce que tu as conscience que les gens parlent entre eux ? Qu'ils risquent de se rendre compte que tu racontes n'importe quoi ? Je ne dis pas qu'il ne faut pas inventer des mensonges de temps en temps, surtout dans notre situation, mais il faut que ça se tienne, quand même ! Et puis qu'est-ce qu'ils ont, les gens, ici ? Ils s'émerveillent de tes combats contre le mal, mais s'ils nous attrapent à chasser leurs démons, gare à nos fesses ? Qu'est-ce que c'est que cette histoire ? Qu'est-ce qu'ils veulent, à la fin ?

— Comme je viens de le dire, tout est une question d'angle d'approche, dit Enndall posément, pour la calmer. C'est comme à la cour de l'empire du Milieu. Il faut manœuvrer serré pour ne pas se faire d'ennemis. Cassandre le sait, c'est pour cela qu'elle a proposé au prêtre de m'inviter.

— Mais toi, Enndall, qu'est-ce que tu penses réellement de tout ça ? demanda Meng. Avec nous, tu n'as pas besoin de jouer un rôle, je me trompe ? Tu peux nous dire les choses telles qu'elles sont.

Enndall soupira, s'appuya au montant de leur minuscule fenêtre pour prendre le temps de bien choisir ses mots.

— Aucun chevalier n'est crédible sans un grand voyage, et aucun grand voyage n'est vraiment crédible sans la rencontre d'êtres fantastiques. C'est ainsi que cela fonctionne de mon temps. Je devais conter ma rencontre avec les démons de l'enfer, et je devais faire bien attention à rendre le Seigneur Tout-Puissant responsable de mes victoires. Je sais ce que je fais, croyez-moi, je le fais depuis longtemps.

— Quoi, raconter des âneries, tu veux dire ? demanda Leonel, étalé sur son lit.

Enndall l'ignora :

— Nous avons, pour ainsi dire, fait les présentations. Les moines sont peut-être voués à une vie de silence, mais vous pouvez être certains que dès demain matin, la ville entière sera au courant des hauts faits de bravoure du chevalier d'Imbert. Nous émerveillerons les uns, qui ne manqueront pas de nous apporter leur soutien, et nous nous décrédibiliserons aux yeux des autres, qui n'iront pas chercher plus d'explications à notre intérêt pour les chimères.

— Mais pourquoi cette histoire de Graal ? demanda Briséïs.

— Cela étonnera peut-être certains d'entre vous, répondit Enndall avec un regard pour Liz et Leonel, mais pour ma part, je n'estime pas avoir menti ce soir. J'ai simplement fait ce qu'on attendait de moi, j'ai déguisé la réalité avec les codes de mon époque. Tu as dit un jour dans le désert, Briséïs, que la bibliothèque de la Citadelle avait réponse à tout, mais qu'elle ne répondait à nos questions que la première fois que nous rentrions en contact avec elle.

— Parce qu'ensuite elle nous connaît et peut enclencher son mécanisme de défense, poursuivit Briséïs, surprise de découvrir qu'Enndall avait retenu ce détail.

Elle ne l'avait mentionné qu'une seule fois, au milieu d'une foule d'autres informations, et bien avant qu'ils ne comprennent où ils se trouvaient réellement.

— Le Saint Graal fonctionne de la même manière. Il contient la Grâce Divine, la connaissance suprême, la vie éternelle. Mais Perceval, lorsqu'il se retrouva devant lui, ne pensa pas à poser les bonnes questions. Ainsi la connaissance lui fut refusée à jamais.

— Perceval, le chevalier de la Table ronde ? C'est un personnage de fiction, tu en as conscience Enndall, tout de même ? demanda Leonel.

— Son histoire a peut-être été enjolivée, comme j'enjolive la mienne. Mais il a existé. Il s'est trouvé un jour dans la Citadelle, et il a failli à l'épreuve du Graal. Un jour, ce sera notre tour, et pour nous y préparer, nous devons apprendre à ressentir notre ennemi, à le reconnaître.

— Et du coup tu as pensé que ce serait une bonne chose de le crier sur tous les toits ?

— La quête du Graal est chose commune ici, parmi les chevaliers. En nous réclamant de cette quête, nous n'attirons aucunement l'attention. Au contraire, cela justifiera nos faits et gestes. Et puis je ne crois pas que la vouivre soit notre priorité. Elle n'est qu'un leurre pour nous empêcher de nous pencher sur le vrai problème.

— Quoi ? s'exclama Liz, mais tu as promis à Cassandre que tu ferais ton possible !

— Précisément. Je vais faire mon possible pour faire revenir la paix à Carcassona. Aller chasser la vouivre équivaudrait à entretenir sa légende, et ce n'est pas ce que nous cherchons. Pas vrai ? Briséïs, peux-tu nous dire ce que tu as vu exactement, près du lavoir ? Une chimère ?

Briséïs haussa les épaules, hésitante.

— Ce n'était pas du tout la même chose que dans le bain de Ménina. C'était beaucoup moins précis, moins physique… Comme s'il n'y avait eu que le reflet d'un être. Mais on aurait dit qu'il était *vêtu* de reflets. J'imagine que c'était une fée Encantadas. Mais c'était tellement diffus, je ne suis plus trop sûre de ce que j'ai vu.

Enndall reconnaissait bien là la signature du Mal. Ils avaient largement de quoi s'occuper à Carcassona sans courir le risque d'aller chasser la vouivre comme le chevalier de Cournonsac.

— Les moines et prêtres n'ont pas l'air de souhaiter que les chevaliers aillent chasser la vouivre, intervint Meng. Et je crois que nous sommes tous d'accord pour dire qu'ils font partie de l'Élite. Ne crois-tu pas que ce serait justement une bonne raison de partir à sa recherche ?

— Certains d'entre eux ont sans doute été corrompus par la Citadelle, mais probablement pas tous, ils sont beaucoup trop nombreux. L'Église est sévère, mais elle est au service du Seigneur Tout-Puissant. Nous serions bien mal avisés de ne pas profiter de sa sagesse. En attendant, prions, dit Enndall.

Il se mit à genoux à côté d'un des lits, joignit les mains et les invita à faire de même. Les voies du Seigneur sont impénétrables, mais la prière a été et sera toujours le meilleur moyen d'obtenir le pardon divin.

Marquant un temps, Meng retroussa ses manches et se mit à

genoux. Aeneas et Ohanko l'imitèrent. Leonel se tourna vers Briséïs, roula de gros yeux et marmonna près d'elle :

— Ce n'était déjà pas bien facile de détrôner un empereur, mais le Seigneur Tout-Puissant lui-même, on est mal barrés, c'est moi qui te le dis.

7

L'ÉNIGME

— Briséïs, Liz, réveillez-vous !

On lui secouait énergiquement la cheville à travers l'épaisse couverture de laine. Briséïs grimaça, rechignant à laisser s'évanouir son doux voyage sur le dos d'une licorne ailée, à des kilomètres au-dessus de Carcassona.

— Tu n'as pas *réellement* besoin de prier, lui disait la licorne, tordant sa longue encolure pour lui parler. Du moment que tu te fiches de la réalité…

— Briséïs !

Elle étendit les bras pour s'étirer et se forcer à glisser hors de son rêve. Son poing entra en collision avec une joue rugueuse. Enndall se redressa brusquement.

Un rire lui siffla dans les oreilles, depuis le lit voisin.

— Pas encore réveillée et elle nous fait déjà rire, soupira Leonel, à demi endormi, en se roulant dans les draps qu'Aeneas venait de délaisser, non sans mal.

Briséïs chercha des yeux la minuscule fenêtre couverte d'un drap de lin en guise de vitre.

— Mais il fait encore nuit ?

— Le jour pointe, et l'office des laudes se dit au lever du soleil, répondit Enndall qui se frottait la joue.

— Qu'est-ce que c'est, l'office des laudes ? demanda Aeneas.

— La messe. Nous devons nous purifier avant de poursuivre nos recherches.

Briséïs se tira de mauvaise grâce du lit. Ils s'étaient entraînés à peindre des chimères plusieurs heures la veille, jusque tard dans la nuit. Elle n'avait pas eu son compte de sommeil.

Le frère Jacin les accompagna jusqu'à la cathédrale. Le printemps ne souhaitait décidément pas se montrer. L'air frais de la nuit pénétrait sous leurs longues capes et leur mordait le visage.

Plongée dans l'obscurité, la cathédrale était d'autant plus impressionnante, que la nuit ne retenait des gargouilles perchées sur ses hauteurs que leur expression menaçante. À cette heure, il n'était pas nécessaire de croire à l'existence des chimères pour voir les statues prendre vie. À l'intérieur de la nef obscure régnait déjà une agitation étonnante. Houspillés par les chanoines, de pauvres gens rassemblaient leurs maigres affaires, roulaient les couches de paille tressée qu'ils avaient étendues par terre pour la nuit et prenaient la direction du parvis.

Un homme dont la défroque pendait sur des braies délavées s'arrêta en apercevant Enndall et sa fidèle épée arrimée à sa ceinture. Il tendit une main crasseuse et suppliante vers le chevalier :

— S'il vous plaît, mon doux seigneur, ayez pitié d'un pauvre bougre qui ne vivra peut-être pas assez longtemps pour voir se lever le soleil prochain.

— Le soleil sera là dans quelques minutes, rétorqua un chanoine, tu seras encore là pour le voir. Laisse donc le chevalier tranquille.

— S'il vous plaît, la charité, gémit le manant en attrapant le poignet d'Enndall, qui fit un pas en arrière, sensible à l'odeur pestilentielle du pauvre homme.

— Je ne puis rien maintenant, mais dès que mon écuyer sera arrivé avec ma bourse, la charité te sera faite.

— Ne faites pas attention à lui, messire d'Imbert. J'ose espérer que vous avez bien dormi ?

Enndall acquiesça faiblement et Briséïs réalisa pour la première fois que de gros cernes alourdissaient son regard d'ordinaire si serein.

— Je m'excuse de l'état de la cathédrale, reprit le chanoine, mais avec la réunion des États, les hospices de la ville sont tous surpeuplés, et le sénéchal ne voulait pas laisser ces pauvres gens dormir dans la rue sous les yeux de l'archevêque de Tolosa et des commissaires du roi.

— Nous ne saurions nous en plaindre, nous bénéficions nous-mêmes de votre charité.

— Je suis heureux que vous soyez arrivés à l'hospice sains et saufs hier soir, cela n'a pas été le cas de tout le monde.

— Que voulez-vous dire ?

— Jacin ne vous l'a pas dit ? Trois hommes ont trouvé la mort dans la nuit. Les causes exactes de leur décès sont incertaines, mais les trois victimes se trouvaient dans des quartiers où les hurleurs de nuit ont été entendus. Le père Martin a été bien inspiré de vous demander de vous dépêcher.

— Que le Seigneur soit avec nous. Remerciez-le de ma part, mon père, je vous prie.

— Peut-être pourriez-vous suggérer à vos compagnons de recevoir l'absolution après les laudes ? On n'est jamais trop prudent lorsque le Malin rôde.

Du coin de l'œil, le chanoine surveillait Ohanko qui ne pouvait s'empêcher d'explorer de ses doigts les statues en bois le long de la nef, malgré les remontrances répétées de Liz.

— C'était dans mes intentions, assura Enndall, confus.

Le père Narcis célébra les laudes. Il parla à l'assemblée, restreinte en cette heure matinale, avec autant de véhémence que si tout Carcassona avait été rassemblé. Il évoqua les trois hommes morts dans la nuit, et comme l'archevêque la veille, usa de tous ses talents d'orateur pour convaincre son auditoire de l'urgence d'un repentir général. Était-il plus doué que son supérieur, ou Briséïs était-elle plus sensible aux discours funestes à présent qu'elle s'était frottée aux démons de Carcassona ? Tout en l'écoutant, le cœur lourd, agenouillée sur les planches rêches de son prie-Dieu, elle se sentait écrasée par le décor de la cathédrale. Les gargouilles étaient peut-être cantonnées à l'extérieur, mais dans chaque recoin de l'édifice, des œuvres d'art rappelaient la chute inévitable des pécheurs dont parlait le chanoine. Les tableaux suspendus aux murs, illustrant les tortures en enfer, comme les expressions figées dans l'horreur des monstres gravés dans le bois sombre des sièges du chœur… Rien n'était laissé au hasard. Où que l'on pose les yeux, la cathédrale rappelait l'épée de Damoclès tenue au-dessus de la tête de ceux qui oseraient prendre le mauvais chemin.

Enfin, ils furent autorisés à se relever. Briséïs se redressa, les genoux endoloris, des crampes dans les jambes et le froid courant le long de son épine dorsale. Le soleil pointait tout juste à travers les vitraux quand Enndall leur désigna un confessionnal dressé le long d'un transept.

— Que veux-tu qu'on leur raconte ? bougonna Liz, toute la vérité et rien que la vérité ? Les marchands de sable, la place du Temps et tout le saint-frusquin ?

— Contentez-vous de vous libérer de vos péchés.

— Honneur aux dames, fit Leonel en s'effaçant obligeamment pour laisser passer Briséïs.

Elle lui retourna son sourire d'une grimace bien méritée.

Enndall ouvrit la porte du confessionnal, et elle se retrouva enfermée dans une petite boîte de bois. Le volet de séparation glissa dans un claquement sec.

Dans le silence qui suivit, Briséïs pensa qu'on devait certainement attendre qu'elle prononce une formule rituelle. Incapable de trouver une phrase adéquate, elle attendit. Enfin, une voix fluette lui parvint :

— Parlez, je vous écoute.

— Mon père, j'ai péché, dit-elle dans un sursaut d'inspiration qui malheureusement ne dura pas.

En marchant vers le confessionnal elle s'était promis de chercher loin dans sa mémoire, mais elle ne trouva rien à dire. Elle ne pouvait décemment pas raconter au prêtre qu'elle avait triché à un devoir de maths, les femmes n'allaient certainement pas à l'école. Elle ne pouvait pas non plus raconter comment elle avait soutiré de l'argent à sa mère pour sa collection de cartes postales humoristiques.

— … Oui ?

Briséïs attrapa les bords du cadre de la fenêtre. Elle venait tout juste de reconnaître Ugolin Popian de l'autre côté de la grille de bois. D'un coup, sa vision de la veille lui revint très clairement.

— Mon père… Mon père, j'ai vu un être hier, au bord du lavoir, avec un nez de Pinocchio. Un nez très long, je veux dire. Et de tout petits yeux ronds, et des cheveux qui flottaient si légèrement dans l'air qu'ils semblaient se mouvoir dans l'eau… Êtes-vous capable de voir les fées Encantadas, mon père ?

Bien sûr, elle regretta immédiatement son imprudence. Si Ugolin n'appartenait pas à l'Élite, il répéterait certainement ses dires à un autre chanoine qui, lui, en ferait partie. Mais il fallait qu'elle sache.

Le père Popian tourna la tête, dévoilant son long visage blanchâtre. Même à moins d'un mètre, en plongeant ses yeux dans ceux de Briséïs, il semblait regarder au lointain. Tranquillement, son sourire timide s'étira.

— Au nom du Père et du Fils et du Saint-Esprit, je vous pardonne. Amen.

— Sont-elles responsables de la mort de ces hommes, mon père ?

En un claquement sec, le petit volet de bois se referma.

— Déjà ? fit Enndall à mi-voix, la voyant ressortir. Tu n'as pas dû te confesser de grand-chose.

— Ugolin Popian est à l'intérieur.

Meng posa une main assurée sur l'épaule d'Enndall et s'engouffra dans le confessionnal : qu'ils ne s'inquiètent pas, il prenait les choses en main. Enndall ne paraissait pas convaincu, mais il venait de voir Ohanko s'éloigner vers une petite chapelle ouverte au fond du transept, explorant du bout des doigts chacune de ses découvertes. Il préféra le rattraper.

— Les prêtres te tueront de leurs propres mains si tu touches au Saint Suaire, mon ami, lui dit-il, le ramenant en lieu sûr.

Meng ne fit aucun commentaire sur sa discussion avec le père Popian. Elle n'avait pas dû être bien concluante. Les chanoines avaient réussi à mettre les nerfs de Briséïs bien à l'épreuve. Elle avait besoin d'une pause, et d'un peu d'air frais. Sur le parvis, les gargouilles semblaient sortir d'une bouche de l'enfer, rougies par les lumières intenses d'un lever de soleil exceptionnel. Belles et terrifiantes à la fois. En attendant les autres, Briséïs s'éloigna vers le chemin de ronde de la ville haute. La vue sur la ville basse et sur les montagnes aux chapeaux enneigés, rosés par le levant, était sublime.

— Pas bien bavard, cet Ugolin, remarqua Leonel en venant la rejoindre. Ceci dit, on nous avait prévenus. Et puis on ne peut pas lui en vouloir : un prêtre, au confessionnal, est là pour écouter. Qu'est-ce que tu lui as avoué, toi ? Que tu étais maladroite ? Mince ! Tu as vu la prairie ? Enndall ne va pas être content !

Il lui montrait du doigt la grande étendue d'herbe près des bosquets où ils avaient tenté leurs expériences la veille. Trop absorbée par le paysage à l'horizon, Briséïs n'avait pas remarqué les tentes qui commençaient d'être montées et les ouvriers qui apportaient du bois.

— Ils préparent le terrain pour les joutes, dit Enndall en arrivant avec les autres quelques minutes plus tard. Il fallait s'en douter, tout doit être prêt dans moins d'une semaine… Nous n'allons pas pouvoir poursuivre nos expériences là-bas, il faut trouver autre chose.

— Enndall, j'ai réfléchi, dit Liz. Tu as raison, il ne faut pas aller voir la vouivre. Des chimères sèment la terreur en ville, et la Citadelle a camouflé son invasion en utilisant la légende du roi des Aulnes responsable des créatures. Cette histoire décrit exactement les actions de la Citadelle quand elle sélectionne ses élèves. Mais contrairement à la légende de la tisserande en Chine, c'est une histoire néfaste, à laquelle le rubis de la vouivre pourrait mettre fin. La meilleure façon de se débarrasser du roi des Aulnes et de l'influence de la Citadelle serait d'aller chercher ce rubis... Sauf si cette deuxième légende a également été ravivée par l'Élite. Si la Citadelle contrôle le problème *et* la solution, et que nous nous prenons à son jeu, elle nous fera tourner en bourrique comme la dernière fois.

— Mais pourquoi le clergé nous incite-t-il à ne pas nous y rendre ? demanda Leonel.

— Tout le clergé ne fait pas partie de l'Élite, répondit Enndall. Exactement comme les maîtres feng shui chez Meng.

— Mais ceux qui comptent en font partie, rétorqua Leonel. Exactement comme les maîtres feng shui chez Meng.

— Il y a ceux qui ne peuvent s'empêcher d'aller toucher le fruit défendu, s'interposa Liz. Ceux-là iront justement parce que le clergé le décommande. L'Élite s'attendra à une telle réaction de la part de potentiels résistants. Quant aux autres… La Citadelle souhaite contrôler le nombre de participants à la chasse. C'est ce qu'elle fait maintenant, en n'autorisant les chevaliers à s'y rendre que s'ils sont seuls. Si quelqu'un réussissait à se saisir de ce rubis, pour se rendre compte ensuite qu'il n'a aucun effet sur la présence des chimères en ville, ça ne serait pas bon pour eux. Je doute que la Citadelle ait elle-même mis en place une légende qui puisse détruire son flux forcé de chimères. Il ne faut pas y aller. Notre véritable problème se trouve en ville.

Meng hocha la tête pensivement.

— Nous devrions aller explorer les lieux où ces trois civils sont morts, dit-il.

— Oui, admit Enndall. Mais je ne peux prendre le risque d'être vu une seconde fois avec nos instruments. Vous devrez y aller sans moi.

— Est-ce que tu avais déjà entendu parler des fées Encantadas ? lui demanda Briséïs.

— Oui.

— Je crois que j'en ai vu une, la nuit dernière. En parlant avec Ugolin, j'ai réalisé que dessiner des dragons chinois n'a pas dû aider nos expériences hier. Même si l'énergie du *tchi* est commune à toutes les chimères, chacune doit avoir sa signature, propre à sa culture. Pour faire venir une Encantadas, il faudra dessiner une Encantadas. Enndall, nous pourrions profiter de ce que les autres explorent la ville pour nous entraîner de notre côté. Et quand nous serons prêts, nous vous montrerons comment adapter vos dessins pour cette époque, dit-elle en se tournant vers ses amis.

Ainsi, Briséïs et Enndall restèrent à l'hospice pendant que les autres descendaient vers la ville basse, équipés de leurs ustensiles de recherche. Briséïs s'installa au pied d'un des lits, sortit encre et pinceaux. Enndall s'appuya contre le rebord de la fenêtre, triturant le pendentif de Cassandre.

— Qu'as-tu besoin de savoir ?

Briséïs haussa les épaules.

— Je ne sais pas, dis-moi tout ce que tu sais, on verra bien.

Enndall lui raconta quelques anecdotes entendues dans des tavernes. Les Encantadas apparaissaient la nuit, près des lavoirs, dans des grottes ou des buissons, entourées d'un halo de lumière. Briséïs se mit au travail. Si elle avait trouvé des difficultés à tracer à l'encre noire la férocité d'un dragon monstrueux, ce n'était rien à côté de la délicatesse d'êtres vêtus de reflets de lune. Elle avait l'impression de devoir tout recommencer à zéro. De temps en temps, elle levait le nez pour demander son avis à Enndall – les Encantadas possédaient-elles des bras ? Des jambes ? – mais chaque fois le chevalier semblait plus profondément emporté dans ses songes, le regard perdu au loin, tripotant du bout des doigts la bourse de cuir de Cassandre. Elle n'eut bientôt plus le cœur de le déranger. De toute façon, elle n'arrivait pas à se concentrer. Les paroles du chanoine pendant les laudes et celles de l'archevêque le jour précédent l'absorbaient et l'empêchaient de réfléchir. Et puis, elle attendait de pouvoir parler à Benji depuis un moment déjà. Il devait se demander ce qu'elle fabriquait.

— Ça t'embête, si je fais une pause pour écrire un peu ?

Enndall lui fit un vague signe de la main. Briséïs étala son cahier sur ses genoux, sortit sa plume avec un frisson d'excitation.

Benji ?

Des picotements envahirent sa nuque, sa vue se brouilla, et elle se laissa glisser avec soulagement dans la Citadelle.

Benji attendait les bras croisés, fixant le Minotaure qu'il avait désormais pris comme point de repère visuel. Briséïs se cala devant le tableau de la chimère.

— Tu es partie un peu vite la dernière fois.

— *Je suis désolée, j'y ai été forcée. Je suis revenue dès que j'ai pu.*

— Je suis content que tu sois revenue.

— *Alors, pour reprendre une conversation laissée il y a un moment, et puisqu'à présent nous nous faisons confiance... Peux-tu me dire ce que tu sais des chimères maintenant que tu as entamé ton troisième mois ?*

— Ce que je sais maintenant de *la Citadelle* importe surtout. Le Monde du Rêve dont parlait Neil Cuba Junior, ton frère, existe bel et bien : nous sommes en plein dedans. Voilà pourquoi le temps n'existe pas ici. Il n'a pas de raison d'être dans un monde non physique. Ou plutôt, *je* suis en plein dedans. Je ne suis pas vraiment sûr de l'endroit où tu te trouves, toi.

Briséïs prétendit ne pas voir la perche qu'il lui tendait. Benji finit par reprendre :

— Je sais que les chimères sont des êtres d'ici, du Monde du Rêve, mais qu'elles se glissent parfois dans le monde physique, à l'invitation de l'homme qui, grâce à son art, a créé pour elles des ponts vers le monde physique. Je sais aussi que la Citadelle n'a pas placé tous ces tableaux ici par hasard. Elle a réussi à canaliser certaines chimères, et les fait passer d'un monde à l'autre à travers ce sas, la pièce où je me trouve précisément, et beaucoup d'autres, cachées dans les recoins de la forteresse. J'imagine assez facilement qu'elle utilise les chimères à son avantage, dans le monde physique. Je sais enfin que le type de sas où nous nous trouvons s'appelle un sas « Chimère-Citadelle », une appellation des passeurs, qui parlent aussi de temps en temps de sas « Élite-École ». Ce qui m'amène à penser, par déduction, que toi et moi sommes arrivés ici non pas grâce à des passages secrets cachés derrière les tableaux clés de notre espace-temps, mais *à travers* ces tableaux… Plutôt dément, tu ne trouves pas ? Cela reviendrait à dire que nous sommes de la même nature que les chimères. Les chimères sont des idées, et qu'est-ce qu'un esprit sinon un regroupement d'idées ? Cela expliquerait pourquoi ces passeurs s'acharnent à créer des trompe-l'œil.

Briséïs garda le silence. Elle savait qu'une chimère était nécessaire pour accompagner un esprit à travers un tableau, puisqu'elle l'avait vécu en Grèce. La théorie de Benji ne prenait pas en compte les différents plans de réalité. Mais elle expliquait l'obsession des passeurs pour les trompe-l'œil, et témoignait encore une fois de l'esprit de déduction de son ami. Il était si proche de la vérité… Elle ne voulait pas risquer de lui parler de son aventure avec l'angelot.

— *C'est un début de réponse*, dit-elle prudemment, *mais tu oublies ce que nous avons appris avec la statue de Neil Cuba Junior.*

— Les neuf disques de réalité de ton frère ?

— *Oui... Pour passer à travers la toile d'un tableau, il faudrait faire abstraction du monde physique. Je pense que cela est possible dans les étages supérieurs, accessibles uniquement aux chimères.*

— Oui, sans doute… À moins d'avoir sombré dans un songe.

Briséïs avait été inconsciente, au moment de son passage dans la Citadelle. Pouvait-il avoir raison ?

— Et que pensent les autres de ta théorie ?

— Willis et sa bande ? Ils me prennent déjà suffisamment pour un taré, ce n'est pas la peine de leur raconter un truc pareil.

Briséïs se tut, pensive. Bien sûr que Willis ne l'accepterait pas. Elle-même avait beau savoir son esprit seul en voyage, elle n'arrivait toujours pas à s'y faire.

— As-tu déjà entendu parler du phénomène de chute comme punition suprême, Benji ? Là où je me trouve, tout le monde n'a que ce mot à la bouche.

— C'est la punition réservée aux chimères, je crois bien. Celles qui ne respectent pas leur contrat avec la Citadelle. On ne nous en a pas encore parlé, mais j'ai trouvé beaucoup de tableaux sur ce sujet. Sur la chute de Satan, notamment.

— Tu penses que Satan serait une chimère ?

— C'est une construction de l'esprit humain, faite d'un corps d'homme et d'ailes d'oiseau. N'est-ce pas là la définition d'une chimère ?

— Mais si le diable existait réellement ?

Benji haussa les épaules.

— Chacun peu l'appeler comme il veut, lui inventer une origine, le résultat reste le même. Tu ne crois pas ?

— Je ne sais pas...

Elle comprenait bien ce qu'il sous-entendait : si Satan était une fabrication de l'homme, il restait une chimère comme une autre, sous la direction de l'Élite. Ils n'avaient donc pas à en avoir peur. Mais Briséïs ne faisait plus partie du camp de la Citadelle. Et visualiser le Malin comme faisant partie des chimères ne la rassurait pas, bien au contraire… Elle avait toujours imaginé le diable comme un fantasme d'une époque révolue, qui ne pourrait jamais l'atteindre. Mais elle croyait maintenant aux chimères, et si le diable en était une, il avait également sa place dans le monde réel. La peur qu'elle avait lue dans le regard des moines se trouvait ainsi justifiée. Briséïs n'aimait pas beaucoup cette idée. Pouvait-on imaginer plus terrible créature à affronter que le diable lui-même ?

— J'ai entendu dire aussi que le Saint Graal et la bibliothèque

seraient une seule et même chose. Le Saint Graal détient la connaissance suprême que Perceval n'a pas réussi à obtenir parce qu'il n'a pas posé les bonnes questions la première fois qu'il s'est trouvé face à lui.

Une étincelle brilla dans le regard de Benji.

— J'ai été plus malin que Perceval. Il tenait le secret de la bibliothèque entre ses mains et il l'a laissé filer. Moi je lui ai demandé la carte-chanson pour pouvoir y retourner n'importe quand, et je l'ai obtenue.

Briséïs eut envie d'exploser de rire. Voilà que Benji se prenait pour un concurrent de Perceval, et le déclarait avec le plus grand sérieux. Il avait vraiment de quoi craindre qu'on le prenne pour un fou.

— *Si tu peux retrouver la bibliothèque si facilement, pourquoi n'y retournes-tu pas ? Pourquoi nous contentons-nous de fouiller le labyrinthe de la Citadelle ?*

— Parce que la bibliothèque est le cœur de la Citadelle. Toutes les défenses que celle-ci déploie y sont multipliées par dix. Nous n'obtiendrions rien là-bas. Il nous manque trop d'informations.

— *Nous n'avons même pas essayé.*

— J'ai surpris une fois une conversation entre des élèves du huitième et du neuvième mois. Ils parlaient d'une porte spéciale par laquelle on peut pénétrer dans la bibliothèque. D'après eux, c'est uniquement en entrant par cette porte, en adoptant ce point de vue là, qu'on peut éviter tous les pièges de la bibliothèque et obtenir d'elle ce que l'on veut. Ils l'appelaient la porte de la vérité.

— *Ton fameux interrupteur*, remarqua Briséïs, amusée.

Il lui sourit.

— Je n'ai jamais rien cherché d'autre… Tu sais quoi ? Tu as raison. Nous devrions au moins essayer. C'est parti, fit-il, dépliant le parapluie à clochettes. Madame, votre carrosse. En route vers la bibliothèque !

Briséïs retint sa respiration, espérant qu'il oublierait sa méfiance et chanterait la carte-chanson de la Citadelle à voix haute. Mais il ne fit que murmurer, comme à son habitude.

— Ça ne sert à rien d'essayer de te souvenir du chemin, dit-il tout à coup à un carrefour, devinant sa pensée alors qu'elle retenait quelques instants le parapluie pour bien s'imprégner du lieu. Crois-moi, c'est impossible. Sinon, il y a longtemps que la Citadelle se serait écroulée. C'est son meilleur moyen de défense.

Briséïs ne prêta plus attention à rien, embrouillée par la multitude de couloirs et d'escaliers qu'ils avaient empruntés.

Vingt minutes plus tard, Benji s'arrêta.

— C'est là, chuchota-t-il, une légère excitation dans la voix. Je me sens comme sur le palier de ma maison quand je touche à cette poignée.

Briséïs reconnut immédiatement la porte rustique, déjà entrouverte, invitant à la curiosité, qu'elle avait remarquée la première fois que Benji l'y avait conduite. Jamais elle n'oublierait ce moment. Son énergie en poussant la porte, la chair de poule sur ses bras, la sensation grisante d'être sur le seuil d'une découverte extraordinaire… Puis l'inconfort dans le noir, l'angoisse en ressentant un cordon sur sa joue, la beauté du lieu lorsqu'elle avait tiré dessus, actionnant le mécanisme qui avait révélé les magnifiques rosaces, et l'interminable alignement d'étagères de l'immense bibliothèque ; la peur glaçante, enfin, en découvrant un livre titré *Briséïs*, et l'écriture manuscrite à l'intérieur, déroulant ses pensées, ses moindres faits et gestes… Plus tard il y avait eu aussi l'angelot, qui était entré avec elle, caché sous les traits de son père… Le souvenir de sa course-poursuite avec la créature ailée, de l'attaque du crocodile empaillé, puis de toutes les chimères de la Citadelle à ses trousses lui donnait encore la nausée.

Souhaitait-elle réellement pénétrer une fois de plus dans la bibliothèque ?

— Souviens-toi, dit Benji, suspendant son geste, la main au-dessus de la poignée. Toutes les gênes, peurs, émotions négatives que tu pourras ressentir à l'intérieur ne viendront pas de toi. Ce sont des illusions imposées par la bibliothèque. Cela fait partie de son plan d'attaque. N'y prête aucune attention. Concentre-toi sur ce que nous venons chercher : la porte de la vérité. Le Grand Secret.

Il poussa de tout son poids contre la porte. Briséïs ferma les paupières, se concentra sur son souffle. Un grand courant d'air balaya son visage, glissa dans ses cheveux. Elle n'avait aucune raison de se sentir effrayée. Tout cela n'était qu'illusions.

Une faible lumière traversa ses paupières. Elle fit un pas en avant, ouvrit les yeux. Son cœur se serra.

Les grands rideaux tirés dévoilaient largement les majestueuses rosaces, qui déposaient dans la bibliothèque une douce lueur colorée. Le crocodile empaillé, accroché au plafond, lui renvoya son même regard de verre que la première fois. Mais sous son ventre blanc ne se dressaient plus les allées interminables. Seuls s'élevaient au milieu du parquet lisse et clair les escaliers en spirale traversant les étages, et au centre, l'immense puits en forme d'œuf reliant les pièces circulaires. Plus un livre. Pas même une étagère vide.

Benji éclata d'un rire nerveux.

— Évidemment. Ma plus grande peur, et la tienne sans doute aussi : ne rien trouver. Rien. Le néant.

— *Tu crois que la bibliothèque a été déménagée ?* demanda Briséïs consternée.

— Non, la bibliothèque restera toujours la bibliothèque. C'est elle, nous y sommes. Et voilà ce qu'elle a à nous offrir.

Briséïs retroussa ses manches :

— *Nous n'avons qu'à penser à quelque chose. Construisons une idée à deux. J'aimerais trouver des informations sur Neil Cuba Junior. Sur Jules. Et sur mon père aussi, bien sûr.*

— Et moi le Grand Secret.

— *Ne l'attaque pas de front. Trouve autre chose, de moins évident.*

— J'aimerais trouver pourquoi les passeurs pensent avoir une chance de s'échapper en peignant des trompe-l'œil. J'aimerais savoir comment se déroulent les passages, dans les sas des chimères et de l'Élite. J'aimerais trouver les détails des travaux de Neil Cuba et Neil Cuba Junior. J'aimerais bien savoir où tu te trouves, toi, en ce moment. J'aimerais pouvoir étudier tout cela tranquillement, et que Willis me lâche les baskets. Il me suit partout. Il est de plus en plus insistant. Il a du mal à avaler le fait que j'aie été choisi pour être l'Alpha.

— *Tu as été choisi ?*

— Je ne te l'avais pas dit ?

— *Non !* s'écria Briséïs, le cœur pincé.

Combien de temps faudrait-il à Benji pour devenir aussi autoritaire et exécrable que le roi Agis, aussi sournois et machiavélique que le chancelier Li ?

— Pour l'instant, je continue de suivre les cours du troisième mois normalement, avec les autres. Mais dès le quatrième mois, je commencerai à recevoir mon enseignement d'Alpha. Ça va dépoter.

— Mais tu ne crois pas aux enseignements de la Citadelle.

— Pas à celui réservé aux Bêtas, qui ne savent rien faire d'autre que d'obéir à des ordres. L'Alpha, c'est autre chose. Je n'aurai plus à gribouiller n'importe quoi sur un bout de papier, ni à explorer des pièces vides, ni à courir après aucune illusion avec un fantôme à la voix métallique comme un renégat, un vulgaire voleur. Je serai apprécié à ma juste valeur, je ferai partie de la véritable Élite, celle qui compte et à laquelle on ne peut rien refuser, y compris le Grand Secret.

Briséïs avait besoin d'air. L'immensité vide. Le vide dans le cœur de Benji. Tout l'oppressait. Elle lui arracha le manche du parapluie et se dirigea droit vers la sortie.

— Attends ! cria Benji, lui courant après dans le couloir. Je suis désolé, ce n'est pas ce que je pense. Je t'avais prévenue, la bibliothèque est prête à tout tenter pour nous emmêler les pinceaux.

— Elle est entrée dans ta tête et t'a forcé à dire ce que tu viens de dire ?

— Non… Je ne sais pas comment elle s'y prend, mais elle est capable de nous embrouiller, ça, c'est sûr. Je suis très content que tu sois là. Je le serais encore plus si tu revenais jusqu'à la fin de mes neuf mois.

— Tu dis ce qui t'arrange quand ça t'arrange. Sur ce point, Willis avait raison.

— BENJI !

Benji attrapa le manche du parapluie, le tira avec Briséïs derrière une armure imposante dans l'enclave d'une fenêtre. Quelques secondes plus tard, Willis apparaissait au bout du couloir, les poings serrés.

— BENJI ! cria-t-il encore, je sais que tu n'es pas loin ! Tu crois que d'avoir été nommé Alpha te donne carte blanche ? Tu te trompes, mon ami ! Nous sommes toujours une équipe, et tant que tu ne reviendras pas dans le droit chemin, je te courrai après !

Il s'interrompit quelques instants pour tendre l'oreille, à l'affût du moindre bruit. Il hésita puis s'enfonça dans un couloir perpendiculaire à celui dans lequel Briséïs et Benji se cachaient.

— Certains pourraient croire que je serais content que tu te fasses renvoyer pour de bon. Je deviendrais Alpha. Mais je ne suis pas un benêt égoïste, moi ! Je pense à l'équipe ! Et bientôt, les maîtres s'en rendront compte, ils se rendront compte de leur erreur et ils me feront Alpha à ta place ! Rien n'est encore joué tant que nous ne sommes pas au quatrième mois ! Montre-toi, avec ton imbécile de parapluie minable ! Vas-y, montre-toi, si tu l'oses !

— Par là, murmura Benji, désignant un étroit passage au-delà du carrefour où se trouvait Willis quelques instants plus tôt.

Ils s'y précipitèrent à pas feutrés. Les clochettes du parapluie valdinguaient en carillonnant, mais Willis parlait trop fort pour les entendre.

— Quand je te disais qu'il me collait au train, lâcha Benji.

— *Mais pour quoi faire ? Qu'espère-t-il vraiment ? Il devrait te connaître, depuis le temps.*

— Il n'a pas encore compris que je ne changerai p…

Briséïs attrapa le bras de Benji pour le faire se retourner. Willis se trouvait en face d'eux, l'air furieux. Benji serra fort le manche du parapluie et s'élança dans la direction opposée. Willis se jeta en avant, manqua d'attraper l'épaule invisible de Briséïs. Benji ouvrit une porte, la referma derrière eux et actionna un verrou salutaire. Secouant fébrilement la poignée, Willis bombarda la porte de coups de poing.

— Ouvre cette porte Benji ! Ouvre cette porte, ou tu finiras par le regretter !

— *Où sommes-nous ?* chuchota Briséïs, comme si sa voix était tout à coup audible de tous dans la Citadelle.

Elle avait l'impression d'avoir bravé un interdit de plus. Elle sentait déjà peser sur elle les regards désapprobateurs de toute une armée de veilleurs.

— Je ne sais pas… murmura Benji, fasciné par le spectacle qui s'offrait à eux.

La pièce abritait des machines ultra modernes, disposées sur de grandes tables de marbre lustré, éclairées de lumières blafardes.

Briséïs n'avait jamais vu de tels instruments dans la Citadelle, et à en juger par l'expression de Benji, lui non plus.

— On dirait une autre forme de salle d'archives, plus avancée ! s'exclama-t-il. Tu te rends compte de ce que ça veut dire !? Une opportunité toute neuve de trouver des informations, sur tout et n'importe quoi ! Elle ne nous connaît pas encore, donc pas de résistance, pas de moyen pour la Citadelle de nous dévier de notre but, ajouta-t-il, fouillant déjà dans les tiroirs des tables design. Dis-moi, quelle est la chose la plus importante que tu voudrais savoir ?

— *Toutes ces machines, tous ces fils, ça me fait penser aux expériences de mon père,* remarqua Briséïs, sans savoir si cette idée lui faisait plaisir.

— Lucien Riccetti, ou Neil Cuba ?

— *Est-ce que ça change quelque chose ?*

— C'est vrai, tu as raison.

Chaque tiroir contenait deux ou trois boîtes en carton noir dans lesquelles étaient rangées en rangs serrés de petites disquettes grises en plastique. Dans son enthousiasme, Benji les sortait par poignées, survolait les inscriptions au feutre noir puis les jetait par terre.

— *Il pourrait y avoir des milliers de choses sur ces disquettes,* remarqua Briséïs. *Et cette pièce n'est pas si grande. Qu'est-ce qui te fait croire que tu pourrais trouver quelque chose sur mon père ?*

— Rien ne se fait au hasard, dans la Citadelle. Nous avons parlé de Willis dans la bibliothèque, et à peine sortis, nous sommes tombés sur lui, tu as remarqué ?

— *Il nous suivait depuis le début...*

— Tu as parlé de ton père aussi et nous voilà dans une salle qui te fait penser à lui et que je n'avais jamais découverte. Pourtant, ce n'est pas faute d'arpenter les couloirs !

— *Mais je...*

— LÀ ! Je l'ai !

Il lui tendit fièrement l'une des disquettes grises. Briséïs déchiffra les petits caractères : « *Théorie du Rêve Physique, par Lucien Riccetti* ».

— *Comment fait-on pour la lire ?* souffla-t-elle, une boule dans l'estomac.

Benji était déjà près des machines, appuyant sur une ribambelle de boutons.

— *Tu sais comment te servir de tout ça ?*

— On va bien finir par trouver.

Dehors, les martèlements de Willis avaient cessé. Briséïs se mit à genoux et plongea les mains dans les fils exposés du ventre d'un ordinateur ovale.

— *Il y a une fente qui paraît de la bonne taille, là,* dit-elle sans trop de conviction.

Au même moment, Benji appuya sur un dernier bouton. Une énorme soufflerie se mit en route. Les néons s'éteignirent et une quinzaine de rayons violets issus de petits appareils disposés tout autour de la salle se rejoignirent au-dessus d'une des tables de marbre.

— Vas-y, enfonce la disquette, articula-t-il, fébrile.

Briséïs posa timidement le bord de la disquette grise contre la fente, et la machine l'aspira dans un grincement de ferraille.

— *Je crois que j'ai tout cassé*, pesta-t-elle, angoissée à l'idée de ne pas pouvoir faire ressortir la carte.

Mais aussitôt la voix de son père remplit l'espace :

— *Enregistrement 21. Non, 22. Explication du processus de découverte, et exposition des prochains buts à atteindre.*

J'ai donc... après avoir enregistré l'activité de mon cerveau lors de mes rêves – pas n'importe quels rêves, je me suis entraîné à créer des mondes, une géographie particulière, pour voir si je pourrais trouver un parallèle entre les zones géographiques imaginaires de mon rêve et les zones d'activité constamment changeantes de mon cerveau endormi – donc après avoir enregistré l'activité de mon cerveau, j'en suis arrivé à la conclusion que cela ne servait strictement à rien. Je n'ai trouvé aucune corrélation. C'était, il me semble, au début de l'année dernière.

Mais à force de pratiquer mon voyage imaginaire, j'en suis venu à refaire continuellement le même rêve : je me trouve dans un désert aride d'abord, de rocaille jaune. Puis j'arrive au bord d'une falaise, qui donne sur une grande prairie avec de hautes herbes. C'est alors qu'elle apparaît, à chaque fois. De plus en plus claire, de plus en plus nette. Une sorte de ville infinie, tendue vers le ciel, mais construite en un seul bloc, comme une... comme une... citadelle...

J'en suis arrivé à ne plus rêver que d'elle, même en dehors de mes expériences. Je ne pouvais plus lui échapper. Toutes les nuits elle apparaissait, toujours plus imposante, toujours plus réelle...

Et puis un jour, quelques mois après, je suis tombé sur une anomalie dans l'enregistrement des champs magnétiques émis par mon cerveau. À l'instant précis où je me suis endormi, le scanner a enregistré une source d'activité magnétique à l'EXTÉRIEUR de mon cerveau. Cela paraît impossible, et pourtant...

Les ondes magnétiques émises s'entrechoquaient comme les ronds dans l'eau d'une vingtaine de pierres que l'on aurait jetées une à une dans un lac. Chaque pierre, chaque source magnétique semblait à première vue indépendante des autres. Mais en retraçant artificiellement leur ordre d'apparition, je me suis rendu compte qu'elles suivaient une trajectoire. Comme si on avait lancé un seul caillou à la surface de l'eau, mais qu'il avait produit des ricochets dans le désordre. Il m'est alors venu à l'esprit qu'il n'y avait peut-être qu'une seule source de magnétisme, qui ne serait pas soumise aux mêmes lois du temps que ce monde physique...

Mon ardeur au travail s'est décuplée. J'ai cessé de dormir à la maison, et il y a quelques temps, j'ai commencé à boire, pour jouer avec mes états de conscience. Je voulais ralentir l'instant fatidique du passage dans le sommeil, pour mieux étudier le phénomène. Et j'y suis parvenu.

J'en suis certain à présent : lorsque je m'endors, une porte s'ouvre. L'espace d'un instant, un courant d'air s'infiltre par cette porte et me donne un aperçu de l'autre côté, du Monde du Rêve. Un monde non physique où le temps n'obéit pas aux mêmes règles. Si seulement je trouvais un moyen de garder cette porte ouverte... Si mon esprit éveillé trouvait un chemin vers la Citadelle, alors je pourrais enfin comprendre ce qu'elle est, et pourquoi elle me fascine tant. Je sais que la vérité se cache juste derrière cette porte.

Je m'apprête à recalibrer le magnéto-encéphalogramme. Tout est une question de patience. Je vais y arriver. Je dois y arriver.

• • •

La machine recracha la disquette comme un vulgaire chewing-gum.

— *Est-ce qu'il y en a d'autres ?* demanda aussitôt Briséïs.

— Peut-être, il faut fouiller. Mais pas maintenant.

— *Pourquoi ?*

La réponse se fit entendre de l'autre côté de la porte.

— Par là ? demandait une voix grave.

— Oui, il a couru à l'intérieur et s'est enfermé à double tour. Vous avez les clés ?

— Un instant…

— Parfois, je l'étranglerais de mes propres mains, grogna Benji. Heureusement qu'il nous a fait découvrir l'endroit, sinon je crois bien que c'est ce que je ferais tout de suite ! Va-t'en maintenant, mieux vaut que je replie le parapluie avant qu'ils n'entrent…

Briséïs lâcha mentalement sa plume à contrecœur.

Les formes se fondirent en une masse brumeuse puis reprirent les contours de leur chambre à l'hospice de Carcassona. Pourquoi fallait-il toujours que son temps avec Benji soit limité ? Aucune horloge ne pouvait lui indiquer le temps passé depuis son départ, mais son cahier s'était bien rempli, et son poignet était endolori. Pourtant, Enndall n'avait pas bougé. Il se tenait toujours assis contre le rebord de la fenêtre, triturant d'un air absent le pendentif de Cassandre.

— Ça va ? lança-t-elle, fourrant sa plume et son cahier dans son sac.

— Hum ? Ah, oui, oui… Je comprends mieux les réactions de Meng, en Chine. C'est vraiment étrange de se retrouver chez soi. Tout paraît si réel, et pourtant, vous êtes encore là. Les deux mondes se confondent. C'est comme une nouvelle dimension, difficile à appréhender…

Son regard se perdit à nouveau dans le vague. Sa voix était terne. Briséïs ne l'avait jamais vu si morose. Elle se racla la gorge.

— Tu n'as pas faim ?

— Non.

— Je peux aller nous chercher quelque chose à boire en bas si tu veux.

— Oui, si tu veux.

Briséïs attrapa son sac, descendit dans la grande salle de l'hospice. Arrivée en bas, une pointe de culpabilité lui fit regretter sa fuite. Elle n'avait pas essayé bien longtemps de dessiner des Encantadas. Que dirait-elle aux autres lorsqu'ils reviendraient fourbus de leurs recherches dans la ville basse ? Mais elle avait besoin de se détendre, après l'enregistrement de son père. Il n'y avait personne dans la grande salle, et personne non plus dans la cuisine. Elle décida d'aller chercher le frère Jacin près de la cathédrale. Avec un peu de chance, ce serait l'occasion de recroiser Ugolin Popian et de lui poser quelques questions.

La cathédrale aussi semblait vide. Briséïs longea la nef dans l'ombre du bas-côté jusqu'au transept sud. Aucune trace du père Popian. Elle allait faire demi-tour lorsqu'elle aperçut le père Narcis. Il marchait vers le chœur, une bougie à la main. Briséïs ne se sentait pas d'humeur pour un sermon. Elle se cacha près d'un pupitre en bois massif, de l'autre côté du confessionnal, pour attendre qu'il s'en aille.

Une ribambelle d'objets traînait sur le pupitre. Briséïs entreprit de les étudier puisque le père Narcis prenait son temps. Un morceau de cire rouge, une écuelle avec de l'encre, une page de cuir tanné pliée en quatre. Elle la déplia, la trouva vierge. En la replaçant sur le cadre, elle faillit faire tomber un morceau de bois doré. Le retournant entre ses doigts, elle s'aperçut qu'il était gravé sur l'une des deux extrémités d'un écu contenant quatre cordes entrelacées. Il lui semblait avoir déjà vu ce dessin. Mais où ?

La réponse lui vint soudain, lui donnant la chair de poule : sur le cachet de cire qui scellait la lettre de son père et qu'elle avait brisé sur la place du Temps lors de sa première rencontre avec le facteur, juste avant leur épopée en Chine. Elle tira la lettre de sa robe pour en avoir le cœur net. L'idée lui paraissait tellement saugrenue…

Bien sûr, la lettre qu'elle possédait maintenant venait du deuxième don du facteur. Elle n'avait pas été roulée mais pliée, et aucune trace de cire n'entachait la blancheur du papier.

Briséïs approcha le bâton de cire rouge d'une bougie pour le faire fondre, roula sa lettre, y apposa délicatement la cire et y enfonça le sceau.

Le résultat ne permettait aucun doute. Il s'agissait bien du même sceau. Elle observait la cire durcir en refroidissant quand on lui attrapa le bras.

— T'es pas bien, de me faire venir ici !

— Le facteur ! hoqueta Briséïs, le souffle court.

— Le facteur ! Le facteur ! Il en a ras la casquette de se faire trimbaler, le facteur ! siffla ce dernier, approchant son visage tout près de celui de Briséïs.

Il portait toujours son képi, totalement anachronique, et son uniforme, qui aurait pu appartenir à n'importe quel facteur.

— Tu le fais exprès ou quoi ? reprit-il. On n'a pas idée de faire ça sous le nez des chimères ! Bon, tu me la donnes ?

Il tendit une main impatiente vers la lettre que Briséïs tenait serrée dans son poing. Elle la cacha derrière son dos dans un geste protecteur.

— Qu'est-ce que vous faites ici ?

— Tu te payes ma tête maintenant ? Tu viens de m'appeler !

— Moi ?

— Ce n'est pas toi, peut-être, qui as scellé cette lettre ?

— Qui a…

Briséïs observa sa lettre, ahurie, puis reprit :

— Il y a des chimères ici ?

— Que sont ces statues, d'après toi ? repartit le facteur, pointant rageusement les silhouettes de pierre dressées le long des colonnes de la cathédrale.

Un frisson le parcourut alors qu'il laissait involontairement son regard s'attarder sur les expressions figées des saints. Il leur tira la langue puis attrapa le poignet de Briséïs et la poussa dans le confessionnal. Entrant à son tour, il referma promptement la porte derrière lui. Ils tenaient à peine à l'intérieur, collés l'un contre l'autre.

— Je te préviens, tu n'as pas intérêt à me refaire un coup pareil si tu veux que mon passé continue à trimbaler la lettre de ton futur. La lettre, maintenant.

— Je… Je préfère la garder…

— Tu ne pourras pas recevoir celle de ton futur si tu t'accroches à celle-là ! rétorqua le facteur, impatient.

— La lettre ne peut se trouver deux fois dans le même espace-temps, oui, je sais, vous me l'avez déjà dit.

— Ah oui ? Eh bien tu aurais mieux fait de mieux écouter mon futur !

— Est-ce que ça veut dire que… Que vous connaissez mon futur ? Que savez-vous que je ne sais pas encore ?

— Et toi ? Que sais-tu de mon futur ?

— C'est que… Nous n'avons pas beaucoup parlé…

— Et nous de même, dans ton futur. Donne-moi la lettre ou tu ne pourras pas recevoir tes indices. Je ne connais pas tout de nos rencontres, mais la toute dernière que tu as vécue est aussi dans mon passé. Je t'ai cité une phrase de ton père, et tu as admis que tu t'envoyais peut-être des indices : je sais de quoi je parle. Et je ne resterai pas une minute de plus dans cette cathédrale.

Un brouillard épais envahit l'esprit de Briséïs. Incapable de comprendre, elle sentit l'angoisse monter dans sa gorge.

— Tout cela est tellement étrange, monsieur le… quel est votre nom ?

Le facteur parut pris de court.

— Est-ce que vous avez un nom ? songea Briséïs tout haut. Peut-être pas, si vous êtes un archétype du rêve, comme le vieil homme…

— Les marchands de sable ont un nom, je peux en avoir un aussi, si je veux, la coupa sèchement le facteur.

Il lui arracha la lettre des mains, sortit du confessionnal et claqua la porte derrière lui.

Aussitôt, la porte s'ouvrit à nouveau. Le père Narcis l'étudia des pieds à la tête d'un air inquisiteur, jeta un coup d'œil vers la cabine vide où s'installait d'ordinaire le prêtre.

— À qui parlez-vous, damoiselle Briséïs ?

— À… pardonnez-moi, je réfléchissais tout haut, s'excusa-t-elle avec un sourire bête. J'aime imaginer que je parle à un prêtre, ça m'aide à garder la tête froide. Je vais beaucoup mieux, merci.

Elle trébucha sur la marche du confessionnal en sortant, buta contre un banc en voulant adresser un dernier sourire au prêtre et sortit face au soleil.

Une volée d'oiseaux passa au-dessus de la cathédrale, frôlant les gargouilles aux babines retroussées. Sur le parvis désert, une brise légère caressa son visage.

— Comment pourraient-elles être à la fois statues de pierre et chimères ? se demanda-t-elle tout haut.

— Les statues sont comme toutes les œuvres d'art, des fenêtres ouvertes entre deux mondes. Mais le simple fait de les regarder invite les chimères à se montrer. Alors observer une statue revient à observer une chimère. C'est du pareil au même.

— Vous !

Le facteur sourit à Briséïs. Il portait toujours le même képi, mais sa moustache était plus courte. Il lui tendit une enveloppe déjà déchirée.

— Courrier.

— Qu'est-ce que c'est ?

— Ta lettre, bien sûr.

Briséïs dégagea la lettre de son père de l'enveloppe avec des doigts tremblants. Elle était pliée en deux, immaculée.

— Est-ce que vous venez de reprendre ma lettre, dans la cathédrale ?

— Moi ? Non.

— Votre futur alors.

Le facteur haussa les épaules, amusé.

— Et c'est moi qui vous ai donné cette lettre ?

— Oui.

— Quand ?

— Dans ton futur et mon passé.

— Où étions-nous ?

— Dans un hospice, une chambre avec deux lits. Il y avait tes amis aussi.

— Pourquoi l'enveloppe est-elle déjà ouverte ?

— C'est ainsi que tu me l'as donnée.

— Et ça, qu'est-ce que c'est ?

Le facteur regarda le recto de l'enveloppe qu'elle lui tendait.

— Des lettres raturées. Très raturées. Il me semble bien qu'il est écrit : « à mon seul désir ».

— Je sais lire le français, je vous demande pourquoi c'est là.

— Qui sait ?

Il lui attrapa le bras et lui glissa tout bas :

— Dis, ça ne t'ennuie pas qu'on s'éloigne un peu ? Les

gargouilles nous regardent. Je sais bien que ce sont des créatures de la nuit, mais tout de même. Le soleil n'est plus très loin de se coucher.

— *À mon seul désir*, ce doit être le premier indice que je me laisse, dit Briséïs en suivant le facteur de l'autre côté du parvis. Je ne vois pas du tout ce que j'ai pu vouloir me dire.

— C'est étrange, cette façon de barrer chaque lettre indépendamment et plusieurs fois, fit remarquer le facteur, se prenant au jeu.

— Vous avez vraiment l'air différent, remarqua Briséïs. Votre futur vient de me rendre visite à l'instant. Il n'était pas de si bonne humeur.

— Peut-être que j'en avais marre de jouer à ton petit jeu. Tu as l'intention de t'envoyer cette lettre encore longtemps ?

— Je ne suis pas sûre… N'y a-t-il pas un moyen simple de renvoyer les chimères dans le Monde du Rêve s'il est si facile de les inviter ici ?

— Sans détruire toutes les œuvres d'art tu veux dire ? s'amusa le facteur. Je ne sais pas. Chacun son travail. Vous, vous cherchez à résoudre des énigmes, moi, je livre le courrier. Et mes moustaches, elles étaient comment ?

— Je dirais deux centimètres de plus, de chaque côté.

— Bien, fit-il satisfait.

— *À mon seul désir*, vous savez ce que cela peut signifier ? J'ai l'impression d'avoir déjà vu cette phrase quelque part… Mais il semblerait que j'aie souvent ce genre d'impression en ce moment, alors je ne sais pas trop ce qu'il faut en penser. Qu'est-ce que vous croyez qu'elle puisse…

Briséïs releva la tête et s'arrêta net. Le facteur avait disparu. À sa place se trouvait le père Narcis, planté devant elle, les bras croisés, l'air réprobateur.

— Peut-être qu'une véritable confession vous ferait le plus grand bien, damoiselle Briséïs.

Briséïs glissa sa lettre dans le pli de sa robe, esquissa un salut.

— Merci, j'en prends note. Bon après-midi mon père.

Enndall se trouvait encore dans la chambre à coucher. Il n'avait toujours pas faim. Les autres n'étaient pas rentrés. Briséïs en profita pour ressortir son cahier et sa plume et descendre dans la salle commune encore vide. Elle s'attabla près de la grande cheminée. Benji avait peut-être eu le temps de se débarrasser de Willis et du veilleur.

Benji l'attendait, la cloche à la main et la bague au doigt, comme chaque fois maintenant. Il ne fit aucun commentaire sur la façon dont il s'était sorti d'affaire et se contenta d'annoncer qu'il serait préférable de rester à l'abri dans le sas Chimères-Citadelle pendant quelques jours. Aussi fut-il ravi de découvrir qu'elle tenait une piste facile à explorer depuis la salle circulaire.

Elle lui raconta dans un fouillis embarrassé comment elle venait de retrouver une enveloppe qu'elle avait dû s'envoyer plusieurs fois. Elle était persuadée de l'importance du message. Elle évita soigneusement de lui parler du contenu de l'enveloppe, la lettre de son père, et Benji comprit tout de suite qu'elle lui cachait des choses. Mais il l'écouta sans broncher.

Lui aussi avait le sentiment de connaître la phrase « À mon seul désir ». Mais il n'aurait su dire ce qu'elle pouvait désigner.

— *Ce qui est étrange*, réfléchit Briséïs tout haut, *c'est que je ne reconnais pas mon écriture sur l'enveloppe. Ce sont des lettres capitales, très maladroites. On dirait que c'est une écriture forcée, comme si on avait voulu cacher l'identité de l'auteur.*

— *À mon seul désir*, c'est une adresse, pour trouver un destinataire : toi. Il serait logique qu'un autre ait écrit ce message. Celui qui t'a adressé cette lettre en premier, avant que tu ne te l'envoies plusieurs fois. Quelqu'un qui aime s'inventer des noms et monter des intrigues.

— *Mon père ?*

— Ce serait une jolie façon de te désigner sans avoir à écrire ton nom.

— *Je ne crois pas un seul instant qu'il puisse me voir comme son seul désir, commenta amèrement Briséïs. Le seul désir de mon père, c'est de voir ses recherches avancer.*

— Alors c'est que ces quelques mots vont nous permettre d'avancer.

— *Il y a bien une chose... Cette écriture enfantine, cela me fait penser à un jeu qu'avait inventé mon père quand j'apprenais à écrire, pour me donner envie de travailler. Il me donnait une phrase comme celle-ci et je devais, en utilisant chaque lettre, retrouver des mots cachés dans un long texte. Je raturais les lettres une à une au fur et à mesure que je trouvais les mots commençant par ces lettres. La phrase que j'arrivais à reconstituer m'indiquait où il avait caché un trésor dans la maison. Des bonbons, en général.*

— Alors c'est évident, sourit Benji, ton père a écrit un message codé ! Reste à trouver le texte sur lequel travailler. Une petite idée ?

— Je crois savoir de quoi il s'agit, capitula Briséïs.

Elle ne pouvait lui montrer directement la lettre, restée dans les plis de sa robe, contre son corps physique assis à la table de la salle commune de l'hospice. Pourtant l'esprit affûté de Benji lui serait bien utile pour décrypter le message de son père. Elle voulut retourner au Moyen Âge pour copier la lettre dans son cahier avec la plume de l'angelot, mais sitôt qu'elle posait la plume sur le papier, sa vue se brouillait et elle était à nouveau transportée dans la Citadelle. Elle dut se résoudre à dicter chaque phrase à Benji, effectuant des allers-retours dans son corps pour vérifier les tournures qu'employait Lucien. L'exercice lui donna le tournis.

— Alors comme ça, tu es une erreur ? sourit Benji, après avoir relu la lettre. Eh bien, cela explique beaucoup de choses…

Puis sans plus de commentaires, il étala sur la table une feuille de papier vierge et y nota « À MON SEUL DÉSIR » en lettres capitales.

— Par quoi commence-t-on ?

— C'est bien le problème, je ne me souviens plus exactement des règles du jeu. J'étais tellement jeune ! Peut-être y en a-t-il même eu plusieurs.

— Ce doit être pour cela que les lettres sont rayées plusieurs fois ! Commence par la première chose qui te vient à l'esprit.

— Je crois qu'il fallait commencer par un verbe, et ensuite… choisir chaque mot commençant par la lettre suivante de la phrase clé, en évitant les petits mots et sans revenir au début à moins d'être arrivé à la fin du texte… Je crois…

Benji se mit aussitôt au travail. Moins d'une minute plus tard, il avait écrit sous les mots « À MON SEUL DÉSIR » :

. . .

Atteindre Matière Ordre Nom Seras Être Uniquement Liberté Découvert Était Seras Indigne Reste.

— *Bon, j'ai dû oublier une règle,* soupira Briséïs.

— Peut-être. Ou peut-être qu'il suffit de reformuler un tout petit peu… « Atteindre matière ordre » : tu as ordre de retourner dans le monde de la matière. « Nom seras être uniquement liberté » : la seule chose qui doit compter pour toi, c'est la liberté. « Découvert était seras indigne reste » : il a découvert que ce qui était vrai dans le passé le sera aussi dans le futur car la Citadelle contrôle toutes les époques. Ça ne peut plus durer, voilà pourquoi il te demande de passer à l'action. Ton père est un petit malin. Cette lettre dit à première vue qu'il espère que tu suivras sagement le cursus de l'école jusqu'au bout. Alors qu'en réalité, il n'attend qu'une seule chose : que tu retournes chercher justice dans le monde physique.

Briséïs n'en revenait pas. Benji sourit, content de lui.

— Voyons voir maintenant si on utilise les noms et les petits mots, à part peut-être pour le premier…

Années Matière On Non Seulement Empreinte, Un Leur Désigné Et Sachant Ils Retrouver.

— *Ça ne veut rien dire,* conclut Briséïs, presque soulagée.

— Non, pas forcément. « Les années n'existent que dans le monde de la matière. » Sur ce point, nous sommes d'accord. « Elles ont non seulement une empreinte, mais si quelqu'un est désigné par cette empreinte, alors ceux qui l'accompagnent pourront retrouver avec lui son époque. » Pas mal. Qu'est-ce que tu en penses, Briséïs ?

Briséïs resta silencieuse, à la fois pétrifiée et hypnotisée par le pouvoir de déduction de Benji. L'esprit de son ami était peut-être trop affûté. L'arme risquait de se retourner contre elle. Benji interpréta son silence comme une validation :

— Cela faisait un moment que je me posais la question, dit-il, le regard brillant, mais je n'osais pas y croire. L'hypothèse me paraissait trop farfelue. Toi voyageant d'époque en époque, avec une équipe de résistants venus d'espaces-temps si différents… Mais si ton père pense la même chose… Pourquoi sinon te serais-tu intéressée à la Chine du VIIIe siècle ou à la Grèce antique ? J'aime bien ce petit jeu. Donne-moi d'autres règles.

Si sa deuxième interprétation se révélait si juste, la première avait des chances de l'être aussi, réfléchit Briséïs. Son père avait-il donc prévu son voyage hors de la Citadelle ? Cela changeait tellement la donne… Que pourrait-elle encore apprendre de crucial ?

— Je crois bien qu'une des règles était de ne faire attention qu'aux noms et aux verbes à l'infinitif...

Atteindre Matière Ordre Nom, Secrets Études Uniquement Liberté. Dossier Élève Secrets Indigne, Répandre.

— Ah ah ! s'exclama Benji. Intéressant ! « Le nom de votre mission, l'ordre du jour, c'est évidemment de rejoindre la matière. Tu trouveras bien sûr la liberté dont il a parlé tout à l'heure uniquement si tu fais des recherches secrètes, mais surtout, le dossier d'un élève de la Citadelle cache des secrets indignes, qu'il faut à tout prix faire connaître au monde ! » Briséïs, ton père est un génie ! Il avait tout prévu !

— ... *Tu crois ?*

— À toi de me le dire : est-ce que tu ne voyages pas avec un groupe de résistants à travers les époques ? Est-ce que nous ne cherchons pas le dossier d'un élève mystère, Neil Cuba Junior ? Et si Jules est devenu un inventeur hors pair, comme Lucien, ne serait-il pas logique que son dossier renferme les secrets qu'il a su mettre à nu ?

— Oui, mais... Est-ce qu'on ne tire pas des conclusions un peu rapidement ?

— Tu as raison, il nous faudrait d'autres pistes de recherche… Tu sais… Cela fait un moment maintenant que nous discutons. Si nous étions sur écoute, enfin, si on nous espionnait, on nous aurait déjà arrêtés, tu ne penses pas ? On a fait pas mal de découvertes, tous les deux. Si tu pouvais me dire où tu te trouves et ce que tu sais sur le lieu où tu te trouves… Ça nous aiderait…

— *Est-ce que ça veut dire que tu pourras me donner la chanson de la Citadelle ?*

Benji sourit.

— Ça ne sera pas vraiment nécessaire, mais si tu y tiens… Commence déjà par me raconter ce que tu sais.

— *À Carcassonne, au XVe siècle,* chuchota Briséïs, laissant les mots s'échapper de sa bouche avant d'avoir réellement pris le temps de considérer son acte.

Benji s'adossa contre sa chaise, laissant l'information le pénétrer.

— Eh bien… Je le savais déjà, pour les voyages, mais de t'entendre le dire… Comment est-ce ?

— *Pas mal. Relativement proche de la ville basse de la Citadelle. Mais avec des odeurs en plus. On ne peut pas dire que ça sente très bon.*

Benji éclata de rire.

— Ce que j'aimerais pouvoir voir cela de mes propres yeux ! Qu'y as-tu découvert sur les chimères et la Citadelle ?

Benji avait une façon d'écouter qui poussait toujours à en dire plus. Bien vite, Briséïs se trouva à expliquer leurs découvertes plus en détail qu'elle ne l'aurait voulu. Elle raconta ses aventures chinoises avec le *tchi*, la peinture, le dragon, les archétypes. Puis elle lui parla du facteur et de la place du Temps. Elle enchaîna ensuite avec les statues de la cathédrale de Carcassona, les hurleurs et les apparitions éphémères des petites créatures. Elle lui raconta la légende du roi Lugubre, que certains pensaient pouvoir combattre en allant chasser une vouivre. Mais elle insista surtout sur l'obsession des gens à propos du diable et de la chute, sur la punition suprême, l'existence des bouches de l'enfer et de Ça, l'être fait de peur à l'état pur.

— Ça ne m'étonnerait pas effectivement que tout cela soit orchestré par la Citadelle. La peur est sa première arme, bien avant les chimères. Il n'y a qu'à voir comment l'ordre est maintenu ici.

— *Je sais bien, je m'en souviens encore*, remarqua Briséïs dans un frisson.

— La Citadelle sait qu'il n'y a que par la peur que l'on peut diriger efficacement.

Voilà qui la coupa net dans son élan. Benji approuvait ?

— Je vais aller regarder ce que je trouve sur Ça et la légende du roi Lugubre, et je demanderai à Raoul ce qu'il sait sur les punitions de la Citadelle, poursuivit Benji sans se rendre compte du malaise de Briséïs. Raoul n'a pas été choisi comme Alpha, mais il est quand même en quatrième mois, il devrait pouvoir m'aider à mieux comprendre cette histoire de chute. Par contre, je peux te dire d'emblée que je n'obtiendrai rien à propos de la capture des chimères. Je crois bien que c'est un des secrets les mieux gardés, mis à part le Grand Secret. Quiconque ose en parler aux élèves inférieurs est immédiatement escorté dans les basfonds de la périphérie.

— Pourrais-tu vérifier qui fait partie de l'Élite en 1450, à Carcassonne ?

— En Europe, ce devrait être possible, si tu me donnes des noms précis… Mais je ne suis pas sûr que ça marche, il semble qu'il y ait une sécurité particulière autour des élèves en fonction. Je vais aller vérifier.

— Commence par Théobald Ebrard et Ugolin…

Briséïs sentit son bras trembler et la salle ronde avec. Une vague de colère embrasa son teint, quand elle découvrit à la place du visage de Benji celui de Leonel, penché vers elle. Il lui secouait le poignet, une louche dans l'autre main.

— Tu ne veux pas de soupe ? Il faut bien que tu manges un peu, ton carnet peut attendre.

Il parlait fort pour se faire entendre par-dessus le brouhaha de la salle bondée de pèlerins. Dehors, la nuit était tombée. Briséïs prit sur elle pour tendre son assiette, mine de rien. Liz et Aeneas l'observaient, médusés.

— Tu ne changeras jamais, Briséïs, sourit Liz. Est-ce qu'au moins tu as entendu ce qu'on vient de dire à propos de la carte-chanson ? Personne n'en a jamais entendu parler ici. Et à propos des tableaux identiques que l'on retrouve partout ? Allez, ne te fatigue pas, je te charrie. On n'en a pas trouvé, et personne ne pouvait nous renseigner. Bon, et toi, qu'as-tu pensé de vos essais, avec Enndall ?

Briséïs croisa le regard d'Enndall. Qu'avait-il bien pu dire ? Il avait l'air tendu. Il devait espérer d'elle une réponse particulière…

— … Comme l'a dit Enndall, dans son univers, les légendes sont propres à chaque localité. Pour obtenir plus de résultats, il faudrait en parler aux habitants du coin.

Meng et Ohanko semblaient attendre la suite. Mais le regard de Liz se promena d'Enndall à Briséïs. Une lueur s'alluma dans ses yeux.

— C'est vrai, admit-elle brusquement, c'est le seul lien qui nous manque. Nous n'avons qu'à nous rendre chez Cassandre, elle acceptera forcément de nous aider. Qu'est-ce que tu en penses, Enndall ? Elle au moins ne nous traitera pas d'érotiques. D'*hérétiques*, je veux dire.

Enndall se mit à frotter machinalement la table avec la paume de sa main.

— Cela ne se fait pas d'importuner une dame en deuil. Quelqu'un veut de la bière ? Je vais aller en rechercher.

— Qu'est-ce qu'il a ? demanda Aeneas si tôt qu'il fut parti. Il est bizarre, depuis hier, vous ne trouvez pas ?

— C'est difficile de revenir dans son époque, répondit Meng. Ça chamboule beaucoup.

Liz balaya sa remarque d'un geste agacé :

— Il est amoureux, voilà ce qu'il a. Et si vous voulez mon avis, Cassandre aussi.

— Il est beaucoup plus vieux qu'elle et ils se connaissent à peine ! s'amusa Leonel.

— Et tu n'as jamais entendu parler du coup de foudre ? Quel romantique, je te jure !

— Tu l'imagines capable de tomber amoureuse d'un inconnu le jour de l'enterrement de son mari et c'est moi qui manque de romantisme ?

— Et alors, elle ne l'aimait pas !

— C'est ce que dit Théobald.

— Quand est-ce que vous avez parlé à Théobald ? s'étonna Briséïs.

— Tout à l'heure. C'est bien ce que je disais, tu n'as rien écouté.

— Si, si… Vous vous êtes rendus aux endroits où sont morts ces trois hommes, et vous avez trouvé que…

— Que la populace ici est plutôt impressionnable, compléta Leonel. Allez, on ne t'en veut pas si tu n'as rien écouté, c'était pas bien intéressant comme compte-rendu.

— Il n'y a qu'à voir ce qui est écrit sur le parchemin de son pendentif. Enndall ! s'écria Liz, le voyant revenir un pichet à la main, veux-tu que Briséïs t'aide à déchiffrer ce qu'il y a dans le pendentif de Cassandre ?

— Moi aussi, je peux lire le français, glissa Leonel, je suis français aussi.

— Mais… non, tu es allemand, le corrigea Briséïs, surprise.

— Français, affirma Leonel, la regardant droit dans les yeux.

Briséïs préféra ne pas insister.

— À propos de déchiffrer, enchaîna-t-elle, sentant qu'Enndall ne désirait pas l'entendre lire à voix haute le message de son pendentif, j'allais oublier de vous le dire : le facteur est revenu me voir.

— Le facteur… de la… Ici ? s'exclama Liz. Non ! Comment ?

— Il est arrivé, il a pris mon ancienne lettre, il m'a donné celle-là et il est reparti, juste comme ça… C'est encore la lettre de mon père, mais cette fois avec une enveloppe, et cette phrase barrée dans tous les sens. Le facteur a dit que c'est mon futur qui me l'a envoyée pour me donner des indices. Il n'avait pas d'autres explications.

Elle déposa l'enveloppe sur la table. Ils se penchèrent au-dessus des lettres raturées.

— C'est écrit *à mon seul désir*, traduisit Briséïs. C'est un message codé, regardez.

Elle leur fit la démonstration du premier message codé qu'avait trouvé Benji : Lucien voulait la voir quitter la Citadelle et retourner dans le monde physique pour obtenir justice. Elle préféra passer les deux autres sous silence, de peur d'avoir à en expliquer trop sur ses échanges avec Benji.

— Le message codé est important, mais connaissant mon père, il n'a pas choisi la phrase d'origine par hasard. Seulement je ne sais pas ce qu'il a voulu dire. Quelqu'un a-t-il déjà entendu cette expression ? Enndall ?

En bout de table, le chevalier se fondait dans le paysage, silencieux et immobile.

— Enndall ! fit Liz en le secouant, un petit effort ! *À mon seul désir*, ça te dit quelque chose ?

— Non. Briséïs a raison, nous devrions procéder à une collecte plus organisée des histoires qui circulent sur les chimères de la ville. Le chancelier Li a bien dit qu'il fallait cultiver les légendes pour entretenir l'apparition des chimères.

— On pourrait même imaginer retrouver les coupables en identifiant ceux qui propagent le plus de légendes, remarqua Leonel. Le problème, c'est que dans ce cas, tu serais le premier concerné, Enndall.

Le chevalier tiqua, et poursuivit malgré tout :

— Demain, nous sommes dimanche. Baudoin Ebrard sera forcément présent à la messe. Je lui demanderai conseil.

— Je ne crois pas que tu sois le mieux placé pour juger l'attitude des autres, Leonel, reprit Meng, prenant la défense d'Enndall.

— Je ne juge pas, je constate, c'est tout.

Leonel se pencha vers Briséïs pour ajouter :

— Meng est jaloux parce que lui et Ohanko ne peuvent pas faire un geste sans que les gens s'imaginent leur voir pousser des cornes sur le front. Les gens bigarrés, ça passe pas bien ces jours-ci, on dirait.

— Tout comme une femme avec des outils bizarres dans les mains : ça passe pas bien non plus, pointa Liz. Ne restaient plus que Leonel et Aeneas. Autrement dit, Aeneas était tout seul. Alors il ne faut pas s'étonner si on n'a pas trouvé grand-chose.

— Ce n'est pas de ma faute si les gens d'ici sont racistes et misogynes, répliqua Leonel.

— Et ce n'est pas de ta faute si tu as un poil dans la main ?

— Je vous ai déjà dit que je ne croyais pas à vos histoires de chimères. Je ne vais pas faire le mariole pour vous faire plaisir. Et puis ce n'est pas comme si je n'avais rien fait : on a quand même trouvé pas mal de choses, pas vrai Aeneas ?

— Hum, hum, fit Aeneas d'une petite voix.

Briséïs réalisa qu'il se tenait courbé, comme recroquevillé sur lui-même.

— On a parlé avec les gens du coin à propos des trois morts, poursuivit Leonel. Un homme a reçu une tuile emportée par le vent sur la tête, un autre, complètement ivre, s'est noyé dans un lavoir haut comme ça, et le dernier a glissé dans des escaliers délabrés. Pas besoin de s'appeler Sherlock Holmes pour comprendre que ces trois décès-là n'ont rien à voir avec des chimères.

— Les gens d'ici disent que ces accidents arrivent par la faute du roi des Aulnes, pointa Ohanko.

Lui aussi paraissait plus tendu que la veille au soir. Briséïs s'efforça d'ignorer le malaise. Leonel leva les yeux au ciel :

— Ohanko, ces mêmes gens seraient prêts à nous brûler sur un bûcher à cause de ta couleur de peau ou de celle des cheveux de Liz !

— En tout cas, c'est le genre de mauvais tours que les dieux de chez moi sont capables de jouer s'ils sont de mauvaise humeur, renchérit Aeneas d'une voix étranglée. Et les esprits d'ici n'ont pas l'air de très bonne humeur. Jusqu'où penses-tu qu'ils soient capables d'aller, Enndall ?

— Je ne sais pas… J'ai bien peur qu'il n'y ait pas de limite avec le diable.

Leonel s'esclaffa. Mais personne d'autre n'avait envie de rire. Stoppé dans son élan, il se tourna vers le général :

— Meng ! Il y a encore quelques jours, tu aurais bondi en entendant un truc pareil ! C'est exactement le genre de discours contre lequel tu t'es battu toute ta vie !

— Je comprends maintenant d'où viennent ces discours. Ça ne veut pas dire que je les apprécie. Mais je ne peux plus faire comme si tout cela n'existait pas.

Un hurlement déchirant traversa la cour, pénétra par les fenêtres sans vitre, fit voler les rideaux de lin et souffla toutes les bougies. Briséïs se tassa sur sa chaise : jamais un cri ne lui avait tant glacé le sang. Un brouhaha de panique monta dans l'obscurité, comme les pèlerins se levaient dans une bousculade générale.

— LES HURLEURS ! PRIEZ ! s'époumona le frère Jacin. Seigneur tout-puissant qui êtes aux cieux, protégez-nous du mal ! Pardonnez-nous nos péchés, préservez-nous du feu de l'enfer ! Mon Dieu, je vous demande pardon pour tous ceux qui ne croient pas, qui n'adorent pas, qui n'espèrent pas !

Peu à peu, les pèlerins prisonniers de l'obscurité s'agenouillaient et joignaient leurs prières à celles du prêtre. Mais le craquement bruyant d'une poutre fracassée et un long rire perçant provoquèrent une nouvelle vague de panique. Meng tira son poignard et se rua vers l'extérieur.

— Meng, ne sors pas ! s'écria Enndall, le rattrapant de justesse.

— Mais c'est le moment ou jamais d'aller voir ce qui se passe !

— Ce que j'ai dit tout à l'heure, je le pensais, Meng. Nous ne faisons pas le poids face à ce qu'il y a dehors. Pas encore. Patiente au moins jusqu'à ce que nous ayons appris à nous servir de nos véritables armes.

— Celles que tu ne peux même pas sortir en public ?

— Si tu sors maintenant, le jaune, tu n'auras peut-être pas grand-chose à venir nous raconter, lui glissa un homme entre deux Notre Père.

Une dernière rafale de hurlements finit par avoir raison de Meng. À contrecœur, il se mit à genoux et joignit sa prière à celle d'Enndall et des pèlerins tremblant de toute leur âme.

Enfermée dans une stupéfaction silencieuse qui ne lui ressemblait pas, la troupe monta dans la chambre un peu plus tard, pour asperger les lits d'eau bénite et prier de nouveau, comme l'avait recommandé Jacin. Ils peignirent ensuite des Encantadas, absorbés par des idées noires, jusqu'à ne plus pouvoir tenir leurs pinceaux droits.

Allongée enfin dans l'obscurité, pétrifiée et incapable de dormir, Briséïs contempla longuement la peur grandir en elle.

— Enndall ? lança Ohanko bien plus tard, depuis la paillasse qu'il s'était installée sur le plancher.

— Oui ?

— Penses-tu que la Citadelle soit le diable en personne ?

Briséïs retint son souffle, attendant la réponse.

— Je ne sais pas. Je ne sais plus trop…

8

LE CHEVALIER MYSTÉRIEUX

— Si seulement nous pouvions les voir, il me semble que ça me flanquerait moins la frousse, remarqua sombrement Liz le lendemain matin, plongeant mollement sa cuillère dans son bol de bouillie d'orge.

— Cela fait peut-être partie de leur plan, remarqua Leonel, forçant une légèreté qu'il avait bel et bien perdue durant la nuit. Tout le monde sait bien que l'inconnu fait peur. Je me demande comment ces petits malins ont fait pour produire des hurlements pareils sans même avoir de haut-parleurs. Ils sont forts.

Briséïs avait pris la décision formelle de ne pas se laisser influencer par l'humeur contagieuse des pèlerins, encore sidérés par leur expérience de la veille. Après tout, se disait-elle, ragaillardie par la clarté du jour, si le plan des chimères consistait à faire peur par leur omniprésence, que risquait-elle, puisqu'elle désirait les voir plus que tout ?

Elle poussa même la chansonnette tout en suivant les autres vers l'église, jusqu'à ce qu'Enndall la rappelle à l'ordre : dans un climat pareil, ce n'était pas de bon ton.

La cathédrale était bondée. À en juger par les mines assombries, le vent d'horreur qui avait soufflé par leurs fenêtres le soir précédent n'avait pas dérangé uniquement les quelques pèlerins de l'hospice. Longeant les premiers rangs de la nef, ils aperçurent Baudoin qui les salua d'un geste. Enndall s'arrêta pour lui demander conseil, puis les rejoignit, hochant la tête d'un air satisfait : le lieutenant allait les aider.

— Que va-t-il faire ? chuchota Liz, surveillant l'assemblée.

— Je ne sais pas encore, nous en parlerons après la messe.

— Qu'est-ce que tu lui as dit exactement ? Parce que lui m'a tout l'air de savoir ce qu'il va faire, ajouta-t-elle en pointant un pilier près du chœur.

Enndall se raidit : Baudoin y avait retrouvé l'archevêque de Tolosa qui écoutait attentivement ses explications discrètes. Liz attrapa le chevalier par la manche :

— Tu ne lui as pas tout expliqué quand même, Enndall ?

La messe débutait, Enndall n'osa pas répondre. Durant les premiers chants, Briséïs étudia les nombreuses personnalités rassemblées aux premiers rangs, parées de leurs plus beaux atours : l'évêque de Carcassona, avec sa silhouette rondelette et sa voix aiguë, le sénéchal, grand dirigeant de Carcassona et grand-père de Théobald et Cassandre, les nombreux barons, comtes et vicomtes, riches marchands, prélats et archiprêtres venus de tout le Lengadoc… Combien d'entre eux réagiraient si l'archevêque pointait du doigt le chevalier d'Imbert et sa suite ? Et parmi les chanoines, retranchés derrière l'archevêque de Tolosa qui officiait, combien préparaient tranquillement le prochain piège de l'Élite ? Pas une seule fois Briséïs ne réussit à croiser le regard d'Ugolin Popian. Ses petits yeux noirs perdus dans le blanc laiteux de son teint fixaient avec obstination un horizon que lui seul pouvait voir. Les statues des saints semblaient surveiller les moindres faits et gestes de l'assemblée, perchées à mi-hauteur des grandes colonnes de la cathédrale. Le regard de Briséïs avait-il changé sous l'influence des histoires du facteur ? Chaque fois qu'elle levait les yeux, elle voyait le sourire bienveillant des saints devenir machiavélique. Cela lui faisait froid dans le dos.

La nuit avait encore fait des victimes. Une femme et un homme, tous les deux morts de peur à en croire la description de l'archevêque, qui prenait les événements particulièrement à cœur. Il assomma encore une fois l'assemblée de reproches, puis glissa un coup d'œil vers Baudoin et ajouta :

— Le chevalier Enndallor d'Imbert, qui vous a été présenté lors des funérailles de Messire de Cournonsac, souhaiterait mieux comprendre le fléau qui afflige la ville.

Briséïs retint sa respiration. L'air solennel de l'archevêque ne laissait rien paraître de son point de vue sur le sujet.

— C'est un chevalier de l'ordre du Dragon, tout entier dévoué à la victoire du Christ sur le mal, poursuivit-il. Aussi je souhaite lui apporter mon soutien. J'invite ceux d'entre vous qui ont subi de quelque façon la présence du Malin à aller lui parler sans crainte. Le chevalier recevra toute la journée à l'hospice en présence d'un chanoine, qui pourra donner l'absolution aux pécheurs. À présent, prions ensemble.

Les nobles têtes coiffées des dames se tournèrent à la recherche du fameux Enndallor, tandis que les chants reprenaient.

— Ce n'était pas si mal. Vous croyez que les gens viendront ? demanda Aeneas tout bas.

Cassandre était présente, aux côtés de sa famille. Briséïs nota au sortir de la messe avec quelle attention Enndall contournait les majestueuses colonnes centrales pour éviter de la croiser.

— Qu'est-ce que je disais, il est amoureux, lui souffla Liz en passant près d'elle. Amoureux et timide, avec ça. Il va falloir y remédier, on ne peut pas le laisser comme ça. Attends-moi ici.

Liz venait à peine de quitter le parvis, qu'une jeune fille entichée d'une impressionnante coiffe à double corne couverte d'un voile se planta devant Briséïs.

— Damoiselle, puis-je vous importuner un instant ?

Elle ne lui laissa pas le temps de répondre :

— Vous faites partie de la suite du chevalier de l'ordre du Dragon, Enndallor d'Imbert, n'est-ce pas ? Est-ce vrai qu'il est resté toute la journée d'hier enfermé dans ses appartements parce qu'il est follement épris d'une dame ?

— Je…

— Est-ce vrai aussi qu'il a traversé les mers et affronté des sirènes maléfiques sur les bords du monde pour aller chercher le Graal, grâce auquel il pourrait vivre ce véritable amour ? C'est pour cela qu'il est si silencieux, n'est-ce pas ? C'est sa recherche du Graal, sa longue quête pieuse, qui l'a empli de sagesse. Tout le monde a pu le voir, lors des funérailles de monseigneur de Cournonsac.

— Je…

— Est-ce vrai aussi qu'il pense avoir enfin retrouvé le Graal à Carcassona, et que c'est pour cela qu'il est venu ? Une âme noble comme la sienne n'irait pas combattre la vouivre pour de l'argent. Il s'intéresse surtout au château du roi des Aulnes, n'est-ce pas ? Est-ce vrai aussi que la dame qui fait l'objet de ses désirs se trouve en ce moment même à Carcassona, et qu'elle n'a pas conscience de son amour ? Et que c'est pour cette raison qu'il reste cloîtré ? Oh ! C'est tellement romantique !

Des étincelles jaillissaient des yeux papillonnants de la jeune fille. Briséïs ne put s'empêcher de sourire.

— Où avez-vous entendu tout cela ?

— Tout le monde en parle ! Oh, c'est donc vrai !

— Non, je…

— Certains disent que la dame serait Cassandre Ebrard parce qu'il aurait accepté un cadeau d'elle, mais je ne peux pas le croire. Elle est bien trop autoritaire et masculine pour lui. Il lui faut une compagne douce, au cœur tendre. Dame Péronne prétend être l'heureuse élue, parce qu'il a posé son regard sur elle pendant les funérailles. Elle prend ses rêves pour une réalité, c'est un vrai laideron. Est-ce vrai qu'un seul regard de son véritable amour le délivrerait de son maléfice, et qu'il n'aurait plus besoin alors du Saint Calice pour lui dévoiler son cœur ?

— Quel maléfice ?

— Celui que lui a jeté cette immonde sorcière, avant qu'il ne rencontre sa dulcinée.

— Eh bien… Venez donc cet après-midi, répondit Briséïs, prise au dépourvu, il vous le dira lui-même.

— Quelle merveilleuse idée ! Que le seigneur soit avec vous, chère damoiselle.

— Chère damoiselle, permettez que je vous l'emprunte ? demanda Liz à la jeune fille, attrapant Briséïs par le bras. Nous avons une affaire urgente à régler.

. . .

— J'ai dit aux autres que nous avions une course de femmes à faire, glissa-t-elle à Briséïs, la tirant loin du parvis. Enndall est déjà parti rencontrer les premiers témoins. Ils vont tous à l'hospice ; il faut en profiter pour aller voir Cassandre sans se faire repérer. Je l'ai entendue dire qu'elle rentrait chez elle. Nous allons lui expliquer la situation.

— Quelle situation ?

— Une timidité maladive n'est bonne pour personne. Tu te rends compte qu'il l'a laissée filer sans même lui adresser la parole ? Pas même un bonjour ? Nous allons devoir jouer les entremetteuses.

— Quoi ?

— Je ne sais pas si nous arriverons à sauver toute une époque de la méchante Citadelle et de ses chimères, mais si nous pouvons faire en sorte que la vie d'un homme soit considérablement améliorée, alors cela vaut la peine d'essayer, tu n'es pas d'accord ? Cassandre comprendra, les femmes du XVe siècle ne peuvent pas être moins fines en amour que celles du XXXVe siècle. C'est une histoire qui se répète, l'incapacité des hommes à démêler leurs émotions.

— Enndall restera à l'hospice quoiqu'il arrive. Se précipiter maintenant ne nous avance en rien et nous allons manquer le début des histoires, protesta Briséïs tout en se laissant malgré tout entraîner vers la ville basse. Et puis nous ne savons pas où la trouver !

— Elle est retournée vivre chez son père le temps de reprendre ses esprits. On te l'a dit hier soir, mais évidemment, tu n'as rien écouté. Ils seront bien assez de cinq pour se souvenir des histoires qu'on va leur raconter. Et puis si elles sont aussi véridiques que celle de ta charmante demoiselle, nous ne manquerons pas grand-chose.

Briséïs n'était pas certaine d'être d'accord sur ce dernier point. Mais il fallait avouer que pénétrer dans l'intimité de la maison de la famille Ebrard la tentait. Et Liz n'était jamais meilleure comédienne que lorsqu'elle croyait dur comme fer à son histoire.

La propriété, un large hôtel de pierres blanches, se dressait au coin d'une grande rue boueuse. Liz empoigna le heurtoir tenu dans la gueule d'un lion de bronze fixé sur l'imposante porte d'entrée, le souleva et suspendit son geste :

— D'abord, on observe. Quand nous entrerons, laisse-moi parler. Et pendant que nous discutons elle et moi, sois attentive aux signes.

— Quels signes ?

— Une légère agitation, une lueur dans son regard, les doigts qui pianotent malgré elle. Si elle doit reprendre son souffle de temps en temps. Surtout si elle porte un corset.

— Comment je peux savoir si elle porte un corset ?

— C'est évident voyons, tu…

— Qui cherchez-vous à voir, cette fois-ci, une tempestaire ? Un farfadet ?

Théobald, tout sourire, se penchait vers elles, assis sur le rebord d'une grande fenêtre du deuxième étage pourvue d'un luxueux vitrage de losanges.

— Bonjour Théobald, nous sommes venues voir ta sœur, répondit Liz aimablement.

— C'est un meilleur choix, admit Théobald, elle est plus facile à trouver.

Puis il disparut de la fenêtre pour réapparaître quelques instants plus tard sur le palier.

— Soyez les bienvenues, Cassandre va vous recevoir.

Il ouvrit grand la porte et fit une révérence en les laissant passer, comme un parfait gentleman. Briséïs aurait presque pu oublier l'inconfort dans lequel il l'avait mise à peine deux jours plus tôt, s'il n'y avait pas eu son strabisme déstabilisant et sa collection de bagues et de froufrous grotesques, même pour l'époque.

Théobald les mena directement au premier étage, frappant lourdement du pied contre chaque marche grinçante comme un enfant se délectant de sauter à pieds joints dans une flaque d'eau. Il entra sans s'annoncer dans une pièce au plafond bas, où trônait un lit à baldaquin couvert de draperies vertes brodées. Cassandre se tenait au chevet de sa mère, en compagnie du père Narcis. De l'autre côté du lit, l'inquisiteur Asemar, un scalpel ensanglanté à la main, recueillait dans une bassine de terre cuite un long filet rouge coulant du bras de sa patiente. La femme du lieutenant, les yeux fixés au plafond, le teint blanc comme neige, semblait une poupée de porcelaine prête à se briser.

Liz fit volte-face, une main sur la bouche, le teint presque aussi blanc que celui de dame Ebrard.

— Seigneur, nous sommes désolées de l'intrusion…

— Théobald ! gronda Cassandre à mi-voix, n'as-tu donc aucune conscience ?

Et comme Théobald ne se départait pas de son sourire espiègle, Cassandre quitta sa chaise pour accueillir ces invitées surprises.

— C'est moi qui suis désolée, déclara-t-elle après leur avoir enjoint de la suivre dans la pièce principale, au rez-de-chaussée, laissant Théobald auprès de sa mère. Vous n'auriez pas dû avoir à supporter ce spectacle.

— Votre mère est souffrante ?

— Elle a été très bouleversée par les événements de ces jours-ci. Mais notre mère a toujours été fragile. La saignée du père Asemar devrait faire sortir la bile noire et rétablir ses humeurs. Un peu de vin ?

— Vous par contre, vous semblez vous en sortir drôlement bien, remarqua Liz en détaillant le visage de Cassandre tandis qu'elle versait du vin dans sa tasse.

La main de Cassandre trembla légèrement et une giclée de vin se répandit sur la robe de Liz. Cassandre reposa le pichet sans le remarquer.

— C'est ce qu'on vous a dit en ville ? dit-elle d'une voix tremblante. Dame Cassandre de Cournonsac s'est relevée bien tôt de son chagrin ! Et elle ose afficher sa bonne santé ! N'a-t-elle donc aucun cœur ? Sa propre mère est plus affligée qu'elle ! C'est ce que vous avez entendu, n'est-ce pas ? Oui, je me suis relevée, et je marche déjà d'un pied ferme, mais ai-je le choix ? Entre un père dépassé par ses responsabilités, une mère écrasée par un démon survenu au pire moment et un frère simple d'esprit qui semble apprécier notre détresse et qui, de surcroît, ne sait jamais se taire quand il le faut ! Ai-je vraiment le choix ?

— Nous n'avons rien entendu de tel, se rattrapa Liz, nous sommes simplement admiratives de votre courage…

— Mais c'est effectivement la rumeur qui circule dans les rues, objecta Théobald avec un sourire pincé, appuyé contre le chambranle de la porte. J'ai écouté toute la journée d'hier, depuis la fenêtre du premier. C'est vrai, aussi vrai que je suis simple d'esprit.

— Théobald ! Je t'avais dit de rester avec maman ! s'écria Cassandre toute pâle, comme prise en faute.

La porte d'entrée s'ouvrit en grinçant. La voix de Baudoin leur parvint de la rue :

— … Le chevalier de Montourg est également prêt à partir demain matin. J'ai déjà organisé l'expédition. Ils rejoindront le père Asemar à l'aube, pour libérer le paysan qui les mènera jusqu'au… Bonjour… fit-il, surpris, alors qu'il pénétrait dans la pièce principale en compagnie de l'archevêque de Tolosa.

— Dame Liz et damoiselle Briséïs ont eu vent de la mauvaise santé de mère, et elles ont voulu nous communiquer leur soutien, dit précipitamment Cassandre en se levant, un sourire contraint aux lèvres.

— C'est fort aimable à vous, mesdames.

— Monseigneur ! poursuivit Théobald, se précipitant vers l'archevêque de Tolosa pour baiser les bagues de sa sainte main avec dévotion. Aviez-vous entendu, vous aussi, que notre mère était malade ? Elle souffre de mélancolie, c'est le constat du père Narcis, confirmé par le père Asemar, notre inquisiteur. Le Malin s'installe en elle peu à peu. Mais le père Asemar vient de la saigner. Le sang d'Isolde a coulé, et toutes ses impuretés sont parties.

— Vous m'en voyez rassuré, répondit l'archevêque d'un ton neutre, retirant sa main.

— N'importune pas Monseigneur l'archevêque, Théobald, gronda doucement Baudoin, il a bien d'autres soucis en tête.

— Vous prendrez bien un peu de vin, Monseigneur ?

Cassandre tira une chaise pour que l'homme d'Église vienne s'y asseoir, en face de Briséïs. Elle dénicha deux nouveaux gobelets de terre cuite peints délicatement, les posa sur la table et les remplit à ras bord.

L'archevêque se laissa lourdement tomber sur sa chaise. Un silence gêné s'installa tandis que Baudoin hésitait sur la conduite à suivre – s'asseoir en face de Liz, ou leur demander de partir, peut-être. Poursuivre sa conversation avec l'archevêque, ou prendre des nouvelles du chevalier d'Imbert…

L'archevêque but à petites gorgées le vin de son hôte, en promenant son regard sur son entourage. Il croisa poliment ceux de Liz et

Briséïs, sans pourtant leur porter une réelle attention. Même Théobald s'était bel et bien tu, et observait le silence comme on observe une mouche.

— Ces jeunes dames voyagent avec le chevalier d'Imbert, se décida enfin Baudoin, rompant le silence brièvement.

L'archevêque acquiesça légèrement.

Maintenant qu'elle le voyait de si près, Briséïs eut le sentiment d'avoir déjà vu ces petits yeux noirs et ce menton fendu en deux. Ce ne pouvait être qu'une impression. Sauf à considérer que certains traits survivent aux siècles et se retrouvent, par l'opération d'une quelconque loi mystérieuse de la nature, sur le visage d'un parfait inconnu. Son professeur d'anglais, peut-être. Elle ne l'avait jamais vraiment apprécié.

— Le chevalier d'Imbert a-t-il l'intention d'aller chasser la vouivre ? demanda l'archevêque, brisant l'atmosphère gelée qu'il avait lui-même provoquée.

Relevant les yeux, Briséïs prit conscience d'une réalité glaçante. Ses pensées se bousculèrent dans un torrent de panique.

Ce n'était ni son nez pointu, ni ses sourcils resserrés qui donnaient à l'archevêque un air si familier, mais une lueur dans son regard. Une lueur bien particulière, qui avait illuminé celui du roi Agis en Grèce, et celui du chancelier Li en Chine. Briséïs ne l'avait pas reconnue immédiatement, mais à présent, le doute n'était plus permis. L'étincelle était bien là, le signe d'un contrôle total de la situation. La certitude inébranlable d'un Alpha. Briséïs comprit que si cet homme prenait conscience de leur véritable identité, ils n'auraient aucune chance de lui échapper. Puis une pensée plus effrayante encore la submergea : le savait-il déjà ? Comme Li, qui avait connu leur identité longtemps avant qu'ils ne s'en rendent compte ? Peut-être l'archevêque se préparait-il à les déplacer comme des pions sur son échiquier. Peut-être étaient-ils déjà condamnés à perdre… *Mais*, se dit Briséïs, tenant fermement sa tasse, en Chine, Li s'était cru invincible, et ils s'en étaient sortis indemnes… Ou plutôt, Li avait reçu l'ordre de les laisser partir, se corrigea-t-elle. Un ordre des angelots. Elle prit une gorgée de vin. Ses lèvres tremblaient.

— Vous avez froid ? demanda l'archevêque.

— Je n'ai pas l'habitude du vin.

— Les gens ne boivent pas, là d'où vous venez ?

Du bruit leur parvint de l'étage. On descendait les escaliers. Le père Narcis et l'inquisiteur. Briséïs espéra un instant que leur arrivée change la donne, mais les deux hommes s'arrêtèrent sur le pas de la porte, comme repoussés par l'épaisseur du malaise, se contentèrent d'une petite révérence accompagnée d'un timide « Monseigneur » et restèrent plantés là.

Le lourd silence reprit ses droits. L'archevêque attendait toujours la réponse à sa première question.

— Les intentions du chevalier Enndallor d'Imbert sont... commença Liz. Elles sont... Il souhaite plus que tout venir en aide aux gens de Carcassona, et c'est pourquoi, après mûre réflexion, il a...

— Le chevalier d'Imbert serait bien avisé d'aller chasser la vouivre s'il cherche à venir en aide à nos humbles personnes, déclara Théobald d'un ton appliqué qui ne lui ressemblait pas. Mais il ne le fera qu'après avoir reçu la bénédiction de l'Église, ce qui est sage de sa part. Ne trouvez-vous pas, Monseigneur ?

— Certainement.

L'archevêque avait l'air satisfait de cette réponse. Briséïs sourit à Théobald. Un peu trop tôt.

— Ce serait tout du moins plus efficace que de chasser l'air de la prairie avec des filets à papillons, reprit-il. Les démons ne se laissent pas attraper avec des filets à papillons.

Il fit un clin d'œil à Liz et Briséïs, que l'archevêque observait à présent avec grand intérêt. Briséïs se liquéfia sur sa chaise.

— J'ose espérer que la réunion des États se déroule comme vous l'espérez, malgré les quelques perturbations nocturnes qui semblent malheureusement être régulières depuis quelques semaines ?

Le rouge monta aux joues de Liz et ruina en un instant ses efforts d'élocution courtoise. L'archevêque ne songea même pas à répondre à sa question.

Le père Asemar, témoin de leurs expériences dans la prairie, et le père Narcis, qui avait observé par deux fois Briséïs parler toute seule, étudiaient la scène avec une attention particulièrement alarmante. Seule l'imposante stature de l'archevêque semblait les empêcher de se précipiter dans la pièce en criant : « C'est vrai ! Nous avons tout vu ! Ce sont des espions, des vauriens de résistants ! Il faut les arrêter ! »

Théobald frappa dans ses mains comme si une affaire venait d'être conclue, faisant sursauter tout le monde, puis il s'écria :

— Enfin ! Grâce à votre concours, le chevalier d'Imbert doit certainement écouter de merveilleuses fables, à l'heure qu'il est. Et s'il ne trouve pas la véritable histoire du roi des Aulnes dans la bouche d'une des nombreuses dames accourues pour lui conter fleurette, il la trouvera peut-être sous sa jupe.

— Théobald !

— Ne joue pas l'indignée, sœurette, tu es la première à avoir succombé à son charme. Beau, mystérieux, parfait cocktail, n'est-ce pas ? Saviez-vous que Cassandre lui avait offert sa plus précieuse possession, le jour même de l'enterrement de son mari ?

— Théobald, ça suffit maintenant ! voulut l'interrompre Cassandre, blanche comme un linge. Je n'ai pas à justifier mes actions, je n'ai rien fait de…

— Un petit pendentif avec une formule magique à l'intérieur, qui ne vous plairait pas du tout d'ailleurs, Monseigneur l'archevêque. Elle l'a toujours porté sur elle, depuis toute petite. Et maintenant, elle le lui a donné.

Baudoin frappa du poing sur la table :

— Théobald ! Cesse de faire l'intéressant ! Mais… Isolde ? Que fais-tu debout ?

Cassandre se précipita pour venir en aide à sa mère qui se frayait un chemin entre les deux hommes d'Église, toujours arrimés au pas de la porte.

— Maman ! Il fallait rester couchée voyons ! On ne se lève pas juste après une saignée ! Surtout pas dans ton état !

Baudoin se leva de sa chaise pour l'offrir à sa femme. Isolde tremblait de tout son corps.

— Je suis maudite, murmura-t-elle, les yeux dans le vague.

— C'est une possibilité, acquiesça gravement Théobald.

Puis il enchaîna, avant qu'on ait eu le temps de lui tirer les oreilles :

— Monseigneur l'archevêque, savez-vous pourquoi dame Isolde, ma mère, est malade ? Aujourd'hui un peu plus qu'à l'ordinaire, mais elle a toujours été ainsi. Remarquez, le « toujours » dont je parle débute à ma naissance : c'est à cause de moi. Elle n'a jamais supporté que je sois simple d'esprit. Elle a souffert de ma présence dès le départ, et tant que je vivrai, elle en souffrira.

Théobald souriait, comme toujours, mais pour la première fois, Briséïs remarqua une pointe de tristesse dans son sourire.

Isolde trouva juste assez de force pour poser sa main sur celle de son fils et secouer doucement la tête.

— Voyons, Théobald, tu n'y es pour rien, ajouta Cassandre, faisant le tour de la table pour lui déposer un baiser sur le front. Mère est d'une nature fragile, c'est tout.

— C'est vrai, admit Théobald, le visage sombre, je n'y suis pour rien. Ne dit-on pas qu'une femme engendre une progéniture à l'image de son âme ? Isolde a hérité de moi en punition de ses péchés.

Les doigts de Cassandre se crispèrent sur les épaules de Théobald, mais il l'ignora :

— Ne croyez-vous pas que j'ai raison, Monseigneur ? L'infortune ne résulte-t-elle pas toujours d'une punition divine ?

Briséïs s'attendait à ce que Baudoin prenne la défense de sa femme, mais il semblait trop choqué pour réagir.

— Tu fais erreur, Théobald, personne n'est plus vertueux que dame Isolde, intervint le père Narcis, qui osa enfin s'approcher.

— Si malgré sa vertu, le Seigneur a donné à dame Isolde un fils si pauvre de caractère, répondit l'archevêque, le visage inexpressif, c'est que son âme est aussi pure que celle de Job, dont la foi fut éprouvée à maintes reprises. Et comme Job, elle doit garder la foi, aussi terrible soit son épreuve.

Et le père Narcis, hochant énergiquement la tête, de déclamer avec ferveur :

— *Nu, je suis sorti du ventre de ma mère, et nu, je retournerai dans le sein de la terre. Le Seigneur a donné, le Seigneur a repris, loué soit le Nom du Seigneur.*

Le sourire de Théobald s'étira dans une grimace :

— *L'Éternel a donné, l'Éternel a repris, béni soit son nom.*

Cassandre eut alors la merveilleuse idée de proposer de raccompagner ces dames jusqu'à l'entrée de la maison. Briséïs et Liz ne se firent pas prier. Avant de refermer sur elles la lourde porte, elle retint le bras de Liz, jeta un coup d'œil derrière elle et murmura :

— Mon mari avait rassemblé beaucoup d'éléments à propos de la vouivre avant de partir en chasse. Il les avait consignés dans son testament, au cas où il lui arriverait malheur… Si le chevalier d'Imbert souhaite mieux comprendre cette créature, qu'il vienne me rendre visite ce soir, à complies.

— Entendu, répondit Liz. Où se trouve Complies ?

Cassandre l'observa, décontenancée, cherchant à savoir si on se moquait d'elle.

— À *l'heure* de complies.

— Ah, oui, oui, bien sûr. Naturellement. Il sera là, sans faute…

— Tu vois, je te l'avais dit, ajouta-t-elle à mi-voix, toute excitée, entraînant Briséïs dans les ruelles. Elle est folle dingue de lui.

— Tu crois que le chevalier de Montourg, dont parlait Baudoin en arrivant, va partir chasser la vouivre ? Si c'est le cas, cela veut dire que les paysans qui connaissent le chemin pour la trouver sont prisonniers dans la prison d'Asemar, l'inquisiteur…

— Peut-être. Tu m'as écoutée ? Je te dis que Cassandre est folle amoureuse d'Enndall.

— Tu crois ?

— Raide dingue. J'en mettrais ma main à couper.

9

L'APPARITION

Briséïs crut tout d'abord qu'un marché se tenait dans la petite cour carrée aux abords de l'hospice. Il y avait bien là quelques étals, de la musique et des saltimbanques. Mais en s'approchant de la scène, elle aperçut la forme étrange qu'avait épousée la foule : un long serpent humain démarrait de la rue et s'enfonçait dans la grande salle de l'hospice. Quelques hommes mais surtout des femmes, de jeunes femmes bavardant joyeusement, assises sur leurs tabourets ou debout, tapotant impatiemment du pied ; un serpent humain bouillonnant d'énergie et frémissant d'impatience.

— Que se passe-t-il ? demanda Briséïs, s'approchant du milieu de la file.

Une jeune femme la considéra avec dédain.

— Si tu n'es pas noble, il faudra attendre dehors et te rendre au bout de la queue, comme tout le monde. Peu importe la qualité de ton histoire, ou si tu as vu la vouivre elle-même. Chacun son tour.

Liz contempla la foule :

— Tous ces gens sont venus raconter leur histoire au chevalier d'Imbert ?

Briséïs n'attendit pas la réponse : une conversation avait attiré son attention.

— Et toi, tu vas lui faire les yeux doux ? taquinait une forte femme au tablier blanc, bousculant un gaillard mal rasé, la chemise rapiécée.

— Moi, je veux surtout voir de plus près ce fameux chevalier de l'ordre du Dragon. Paraît qu'il va nous rafler toutes nos femmes et se couvrir de gloire, par-dessus le marché !

— Bah, c'est sûr, disait un autre, si on entend parler de lui ensuite pendant des siècles et des siècles, autant savoir quelle tête il a, le bonhomme !

— Des siècles et des siècles, tu crois ça ? apostropha une autre femme un peu plus loin.

— Si ce qu'on dit est vrai, même plus que ça !

Briséïs longea la foule pour suivre l'histoire. Les commentaires fusaient :

— … Et les sirènes au bord du monde lui ont révélé qu'il trouverait le souffle d'amour éternel dans la coupe du Saint Graal, que le roi des Aulnes a recueilli des lèvres de sa dame mourante, avant qu'elle ne s'éteigne. C'est la véritable raison pour laquelle le chevalier d'Imbert a retraversé les mers ! Lui n'a que faire de l'argent promis par le sénéchal ! Ce n'est pas comme les autres vautours aux pieds des remparts ! Pendant si longtemps, Enndallor d'Imbert a cherché le Graal aux abords du monde alors qu'il se trouvait tout proche, à quelques lieues à peine de Carcassona !

— … Mais il doit attendre qu'un de ses écuyers revienne avec ses titres de chevalier – lui-même ne s'est pas rendu dans son château depuis des années ! –, alors il prend de l'avance : si l'une des dames de Carcassona parvient à le libérer d'un seul regard du maléfice de la sorcière, il l'emmènera avec lui chasser la vouivre puis chercher le Saint Graal, pour qu'ils boivent ensemble le souffle d'amour éternel !

— Ou pour qu'ils se fassent croquer par la vouivre ensemble ! Personnellement, si j'étais vous mesdemoiselles, je n'irais pas me jeter dans ses bras !

— Enndallor d'Imbert est revenu intact des bords du monde, après avoir affronté des monstres à cent pattes et sept têtes crachant les feux de l'enfer, il viendra à bout de la vouivre en un rien de temps !

— Sans compter que seul un cœur pur comme celui du chevalier d'Imbert saurait boire la liqueur sainte du Graal.

— Et son cœur est pur, sinon il n'aurait pas reçu la bénédiction de l'archevêque lui-même !

— Les sirènes lui auraient dit qu'une fois la vouivre tuée et le Saint Graal rapporté, non seulement Carcassona serait libérée du roi des Aulnes et de sa malédiction, mais ses prouesses de chevalier seraient contées pendant des siècles, et la beauté de sa dame chantée par-delà le monde bien plus longtemps encore !

— C'est pour cela que dame Cassandre lui a fait un cadeau, parce qu'elle a su tout de suite, par son père, la véritable raison de l'arrivée du chevalier d'Imbert à Carcassona.

— C'est d'un disgracieux, tout de même ! Son mari a dû se retourner dans sa tombe à peine y était-il arrivé !

Briséïs avait réussi à se frayer un chemin à l'intérieur de l'hospice où se tassaient les nobles jeunes filles à marier en compagnie de dames, un peu honteuses mais bien déterminées à rester, et de quelques curieux. Le serpent montait les escaliers et s'engouffrait dans le couloir, vers leur chambre à coucher. Briséïs monta les marches quatre à quatre. Un homme en armes lui barra le chemin.

— Holà, jeune damoiselle ! Chacune son tour, attendez le vôtre !

— Non, c'est parce que je suis avec Enndall et…

— Dis donc, un peu de respect ! On dit le chevalier Enndallor d'Imbert ! la sermonna une dame d'une cinquantaine d'années postée presque en haut des marches, agrippant fermement la rambarde comme pour défendre sa place. Et ce sont les dames de la noblesse d'abord, retourne dans la cour !

— Mais… non, je suis arrivée avec le chevalier et…

— Tu n'es pas la première à raconter n'importe quoi pour passer devant tout le monde ! gronda le garde.

— Elle dit vrai, elle est avec moi, assura Liz qui arrivait derrière.

Elle poussa Briséïs dans le dos pour forcer le passage.

— Et vous vous croyez plus maline, peut-être ? s'amusa le garde, se penchant vers elles depuis les marches supérieures.

— Quel toupet ! s'exclama Liz.

— Ça, oui, vous l'avez dit ! riposta la dame, menaçante.

— Pardon mon brave, un peu de place je vous prie. Alors, alors, voyons voir, qui est la prochaine heureuse élue ?

— Leonel ! s'exclamèrent de concert Liz et Briséïs, soulagées, le voyant apparaître derrière le garde.

— Hum, pas assez jolies. Ces deux-là sont disqualifiées, vous pouvez les chasser, fit-il, désignant les filles.

— Leonel ! s'exclama Liz, arrête ça toute de suite !

— C'est bon, c'était pour rire, elles sont avec nous, dit Leonel en retenant vivement le garde qui déjà s'avançait, le visage dur.

Liz passa triomphalement devant la dame en haut des marches.

— Bon courage, madame. Vous en aurez besoin, le chevalier est difficile à convaincre. Tu te crois malin, siffla-t-elle ensuite en passant devant Leonel, lui écrasant soigneusement le pied.

— Aïe ! Ne vous en faites pas, elle est coléreuse, mais pas méchante. Mademoiselle, c'est à vous, je vous prie.

Enndall était assis sur une chaise aux grands accoudoirs, installée près de la fenêtre pour l'occasion, le visage dans l'ombre, l'air déjà abattu. À sa droite, le jeune clerc Jacin notait diligemment les histoires de ces dames. À sa gauche, Meng faisait les cent pas, tandis que Aeneas, allongé sur le lit, sculptait un morceau de bois. Ohanko avait sorti son pinceau et badigeonnait allègrement un parchemin de ses impressions de chimères. Il observa avec intensité la nouvelle arrivante. La pauvre jeune fille, troublée, s'installa maladroitement sur le tabouret en face d'Enndall.

— Votre nom ? demanda Jacin.

— Damoiselle Ugueta de Mercœur en Gévaudan. Je suis venue de la sénéchaussée de Baucaire avec mon père, pour la réunion des États. Oh ! J'espère que ce n'est pas disqualifiant, de ne pas être originaire de Carcassona ?

— Il ne s'agit pas d'un concours, damoiselle Ugueta, mais d'un simple échange d'informations, fit Enndall, sa douce voix enrobant de mystère l'ombre dans laquelle il baignait déjà.

Damoiselle Ugueta tressaillit de plaisir en l'entendant prononcer son nom.

— Non, bien entendu Messire d'Imbert, je vous demande pardon.

— Je vous écoute. De quelle malheureuse rencontre avez-vous été victime ?

Briséïs sortit elle aussi son pinceau, s'assit sur le lit près d'Aeneas pour mieux profiter de l'histoire.

— J'ai…

Ugueta sembla se rappeler la raison officielle de sa venue. Elle fronça les sourcils, cherchant dans sa mémoire.

— J'ai entendu les hurleurs, la nuit dernière, c'était terrifiant.

— Qui ne les a pas entendus ? coupa sèchement Meng, impatient.

Enndall leva une main pour le faire taire.

— Poursuivez, damoiselle, je vous prie.

— Je ne puis vous le dire ainsi, devant tous ces témoins. Ce serait… inconvenant… Mais je vous ai préparé ceci, à lire dans un moment plus intime.

Elle sortit d'une besace attachée à sa ceinture un petit cordon de cuir, au bout duquel pendait une bourse de tissu.

— Tenez, mon message est à l'intérieur.

— Je suis désolé, mais je ne peux recevoir de cadeaux. Si vous avez quelque chose à dire, il vous faut parler maintenant.

— Voyons, pourquoi donc ? Vous n'avez pas fait le difficile pour le cadeau de dame Cassandre de Cournonsac.

Enndall se leva brusquement, arrachant un petit cri de surprise à la jeune fille.

— Vous n'avez rien d'autre à dire ? Avez-vous, oui ou non, été victime des manigances du Malin depuis votre arrivée à Carcassona ? Non ? Non ? Alors suivante !

Leonel soupira, sortit dans le couloir pour aller chercher la suivante. Celle-ci, petite et rondelette, prétendit avoir échappé de justesse à un kobolde, sorte d'esprit ayant pris possession du corps d'un défunt. Mais son récit était si vague qu'ils auraient pu aussi bien inventer eux-mêmes une histoire plus plausible.

Les jeunes filles et autres curieux se succédèrent toute la matinée puis l'après-midi, ponctuant leurs récits terrifiants de voleurs d'enfants, de bébés vieux avant l'âge, de monstres des forêts, d'égorgeurs de prince et d'esprits farceurs de cuisine. Briséïs écoutait attentivement, à l'affût des moindres détails. Des monstres aux écailles sombres et luisantes grimpaient le long des murs de la cathédrale et sautaient sur les toits, des êtres éthérés au visage livide se tordaient de douleur, des corps décomposés claquaient des dents en grinçant…

Un point était commun à tous ces témoignages : la noirceur de leur contenu. Briséïs s'en étonnait : ses rencontres avec une chimère plongeant ses orteils dans son bain, puis avec une fée Encantadas l'avaient surprise, mais n'avaient pas été cauchemardesque.

— Les créatures du roi des Aulnes sont horribles à regarder parce qu'elles ont subi la chute, expliqua diligemment une jeune servante d'une quinzaine d'années, recroquevillée sur son tabouret. Elles vivent un enfer et transmettent leur douleur à ceux qu'elles approchent. Les koboldes, par exemple, ne demandaient rien d'autre que d'aider les hommes. Mais ils se sont laissés entraîner dans les ténèbres, et depuis ils pénètrent dans les corps décomposés et terrorisent ceux qu'ils rencontrent. Si seulement le roi des Aulnes pouvait leur rendre leur liberté…

— Sais-tu comment leur rendre leur liberté ? demanda Enndall en se penchant vers elle.

Les joues de la damoiselle s'empourprèrent.

— Non, messire. Mais si vous m'emmenez voir la vouivre, peut-être trouverai-je une solution… Les créatures rôdent autour des églises, se rattrapa-t-elle, sentant la colère d'Enndall monter. De la cathédrale, particulièrement. Peut-être parce qu'elle se trouve au-dessus de la prison de l'inquisiteur ? Les créatures enfermées doivent remonter la nuit jusqu'à la cathédrale… Nos bienheureux prêtres ont réussi à les capturer pour qu'elles ne nuisent plus au peuple.

— C'est une façon de parler, corrigea le jeune clerc, levant sa plume du papier. Les prêtres font ce qu'ils peuvent pour exorciser la ville. Mais ils ne *capturent pas vraiment* les créatures du Malin.

— Damoiselle, comment remontent-elles dans la cathédrale ? intervint Briséïs. En traversant les murs ?

— Non… Enfin peut-être, je ne sais pas… Mais les gens disent qu'il existe un passage secret entre la cathédrale et la prison.

— Foutaises, assura Jacin. Je peux vous le garantir, messire d'Imbert.

Enndall invita la jeune fille à en dire plus, mais un regard mauvais du clerc la fit se réfugier dans un mutisme craintif. Les cloches de la cathédrale sonnèrent. Enndall regarda par la fenêtre les lueurs du soir colorer les toits de la cité haute.

— C'est l'heure de l'office de complies, et nous sommes tous fatigués. Leonel, veux-tu bien annoncer à ceux qui attendent qu'il faudra revenir demain ? Je n'en peux plus.

— C'est l'heure de complies ? s'écria Liz, retrouvant tout à coup de l'énergie. Alors il est temps d'aller prendre l'air avant la nuit ! Allez, ouste ! Tout le monde dehors. Merci infiniment pour votre aide, Jacin, nous allons délibérer entre nous… Enndall ! Vite, nous t'avons pris un rendez-vous, tu vas pouvoir découvrir ce que le chevalier de Cournonsac a compris à propos de la vouivre avant de partir. Il l'a écrit dans son testament. Elle nous a dit *à complies.* C'est maintenant, non ? Il ne faut pas traîner.

Elle avait parlé à toute vitesse, sitôt la porte fermée. Le silence buté d'Enndall l'arrêta net dans son élan.

— Alors ?

— *Qui* a dit « à complies » ?

Liz fit mine de ne pas comprendre.

— Cassandre, bien sûr. Qui d'autre aurait accès aux textes de Cournonsac ? Elle t'attend chez son père, où elle est retournée vivre.

— Quoi que le chevalier de Cournonsac ait découvert, ce ne doit pas être très utile, étant donné qu'il s'est fait tuer. Nous nous étions mis d'accord, la vouivre n'est pas notre priorité.

— Ne t'inquiète pas, elle ne découvrira pas que tu ne sais pas lire. Tu n'auras qu'à lui dire que tu as les yeux fatigués, et Briséïs lira pour…

— Étant donné les circonstances, me rendre auprès de dame Cassandre de Cournonsac serait tout à fait inapproprié, je vous l'ai déjà dit. Ce serait même cruel vis-à-vis de Cassandre. Tu n'as pas idée de la vitesse à laquelle une rumeur peut détruire une vie dans mon monde.

— Je crois qu'on s'en est fait une petite idée, avança Briséïs. Mais c'est elle qui nous l'a demandé.

— Alors elle est inconsciente, et je ne marcherai pas dans son jeu.

Tous les arguments ne suffirent pas à le faire changer d'avis. Il menaça même Aeneas, qui proposait de se rendre chez Cassandre sans lui.

— Alors allons voir si ce passage sous la cathédrale existe, proposa Briséïs. J'ai entendu Baudoin parler à l'archevêque : le chevalier de Montourg part demain matin chasser la vouivre. Un paysan enfermé dans la prison de l'inquisition lui montrera le chemin. Si nous n'y trouvons pas de chimères, nous pourrons au moins parler à cet homme.

— Tu as entendu Jacin : il n'y a pas de passage. C'est un homme d'Église, il est de notre côté, il ne mentirait pas.

— Il n'est peut-être pas au courant. Et puis tous les hommes d'Église ne sont pas des saints : l'archevêque est un Alpha. Je l'ai lu dans ses yeux.

— Tu en es sûre ? s'exclamèrent Aeneas et Ohanko en même temps.

— Certaine. Tu n'es pas d'accord, Liz ?

Liz hocha la tête, admettant que c'était sans doute vrai.

— Nous avions dit que la vouivre n'était pas notre priorité, répéta Enndall.

— Tu en as décidé ainsi, pas nous !

— Écoutez, nous avons tous besoin de nous détendre. Rendons-nous à l'office de complies, le temps de réfléchir un peu. Nous reparlerons de cela après.

Meng approuva, pensif.

— Chouette, ça faisait longtemps qu'on n'était pas allés prier, soupira Leonel, s'extirpant du lit de mauvaise grâce.

Meng attendit qu'Enndall sorte de la pièce pour se tourner vers Liz :

— Je sais que tu souhaites bien faire, dit-il, mais tu ne devrais pas essayer de le forcer. Si Cassandre est véritablement amoureuse, elle viendra le trouver. La porte du cœur ne s'ouvre que de l'intérieur.

— C'est beau, fit Aeneas, surpris d'entendre ces mots de la bouche du général.

— C'est un proverbe japonais.

Briséïs rongea son frein tout en rejoignant le parvis. Leur troisième journée complète au Moyen Âge s'achevait. Elle n'avait pas revu de chimères depuis presque deux jours. Et le sable continuait de couler dans son sablier. La pensée de devoir repartir à nouveau sans avoir découvert le secret des chimères l'insupportait.

L'atmosphère inquiétante de la cathédrale dérangeait Briséïs, mais elle avait l'avantage de lui rappeler celle de la Citadelle et de rendre presque tangible la présence des chimères. Cette fois-ci, Briséïs ne chercha pas à se débarrasser de la sensation d'inconfort que lui procurait le discours du prêtre. Elle s'imprégna au contraire de chacun de ses mots, se laissa bercer par les chants tristes des chanoines, saisir par l'odeur poignante de l'encens. Doucement, elle permit aux bougies d'altérer son humeur, se laissa envoûter par les lumières du couchant qui teintaient les pierres des couleurs de l'apocalypse dépeinte sur les vitraux. Elle devait comprendre l'essence de cet univers, tissé soigneusement par le clergé. Elle devait remonter à la source, coûte que coûte.

L'angoisse au creux de son ventre fut bien au rendez-vous. Mais ce n'était pas suffisant.

— J'aimerais rester encore un peu, souffla-t-elle à Enndall après le dernier chant sans quitter sa position pieuse, à genoux, les mains jointes et la tête baissée.

Comme elle l'avait espéré, Enndall n'eut pas le cœur de lui refuser une dernière prière.

— Bon, mais ne traîne pas, nous avons beaucoup de choses à discuter. Surtout, rentre avant la nuit.

— Je ne sais pas quelle mouche l'a piquée, marmonna Liz, moi, il faudrait me payer cher pour rester une minute de plus dans cet enfer.

— Liz, gronda Enndall à demi-mots, tu es dans la maison du Seigneur.

Bientôt, la cathédrale se vida. Le silence de la pierre froide pesa sur les épaules de Briséïs encore plus que les chants. Longtemps elle resta de marbre de peur d'attirer l'attention des chimères, sans nul doute rassemblées dans l'imposant édifice. Puis elle réalisa que pour avoir une chance de les voir, il fallait bien qu'elle prenne le risque d'attirer leur attention.

Briséïs aurait bien aimé s'accrocher à une activité réconfortante. Lorsqu'elle peignait, elle avait la sensation d'être maîtresse du jeu. Elle invitait les chimères dans son monde, et non l'inverse. Mais son pinceau était resté à l'hospice. Elle tira de sa robe le pendentif du clochard. La pierre orangée sous ses doigts lui mit un peu de baume au cœur.

Elle se leva pour se promener dans les allées d'un air détaché.

Elle effleura les murs du bout des doigts, se balança d'un pied sur l'autre sur les dalles, poussa l'audace jusqu'à s'appuyer contre une statue de bois. Si les chimères ne se montraient pas, il faudrait peut-être qu'elle aille les chercher. Au bout du passage secret menant sous la cathédrale, par exemple… D'ailleurs, de quoi pouvait-il avoir l'air ? Était-ce une trappe au sol, ou bien une illusion d'optique de la Citadelle, un passage à travers un tableau des enfers ? Les chimères réagiraient-elles si Briséïs s'approchait de l'entrée ? Défendraient-elles le passage ?

Briséïs s'éloigna d'un tableau morbide qu'elle venait d'examiner et faillit mourir de peur en découvrant le visage laiteux et inexpressif d'Ugolin Popian, planté à quelques pas.

— Mon père, vous m'avez fait peur !

Ses petits yeux noirs rivés sur le pendentif, il demanda de sa voix fluette :

— Où l'avez-vous trouvé ?

— On me l'a donné.

Le chanoine releva la tête.

— Qui vous l'a donné ?

— Quelqu'un qui vous ressemble.

Ugolin se laissa à nouveau absorber dans sa contemplation de la pierre.

— C'est une belle pierre.

— … Merci.

— Vous devriez lui faire confiance.

— Confiance ?

Ugolin ne jugea pas nécessaire de s'expliquer. Il alla jusqu'à l'autel ramasser le gros volume relié qu'il était venu chercher et se retira sans plus faire attention à elle.

Briséïs observa son pendentif. L'ermite en Chine lui avait dit de s'en servir, et grâce à cela, elle avait retrouvé le carré magique, qui l'avait amenée à s'intéresser au feng shui. À bien y réfléchir, la pierre lui avait également montré Bai, quand elle l'avait brandi un matin dans une des cours de la propriété de Meng, espérant qu'elle lui désigne un sage. Sur le moment elle avait été si méfiante envers le frère de Meng, qu'elle n'avait pas compris le message. Peut-être était-il temps de faire confiance à sa mystérieuse pierre d'ambre. Elle choisit un banc au milieu de la nef, brandit son pendentif devant elle tel un pendule. Défiant les statues d'un regard méchant, elle fit tournoyer la pierre, se concentra sur le mouvement hypnotisant et chuchota :

— Je veux trouver le passage secret vers la prison de l'inquisiteur. Je veux trouver le passage secret vers la prison de l'inquisiteur…

Lentement, imperceptiblement, la trajectoire de la pierre se mit à évoluer. Elle ne décrivait plus un cercle mais un ovoïde, qui tendait légèrement vers l'entrée de la cathédrale. Maîtrisant son excitation, Briséïs se leva précautionneusement et se dirigea à pas feutrés dans la direction pointée par le pendentif. Près des grandes portes closes de l'entrée, le pendentif accéléra ses tours. Le cœur de Briséïs se mit à palpiter. Le pendentif désignait le mur droit, entre l'une des deux grandes portes et un petit escalier en colimaçon menant au clocher. Briséïs leva le bras, le rabaissa, testa à gauche, à droite. Les mouvements du pendule improvisé se firent de plus en plus puissants et précis. Elle touchait au but, bientôt elle verrait apparaître cette petite encoche que personne n'avait remarquée avant, ou cette pierre juste assez décrochée du mur, ou cette dalle par terre, ou ce détail dans les bas-reliefs le long du…

La petite porte insérée dans le grand portail de l'entrée s'ouvrit. Briséïs rangea vivement son pendentif. Leonel apparut dans l'encadrement.

— Je savais bien que tu ne te contenterais pas de prier. Qu'est-ce que tu fais ?

— Rien.

— Il va bientôt faire nuit. Tu devais rentrer avant la nuit.

— C'est Enndall qui t'envoie ?

— Je me suis proposé. Tu cherches le passage secret ?

— Non.

Elle ne pouvait rien lui expliquer de plus dans ces conditions. D'un regard discret, elle lui désigna les statues perchées sur les grandes colonnes, leurs regards attentifs posés justement dans leur direction. Comme par hasard.

Leonel suivit son regard jusqu'aux statues, leva un sourcil.

— Il n'y a personne ici, Briséïs.

Briséïs appuya son regard. Il savait très bien de quoi elle voulait parler. Il faisait semblant de ne pas comprendre. Elle l'empoigna par le coude, poussa une lourde porte qui cachait l'entrée de l'escalier en colimaçon montant vers l'un des deux clochers et le tira à l'intérieur.

— Leonel, s'il te plaît, ne fais pas d'histoire. Mon pendentif vient de me désigner cette porte. Je suis sûre que le passage se trouve derrière. C'est Ugolin qui m'a conseillé d'utiliser mon pendentif. Je touche au but, ne ruine pas tout.

— Est-ce que tu te rends compte de ce que tu dis ? Meng vient de faire une scène à Enndall. Il dit que nous avons perdu assez de temps. Il veut se rendre ce soir dans les rues pour chasser les démons, et si ça ne nous mène à rien, il exige qu'Enndall nous conduise au lac de la vouivre dès demain. Ils sont tous aussi barrés les uns que les autres. Comme si chasser une chimère imaginaire allait libérer cette époque de la Citadelle ! Je ne peux pas nous sauver tout seul, Briséïs. J'ai besoin de toi. Tu réfléchis vite, tu n'as peur de rien et tu viens du futur. Si tu voulais seulement revenir à la raison, nous pourrions faire tellement plus, tous les deux.

— Qu'est-ce que tu voudrais faire de plus ?

— Je ne sais pas… Justement, il faudrait y réfléchir à deux.

— Il n'y a rien à faire que nous ne puissions entreprendre tous ensemble. Je n'ai rien à cacher.

Elle se félicita d'être entrée dans un passage sombre avant de débiter un mensonge pareil : le feu sur ses joues l'aurait trahie à coup sûr.

— Et c'est pour ça que tu cherches le passage toute seule ? Très bien, fais voir ton pendentif.

D'un mouvement vif, il le lui arracha des mains. Briséïs voulut le reprendre, tira sèchement sur la corde de nylon. La pierre tomba au sol, dans le noir.

— C'est malin !

Elle attrapa la poignée de la porte pour laisser entrer de la lumière, Leonel la retint juste à temps : des pas résonnaient sur les dalles de l'autre côté. Un chanoine se dirigeait vers l'entrée. Briséïs s'accroupit pour chercher son pendentif, Leonel fit de même.

— Là ! chuchota-t-elle, soulagée, sentant le nylon au bout de ses doigts.

— Où ?

Comme Leonel pivotait pour regarder, son pied heurta par mégarde la petite pierre qui roula sous une seconde porte de bois. Briséïs tressaillit en entendant sa pierre cogner contre une dalle de l'autre côté, puis rouler et se cogner encore, de plus en plus vite, comme si elle dévalait des escaliers.

— Oups… grimaça Leonel.

Briséïs poussa la porte de toutes ses forces. Bien sûr, elle était bloquée.

— Excuse, je ne voulais pas, c'est…

Briséïs le fit taire d'un geste, trop agacée pour supporter ses excuses. Puis une idée lui traversa l'esprit :

— Et si c'était justement ça, le passage secret ? Dans la Citadelle, un Allemand a tapé du pied dans la bille bleue du vieil homme. C'est comme ça que la bille s'est mise à rouler, et qu'elle a pu me montrer le chemin. Et s'il se passait à nouveau la même chose ?

— Sauf que moi je ne suis pas allemand.

— C'est comme ça que je suis sortie de la Citadelle.

— Tu es sortie de la Citadelle parce que nous sommes venus te chercher.

— La bille m'a amenée dans cette cour où vous êtes venus me chercher parce que je rêvais de m'enfuir. Elle était une manifestation de mon désir profond.

— Tu rigoles ? Tu étais morte de peur.

— Aide-moi à pousser contre la porte, elle est trop lourde.

— Ce n'est pas un passage secret, c'est juste un passage vers la crypte. On ne le retrouvera pas, ton pendentif, pas comme ça, dans le noir. Tu y tenais tant que ça, à cette pierre ? Nous devrions rentrer, il va bientôt faire nuit.

— Et alors, puisque les chimères n'existent pas !

— Ce n'est pas le pendentif mais les chimères qui t'intéressent, et je te dis qu'il n'y a rien à voir là-dessous. On va finir par nous entendre. On aura l'air fin, cachés ici, alors qu'on nous a juré qu'il n'y avait pas de passage souterrain et qu'on est censés révérer le clergé. Viens, rentrons.

— Tu sais quoi ? Si tu m'aides à pousser cette porte et qu'on ne trouve rien, promis, j'arrête de parler des chimères et on réfléchira à deux. Ça te va ? Tu es content ?

Leonel réfléchit.

— Ça me va. Je suis content.

Ils comptèrent jusqu'à trois, poussèrent de toutes leurs forces. La porte se décoinça d'un coup et ils se retrouvèrent sur les premières marches d'un escalier en colimaçon. Le temps qu'ils se retournent, la porte s'était refermée toute seule, les plongeant dans l'obscurité totale. Leonel tâta le bois à la recherche de la poignée. Il n'y en avait pas de ce côté.

— Tout compte fait, j'espère bien que ce n'est pas qu'une crypte, soupira-t-il. Sinon, on est faits comme des rats.

— Tu entends ? Le pendentif, il continue de tomber. Et ma pierre n'est même pas ronde ! Tu crois vraiment qu'elle pourrait continuer de rouler comme ça toute seule ?

— C'est que j'ai un sacré coup de pied.

— Dépêche-toi, il faut la rattraper.

La descente parut interminable à Briséïs. Marche après marche, ils tournaient sur eux-mêmes dans le noir absolu, avec pour seul guide un mur qui peu à peu devenait roche. De l'eau se mit à suinter contre la paroi qui se couvrit de mousse.

— Tu crois toujours que ce n'est qu'un simple passage vers la crypte ? demanda Briséïs, triomphante, entre le silence et l'écho de leurs pas.

— Je t'avais dit qu'on irait plus loin si on réfléchissait à deux.

— Mauvais joueur !

— Le passage secret, ça ne compte pas. Si on ne trouve pas de chimère au bout, tu dois toujours tenir ta promesse. Je t'ai ouvert la porte.

— Comme un gentleman.

— Tu entends ?

— Des clapotis, on dirait.

— On doit être descendus au niveau de la rivière, en bas de la colline… Reste sur tes gardes, on ne sait jamais.

Encore deux tours d'escalier et ils arrivèrent au bout des marches. Elles donnaient sur une large pièce creusée dans la roche, éclairée seulement par les faibles lumières du dehors qui se reflétaient dans un petit canal. L'eau comme la lumière s'infiltraient par une ouverture au ras du sol, à travers de solides barreaux de métal. Plusieurs paires de lourdes chaînes pendaient des murs, dans une demi l'obscurité.

— Briséïs, je voulais te dire…

— Quoi ?

Leonel la serra fort dans ses bras. Briséïs s'attendait à tout sauf à ça. Elle voulut protester, puis changea d'avis. Ce n'était pas si désagréable. Elle se sentit légère tout à coup, comme si toutes ses angoisses s'étaient envolées.

— Retourne-toi, tout doucement.

— Quoi ?

— Là-bas, regarde.

— Je ne peux pas me retourner si tu me serres si fort. Tu m'étouffes.

— Tu vois ce que je vois ?

La silhouette d'un homme allongé se détachait dans l'obscurité, près du mur. Il paraissait endormi. À ses pieds enchaînés, près de ses talons enfoncés dans une terre noire et humide, se tenait un être minuscule, habillé de haillons, ses cheveux épars mouchetés de reflets bleutés. Il tenait la pierre de Briséïs, qui entre ses mains semblait être de la dimension d'un pamplemousse. Il essayait ses petites dents pointues contre sa surface lisse, en jetant de temps à autre un regard timide dans leur direction.

— Je te l'avais bien dit, chuchota Briséïs, le cœur battant.

— Je… C'est… Ce sont…

Plusieurs petits êtres évoluaient autour du prisonnier : l'un tirait obstinément sur le gros orteil de l'homme, un autre explorait les recoins de mur. Certains entraient dans l'eau, allaient se cramponner aux barreaux puis ressortaient s'ébouriffer sur le bord. Tous se comportaient comme de petits singes emprisonnés, curieux et peureux, qui butaient sans cesse contre les limites de leur prison. De petits singes aux oreilles pointues, au nez en trompette, à la peau bleutée et à la silhouette fluette…

— C'est… c'est incroyable… bafouilla Leonel en serrant plus fort Briséïs dans ses bras.

— Leonel, tu m'étouffes ! pouffa-t-elle.

En écho de son éclat de rire, des reflets bleutés s'échappèrent des petits êtres comme une volée d'oiseaux, une multitude de lucioles éphémères ricochant contre les parois de la prison. Ils en restèrent muets d'admiration.

Briséïs fit quelques pas prudemment, s'accroupit pour ne pas leur faire peur, tendit doucement le bras.

— Bonjour, est-ce que je peux récupérer mon pendentif ?

Celui qui le tenait la regarda droit dans les yeux, puis glissa la pierre sous sa minuscule tunique cramoisie avec un rire espiègle.

— Il me comprend !

— Oui… et il n'a pas l'intention de te le rendre. C'est complètement dingue ! Tu crois que ce sont des koboldes, comme la damoiselle le disait ? Ils ne sont pas très beaux, mais ils n'ont pas l'air si terrifiants… J'arrive pas à y croire, c'est complètement dingue ! Qu'est-ce que tu fais ?

— Il faut bien que je lui reprenne mon pendentif.

Briséïs s'approchait tout doucement, pas à pas. Elle tendit à nouveau le bras. Cette fois, celui qui se tenait sur le pied de l'homme parut s'intéresser à elle. Il lâcha le gros orteil du dormeur et tendit sa petite main. Bientôt, l'un de ses doigts si fins vint timidement toucher celui de Briséïs. Elle plongea ses yeux dans ceux, noirs et brillants, du petit être, et lut dans son regard une intelligence bien plus développée que celle d'un petit singe. Elle ne prêta pas la moindre attention au bruit qui résonna derrière elle.

— Qu'est-ce que c'est ? demanda Leonel. Tu as entendu ? Il y a eu un bruit… Mais… Où sont-ils partis ? Les koboldes, ils ne sont plus là !

— Qu'est-ce que tu racontes ? Bien sûr qu'ils sont là ! Arrête de crier, tu vas leur faire peur !

Le petit être tirait maintenant sur le doigt de Briséïs. Derrière lui, son complice s'amusait à caresser la rondeur que provoquait la pierre sous sa tunique, tout en sautillant et zigzagant de plus en plus près du bord de l'eau.

— Tu les vois toujours ? Moi, je ne les vois plus ! Pourquoi est-ce que je ne les vois plus ?

— J'en sais rien, Leonel ! Moins fort, tu les fais partir !

Le premier petit être avait retiré sa main du doigt de Briséïs et s'échappait vers le canal en se tortillant. Il bouscula l'autre, qui couina et tomba à l'eau avec le pendentif. Briséïs se précipita au bord, tendit la main vers les deux créatures qui se chamaillaient dans la rivière.

— Attendez, écoutez-moi…

— Peut-être est-ce une question d'angle ? réfléchissait Leonel tout haut. J'étais un peu plus en retrait tout à l'heure, près de ce pauvre gars… Dis, Briséïs, tu crois qu'il s'agit d'un des gars qui sait où se trouve la vouivre ?

Leonel s'agenouilla près du dormeur, indécis sur la conduite à adopter. Il tapota un doigt sur sa joue.

— Monsieur ? Excusez-moi, monsieur, j'aurais une question…

— LÂCHEZ-MOI ! LAISSEZ-MOI TRANQUILLE ! hurla l'homme dans un sursaut, arrachant un cri à Leonel qui recula d'un bond et fit perdre l'équilibre à Briséïs. Elle tomba à son tour dans le canal.

Il n'était pas profond, mais le temps qu'elle retrouve son équilibre, de l'eau jusqu'aux genoux et sa robe trempée jusqu'à la taille, Briséïs était dans une belle colère.

— LÉO ! Je n'aime pas particulièrement me jeter tout habillée à l'eau, tu sais ! Ça fait deux fois déjà ! Deux fois qu'à cause de toi… Mais… Les chimères, elles ont disparu !

— C'est ce que je te dis depuis un moment !

— Mais non ! Elles étaient là et puis…

Briséïs fouilla de ses mains l'eau trouble. Plus une trace de leur présence. Un éclat orangé lui fit remarquer son pendentif acculé contre la grille, à deux doigts de glisser vers l'extérieur. Elle se jeta à nouveau dans l'eau pour l'attraper, de justesse.

Pendant ce temps, l'homme tirait sur ses chaînes, luttant contre ses cauchemars.

— QUI ÊTES-VOUS ? cria-t-il avec un regard si effroyable que Leonel recula, sur la défensive.

Il percuta la poitrine du père Asemar qui s'avançait, une torche à la main, accompagné du père Narcis et d'Ugolin Popian.

— Bonsoir, dit froidement l'inquisiteur.

— NON ! s'écria l'homme enchaîné, je ne veux pas y aller ! Laissez-moi ! Laissez-moi !

— Il n'est pas encore temps, Tederic, calme-toi.

— Je ne veux jamais y retourner, JAMAIS ! sanglotait-il, recroquevillé sur lui-même. Je n'ai rien fait de mal, pourquoi m'enchaînez-vous ? Pourquoi me laissez-vous ici ?

— Tu ne nous laisses pas vraiment le choix, répondit sèchement l'inquisiteur. Si seulement tu voulais bien arrêter de hurler et de gémir ainsi… Et maintenant, vous deux, puis-je savoir ce que vous fabriquez au fond de ma prison ?

— Nous… Nous cherchions…

L'inquisiteur jaugea Leonel.

— Vous cherchiez ?

— Nous avons entendu parler de créatures qui hantent la cathédrale, admit Leonel, la tête basse. Nous voulions nous aussi pouvoir rapporter une histoire au chevalier d'Imbert.

— … Mais vous êtes arrivés jusqu'ici et vous n'avez rien trouvé ?

— Ils n'ont rien trouvé, répéta l'homme, moitié ricanant, moitié gémissant.

— Nous avons trouvé le passage secret.

— Et le père Narcis s'en mord les doigts, bien sûr. Une telle bêtise de sa part est impardonnable.

— Les deux portes étaient pourtant fermées à clé, protesta le père Narcis.

— Et ces deux jeunes gens ont forcé les serrures et trouvé l'accès avec l'aide du Saint-Esprit, c'est certain, répondit Asemar d'un ton sec.

L'homme par terre continuait de sangloter.

— Vous ne les verrez jamais ! cria-t-il. Elles sont le mal absolu, le diable incarné…

— Père Narcis je vous en supplie, faites vite. Donnez-lui votre potion, qu'il se taise.

— Elles ne répondront jamais à vos désirs ! Si vous voulez les voir, vous ne les verrez pas… LA PEUR ! La peur les attire ! Et alors il est trop tard, elles vous croquent, vous déchirent, vous…

— ASSEZ ! Père Narcis, êtes-vous certain de l'efficacité de votre mixture ? Nous ne pouvons pas nous permettre de le laisser effrayer tout le monde avant même que l'équipe parte.

— Il faut un certain temps pour que le produit fasse effet, mais demain, il flottera sur un petit nuage.

— Chers jeunes gens, reprit Asemar, se retournant vers Briséïs et Leonel tout en essuyant son front lisse de sa bure cramoisie, que les choses soient claires : il est dans le droit de l'Église de dissimuler des passages secrets, en prévention d'éventuelles attaques ennemies. Vous êtes sous la protection de Baudoin Ebrard et de dame Cassandre de Cournonsac. Mais un mot, *un seul*, de ce que vous avez découvert *à qui que ce soit*, et votre noble chevalier d'Imbert pourra dire adieu aux joutes. Monseigneur l'évêque vous fera jeter hors des murs de Carcassona, tous autant que vous êtes. Me suis-je bien fait comprendre ? Vous avez de la chance que cette cellule ne soit pas vide ! Comment comptiez-vous ressortir une fois la porte refermée derrière vous, dites-moi ?

L'inquisiteur inspira profondément pour se calmer, essuya à nouveau son front.

— Père Popian, aidez la damoiselle à sortir de l'eau, je vous prie.

Ugolin remonta son habit blanc d'office, s'approcha lentement du canal, tendit une main frêle à Briséïs en évitant son regard. Elle crut reconnaître un semblant de sourire à la commissure de ses lèvres. D'un geste, il les invita ensuite à le suivre dans le couloir par lequel les trois prêtres étaient entrés. Briséïs lui emboita le pas en jetant un dernier regard à l'homme allongé au sol. Il se débattait contre le père Narcis qui, empêtré dans son habit clérical, tentait de lui faire avaler le contenu d'une fiole.

— Damné celui qui la voit, elle, la grande ! Jamais il ne pourra lui échapper, toujours elle le hantera, le chassera, le rattrapera, le dévorera ! Mais moi, je ne veux pas… Je ne veux pas… Immense, son haleine putride…

— Père Narcis, au nom du Seigneur, faites-le taire !

Le long du couloir obscur les ramenant à l'air libre, Briséïs tenta de déchiffrer le visage du père Popian, éclairé faiblement par sa torche brandie dans le noir.

— Est-ce que vous saviez que nous allions trouver ce passage avec mon pendentif ? demanda-t-elle enfin alors qu'il leur donnait congé à l'entrée de la prison. Vous avez ouvert les portes et ensuite vous avez incité l'inquisiteur à descendre par ici ?

La nuit était là. Les éclats lunaires faisaient briller le teint blanchâtre d'Ugolin Popian, comme un morceau de l'astre tombé des cieux. Pour la première fois, Briséïs eut le sentiment de saisir l'ampleur de l'étrangeté d'Ugolin. Le chanoine fit demi-tour et s'enfonça à nouveau dans les profondeurs de la prison sans leur adresser la parole.

— Et maintenant, qu'est-ce qu'on fait ? soupira Briséïs après un long silence dépité.

— Ce gars m'a fichu la chair de poule, à hurler comme ça. Rentrons, tu vas attraper froid avec ta robe toute trempée.

Briséïs acquiesça, mais resta plantée là.

— Pourquoi ce pauvre homme a-t-il dit qu'on ne peut les voir que si on ne souhaite pas les voir ? Les chimères peuvent nous atteindre sans qu'on les voie uniquement si nous en avons assez peur. C'est ce que m'a dit le chancelier Li. Il est donc normal que la peur les attire… Mais j'ai plutôt eu l'impression que c'était l'inverse, à l'instant. J'ai sursauté quand cet homme a crié, et les chimères ont disparu…

— Briséïs, je suis désolé de ne pas t'avoir cru pour les chimères, si j'avais su…

— Tu entends ?

De la musique et des éclats de rire leur parvenaient depuis la prairie, où de grands feux s'élevaient au milieu de tentes nouvellement plantées.

— Une quinzaine de chevaliers avec leurs suites sont arrivés depuis l'autre jour, commenta Leonel. Le sénéchal les a fait installer directement dans la prairie des joutes, il n'y a plus de place en ville.

Briséïs serra les poings.

— Le chevalier de Montourg part demain matin, il faut lui parler avant. Viens.

— Dans ton état ? Tu vas juste réussir à lui faire peur !

— Eh bien ça lui fera un bon entraînement pour rencontrer la vouivre.

Briséïs marcha droit vers le premier grand feu. Une dizaine d'hommes y étaient assis autour d'un cochon embroché au-dessus des flammes. Sa simple présence dégoulinante suffit à interrompre le flot de la conversation. Leonel se tenait un peu en retrait, un air désolé peint sur le visage.

— Mes seigneurs, lança-t-elle à la cantonade à travers le crépitement des flammes, l'un d'entre vous pourrait-il m'indiquer où trouver le chevalier de Montourg ?

— Qui le demande et pourquoi ? demanda un homme aux cheveux coupés droits, les doigts enduits de graisse de cochon.

— Vous avez l'air bien dans le pétrin, damoiselle, railla un deuxième. Êtes-vous donc tombée dans la rivière ?

— Si vous voulez être délivrée du Mal, le chevalier d'Imbert aura peut-être quelques minutes à vous accorder après s'être occupé de dame Cassandre, pouffa un troisième.

— Oui, vous ne pourrez pas le louper, il est le seul chevalier à avoir obtenu une place dans la cité, à l'hospice.

— Attendez… Elle ne ferait pas justement partie de la suite de ce vendu d'Enndallor ?

Leonel attrapa discrètement le bras de Briséïs.

— Viens, ce n'est peut-être pas une bonne idée…

Briséïs se dégagea, sourit pour se donner de la contenance. Que ferait Liz dans un moment pareil ?

— Justement, le chevalier d'Imbert ne peut pas m'aider, je le sais. Je cherche un véritable chevalier, de grand courage. Quelqu'un qui ne se pavane pas devant les dames, mais qui passe à l'action.

— Alors il vous faudra parler au chevalier Igor de Montourg, ici présent, fit le premier homme, se levant fièrement en frappant sa poitrine.

Briséïs fit de son mieux pour imiter le sourire radieux qu'elle avait vu éclore sur le visage des jeunes filles venues rendre visite à Enndall dans l'après-midi, lorsqu'elles le découvraient enfin après une longue attente.

— Vous êtes bien mieux bâti que le chevalier d'Imbert, fit-elle dans un soupir.

Cela, du moins, n'était pas faux. Montourg avait la carrure d'un bodybuilder.

— Des esprits maléfiques m'ont poussée dans la rivière, reprit-elle, et je cherche un chevalier pour me venger. Partout en ville je n'ai entendu parler que de vous.

— Vous avez entendu parler de moi, hein ? Vous êtes bien la seule. Tout le monde semble n'en avoir que pour messire Enndallor d'Imbert, le grand chevalier de l'ordre du Dragon qui conquit les cœurs avant même de s'être inscrit aux joutes ou d'être parti chasser la vouivre.

Il cracha par terre de dédain. Briséïs joignit des mains suppliantes.

— Pourriez-vous me venir en aide ? Dès demain ?

— Dès demain, ce ne sera pas possible, chère damoiselle. Mais si vous pouvez attendre mon retour de la chasse à la vouivre, quand j'aurai déposé son rubis aux pieds du sénéchal de Carcassona, alors je pourrai m'occuper de vous.

— Vraiment ? s'exclama Briséïs plaquant ses mains sur ses joues, vous allez partir chasser la vouivre ?

— Dès demain.

— Voilà le véritable courage ! N'avez-vous donc pas peur de subir le même sort que messire de Cournonsac ?

— Les années m'ont appris à dompter la peur, chère damoiselle. Elle n'ose plus s'approcher de moi. Et puis j'ai un plan d'attaque bien mieux monté que celui de Cournonsac.

— Et vous me le raconteriez ?

— Eh bien…

— Oh, je vous en supplie ! Combien de fois ai-je rêvé d'entendre le récit d'un valeureux chevalier !

— Dis-lui, Igor, ça donnera peut-être des idées à ce cher Enndallor, s'amusa un homme à sa droite. Qu'il aille se perdre dans la forêt avec ses maudites histoires de sirènes !

— Je serai de retour bien avant que messire d'Imbert trouve le courage de partir, affirma Igor de Montourg avec force.

Il essuya ses doigts gras contre son gilet de cuir, attrapa son long couteau pour lui conter la scène.

— La vouivre est connue pour se baigner dans un lac très profond, proche des montagnes d'Espagne.

— Là où se trouve le monstre Ça, la peur suprême ?

— Non ! Celui-là loge dans la montagne noire ! Grand Dieu, encore heureux !

— Comment allez-vous attaquer la vouivre ?

— Voyez-vous, chère damoiselle, la vouivre est assez intelligente pour ne se laisser approcher que par un homme seul. Il faut lui donner l'impression d'un succès imminent pour la piéger. De Cournonsac a choisi de cacher ses armes dans un buisson, de se dévêtir et de plonger dans l'eau comme un vulgaire journalier inconscient du danger. Mais lorsque la vouivre est apparue, il a voulu se jeter sur son arme pour l'occire. À ce moment-là, il était déjà trop tard, il avait perdu. La vouivre est beaucoup trop rapide pour le commun des mortels. Elle s'est placée au-dessus de son épée et elle l'a regardé mourir de peur avant de lui briser la colonne vertébrale de ses puissantes mâchoires. Si elle ne l'a pas dévoré et qu'on a pu retrouver son corps, c'est uniquement parce que la vouivre a horreur du sang noble.

— Comment savez-vous cela, s'il était seul et qu'il est mort ?

Les hommes autour du feu parurent remarquer la présence de Leonel pour la première fois.

— Simple déduction, répondit de Montourg, daignant à peine le regarder. J'ai de mon côté effectué quelques recherches à propos de la vouivre. Un bon chevalier ne doit pas compter sur sa seule épée, l'esprit est sa plus fine lame.

— Naturellement, souffla Briséïs.

— Il s'avère que la vouivre, lorsqu'elle va se baigner, reprend sa forme humaine de jeune femme. Le rubis qui lui sert de troisième œil tombe alors de son front, et elle doit le dissimuler dans les fourrés le temps d'aller nager. Il faut évidemment être présent lorsqu'elle cache sa pierre, pour pouvoir la retrouver. Mais si le rubis lui est dérobé alors qu'elle a forme humaine, elle ne pourra retrouver son apparence de dragon et se fera aisément occire. Voyez, chère damoiselle, fit de Montourg content de lui, ce n'est point un monstre que je m'en vais combattre, mais une simple damoiselle comme vous. Rassurez-vous, je serai de retour d'ici peu, son beau rubis en poche. Et alors je pourrai m'occuper de vous.

— Si c'était si facile, ne pensez-vous pas que d'autres l'auraient déjà fait ? demanda Leonel.

Le chevalier de Montourg lui lança un regard condescendant.

— La plupart des chevaliers sont trop fiers pour avoir recours à la ruse, c'est ce qui les perd.

— Il faut certainement être dénué d'orgueil pour réussir une telle mission, acquiesça Leonel.

Igor laissa sa réponse en suspens, ne sachant s'il fallait la prendre comme une insulte ou comme un compliment.

— Tu trembles de froid, poursuivit Leonel, posant sa veste de velours rembourrée sur les épaules de Briséïs. Viens, rentrons.

— Vous ne devriez pas rentrer toute seule, damoiselle, fit de Montourg en se levant, les rues de nuit ne sont pas sûres du tout, ces temps-ci.

— Elle n'est pas toute seule.

De Montourg considéra Leonel de haut en bas.

— Oui, les hurleurs, nous avons remarqué, se dépêcha d'ajouter Briséïs.

— Si ce n'était que ça ! Les démons du roi des Aulnes sont capables de tout. Ils ne feront qu'une bouchée de vos petits minois. Le roi des Aulnes est partout. Dans chaque coin d'ombre. À travers chaque créature qui…

— Merci, coupa Briséïs. Nous en avons assez entendu. Nous marcherons vite.

— Plus vite que le Malin ?

Leonel prit Briséïs par le bras, sourit poliment aux chevaliers rassemblés et la tira vers la pénombre de la prairie.

Ils longèrent la rivière jusqu'au pont reliant les deux cités.

— Le couvre-feu est déjà en place, grogna un garde armé jusqu'aux dents, aux portes de la ville haute. Dépêchez-vous de rentrer chez vous.

— Quel couvre-feu ? Il n'y en avait pas il y a deux jours.

— À cause des derniers événements.

Toutes les torches avaient été soufflées. Seule la lune éclairait les flaques d'eau dans la rue déserte où ils s'engagèrent. Un chat sautillait sur les pavés luisants pour éviter les immondices où se vautraient les cochons. Les volets clos des hôtels, maisonnettes et cabanons ne laissaient filtrer aucun son, et il régnait entre les murs rapprochés des bâtiments une atmosphère de confinement rance, poignante, épouvantable. D'ordinaire, l'agitation constante qui animait la ville ne permettait pas de se laisser contaminer par l'ambiance délétère de ses rues, même la nuit. Mais cette nuit-là n'était pas comme les autres. Briséïs le ressentait profondément. Des images venaient danser devant ses yeux, et la voix du chevalier de Montourg grinçait dans son esprit comme un disque rayé. Mordent, découpent, tuent, déchirent les âmes, rentrent dans les corps… Elle pressa le pas.

— Il n'y a pas de quoi se précipiter, fit Leonel, devinant sa pensée.

Sa voix la rassura un instant, mais il avait malgré tout pressé aussi le pas.

— Nous n'avons pas à craindre l'arrivée de chimères puisque nous voulons les voir, appuya-t-il.

Elle accéléra encore.

— Si avoir peur signifie que nous pouvons les voir, ça ne me dérange pas d'avoir peur, renchérit-elle, s'accrochant plus sûrement à son bras.

— Il n'y a rien de mieux qu'une bonne petite peur pour aiguiser ses sens, répondit Leonel du tac au tac.

Un souffle glacial leur fouettait le visage en gémissant. Leonel déglutit, serra la main de Briséïs rivée à son bras. Des cris déchirants montèrent de toute part.

— Les hurleurs annonceurs de trépas, murmura Briséïs.

Quelques instants plus tard, une ombre se dessina au coin d'une rue, suivie d'une deuxième sur un toit, puis d'une troisième derrière eux. Des formes indéfinissables mais imposantes se déplaçaient avec un peu trop de légèreté, se rapprochaient de chaque côté. Les rayons de lune éclaboussaient parfois leur pelage d'ombre et laissaient paraître des détails effroyables : des yeux jaunes, des crocs, des écailles.

L'angoisse contre laquelle Briséïs s'était battue finit de la paralyser.

— Ça y est, ce sont elles, réussit-elle à articuler, figée dans sa robe trempée, au milieu d'une flaque de boue.

— Ce ne sont que des chimères, elles sont là pour faire peur, dit Leonel. Est-ce qu'elles peuvent réellement tuer quelqu'un ?

L'image d'Imène et de Llyr emportés par des harpies en Grèce revint en un éclair à l'esprit de Briséïs.

— Oui.

— Je te crois… Cours !

Courir n'empêcherait certainement pas des démons de les rattraper, se dit Briséïs en s'élançant à corps perdu. Mais Leonel courait, il fallait faire de même. L'idée qu'il la distance, qu'elle se retrouve seule… Elle avait tant de mal à le suivre ! À bout de souffle, enlisée dans sa lourde robe… Le vent hurlait dans ses oreilles. Les démons se rapprochaient, ricanaient. Jamais ils n'arriveraient à l'hospice à temps.

— Cours ! lui cria encore Leonel, allez, cours ! cours !

Son pied se prit dans sa robe, elle s'étala de tout son long dans la boue. Des mains se posèrent sur son dos, la retournèrent brusquement. Ce n'était pas Leonel. Une silhouette d'homme, une odeur immonde de cadavre qui la prit à la gorge.

L'homme s'attaqua à sa robe, elle se débattit. Il glissa sa main dans son corset pendant qu'elle repoussait son visage fétide. Il s'emmêla les doigts dans le cordon de son pendentif, finit par atteindre la pierre orangée, collée contre la lettre de Lucien qu'elle tenait toujours là, proche de son cœur.

Des torches illuminèrent une partie du visage de l'homme, boursouflé, verdâtre, les yeux vitreux, morts. Il se redressa brusquement, la lettre de Lucien et la pierre orangée coincées entre ses phalanges.

— Non !

Briséïs se cramponna à la lettre pour le faire lâcher.

— Dégage, espèce de monstre ! cria Leonel, administrant un coup de pelle sur la tête de l'homme qui tressaillit à peine et se releva d'un coup, tirant encore sur la lettre que Briséïs refusait de lâcher.

La lumière des torches s'intensifia, accompagnée des cris de charge de Meng, Ohanko, Enndall et Aeneas. L'homme disparut dans une allée noire, emportant avec lui l'enveloppe de sa lettre.

— On a vu des démons, ou des chimères, des trucs moches, ils étaient juste ici, je ne sais pas pourquoi ils n'ont pas attaqué, ils sont peut-être encore là, s'exclamait Leonel, essoufflé, battant l'air froid de la nuit avec son arme improvisée.

— Briséïs ! Ça va ? s'exclama Enndall en s'agenouillant près d'elle dans une giclée de boue.

Sidérée, Briséïs tremblait, assise dans l'eau froide et les immondices. Elle repoussa son pendentif à l'abri sous son corsage. Dans sa main serrée, elle tenait la lettre froissée de son père. Elle avait réussi à la sauver.

10

L'ANAGRAMME

Ni le chevalier ni le général ne pensèrent à la gronder. Pourquoi n'était-elle pas rentrée avant la nuit comme elle l'avait promis ? Son expression devait en dire long sur son traumatisme, qui était une punition suffisante. Mais elle entendit les remontrances aller bon train pour Leonel, dans le couloir de l'hospice, de l'autre côté de la porte.

— Tu devais la faire revenir, pas partir avec elle au beau milieu de la nuit ! Tu sais comme elle est impulsive !

— Mais nous avons vu des chimères, je vous dis ! C'est quand même plus important !

— *Votre sécurité* est plus importante !

Liz l'aida à retirer sa robe pleine de boue et lui passa un linge d'eau froide sur le visage.

— Je suis désolée, à cette heure-ci il paraît qu'on ne peut plus avoir d'eau chaude, lui sourit-elle, essuyant ses cheveux boueux. Ne fais pas attention aux gars, dehors. Tu as fait ce que tu as pu.

— C'était un cadavre, l'homme qui m'a attaquée. Je l'ai vu et je l'ai senti de très près. Les chimères ressuscitent vraiment les morts. Et elles ont décidé de passer à l'action. Nous ne sommes plus en sécurité.

— Tu l'es maintenant, mets-toi bien ça dans le crâne. Nous

sommes tous autour de toi. Elle lui fit un clin d'œil : et puis ce n'est pas n'importe quelle eau, avec laquelle je te savonne, c'est de l'eau bénite.

— Leonel dit vrai, tu sais. Nous avons vu ces petits êtres dans la prison de l'inquisiteur, qui n'avaient pas l'air plus dangereux que l'Encantadas près de la fontaine, et la petite créature dans le bain de Ménina. Mais surtout nous avons vu ces ombres énormes sur les toits, cauchemardesques, prêtes à attaquer…

— Ce devait être terrifiant. Mais si Leonel les a vues aussi, c'est que notre travail de peinture avec le *tchi* commence à porter ses fruits. Écouter des légendes aussi… C'est mieux que leur faire face en aveugle !

— Oui… fit Briséïs faiblement.

— Bientôt nous serons tous prêts à les voir. Maintenant il faut te reposer.

Mais Briséïs était bien trop agitée. Elle enfila la seule chemise d'époque à leur disposition et se glissa sous les couvertures. Les hommes se réinstallèrent dans la chambre et leur conversation s'enflamma. Leonel était dans tous ses états. Il croyait aux chimères, enfin. Mieux, il en avait vu, plusieurs, à plusieurs reprises. Il s'était battu contre l'une d'elles. Pourquoi les premières avaient-elles paru si inoffensives, et les secondes si agressives ? Cela voulait-il dire que les champs de bataille de la Grande Guerre étaient eux aussi infestés de chimères ? On ne l'arrêtait plus.

— Pourquoi les marchands de sable nous demandent-ils de renvoyer les chimères dans le Monde du Rêve avant d'essayer de révéler la Citadelle au monde ? demanda-t-il enfin. Ce n'est pas logique, les chimères sont une preuve irréfutable de l'existence de la Citadelle !

— Leonel, tu reconnais l'existence de la Citadelle parce que tu as vu la forteresse, gravi les escaliers invisibles et voyagé dans le temps, et non grâce aux chimères, rappela Liz. Les gens d'ici croient déjà aux chimères et en l'existence du Mal. Être dirigés à leur insu par la Citadelle signifierait que le diable en personne les dirige depuis les cieux, et que leur Seigneur-Tout-Puissant les a abandonnés. Ils ne pourront jamais l'accepter.

— Vu comme ça, c'est vrai que… fit Leonel, laissant sa phrase en suspens.

— Le seul moyen de révéler la Citadelle au monde est de l'affaiblir d'abord, puis de chercher son Grand Secret.

— D'accord, d'accord, ça va, Liz, j'ai compris !

— J'ai perdu l'enveloppe, avec l'inscription *À mon seul désir*, soupira Briséïs. C'était ma seule piste, pour la lettre. Et je l'ai perdue.

— Tu ne l'as pas perdue, un mort-vivant te l'a arrachée, corrigea Leonel. Quant à savoir ce qu'il comptait faire avec ta lettre…

— Peut-être qu'ils essayent de découvrir notre plan d'action, suggéra Aeneas.

— Ils seraient bien déçus, remarqua Meng.

— Comment le démon aurait-il pu connaître l'importance de cette lettre ? demanda Enndall, ignorant Meng.

— J'ai fait venir le facteur dans la cathédrale, réalisa Briséïs, et puis sur le parvis… Le facteur s'est mis en colère quand il s'en est aperçu, il m'a dit que les statues nous observaient…

— Attends… Tu dis que tu l'as fait venir ? interrompit Liz. Je n'avais pas compris ça. Comment as-tu fait ?

— Je ne l'ai fait venir que la première fois, pour qu'il reprenne ma lettre. J'ai reconnu dans la cathédrale le sceau qui scellait ma lettre la première fois, et je m'en suis servi.

— Montre-nous, suggéra Ohanko.

— Je ne peux pas, la lettre que j'ai maintenant n'a jamais été scellée. Chaque fois ça change, je m'envoie la lettre dans mon passé, mais pas en ligne droite, on dirait… Je m'y perds complètement quand j'essaye de comprendre…

— Bon, eh bien, cette fois, tu n'as qu'à écrire ton nom sur l'enveloppe.

— Mais je n'ai plus l'enveloppe…

Liz tira de son sac son calepin pliable, déchira une page qu'elle tendit à Briséïs, avec une minuscule bille. Briséïs observa la bille au creux de sa main, perplexe.

— Oh, pardon, j'ai tendance à oublier, s'excusa Liz.

Elle reprit sa bille, la secoua entre deux doigts, et en un clin d'œil un stylo s'étira comme une antenne télescopique.

— Voilà. Tu peux écrire d'un côté ou de l'autre, c'est pareil.

Briséïs plia le papier de Liz sous le regard attentif de ses amis, inséra la lettre de son père à l'intérieur. Puis elle s'appliqua à écrire son nom en lettres capitales, lentement, comme pour laisser le temps au facteur de noter sa présence.

— La dernière fois, il est arrivé presque instantanément, remarqua-t-elle au bout de quelques minutes qu'ils attendaient en silence.

— Peut-être n'as-tu pas écrit le bon destinataire, dit Aeneas. Ce n'était pas Briséïs, qui était écrit sur l'enveloppe, la dernière fois.

— Pourquoi je m'enverrais une lettre *à mon seul désir* ? répondit Briséïs, agacée.

— Mais tu n'es pas la première personne à avoir envoyé cette lettre, fit remarquer Aeneas. Pourquoi ne serais-tu pas le seul désir de ton père ?

— Parce que, se renfrogna-t-elle.

Mais déjà, Liz déchirait une autre page, la pliait en deux et plaçait la lettre de Lucien à l'intérieur.

— Vas-y, essaye.

À contrecœur, Briséïs traça les mots *À mon seul désir* sur l'enveloppe. Elle n'aimait pas ce jeu. Elle savait parfaitement que jamais son père ne la considérerait comme son seul désir.

La porte de la chambre s'ouvrit brusquement.

— Dis-moi, tu me le dis si je te dérange ! s'exclama le facteur en entrant, tirant son monocycle doré d'une main.

Il marcha droit vers Briséïs, lui arracha la lettre.

— Hé !

— Ça doit bien faire la quatrième fois qu'elle me balade pour sa lettre, vous y croyez, vous ? Qu'y a-t-il dans cette lettre à la fin qui soit si important, pour que *madame* s'accapare le facteur du Monde du Rêve ? Qu'est-ce que c'est que ce bout de papier ?

Il déplia l'enveloppe improvisée, la froissa et la jeta par-dessus son épaule.

— Quand est-ce que je vous ai vu la dernière fois ? demanda Briséïs, tâchant de rester concentrée.

Le facteur l'observa d'un air suspicieux.

— Pas plus tard qu'hier, sur le parvis de la cathédrale. Tu ne t'en souviens déjà plus ?

— Si, bien sûr, mais je voulais vérifier… Vous n'apparaissez pas toujours dans un ordre… Avouez-le, tout ça n'est pas très logique.

Cette fois-ci il la regarda comme si elle avait perdu la tête.

— Tu ne veux pas me tutoyer, comme avant ? C'est fatigant à la fin, toutes ces politesses.

— Si vous… Si tu veux.

— Tout est toujours logique, si on veut bien se donner la peine de réfléchir un peu.

— Si tu permets, enchaîna Enndall, tu sembles maîtriser la logique du temps et du Monde du Rêve bien mieux que nous.

— Oh, moi je ne maîtrise rien, j'accepte, c'est tout, sourit le facteur, pas peu fier, retirant son képi pour se recoiffer. Quand on naît dans l'eau on apprend à se détendre, à suivre le courant pour ne pas se noyer. Si vous voyez ce que je veux dire.

— Mais comment suit-on le courant ? Les marchands de sable nous ont dit de rétablir le flux entre les deux mondes, de faire repasser les chimères dans le Monde du Rêve. Toi qui vas sans cesse de l'un à l'autre, tu dois forcément savoir de quoi je parle.

— Je vois surtout que vous essayez de me tirer les vers du nez en me passant du cirage, riposta le facteur en enfonçant son képi sur son front. Je te l'ai dit la dernière fois, jeune fille, chacun son travail.

— Mais tu dois pouvoir nous aider un peu ! Je me suis laissé des énigmes dans la lettre, et sur l'enveloppe.

— Ah oui ? Eh bien, à vous de les résoudre. Moi je livre le courrier.

— Que veut dire *à mon seul désir ?*

— Qu'est-ce que j'en sais, moi ?

— Peut-être pourrais-tu regarder dans mon futur pour retrouver l'enveloppe ?

— Pas la peine, ça ira sans enveloppe.

Il glissa la lettre pliée en deux dans sa sacoche. En voyant sa précieuse lettre disparaître ainsi, Briséïs se sentit toute démunie.

— Non, je veux l'envoyer avec une enveloppe, pour la protéger. Rends-la moi.

— T'inquiète, j'ai compris le truc, je te la renvoie dans ton passé.

— Mais non tu ne peux…

Un flash de lucidité frappa Briséïs alors qu'elle observait le facteur reculer vers la porte.

— C'est pour cela que je n'ai pas reçu mon indice plus tôt ! s'exclama-t-elle, se redressant dans son lit. C'est parce que tu es parti sans ! Et en arrivant sur la place du Temps, tu as eu le culot de me dire que ce n'était pas de ta faute si tu avais pu lire la lettre !

— Alors je vais devoir la lire, je ne peux pas changer ton passé, ricana le facteur. Depuis le temps que je la balade, cette lettre, j'ai bien le droit.

— Non ! Tu n'as pas le droit ! s'écria Briséïs, empêchez-le de partir !

Ohanko bondit vers le facteur, mais celui-ci l'évita de justesse, se précipita dans le couloir son monocycle sous le bras et claqua la porte derrière lui.

Une fraction de seconde plus tard, Ohanko rouvrait la porte en grand.

— Courrier ! Bonjour monsieur, excusez-moi de vous importuner mais j'ai un courrier pour la demoiselle juste derrière vous. Merci.

Éberlué, Ohanko se poussa pour laisser passer le facteur.

— Merci, répéta ce dernier aimablement avant de s'avancer, tout guilleret, vers Briséïs, son monocycle à la main.

Il ne portait plus de moustache.

— Bonjour mademoiselle, voici votre courrier. J'espère que vous n'avez pas eu à attendre trop longtemps.

— Non, merci, répondit-elle ahurie en acceptant l'enveloppe.

On l'avait déchirée pour l'ouvrir, comme la précédente, mais on s'était ensuite ingénié à recoller les bouts d'enveloppe avec de la cire. Les mots *à mon seul désir* étaient à nouveau inscrits sur le devant. Cette fois-ci, les lettres n'étaient pas raturées.

— Vous avez tout ce qu'il vous faut, je peux m'en aller ?

Briséïs s'arracha à la contemplation de sa lettre. Le facteur lui adressait un beau sourire.

— Tu me vouvoies maintenant ?

— On peut se tutoyer, si ça vous chante, répondit-il en haussant les épaules.

Les autres observaient la scène, pantois. Le facteur traduisit leurs échanges de regards comme une invitation à se détendre, et s'assit sur le coin du lit en souriant.

— Tu sais quoi, fit-il, tapotant le bras de Briséïs, je vais me faire pousser la moustache !

— Euh… Oui, je sais…

— Ah oui ? Tiens, alors ça ! Il sourit aux autres, comme pour les mettre dans la confidence quant à l'étrangeté de Briséïs. Et qu'est-ce que tu sais d'autre sur moi ?

— Que tu peux être une sacrée teigne parfois… mais on t'aime bien quand même. Je sais aussi que tu vas me donner certaines informations, que tu ferais bien de me donner maintenant, pour gagner du temps.

Le facteur appuya son coude sur son genou et se pencha vers elle pour essayer de lire dans ses pensées.

— Si tu sais déjà tout ça, tu dois aussi déjà connaître ces informations. À quoi ça sert que je te les donne, si tu les connais déjà ?

— Réponds juste à ma question, tu veux bien ?

— Elle est autoritaire, dites donc ! Je ne suis que facteur, moi, je ne…

— Tu livres le courrier et tu réponds à mes questions. Les deux vont ensemble. Je sais que tu sais qu'il y a un message codé dans cette lettre.

— Je sais ça, moi ?

— Comment l'as-tu su ?

— Ben ça, c'est une colle !

— Peut-être parce que tu viens de le lui dire, remarqua Aeneas. C'était son futur auquel nous avons eu affaire jusqu'à maintenant.

Briséïs sentit à nouveau le brouillard envahir son esprit. Elle souffla doucement pour se calmer. Leonel lui prit la lettre des mains pour la montrer au facteur, attrapa le stylo de Liz et barra l'une des lettres, ignorant les protestations de Briséïs.

— La dernière fois, les lettres étaient toutes barrées comme ceci. Tu sais pourquoi ? Qui les a barrées ?

Le facteur les observa comme si on lui racontait une bonne blague.

— Vous ? fit-il au bout d'un moment. Oh, j'y suis ! C'est une devinette ? Je dois replacer les lettres dans le bon sens, comme dans le jeu du pendu ?

— Mais non, tu n'y es pas du tout, fit Leonel, agacé.

Briséïs lui arracha l'enveloppe des mains, le cœur battant.

Pourquoi n'y avait-elle pas pensé avant ?

— Mon père aime beaucoup les anagrammes. Peut-être que son véritable message n'est pas en rapport avec son long texte. Peut-être qu'il ne se trouve que dans ces quelques lettres…

Sans un mot, Liz réquisitionna le stylo télescopique, déchira une nouvelle feuille de son calepin pliable et les lui tendit.

Briséïs réécrit les lettres séparées les unes des autres pour effacer le premier sens des mots :

A M O N S E U L D É S I R

Puis elle les réécrit encore, mais cette fois-ci dans l'ordre alphabétique :

A D É E I L M N O R S S U

Enfin, elle entreprit de former des mots. Le premier fut facile à trouver. Elle en avait plein la tête :

DÉMON

Puis elle assembla les lettres restantes : IL ASSURE.

— Démon, il assure, dit-elle à voix haute pour ses amis.

Un silence lourd s'installa.

— Bon, mais ça ne veut pas dire grand-chose, dit Liz, d'un ton faussement léger. Essaye encore.

— Coche les lettres directement sur l'enveloppe, suggéra Leonel.

Puisque c'est nous qui les avons barrées, il faut le faire. Qui sait quels indices ça pourrait nous apporter ?

Briséïs se remit au travail, cochant les lettres sur l'enveloppe. Elle trouva tout de suite :

SI LA RUSE, DÉMON.

— Encore une généralité, fit Liz, balayant sa proposition de la main. Enlève le mot démon, éloigne-toi de tes idées préconçues, cherche autre chose.

Briséïs ferma les yeux, inspira longuement, étudia les lettres dans l'ordre alphabétique et composa les premiers mots qui lui venaient à l'esprit, notant les lettres qu'elle ne parvenait pas à utiliser :

AILES NORD MUSE
LUMIÈRE SON – DAS
NOS LUMIÈRES – DA
SUIS LE MONDE – AR
MON ADRESSE LUI
OSER LUNDI MAL – SE
USER SAMEDI – ONL

— Et parmi toutes ces propositions, il n'y en a pas une qui te parle ? demanda Meng.

— Non, soupira Briséïs. S'il y a un message, il concerne bien les démons.

— Mais ce n'est pas un véritable message, puisqu'il ne nous apprend rien, remarqua Aeneas. N'est-ce pas, monsieur le facteur ?

Mais le facteur n'était plus assis sur le lit. Briséïs s'était tant appliquée qu'elle n'avait rien remarqué. Ohanko se rua vers la porte, l'ouvrit en grand, scruta le couloir pendant que Leonel jetait un coup d'œil sous le lit. Personne ne l'avait vu partir.

— Tu pourrais le rappeler tout de suite, proposa Enndall.

Mais après réflexion, il convint que ce n'était pas une bonne idée. Cette dernière fois, le facteur avait eu l'air de ne pas les reconnaître. Ils n'avaient aucune idée du nombre d'envois que Briséïs pourrait se faire avant que la lettre cesse de lui revenir. Mieux valait prendre le temps de réfléchir, avant d'utiliser leurs dernières cartes.

Briséïs aurait voulu contacter Benji. Elle attendrait le lendemain matin, que les autres se rendent à la messe.

Elle agença encore longtemps les lettres de son père, bien après qu'Enndall, le dernier à la soutenir, se laisse finalement emporter par le sommeil. Juste avant que la flamme de la bougie ne rende l'âme, elle passa en revue tous les mots trouvés, et repéra un élément fondamental qui lui avait jusqu'alors échappé. Trouver le sommeil fut difficile, et l'excitation la gagna si tôt éveillée, à l'aube naissante. Elle maîtrisa son enthousiasme pour ne pas gâcher son plan. Elle devait paraître malade, trop bouleversée par son traumatisme de la veille pour trouver la force de se lever.

— Vous n'avez qu'à aller prier sans moi, gémit-elle alors qu'Enndall secouait les troupes pour se rendre à la liturgie des laudes. De toute façon, ma robe est encore trempée, je n'ai rien à me mettre.

— Oui, allez-y sans nous, compléta Leonel, qui affichait lui aussi une mine de déterré. Je n'ai pas dormi de la nuit, cauchemar après cauchemar, c'était horrible…

Il glissa un clin d'œil à Briséïs qui lui rendit un regard noir. Il ne faisait pas partie de son plan.

— Mais non, tu vas très bien. Et puis l'un de nous deux doit se rendre à la cathédrale pour montrer aux autres la porte par laquelle nous avons accédé au passage secret.

Enndall les observa tous les deux et se planta devant Briséïs d'un air soupçonneux. Exactement ce qu'elle voulait éviter. Merci, Leonel.

— Qu'est-ce que vous planifiez encore, vous deux ?

— Rien du tout. Je suis malade et je n'ai rien à me mettre.

On frappa à la porte. Ohanko alla ouvrir et le jeune clerc Jacin pointa le bout de son nez, portant sur ses bras une magnifique robe de velours vert aux motifs bleutés.

— Dame Cassandre a ouï dire que damoiselle Briséïs a subi des mésaventures. Elle lui fait savoir qu'elle en est désolée, et lui fait porter cette robe.

— Eh bien, les nouvelles vont décidément vite ! siffla Liz, récupérant la robe. Dieu qu'elle est belle ! J'irai me rouler dans la boue, moi aussi, la prochaine fois ! Je rigole, bien sûr, ajouta-t-elle, remarquant l'expression douloureuse que Briséïs s'appliquait à garder.

Enndall haussa un sourcil, regardant Briséïs droit dans les yeux.

— Où comptes-tu aller ?

— Nulle part. Tu n'as qu'à demander à Jacin de surveiller la porte si tu n'as pas confiance. Je te jure que je n'ai pas l'intention de quitter cette pièce.

Enfin elle obtint gain de cause. Leonel partit en lui rendant son regard noir, teinté de curiosité. Elle l'ignora. Les mots clignotaient dans son esprit, comme les feux lumineux d'une affiche de cinéma.

MON ADRESSE LUI => ADRESSE MOULIN

Elle mourait d'envie d'annoncer ça à Benji.

11

LES FÉES DE HODSON

— Je veux bien croire que ça ait un sens, si c'est ton père ou ton frère qui y ont pensé. Mais je ne vois pas lequel. Il faut chercher du côté du docteur Moulin, c'est logique, c'est un gardien et il devait s'occuper de ton passage avant que ton père s'en mêle. Mais j'ai déjà fait des recherches dans les dossiers des gardiens. J'ai trouvé celui de Moulin, en lien avec l'hôpital Richet, mais il n'y avait rien de particulier dedans. Je suis retourné plusieurs fois devant le tableau d'Alfred Richet aussi, il n'y a rien là-bas. Je ne vois pas ce que ton anagramme nous apporte de plus… Adresse Moulin… Y aurait-il une autre adresse particulière au docteur Moulin ? Une adresse cachée ? *À mon seul désir*. Bon sang, cette phrase me dit décidément quelque chose… Où est-ce que j'ai pu la voir ? Je t'ai apporté quelques petites infos, moi aussi.

— *Tu as retrouvé les identités de l'Élite de Carcassona ?* s'exclama Briséïs.

— Non. Je suis allé me renseigner, mais comme je m'en doutais, on ne peut accéder aux informations concernant un membre de l'Élite en service que grâce à une clé que seul ce membre possède. C'est une mesure de sécurité de la Citadelle. Il faudrait que tu réussisses à piquer cette clé à l'Alpha pour que je retrouve son dossier. Autrement dit, si c'était pour les identifier, ça ne sert strictement à rien. Je n'ai rien trouvé de nouveau non plus sur la légende du roi Lugubre, seulement ce que tu m'avais raconté. Mais un roi qui kidnappe les âmes, c'est bien le reflet de la légende de la Citadelle. À propos de *Ça,* celui qui habite la bouche des enfers, la seule autre explication que j'ai trouvée vient d'un docteur des années soixante-dix. Il parle d'un phénomène d'attraction entre les vibrations négatives qui créent comme un trou noir émotionnel, que l'on peut ressentir dans des lieux ayant une histoire particulièrement chargée. Un peu comme une maison hantée, mais en pire. Je ne sais pas si ça peut t'aider.

— *Je ne sais pas non plus*, admit Briséïs.

Imaginer un lieu habité par des démons, comme Carcassona, mais en plus grand nombre encore, ne l'enchantait pas particulièrement. Elle avait déjà du mal à supporter l'atmosphère de la ville… Elle comprenait mieux pourquoi tout le monde, même Théobald, tremblait d'effroi à cette idée.

— Maintenant, à propos des punitions de la Citadelle, reprit Benji. Ce que j'ai découvert ne va pas te plaire. La « chute » est bien une punition réservée aux chimères qui n'ont pas rempli leur contrat avec la Citadelle. Mais les chimères ne sont pas les seules à être liées par un contrat. Toute personne ayant séjourné dans la Citadelle suffisamment longtemps pour être affectée émotionnellement par elle lui est éternellement liée par contrat.

— *Je sais*, dit Briséïs sombrement.

Llyr le lui avait déjà dit en Grèce.

— *Si je ne parviens pas à arrêter la Citadelle dans les neuf mois qui me sont impartis, je resterai pour toujours prisonnière de ses murs, comme les élèves qui ne réussissent pas leur cursus.*

— Non, ce n'est pas ce que je veux dire. Même ceux qui ressortent de la Citadelle après neuf mois restent toujours prisonniers. Même si tu trouvais un moyen de t'échapper comme ton père, tu ne serais pas plus avancée : si tu as été affectée émotionnellement par la Citadelle, tu ne l'oublieras jamais. Et le simple fait de te souvenir de la Citadelle lui permet d'agir sur ton mental. Où que tu sois dans le monde, tu ne pourras jamais te cacher.

— *Alors elle reste propriétaire de l'esprit de tous les membres de l'Élite ?*

— Indirectement. Elle ne peut disposer de personne sans raison.

Mais si quelqu'un commet une erreur, elle se fera un devoir de le punir. Il y a tellement de règles, et c'est tellement facile de pousser les gens à bout, jusqu'à ce qu'ils se piègent eux-mêmes.

— *C'est typique de la Citadelle,* reconnut Briséïs. *Laisser les gens se piéger eux-mêmes... Ça veut dire que mon père n'est toujours pas libre, même s'il est sorti de la Citadelle pour venir me chercher ?*

— Cela expliquerait pourquoi il a tenu à se trouver près de toi pendant ton voyage : pour ne vivre qu'une seconde durant ces neuf mois, et qu'ainsi personne n'ait le temps de le retrouver... J'ai aussi de bonnes nouvelles, si tu veux savoir.

Il posa sur la table une chemise cartonnée dont il sortit une seule feuille de papier.

— J'ai pu retourner dans la salle contenant les travaux de ton père. Je n'ai retrouvé qu'un seul document. Il fallait s'en douter, la deuxième fois qu'on entre dans une pièce n'est jamais identique à la première. Mais c'est déjà ça. C'est une deuxième interview du *Journal des découvertes extraordinaires.*

Il déplaça le papier sur la table, évaluant où devait se trouver Briséïs, qui se pencha pour lire.

Dossier de retranscription d'interview,
Journal des découvertes extraordinaires.

— Monsieur Cuba, nous sommes dans une revue scientifique, je vous le rappelle...

— La science ne devrait avoir aucun tabou. N'est-ce pas sa fonction première, d'éclairer les zones d'ombre ? Les fées sont un sujet à part entière depuis des siècles. Partout dans le monde, des tribus qui n'ont jamais communiqué entre elles en parlent. Si la science n'aborde pas le sujet, qui le fera ?

— Les sciences ethniques, dans ce cas...

— L'ethnologie étudie les observateurs des phénomènes magiques, moi, j'observe le phénomène lui-même. D'après vous, qui a le plus de chance d'y comprendre quelque chose ?

— Certainement pas moi, en tout cas.

— Vous comprendrez si vous prenez la peine de m'écouter sans m'interrompre avec vos préjugés à la noix.

— Je vous écoute, ainsi que nos auditeurs.

— Le poète Yeats en a parlé, et le philosophe Geoffrey Hodson.

— L'occultiste, vous voulez dire.

— Seul m'importe ce qu'il avait dans la tête. Pas les titres qu'on lui a donné ! Un monde éthérique est mêlé au nôtre. Si nous pouvions le percevoir, il enchanterait nos sens. Il est responsable de la magie de la vie.

— Excusez-moi... Enchanterait nos sens ?

— Pourquoi la fleur est-elle si belle ? Parce que des énergies magnétiques imperceptibles pour l'homme, « des fées » dans les traditions populaires, vibrent autour d'elle et lui donnent sa couleur. Mais si vous pouviez voir les véritables couleurs de ces fées, bien plus belles encore que des pétales de rose au soleil ! Et si vous pouviez entendre les accords parfaits de cette multitude de petits êtres tintinnabulant dans nos jardins !

— Ces mêmes fées qui proviennent de nos rêves ?

— Les humains rêvent, mais la nature aussi. Des rêves de la nature naissent des fées qui, une fois dans le monde physique, font pousser ses désirs.

— C'est à croire que vous avez pu les voir, ou les entendre...

— Sentir leur odeur, les toucher... Je crois bien... Dans le Monde du Rêve. C'est une coopération subtile entre les deux mondes, merveilleuse...

— ... Et complètement farfelue.

— Il ne faut pas me demander mon avis si vous ne voulez pas l'entendre.

— Si vous pouviez seulement le rapprocher un tant soit peu du monde de la science, de la réalité, pour nos auditeurs...

— La réalité qui tient tant au cœur de vos auditeurs est perçue par nos sens, handicapés dans le monde physique par les limites de notre conscience et de nos croyances. Si vous vous libérez de vos croyances, vous décuplerez la capacité de vos sens, et votre précieuse réalité vous paraîtra toute autre.

. . .

Briséïs retourna le papier de sa main invisible. Le verso était vierge.

— *C'est tout ?* fit-elle déçue.

— Il n'est pas très clair, c'est vrai, admit Benji. Si seulement il suffisait d'un bouton sur le nez pour manipuler nos sens, nos croyances, notre conscience ! Mais son texte m'a permis de trouver de nouvelles combinaisons de mots pour continuer mes recherches dans la Citadelle, et voilà ce que j'ai trouvé.

Fier de lui, il posa une nouvelle cassette audio sur la table et sortit son vieux magnétophone.

— Celle-ci est de Neil Cuba Junior. De Jules. C'est indéniable que ton frère a plus de maîtrise du sujet. En plus d'être bien plus aimable.

Il appuya sur le bouton *play* et aussitôt l'enregistrement se mit à grésiller. Briséïs regretta que la piètre qualité du magnétophone déforme tant les sons. Comme c'eut été étrange de pouvoir entendre la voix de son frère adulte…

— Tout est une question de niveau de vibrations. Comme les ondes radio, vous savez, je vous en ai déjà parlé. Si vous croyez en certaines choses, vous êtes à un certain niveau de vibrations. Et vous aurez accès à ce qui évolue à ce niveau-là. Toutes les chimères n'ont pas le même niveau de vibrations. Plus la chimère est importante, plus elle demandera un niveau de vibrations important pour être perçue. Un dragon par exemple, requiert un niveau de vibrations, une capacité à croire en l'invraisemblable, bien plus élevé qu'un farfadet. C'est pour cela qu'il est difficile de le voir. Une chimère plus intelligente demandera également un niveau plus élevé de vibrations. Vous savez qu'il existe beaucoup de types de chimères, certaines aussi stupides que des poissons, d'autres incroyablement rusées.

— Vous voulez dire, comme Cupidon et…

— Ne prononcez pas leur nom, je vous prie.

— Excusez-moi.

— Vous savez comme moi qu'ici, les murs ont des oreilles.

— Je vous demande pardon, poursuivez.

— Il y a deux éléments à prendre en compte. D'une part, chaque

individu se trouve sur un des barreaux de l'échelle de croyance, ce qui lui permet d'avoir accès ou non aux chimères. Mais les chimères voyagent aussi, nous l'avons vu, entre les neuf étages du rêve et de la réalité. Elles sont invitées à traverser le pont entre les étages grâce aux rêveurs, artistes, conteurs de chaque région et de chaque époque du monde.

— Je commence à comprendre.

— Plus la chimère est importante, plus elle se trouvera naturellement dans les étages élevés du rêve, et plus il lui faudra d'énergie, c'est-à-dire un nombre important de rêveurs, pour pouvoir descendre l'échelle vers le réel. Voilà pourquoi on ne peut trouver de sirènes en pleine Mongolie, et pourquoi on croisera plus facilement une vouivre en Europe qu'en Amérique du Sud. Une vouivre est particulièrement puissante : elle est immense et terriblement intelligente à la fois. Elle requiert un imaginaire collectif très développé. Je n'en ai pas la certitude, mais il me semble que le seuil de réalité que les chimères franchissent, lorsqu'elles passent à travers les œuvres d'art, se trouve sur le quatrième disque du réel. Attention, cela ne veut pas dire qu'elles deviennent visibles de tous.

— Pourquoi les chimères sont-elles toujours si volages ? On ne les voit jamais bien longtemps, à ce qu'il paraît.

— Mettez-vous à leur place : pour elles, le monde logique, structuré, est celui du rêve. Le monde réel est un pays étranger. Elles sont aussi déboussolées dans notre réalité que nous le sommes lorsque nous dormons. Nos rues, nos maisons leur paraissent des labyrinthes : si bizarrement construites qu'on ne peut se rendre directement d'un point à un autre, il faut pour cela faire le tour de murs physiques ! Et puis, imaginez-vous avoir à vivre avec la notion du temps lorsque vous n'avez jamais eu à vous en soucier ! Non, à moins d'être expressément convoquées par les rêveurs, les chimères ne restent jamais très longtemps au niveau du monde physique, il leur est trop inconfortable.

— Mais est-ce vrai que les chimères peuvent être aussi aveugles que nous ?

— Lorsque vous rêvez de personnes qui ne font pas partie de vos connaissances du monde réel, vous souvenez-vous de leurs traits exacts ? Non, bien sûr. Vous avez le sentiment de les connaître, vous

rattachez une sensation à leur personne, mais vous seriez bien incapable de les dessiner trait pour trait, ou de les reconnaître dans la rue. Voilà comment les chimères nous perçoivent. Mais c'est un parfait exemple pour illustrer le mur invisible qui sépare les niveaux de vibrations : si une chimère réussit à descendre de quelques niveaux et que vous parvenez à monter suffisamment pour que vous et la chimère vous retrouviez sur le même disque, vous pouvez alors vous voir très clairement.

— Mais on ne peut voir des chimères sans risquer qu'elles nous voient à leur tour...

— C'est exactement cela.

— Dans ce cas, je préfère ne jamais en voir.

— C'est ce que je me suis dit, à un moment donné. Mais on n'a pas toujours le choix...

Le clic inéluctable du magnétophone signala la fin de la bande. Briséïs songeait au dragon jaune de Chine. Fu Tsi avait dit à ses amis que l'Élite souhaitait que le dragon reste au troisième niveau de réalité, pour être vu de très peu de gens, afin de faire croire à un tremblement de terre. Mais peut-être l'Élite n'avait-elle pas eu le choix. Les croyances en Chine n'avaient pas été assez développées pour attirer au deuxième niveau du réel une si imposante créature. Les habitants de Chang'an avaient été incontestablement moins perturbés par la présence de chimères que les Carcassonnais.

Perdue dans ses pensées, Briséïs mit un moment à réaliser que Benji la regardait – la regardait presque – le regard pétillant.

— Alors, qu'est-ce que t'en dis ? lâcha-t-il finalement. C'est pas génial, ça, comme info ?

— *Comment Jules peut-il savoir tout ça ?*

— Il est bien plus vieux que toi maintenant. Il a eu le temps d'en vivre, des choses. Il a dû trouver le moyen de le découvrir.

— *Bien plus vieux... J'ai vraiment du mal à me faire à l'idée.*

— Briséïs, tu peux me voir parfaitement, n'est-ce pas ?

— Oui...

— Bon, c'est que les plumes fonctionnent différemment, acquiesça Benji, faisant tournoyer sa plume entre ses mains. Quand même, c'est frustrant. J'aimerais bien te voir autant que tu me vois. Viens, allons nous promener.

— *Tu as quelque chose en tête ?* demanda Briséïs pour la troisième fois tout en parcourant les couloirs de la Citadelle au pas de course derrière Benji, après avoir traversé le passage délicat du réfectoire et de la grande porte qui gardait la partie contrôlée de la Citadelle.

Benji n'avait pas daigné lui répondre depuis qu'ils avaient quitté la salle ronde des passeurs de chimères.

Agacée de son silence, elle attrapa la main de Benji et fit cogner son anneau contre la cloche fendue qu'il tenait de l'autre main avec sa plume.

— Je t'ai entendue, ça va ! s'exclama Benji entre ses dents serrées. Tu ne crois pas que c'est déjà assez délicat de se balader avec une plume, une cloche et un parapluie à clochettes à la main sans paraître suspect ! Il faut que tu en rajoutes ! Tu n'imagines pas les histoires que je dois inventer tous les jours pour Willis, les autres et tous les veilleurs, pour les convaincre que je suis un dégénéré incurable et pour faire passer mes allées et venues comme des errances sans intérêt. Mais si je me mets à parler tout seul, alors là, je crois que je ne pourrais rien inventer de plus pour détourner leur attention !

— *Où est-ce qu'on va ?*

— Chercher des liens avec toutes tes anagrammes, bien sûr !

— *Tu sais où aller chercher une adresse de Moulin ?*

— Je ne sais rien du tout, mais on ne va pas se décourager pour autant. *Ailes Nord Ruse, Démon il assure* : peu importe, on va tous les essayer.

— *Avec la carte chantée ? Ce serait plus simple si tu me la donnais. Tu m'as promis que tu le ferais, la dernière fois. On gagnerait du temps, à chercher chacun de notre côté.*

Benji scruta l'espace sous le parapluie avec un sourire espiègle.

— Bien joué, mais non. Tu ne peux pas te balader toute seule ; un parapluie qui vole, c'est trop voyant. Raison de plus pour ne jamais te donner la chanson.

— *Mais tu me l'avais promis !*

— J'avais oublié à qui je parlais, c'était bête de ma part.

— *Alors tu me l'aurais donné la dernière fois si je n'étais pas partie si vite ? Benji ! Je ne me baladerai jamais sans toi si tu estimes que c'est trop dangereux !*

— N'insiste pas Briséïs, je te connais trop bien. Mais c'est vrai qu'on va perdre un temps fou à chercher toutes ces possibilités... Et il doit en exister bien plus que toutes celles que tu m'as déjà citées. C'est une phrase très, très bien choisie, ton père est un génie. Tiens-moi ça.

Il lui passa le parapluie, le temps de tirer de son sac une feuille de papier et de l'encre, qu'il tendit à Briséïs.

— Ouvre l'encrier, je dois écrire un peu. Ton père a parlé de sens. Tu n'as pas essayé avec ce mot, n'est-ce pas ? Ce peut être les sens physiques, ou une direction. Un mot à double signification, c'est un mot rêvé pour Neil Cuba, ou pour Neil Cuba Junior.

— *Un mot à double sens.*

— Exactement, sourit Benji. Continuons de marcher, on nous remarquera moins.

Ne pouvant se détacher de la plume de l'angelot, il la trempa dans l'encrier et s'en servit pour gratter sur le papier, tout en avançant à pas décidés.

À M O N S E U L D É S I R

C'est bien ça ? Et tu les as ensuite remises dans l'ordre alphabétique...

A D E E I L M N O R S S U

Voyons maintenant si on détache le mot sens...

SENS IL ME ADORU
AU SENS IL ME DOR

AU SENS IL DORME

— Si tu ne fais pas attention à l'orthographe, c'est pas mal ! Aux sens ils dorment, les gens sont inconscients de la capacité de leurs sens, qui pourraient leur révéler le Monde du Rêve s'ils le voulaient. Ou il faut dormir pour retrouver la capacité de ses sens ? Voyons…

SENS LUI A DORME
SENS LOURD AME

— Ah ah ! Il souhaite peut-être nous révéler la véritable signification de l'âme ! Sens lourd âme ! Tu ne crois pas ?

— Sauf que tu as oublié le i. Ça fait SENS LOURD AIME.

— Ça, ton père aime les phrases lourdes de sens, on s'en serait douté. Mon Dieu que je l'aime.

— Oui, on dirait presque que tu pourrais l'épouser.

Benji éclata de rire. Briséïs ne trouvait pourtant rien de drôle là-dedans. Benji et Lucien se ressemblaient décidément de plus en plus. À ne penser qu'à eux-mêmes, à leur grand plan pour découvrir le Grand Secret. Benji s'arrêta brusquement de rire, la regardant droit dans les yeux.

— Qu'est-ce que j'ai ?

Ce ne pouvait pourtant pas être l'expression sévère de Briséïs qui lui coupait l'envie de rire.

— Je n'avais jamais remarqué ce passage. Ça fait deux fois déjà que je découvre un nouveau lieu avec toi. Il faut y aller.

Bien sûr, il pouvait voir à travers elle. Elle avait encore du mal à accepter l'idée.

Un petit corridor similaire à celui menant à la pièce des passeurs de chimères s'enfonçait entre deux armures de chevaliers posées fièrement sur des socles de marbre. De grandes plumes rouges et vertes jaillissaient des casques, dont les becs relevés soulignaient l'air hautain.

Benji saisit le manche du parapluie et entraîna Briséïs avec lui.

Les murs suintaient l'humidité. Tout près du plafond, des fenêtres longilignes éclairaient le couloir, de plus en plus étroit. Bientôt l'obscurité força Benji à ralentir, tâtonnant sur les pierres pour se guider.

— Tiens, je l'attendais celle-là, s'exclama-t-il en s'arrêtant net. Une *fenêtre*, attention de ne pas tomber.

Briséïs tâta le muret de ses mains invisibles pour mieux l'enjamber. Comme tous ceux qu'elle avait pu voir auparavant, le muret – censé rappeler aux élèves qu'ils n'étaient que de simples invités dans la Citadelle et non des résidents permanents – courait le long du sol, des murs et du plafond. Ils étaient maintenant des voleurs, entrés subrepticement par la fenêtre. Quelque chose d'important devait être caché de l'autre côté, comme les tableaux des dragons des cinq continents et celui racontant la bataille entre la Citadelle et le Monde du Rêve, que le pédagogue Don Kallys leur avait montré dans une tour ronde, lors de leur premier jour de cours.

Une pièce étonnamment similaire se dévoila à eux quelques dizaines de mètres plus loin. Mais à la place des six tableaux de dragons se dressaient six grandes tapisseries, faiblement éclairées depuis les maigres fenêtres proches du plafond. Sur un fond à dominante de rouge, toutes représentaient une dame du Moyen Âge, parfois accompagnée de sa servante et entourée d'un lion et d'une licorne. Elles étaient d'une beauté saisissante, sans ressembler aux canons classiques. Briséïs sentit un frisson lui parcourir l'échine. Pourquoi était-elle si émue ?

— Les tapisseries de la Dame à la Licorne ! s'exclama Benji, ébahi. Elles étaient là depuis le début ? Comment ai-je pu les manquer ?

— *J'ai l'impression de les avoir déjà vues...*

— Bien sûr, elles sont célèbres. Les originales sont exposées dans un musée à Paris. Peut-être t'y es-tu déjà rendue ?

— *De quand datent-elles ?*

— Début du XVIe siècle, il me semble. Après 1450 en tout cas. Tu as cinquante ans d'avance, tu n'as pas pu les voir là où tu te trouves.

— *La Dame à la Licorne...* murmura Briséïs en s'approchant.

Sur l'une des tapisseries, la dame assise sur un tabouret tenait un miroir, dans lequel se reflétait l'image de la licorne assise à côté d'elle, les pattes avant posées sur ses genoux. La créature possédait une grande corne au milieu du front mais sa barbichette, ses sabots fendus en deux et sa petite queue la faisaient ressembler d'avantage à une chèvre qu'à une licorne.

Briséïs était certaine d'avoir déjà vu cette tapisserie ailleurs qu'en photo ou en reproduction. Elle n'était pourtant pas allée la voir avec sa mère. Son père l'y aurait-il emmenée ? Les fourmillements dans son estomac lui répondirent par l'affirmative.

Un autre élément de sa découverte la frappa tout à coup : le style de la tapisserie, l'allure de la licorne, la puissance du dessin, tout ceci, elle l'avait vu à même le sol, dans une petite hutte au milieu du désert de rocailles. Chez le vieil homme du Monde du Rêve. Cinq licornes disposées autour d'un cercle comme un mandala, pointant de leurs cornes un petit soleil semblant émettre sa propre lumière…

— Avec le miroir, celle-ci représente la vue, intervint Benji, se rapprochant de Briséïs. Mais oui, bien sûr… La vraie question n'est pas comment ai-je pu les manquer jusqu'à présent, mais pourquoi les avons-nous trouvés aujourd'hui ! La dernière fois, c'est en parlant de ton père que l'on a trouvé « par hasard » la pièce où une grande partie de ses travaux étaient rangés. Cette fois-ci, nous nous concentrions sur les sens ! Tu vois, ces cinq tapisseries, elles représentent les cinq sens : là, avec l'instrument de musique, l'ouïe ; ici, le toucher, puisque la dame caresse la corne de la licorne ; le goût, l'odorat… Il n'y a que la sixième qui n'ait pas de signification claire.

— *Peut-être qu'elle représente une partie de la légende de la Citadelle, comme le sixième tableau des dragons représente la légende du Monde du Rêve ?*

— Possible, approuva Benji en se rapprochant de la sixième tapisserie, la plus grande de toutes.

Une dame noble y déposait un collier dans une boîte à bijoux tenue par sa servante. Le lion, présent sur chaque tapisserie, se tenait encore une fois à gauche de la dame, et la fameuse licorne-chèvre à sa droite. Les deux bêtes tenaient chacune avec une patte un pan d'une grande tente bleue érigée derrière la dame.

Briséïs attrapa le bras de Benji.

— *Est-ce que tu vois ce que je vois ?*

— Si tu me le montres du doigt, tu risques d'attendre longtemps.

— *Le titre, sur la tente*, fit Briséïs dans un souffle en rabaissant son bras.

Les yeux de Benji s'écarquillèrent.

— Ton père est un génie, murmura-t-il.

De jolies lettres en capitales dorées bien lisibles étaient disposés au-dessus de la dame pour former les mots : *A MON SEUL DESIR*. Si la tapisserie n'avait été si haute, Briséïs aurait passé un doigt sur chaque lettre pour vérifier qu'on ne lui jouait pas un tour.

— Bon sang ! Je savais bien que j'avais vu cette inscription quelque part ! s'exclama Benji, la faisant sursauter. Le message ultime est là, c'est sûr ! Mais quel est-il ?

Briséïs ignora les allers et retours de Benji qui tournait comme un lion en cage, plongé dans ses pensées, et s'efforça d'énumérer tous les éléments les plus marquants de leur découverte :

— *J'ai vu une tapisserie du même type chez le vieil homme du désert ; cette tapisserie-là est la sixième d'un ensemble et elle est sans doute reliée à la légende de la Citadelle, si on compare cette série à celle des tableaux de dragons ; elle accompagne les cinq sens dont Neil Cuba parle beaucoup ; elle représente des chimères et une dame du Moyen Âge ; elle possède l'inscription «* À mon seul désir *». Cela fait au moins cinq pistes nous ramenant à nos recherches*, récapitula-t-elle, au comble de l'excitation. *Et puis je suis quasiment certaine maintenant que mon père m'avait emmenée les voir quand j'étais petite.*

— C'est parfait, parfait… Et pourtant, j'ai l'impression qu'il nous manque quelque chose… Comme une clé pour comprendre le tout. Je veux dire, pourquoi Lucien répéterait-il exactement ce qui est écrit sur la tente, sans rien changer ? La clé doit être là, quelque part dans les anagrammes… En lien avec un détail de la tapisserie peut-être…

D'une main fébrile, Benji déplia à nouveau son morceau de papier déjà barbouillé d'anagrammes.

Il chercha de longues minutes, en compagnie de Briséïs d'abord, puis seul, alors que, lassée de tourner en rond autour d'une douzaine de lettres, elle se laissait absorber par la magie des tapisseries.

— *Ça ne peut pas être un hasard, si nous avons trouvé «* Adresse Moulin *» dans les anagrammes*, soupira-t-elle. *Si seulement on pouvait en tirer quelque chose… La seule autre anagramme que j'ai* *trouvée avec Moulin, c'est «* Dr Moulin *». Mais ça me laissait avec un A, deux E et deux S. je ne vois pas bien ce qu'on peut en faire.*

La plume de Benji cessa de gratter le papier.

— Qu'est-ce que tu dis ?

— A, EE et SS. Je ne vois pas quels mots on peut fabriquer avec...

— Un mot, non, mais un mot et un sigle, par contre ! Je t'en ai pourtant parlé, Briséïs, des sas Élite-École par lesquels nous arrivons, en tant qu'élèves. Là où nous recueillent les passeurs. Les sas E-E.

— Dr Moulin sas E-E ? Il y a un truc que je ne t'ai pas dit, à propos du sas, réalisa Briséïs. *Cette peinture en trompe-l'œil que ce passeur a peint, c'était bien un hôpital, l'hôpital Richet, celui où je me suis endormie et où travaille le docteur Moulin. Je l'ai reconnu tout de suite, je le connais très bien, ma mère y travaille aussi.*

— Et c'est maintenant que tu me le dis !

— Ce n'était qu'un trompe-l'œil qui ne fonctionnait pas et qu'ils avaient l'intention d'effacer, je ne pensais pas qu'il avait une telle importance ! Et puis il se passe tellement de choses, j'ai oublié !

— Si c'est l'Adresse de Moulin, si c'est la clé qui nous manque pour tout comprendre… Il faut y aller tout de suite ! Bon Dieu ! Ton père est…

— Un génie, je sais, oui. Allons-y.

— Non, attends. Il va falloir retourner voir ces fous de passeurs. Quelque chose me dit qu'ils ne vont pas apprécier de me voir arriver à nouveau avec le parapluie à clochettes. Laisse-moi y aller seul, je te rapporterai ce que j'y ai trouvé.

12

LA CHASSE

Briséïs jouait nerveusement avec la plume de l'angelot. Elle venait de remplir une bonne vingtaine de pages dans son carnet. Elle tendit l'oreille : le silence régnait en bas, dans la grande salle de l'auberge. De gros nuages voilaient le soleil. Elle n'avait aucune idée de l'heure. Étaient-ils tous encore à la messe ?

Elle tira le sablier de son sac. Un tiers du sable s'était écoulé. La plume s'agita plus nerveusement encore entre ses doigts. Elle la fourra dans son sac avec le sablier, sauta sur ses pieds et sortit prendre l'air.

La robe de velours verte lui allait comme un gant. Elle était un peu lourde, avec ses nombreux jupons, mais l'impression de noblesse qu'elle conférait donnait à Briséïs l'énergie nécessaire pour ne pas s'en soucier. Que pouvait-elle faire de mieux avec une robe pareille que d'aller se promener sur le chemin de ronde, face aux montagnes blanches, tout en observant les chevaliers s'entraîner pour les joutes en contrebas, près de la rivière ? De là, elle entendrait les cloches de la cathédrale sonner et pourrait se rendre juste à temps sur le parvis pour accueillir les autres à leur sortie. Elle emporta de quoi peindre, histoire de se sentir utile.

Sur le chemin de ronde, elle s'installa près d'une petite tourelle donnant directement sur la rivière. Plusieurs chevaliers s'entraînaient dans la prairie, avec leur épée ou un glaive en bois. L'écho de leurs armes frappées les unes contre les autres montait dans l'air, à l'abri du constant brouhaha de la ville. Étudiant les hommes à cheval concentrés sur les épreuves de joute, Briséïs reconnut le lieutenant Ebrard, sur son destrier lancé au grand galop, ajustant sa lance au dernier moment pour frapper un pantin de bois. Celle-ci vola en éclat et le pantin avec. Impressionnée, Briséïs le regarda demander une nouvelle lance à son écuyer, pour repartir aussitôt à la charge. Le commentaire de Théobald lui revenait en mémoire. Elle n'avait aucun mal à imaginer le lieutenant plusieurs fois champion de tournoi.

Elle sortit son pinceau, réfléchissant aux explications de Jules, et traça neuf traits sur le papier. Elle-même se trouvait à l'instant dans le monde physique, mais avait pu voir de petites chimères à plusieurs reprises. Donc en toute logique, elle oscillait entre les deux premiers étages de la pyramide de Neil Cuba Junior. Elle traça un petit bonhomme à mi-chemin entre les deux traits du bas. En quelques silhouettes grossières, elle plaça ensuite les chimères qu'elle avait pu voir dans la prison de l'inquisiteur, près de la fontaine et dans la baignoire de Ménina sur le deuxième niveau : étant donné leur petite taille, elles devaient pouvoir descendre facilement les étages depuis le Monde du Rêve. Ce devait être pour cela que Briséïs les avait vues en premier.

Puis venaient les chimères qui lui étaient apparues dans une grande frayeur. Surtout ces monstres aux yeux jaunes, qu'elle avait à peine aperçus, mais qui étaient incontestablement de belle taille. Ces chimères ne devaient descendre au deuxième niveau du réel que lorsque la ville entière croyait en elles, et en était terrorisée.

Où résidaient d'habitude ces chimères plus imposantes ?

Elle dessina une gargouille au quatrième niveau. Elle imaginait ainsi les démons aux yeux jaunes. Exactement comme les gargouilles accrochées sur les tours de la cathédrale. Peut-être était-ce même elles que la Citadelle avait lancées à leurs trousses… En choisissant bien son moment : au milieu de la nuit, lorsque l'imagination de la population était exacerbée par les peurs.

Et enfin, la vouivre. Jules l'avait déclarée particulièrement puissante, immense et intelligente à la fois. Il devait être au courant des recherches de son père et de sa communication avec Briséïs. Elle ne pouvait pas imaginer que son frère ait parlé de la vouivre par pur hasard. Elle choisit de placer la chimère au cinquième étage. De quoi avait l'air la vouivre, déjà ? On la leur avait décrite, le premier soir, dans l'auberge... *La femme-dragon qui n'a que deux pattes et des ailes de chauve-souris,* se rappela-t-elle. Fallait-il qu'elle dessine une femme, ou un dragon ? Peu importait : avec ses talents médiocres de dessinatrice, si elle dessinait une femme, celle-ci aurait l'air d'un dragon. Mais elle souhaitait se rapprocher de l'énergie de la vouivre, pour mieux la cerner. Elle se décida à la peindre plus consciencieusement que les autres chimères, en utilisant l'énergie du *tchi*.

Le poignet haut tenu au-dessus de son carnet, le pinceau à la verticale, Briséïs esquissa des yeux en amande, un nez empâté et une bouche remplie de grandes dents aiguisées. Tout était dans le mouvement. Elle inspira profondément, fermant les yeux pour visualiser le battement des ailes avant de les tracer. Puis elle ajouta des pattes pourvues d'écailles, une longue queue, et retira son bras pour admirer son œuvre. Jules aurait été capable de faire bien mieux, même du haut des onze ans qu'elle lui connaissait. Voyons, que manquait-il ? Ah ! Oui, bien sûr, le rubis sur le front, joyau qu'il faudrait lui ravir pour vaincre le roi des Aulnes.

Un instant, Briséïs songea au chevalier Igor de Montourg, parti à l'aube. Saurait-il récupérer la pierre précieuse avant de se faire hacher menu ? En un coup de pinceau, elle ajouta la pierre sur le front de sa chimère.

Un vent froid se glissa dans ses cheveux, l'obligea à relever la tête pour se débarrasser des mèches qui l'encombraient. Une volée d'oiseaux s'approchait de la tour sud des remparts, masse noire fondant à toute vitesse dans sa direction. Pétrifiée, Briséïs agrippa son pinceau, ne pouvant détacher son regard de la forme gigantesque...

Ils passèrent en trombe au-dessus de sa tête, piaillant par centaines, s'enroulèrent sur eux-mêmes, survolant les chevaliers inconscients de leur manège, puis disparurent vers l'horizon.

Venait-elle de voir passer la vouivre ? L'avait-elle appelée ?

Enndall leur avait dit qu'il fallait attendre d'être prêt. Elle le comprenait maintenant.

Que ferait-elle, seule devant la vouivre, si celle-ci s'intéressait à elle ?

Elle rangea son carnet dans son sac, marcha jusqu'au parvis de la cathédrale. Les chants des moines montaient, magnifiques, depuis le monument sculpté de dentelle de pierre. Dans les hauteurs, les gargouilles l'observaient, la gueule ouverte. Son angoisse de la veille la reprit à la gorge. Les yeux jaunes des chimères, leur façon de se mouvoir, à la fois puissantes et légères… Briséïs possédait maintenant toutes les images nécessaires pour retranscrire l'essence des gargouilles sur le papier. Que se passerait-il, si elle les dessinait ? Sortiraient-elles des statues en plein jour ?

Il fallait qu'elle sache…

Elle dégaina à nouveau son matériel. Elle respira profondément, se laissa imprégner par sa vision des chimères puis lentement, précautionneusement, permit au pinceau de glisser sur le papier…

— En voilà une drôle de façon de tenir un pinceau, déclara un homme à la voix grave.

Briséïs sursauta et dans sa surprise traça un grand trait au travers de son dessin, détruisant l'expression dangereuse de sa gargouille. Elle referma brusquement son carnet, sans se soucier de l'encre mouillée.

L'archevêque de Tolosa, *l'Alpha* l'observait, les mains dans le dos, un sourire avenant sur son visage.

— Où avez-vous appris à tenir un pinceau de la sorte ?

— Mon oncle, bredouilla Briséïs. Il a beaucoup voyagé sur les bords du monde connu.

— Comme le chevalier d'Imbert ?

— Oui.

— Quel drôle de personnage, ce chevalier… Mais j'imagine que lorsqu'on fait partie de l'ordre du Dragon, on a ses petits secrets. Bonne journée à vous, damoiselle.

Derrière lui, la foule commençait à sortir de la cathédrale.

. . .

Le cœur de Briséïs battait encore la chamade lorsqu'elle put enfin raconter ses expériences à ses amis, dans leur chambre de l'hospice.

— C'est tout ? fit Leonel. Du Moulin ne t'a rien dit d'autre ? Qu'est-ce qu'il a derrière la tête ?

— Qui ?

— Pierre Du Moulin, l'archevêque de Tolosa. L'Alpha, si tu préfères.

— Il s'appelle Moulin ? répéta Briséïs, pâle tout à coup.

— *Du* Moulin. Je ne me trompe pas, vous autres, c'est bien comme ça qu'ils l'ont appelé à la messe, non ?

— Oui, mais ils ont appelé l'évêque de Carcassona Jean D'Étampes, remarqua Ohanko. C'est bizarre, pour des frères, de ne pas avoir le même nom, vous ne trouvez pas ?

— Pourquoi veux-tu qu'ils soient de la même famille ? fit Liz.

— Être évêque et archevêque, ça ne veut pas dire qu'on est de la même famille ?

— Mais non Ohanko, ça n'a rien à voir !

— Ah… C'est pour ça alors qu'ils ne se ressemblent pas…

— Bref, reprit Leonel pour Briséïs, l'archevêque s'appelle bien Du Moulin. Et alors, où est le problème ?

— Le gardien qui devait me faire passer dans la Citadelle depuis mon époque s'appelle Moulin !

— C'est peut-être un hasard… réfléchit Liz.

— Ou alors c'est eux qui sont de la même famille, dit Aeneas. Un très, très, très, très, très grand-oncle… Tu crois que c'était la vouivre qui volait au-dessus de la prairie ?

Briséïs dut faire un effort pour se concentrer sur la question d'Aeneas. Était-ce un hasard ? Son père savait-il qu'elle se trouverait face à un ancêtre du docteur Moulin ? Avait-il tout préparé à l'avance ? Il fallait à tout prix qu'elle transmette cette information à Benji !

— Euh… Oui, la vouivre… Je ne sais pas… Peut-être… Ce serait logique, mais je n'arrive pas réellement à me l'imaginer. Montourg est parti ce matin la chercher, et elle est peut-être en train de voler au-dessus de la ville, en ce moment même…

— Peut-être vole-t-elle au-dessus de la ville, mais sa tanière est dans la montagne, et c'est là-bas que Montourg aura des chances de la surprendre, intervint Ohanko.

— On vous a vus utiliser le passage secret, et maintenant l'archevêque vient de te voir dessiner, dit Enndall, préoccupé. Il faut nous montrer plus prudents. Ne dessine plus à l'extérieur, Briséïs.

— J'ai réfléchi pendant la messe, enchaîna Leonel. Nous avons pu constater hier soir avec Briséïs que tout ce que cette jeune demoiselle nous avait dit à propos du passage secret et de la prison était véridique. C'est donc bien que ceux du clergé qui font partie de l'Élite ont emprisonné quelques chimères. Ils les ont fait venir du Monde du Rêve et ils les parquent sous la cathédrale, en attendant de pouvoir les utiliser. Je suis presque certain que les premières chimères que nous avons vues étaient des koboldes. Des êtres inoffensifs *a priori*, mais auxquels la Citadelle a ensuite ordonné d'endosser la peau d'un cadavre pour nous courir après et récupérer la lettre de Briséïs. Ça doit être la même chose pour les gargouilles : la Citadelle les a rendues terrifiantes et elle les garde à présent piégées dans la cathédrale, pour les relâcher le soir.

— Et comme elles sont grosses, elles demandent beaucoup d'énergie, conclut Briséïs. Voilà pourquoi nous les avons vues seulement une fois que les hurleurs nous avaient déjà bien foutu la frousse.

— Qu'est-ce que tu veux dire ?

Briséïs leur expliqua rapidement les différents niveaux d'énergie-croyance nécessaires pour faire venir les chimères de taille et d'intelligence différentes à travers les étages du réel. Elle justifia gauchement sa découverte, expliquant que les événements de la veille lui avaient fait comprendre un lointain cours de la Citadelle.

— Comment un cadavre ambulant a pu t'aider à comprendre ça ? s'étonna Leonel.

— Ce que je veux dire, c'est que plus le peuple a peur, plus la Citadelle peut introduire dans la ville des chimères imposantes.

— Et la peur rend les gens pieux. La cathédrale était bondée ce matin, remarqua Meng.

— Dans l'empire du Milieu, l'Élite a attendu d'avoir suffisamment généré d'angoisse pour faire descendre le dragon près du réel et attaquer la ville. Tout à l'heure, je n'ai perçu que l'ombre de la vouivre, la trace du *tchi*. Mais bientôt, l'Élite aura rassemblé assez d'énergie de croyances pour la faire descendre sur le deuxième ou troisième disque de réalité, et lui faire attaquer la ville, comme elle l'a fait en Chine avec le dragon.

— En attendant, ils envoient les chevaliers se faire tuer au compte-gouttes, pour entretenir la légende de la vouivre, renchérit Liz. Tout en faisant mine d'être contre la chasse à la vouivre.

— Un jour, sa légende aura assez de force pour lui permettre de se manifester partout. Enndall a raison : nous devons absolument désamorcer le travail des hurleurs et des gargouilles, pour que la vouivre ne puisse jamais se matérialiser en ville. Commençons par dessiner des gargouilles et des koboldes pour les faire repasser dans le Monde du Rêve par le cadre : je connais leur essence, maintenant.

Briséïs s'installa en tailleur sur son lit. Elle brandit son pinceau perpendiculairement à sa feuille, respira profondément.

— Un kobolde, d'abord, annonça-t-elle.

Ohanko se plaça à la fenêtre avec son arc, Enndall près de la porte avec son épée. Liz disposa leurs objets par terre aux pieds des lits, Leonel tira sur le cadre pliable, Aeneas se munit d'un filet à papillons et Meng du miroir.

Briséïs ferma les yeux, visualisa la petite créature qui avait mordu dans sa pierre orangée. Elle ne ressentit pas tout à fait l'excitation de la veille en découvrant la chimère. Mais elle retrouva sans difficulté la peur qui l'avait ensuite assaillie alors qu'elle se faisait attaquer par le cadavre.

Elle peignit de nombreuses fois les silhouettes miniatures, sans résultat. Elle s'attaqua ensuite au portrait du cadavre, pendant que Liz testait toutes les combinaisons possibles des instruments, en prévision de l'arrivée des chimères.

— Toujours rien à signaler ? demandait de temps en temps Enndall à Ohanko posté devant la fenêtre.

— Non, toujours rien…

— Essaie avec les gargouilles, Briséïs, proposa Enndall.

Peindre des gargouilles ne changea rien. Aeneas abandonna son filet à papillons et se mit lui aussi à peindre, espérant augmenter leur pouvoir d'attraction. Peu à peu, les autres l'imitèrent. Mais il n'y avait rien à faire, les chimères ne se montraient pas.

— Pourtant avec la vouivre ça a très bien marché ce matin, pesta Briséïs en milieu d'après-midi.

Elle n'en pouvait plus de tenir son pinceau à la verticale.

— Pourquoi ne réessaieras-tu pas avec la vouivre, dans ce cas ?

— Je ne crois pas qu'elle puisse passer par cette fenêtre et entrer dans le cadre, Leonel, rétorqua Briséïs.

— Mais au moins on pourrait la voir passer. Essaie.

Tous reposèrent leur pinceau pour l'observer. Briséïs prit une grande inspiration, et répéta les gestes qu'elle avait faits le matin pour appeler la vouivre. Au bout de quelques minutes, un concert de piaillements s'éleva au-dehors. Briséïs releva vivement son pinceau et tous se précipitèrent à la fenêtre pour voir passer un nuage de volatiles en formation serrée.

— Pourquoi ? murmura Briséïs pour elle-même. Ce n'est pas logique, ce devrait être plus facile de faire venir des chimères plus petites.

— La vouivre ne risque peut-être rien à se présenter à notre fenêtre sous une forme immatérielle, remarqua Meng. Et puis elle est trop imposante pour être aspirée par notre cadre. Les autres chimères doivent être plus méfiantes. Elles vous ont attaqués la nuit. Comme les chauves-souris, qui chassent à l'abri des ombres. Et si la seule façon d'approcher les chimères était de tomber volontairement dans un de leurs traquenards ?

— Partons à leur rencontre cette nuit, fit Ohanko.

Meng acquiesça et se tourna vers Enndall :

— Cette nuit. Nous ne pouvons plus attendre.

L'idée répugnait à Enndall, Briséïs le vit dans son regard. Mais il accepta tout de même.

— As-tu déjà entendu parler de la tapisserie d'une Dame à la licorne, Enndall ? demanda Briséïs en attendant que la nuit tombe.

— Une tapisserie ? Non, pourquoi ?

— Pour rien… Je me demandais, au cas où.

— Au cas où quoi ? releva Leonel.

Briséïs sentit le rouge lui monter aux joues. Qu'avait-il besoin de la scruter comme ça ? Leonel se révélait encore plus agaçant maintenant qu'il la croyait. Il l'avait dévisagée toute la journée, comme s'il s'attendait à trouver cachés sur ses traits les détails de ses plans secrets. Il avait fini par attirer sur elle toute l'attention du groupe. Ne pouvait-il pas la laisser tranquille ? Elle choisit de changer de sujet.

— Comment allons-nous faire, ce soir, pour éviter que les choses tournent mal comme hier ?

— Pour commencer, je ne suis pas sûr que toi et Liz devriez venir.

— Vous ne pourrez rien faire sans Briséïs, et si tu crois que tu peux me laisser toute seule ici, tu rêves, Enndall, rétorqua Liz de but en blanc. Briséïs est tombée à cause de sa robe, hier. Nous remettrons nos pantalons blancs. Nous n'aurons qu'à attacher un drap à la fenêtre et sortir par là, pour être sûrs de ne pas être vus. Nous ne sommes qu'au premier étage. Ensuite, il faudra choisir un endroit stratégique, une place assez ouverte pour voir arriver les chimères de loin, mais qui ne donne pas sur une église, au cas où le clergé rapplique en pleine nuit et nous jette en prison. Il nous faut un lieu avec de l'eau, puisque les chimères semblent aimer l'eau, mais qui soit loin de la prairie des joutes : ce n'est pas le moment de rameuter tous les chevaliers qui te détestent déjà. Il serait imprudent de descendre dans la ville basse pendant le couvre-feu. Il ne reste que cette petite place avec la fontaine, à l'est de la ville haute, que nous avons traversée il y a deux jours en faisant nos repérages sans toi, Enndall. Pour le reste on fait comme cet après-midi, en espérant que ce foutu cadre vide serve réellement à quelque chose. Et s'il ne fonctionne pas, il ne nous restera plus qu'à prier.

Enndall ouvrit la bouche, la referma et désigna Liz d'un geste : il n'avait rien à ajouter.

Avant de partir, Briséïs nota dans son carnet quelques mots à propos de l'archevêque Pierre Du Moulin, l'ancêtre supposé du docteur. Benji n'était pas disponible, mais il pourrait lire sa phrase dès qu'il aurait un peu de temps libre. Elle enfila ensuite son ensemble blanc de résistante, se couvrit d'une cape et ajusta son sac en bandoulière contenant son sablier et de quoi peindre. Elle descendit derrière Ohanko le long du drap accroché à la fenêtre.

La nuit était déjà bien avancée. Plusieurs fois dans la soirée ils avaient entendu des hurleurs faire trembler les murs de l'hospice. Briséïs posa les pieds au sol et scruta les toits au-dessus de la ruelle.

Un violent frisson lui parcourut l'échine. Les chimères n'étaient pas loin.

Tous les volets de la rue avaient été soigneusement fermés. S'il n'était pas de très bon augure, le couvre-feu prononcé la veille leur simplifiait nettement la vie. Dans ces conditions, personne n'aurait été assez fou pour mettre le nez dehors et jouer les curieux. Sous le commandement de Meng, ils marchèrent vers la place en formation serrée, Enndall et Aeneas sur les flancs et Ohanko surveillant leurs arrières, son arc déjà bandé. Arrivés sur la place, en quelques gestes silencieux Meng positionna Enndall, Ohanko et Aeneas à l'entrée des rues, et ordonna à Briséïs de se mettre au travail. Plus vite ils en auraient terminé avec cette histoire, mieux elle se sentirait. Chaque minute passée dans la nuit et le froid – qui réduisait à peine les odeurs des caniveaux – accentuait son malaise. Elle s'était déjà retrouvée nez à nez avec une chimère. Attendre leur arrivée se révélait encore plus angoissant.

Elle ouvrit son carnet et brandit son pinceau sans prendre le temps de se concentrer.

— Qu'est-ce que c'était, ton plan, ce matin ? chuchota Leonel, l'air détaché, tout en dépliant son cadre vide tout près d'elle.

— Tu crois vraiment que c'est le moment ?

— Les chimères ne sont pas encore là, tu as le temps de me le dire…

Un hurlement traversa la place, fit sursauter Liz qui tentait d'agencer tous leurs menus objets. La boule de cristal lui glissa des mains, elle jura et laissa tout tomber en essayant de la rattraper. Enndall lui enjoignit de se calmer : ce n'était pas le moment de paniquer. Briséïs avait à peine eu le temps de poser son pinceau sur le papier. Son cœur battait à tout rompre.

— Eh ben, t'es devenue sacrément efficace, Briséïs, murmura Leonel en rentrant la tête dans les épaules.

— Je ne suis pas sûre que ce soit moi qui les ai fait venir.

Elle se concentra. Il leur fallait un kobolde d'abord, ou alors une fée Encantadas. Il fallait vérifier que le cadre fonctionnait avant de prendre le risque de rencontrer une gargouille. Elle trempa à nouveau son pinceau dans l'encre, le positionna au-dessus de son carnet.

Des cris – ou des ricanements ? – jaillirent des toits à l'ouest, du côté d'Aeneas. Le pinceau dérapa sur la feuille.

— Qu'est-ce que c'était ? fit Ohanko, préparant son filet à papillons.

— Des cris de gargouilles, je crois bien, répondit Leonel.

— Ce n'était pas ce qu'on avait prévu, Briséïs, dit Meng. Les koboldes d'abord.

— Ce n'est pas moi, elles viennent d'elles-mêmes, je n'ai encore rien dessiné…

L'épée levée, Enndall s'approcha lentement de la fontaine, se mouilla les doigts et se frotta les paupières avec, comme l'avait fait Briséïs. Meng le voyant faire l'imita.

— On se regroupe au centre, ordonna-t-il à demi-mots. Briséïs, près d'Ohanko, Leonel, mets-toi devant avec ton cadre. Mais reste derrière Enndall. Aeneas ! Qu'est-ce que tu fais encore là-bas ? Replie-toi !

Aeneas n'avait pas bougé un muscle. Il les rejoignit, le corps légèrement plié, son filet à papillons brandi comme un javelot, dans une position d'attaque identique à celle que Briséïs avait vu les Spartiates adopter quand ils les avaient pris en chasse dans les collines grecques.

— Que faut-il utiliser pour les gargouilles ? demanda précipitamment Liz. Avec les koboldes, j'aurais bien pris la bille du diapason d'Aeneas, ou mon parfum, ou la sphère avec un peu de vapeur de parfum s'ils aiment ce qui brille, c'est sûrement parce qu'il brillait qu'ils ont pris le pendentif de Briséïs dans la prison, mais avec les gargouilles… Peut-être que je devrais me concentrer sur le miroir réflecteur de chimères, à moins que ça ne les fasse…

— La ferme, Liz !

— Désolée Enndall, c'est parce que je suis nerveuse, je parle toujours beaucoup quand je suis nerveuse, c'est un réflexe de protection bien connu du…

— Tais-toi !

Plusieurs gargouilles se regroupaient. Des grognements s'ajoutèrent aux cris et au bruit des pattes lourdes sur les tuiles, qui parfois se décrochaient des toits et s'écrasaient au sol avec fracas.

Briséïs abandonna l'idée de tracer un kobolde : sa main tremblait trop. Elle fouilla la pénombre des yeux à la recherche du moindre indice, pensant naïvement qu'elle se sentirait mieux une fois qu'elle aurait localisé les chimères.

Des yeux jaunes jaillirent de la nuit, des crocs brillèrent sous la lune, puis à nouveau plus rien. Le pinceau s'échappa de ses doigts transpirants.

— J'ai vu quelque chose ! s'exclama Leonel, vous avez vu aussi ? Je suis sûr que j'ai vu quelque chose !

— On reste en formation, on ne panique pas ! ordonna Meng.

Brusquement toutes les gargouilles semblèrent fondre vers la droite.

— Ajustez la formation ! s'écria le général.

Ils tournèrent avec les chimères pour que Meng reste à l'avant, Enndall et Aeneas de chaque côté. Les gargouilles se déplaçaient à une vitesse incroyable.

— Tenez-vous prêts, elles vont attaquer, dit Enndall entre ses dents serrées.

— ATTENTION !

L'espace d'un instant la silhouette de l'une d'elles se dessina très clairement contre le ciel étoilé. Briséïs eut juste le temps de voir la forme de son visage, plat comme celui d'un homme, avec pourtant une immense mâchoire et des crocs se découpant dans la nuit. Ses épaules énormes et lourdes hérissées de poils contrastaient avec son arrière-train fuselé, terminé par une queue puissante qui fouettait l'air. Elle était tellement imposante. Pourtant en un clin d'œil elle disparut. Briséïs en eut le souffle coupé. Leonel lui ôta les mots de la bouche :

— Je ne suis pas sûr que nos jolis filets à papillons soient de taille, les amis.

— Vous avez vu ça ? S'exclama Liz. Vous l'avez vue ? Moi je l'ai vue, elle était… Elle était… Énorme…

Le chevalier hocha la tête, le regard fixé sur les toits.

— Je l'ai vue.

— Je l'ai vue aussi, dit Ohanko.

— Oui, moi aussi, dit Meng, tandis qu'Aeneas acquiesçait en silence. C'est une bonne chose. Nos heures de peinture payent enfin.

— Qu'est-ce qui arriverait si vous les embrochiez avec vos épées, au lieu d'essayer de les faire passer dans le cadre ? demanda Liz. Ça les ferait disparaître pareil, si vous les embrochiez avec vos épées, non ?

— On ne tue pas les démons, Liz.

— Mais vous pourriez tout de même essayer Enndall, vous ne...

— Liz !

Brusquement toutes les gargouilles rugirent ensemble, dans un vacarme de tuiles cassées.

— Elles attaquent ! s'écria Meng, reculez ! Vers la fontaine, reculez ! Baissez-vous !

Leonel attrapa Briséïs par les épaules pour la forcer à se baisser en même temps que lui. Il recula trop vite, buta contre Ohanko et lui marcha sur le pied. L'Indien tomba à la renverse dans la fontaine. Sa flèche partit, fit voler les cheveux de Liz. Enndall eut tout juste le temps de la tirer vers lui pour lui éviter le pire.

— Il a failli me tuer ! glapit-elle tandis que Aeneas plongeait ses bras dans l'eau pour récupérer Ohanko qui s'était frappé la tête contre le rebord de la fontaine. À peine l'avait-il sorti et ranimé d'une bonne gifle que les gargouilles se repositionnaient sur les toits au-dessus d'eux.

— Reculez ! Pivotez ! cria Meng.

Enndall crut voir une gargouille fondre sur lui. Il fit un brusque pas en arrière, buta contre l'unique pierre de la place tout en amorçant un mouvement de son épée. La pointe de la lame érafla la joue de Meng.

— Enndall ! À quoi tu joues ! s'exclama le général, essuyant un filet de sang.

— Je ne l'ai pas fait exprès...

— Manquerait plus que ça !

— C'est comme si elles savaient exactement à quel moment surgir pour nous faire commettre des erreurs, murmura Briséïs.

Déjà les gargouilles se rapprochaient d'Aeneas. Elles attaquèrent sans vraiment se montrer, juste assez pour que Meng se jette en avant avec son épée, qu'il planta dans la poutre fendue et mal rafistolée de l'auvent d'une boutique. L'enseigne de fer se balança lourdement, manqua de peu Aeneas qui aidait Ohanko à se relever. Pour l'éviter, il se jeta sur le côté et reçut trois tuiles sur le dos. Liz lâcha tous ses objets et courut à son secours. Sa boule de cristal roula sous le pied de Briséïs, qui perdit l'équilibre et se serait embrochée sur une nouvelle flèche d'Ohanko si Leonel n'avait pas été là pour la rattraper.

— ARRÊTEZ DE POINTER VOS TRUCS SANS RÉFLÉCHIR ! s'égosilla Liz, toute rouge.

Les gargouilles se préparaient à nouveau à attaquer.

— Qu'est-ce qu'elles cherchent, bon sang ? s'emporta Meng.

Briséïs attrapa le bras de Leonel. Sa gorge était trop serrée pour crier.

— Elles ont fait pareil pour leurs autres victimes, les nuits précédentes ! Ces hommes et ces femmes sont tous morts par accident !

— Elles vont nous faire nous entre-tuer, réalisa Leonel.

Puis il étudia la configuration de la place :

— Vous avez vu comme elles tournent toujours sur la droite ? On dirait qu'elles en veulent particulièrement à Aeneas !

Aeneas venait juste de reprendre sa place, sur le flanc droit. Briséïs avait cru le Spartiate impassible à l'approche des chimères, quand tous s'étaient nerveusement rapprochés les uns des autres. Elle avait mis son sang-froid sur le compte de son implacable entraînement militaire. Elle réalisait maintenant que Aeneas s'était trouvé trop tétanisé pour réagir. Le coup qu'il venait de recevoir ne pouvait être seul responsable de l'extrême pâleur de son visage, de ses cernes, de ses yeux rouges et de la terreur au fond de son regard. Sans lâcher sa position à l'avant, Meng jeta un coup d'œil au Spartiate.

— Aeneas, ça va ?

Aeneas se frotta les yeux, son filet à papillons toujours dans les mains, puis reprit position.

— Ça va, ça va.

De sa main libre, Meng l'attrapa par l'épaule.

— Regarde-moi. Non, ça ne va pas du tout. Ça ne va pas du tout, Enndall, dit-il au chevalier.

— Si, si, ça va, se défendit Aeneas d'une voix éraillée.

Il ne trompait personne.

— Ne te couche pas au sol Aeneas, c'est tout ce qu'on te demande, répondit Enndall entre ses dents serrées. Le diable n'a rien à voir avec ta déesse, se coucher par terre ne l'amadouera pas.

Nouveaux cris de gargouilles. D'un instant à l'autre, elles allaient attaquer.

— La peur les attire, dit Briséïs tout haut, se rappelant ce qu'avait dit l'homme enchaîné dans la prison de l'inquisiteur. La peur d'Aeneas est la plus forte, c'est lui qui les attire !

Tous tremblaient de la tête aux pieds, mais Aeneas faisait vraiment peur à voir. Meng le rattrapa par l'épaule :

— Tu es un guerrier, Aeneas. Tu sais te défendre. Il ne t'arrivera rien.

— Oui, oui.

La parade suivante coûta un œil au beurre noir à Ohanko, déjà ébranlé par son premier coup sur la tête. Aeneas avait fait un mouvement trop brusque avec le long manche de son filet à papillons en cherchant à repousser le vide.

— Arrêtez de réagir au moindre de leurs mouvements ! s'écria Liz, elles vont finir par nous avoir !

C'était plus facile à dire qu'à faire. Autant leur demander d'étouffer tous leurs réflexes de survie… de faire les morts.

— Peut-être devrions-nous nous allonger par terre, finalement, proposa Briséïs.

— Et comment suggères-tu qu'on les attrape, une fois au sol ? demanda Leonel.

À l'attaque suivante personne ne fut touché, mais Aeneas lâcha son filet à papillons et mit un genou à terre pour calmer son cœur.

Meng l'observa peiner à retrouver son souffle.

— Elles ne vont pas venir jusqu'à nous. Il va falloir aller les chercher.

Comme si elles l'avaient entendu, les chimères crapahutèrent vers les toits d'une petite ruelle. Meng s'y engouffra à leur suite.

— Meng ! C'est un piège ! Reste avec nous ! s'écria Liz.

Mais il avait déjà disparu dans la pénombre. Enndall se jeta derrière lui en pestant. Ohanko voulut faire de même, mais il ne marchait déjà plus bien droit. Le temps que Briséïs et Leonel rejoignent le chevalier, Meng avait perdu connaissance, assommé par une poutre qu'il n'avait pas vue arriver. À peine Liz, Aeneas et Ohanko les avaient-ils rattrapés que les gargouilles renouvelaient leur attaque. Cette fois, elles se trouvaient directement au-dessus d'eux.

Ils n'avaient plus aucune échappatoire. Aeneas céda brusquement à ses peurs : il s'aplatit comme une crêpe au sol. Sans réfléchir, Briséïs fit de même et tous l'imitèrent. La tornade de hurlements passa audessus d'eux sans pouvoir les atteindre.

Trois heures durant, elles rugirent dans leurs oreilles. Trois heures durant, ils restèrent immobiles, le nez dans les immondices, priant pour que le soleil se lève et les libère de leur supplice.

La cathédrale sonnait la prière des laudes lorsqu'enfin ils grimpèrent à la corde de drap jusqu'à leur chambre.

13

LE SIXIÈME SENS

— Quoi, vous voulez y retourner ? Ce soir ?

Enndall laissa échapper un long soupir :

— Si Aeneas reste ici, nous avons peut-être nos chances. Si tu as une meilleure option, n'hésite pas à la partager, Leonel. Mais pour l'instant, à part aller chercher le roi des Aulnes directement dans la bouche de l'enfer, ou la vouivre, à côté de qui soit dit en passant, les gargouilles ne sont que des chiens de chasse, je ne vois pas bien.

— Pourquoi n'y avait-il que des gargouilles et pas de koboldes ? demanda Briséïs, le regard lointain.

— Parce que la peur d'Aeneas suffisait à attirer directement les plus gros poissons, répondit Enndall. Voilà pourquoi il vaut mieux essayer sans lui ce soir.

Briséïs hocha doucement la tête. Ils avaient dormi toute la matinée et discutaient depuis leur réveil. Il ferait à nouveau nuit dans trois heures. La perspective de vivre le même cauchemar une deuxième fois lui donnait envie de vomir.

— Sans Aeneas, ce sera moins dangereux, insista Enndall, lisant dans ses pensées. Et puis nous resterons proches de l'hospice. S'il y a le moindre problème, nous nous replierons ici.

Briséïs voulait le croire.

Mais tout se déroula exactement de la même manière.

Elle faillit se faire trancher la gorge, et manqua de se faire écraser par un parpaing sans avoir eu l'occasion d'apercevoir une chimère. Elle tremblait tellement en revenant à l'hospice qu'elle ne pouvait plus tenir son verre d'eau sans s'éclabousser.

— Il me faut un chocolat chaud pour m'endormir, déclara Liz, plus pâle qu'Ugolin Popian, en s'asseyant sur le lit.

— Si tu veux bien attendre une centaine d'années, on pourra t'en apporter un, dit Leonel sarcastique.

— Quoi ? Oh, non, c'est pas juste…

À défaut, ils descendirent dans la pièce principale pour boire une tisane.

Rongé par la culpabilité, Aeneas les installa près du feu et s'occupa de leur apporter leurs breuvages.

— Jacin dit que cinq personnes ont trouvé la mort la nuit d'avant-hier, dit-il, déposant les tasses sur la table. Il y en a certainement eu cette nuit aussi.

— Nous pouvons nous estimer heureux d'être encore vivants, dit Enndall, de gros cernes sous les yeux.

— Alors vous êtes vraiment sortis cette nuit ? demanda Jacin qui s'était doucement approché de la table.

Il dénicha un tabouret, s'assit parmi eux. Lui aussi ne semblait pas avoir beaucoup dormi.

— Et ça n'a servi à rien, devina-t-il.

Un silence éloquent s'en suivit.

— Pourquoi vous obstinez-vous à chasser les démons en ville ? Je vais vous dire, ajouta-t-il tout bas, au point où nous en sommes, prier ne suffit plus. Quitte à écouter la légende, pourquoi ne pas la suivre jusqu'au bout ?

— Que veux-tu dire ? demanda Meng.

— Ce n'est pas pour rien si tout le monde parle de la vouivre. Seul son rubis viendra à bout du roi des Aulnes. Si vous vous attaquez à ses démons un à un, vous vous casserez les dents pour rien. Pourquoi n'allez-vous pas prêter main-forte au chevalier de Montourg ?

— Je ne pourrai rien faire tant que mon écuyer ne sera pas arrivé avec mes titres, répondit Enndall. Mais il ne devrait plus tarder.

— Alors prions le Seigneur pour qu'il ne soit pas pris en chasse par les écorcheurs en chemin.

— Et s'ils nous poussaient à bout pour nous forcer à aller chasser la vouivre ?

Son idée ébauchée, Aeneas se renferma dans le silence. Attablées dans la taverne où elles étaient descendues avec Leonel pour se changer les idées, Liz et Briséïs échangèrent un regard interrogateur. Ils venaient tout juste de passer une troisième nuit dehors et partageaient glorieusement le même air de déterré. Aeneas avait tenu à les suivre cette fois-ci, jurant qu'il allait mieux. Il s'était certes mieux contrôlé, mais leurs résultats avaient été tout aussi déplorables.

Les jours passaient et Benji n'avait toujours pas contacté Briséïs, pour lui raconter ce qu'il avait trouvé dans le sas Élite-École, avec l'adresse *Dr Moulin sas E-E.* Il ne lui avait pas même laissé un mot au sujet de l'archevêque nommé Du Moulin. La moitié du sablier s'était écoulé. Briséïs avait essayé plusieurs fois d'observer intensément le sable, pour l'obliger à ralentir sa chute par la force de son esprit, comme l'avait suggéré Llyr. En vain. Si l'écoulement du sablier demeurait régulier, il leur resterait encore six jours. Elle tritura une page déchirée de son carnet sur laquelle elle avait tenté de nouvelles combinaisons d'anagrammes d'*À mon seul désir.* Que ferait-elle si Benji ne pouvait plus lui répondre ? Il leur fallait à tout prix une autre tactique. Elle tira de son corsage l'enveloppe de son père, et contempla encore une fois chacune des lettres, tellement raturées qu'elles ne seraient bientôt plus déchiffrables.

— Qu'est-ce que c'est, ton dessin ? demanda Liz à Leonel qui grattouillait un schéma sur un bout de papier.

— Le facteur avait raison, c'est logique, ses allées et venues. Il vient à chaque fois que Briséïs n'a plus sa lettre.

— C'est ton schéma qui te fait dire ça ?

— Oui, regarde : le trait en pointillé, c'est ma frise du temps. En haut de la page, c'est le passé, en bas, le futur. Le trait noir représente le voyage de la lettre. Quand le trait noir descend, c'est que la lettre voyage avec nous du passé vers le futur, et quand le trait noir remonte

– tu vois les flèches ?– la lettre remonte le temps. J'ai dessiné le trait des deux côtés de la frise pour que ce soit plus lisible.

Il poussa le papier vers elles. Briséïs se pencha sur la table pour mieux étudier le croquis :

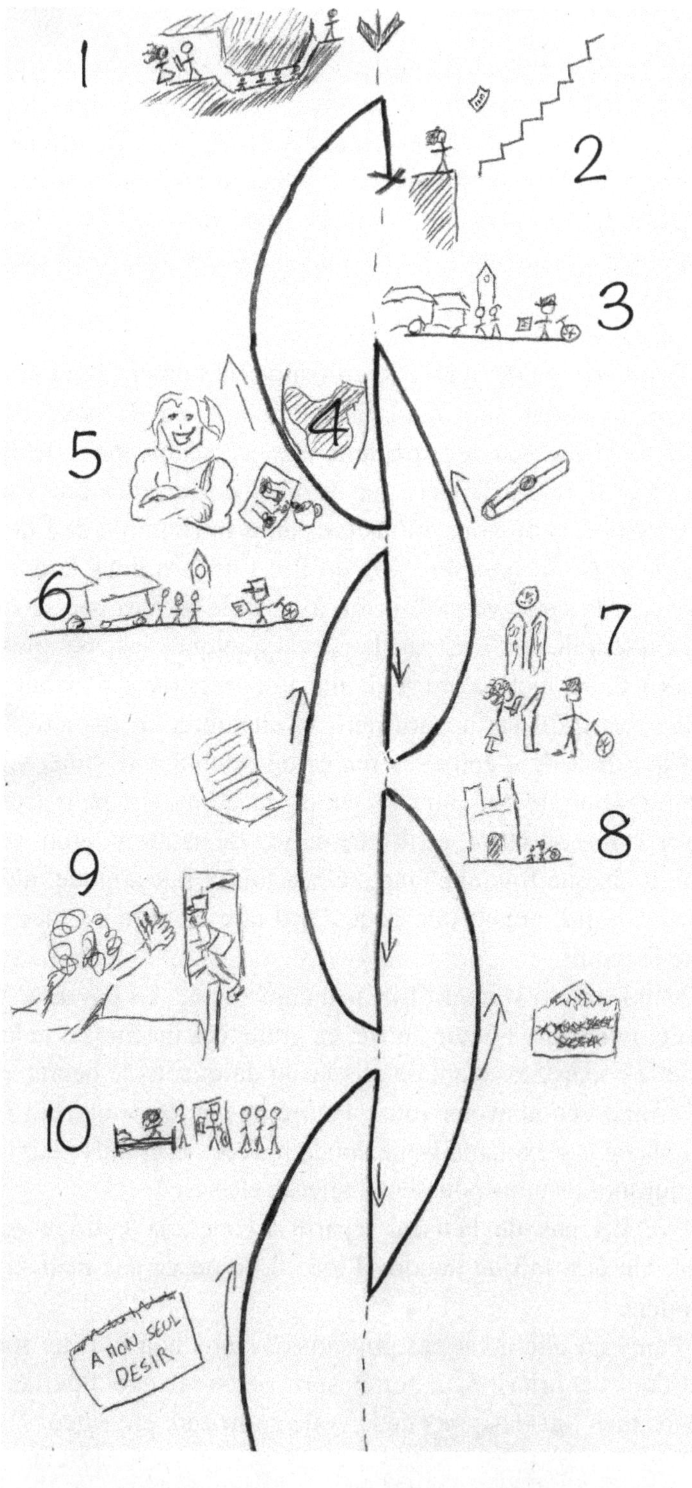
1
2
3
4
5
6
7
8
9
10
A MON SEUL DESIR

— Regardez les dessins, reprit Leonel : tout en haut de la page, au numéro 1, c'est Llyr qui donne sa lettre à Briséïs, chez lui, en Grèce. Ensuite Briséïs la perd sur les escaliers en 2. Mais le facteur la lui redonne sur la place du Temps en 3. Cette fois-ci elle est cachetée, parce que le facteur vient tout droit de l'intérieur de la cathédrale de Carcassona, au numéro 7, où Briséïs l'a cachetée. C'est bien ça, Briséïs ?

— Oui…

— Briséïs la garde avec elle en Chine, le numéro 4, et la donne à Llyr de nouveau sur la place du Temps en 5, pour qu'il la conserve avec lui pendant quarante ans. Aussitôt après, le facteur réapparaît et donne à Briséïs une version de la lettre qui vient du futur, de cette fois où nous étions tous dans la chambre de l'hospice, le numéro 9. *De la première fois* qu'il est apparu dans la chambre. Briséïs a gardé cette version jusqu'à ce qu'elle retrouve le facteur dans la cathédrale, en 7. Et sur le parvis quelques instants plus tard, le numéro 8, le facteur lui a donné une version qui datait *de la deuxième fois* qu'il est apparu dans la chambre, au numéro 10. La version que Briséïs a entre ses mains en ce moment. Vous voyez ? Le facteur remonte toujours le temps jusqu'au moment exact où Briséïs n'a plus sa lettre, et il crée ce jeu de saute-mouton, comme s'il sautait chaque fois une étape. C'est tout à fait logique, ajouta-t-il, content de lui, autant que peut l'être une histoire de facteur qui remonte le temps.

— Moui… si tu veux, fit Liz, peu convaincue. La physique ça n'a jamais été mon truc. Foutue coiffe, ça gratte ces machins à la longue, pesta-t-elle encore, essayant de glisser un doigt sous le hennin pointu qui enfermait ses cheveux roux. Peut-être que la vouivre a besoin d'être nourrie ? s'exclama-t-elle soudain avec de grands yeux ronds. Voilà pourquoi ils nous poussent à aller la chasser !

— Ne dis pas de bêtises, repartit Leonel, la vouivre est une chimère. Un être fait de poudre d'idée. Elle ne va pas manger de la chair fraîche !

— Parce qu'elle n'est pas physique ? Nous non plus ne sommes pas physiques, à priori. Seul notre esprit est en voyage. Pourtant nous mangeons bien tous les jours de la vraie nourriture physique.

— Alors pourquoi n'a-t-elle pas dévoré le chevalier de Cournonsac ?

— Parce que l'Élite trouvait utile pour la légende de le renvoyer en une seule pièce en ville, pour ne pas décourager les suivants, répondit Briséïs. Un chevalier reposant entier devant l'autel, c'est plus noble. L'Élite maîtrise ses chimères. Au bord de la rivière de la tisserande, le dragon m'a attrapée entre ses dents sans me faire de mal, parce que le chancelier Li le contrôlait avec mon sablier. Et c'est grâce à mon sablier que le dragon nous a déposés aux pieds de l'escalier sans une égratignure.

— Mais oui ! s'écria Leonel, il faut aller capturer la vouivre, la reprendre à l'Élite avec le sablier avant qu'ils ne lui fassent attaquer Carcassona ! Ce fichu cadre ne sert peut-être à rien, mais le sablier permet de contrôler une chimère !

— Et tu sais comment capturer une chimère avec le sablier, toi ? fit Liz sceptique.

— Briséïs a vu l'essentiel de la manœuvre en Chine, dans la pagode. Pour le reste on improvisera.

— Même si nous y arrivons, en utilisant le sablier nous nous signalerons aux angelots, rappela Briséïs.

— Mais cette fois nous serons prêts, avec nos attrape-idées et nos épées. L'Élite ne va pas nous suivre dans la montagne. Que pourraient deux petits angelots seuls face à nous, et à la vouivre que nous aurons sous notre contrôle ?

— Essayer de capturer la vouivre sans la voir serait du suicide. L'Élite chinoise dans la pagode était complètement perdue, dans le noir, face au dragon. Mon sablier n'y changeait rien. Quant à la nuée d'oiseaux qui la suit, elle n'est pas assez précise : on ne devine même pas les contours de son corps. Et nous n'avons pas plus de chance de voir les angelots : l'intelligence est un facteur autant que la taille, pour faire descendre les étages du réel aux chimères, et les angelots sont très intelligents. Si même l'Élite a besoin d'une bague et d'une cloche pour leur parler, nous ne parviendrons jamais à les voir rien qu'en dessinant.

— Alors il faut voler à l'archevêque sa bague et sa cloche.

— C'est beaucoup trop dangereux, nous ne savons pas qui sont les Betas. Et l'archevêque sait peut-être déjà qui nous sommes. Si nous l'attaquons ouvertement, l'Élite contre-attaquera avec toutes ses chimères et nous n'en sortirons pas vivants. Je préfère encore dessiner la vouivre pour la voir, la contrôler, puis attaquer les angelots grâce à elle.

— Que se passera-t-il, si la vouivre refuse de nous obéir ? s'inquiéta Liz.

Leonel se pencha vers elle avec un sourire diabolique.

— Elle nous hachera menu et nous mangera tout cru.

— Fais ton malin, tiens.

— Tu me demandes, je te réponds. Elle ne mangera pas Enndall, si ça peut te rassurer. La vouivre n'aime pas le sang noble.

— Il faut un jour de cheval pour se rendre chez la vouivre, et un jour pour revenir, réfléchit Briséïs. Ça ne nous laisse plus que quatre jours de marge, et l'écuyer d'Enndall n'est toujours pas arrivé.

— Quatre jours, c'est mieux que rien.

Un homme haletant entra en trombe et clama à l'attention des âmes matinales :

— Le chevalier de Montourg est mort ! Déchiqueté ! Son deuxième écuyer est le seul survivant !

Un silence glacial envahit d'un seul coup la taverne jusque-là assez bruyante.

Briséïs cala ses mains contre sa tasse pour calmer ses tremblements. Elle fixa ses pouces, refusant de voir les personnes se signant autour d'elle. Des gens mouraient tous les jours en ville, depuis l'arrivée du roi des Aulnes et de ses serviteurs. Mais un chevalier de plus… un espoir de moins.

Sa conversation avec Igor de Montourg lui revint en détail. La façon qu'il avait de sourire de travers, essuyant ses doigts pleins de graisse sur sa veste. Les cicatrices qu'il avait accumulées durant sa vie de guerrier, ses théories sur la vouivre… Tout cela n'existait plus.

— Ne faites donc pas cette tête, il fallait s'y attendre, claironna une voix joyeuse.

Briséïs sut qu'il s'agissait de Théobald avant même de le voir s'asseoir à leur table.

— Alors les amis, quoi de neuf ? Vous êtes bien matinaux. Est-ce que notre bon chevalier de l'ordre du Dragon s'est enfin décidé à partir en quête de la vouivre ?

— Le chevalier d'Imbert n'a pas l'intention de finir comme de Montourg, cingla Liz.

Théobald hocha la tête d'un air sérieux, comme s'il comprenait tout à coup.

— Il est trop occupé à lire le courrier de ses admiratrices, n'est-ce pas ? Ou alors il passe trop de temps devant son miroir. C'est dangereux, les miroirs.

— Pourquoi donc ? demanda Leonel.

— Un miroir n'est pas seulement un reflet de soi. C'est aussi le reflet de ce qui est derrière soi, qui se retrouve placé devant soi. Le miroir te fait croire que ton passé est aussi ton futur, alors qu'il n'est qu'une fine couche de verre, une illusion à briser.

Leonel se redressa sur son banc pour regarder Théobald de la tête aux pieds :

— Dis donc, c'est bien la première fois que je t'entends dire quelque chose d'intéressant.

— Trop aimable. Puis-je vous venir en aide, avec mon brillant esprit ? Qu'est-ce que c'est que ça ? Un jeu de lettres ?

Il tira la feuille déchirée et l'enveloppe de Briséïs, coincées sous son coude, pour les regarder de plus près. Briséïs n'osa pas les lui retirer, de peur de piquer sa curiosité. Elle fit une grimace discrète à Leonel qui froissa son croquis des allées et venues du facteur.

— Tu sais lire ?

— Naturellement.

— Ce sont des anagrammes, renchérit Leonel. Des anagrammes d'*À mon seul désir*.

— A, M, O, N, S, E, V, L, D, E, S, I, R. Je sais vraiment lire, rétorqua Théobald sans se défaire de son sourire affable.

— C'est un U, pas un V, rectifia Briséïs.

— C'est pareil, puisque ça s'écrit de la même manière.

— Vraiment ?

— À vous entendre, on croirait que je n'ai pas toute ma raison.

Briséïs considéra ses essais gribouillés dans tous les sens. Une lettre différente, cela lui donnait tellement de nouvelles possibilités ! Elle composait dans sa tête sa première nouvelle phrase – SENS DEVOIR MAL –, quand Théobald l'interrompit :

— C'est quoi, la lettre dans l'enveloppe ? Je peux la lire ?

— Non Théobald, c'est…

— C'est une lettre d'amour pour le roi des Aulnes ?

— Pourquoi dis-tu ça ?

— *À mon seul désir*, c'est bien une anagramme de *roi des Aulnes*, non ? Attends voir…

D'un geste vif il attrapa la plume d'oie de Briséïs, épela chaque lettre du roi des Aulnes et les barra consciencieusement sur l'enveloppe, tirant la langue tout en s'appliquant.

— Ah ! Non, pardon, il y a un M en trop. Je ne sais peut-être pas si bien lire, finalement.

Il rendit sa plume d'oie à Briséïs, qui ne fit pas un geste pour la reprendre, tant elle était estomaquée. Comment avait-elle pu manquer une anagramme pareille ?

Un groupe de jeunes gens saouls entra dans la taverne, poussant bruyamment la chansonnette :

… Au roi Lugubre on n'sourit pas !
Il est le roi voilà pourquoi !
Les chevaliers z'ont rien compris,
S'en vont la chercher l'épée brandie !
Et la vouivre elle les r'garde, jolis, jolis !
Elle ouvre la gueule, et pouf ! Les v'là occis !

Briséïs échangea de rapides coups d'œil avec Leonel, Liz, Aeneas. Cette anagramme ne pouvait être une coïncidence. Ils savaient depuis longtemps qu'ils devaient se concentrer sur l'histoire du roi des Aulnes. Le M désignait-il la lignée des Moulin ? Aeneas amorça une phrase, mais Liz le fit taire d'un regard. Ils parleraient de tout cela quand Théobald serait parti.

Les jeunes gens commandèrent une tournée et s'installèrent deux tables plus loin, lançant des regards mi-méchants, mi-éméchés aux habitués qui auraient trouvé à redire à leur conduite.

Lorsque Meng, Enndall et Ohanko apparurent sur le pas de la porte, les jeunes gens frappaient leur bière sur la table en déclamant à tue-tête :

. . .

Au bras d'la vouivre y'sont rendus !
Z'auraient mieux fait d'finir pendus !
Que dans les bras de la grande dodue !

Les traits tirés, les trois hommes prirent place à côté de Liz. Leur petit conseil de guerre n'avait pas dû être très concluant.

— Le bonjour, Théobald.

L'autre jour c'était Gonsard, mâchouillé comme un gros lard !
Et puis est venu Jocquelin, l'est pas allé bien loin !
Hier c'est l'Cournonsac, qu's'est fait prendre la main dans l'sac !
Et v'là qu'maintenant ben c'est Montourg... C'est Montourg qu'a perdu son tour !

Meng se retourna vers les chanteurs, atterré qu'on laisse des jeunes gens se comporter de la sorte. D'un signe de la main, Enndall lui indiqua qu'il valait mieux ne pas s'en mêler.

C'est Montourg qu'a perdu son tour !
Mais si d'Imbert veut prendre sa place,
Des poils lui pouss'ront p't-être sur la face !

Meng se leva d'un bond, Enndall le rattrapa par le bras.

— On ne peut pas les laisser débiter des âneries pareilles ! s'emporta le général.

— Je n'ai pas l'intention de faire un esclandre.

Ah ! La face d'Imberbe,
Le grand chevalier superbe !

Qu'a fait d'l'ombre à Montourg !
C'était Montourg, maintenant c'est le tien,
d'Imbert. Si c'était mon tour,
Moi, je resterais pas dans le coin !

— Alors, cette chasse à la vouivre ? demanda Théobald, touillant sa bière avec sa petite cuillère à la manière d'une dame prenant son thé.

— Mon écuyer n'est toujours pas là. Je ne peux rien faire sans mes titres de noblesse.

— Mais vous devez certainement savoir que le secrétaire général de la région du bas Lengadoc est arrivé. Vous n'avez qu'à lui donner les noms de vos propriétés et lui désigner votre blason, pour qu'il vous retrouve dans les registres. Étant donné les circonstances, cela devrait être suffisant. Les joutes ont lieu dans quatre jours, et mon père aimerait bien vous voir revenu avec le rubis de la vouivre d'ici là.

Meng jeta un coup d'œil à Enndall.

— C'est vrai, cette histoire ?

— Oh, vous ne leur avez rien dit Messire ? Seigneur, j'ai encore mis les pieds dans le plat, dirait-on !

C'est Montourg qui a perdu son tour !
Et v'là d'Imbert, qu'arrive derrière,
S'il avait des poils, y s'rait tout dressés
Mais comme il en a pas, l'a plus qu'à s'planquer !

Liz pouffa malgré elle. D'un regard incendiaire, Meng lui fit passer l'envie de rire. Théobald applaudit avec véhémence avant de se tourner vers Enndall :

— Alors, messire d'Imbert, votre merveilleuse renommée vous a-t-elle permis de garnir votre lit de pucelles ?

— Son lit est déjà bien assez garni comme ça, remarqua Leonel.

— Mais sûrement a-t-il pu tirer profit des dispositions de ces damoiselles en mal d'amour…

Enndall se redressa, mais Liz posa une main sur son bras d'un geste protecteur :

— Le cœur du chevalier est déjà pris, ces damoiselles devront aller voir ailleurs. Ce ne sont pas des questions à poser à un chevalier, Théobald, même quand on est le fils du lieutenant de la ville. *Surtout* quand on est le fils du lieutenant de la ville.

— Dans une taverne, tout est permis, corrigea Théobald tandis que les hommes reprenaient joyeusement le dernier couplet de la chanson. Alors, messire Enndallor ? Votre cœur est-il pris par une damoiselle… ou une dame ?

Il se pencha au-dessus de la table avec délectation pour chercher le regard d'Enndall.

Le chevalier ne sourcilla pas.

— Je suis un chevalier de l'ordre du Dragon. Mon sixième sens ne me permettrait jamais de m'adonner aux plaisirs charnels auxquels vous aimeriez me voir céder, jeune homme.

— C'est ce qu'on dit ! piailla Théobald comme un moineau.

— Ton sixième sens ? demanda Briséïs, le cœur battant.

— Son cœur, qui guide ses cinq sens et garde son âme de tout péché mortel, récita Liz avec application. Est-ce que ça t'arrive d'écouter quand on discute, des fois, Briséïs ?

Briséïs se raidit. Bien sûr. Le cœur, un sixième sens. Théobald lui en avait parlé le premier jour, avant même qu'ils n'arrivent à Carcassona. Voilà qu'elle trouvait deux nouvelles pistes en seulement quelques minutes. Elle jeta un coup d'œil à Théobald. Il semblait absorbé par la présence d'Enndall. Elle saisit sa plume d'oie, prit un air désinvolte et écrivit le début d'une anagramme sur le bord de sa feuille déchirée, rangeant dans l'ordre alphabétique les lettres qu'elle ne trouvait pas à arranger :

VIe SENS - ADELMOR

— Parle-nous encore de ce sixième sens, s'il te plaît Enndall, demanda-t-elle, les doigts crispés sur sa plume.

— Nos cinq sens primaires sont sans cesse à la merci des tentations du monde physique : nourriture, boisson, luxure, plaisirs charnels, qui nous distraient de notre devoir. Seul le sixième sens peut nous guider à travers les pièges de ce bas monde, nous éviter les excès, les pires péchés, et nous épargner la chute. Le cœur nous conduit au pardon du Seigneur tout-puissant, et au salut.

— Foi de Marsile, tout ça, c'est des foutaises. Je suis contre.

Un jeune homme ivre de la tablée voisine s'était rapproché. Il s'appuya sur l'épaule d'Ohanko pour garder son équilibre.

— Le sixième sens n'est pas là pour nous garder de quoi que ce soit, il est là pour nous ouvrir une porte.

Il attrapa le bout du hennin de Liz, le pencha de côté pour mieux lui susurrer à l'oreille, ignorant ses protestations :

— Mon nom, c'est Marsile. Contre, c'est ce que je suis. Pas confondre.

— Nous ouvrir une porte ? demanda Briséïs. Quelle porte ?

Pour lui répondre, Marsile s'assit, rattrapa le hennin de Liz comme si elle seule pouvait l'entendre, et chuchota bien fort :

— La porte de la vérité !

Il fit de gros yeux coquins, comme s'il venait de dire une bêtise.

— Qu'est-ce que ça veut dire, la porte de la vérité ? demanda Meng, à bout de patience.

— Le sixième sens nous guide vers l'amour, vers ce qu'il y a de plus beau, et donc vers la vérité. Rien de plus beau que la vérité, n'est-ce pas ? Je suis amoureux de la vérité.

— Le sixième sens est notre porte vers la vérité, répéta Briséïs.

Marsile, qui trempait ses lèvres dans son immense chope de bière, la posa brusquement sur la table et plaça une main sur son cœur, ému :

— Je ne l'aurais pas mieux dit, damoiselle, c'est merveilleux ! Où donc avez-vous entendu ça ? Garçon ! Une tournée de bières ! Il faut trinquer !

Briséïs étudia son carnet posé à plat sur la table. Une nouvelle phrase lui sauta aux yeux. Elle ratura sa dernière découverte, réagença les lettres :

LE VIe SENS D'AMOR

. . .

— J'imagine qu'on peut voir les choses de cette façon, disait Enndall, même si ce n'est pas exactement l'explication pastorale : le sixième sens nous guide vers *le pardon du Seigneur*. Le *Seigneur* seul est capable de juger ce qui est bon, car lui seul peut toucher au fruit de la connaissance sans être plongé en enfer, comme Adam et Ève…

Marsile, qui avait lu la nouvelle phrase de Briséïs, fit basculer sa chaise en se levant et, un pied sur la table, déclama, arrosant tout le monde de son breuvage :

— AMOR, AMOR, ÉTERNEL AMOR !

Enndall appuya fermement sur le bras de Meng pour l'empêcher d'intervenir. Les compagnons de beuverie de Marsile montaient sur les chaises et les tables de leurs voisins pour vociférer à leur tour :

— AMOR AMOR, ÉTERNEL AMOR !

— JEUNES GENS ! s'exclama le patron de la taverne qui observait d'un air renfrogné les soûlards chanter à tue-tête depuis un moment, l'aube pointe à peine, ce ne sont pas des manières ! Reprenez vos esprits ou bien sortez de cet établissement !

Marsile se tourna vers le patron, l'œil mauvais et le pointa du doigt :

— Je suis italien, moi, messire, je suis grand philosophe, et JE SUIS CONTRE !

Ses compagnons pour acclamer sa bravoure reprirent le chant de la vouivre, si bien que personne ne put profiter du reste du discours. Le tenancier invita quelques habitués à le rejoindre pour jeter les jeunes gens dehors. Théobald se porta immédiatement volontaire. Il sautilla dehors avec la mêlée, sans un regard pour le chevalier et sa suite. Les dernières phrases de Marsile parvinrent aux oreilles de Briséïs :

— … On se souviendra de moi longtemps, je puis vous le dire ! Souvenez-vous-en, mon nom est Contre, et je suis Marsile ! Non, mon nom est Marsile, et je suis…

— La ferme, Contre, si tu n'veux pas que je te verse mon pot de chambre sur la tête !

— On a trouvé une anagramme de plus, dit Liz tout bas dès qu'ils furent plus tranquilles. *À mon seul désir*, c'est le *roi des Aulnes*. Il n'y a qu'un M en trop. Ce n'est pas génial ? Mais on ne sait pas vraiment quoi en faire.

— Le roi des Aulnes, et le sixième sens d'amor, ajouta Briséïs, pointant son papier.

— Tu crois que ça peut nous être utile ? demanda Aeneas.

Briséïs observa sa nouvelle phrase sur le papier.

— Comment veux-tu que je le sache ? Je ne sais rien de plus que vous.

— Je ne sais pas. Leonel a raison, des fois, tu as l'air d'en savoir plus tout à coup.

— Comment veux-tu que j'en sache plus *tout à coup ?* Il faut noter tout ça, ça pourrait nous servir, ajouta-t-elle, sortant son carnet et sa plume d'angelot. Avec la fatigue, plus tard on risque d'oublier.

Elle pensait ne laisser qu'une phrase à l'intention de Benji. Mais sitôt achevé d'écrire *ROI DES AULNES - M* et *LE VI*^{e} *SENS D'AMOR*, sa vue se brouilla, et les silhouettes de ses amis disparurent, remplacées par une seule, longiligne, d'un garçon assis à sa table, une plume à la main.

Benji fit sonner sa cloche fendue à l'aide de sa bague, et fouilla l'air du regard.

— *Benji, ça fait presque trois jours que j'essaye de te joindre ! Je t'ai pourtant dit que mon temps était compté au Moyen Âge ! Je croyais qu'on formait une équipe !*

— Trois jours ? Je suis désolé, le temps ne passe pas de la même manière ici… J'ai été occupé. Ne perdons pas de temps. Qui est le roi des Aulnes ?

— *Que veux-tu dire ? C'est le roi Lugubre. C'est son autre nom… Je ne te l'avais pas dit ?*

— Non. Si tu me l'avais dit j'aurais trouvé cette anagramme immédiatement. Elle est plutôt évidente.

— *Ce n'est pas une véritable anagramme de toute façon, il manque la lettre M*, répartit sèchement Briséïs. *Et nous savons depuis le début qu'il faut s'intéresser au roi des Aulnes. Ça ne nous avance pas beaucoup plus.*

Benji esquissa un sourire en entendant l'agacement dans sa voix.

— Et l'autre ? Comment en es-tu venue à cette anagramme ?

14

LA PORTE DE LA VÉRITÉ

— *Au* XV*e siècle, le cœur est vu comme un sixième sens qui contrôle les cinq autres pour rester dans le droit chemin et éviter la chute vers l'enfer. Voilà ce que représente la sixième tapisserie de la Dame à la Licorne. Or quelqu'un vient de clamer que ce sixième sens est la porte vers l'amour et la beauté suprême qu'est la vérité.*

— Tu veux dire… Comme la porte de la vérité dont m'avaient parlé ces élèves, qui permettrait d'accéder au véritable secret de la bibliothèque ?

— *Dans sa bouche, ce n'était qu'une expression, bien sûr... Je sais, toute cette théorie ne tient qu'à un fil. Mais si nous sommes entrés dans la Citadelle à travers des tableaux, ne pourrait-il pas y avoir un passage à travers une tapisserie ?*

Benji secoua la tête. Cette explication ne lui suffisait pas. Il voulait pénétrer dans la bibliothèque justement pour comprendre comment la Citadelle se débrouillait, entre autres, pour les faire passer à travers des tableaux. Si la porte de la vérité se révélait aussi difficile à franchir, il n'était pas plus avancé.

Sans un mot il choisit une feuille parmi quelques papiers qu'il avait posés sur sa table, s'éclaircit la gorge et lut à voix haute :

— « Les distances sont si grandes à parcourir dans l'espace que les lumières d'étoiles éteintes depuis des millions d'années nous parviennent seulement maintenant et côtoient dans notre ciel celles d'étoiles plus proches, nées après l'extinction des premières. L'espace mélange les temps et crée une illusion. Le ciel tel qu'on le voit n'existe pas et n'a jamais existé. Ainsi, prendre ce que l'on voit comme une preuve de son existence est une aberration. On ne peut faire confiance à nos cinq sens. Ne reste que notre intuition, qu'on appellera peut-être un jour le sixième sens, pour contrôler notre perception du monde, et atteindre la porte de la connaissance entière : la vérité. »

— Où as-tu trouvé ça ?

— C'est un texte de Neil Cuba Junior. De Jules. Il était avec les autres, caché dans le double fond du tiroir du docteur Moulin. L'adresse de Moulin, *Dr Moulin sas E-E*, je l'ai retrouvée. J'ai dû ruser pour passer à travers la barrière des passeurs, cette Katie est une coriace. Dans la pièce du trompe-l'œil, j'ai fini par mettre la main sur un casier étiqueté au nom de Moulin. Ton frère semble aussi obsédé que moi par le Grand Secret. Tiens, écoute celui-là : « Les légendes semblent toutes différentes, éparpillées entre les contrées lointaines de ce monde. Mais elles sont comme d'innombrables petits éléments d'un tableau qui, vu de plus loin, prend tout son sens. La symétrie divine, le grand tout, les rythmes cosmiques, que l'on retrouve dans l'architecture d'un atome autant que dans les fameuses rosaces de nos cathédrales, les constructions de feng shui, la cartographie céleste au-dessus de nos têtes, le mandala de la vie. Savez-vous ce qu'est un mandala ? La diversité du monde dans l'unité. *Une évocation de l'univers dans son dessin essentiel*, disent les Tibétains. Le but ultime de toute cette mascarade. La vérité. »

— Le tapis que j'ai vu chez le vieil homme du désert, avec ses cinq licornes, c'était un mandala. Les gravures au dos des miroirs de feng shui aussi...

— Ton frère semble très bien renseigné.

— Qui te dit qu'il s'agit de textes de mon frère ? Ils ne sont pas signés.

— Évidemment puisque ce sont des retranscriptions. Mais cette maîtrise dans le ton ressemble plus à ton frère qu'à ton père. Et ce n'est certainement pas Moulin : regarde ce qu'il y avait aussi dans le tiroir.

Benji sortit de sa poche une petite carte grise du même calibre que celles qui contenaient l'enregistrement de Lucien. Il l'inséra dans un nouvel appareil compact qu'il avait pris le temps de dénicher, et appuya sur le bouton play. Pour la deuxième fois, la voix du père de Briséïs emplit l'espace :

— Un deux, un deux. Merci mon Dieu, ça marche. Par où commencer. Moulin. Tous les autres me prennent pour un dégénéré, mais lui... La façon dont il m'observe... Je sais qu'il sait.

— LUCIEN ! Lucien, je sais que tu es là, je t'ai vu passer, ouvre cette porte, je t'en supplie !

— Annie !

Des bruits de pas précipités, le bruit d'un verrou tourné, une porte qui s'ouvre, qui se referme, et le verrou à nouveau.

— C'est la troisième fois, Lucien, tu ne peux pas faire ça.

— Annie, écoute-moi : je ne sais pas combien de temps j'ai devant moi avant qu'ils viennent me chercher. Il faut faire vite.

— Lucien, j'ai signé la décharge. Tu n'as plus le droit de sortir de l'hôpital sans une autorisation du docteur Moulin, tu comprends ?

— Moulin est au courant de tout, je l'ai vu dans ses yeux.

— Au courant de quoi ?

— Je n'aurais peut-être pas dû revenir ici, mais je n'ai pas le temps d'aller courir la campagne. Je dois trouver la vérité.

— Arrête avec ça, tu me fais peur...

— Annie, je te le jure, je ne suis pas fou. Je ne me suis pas bien comporté, c'est vrai, je n'aurais pas dû te tenir à l'écart. Je voulais te protéger, mais j'ai eu tort. L'hôpital ne me guérira pas, tu le sais, ça, maintenant, n'est-ce pas ?

— Oui... Je crois.

— Est-ce que tu peux me croire si je te dis que je sais comment me guérir ? Est-ce que tu peux me faire confiance une dernière fois ?

— Je ne demande que ça, Lucien, mais...

— Ils vont finir par tellement m'abrutir avec leurs médicaments que je ne serai même plus capable de vous reconnaître, toi et Briséïs. C'est ça que tu veux ?

— J'ai essayé de te faire sortir de l'hôpital ! J'ai bien vu que cela ne servait à rien, mais ils n'ont rien voulu savoir. Ils disent que tu n'es pas en état. Que tu serais un danger pour nous. Tout ce que je veux, c'est que tu guérisses, que tu reviennes à la maison et que tout redevienne comme avant... J'ai tellement peur de ne jamais pouvoir te retrouver !

Briséïs eut la gorge nouée en entendant sa mère pleurer. La voix de son père ne fut plus qu'un murmure teinté de tristesse :

— Je suis là, c'est moi, je n'ai pas changé... Moi aussi, j'ai peur. J'ai fait une grosse bêtise et je ne peux plus faire marche arrière. Je dois aller jusqu'au bout. Mais je suis toujours le même, et avec toi, je pourrai y arriver.

— Je ne voulais pas perdre ta confiance, je suis désolée de t'avoir traîné là-bas...

— Ne dis pas de bêtises, tu as fait ce que tu as pu, tout est de ma faute.

— Qu'est-ce que je peux faire maintenant ?

— Tout ce qu'il me faut, c'est un peu de temps. Je vais demander à Francis de nous prêter son camion. Nous allons embarquer tout le matériel du labo et nous allons nous installer avec Briséïs quelque part dans la campagne. Je n'ai besoin que de quelques mois, nous serons revenus avant que tu accouches...

— Je vais aller voir Francis, mieux vaut que tu restes à l'intérieur. Commence à tout emballer, j'en ai pour une vingtaine de minutes.

— Annie, attends ! Je t'aime.

— Moi plus que toi.

. . .

Bruit du verrou tourné, porte qui s'ouvre, et des éclats de voix, cinq, six hommes peut-être, de plus en plus proches, envahissant l'espace.

— Lucien !

— Bonjour madame Riccetti, votre mari s'est encore échappé de l'hôpital.

— J'ai pu m'en rendre compte par moi-même, merci !

— Vous m'en voyez navré, vraiment.

— Qu'est-ce que vous faites ?

— Moulin ! Tu ferais bien de leur dire que je ne me laisserai pas faire si facilement ! LÂCHEZ-MOI !

— Docteur Moulin, puisque vous n'êtes pas capable de vous en occuper convenablement, je souhaite reprendre la charge de mon mari. Il sera bien mieux à la maison.

— Je suis désolé, madame, mais les choses ne fonctionnent pas ainsi, vous le savez bien.

— LÂCHEZ-MOI ! AH !

— Arrêtez ! Vous voyez bien que vous lui faites mal !

— Madame, si vous pouviez dire à votre mari de se calmer, ça nous aiderait peut-être...

— Vous ! Ne touchez pas à son matériel ! Briséïs ! Qu'est-ce que tu fais là ?

— Y a plus de confiture...

— Ce n'était pas un hasard si tu étais chez ce fournisseur quand je choisissais mon matériel, n'est-ce pas, Moulin ? Tu savais très bien ce que je construisais ! Jamais je n'aurais pu obtenir de tels résultats sans ton aide !

— Maman ?

— Tout va bien Briséïs, ne pleure pas. Viens, rentrons à la maison.

— Tu pourrais au moins m'expliquer ça, si tu oses m'enlever devant ma fille !

— Monsieur Riccetti, calmez-vous s'il vous plaît, c'est pour votre bien...

— Pourquoi tu m'as aidé, si c'était pour m'enchaîner ensuite ? Qu'est-ce que tu veux Moulin, hein ? Qu'est-ce que tu...

Bruit d'une porte qui claque, des cris et des pleurs assourdis, puis le silence.

L'enregistrement se poursuivait longtemps encore, sans plus capturer que le silence.

Briséïs essuya une larme sur sa joue avant de prendre la parole. Sa voix tremblait lorsqu'elle annonça à Benji :

— Je ne me souvenais pas de ce qui s'était dit exactement, mais je me souviens des cris de mon père et de mon angoisse. C'est l'un des souvenirs les plus forts de mon enfance. Et l'un de mes derniers souvenirs avec mon père.

Elle ne l'avait effectivement revu qu'une seule fois après cet incident. Il était venu la border dans son lit et lui raconter une histoire de château et de lutins bleus, perdus dans le Monde du Rêve…

— Ça a dû être dur à vivre, je suis désolé. Il ne nous reste plus qu'à comprendre le point de vue de Moulin.

— Et il n'y avait rien sur Moulin, dans ce casier à son nom ?

— Non. Il y a bien…

— Oui ?

— Non, rien. Revenons-en à notre porte de la vérité. J'ai eu un pressentiment après ton départ la dernière fois, devant les tapisseries des sens. Ou peut-être me suis-je souvenu sans m'en rendre compte d'un détail qui m'avait jusque-là échappé ? Quoi qu'il en soit, je suis retourné voir les portes de la bibliothèque. Il y a celle par laquelle je t'ai fait entrer, mais j'en connais aussi deux autres. Je suis allé les étudier de plus près : celle que nous avons empruntée est marquée d'une spirale de couleurs sur son chambranle. Il y a des raisins sur celle que j'avais trouvée en premier, et la troisième est ornée d'une flûte. Ne manquaient plus que le toucher et l'odorat. Ça a été un jeu d'enfant de les localiser grâce à la carte-chanson, une fois que j'avais compris cela. Mais le sixième sens, la porte de l'intuition comme l'appelle ton frère, reste introuvable. Peut-être aurai-je plus de chance avec la « porte du cœur ». Mais quelque chose me dit que ça ne va pas être aussi simple.

— *La porte du cœur ne s'ouvre que de l'intérieur,* dit Briséïs sans réfléchir.

— Comment ?

— *Rien, c'est un proverbe japonais que j'ai entendu récemment. Ça m'y fait penser, c'est tout.*

Benji ouvrit de grands yeux, comme si elle venait de lui annoncer qu'elle avait trouvé le Grand Secret de la Citadelle.

— Bien sûr ! s'exclama-t-il, la porte du cœur ne s'ouvre que de l'intérieur ! Tu te souviens quand je te disais que nous avions pénétré dans la Citadelle *de l'intérieur ?* À l'époque je ne pouvais pas imaginer traverser un tableau, mais finalement mon intuition s'est révélée juste : nous passons du monde physique vers la Citadelle sans avoir à franchir ses murailles. Et il en est de même pour la bibliothèque ! La sixième porte ne s'ouvre pas sur un couloir d'ici mais sur le réel ! Voilà pourquoi je ne pouvais pas la trouver ! Pour emprunter la sixième porte, pour accéder au Grand Secret, il faut venir du monde physique ! Voilà pourquoi ton père insistait pour que tu retournes dans le réel ! Ton père est un génie !

— *Mais ce n'est qu'un proverbe*, tempéra Briséïs.

— Et alors ? Les proverbes sont une source d'information inestimable, exactement comme les légendes.

— *Mais il existe des milliers de proverbes ! Je suis sûre qu'en cherchant bien, on pourrait leur faire dire à peu près tout et son contraire !*

— Sauf que c'est celui-là et pas un autre que tu as entendu. Réfléchis : ta lettre t'a été donnée dans ton futur. Le messager, ton père ou Jules, connaît donc forcément le présent que tu vis en ce moment ! Pense aux messages codés dans la lettre : pour le moment, rien n'a été laissé au hasard !

Briséïs prit le temps de réfléchir. En revenant de Chine, sur la place du temps, elle s'était dit qu'elle garderait en tête la piste d'un éventuel passage vers la Citadelle créé par l'Élite. Arrivés à Carcassona cependant, rien n'avait confirmé cette hypothèse, puisqu'ils n'avaient pas trouvé de tableaux répétés à l'identique, comme ceux de l'hôpital Richet. Mais voilà que l'idée de Benji rendait à nouveau cette piste alléchante. Un passage pour entrer directement dans la bibliothèque et obtenir d'elle le Grand Secret de la Citadelle.

Comprendre enfin comment révéler l'existence de la forteresse au monde, sans avoir d'abord à l'affaiblir, en renvoyant ses chimères dans le Monde du Rêve… Ils gagneraient un temps phénoménal. Peut-être même auraient-ils une véritable chance de dénoncer la Citadelle avant la fin des neuf mois de voyage dont ils disposaient. Grâce à ce passage, Briséïs aurait peut-être une réelle possibilité de rentrer chez elle… Si ce passage existait, il fallait à tout prix qu'elle le retrouve.

Où l'Élite de l'an 1450 aurait-elle pu cacher un tel passage ?

Il lui fallait réfléchir méthodiquement. Les actions de l'Élite se reflétaient généralement dans les légendes qu'elle propageait. Qu'avait appris Briséïs de la légende dominante à Carcassona ?

Que la pierre de la vouivre permettait de détruire le roi des Aulnes. Briséïs et ses amis avaient déjà estimé que cette histoire représentait la Citadelle, qui kidnappe des âmes et envoie des chimères dans le réel. Pourtant la pierre de la vouivre ne permettait certainement pas de *détruire* la Citadelle, ce serait trop facile…

Mais si la pierre permettait d'accéder à un passage vers la bibliothèque renfermant les informations pour battre la Citadelle, elle permettrait peut-être de la détruire malgré tout…

Si son père lui parlait du roi des Aulnes et de la porte du sixième sens, ce n'était certainement pas par hasard. Il lui demandait de retrouver l'entrée de la Citadelle accessible depuis cette époque. L'entrée du château du roi des Aulnes.

Les poils de ses bras se hérissèrent. Enfin le début d'une piste. Dînant avec les moines le soir de leur arrivée, ils avaient brièvement parlé de l'entrée du château du roi des Aulnes. Il lui suffirait de creuser dans cette direction, et grâce à Neil Cuba, elle aurait l'occasion de mettre fin à la tyrannie de la Citadelle avant de quitter le Moyen Âge. L'idée d'avoir trouvé le chemin que cherchaient tous les résistants depuis des siècles lui fit monter des larmes de joie. Son père était réellement un génie.

Mais aussitôt, le doute s'insinua dans son esprit. En Chine ils croyaient pouvoir trouver un passage réservé à l'Élite, et ils s'étaient trompés. Ne se laissait-elle pas contaminer par le désir insatiable de vérité de Benji ?

Ce même soir chez les moines, entendant parler des portes du monde des ténèbres que gardait le roi des Aulnes, Briséïs y avait associé la bouche des enfers dont lui avait parlé Théobald : la demeure de *Ça*, l'être fait de peur à l'état pur, sur la montagne noire. Il ne fallait certes pas prendre tous les racontars de Théobald au pied de la lettre. Mais s'il avait été bien inspiré.... Briséïs ne risquait-elle pas de tomber dans l'un des plus grands pièges de la Citadelle, en s'enfonçant dans les méandres de l'une de ses légendes, vers la bouche des enfers ?

— *Tu as peut-être raison,* dit-elle prudemment à Benji. *Peut-être existe-t-il un passage vers la bibliothèque, la porte du cœur, que l'on ne peut ouvrir que depuis le réel. Peut-être que mon père savait que j'entendrais parler du proverbe, et que par conséquent il a dirigé mon attention vers le sixième sens, celui de l'amour et du cœur... Ou alors j'ai entendu ce proverbe tout à fait par hasard. Tu as toujours trouvé le moyen de justifier tes trouvailles comme ça t'arrangeait.*

— D'une manière ou d'une autre, ça revient au même.

— *Pas tout à fait ! Je risque gros, moi, en allant chasser une vouivre pour récupérer sa pierre, pour entrer dans le château du roi des Aulnes, si ce château n'est pas une porte vers la bibliothèque, mais juste une bouche des enfers !*

— C'est donc que tu sais où et comment tu pourrais trouver cette porte, dit Benji, étudiant attentivement le vide laissé par sa transparence.

— *Je ne sais pas, peut-être...* soupira Briséïs. *C'est juste que si la tapisserie de la Dame à la licorne n'existe pas encore en 1450, je ne vois pas d'autre solution.*

Benji rassembla les documents qu'il avait étalés sur la table, l'air préoccupé.

— Il y a autre chose que tu pourrais faire, en attendant de rassembler ton courage, dit-il finalement. Pour comprendre le point de vue du docteur Moulin. Tu m'as écrit que l'archevêque de Tolosa, un Alpha d'après toi, s'appelait Du Moulin.

— *Je t'ai écrit ça il y a trois jours et tu ne m'as rien répondu.*

— Je n'étais pas sûr de pouvoir te le dire. Tu sais que les Alphas portent sur eux une bague grâce à laquelle ils peuvent appeler les angelots et leur parler, comme je le fais avec toi. Cette bague est gravée d'une inscription à l'intérieur. C'est l'identifiant de la personne. Avec ce code, je pourrais retrouver dans les registres des Alphas l'histoire de Du Moulin, de ses ancêtres et de sa descendance. Y compris celle du docteur Moulin.

— *Tu veux que je vole la bague de l'archevêque ?*

— Juste quelques instants, le temps de lire l'inscription à l'intérieur. C'est le seul moyen, ni son nom ni sa fonction ne suffiront pour le retrouver dans les registres. C'est la mesure de sécurité dont je t'avais parlé qui protège l'Élite dirigeante.

— *Je suppose que cette bague lui est particulièrement précieuse ?*

— On nous répète à longueur de journée qu'elle doit nous être plus chère que la prunelle de nos yeux.

— *Alors ça va être un jeu d'enfant.*

— C'est ça ou te jeter dans la gueule de la vouivre puis dans la bouche des enfers.

— *Hum,* fit Briséïs de mauvaise grâce.

Elle s'était presque convaincue en parlant avec Leonel que cette solution serait préférable. Bien sûr, c'était avant d'apprendre que le chevalier de Montourg était mort *déchiqueté*… Il en avait de bonnes, Benji. Il ne se mouillait pas trop, lui, à l'abri dans sa petite pièce de passeur.

— *Il y a quelque chose que je n'arrive pas à comprendre,* risqua-t-elle. *Si on peut trouver dans les registres de la Citadelle des informations sur la descendance de quelqu'un, cela veut dire que l'on peut trouver des informations sur son futur…*

— C'est pour cela que les registres sont bien gardés.

— *Mais... jusqu'à quand ces informations vont-elles ? Le futur est infini... Est-ce que ça veut dire que toute l'histoire est écrite à l'avance ?*

Elle s'était déjà posé cette question en découvrant le livre de sa vie dans la bibliothèque. Dans l'impossibilité de trouver une explication logique, elle avait décidé d'imaginer que le livre s'écrivait de lui-même, au fur et à mesure. L'idée était fantaisiste, mais beaucoup moins oppressante qu'un futur tout tracé. Mais voilà que le problème se posait à nouveau.

— Cela dépend du point de vue de ton espace-temps. Pour nous, 1450 reste le passé.

— *Benji, quelles sont nos chances de réussir si la Citadelle connaît déjà tout de nos futurs ?*

Benji sourit.

— La Citadelle est mal organisée, je te l'ai déjà dit. Ce n'est pas comme si une personne était capable d'engranger toutes les données en même temps, quoi qu'aient pu te dire les maîtres. Mais si quelqu'un cherchait des informations précises, le grand maître par exemple, il le pourrait.

— *S'il voulait connaître mon parcours, il le pourrait...*

— Voilà pourquoi il est important de faire profil bas. Tu n'es pas la seule résistante, et je suis loin d'être le seul élève fouineur. Mais s'ils se rendaient compte de nos avancées... À nous de découvrir le pot aux roses avant de nous faire remarquer. Reviens me voir quand tu auras pu lire le code de l'archevêque Du Moulin. Ne reviens pas avant : je crois qu'il est plus prudent de limiter nos échanges.

— *Facile à dire, je n'ai pas l'intention de lui couper le doigt.*

— Souviens-toi, le facteur n'a pas fini son parcours. Tu vas encore t'envoyer ta lettre, c'est donc que tu vas faire de nouvelles découvertes. La solution existe déjà, dans ton futur. Fais-toi confiance et tu trouveras.

— *Mmmm,* fit Briséïs.

Avec ça elle était bien avancée.

Et si ses réussites étaient prévues à l'avance, ses échecs aussi. Possédait-elle encore son libre arbitre ? Et son père, avait-il aussi tout prévu ?

— Briséïs, qu'est-ce que tu en penses ?

— Hum ? Ah ! Vous êtes là ! s'exclama-t-elle dans un sursaut de surprise.

— Oui, on n'a pas bougé... fit Liz tandis qu'ils la regardaient de travers. Est-ce que tu as écouté au moins ?

— Oui, oui bien sûr...

— Tu penses comme Enndall qu'il est préférable d'aller récupérer la bague de l'archevêque ? demanda Ohanko.

— Récupérer la bague de l'archevêque ? fit Briséïs ahurie.

Avaient-ils pu entendre sa discussion avec Benji ?

— Pour voir les angelots et la vouivre, on en a parlé tout à l'heure, avant que les autres n'arrivent, reprit Leonel. Tu as déjà oublié ?

— Ah, oui, ton idée, bien sûr… Oui, c'est ce que je voulais dire, Enndall a raison, il faut tenter d'aller récupérer la bague de l'archevêque, fit-elle, fourrant la plume dans son sac. C'est vrai, j'ai été bête de me braquer tout à l'heure. D'accord, Llyr et son équipe n'ont jamais réussi à voler une bague à un Alpha. Mais nous n'avons même pas essayé. Peut-être existe-t-il un moyen de récupérer la bague et la cloche de l'archevêque sans se faire repérer. Commençons par le retrouver, mais sans attirer l'attention.

— Facile, ironisa Liz, il suffit d'actionner notre GPS traceur et de suivre le mouchard qu'on lui a collé aux fesses.

— Vous lui avez collé une mouche sur les fesses ?

— Ne m'écoute pas, Aeneas, je dis n'importe quoi.

— Briséïs, intervint Enndall, même si nous parvenions à voir la vouivre, aller la chasser n'est pas la solution. Comment peux-tu être sûre qu'elle t'obéira ?

Ne pouvant répondre à cette question, Briséïs préféra changer de tactique.

— Ce n'est pas la seule raison pour laquelle il serait utile de récupérer la bague de l'archevêque. Je viens de me souvenir d'un truc : les bagues des Alphas sont gravées d'une inscription à l'intérieur. C'est un code dont les Alphas se servent pour diriger les Betas, inventa-t-elle. Si nous pouvions récupérer ce code, nous pourrions découvrir l'identité des membres de l'Élite de Carcassona.

Meng sourcilla.

— Et tu viens juste de t'en souvenir ?

— Ça m'aide à réfléchir, d'écrire.

— Qu'est-ce qu'on disait, grogna Leonel. Encore un nouveau truc qui lui arrive du Saint-Esprit. Un de ces quatre, je vais aller fouiner dans ton carnet, pour voir ce que tu y écris.

Briséïs lui tendit son carnet grand ouvert :

— Vas-y, ne te gêne pas.

Leonel grimaça. Il attrapa une pomme sur la table et la lança en l'air pour la rattraper nonchalamment.

— C'est ton intimité. Mais ce serait sympa si tu partageais un peu plus…

— Je sais où se trouve l'archevêque, coupa Enndall. Nous l'avons vu sortir de l'office de tierce tout à l'heure. Il se rendait dans la prairie devant les remparts, pour donner l'absolution aux chevaliers avant le début des joutes. La tradition veut qu'il utilise la vase de la rivière, pour la bénédiction. Il a peut-être enlevé sa bague pour ne pas la souiller.

— Alors allons-y, déclara Meng en se levant.

Avant de sortir, il retint Briséïs :

— J'espère pour toi que cette nouvelle lubie en vaut la peine.

15

LA DAME DU LAC

Le campement de tentes des chevaliers s'était encore étendu sur la pairie. Les grandes toiles bariolées aux couleurs des combattants, dressées sur de hauts piquets de bois, se répartissaient de chaque côté de la piste de sable préparée pour les joutes.

— Séparons-nous pour ne pas attirer l'attention, dit Enndall en fouillant la prairie du regard. Briséïs, Liz, venez avec moi. Vous autres, tenez-vous à distance, mais restez alertes. Gardez le sablier de Briséïs avec vous, évitons de tenter l'archevêque. Si nous avons besoin d'une diversion, nous vous ferons signe.

— Est-ce que Aeneas ne devrait pas plutôt y aller ? demanda nerveusement Briséïs. Il est bien plus entraîné que nous à voler.

— Non, je te l'ai déjà dit, Briséïs. Vous aurez beaucoup plus de chance de vous en sortir, les gardes ne se méfieront pas de deux femmes.

— Tu attires bien plus l'attention que nous tous réunis, Enndall, remarqua Leonel. Laisse-moi y aller à ta place.

— Il a raison, dit Ohanko, désignant d'un signe de tête discret quelques chevaliers qui leur jetaient déjà des regards hostiles, rassemblés près des gradins de bois en construction le long de la piste de joute.

Enndall se baissa pour ramasser un peu du sable de la piste tombé sur le bord du chemin et plissa les yeux, étudiant la configuration du lieu. La journée était particulièrement chaude. Un nuage de poussière soulevé par les sabots des destriers à l'entraînement envahissait la prairie.

— L'archevêque est sans doute dans cette grande tente ocre au bord de la rivière. Leonel, va avec elles, mais fais en sorte que nous puissions te voir. Si on vous demande ce que vous faites là, répondez que vous accompagnez Dame Liz, qui veut choisir le chevalier à qui confier ses couleurs.

— Si tu t'inscris aux joutes maintenant, ce sera la parfaite diversion, Enndall, dit Meng en s'essuyant le front d'un revers de manche. Les chevaliers ici n'attendent que ça.

— Nous verrons, si le moment est propice... Bonne chance à vous trois. Restez prudents.

Briséïs empoigna les pans de sa robe de velours, tant pour l'épargner du crottin de cheval répandu sur le chemin que pour laisser glisser un peu d'air frais sous ses lourds jupons. Elle suivit Liz, qui zigzaguait tranquillement entre les tentes comme une bourgeoise faisant son marché, répondant aux salutations des chevaliers, admirant les armures luisantes des uns et les exercices de musculation des autres.

De nombreux pages et écuyers s'affairaient autour de leurs maîtres. Ils lustraient les armes et les cuirasses, repeignaient les boucliers, ajustaient un mannequin pour une session d'entraînement. Briséïs observa un page en train de polir la pointe métallique d'une gigantesque lance spiralée de rouge et de blanc.

Un grand éclat de ferraille la fit sursauter. Le long de la piste de joute, des chevaliers en armure lançaient leur monture au grand galop et pointaient de longues lances vers des panneaux pivotants, qu'ils frappaient à toute force. L'un des chevaliers venait juste de manquer sa cible et avait percuté son panneau de plein fouet. À présent le chevalier gisait à terre, le pied encore coincé dans l'étrier de son cheval que les pages tentaient de maîtriser.

— Et après ce sont les autres qu'ils visent avec leurs lances, remarqua Leonel, secouant la tête en désapprobation. Faut vraiment être malade pour s'enfoncer des piques dans le corps pour le plaisir.

— Je n'aimerais pas être à leur place, frissonna Briséïs.

Elle mesurait mieux la prouesse accomplie par Baudoin Ebrard quelques jours plus tôt. Le lieutenant était bien plus fort qu'elle ne se l'était imaginé.

— Ça tombe bien, on ne te le demande pas, répondit Liz. Voilà la tente. Leonel, vas-y en premier, demande s'il est encore temps pour recevoir une bénédiction de l'archevêque et arrange-toi pour repérer les lieux, on t'attend ici.

— Ça ne marchera jamais, dit Briséïs à mi-voix tandis que Leonel s'arrêtait à l'entrée de la grande tente pour parler à deux gardes. Il faudrait un bol inouï pour retrouver dans la tente la bague que l'archevêque aurait justement laissée là, bien en évidence.

— Ne sois pas défaitiste, Briséïs.

Leonel revenait vers elles, satisfait.

— Je crois bien qu'on est le groupe de résistants le plus chanceux de tous les temps, dit-il en arrivant. La cérémonie a pris du retard, l'archevêque n'a pas encore commencé. Il finit de se préparer à l'intérieur. Il va sortir dans quelques instants, directement par l'arrière de la tente, les pieds dans l'eau. Si on arrive à se débarrasser des deux lourdauds à l'entrée, la voie sera libre.

— Il faut faire signe aux autres pour une diversion, dit Briséïs, le cœur battant, les cherchant du regard.

— Non, mieux vaut les garder en dernier recours. Leonel, reste là et garde le contact visuel avec Enndall. Briséïs, suis-moi, à dix mètres derrière.

— C'est trop tôt, objecta Leonel, l'archevêque est encore à l'intérieur.

— Tu viens de dire qu'il s'apprêtait à sortir. Il faut préparer la diversion tout de suite, si on attend qu'il soit dehors, ce sera trop tard.

— Mais…

— Faites-moi confiance, j'ai une idée.

Briséïs suivit de loin le grand hennin blanc de Liz et sa voilette transparente. Quand Liz arriva près des gardes, Briséïs s'arrêta aussi et fit mine de s'intéresser au travail d'un écuyer qui polissait un casque. Du coin de l'œil, elle observa les deux gardes refuser l'offre de Liz, avant que cette dernière ne soulève sa robe, laissant apparaître une cheville, puis un mollet. Depuis l'autre côté du chemin poussiéreux, Briséïs put voir le regard des hommes, attiré malgré eux. Cette fois encore, ils refusèrent. Mais Liz poursuivit son manège, éclatant d'un rire fringant, et bientôt tous les trois se dirigeaient vers la rivière.

Briséïs les suivit du regard, à la fois impressionnée par l'assurance de Liz et perplexe quant à son plan. La tente était largement visible depuis le point de la rivière vers lequel elle les avait attirés. Les deux hommes jetaient constamment des coups d'œil nerveux vers l'entrée qu'ils étaient censés garder. Que comptait faire la comédienne ? Imaginait-elle que son charme suffirait à les distraire ? Et l'archevêque ? Comment savoir s'il était déjà sorti de l'autre côté ?

Briséïs fit quelques pas vers la tente, indécise. Liz avait fourré dans les mains des gardes les pans de sa robe remontée jusqu'à mi-cuisse, et elle les éclaboussait de rires stridents tout en plongeant ses pieds dans la vase. Elle s'aspergea le visage, puis, dans un mouvement de danse supposé l'aider à retrouver l'équilibre dans l'eau, se retourna pour vérifier la progression de Briséïs. La voyant encore hésitante, elle lui fit les gros yeux. *Jamais cela ne suffira*, pensa Briséïs, les mains moites, alors qu'elle s'approchait encore de quelques pas. Elle n'était plus qu'à trois mètres de l'entrée de la tente quand Liz poussa un cri et perdit l'équilibre, entraînant avec elle les deux gardes accrochés à sa robe. Tous les hommes qui ne s'étaient pas encore arrêtés pour regarder la scène tournèrent la tête en les entendant tomber dans l'eau.

Liz et les deux gardes émergeaient déjà de la rivière. Briséïs ne pouvait plus attendre. Elle franchit le seuil de la tente. L'archevêque était sorti, mais il était encore en vue, de l'autre côté de la seconde entrée qui faisait face à la rivière. Il lui tournait le dos. Vêtu d'une simple toge blanche et d'une écharpe violette, il s'avançait vers le bord de l'eau, suivi de son serviteur. Le cœur tambourinant, Briséïs scruta les lieux. Il y avait là quelques malles, une table, deux chaises, un paravent, et sur un petit tabouret près du paravent, une coupe en porcelaine, dans laquelle reposaient quelques chaînes, une lourde croix en or massif et plusieurs bagues.

— Monseigneur ! s'exclama le serviteur, vous avez oublié une bague !

Briséïs se figea, observa l'archevêque regarder ses doigts par automatisme et toucher la bague qu'il portait encore à l'annulaire d'un geste protecteur.

— Non, celle-ci, je ne m'en sépare jamais.

— Mais vous allez la…

D'un regard, l'archevêque réduisit son serviteur au silence. Puis, comme guidé par une force invisible, il se retourna vers la tente, dans laquelle il eut tout le loisir d'observer Briséïs, encore plantée à l'entrée.

Sous le regard d'acier de l'homme d'Église, elle fit un pas en arrière, puis deux, puis trois. Il attendit que le pan de la tente soit retombé devant elle, avant de demander à son serviteur de soutenir son bras pour l'aider à pénétrer dans la rivière. Briséïs sentit une sueur froide couler le long de son dos. Des paroles du chancelier Li lui revenaient en mémoire : « Tu n'es pas un ennemi. Tu n'es qu'un parasite. » L'archevêque n'avait même pas pris la peine de la signaler à ses gardes. Elle et ses petites manigances de voleuse ne représentaient aucun danger à ses yeux.

Des gouttes d'eau fraîche ramenèrent Briséïs à la réalité. Elle sursauta en découvrant l'un des deux gardes à ses côtés.

— Vous cherchez quelque chose, damoiselle ? demanda-t-il, irrité, l'éclaboussant un peu plus en dégageant ses cheveux trempés de son visage.

Liz suivait derrière, soutenue par le deuxième garde, lui aussi visiblement de mauvaise humeur, conscient des regards amusés des chevaliers aux alentours.

— Non, merci, répondit Briséïs, reprenant contenance. Je me suis trompée de tente, je voulais aller là.

Elle pointa la belle tente bleue et or de l'autre côté du chemin, remarquable par son haut sommet pointu.

— Vous voulez vous inscrire aux joutes ? sourit son interlocuteur, retrouvant un peu de sa bonne humeur.

Briséïs ne songea pas à répondre. Jusque-là, elle n'était parvenue à déchiffrer aucun texte de l'époque. L'écriture calligraphiée des textes bibliques était parfaitement illisible pour une non-initiée du XXIe siècle. Quant aux enseignes des rues, elles ne comportaient que des images ; trop peu de gens savaient lire pour pouvoir compter sur l'écriture. Mais cette fois, les lettres inscrites sur l'auvent du chapiteau bleu et or, brodées à même la toile, étaient bien lisibles… Elle voulut tout de même en avoir le cœur net.

— Savez-vous pourquoi il est écrit *À mon seul désir* sur cette tente ?

— C'est la devise du roi des Aulnes, répondit le garde, retirant ses chausses pour les essorer.

De ses pieds se dégagea une odeur répugnante, un savant mélange de champignon, de fromage et de vase.

— Le roi des Aulnes ?

— Son seul désir, c'est sa dame, qu'il a perdue parce qu'il est parti en campagne trop longtemps. La belle a attendu des années, mais elle a fini par se flétrir et mourir. Quand il est enfin rentré, trop tard, le roi Lugubre s'est laissé ronger par le désespoir, et tout le mal qu'il accomplit à présent vient de la douleur d'avoir perdu son seul désir.

— Mais la dame est morte parce qu'elle a perdu son rêve de le voir revenir, c'est donc surtout son désir à elle qui s'est évaporé, corrigea le deuxième garde, arrivé avec Liz.

— Oui, mais c'est pour ça qu'à sa mémoire, le roi Lugubre a appelé la dame *son seul désir*, riposta sèchement le premier garde, agacé qu'on le reprenne.

— Pourquoi la devise du roi des Aulnes est-elle inscrite sur cette tente ?

— C'est le lieutenant Ebrard qui en a eu l'idée, pour rappeler aux chevaliers leur devoir de combattre le monstre dont la pierre pourra détruire le roi des Aulnes.

— Tu as pu voir la bague ? demanda prestement Liz, traînant lourdement ses jupons imbibés d'eau et de boue.

La pointe ramollie de son hennin se courbait lamentablement comme l'aileron d'une orque mal en point.

— Pour lui retirer sa bague il faudrait lui couper le doigt. Il est inatteignable et il le sait : il m'a vue, et il n'a rien dit. Il m'a simplement regardée jusqu'à ce que je m'éloigne.

— Ne me dis pas que j'ai fait tout ça pour rien !

Les autres les rejoignirent à l'écart des dernières tentes.

— À mon seul désir, c'est aussi la devise du roi des Aulnes, leur dit Briséïs de but en blanc une fois à l'abri de buissons.

Elle reprit les explications des deux gardes et observa Enndall s'asseoir sur une pierre, le regard perdu dans des ténèbres imaginaires.

— Enndall ? demanda Liz, ça ne va pas ?

— Tu ne connaissais vraiment rien de la devise du roi des Aulnes, Enndall ? reprit Meng.

Le chevalier secoua la tête, perdu dans sa réflexion.

— Mais tu sais ce que ça veut dire ? insista Meng.

— Ça veut dire qu'il faut aller capturer la vouivre, récupérer sa pierre et trouver le château du roi des Aulnes, répondit Briséïs à sa place. Ce n'est pas un hasard si mon père a écrit cette devise sur sa lettre.

—Qu'entends-tu par son château ? reprit Liz, la bouche des enfers dont t'a parlé Théobald ?

Briséïs soupira, cherchant ses mots. Il fallait qu'elle leur en explique un peu plus.

— C'est à propos de l'hypothèse d'un passage construit par l'Élite, pour se rendre dans la Citadelle. La bibliothèque, centre de la Citadelle, possède cinq portes connues, chacune marquée d'un symbole représentant l'un des cinq sens. Mais d'après la rumeur, il en existe une sixième qui permet d'accéder directement à la vérité, le Grand Secret de la Citadelle. Personne ne l'a jamais trouvée. Mon père a écrit sur sa lettre *À mon seul désir* pour désigner le roi des Aulnes, et d'après les anagrammes, un sixième sens. Jusqu'à présent, je n'avais pas fait attention à cette idée de cœur qui agit comme sixième sens. Je pense que la pierre de la vouivre nous permettra d'accéder à l'entrée du château du roi des Aulnes, qui n'est autre que cette sixième porte. Si nous pénétrons dans la bibliothèque par là, nous trouverons directement le Grand Secret de la Citadelle.

— Eh bien ! siffla Leonel. Tu as réfléchi à tout ça en revenant de la tente de l'archevêque ?

— Mais si l'entrée du château du roi des Aulnes n'est pas la bouche des enfers sur la montagne noire, où se trouve-t-elle ? demanda Liz.

— Je ne sais pas, admit Briséïs.

Enndall se leva d'un bond.

— J'ai besoin d'aller me recueillir. Je vous retrouve à l'hospice dans moins d'une heure.

Il fit quelques pas et se retourna :

— Même si on arrivait à capturer la vouivre, brandir sa pierre ne suffira pas pour trouver le château du roi des Aulnes. Les deux légendes ont été orchestrées par la Citadelle ! On fonce dans un traquenard ! ajouta-t-il avant de tourner les talons.

— Vous croyez qu'il a peur ? demanda Leonel, le regardant partir.

— Qui d'entre nous n'a pas peur ? répondit Liz.

Ohanko tapota l'épaule de Briséïs :

— Tu devrais le suivre. Essayer de lui parler. Il a besoin de soutien, et nous il ne veut plus nous écouter.

Enndall longea la rivière jusqu'au pont reliant la ville basse à la cité haute, remonta à grands pas la rue entourant les remparts, passa sous les portes majestueuses de la cité sans un regard en arrière, bouscula deux ou trois passants dans le dédale de ruelles et marcha encore, sans s'arrêter, jusqu'à la cathédrale. Il avança jusqu'au milieu de la nef, puis se laissa tomber à genoux sur les dalles froides, les mains tremblantes appuyées sur un prie-Dieu, le visage tourné vers les hauteurs de l'autel.

Cachée derrière l'une des premières colonnes, Briséïs l'observa remuer les lèvres dans une prière silencieuse. Le désarroi du chevalier la déstabilisait. Enndall avait toujours été le pilier du groupe. Le vieil homme du désert ne lui avait pas confié la direction de l'équipe par hasard : le chevalier possédait une force mentale hors du commun.

Dans un monde aussi instable, ils avaient besoin d'un point d'ancrage. Si Enndall perdait le nord, elle ne donnait pas cher de leur peau.

Briséïs hésitait encore sur l'attitude à adopter quand elle vit une silhouette féminine s'approcher du chevalier et lui adresser quelques mots. Enndall se releva brusquement. Briséïs se glissa furtivement derrière une colonne plus proche pour écouter leur conversation.

— Je suis venue vous prévenir que Théobald sait tout, murmura la femme. Et Théobald ne sait pas tenir sa langue. Vous devriez partir avant qu'il ne soit trop tard.

— Ma dame, si seulement je pouvais…

— Cassandre va arriver. Je ne suis pas venue pour discuter. Éloignez-vous tant qu'il en est encore temps, je vous le demande. Elle mérite mieux que cela.

Enndall baissa la tête, l'air résigné.

Des rires étouffés surgirent de l'autre côté de la nef : quelques jeunes filles s'étaient aperçues de la présence du chevalier, et pouffaient comme des groupies devant une star du rock. Enndall prit congé d'un simple signe de tête et sortit de la cathédrale. La dame le suivit du regard, le teint livide. Alors seulement Briséïs reconnut le visage tristement malade d'Isolde, la mère de Cassandre et Théobald. Elle semblait encore plus mal en point que la fois précédente, juste après sa saignée.

Briséïs ne pouvait suivre Enndall sans qu'Isolde ne s'aperçoive de sa présence, et elle ne voulait surtout pas passer pour une curieuse indiscrète. Elle s'éloigna vers le chœur, marchant à l'ombre des colonnes. Se retournant après une vingtaine de mètres, elle réalisa qu'Isolde avançait parallèlement à elle, dans l'allée centrale. La dame était encore absorbée dans ses pensées, mais elle risquait à tout moment de la remarquer. Si Briséïs faisait demi-tour, son mouvement risquait d'attirer l'attention. Autour de l'autel, les grandes statues des saints semblaient attendre avec délice le moment où on la prendrait la main dans le sac.

Elle tourna à droite, dans le transept menant à la petite chapelle. Au moins de dos ne serait-elle pas reconnaissable. Mais voilà qu'elle marchait droit vers le confessionnal. Si les jeunes admiratrices d'Enndall, plantées au croisement des transepts attendaient leur tour, on allait l'apostropher, lui demander de patienter comme tout le monde. Elle passa près d'un rideau. Sans réfléchir, Briséïs l'écarta et se glissa derrière. Elle regretta immédiatement son geste. Elle n'avait certainement pas le droit de se trouver là. Si on l'avait vue… Elle retint sa respiration, attendant qu'on vienne la sermonner. Mais rien ne se passa.

Une frimousse de chérubin à moitié peinte lui faisait face, les yeux vides, le sourire narquois. Des pinceaux gisaient à terre, d'autres étaient rassemblés dans un pot. Le rideau marquait l'entrée d'une palissade de bois, construite pour permettre des réparations sans déranger les fidèles. D'autres statues, des gargouilles notamment, avaient été placées sur leur socle le long du mur, à la verticale. Les pierres carrées posées au sol se transformaient peu à peu en monstres, gueules béantes ouvertes vers le ciel. Briséïs n'avait jamais vu les sculptures que perchées en haut des tours de la cathédrale, elle ne s'était pas rendu compte de leur véritable taille. Les gargouilles étaient énormes : pas moins de deux mètres de hauteur, avec des griffes et des crocs capables de lacérer un cheval.

Vous ne me faites pas peur, pensa Briséïs très fort, se forçant à avancer entre elles, observant les jeux d'ombre et de lumière des vitraux dessiner des flammes dans leurs yeux exorbités de chimères. Une petite plateforme à un mètre du sol courait le long des sculptures, permettant aux artisans d'en atteindre le haut. Briséïs y monta prudemment. Tendant le bras, elle se risqua même à poser un doigt sur la tempe froide et rugueuse d'une gargouille. Puis elle laissa son doigt glisser lentement vers la gueule béante. La pierre ne pouvait se réveiller brusquement, se dit-elle le cœur battant, sa main frôlant les crocs de granit.

— Vous ne me faites pas peur, murmura-t-elle, soutenant le regard du monstre.

— Expliquez-vous, je vous prie.

La voix grave lui glaça le sang. Elle s'obligea à soutenir le regard de pierre de son adversaire.

— Vous n'êtes qu'une statue, répondit-elle entre ses dents serrées.

— Plus fort, je ne vous entends pas.

— Je…

Une voix féminine interrompit Briséïs :

— Je lui ai donné l'une de mes plus précieuses possessions. Un pendentif me venant de ma mère… À lui, un étranger.

— Un étranger arrivé avec beaucoup de promesses. Promesses qu'il ne semble pas déterminé à vouloir tenir.

Briséïs bénit le ciel que Leonel n'ait pas été témoin de sa bêtise. Les deux voix lui parvenaient à travers une grille de bois placée en haut du confessionnal. Elle y approcha son œil. Seuls de faibles rayons de lumière filtraient dans le confessionnal, détourant quelques mèches blondes de la dame.

— J'ai honte, je ne sais pas ce qui m'a pris…

— C'est pourtant assez simple. La tentation de la chair…

— Oh non, il ne s'agit pas de cela mon père ! C'est juste… Je ne sais pas, il me trouble. Quand je suis près de lui, je me sens… comme chez moi. Est-ce si mal ? Je n'en aime pas moins mon mari défunt.

— C'est un peu rapide, tout de même.

— J'aimerais tellement comprendre pourquoi…

— À qui le dites-vous !

— Mon père ?

— Vous n'êtes pas la première à venir me parler de lui, Cassandre, mais vous êtes de loin la plus pitoyable ! Vous n'avez plus seize ans, tout de même ! Contenez votre fièvre, ne serait-ce que pour la mémoire de votre mari !

— Je vous demande pardon…

— Ce n'est pas à moi qu'il faut demander pardon, mais au Seigneur ! Qu'il ait pitié de votre âme, ce chevalier est le Malin incarné. Récitez trois « Notre Père » et deux « Je vous salue Marie » pendant quarante jours, matin et soir. Et ne vous approchez plus de cet Enndallor d'Imbert !

— Oui mon père.

— Allez en paix.

Cassandre poussa le battant du confessionnal et sortit sans un mot. Le prêtre eut tout juste le temps de pousser un long soupir avant l'arrivée d'une nouvelle jeune fille.

— Mon père, pardonnez-moi car j'ai péché, souffla la damoiselle dans un élan d'excitation précipité tout en prenant place à genoux, les mains jointes en prière.

— Je vous écoute, mon enfant.

— Je suis amoureuse.

La jeune fille attendit, nerveuse, la réponse du prêtre. Quand enfin ce dernier parla, on eût dit que c'était à contrecœur.

— Développez, je vous prie.

— Je sais bien que je ne suis pas la seule, mais depuis que le chevalier de l'ordre du Dragon, le chevalier d'Imbert, a posé son regard sur moi…

— Jeune fille, encore un mot à propos d'Enndallor d'Imbert et je vous promets que je m'entretiendrai personnellement avec votre mère pour qu'on vous place au couvent ! Qu'a-t-il de si merveilleux, à la fin ? Ne répondez pas. Chassez toutes ces pensées malsaines de votre esprit. Vous êtes pardonnée, allez en paix.

La porte de la cabine du prêtre grinça puis claqua en se refermant derrière lui.

— Mais… je l'aime, murmura la damoiselle déconfite, face à l'isoloir déserté.

Rivée à la grille, Briséïs se mordit la lèvre pour réprimer son irrésistible envie de rire. La jeune fille resta indécise un long moment, mais finit par sortir du confessionnal. Presque aussitôt, une jeune femme prenait sa place.

— Mon père, pardonnez-moi car j'ai péché, dit-elle en s'installant. Mon père ?

Elle fouilla des yeux l'espace vide derrière la grille qui séparait les deux parties du confessionnal. Au bout d'un moment, la porte du prêtre s'ouvrit, et Briséïs l'entendit s'installer sur son tabouret.

— Je vous écoute, mon enfant.

Briséïs tressaillit. La voix d'Ugolin Popian, fine et claire mais traînante, rêveuse, était reconnaissable entre mille. Une voix qui allait si mal avec les attentes que l'on pouvait avoir d'un prêtre, figure solide et rassurante… La jeune femme parut hésiter elle aussi, déstabilisée par la présence d'Ugolin.

— J'éprouve une certaine attirance pour un personnage que je sais n'être pas… Disons… pas l'homme que mon père aimerait me voir épouser.

— L'avez-vous informé ?

— Mon père ?

— Non, cet homme.

— C'est-à-dire que… je n'ai pu lui parler directement qu'une seule fois, et nous n'étions pas seuls dans la pièce, mais j'ai pu deviner dans ses yeux l'amour qu'il me portait… Il était d'une telle bonté…

— Et il vous a promis de faire entrer votre nom dans l'histoire pour des siècles et des siècles si vous l'épousiez ?

— Là n'est pas la question…

— Elle devrait l'être pourtant, quand on parle d'un tel homme.

— Je ne vous ai pas dit son nom.

— Mais nous savons vous et moi de qui il s'agit.

La jeune femme hésita un moment.

— Vous devez me trouver bien puérile.

— On me dit puéril parce que je rêve de la lune. D'autres vous trouveront puérile simplement parce que vous exprimez vos désirs. Mais n'est puéril que celui qui se croit sans désirs.

— Croyez-vous que je doive lui exprimer ce que je ressens ? demanda la jeune femme, pleine d'espoir.

— N'aimeriez-vous pas qu'il fasse de même, s'il était à votre place ?

— Si, certainement, répondit-elle, de la chaleur dans la voix.

— Alors je vous pardonne, à condition que vous alliez jusqu'au bout.

— Merci mon père ! Que dois-je faire à votre avis ?

— Ne parlez pas au chevalier d'Imbert, montrez-lui plutôt votre amour. Comportez-vous comme une trouille-de-nouille.

— Je vous demande pardon ?

— Comme une femme-monstre, tellement hideuse, avec les hanches énormes et les seins qui pendent.

— Je sais ce qu'est une trouille-de-nouille, mon père.

— Déchirez votre robe devant lui, et jetez-vous sur lui en lui léchant le visage, au beau milieu de la foule.

— Mon père !

— S'il vous voit capable d'agir ainsi par amour pour lui, sans vous soucier de perdre la face en public, alors il pourra être certain de la nature de votre amour.

La jeune femme se releva brusquement, étudia la silhouette du prêtre derrière la grille de bois.

— Je sais que c'est vous, Ugolin Popian…

— Le véritable amour ne devrait se cacher de rien. Vous ferez d'une pierre deux coups : les contes et légendes parleront de vous pour l'éternité. C'est ce que vous voulez, n'est-ce pas ?

— Vous devriez avoir honte, mon père, de dire des choses pareilles !

— Amen.

Furieuse, la jeune femme sortit en trombe.

Briséïs se précipita au bas de son promontoire avant d'entendre le battant de l'isoloir claquer. Elle zigzagua entre les statues, franchit le rideau et bloqua juste à temps la damoiselle suivante, qui s'avançait vers le confessionnal. Briséïs lui adressa un sourire autoritaire, fit volte-face et alla rejoindre Ugolin avant que cette dernière n'ait le temps de protester. Elle s'installa à genoux contre le rebord de bois, joignit les mains et annonça :

— Mon père, pardonnez-moi car j'ai péché.

— Je vous écoute, mon enfant. Quel est le sujet de vos tourments ?

— Vous-même, mon père.

— J'en doute... fit le père Popian après un moment d'hésitation. N'est-ce pas plutôt ce grand chevalier de l'ordre du Dragon ?

— Vous savez faire preuve d'une honnêteté... étonnante.

— Le Seigneur aime la clarté des images qui mènent droit à son cœur.

— Aidez-moi s'il vous plaît à trouver cette clarté, je vous le demande.

À travers la grille de bois séparant les deux cabines du confessionnal, Briséïs ne pouvait percevoir nettement l'expression d'Ugolin. Mais son visage longiligne, éclatant de blancheur, parut s'illuminer comme ses petits yeux noirs scrutaient l'âme de son nouveau sujet.

— Si vous voulez voir d'une clarté limpide, volez à une fée Encantadas son habit de lune.

— Ça, vous me l'avez déjà dit, répondit Briséïs. Je n'arrive plus à voir les fées Encantadas. Ne pouvez-vous pas me donner des éléments plus concrets ? Je dois absolument être capable de voir la vouivre, d'ici demain.

Ugolin sourit d'un air absent.

— Pourquoi ?

— Parce qu'avec sa pierre, je veux trouver le château du roi des Aulnes.

— Le château du roi des Aulnes... Alors c'est sa dame qu'il faut chercher.

Briséïs n'osa pas le contredire. Ugolin semblait enfin réagir comme si on lui avait posé une question sensée. Elle attendit impatiemment la suite.

— Mais que cherche la dame ? poursuivit-il. Qu'a-t-elle perdu ?

— Son rêve ? tenta Briséïs.

— Précisément.

Sa voix s'était teintée d'une nouvelle excitation, comme s'il savourait chacun des mots de leur étrange conversation.

— Quel est l'élément naturel qui cherche toujours son rêve ?

— L'élément qui…

— Quel est celui qui joue de l'illusion, poursuivit fiévreusement Ugolin, qui toujours déforme son image, pour paraître à la fois ce qu'il est et ce qu'il n'est pas ?

— Je… Je ne sais pas… fit Briséïs, déconcertée, cherchant à gagner du temps.

— Alors je ne peux rien pour vous, soupira Ugolin.

— Non, attendez, je…

D'un coup sec, le prêtre referma le volet coulissant de la petite fenêtre qui les séparait. Briséïs sortit du confessionnal en même temps que lui, mais un groupe de jeunes filles attendait encore, près du chœur. Elles se levèrent avec appréhension en voyant le prêtre partir.

— Les confessions sont terminées pour la matinée, annonça Ugolin Popian. Vous pourrez revenir après l'office de sexte.

Un élément naturel qui cherche son rêve, se répéta Briséïs en sortant de la cathédrale. Elle savait quoi faire. Benji n'avait pas son pareil pour trouver les réponses à une énigme. Elle n'avait pas encore trouvé le code de l'histoire de l'archevêque, mais l'histoire d'un archétype était une excuse suffisante pour le contacter.

Elle devait lui écrire avant de rejoindre les autres. Elle ne tenait pas à ce qu'on lui fasse la morale parce qu'elle replongeait le nez dans son cahier. Elle entra dans la première taverne de la rue, un endroit lugubre sentant la bière et le tabac froid, encombré d'hommes à l'allure sordide, avachis contre le comptoir ou sur leurs tabourets. Elle se trouva une petite place au bout d'une longue table de bois massif, vérifia que personne ne l'observait et sortit son cahier, sa plume et son encre.

La pointe de sa plume se gorgea d'encre et une goutte noire

s'écrasa contre le papier lorsqu'elle la posa trop précipitamment sur les lignes du cahier.

Un élément, écrivit-elle, attendant anxieusement les picotis habituels sur sa nuque. Elle acheva sa phrase, déçue. Si Benji avait été disponible dans l'instant, comme il l'était parfois, deux mots auraient suffi à la transporter dans la Citadelle. Ne restait plus qu'à espérer qu'il n'attende pas trois jours avant de lui répondre. Elle fut tentée de lui faire croire qu'elle avait pu étudier la bague de l'archevêque pour le faire venir plus rapidement. Mais elle balaya cette pensée.

Un élément naturel qui cherche son rêve. Celui qui joue de l'illusion, qui toujours déforme son image pour paraître à la fois ce qu'il est et ce qu'il n'est pas. Qu'est-ce que c'est ?

Elle releva la tête, regarda autour d'elle pour se donner l'air désinvolte. Fixer son cahier si obstinément ne devait pas paraître bien naturel. Juste à côté, un pilier de comptoir parlait tout seul, se plaignant des pèlerins, des nobles et des marchands venus pour la réunion des États qui encombraient les rues de sa bonne vieille ville sans le moindre regard pour les gens du pays, comme lui, qui l'avait construite de ses propres mains. Cette dernière remarque lui valut un soupir fatigué de la serveuse, derrière son comptoir. Intarissable, il accusa les chevaliers des pires calomnies.

— Tu veux savoir ce que j'en pense ? dit-il, secouant sa chope de bière sous le nez de la serveuse, ces chevaliers sont tellement fiers qu'en arrivant près du lac, la vouivre n'a rien à faire pour les tuer : ils n'ont qu'à contempler leur reflet, et paf ! fit-il, tapant du poing sur le comptoir. En voyant leur tête de prétentieux, ils en meurent sur le champ ! Et la vouivre n'a plus qu'à se servir ! Ah ! Bon appétit !

— C'est ça, t'es jaloux, voilà ce que j'en dis, moi, répondit-elle avec une vague grimace. La gloire, c'est pas fait pour tout le monde.

D'un coup l'homme finit sa bière et reposa brusquement sa chope.

— Une autre !

Briséïs rangea si précipitamment son cahier dans son sac qu'elle renversa sa bouteille d'encre sur la table.

— Eh ! Damoiselle ! C'est pas une porcherie ici ! cria la serveuse.

— Je suis désolée…

— Qui c'est qui va nettoyer cette encre, maintenant ?

— Je reviendrai… Plus tard…

— Comment ça, plus tard ? Tu te fous de moi ? Eh, reviens !

Briséïs sortit aussi vite que possible de la taverne, courut dans les ruelles, évitant de peu les flaques d'immondices, sa robe soulevée dépassant les limites du respectable. Elle arriva hors d'haleine dans la grande salle de l'hospice.

— Il faut aller s'inscrire !

Liz, qui s'était trouvé une nouvelle robe, lui fit de la place sur son banc, autour de la table où ils étaient tous rassemblés. Enndall, assis sur un petit tabouret en bout de table, avait tout l'air d'un accusé observé par ses jurés.

— Je sais où se cache l'entrée du château du roi des Aulnes, ajouta Briséïs. C'est là où se trouve le rêve de sa dame. Je peux vous expliquer.

— Montons dans la chambre, ordonna Meng.

16

LE SECRET D'ENNDALL

— Il faut aller s'inscrire, répéta Briséïs en reprenant son souffle, une fois arrivée dans la chambre. J'ai pu parler au père Popian, au confessionnal, il m'a dit que je trouverai le château du roi des Aulnes et le souvenir de sa dame près d'un élément naturel qui cherche toujours son rêve.

— Tu es allée te confesser ? s'étonna Aeneas.

— Enndall, notre seule chance de faire avancer les choses tant que nous sommes dans cette époque, c'est d'aller rencontrer la vouivre. L'élément naturel, c'est le lac ! Seul un lac peut être ce qu'il est et autre chose à la fois, grâce à ses reflets ! La vouivre se trouve là-bas parce qu'elle garde l'entrée du château du roi des Aulnes, c'est évident !

— Et la bouche des enfers alors ? demanda Aeneas.

— Une fausse piste. On ne peut pas être sûr, mais il faut tenter notre chance, il faut aller capturer la vouivre avec mon sablier, comme l'a proposé Leonel !

— Reprends ton souffle, tu n'as pas besoin de nous convaincre, dit Meng. Je ne crois pas que l'Élite nous pousse à aller chasser la vouivre pour nous piéger. Et si le château du roi des Aulnes se trouve au même endroit, il n'y a plus à tergiverser. Ne reste plus qu'à aller s'inscrire aux joutes. Ensuite, je suis certain que le lieutenant

Baudoin sera content de nous approvisionner pour le voyage. Allons-y.

Quarante ans de carrière militaire en tant que chef de la plus grande armée de son époque avaient donné à Meng un certain aplomb. Chacun sauta sur ses pieds. Enndall ne protesta pas. Le teint blanc, la tête baissée, il glissa son épée dans son fourreau accroché sur son dos et suivit le général.

Sans un mot ils dévalèrent les ruelles de la cité haute, zigzaguèrent entre les passants et les étals des commerçants. Ils franchirent les remparts, descendirent le chemin près du grand pont conduisant à la ville basse et longèrent la rivière, vers la prairie émaillée d'une multitude de tentes colorées.

Plus ils s'approchaient, plus Enndall ralentissait, pâle à faire frémir. Enfin, arrivé à moins de deux cents mètres de la première tente, il s'arrêta, dégaina son épée et la planta de rage dans la terre meuble du bord de la rivière.

— Nous courons à notre perte !

— Enndall, le temps des discussions est révolu, gronda Meng.

— Nous pourrions simplement attendre le moment de rejoindre l'escalier ! C'est bien ce que nous avons fait, à ton époque !

— Pas tout à fait ! Briséïs a recueilli des informations capitales là-bas, et elle a été en contact direct avec un dragon !

— Parce qu'il le fallait pour retrouver le sablier ! Mais cette fois, nous l'avons avec nous !

— À quoi servirait tout ce manège si on se contentait d'attendre le moment de rentrer ? s'offusqua Liz.

— L'un d'entre nous s'est-il porté volontaire pour cette mission suicide ? Non ! se révolta Enndall. On nous a tous jetés ici sans nous demander notre avis ! Je ne sacrifierai pas ma vie pour une guerre dont je ne comprends même pas les enjeux !

Son visage était rouge, les veines de son cou gonflées. Il reprit son souffle, tâchant de se calmer devant ses compagnons interloqués.

— Ça ne te ressemble pas de réagir comme ça, laissa échapper Liz.

— Je réagis comme je veux.

— J'ai tout juste la moitié de ton âge et je n'avais jamais vu d'arme de ma vie quand on est venu me chercher pour m'enrôler dans une guerre dont je ne comprenais aucun des enjeux, enchaîna Leonel, glacial. Et pourtant, j'y ai fait face avec bien plus d'aplomb que toi.

— Ça ne veut pas dire que tu avais raison de le faire, et ça ne fait pas de toi un héros, répondit Enndall, son timbre paternel reprenant brièvement le dessus.

— Briséïs s'est retrouvée seule devant un dragon et le plus vicieux des Alphas. Pourtant, elle est prête à faire face à nouveau à un monstre ! Et toi tu te débines avant même d'avoir commencé ? Je me demande si les autres chevaliers n'ont pas raison, si tu n'es pas qu'un mythomane, un planqué !

Dans un élan de fureur, Enndall attrapa Leonel par la chemise et le poussa violemment à terre. Puis il l'empoigna par le col, le souleva de terre pour le rapprocher de son visage :

— Tu ne sais pas de quoi tu parles, petit péteux ! Regarde !

Il relâcha brusquement Leonel, qui se protégea le visage d'un bras en voyant le chevalier lever le poing.

— Enndall ! Qu'est-ce que tu fais ! cria Liz, arrête ça tout de suite !

Mais Enndall retira simplement sa chemise pour montrer à Leonel le haut de son bras gauche, juste sous l'épaule.

— Tu vois ces cicatrices, là ?

Juste derrière Leonel, Briséïs était bien placée pour observer les quatre entailles sur le bras d'Enndall. Les balafres présentaient un aspect étrange. Elles étaient verdâtres et profondes, comme si Enndall venait tout juste de recevoir un coup de griffe d'une énorme bête.

— Vous me demandiez si j'avais déjà vu une créature du Malin. Oui, j'en ai vu une ! Et il ne lui a fallu qu'un coup de patte pour me paralyser le bras. Je n'ai pas pu m'en servir pendant plus d'un an. Et encore, j'ai eu de la chance ; si j'avais été mordu, je serais sans doute mort en moins d'une heure, comme le chevalier que j'ai vu se faire lacérer ! Un homme qui avait plus de vingt ans d'expérience dans l'art de la guerre ! Et pourtant, il n'a pas tenu une minute face au loup-garou. À peine a-t-il pu lever son épée…

Sa voix s'érailla. Il se laissa tomber sur les genoux, les bras tremblants, hors d'haleine. Briséïs resta figée, choquée autant par la révélation du chevalier que par son état. Enndall semblait en transe. Comme s'il acceptait enfin d'admettre, des années plus tard, la réalité de son pire cauchemar.

Le général toisait le chevalier d'un regard glacial.

— Tu n'es pas chevalier, dit-il.

— Meng ! sursauta Liz, atterrée par tant de froideur.

— C'était toi, l'écuyer qui accompagnait le chevalier de l'ordre du Dragon Ayoul d'Imbert, au retour de Carcassona, il y a vingt-six ans de cela. Tu ne fais pas partie de la famille d'Imbert.

— Enndall ?

— Mon maître m'aimait beaucoup. Il avait promis de me donner ma chance, une fois rentrés chez nous. Il allait me donner des titres…

— Mais il est mort avant. Tu n'es pas noble, et même si tu te pavanes avec ta longue épée et tes histoires, tu ne pourras jamais t'inscrire aux joutes parce que tu n'as aucun titre.

— Mais… Et le messager qu'il a envoyé pour chercher son écuyer ? demanda Liz.

— Il n'a jamais envoyé de messager. Je me trompe, Enndall ? Il tenait tant à son illusion, qu'il a préféré nous mentir à tous. Quand je pense à tous tes discours sur l'honnêteté ! Pas étonnant que tu aies été tant à ton aise à raconter n'importe quoi chez les moines. Depuis combien de temps t'amuses-tu à passer pour un autre ? Depuis que ton maître est mort ? Depuis plus de vingt-cinq ans ?

Encore à genoux, Enndall chercha dans le regard de ses compagnons un pardon qu'il ne semblait pas prêt à s'accorder lui-même.

— Tu es donc déjà venu à Carcassona, poursuivit Meng. C'est intéressant que la jeune Cassandre ait justement dans les vingt-cinq ans, vous ne trouvez pas ?

Enndall se figea, proprement déconfit. Il ne s'attendait certainement pas à ce que Meng aille si loin.

— Qu'est-ce que tu veux dire ? demanda Liz, blême à son tour, devinant la réponse.

Meng ne détacha pas son regard accusateur de celui d'Enndall.

— Ce n'est pas Cassandre, que tu aimes, c'est sa mère. Cassandre est ta fille.

Enndall ne répondit rien.

— Mais… Il n'a pas quarante-cinq ans, protesta Briséïs.

— Il n'est pas besoin d'attendre ses vingt ans pour vivre une aventure avec la fille d'un noble ! scanda Meng, surtout pendant les festivités qui suivent un tournoi, j'imagine.

— Tu ne peux pas dire ça si fort, s'exclama Enndall en sautant sur ses pieds. Les gens pourraient t'entendre !

— Crois-tu vraiment que tes amourettes vieilles de près de vingt-cinq ans tracasseront plus les gens de Carcassona que ce qui leur tombe dessus en ce moment ?

— Ce n'était pas qu'une amourette, et je…

Enndall s'interrompit, submergé par ses émotions. Il s'était mis à tripoter nerveusement son pendentif. Brusquement, l'image de Cassandre dans le confessionnal revint à Briséïs.

— Ce pendentif appartenait à Isolde avant qu'elle le donne à sa fille. J'ai entendu Cassandre le dire. Enndall, qu'y a-t-il d'écrit sur le parchemin enroulé à l'intérieur ?

— Elle… Isolde voulait le porter jusqu'à ce que je revienne, avoua Enndall, retirant le pendentif de son cou pour défaire le cordon renfermant le morceau de parchemin. C'est elle qui a eu l'idée d'écrire cette phrase. Je la trouvais jolie, mais… jusqu'à aujourd'hui, je ne savais pas ce qu'elle signifiait réellement. Je n'étais jamais venu à Carcassona avant ce tournoi, je ne connaissais pas comme elle la légende…

Briséïs prit le morceau de parchemin qu'il lui tendait, le déplia. Son cœur se serra.

— *À mon seul désir*, lut-elle pour les autres.

Des larmes coulaient le long des joues d'Enndall. Liz se laissa tomber sur une pierre.

— Ayoul d'Imbert m'avait promis de me faire chevalier. Je devais revenir demander la main d'Isolde en mariage à son père quand mon nouveau rang me le permettrait. Ni elle ni moi n'avions prévu la mort du chevalier d'Imbert… Après sa mort, je suis revenu à Carcassona, avec l'idée d'expliquer la situation à Isolde. C'est là que j'ai compris que je l'avais mise enceinte : il ne s'était pas passé trois mois depuis mon départ et elle s'apprêtait à se marier avec le lieutenant Ebrard. C'était plutôt précipité… Baudoin était déjà le bras droit du père d'Isolde à l'époque. Je dois une éternelle reconnaissance au lieutenant, de l'avoir prise sous son aile, d'avoir bien voulu cacher notre secret. Baudoin ne savait pas qui l'avait mise enceinte. Je ne pense pas qu'Isolde l'ait dit à qui que ce soit. Je suis reparti sans la voir, sans rien lui dire, avec l'idée que je trouverais un autre moyen de devenir chevalier avant son mariage… Je me suis comporté exactement comme le roi des Aulnes.

— Sauf qu'Isolde n'est pas morte de désespoir comme la dame du roi Lugubre, remarqua Meng, impatient. Elle s'est reconstruit une vie avec le lieutenant. Elle s'en sort plutôt bien.

— Oui, elle a l'air en pleine forme, remarqua Leonel.

— Son malaise, le premier jour à l'église… réfléchit Liz tout haut. C'était la première fois qu'elle te revoyait depuis vingt-cinq ans ?

Enndall hocha imperceptiblement la tête.

— Seigneur…

— Je n'ai jamais cessé de penser à elle.

Briséïs rendit le parchemin à Enndall qui le prit en forçant un sourire.

— Nous n'avons plus que trois ou quatre jours devant nous, reprit Meng. Nous savons tous très bien que rendre visite à la vouivre est notre seule option. Baudoin – et le reste de la ville aussi d'ailleurs – n'attend qu'une seule chose, que tu ailles la chasser. Tes titres ne devraient pas être un problème si nous allons voir Baudoin et lui expliquons la situation.

— Non ! C'est trop risqué. Si Baudoin apprend qui je suis, si jamais l'histoire est ébruitée, à Cassandre, ou au reste de la ville… Surtout que Théobald est au courant. Je ne sais pas comment il a fait…

— Il est sans doute plus perspicace qu'il en a l'air, remarqua Liz. Plus perspicace que nous, en tout cas.

— Isolde a su garder le secret pendant vingt-cinq ans pour préserver sa famille. Je suis resté à l'écart de l'être que j'aimais le plus au monde pendant vingt-cinq ans pour la même raison. Je ne peux pas risquer de tout détruire maintenant. Cassandre ne doit rien savoir, je l'ai promis à Isolde.

— Toi, oui, mais moi, non.

Enndall se redressa, le souffle coupé.

— Tu ne ferais pas ça…

— Ce que nous avons fait dans l'empire du Milieu m'a fait perdre ma place, et je ne sais pas si je reverrai un jour ma femme ou ma petite-fille libres. Je sais ce que ça fait, dit-il, pressant une main contre son cœur. Ne crois pas que j'agisse à la légère. Mais si parler à Cassandre est l'unique moyen de te secouer, alors j'ai bien peur que ce soit la seule chose qu'il me reste à faire.

— Tu ne peux pas y aller ! cria Enndall, furieux, oubliant tout à coup le camp des chevaliers, à portée de voix.

— Meng, il doit y avoir une autre option, il faut prendre le temps de réfléchir, tempéra Liz.

— Non, justement, nous n'avons plus le temps ! riposta Meng avant de marcher en direction du pont et de la ville basse, où résidait la famille Baudoin.

Enndall se jeta sur lui.

— Je ne te le permettrai pas !

Meng évita le coup d'Enndall et riposta d'une droite si bien placée qu'il envoya le chevalier rouler à terre.

— Essaye donc ! siffla-t-il avant de s'élancer vers le pont.

Liz se précipita vers Enndall qui se tenait la tête, sonné. Ohanko courut vers Meng, s'arrêta après quelques mètres, hésita, se retourna vers Enndall, puis vers Meng à nouveau qui s'éloignait.

— Mais rattrape-le ! s'emporta Liz. Vite, avant qu'il n'arrive chez Cassandre !

— J'y vais, fit Ohanko, se précipitant derrière Meng.

Déjà Enndall reprenait ses esprits. Il se remit sur pied, chancelant, et fonça à son tour vers le pont.

— C'est pas vrai, grimaça Briséïs, attrapant à deux mains les pans de sa robe.

Leonel et Aeneas étaient déjà partis. Liz suivit Briséïs, pestant dans sa masse de jupons.

Les deux jeunes hommes rattrapèrent Enndall sur le pont, au milieu des charrettes. Ils tentèrent de le calmer, ce qui l'échauffa plus encore, mais ils le ralentirent assez pour que Briséïs et Liz puissent les rejoindre. Devant la propriété du lieutenant Ebrard, Enndall attrapa Briséïs par le bras.

— Va voir si Meng et Ohanko sont à l'intérieur, et qui est avec eux. Dépêche-toi !

Elle s'avança, saisit le heurtoir, mais la porte s'ouvrit avant qu'elle n'ait le temps de frapper.

— Asseyez-vous, elle ne va pas tarder, disait le lieutenant Baudoin, tourné vers Meng et Ohanko debout dans la salle à manger. Tiens ! Damoiselle Briséïs. Vous cherchiez vos amis ? Ils sont ici, entrez si vous voulez, Cassandre est en haut, elle arrive. Je m'excuse, je dois partir, une affaire urgente m'attend.

Il la salua et s'en fut, l'air soucieux. Les pas de Cassandre se firent entendre dans l'escalier. Ohanko prit le bras de Meng qui se dégagea avec un regard noir. Ne sachant qui d'autre se trouvait dans la maison, Briséïs adressa une grimace en direction d'Enndall, puis entra.

— Messieurs ? fit Cassandre souriante en arrivant au pied de l'escalier. Damoiselle Briséïs, bonjour.

— Dame Cassandre, fit Meng en s'inclinant dans un salut chinois formel, nous sommes venus vous informer que…

— Le chevalier d'Imbert a-t-il l'intention de me rendre visite ? coupa Cassandre, dissimulant mal son enthousiasme.

— Il nous a chargés de vous prévenir que…

Meng hésita.

— Il va bien au moins ? s'inquiéta Cassandre.

— Oui, bien sûr, il voulait simplement vous dire que… que… qu'il aimerait pouvoir consulter le testament de votre mari, si vous le lui permettez.

— Naturellement, puisque je le lui ai proposé. Quand compte-t-il…

La porte s'ouvrit et Enndall entra en trombe.

— Messire d'Imbert ! s'exclama Cassandre, que vous est-il arrivé ?

Enndall se figea dans sa course.

— Votre œil, précisa Cassandre, posant sa main sur son bras. Avez-vous reçu un coup ? Venez vous asseoir. Alors, vous vous êtes enfin décidé à venir consulter le testament de mon mari, poursuivit-elle, saisissant un linge propre qu'elle trempa dans une bassine pour le lui appliquer sur le pourtour de l'œil, déjà légèrement rosé.

Enndall étudia Meng et Ohanko d'un air circonspect, puis revint à Cassandre, qui poursuivait :

— Vous auriez dû venir plus tôt. Je ne l'ai pas ouvert moi-même, Roland m'avait défendu de m'intéresser à ses recherches sur la vouivre. J'imagine qu'il voulait me garder de la fureur du Malin, aussi ai-je respecté son vœu. Mais il m'avait également demandé de faire lire ses notes à un chevalier que j'estimerais de confiance si jamais il échouait. Son testament contient d'importantes informations, et je n'aurais pas aimé vous voir partir en chasse sans l'avoir consulté.

Elle interrompit son geste, rougit et se mordit la lèvre, honteuse.

— Vous allez peut-être me trouver stupide, mais j'ai déjà perdu mon mari et… je vous apprécie beaucoup. Je serais tellement triste si vous connaissiez son sort…

— Je ne vous trouve pas stupide, sourit Enndall, dégageant doucement une mèche de cheveux de Cassandre, penchée au-dessus de lui, pour mieux voir son visage.

Voyant qu'elle baissait les yeux, troublée par tant de promiscuité, il se ressaisit.

— Le testament de votre mari se trouve-t-il dans cette maison ?

— Oui, mon père le garde dans un coffre verrouillé. Mais je sais où il cache la clé.

— N'est-il pas au courant de ce que votre mari vous a demandé de faire ?

— Non. Je ne sais pas pourquoi, mais je ne vais pas aller le lui demander… Voulez-vous le consulter en privé ?

— J'ai toute confiance en mes amis, répondit Enndall.

— Bien. Je vais le chercher.

17

LE TESTAMENT DE COURNONSAC

Cassandre partit dans la pièce voisine. Le bruit de ses pas sur le plancher grinçant, le mécanisme d'une serrure, un tiroir qui s'ouvre… Encore tendu, Enndall adressa un hochement de tête reconnaissant à Meng. Le général se contenta d'aller ouvrir la porte d'entrée sur laquelle on venait de frapper trois petits coups discrets. Liz, Leonel et Aeneas entrèrent au moment où Cassandre revenait, un long parchemin roulé à la main.

— Dame Liz, messieurs, fit-elle en les saluant, un peu surprise.

— J'espère que vous ne voyez pas d'inconvénient à leur présence, commença Enndall, mais leurs conseils me seront utiles si…

— Tous vos amis sont les bienvenus chez moi, le rassura Cassandre en lui tendant le parchemin.

Le sceau de Cournonsac, un faucon sur une croix tréflée, avait déjà été brisé. Enndall caressa la fine peau de cuir du parchemin, se décida enfin à le dérouler dans un silence religieux. Il observa quelques instants le texte écrit à l'encre noire sur des lignes très serrées, jetant des regards vers Cassandre qui ne le quittait pas des yeux, puis vers Briséïs.

Mine de rien, Briséïs se rapprocha de la table. Avec les derniers événements, elle avait complètement oublié qu'Enndall ne savait pas lire. C'était enfin logique : un simple serviteur ne recevait pas l'éducation d'un chevalier. Elle le sentit se détendre légèrement. Un peu trop tôt : il s'agissait d'une de ces écritures calligraphiques typiques du Moyen Âge, parfaitement hermétiques pour une jeune Française du XXIe siècle.

— Peut-être pourriez-vous lire les passages qui vous concernent à voix haute ? proposa Cassandre, rongée par la curiosité. Mon mari m'avait demandé de ne rien lire pour me protéger du Malin, pour ma sécurité. Mais maintenant que vous allez utiliser son testament, je finirai bien par en prendre connaissance…

— Peut-être serait-il préférable que *vous* le lisiez à voix haute, proposa Briséïs. De cette façon, vous serez assurée de préserver l'intimité de votre famille.

Le visage de Cassandre s'éclaira. Elle croisa le regard d'Enndall, attendant anxieusement son autorisation.

— C'est une bonne idée, convint le chevalier après avoir fait mine d'hésiter.

— Merci, souffla Cassandre, profondément reconnaissante.

Elle s'assit à la table, tendit entre ses mains légèrement tremblantes le rouleau de parchemin. Elle devait attendre ce moment depuis longtemps. Des jours durant, elle s'était retenue d'aller ouvrir le coffre où se trouvait le testament de son mari, sachant pertinemment où se trouvait la clé. C'était une femme d'une droiture remarquable, se dit Briséïs. Elle ne méritait pas les médisances qui circulaient à son propos. Enndall paraissait du même avis : une certaine fierté bombait à présent son torse, au point qu'il réussit à croiser le regard de Meng sans baisser les yeux.

Cassandre avait oublié sa promesse de lecture à voix haute et lisait à toute allure. Arrivée au dernier paragraphe, elle lâcha une exclamation de surprise, laissa le rouleau se refermer de lui-même et le serra entre ses mains, comme pour protéger son contenu.

— Je comprends maintenant pourquoi mon mari n'a rien dit à mon père, dit-elle après un long silence. Baudoin n'aurait jamais été d'accord pour que l'on révèle ce qui est écrit ici. Ce texte ne concerne pas que la vouivre.

— Si vous préférez garder ces informations pour vous, nous comprendrons, répondit Enndall.

Cassandre hésita, serrant plus fort le parchemin entre ses mains.

— Le choix serait impossible si je devais le faire moi-même, mais Roland l'a fait pour moi. Je respecterai donc sa volonté, même si cela ne plaira pas à mon père. La sécurité des gens de Carcassona passe avant tout. Mais dites-moi d'abord : allez-vous réellement chasser la vouivre ?

Un tic dérangea le visage d'Enndall.

— Si cela est votre désir.

— Il le faut.

— Alors je n'hésiterai pas.

Meng voulut prendre la parole, mais Ohanko le retint : Cassandre n'avait pas terminé.

— Surtout, il ne faudra rien dire à ma mère, elle est beaucoup trop fragile. C'est à propos de Théobald, mon frère. Il est écrit ici que Théobald a participé à l'expédition de mon mari. En fait, il est écrit qu'il a servi de guide. Pourtant, je croyais que seuls quelques paysans étaient capables de retrouver le lac de la vouivre… Comment Théobald peut-il savoir une chose pareille ? Mon père est forcément au courant, c'est lui qui a organisé l'expédition de Roland. Et le sénéchal, notre grand-père, qui a été obligé de mettre tous les paysans sous fers… Voilà pourquoi Baudoin amène Théobald partout avec lui, pourquoi il l'a obstinément tenu à l'écart pendant les funérailles ! Et voilà pourquoi Théobald agit si bizarrement en ce moment ! Mon pauvre frère, et moi qui étais prête à me mettre en colère contre lui ! Imaginez-vous un peu, avec son état mental, être témoin du massacre de Roland !

Sa voix se brisa, elle serra les lèvres pour retenir son émotion. Enndall posa une main sur son épaule. Cassandre se ressaisit et lut pour eux un passage à voix haute :

— « Seul Théobald montera avec moi jusqu'au lac. Sa nature enfantine ne devrait pas effrayer la vouivre. Il me montrera son antre, puis il ira se cacher et observera ma chasse de loin. Si je ne survis pas, je veux qu'il puisse montrer au prochain chevalier exactement où et comment j'ai été vaincu. La vouivre a un secret. Si nous n'arrivons pas à la battre, c'est parce que personne ne vit jamais assez longtemps pour venir rapporter ses manœuvres aux suivants. »

Elle reposa le parchemin, appuya ses mains tremblantes contre le bois de la table comme le faisait toujours Enndall.

— Mon père a lu ce texte et il n'en a pas fait profiter le chevalier de Montourg. Il n'acceptera jamais de laisser Théobald repartir. Même si mon frère revenait une deuxième fois sain et sauf, le risque est beaucoup trop grand, surtout quand on pense aux manigances de l'archevêque.

— De l'archevêque ? releva Briséïs.

— Le seul moyen serait de partir discrètement, à l'aube, poursuivit Cassandre, plongée dans ses pensées.

La porte d'entrée s'ouvrit et Théobald apparut, une poule sous le bras. Il s'arrêta sur le palier, surpris, mais bien vite les gratifia d'un large sourire :

— Cot-cot-codeeec dirait la poule ! Quel plaisir de voir tant de monde chez moi, ajouterai-je ! Tout à fait d'accord avec la poule. Mais à condition qu'on ne la mange pas pour souper, j'ai l'intention de dormir avec.

— Théobald, assieds-toi, nous avons à te parler, lui ordonna Cassandre.

— C'est que la poule est pressée, elle veut aller pondre un œuf.

— Je n'ai pas le temps de rire, Théobald. Assieds-toi s'il te plaît.

Théobald posa sa poule sur la table et s'assit entre Enndall et Liz, distribuant des sourires aux uns et aux autres.

— Je viens d'ouvrir le testament de Roland, Théobald. Je sais que tu es capable de retrouver le lac de la vouivre.

— Ah, ça ! soupira-t-il.

— Comment est-ce possible, Théobald ? Qui t'a montré le chemin ?

— Je me suis fait copain avec Tederic en allant passer du temps chez l'oncle du cousin, tu sais, Maurin de Montbazin. C'est Tederic qui m'a expliqué comment trouver le chemin, avant que ça devienne la folie et que tout le monde coure après la vouivre. À la demande de papa, l'inquisiteur a accepté que les fers me soient épargnés, à condition que je vienne me confesser tous les jours chez lui.

Il singea une énorme grimace pour Briséïs.

La poule faisait des ronds sur la table. Elle vint piquer de son bec les mains de Briséïs qui les retira vivement.

— Il ne faut pas jouer avec les méchantes bê-bêtes qui vous veulent du mal, sourit Théobald. Tederic y est retourné avec le chevalier de Montourg. Il n'aurait pas dû. Il n'est pas beau à voir, Tederic, depuis qu'il est rentré sans Montourg.

— Théobald, Messire d'Imbert va avoir besoin de tes services, et… malgré ce qu'il m'en coûte, j'aimerais que tu acceptes de l'aider. Enndallor est un chevalier exceptionnel, il te protégera.

Enndall s'agita sur sa chaise. Théobald le toisa de son regard croisé. Son sourire s'élargit.

— Je n'en doute pas.

— Vous partirez à l'aube. Ni père, ni l'inquisiteur, ni personne n'en saura rien. Tu reviendras discrètement comme la dernière fois, et tout rentrera dans l'ordre.

— Si tu le dis.

— C'est un secret entre nous, Théobald, il ne faut en parler à…

Un fracas les fit tous sursauter. Une timbale pleine d'eau s'était écrasée au sol, aux pieds d'Isolde qui s'était appuyée contre le chambranle de la porte de la cuisine, le souffle coupé. Enndall sauta sur ses pieds.

— Comment oses-tu, souffla-t-elle avant que Cassandre n'accoure pour la soutenir.

— Maman ! Que fais-tu là ? Tu devrais être couchée ! Ce n'est pas la première fois, tu n'es pas raisonnable !

— Tu viens ici…

— Dame Ebrard, je…

— Le chevalier d'Imbert est simplement venu nous dire au revoir, les coupa Cassandre, il doit reprendre son chemin vers les bords du monde connu. Viens, laissons Théobald le raccompagner, c'est l'heure de ta toilette.

Tout en soutenant sa mère par le bras, elle fit de gros yeux à Enndall et à son frère pour les enjoindre de partir.

— Je ne crois pas que la poule aime cette maison, finalement ! s'exclama Théobald.

Il se jeta sur la table et la tira vers lui par une patte. La poule poussa de grands cris et battit des ailes.

— La ferme ou je te donne à manger aux gargouilles !

Et, lançant un clin d'œil à Liz, il ajouta :

— Elles aiment bien, la nuit, qu'on leur laisse un petit quelque chose sur le pas de la porte. Venez avec moi ! Il y a un spectacle en ville que je n'aimerais pas manquer.

— Tu es au courant de ma situation, dit Enndall, marchant d'un pas vif au côté de Théobald.

Ce dernier se frayait un chemin dans le tumulte de la rue, la poule sous le bras, comme s'il avait le feu aux fesses.

— Tu étais au courant et tu n'as rien dit. Je ne sais comment te remercier.

— Ramène-nous vivants de chez la vouivre, ça sera un bon début, suggéra Théobald. Et tiens-moi ma poule, je dois acheter des légumes.

Enndall donna la poule à Liz, qui la passa à Aeneas, qui voulut la remettre à Ohanko, mais ce dernier croisa les bras, déterminé à ne pas la prendre.

— Alors tu connais le chemin ? Tu peux vraiment nous y emmener ? poursuivit Enndall.

— C'est vrai que je sais comment y aller. Mais si je n'ai pas complètement perdu la boule comme Tederic, c'est parce que je ne suis jamais resté près du lac la nuit. Au début Roland voulait que je reste avec lui pour le regarder de loin attaquer la vouivre, mais finalement ça ne s'est pas passé comme ça… Tout ce que vous avez de pourri, s'il vous plaît.

— J'ai ces salades, messire, juste un peu gâtées, pas trop.

— Merci, je les prends !

Théobald repartit au trot, les autres le suivant à grand-peine. Il ajouta, criant par-dessus son épaule :

— Je suis descendu rejoindre les autres avant la nuit. Je n'ai jamais vu la vouivre. Je ne peux pas vous raconter comment elle attaque ses proies.

— Le secret de la vouivre, c'est qu'elle reste invisible, dit Leonel discrètement à Briséïs. Il faudra peindre encore, ce soir.

— Même si nous peignions toute la nuit, je ne crois pas que ce serait suffisant, lui glissa Briséïs.

— Mais Tederic, lui, pourrait nous raconter comment elle attaque ses proies ? demanda Enndall.

— Oui puisqu'il l'a vu. Il aurait pu.

— C'est trop tard ?

— Il ne doit pas vous rester bien plus de cinq minutes.

— Cinq minutes ?

Briséïs n'entendit pas la réponse de Théobald. Ils venaient de déboucher sur une grande place carrée où des hommes et des femmes, massés autour d'une estrade, levaient le poing en criant et se bousculaient les uns les autres, emportés par leur colère.

— C'est par là ! s'écria Théobald d'un ton surexcité qui ne présageait rien de bon.

— La poule ! J'ai perdu la poule ! pesta Aeneas en se baissant pour fouiller entre les pieds, bousculé par les badauds impatients.

Briséïs plongea à son tour dans la forêt de jambes, cherchant le volatile. Soudain, les exclamations fusèrent plus violemment encore, et une voix grave tonitrua :

— FAITES PLACE !

— Poussez-vous !

— C'est mon pied ! Fais gaffe où tu marches !

— À MORT ! À MORT ! À MORT !

Briséïs émergea de la forêt de jambes, juste à temps pour éviter de se faire renverser par cinq cavaliers. Parmi eux se trouvait Baudoin Ebrard, les traits tirés, concentré sur son objectif : l'estrade dressée au milieu de la place. Derrière les cavaliers suivait une charrette menée par un homme d'armes. Debout à l'arrière, les mains liées, se tenait Tederic, l'homme que Briséïs et Leonel avaient vu dans la prison de l'inquisiteur. Prostré, les cheveux en bataille, Tederic promenait un œil hagard sur la foule, son visage et son torse maculés d'un curieux mélange de vert et de brun.

— À MORT ! hurla encore quelqu'un, et un légume pourri s'écrasa contre l'épaule de Tederic, marquant sa pauvre tunique d'une énième tache verdâtre.

Outrée, Briséïs se retourna vers le lanceur. Théobald lui accorda un sourire extatique, prépara un second projectile et le lança avec véhémence, hurlant de toutes ses forces :

— SALE POSSÉDÉ ! À MORT ! À MORT !

— C'est lui ! C'est Tederic, l'homme qui a vu la vouivre ! s'exclama Leonel.

Ohanko attrapa brusquement le bras de Théobald, lui faisant lâcher sa troisième salade :

— Qu'est-ce que tu fais ? N'est-il pas ton ami ?

— À cette heure, ce qu'il était n'a plus d'importance.

— Mon Dieu, ils vont le pendre ! réalisa Liz, pointant le doigt vers l'estrade.

Le mouvement de la foule les avait rapprochés du centre de la place. Briséïs découvrit la corde qui pendait au bout du poteau, au milieu de l'estrade. Un homme à la capuche noire attrapa Tederic tout tremblant par les épaules pour l'aider à franchir le vide entre la charrette et la potence.

— Pourquoi le pendent-ils s'il est l'un des seuls hommes à pouvoir encore nous renseigner sur la vouivre ? rugit Enndall.

— Ordre de l'archevêque, rétorqua Théobald avec un sourire affable. Ce n'était pas un si bon guide, Montourg est mort par sa faute. Et puis, maintenant qu'il est devenu tellement dingue qu'on croirait que c'est le diable lui-même qui l'habite, Tederic n'est plus bon à rien. Sauf à nous offrir un joli spectacle !

— Ton père laisse faire cela ? s'étonna Aeneas.

— Mon père obéit à la foule, comme tout bon dirigeant.

Soudain, Théobald leva le bras et mordit la main d'Ohanko, qui le tenait toujours. L'Indien laissa échapper un cri de douleur, Théobald se libéra et se jeta au cœur de la foule, scandant avec elle :

— À MORT ! À MORT !

— Enndall ! appela Meng, il faut parler au lieutenant ! On peut encore tout arrêter !

Enndall tenta une percée, mais la foule était si dense autour de l'échafaud, jamais ils ne parviendraient à la traverser.

— Poussons ensemble ! proposa Leonel, se jetant de toutes ses forces entre deux brutes costaudes qui l'envoyèrent bouler d'un revers de main.

Le bourreau avait passé la corde autour du cou de Tederic. Ne lui restait plus qu'à retirer d'un coup de pied le tabouret sur lequel se tenait le condamné. Un prêtre lui demanda d'attendre quelques instants, le temps d'une dernière prière. Tederic semblait trop hébété pour réagir.

— Je dois bien avoir quelque chose qui puisse attirer l'attention, pesta Liz en retournant son sac et en plaçant la moitié de ses objets insolites dans les mains d'Aeneas.

— Ton truc qui fait du bruit ! Celui qui a fait peur au roi Agis !

— Je sais, Aeneas, je le cherche ! Je le cherche !

Enndall tira son épée de son fourreau, mais cela n'eut aucun effet sur la foule focalisée sur le spectacle. Le prêtre avait fini sa prière.

— Je l'ai ! Je l'ai ! s'exclama Liz, secouant frénétiquement une petite boîte noire pour déplier son frustac, son haut-parleur miniature. ARRÊTEZ ! ARRÊTEZ TOUT DE SUITE ! hurla-t-elle à l'intérieur.

Mais sa voix ne porta pas au-delà de trois rangs plus loin.

— Il n'y a plus d'énergie ! glapit-elle, catastrophée.

Une vague d'exclamations parcourut la foule. Le tabouret était tombé. Tederic tressaillit un court instant, puis s'immobilisa, se balançant légèrement au bout de sa corde. Un silence de mort envahit subitement la place, comme si la foule prenait tout à coup conscience de sa folie.

— C'est fini, annonça Meng, baissant les bras.

Enndall n'était pas encore prêt de l'admettre. Profitant de l'hésitation de la foule, il se fraya un chemin près de la charrette jusqu'à Baudoin, remonté sur son cheval. Briséïs lui emboîta le pas. Progressivement, la foule reprenait vie, et le brouhaha des commentaires désobligeants refaisait surface.

— Messire Ebrard ! lança Enndall, cet homme avait des informations capitales à propos de la vouivre ! Jamais vous n'auriez dû…

Le lieutenant se tourna vers Enndall, remarquant son fils tout proche du chevalier :

— Théobald ! Que fais-tu là ? Je t'avais demandé de rentrer à la maison !

— J'ai eu à faire.

— Mon fils, quand je te demande de faire quelque chose, ce n'est pas sans raison ! Tu n'aurais jamais dû voir ça !

— Quoi, ça ? demanda Théobald, pointant du doigt le pendu, l'air fasciné.

Un étrange rire strident s'élevait de l'échafaud. Pourtant le bourreau ne se trouvait plus là. Seul pendait au bout de sa corde le pauvre Tederic, le teint vert et… et le sourire aux lèvres.

Briséïs se fraya un chemin entre les badauds affolés jusqu'au bord de l'estrade. Le rire s'amplifiait, prenait une ampleur démentielle sortie tout droit d'un film d'horreur. Puis, d'un seul coup, Tederic releva la tête et se mit à danser au bout de sa corde, hurlant de rire, pédalant dans le vide comme un nouveau-né découvrant son corps.

Briséïs se figea, pétrifiée, à peine consciente de la vague de terreur qui gagnait la foule derrière elle.

— UN DÉMON ! C'EST UN DÉMON ! hurlaient les gens, ceux de devant cherchant à s'éloigner, butant contre ceux de derrière, trop curieux pour se décider à quitter la place.

— Poussez-vous ! cria Baudoin.

Sautant de son cheval, il dégaina son épée, bondit sur l'estrade, brandit haut sa lame et d'un coup sec trancha la corde du pendu. Son épée alla se planter dans le poteau de bois, et le corps de Tederic tomba comme une masse sur le sol. Un instant, Briséïs crut que tout était fini. Mais bientôt le rire perçant de Tederic se fit à nouveau entendre. À plat ventre, il se mit à taper des pieds sur les planches pour accompagner son rire.

— Videz-moi cette place ! ordonna Baudoin.

Ses soldats sortirent de leur stupeur, levèrent leurs lances à deux mains devant la foule pour la repousser.

— Reculez, reculez !

Briséïs se retrouva coincée derrière une lance.

— Lieutenant Ebrard ! s'écria Enndall, ficelez-le et ramenez-le chez l'inquisiteur, il pourrait nous être utile !

Baudoin parut hésiter, mais une nouvelle déferlante de ricanements l'aida à trancher. Tederic avait trouvé le moyen de se défaire de ses liens et continuait de se tordre de rire, allongé sur les planches. Baudoin recula de trois pas.

— Coupez-lui la tête, ordonna-t-il à deux de ses hommes.

— Couper la tête d'un démon ? bégaya l'un des soldats.

— Vous n'avez qu'à trouver le bourreau !

Mais le bourreau s'était enfui depuis longtemps. Un mouvement de foule repoussa la première ligne de badauds en avant. Le soldat près de Briséïs perdit son appui. Elle en profita pour se mettre à genoux et passer sous la lance. Bousculée, elle retrouva l'équilibre en s'accrochant à l'estrade. Elle sentit une main lui attraper les cheveux. Tederic attira son visage tout près du sien.

— Nous vous connaissons, susurra-t-il avec un sourire machiavélique, sa voix plus aiguë que celle qu'elle lui avait entendue dans la prison de l'inquisiteur.

— Comment fait-on pour vaincre la vouivre en arrivant au lac, Tederic ? demanda précipitamment Briséïs, soutenant son regard. Comment fait-on pour la voir ? Comment attaque-t-elle ses proies ?

Tederic éclata de rire. Il avait une haleine de cheval, à réveiller les morts. Il ne sentait pas encore la mort comme l'homme qui l'avait attaquée une nuit, mais il avait le même regard vitreux... Avait-elle affaire à un kobolde ?

— Comment fait-on pour trouver le château du roi des Aulnes ? essaya-t-elle encore.

Tederic hoqueta, puis rit de plus belle.

— Comment fait-on pour passer de l'autre côté ? Dans le Monde du Rêve ?

— Le Rêve ? dit Tederic, les yeux brillants.

— Tu préfères ce monde, n'est-ce pas ? Tout est plus logique pour toi là-bas. C'est comme ici, mais sans le temps ni les obstacles physiques...

— Comme ici, mais dans l'autre sens.

— Briséïs ! s'exclama Enndall.

Baudoin, qui était remonté sur son cheval, suivit le regard d'Enndall et sauta à terre.

— L'autre sens ? reprit Briséïs, quel autre sens ?

— Le reflet.

— Le reflet ? Quel reflet ? Le reflet du lac ? Ou...

Briséïs songea au discours d'Ugolin Popian :

— Les reflets de lune sur le lac ? Ceux des Encantadas, pour mieux voir ? Tu parles des habits de lune des Encantadas ? Il faut les utiliser pour mieux voir l'autre monde ? Comment ?

— L'éclairer. Boum, la lumière ! Le rêve, aussi beau que celui-là...

Il porta sa main libre vers le cou de Briséïs, saisit le fil léger de son pendentif qu'il tira vers lui. À cet instant, Baudoin, debout sur l'estrade, lui asséna un gigantesque coup dans les côtes à l'aide d'un gourdin. Tederic lâcha Briséïs sans cesser de rire. Voyant leur lieutenant aux prises avec le démon, quatre soldats se précipitèrent pour l'aider. Ils traînèrent Tederic hilare derrière l'estrade, pendant qu'Enndall, qui avait enfin réussi à se dégager, courait vers Briséïs.

— Tu n'as rien ? s'exclama-t-il, affolé.

— C'est un kobolde dans son corps ! Ce qu'il m'a dit n'avait ni queue ni tête, mais c'est une chimère, Enndall ! Comme celle qui m'a attaquée l'autre soir !

— Bravo ! Bravo ! s'exclama en battant des mains Théobald, qui avait lui aussi réussi à contourner la barrière de soldats. Quel beau spectacle ! Vraiment !

Briséïs nota, un peu troublée, la ressemblance de son rire avec celui de Tederic.

— Théobald, viens par là ! dit Enndall, l'empoignant par le bras. Tant pis pour le kobolde, il faut partir. Si le père de Théobald le ramène chez lui, il ne le laissera jamais ressortir.

Ils avaient traversé la foule et retrouvé leurs amis quand un coup retentit, sec et brutal. Le rire de Tederic cessa abruptement.

18

L'HABIT DE LUNE

Cassandre les attendait assise au fond de la salle commune de l'hospice, une large capuche couvrant sa coiffe en pain fendu.

— Pour votre voyage, dit-elle en glissant discrètement à Enndall une bourse bien pleine. J'insiste, je vous dois bien cela. Vous allez risquer votre vie, ajouta-t-elle, comme Enndall s'apprêtait à protester. Vous pourrez louer des chevaux près de la porte sud de la ville, sur le chemin du lac. Il faudra vous montrer prudents : la frontière avec le royaume d'Aragon n'est pas loin, et les écorcheurs et mercenaires non plus. Ils sont de plus en plus nombreux dans les montagnes, et se rapprochent dangereusement de Carcassona.

— T'inquiète, sœurette, le chevalier de l'ordre du Dragon nous protégera, rétorqua Théobald en tapant brusquement sur l'épaule d'Enndall.

— Va demander une paillasse à Jacin pour dormir ce soir, Théobald, ordonna Cassandre, poussant son frère dans le dos.

Elle attendit qu'il parte en traînant des pieds pour prendre les mains d'Enndall dans les siennes et murmurer :

— Ne laissez pas Théobald s'approcher trop longtemps du lac. Il n'a pas conscience du danger.

Briséïs n'avait aucun mal à se l'imaginer. Face au spectacle de l'exécution de Tederic, Théobald n'avait pas imaginé se retrouver bientôt dans la même situation.

— Je le renverrai en sûreté avant que la nuit tombe, je vous le promets, répondit Enndall.

— Elle ne nous a pas souhaité bonne chance, à Briséïs et à moi, constata Liz en entrant dans la chambre.

— Parce qu'elle ne peut concevoir que vous nous accompagniez, et elle a tout à fait raison, répondit Meng.

— Il est hors de question que je reste ici ! s'exclama Briséïs, outrée.

— Mieux vaut emmener Briséïs, approuva Leonel. Avec son expérience, elle comprend des choses qui nous échappent. Et si Briséïs vient…

— Si vous croyez que vous allez m'abandonner toute seule ici ! s'exclama Liz avec force.

Leonel fit un geste démonstratif : Liz avait terminé sa phrase.

— Comme vous voudrez, soupira Meng avant de se tourner vers Enndall : toi, tu as de la chance que les choses se soient si bien arrangées.

— Tu parles comme si tu n'avais jamais rien eu à te reprocher, Meng, s'interposa Liz. On t'a bien pardonné tes frasques égocentriques, chez toi. Tu pourrais en faire autant pour Enndall.

— Moi, je ne vous ai jamais menti en vous regardant droit dans les yeux. Et surtout pas à propos de mes compétences ! À partir de maintenant, je prends le commandement de ce groupe.

— Nous devons maintenir les apparences, Enndall doit mener la troupe.

— En apparence, alors. Seulement en…

La porte s'ouvrit et Théobald stoppa net à l'entrée, une paillasse sous le bras.

— Pardon, je vous dérange ?

— Non, bien sûr, répondit Enndall. Entre, fais comme chez toi.

Théobald installa sa paillasse entre les deux lits, distribuant des sourires à chacun. Sa bonne humeur dénotait, au milieu du silence tendu.

— Eh bien qu'est-ce qui vous prend ? fit-il, sautant sur sa paillasse. Je croyais que vous étiez contents d'aller chasser la vouivre ?

— Nous le serions si nous savions comment la vaincre, Théobald, expliqua Liz comme si elle parlait à un enfant, mais le seul qui l'a vue en action vient de mourir.

— Pendu, oui… C'est embêtant, c'est vrai. Mais bon, ce n'est pas une si grande perte, puisque les chevaliers qu'il a conseillés n'ont pas survécu. Vous aurez plus de chance si vous demandez conseil à la sorcière près du lac.

— La sorcière près du lac ?

— Celle qui a conseillé Roland de Cournonsac. Évidemment, lui ça ne l'a pas aidé beaucoup non plus, mais peut-être n'a-t-il pas posé la bonne question ? La sorcière est capricieuse, elle n'accepte de répondre qu'à une seule question, au coucher du soleil, voyez.

— Sais-tu quelle question le chevalier de Cournonsac lui a posée ? demanda Enndall.

Théobald hocha vigoureusement la tête :

— Il lui a demandé comment voir la vouivre dans toute sa clarté. C'est ce qu'il avait prévu, du moins.

— Laisse-moi deviner, dit Briséïs, la sorcière lui a répondu que pour voir d'une clarté limpide, il fallait voler à une fée Encantadas son habit de lune ?

Théobald haussa les épaules, les yeux écarquillés.

— C'est ce que Ugolin Popian ne cesse de répéter, rappela Briséïs aux autres. Mais il ne veut jamais s'expliquer. Il ne connaît probablement pas la réponse. Il faut donc demander à la sorcière comment voler à une fée Encantadas son habit de lune.

Ses amis approuvèrent.

Le cœur plus léger, Briséïs sortit sa plume et son carnet, espérant sans trop y croire qu'on ne lui ferait pas de remarques. Voir la vouivre ne suffirait pas. Il lui fallait absolument trouver comment la capturer efficacement avec son sablier. Seul Benji serait capable de lui venir en aide. Leonel nota le premier ses gestes un peu trop désinvoltes.

— Si tu veux te rappeler d'informations capitales, c'est le moment ou jamais, dit-il, s'allongeant sur son lit.

— Je veux juste… écrire un peu…

Il balaya ses bredouillements d'un geste de la main.

— J'ai besoin de réfléchir, renchérit-elle, agacée. Vous voulez que je trouve le moyen de maîtriser la vouivre, non ?

— Ne tarde pas, commenta Meng, nous allons avoir une longue journée demain.

Elle se concentra sur son ouvrage.

— Belle plume, lança Théobald, allongé sur sa paillasse, la tête appuyée sur le bras. De quel oiseau vient-elle ?

— D'un grand oiseau blanc, répondit Briséïs, priant pour que le rouge ne lui monte pas aux joues. D'un cygne, sans doute.

— Ou d'une cigogne, peut-être ? Il y a du noir au bout. Très jolie, en tout cas.

Soulagée qu'il n'aille pas plus loin, elle releva bien haut ses genoux pour cacher son carnet.

Sous sa dernière phrase, la devinette du père Popian écrite dans la taverne, Benji avait inscrit : « Un lac ? » Elle se retint de sourire, trempa sa plume dans l'encrier. « Oui, c'est un lac. »

Sa vue se brouilla, et l'air frais de la salle ronde des passeurs lui caressa le visage.

— Alors, tu as récupéré la bague de l'Alpha ?

— *Pas encore, j'ai essayé mais...*

— Il y a plus urgent. J'avais laissé un message dans le casier où j'ai trouvé tous les documents de Jules, enchaîna immédiatement Benji sans lui laisser le temps d'expliquer la raison de sa devinette. J'avais écrit « Pour la vérité. » Histoire de m'excuser, si je volais le trésor de quelqu'un. Et parce que ça m'amusait. J'y suis retourné, et devine quoi : il y avait une réponse !

Il tira un papier de sa poche et le déplia vivement devant elle. Elle posa sa main invisible sur la sienne, pour l'immobiliser et mieux lire le message manuscrit :

Tu as pris quelque chose qui m'appartient. Si tu me le rends, je te donnerai la clé qui te manque pour découvrir la vérité que tu cherches.

Ce n'était pas l'écriture de son père. L'écriture de son frère avait dû évoluer, entre les onze ans qu'elle lui connaissait et son âge adulte, pourtant il lui semblait que ce pourrait être la sienne. Son cœur battait plus fort, tout à coup.

— *Jules ?* demanda-t-elle d'une voix étranglée.

— Qui d'autre ?

— *Alors il est quelque part dans la Citadelle ?*

— Il faut croire. Ce serait logique. D'habitude on n'en sort pas aussi facilement que toi, je te ferais remarquer. Lis la suite.

Briséïs tenta de se concentrer sur la suite de la lettre. Exercice difficile, tant son esprit était accaparé par l'absurdité de la situation. Les jeux de temps lui montaient à la tête. Comment son frère adulte pouvait-il se trouver dans la Citadelle pendant que son frère adolescent était encore bien à l'abri chez elle ? L'absence de temps n'était pas concevable pour un cerveau humain, se dit-elle, se forçant à se concentrer. Cela ne servait à rien d'essayer de comprendre. Il fallait remédier au plus urgent.

Soudain une idée la frappa comme une évidence :

Si, comme le pensait Benji, Jules connaissait son présent et la guidait depuis le futur, il avait certainement tout orchestré pour que Benji puisse recevoir cette fameuse clé juste avant qu'elle se rende au lac de la vouivre… Jules comptait lui expliquer comment capturer la chimère avec son sablier. Comment reproduire exactement le rituel dont elle avait été partiellement témoin dans la pagode chinoise. Une immense vague de soulagement l'envahit. Oui, Jules allait lui venir en aide.

— Briséïs ? fit Benji, ne sachant que penser de son silence.

Briséïs lut le reste du message :

Fais venir Alfred Richet comme on fait venir une chimère, et attends près du tableau. Je serai là, je t'attendrai.

. . .

— *Je ne comprends pas*, grogna-t-elle.

— Alfred Richet, c'est le nom de celui qui a fondé l'hôpital par lequel tu es arrivée dans la Citadelle, répondit Benji. L'hôpital où se trouve encore ton corps, jusqu'à la fin de tes neuf mois hors-temps dans le Monde du Rêve. Je t'avais montré son tableau, dans la Citadelle, tu te souviens ?

— *Évidemment !* répliqua Briséïs d'un ton sec. *Pardon... Je sais très bien qui est Alfred Richet, ce que je ne comprends pas, c'est pourquoi il te donne rendez-vous là-bas, et sans même donner de jour ni d'heure.*

— Il doit avoir ses raisons. Je me suis rendu près du tableau et j'ai fait sonner ma cloche. Ça n'a pas fonctionné. Peut-être parce qu'elle est fêlée.

— *Il y a un autre moyen de faire venir une chimère.*

— J'avoue que j'espérais une telle réponse de ta part...

— *Tu dois la dessiner. Mais en te concentrant surtout sur son énergie. Sur son tchi, tu sais, je t'en ai déjà parlé. J'ai dû m'entraîner longtemps pour y arriver, et ça ne marche pas à chaque fois... Mais pour toi, ce sera peut-être plus rapide.*

Benji acquiesça. Ce n'était pas dans sa nature de douter de ses capacités. Pour lui montrer comment faire, Briséïs saisit son poignet. Elle reprit avec lui les mouvements que lui avait enseignés Bai en Chine, tout en maudissant son manque de confiance en Benji. Si elle lui avait parlé plus tôt de la façon de manier le *tchi*, ils auraient gagné un temps précieux.

— *Il faut à tout prix que tu y arrives avant que nous nous retrouvions face à la vouivre,* appuya-t-elle. *C'est elle qui garde le château du roi des Aulnes. Nous y serons demain soir.*

— À ce propos, je me suis un peu plus renseigné sur cette vouivre. Je n'avais pas compris qu'il fallait récupérer une pierre tombée de son front, pour pénétrer dans le château du roi des Aulnes. Tu aurais dû me le dire, ça change tout. Ce qui n'était que supposition devient certitude.

— *Qu'est-ce que tu veux dire ?*

— Il est dit que le Graal fut creusé dans une pierre appelée *Lapsit exillis*, ce que certains traduisent par *Lapis Ex Coelis*, qui veut dire « pierre tombée ». Cette pierre serait tombée du ciel, emportée par celui qui la portait au front et qui subit la plus grande chute de tous les temps : Satan. Cette vouivre qui porte une pierre sur son front est une manifestation du diable lui-même. Puisque le château du roi des Aulnes représente la Citadelle, la pierre de la vouivre doit être le Graal, qu'il faut retrouver pour pénétrer le secret de la Citadelle.

Briséïs digéra l'information.

— *Enndall, notre chevalier, pense que le Graal est la bibliothèque elle-même.*

Benji acquiesça :

— La pierre est le Graal ; la pierre mène au Graal : ce ne sont que deux versions d'une même histoire. Surtout si en plus la vouivre garde le château. Tu avais raison, il faut aller chercher cette pierre pour ouvrir la porte du cœur. Tu vois, toi aussi, tu es capable d'avoir de bonnes intuitions.

Il lui sourit :

— Il ne te reste plus qu'à aller titiller la vouivre.

— *Sauf que jusqu'à présent, tous ceux qui se sont approchés d'elle sont morts.*

— Mais aucun d'eux n'avait de liaison directe avec un élève Alpha dans la Citadelle. D'ici demain soir, j'aurai trouvé le moyen de joindre Jules.

— *Tu as intérêt.*

Elle savait qu'elle n'avait pas le choix, mais que Benji n'essaye même pas de l'empêcher de risquer sa vie, juste pour trouver la porte vers son cher Grand Secret… Il lui avait presque paru jovial, se dit-elle plus tard. À croire qu'il n'en avait rien à faire, qu'elle vive ou qu'elle meurt.

Cette pensée la garda longtemps éveillée.

Elle retrouva pourtant sa bonne humeur le lendemain matin. Benji ne lui avait pas encore laissé de message. Malgré tout Briséïs réussit à répondre sereinement aux questions d'Enndall. Sa maîtrise du *tchi* était l'élément clé, mentit-elle. Sentir la force de vie du dragon en Chine lui avait permis de lui donner des ordres avec le sablier.

En réalité elle savait qu'elle avait pu contrôler le dragon chinois uniquement parce que le chancelier Li avait déjà lié la chimère au sablier. Mais bientôt Jules lui expliquerait comment faire. Il suffisait qu'elle patiente, et qu'elle fasse patienter les autres avec ses mensonges.

Ils sortirent de l'hospice, traversèrent la ville à pied et louèrent des chevaux sans encombre. Particulièrement en forme, Théobald menait leur petit groupe avec entrain le long d'un large chemin couvert d'une fine brume matinale. Derrière eux, les rayons orangés du levant caressaient les tourelles élancées des remparts de Carcassona, et lui rendaient son allure féerique, étouffée entre ses murs.

Tous étaient de bien meilleure humeur. Ces derniers jours, l'atmosphère morbide et nauséabonde de Carcassona les avait davantage atteints qu'ils ne l'avaient imaginé. Sortir en plein air, fût-ce pour aller chasser un monstre, leur redonnait du poil de la bête.

Briséïs mourait d'envie de connaître la véritable histoire d'Enndall. Mais Théobald n'était jamais très loin et le chevalier déchu s'appliquait consciencieusement à préserver les apparences.

— Messire d'Imbert n'est pas bien causant ce matin, remarqua Théobald, approchant son cheval du sien. Qu'est-ce qui l'a décidé à partir en chasse, tout à coup ?

— Une devinette, répondit Briséïs. Je serais d'ailleurs curieuse de savoir ce que tu en penses : quel est l'élément naturel qui déforme son image pour paraître à la fois ce qu'elle est et ce qu'elle n'est pas ?

— Facile, c'est un miroir, répondit-il, tendant le bras pour replacer une mèche de Briséïs derrière son oreille et lui caresser la joue.

Briséïs maudit son propre zèle. Elle se trouvait à nouveau comme une empotée sur son canasson, et voilà qu'elle avait tendu une perche à Théobald pour qu'il vienne lui refaire son numéro.

— Ah ! Je vois, enchaîna-t-il, le grand chevalier de l'ordre du Dragon a surpris son reflet quelque part et a découvert un pleutre. Ce genre de choses, ça donne un coup de fouet.

— Un miroir n'est pas un élément naturel, remarqua Leonel. Tu as l'air d'apprécier les miroirs, c'est la deuxième fois que tu en parles.

Il fit avancer son cheval entre ceux de Briséïs et Théobald, au grand soulagement de Briséïs, même si elle ne l'aurait jamais avoué à Leonel.

— C'est que j'aimerais être mon propre reflet, répondit Théobald. Être moi-même exactement, mais avec un autre point de vue. Et pouvoir m'observer dans toute ma perfection. Malheureusement, il faudrait réussir à passer à travers le miroir, alors c'est compliqué. Ne trouvez-vous pas Dame Liz plus radieuse sans son bonnet pointu ?

D'un coup de talon, il lança son cheval à la suite de celui de Liz. La jeune femme s'était débarrassée de son hennin sitôt sortie de la ville, trop heureuse de sentir à nouveau l'air frais sur son crâne. Ses cheveux roux dansaient librement dans la brise.

— Quel feu follet diabolique !

— Garde tes distances, Théobald, le prévint-elle, le voyant prêt à attraper l'une de ses mèches rousses.

— Il ne faut pas vous offenser, ma dame, ce n'était qu'un compliment.

— Est-ce vrai que pour attirer la vouivre, le chevalier de Cournonsac a caché ses armes dans un buisson et est allé se baigner dans le lac ? demanda Leonel qui trottait à côté. Et qu'il n'a pas été assez rapide quand elle est arrivée pour reprendre ses armes ?

Les autres se rapprochèrent pour écouter la réponse.

— C'est vrai qu'on a retrouvé son cadavre nu comme un ver, dit Théobald, s'adressant tout particulièrement à Liz comme s'ils étaient seuls. Mais personne ne sait vraiment pourquoi il s'était dévêtu : il n'avait jamais parlé d'une tactique d'asticot. Et ce n'était certainement pas pour faire venir la vouivre : elle est là, elle vit dans ces eaux. Elle n'est pas non plus incroyablement rapide, comme le disait Montourg. Mais elle agit exactement comme les gargouilles, ajouta-t-il, se penchant vers Liz, tel un lion prêt à bondir sur sa proie. Toujours dans l'ombre, jusqu'au dernier moment. Et elle ne se contente pas de vous faire mourir de peur, elle mord réellement dans la chair. Tout le problème est là : comment la repérer avant qu'elle ne vous mâchouille ?

À ce mot, il plongea sur Liz et lui mordilla goulûment le cou.

— Théobald ! s'exclama Enndall tandis que Liz le repoussait violemment.

Elle lâcha ses rênes pour mieux le rouer de coups :

— Sale dépravé ! Retente un coup comme ça et je te casse le bras, c'est clair ?

— Surtout qu'elle crache aussi du feu, poursuivit Théobald avec un regard vainqueur, ayant évité les derniers coups de Liz. Si vous attendez qu'elle soit juste devant vous pour la voir, il est déjà trop tard.

— Et Montourg, qui voulait récupérer la pierre pendant qu'elle se baignait ? enchaîna Leonel.

— Moui… Je ne sais pas où il a entendu cette histoire-là. Peut-être entre-t-elle dans l'eau sous les traits d'une femme. Mais si la grosse bêbête est déjà difficile à voir au-dessus de la surface, la plus petite bêbête sous la surface… Enfin, vous ferez bien comme vous voudrez, du moment que vous apportez à la vieille sorcière son miel de cerisier.

— Quel miel de cerisier ?

— Celui qu'il faut lui apporter pour qu'elle accepte de répondre à votre question. C'est son miel préféré, et il ne se vend qu'à Carcassona.

— Et c'est maintenant que tu nous le dis ? s'emporta Meng.

— Comme il sort de ses gonds tout de suite ! Du calme, le jaune, tu peux le porter dès maintenant ton miel, si ça te chante.

Il sortit de la sacoche de son cheval un gros pot en terre, qu'il colla dans les bras de Meng.

Le général resta sans voix. Théobald avait tout prévu.

— Pourquoi n'es-tu pas resté caché pour observer l'attaque, comme le chevalier de Cournonsac te l'avait demandé, le soir où il a attaqué la vouivre ? demanda Enndall. Tu as eu peur ?

— C'est lui qui a changé d'avis une fois là-bas ! Il a dit que je le déconcentrais, allez savoir pourquoi.

En fin d'après-midi, les premières montagnes s'étirèrent vers le ciel comme des colosses de pierre prêts à les écraser au moindre faux pas. La végétation devint plus menaçante : les prairies verdoyantes laissèrent place à une forêt de pins touffus, ponctuée de petites cascades d'où jaillissait un flot continu de murmures mystérieux. Personne n'osait dire mot. Théobald fit obliquer son cheval vers un sentier abrupt. Les chevaux peinèrent et soufflèrent, suivant les éclats du soleil qui filtraient entre les troncs résineux. Puis le soleil disparut derrière les montagnes, et les oiseaux se turent. Ce fut le moment que Théobald choisit pour descendre de cheval, au croisement de deux chemins. Il pointa en direction du plus escarpé, longeant un monticule rocheux miraculeusement en équilibre sur le flanc de la montagne.

— Il faut monter par là à pied, les chevaux ne passeront pas. Dépêchez-vous si vous voulez avoir le temps de vous préparer avant le coucher du soleil.

— Liz, ordonna Meng, reste ici pour surveiller les chevaux.

— Mon cul, oui ! s'exclama-t-elle, relevant ses jupons pour l'ascension. Les chevaux peuvent bien se garder tous seuls.

— Ce que je voulais dire, dit Meng, choqué, c'est que ce lac n'est pas un endroit pour une…

— Je sais très bien ce que tu voulais dire, Meng, et je te réponds : mon cul. Pas vrai Messire d'Imbert ?

— Euh…

— Dépêchez-vous si vous ne voulez pas finir à la traîne.

Ohanko posa une main sur l'épaule de Meng avant qu'il n'explose, riant et secouant la tête : il ne fallait pas chercher à comprendre une femme du futur.

Avant d'entamer l'ascension, Briséïs vérifia discrètement son carnet. Benji n'y avait toujours pas laissé de message. Ignorant le nœud qui se formait dans son estomac, elle imagina que Jules maîtrisait parfaitement son timing. Il était au courant de tout. Il avait su depuis le début que Benji devrait apprendre à peindre. Son frère adulte s'était organisé pour qu'il y arrive juste à temps. Benji lui écrirait la réponse au bord du lac, pas avant.

L'escalade fut difficile.

À maintes reprises, Briséïs dut accepter l'aide d'Aeneas pour escalader des troncs d'arbre tombés au milieu du passage, gravir une roche pentue ou sauter par-dessus un ruisseau. Son bustier limitait sa respiration. Elle transpirait à grosses gouttes et ses jupons lui collaient aux cuisses.

Enfin, Ohanko annonça le lac. Il reposait au creux d'un splendide paysage d'immenses pics rocheux, ses rives bordées de pins géants dressés comme des soldats en bataillons serrés. Théobald les conduisit au bord de l'eau, exactement à l'endroit où il avait laissé le chevalier de Cournonsac. Il leur désigna l'emplacement où avait été retrouvé son corps, reconstitua même la scène pour eux et leur montra le bosquet de roseaux dans lequel ses affaires avaient été récupérées.

— La sorcière vit dans une cabane, dans cette direction, finit-il par dire. N'essayez pas de trouver sa tanière, vous perdriez votre temps. Elle ne sortira que lorsque le ciel sera rouge, mais vous pouvez déjà répandre un peu de miel sur cette pierre, sous le vent, pour l'attirer avec l'odeur. Attachez le pot à cette branche haute. Elle ne doit pas pouvoir le prendre toute seule, sinon elle ne répondra pas à votre question. Voilà, je vous ai tout dit… Est-ce que vous comptez attraper la vouivre avec vos filets à papillons ? J'ai peur qu'ils soient trop petits, vous savez.

— Merci Théobald, répondit fermement Meng. Tu peux retourner avec les chevaux maintenant. Attends-nous au moins jusqu'à demain après-midi. Passé ce délai, si tu n'as toujours pas de nouvelles, rentre chez toi.

Meng attendit que Théobald ait disparu au tournant du chemin pour donner ses premiers ordres. Liz fut chargée de s'occuper du miel et Ohanko de sonder les environs pour repérer toutes les cachettes possibles. Briséïs devrait recréer le piège à chimères des maîtres feng shui, tandis qu'Enndall, Aeneas et Leonel suivraient Meng dans la forêt. Le général comptait tailler des pieux qu'ils cacheraient dans les roseaux, pour se défendre au cas où le pouvoir du sablier ne fonctionnerait pas.

Briséïs profita qu'on la laissât seule un moment pour bombarder Benji de messages. Elle se trouvait près du lac, maintenant. Pourquoi ne l'avait-il toujours pas contactée ? Au moins pour lui faire part de ses progrès en peinture. Il n'avait pas écrit une seule phrase à son attention. N'avait-il pas compris que son temps était compté ? Qu'elle risquait sa vie ? La plume coincée dans sa manche, surveillant de temps en temps son cahier qu'elle gardait sous le coude, elle entreprit de disposer en cercle autour du sablier plusieurs feuilles de parchemin, comme elle l'avait vu faire dans la pagode. Elle attendrait le dernier moment pour dessiner la vouivre. Elle cala son sablier sur une pierre bien en évidence et disposa les autres ustensiles un peu partout, histoire de se donner bonne conscience. Pourquoi, nom d'un chien, Benji ne lui écrivait-il pas ?

— Ça va bien se passer, ne t'inquiète pas, lui dit Liz en la prenant dans ses bras. Enndall n'est peut-être pas un chevalier de sang, mais il est un chevalier tout de même, il nous l'a déjà prouvé. Et avec le général en chef du plus grand empire du monde aux commandes, on ne pourrait pas être mieux défendues.

Briséïs acquiesça silencieusement. Liz essayait surtout de se rassurer elle-même, elle l'entendait dans sa voix.

— Tiens ! Les voilà qui reviennent ! sursauta Liz. C'est pas trop tôt, la sorcière ne devrait plus tarder.

Ohanko avait rejoint les autres. Ils tiraient derrière eux en guise de pics, quatre troncs de jeunes arbres de deux mètres de long, plus ou moins droits, et débarrassés de leurs branches.

— Vous quatre, vous vous cacherez dans les roseaux avec un pieu chacun, dit Meng, pointant du doigt des endroits stratégiques. Moi, je me tiendrai près de la rive pour faire venir la vouivre, puisque la chimère ne doit voir qu'un seul homme. Vous, les filles, vous resterez à l'arrière, avec les dessins, le sablier et le miroir. Vous ferez le moins de mouvement possible, pour ne pas attirer son attention avant l'heure. Quand je vous le dirai, vous rapprocherez les dessins et le sablier, et puis vous courrez vous mettre à l'abri. Ohanko a repéré plusieurs endroits qui devraient faire l'affaire.

— Et si elle crache du feu, qu'est-ce qu'on fait ? demanda Leonel qui ne semblait pas vraiment convaincu par toute l'opération.

— Je m'occuperai d'attirer son attention, pour vous laisser le temps d'agir.

— Tu crois qu'il a déjà vu un lance-flammes ? marmonna Leonel à l'oreille de Briséïs.

— Tout va bien se passer, Leonel, ne sois pas cynique, répondit Liz. Nous n'aurons pas besoin de nous défendre de ses flammes, Briséïs trouvera le moyen de la capturer avant. Pas vrai ?

Briséïs serra les mâchoires. Son estomac n'était plus qu'un bloc de pierre. Elle ouvrit le carnet qu'elle tenait fermement dans ses bras, y jeta un coup d'œil avant de le refermer. Toujours pas de réponse. Ohanko posa une main sur son épaule pour la sortir de sa torpeur et lui sourit. Il avait toute confiance en elle.

Ils dissimulèrent les pieux entre les roseaux, réagencèrent les objets autour du sablier. Puis, comme la sorcière ne se montrait toujours pas, Ohanko alluma sa pipe et ils s'assirent en cercle, gardant en vue le pot de miel. La pipe passa de main en main, chacun en prit une bouffée. Briséïs n'avala pas la fumée. Aeneas toussa comme un ado qui tire sur sa première cigarette.

— Qui est ta vraie famille ? demanda Ohanko à Enndall. Ils sont morts ?

— Non… Je ne crois pas. Je ne les ai pas vus depuis mes neuf ans.

— Raconte.

— J'ai grandi sur les terres du chevalier d'Imbert, dans une maisonnette aux abords de la ville, à peine plus grande que notre chambre à l'hospice. Mes frères et sœurs et moi dormions en haut, sur la mezzanine. On s'entendait bien. Un soir, mon second frère a monté la tête de notre aîné, qui s'est mis à avoir des idées de grandeur. Il courtisait une fille, il a voulu l'impressionner en piquant la cape d'un noble pour aller la demander en mariage. Il n'est pas de crime plus important ici que de prétendre à un rang auquel on n'appartient pas. Il a été pris la main dans le sac, et le chevalier d'Imbert a ordonné qu'on la lui coupe. Sur la place de la ville, devant tout le monde. Je m'en souviendrai toujours. Après ça, la fille n'a plus voulu l'épouser : personne ne veut d'un mari incapable de subvenir aux besoins de la famille.

Mon second frère, qui avait une quinzaine d'années à l'époque, a voulu venger notre aîné. Nous avons fabriqué un piège, lui et moi. Le chevalier d'Imbert et sa suite étaient partis à la chasse, et nous savions par quel chemin ils allaient rentrer le soir. J'ai aidé mon frère à scier la branche d'un grand arbre, qui devait tomber sur notre seigneur quand son cheval tirerait sur la corde dissimulée qui retenait la cale. Notre plan aurait pu marcher si un sanglier n'avait pas menacé de tout faire rater juste avant l'arrivée du chevalier. Mon frère m'a envoyé chasser le sanglier. J'étais plus jeune, on me soupçonnerait moins de méfaits. Je n'ai réussi qu'à me faire renverser par le sanglier, juste sous les yeux du chevalier qui venait d'apparaître au tournant du chemin avec sa suite. Le sanglier a foncé droit sur notre piège. De loin, Ayoul d'Imbert a observé un courageux petit garçon attaquer un sanglier au moins aussi gros que lui, puis une lourde branche s'effondrer, qui lui serait sans doute tombée dessus s'il n'avait pas ralenti pour observer la scène. Lorsqu'il m'a demandé le nom de ma famille et que je n'ai pas osé répondre, de peur qu'à moi aussi on me coupe la main, il en a déduit que j'étais orphelin. Il venait de perdre son seul fils, emporté par la fièvre. Le chevalier a choisi de voir un présage dans cet étrange concours de circonstances. Ou un moyen de racheter ses péchés… Il m'a offert une place de serviteur près de lui, au château. Bien sûr, je me suis enfui en courant, j'étais terrorisé. Mais le soir, mon frère a raconté toute l'histoire à mon père qui, dès le lendemain m'a forcé à me rendre au château, disant que je ne pouvais pas laisser passer une chance pareille. Il m'a fait promettre de ne plus jamais revenir les voir, de peur que l'on découvre que je n'étais pas orphelin… Oui, la dernière fois que j'ai vu ma famille, je marchais sur un sentier boueux, la larme à l'œil, et mon père me criait dans mon dos de ne pas me retourner, parce que l'avenir est toujours droit devant.

— Et ensuite ? demanda Liz.

— J'ai longtemps culpabilisé, au château, de pouvoir manger tous les jours sous le toit de celui qui nous avait fait tant de mal, sachant ma famille près de mourir de faim à quelques lieues de là. Mais j'ai fini par m'habituer à ma nouvelle condition, jusqu'à en oublier qui j'étais réellement. J'étais bon élève, j'apprenais vite. Ayoul d'Imbert m'aimait bien. Vers mes quinze ans, il a commencé à m'emmener avec lui aux tournois et aux joutes. Je m'occupais de lui comme l'aurait fait un premier écuyer : j'avais la charge de son cheval et de ses armes, et je lui servais d'adversaire pour ses entraînements. Ça a été des années merveilleuses. Je voyageais constamment, j'étais mêlé au beau monde, je me prenais pour quelqu'un d'important. Et sans que je m'en rende compte, le chevalier d'Imbert m'apprenait toutes ses bottes secrètes. Ce n'est que deux ans plus tard qu'il m'a révélé son véritable plan. Le chevalier d'Imbert avait rejoint l'ordre du Dragon par idéal : il comptait se rendre sur les bords du monde pour affronter la Bête de l'Apocalypse, et repousser les limites du mal. Je lui devais tout et je n'avais pas de famille : j'étais le compagnon idéal pour un voyage aussi périlleux. Moi, bien sûr, j'étais aux anges, surtout que pour me donner du courage, il m'avait promis qu'à notre retour, il me ferait chevalier. Il n'avait jamais annoncé la mort de son fils à l'ordre du Dragon et comptait me présenter comme son héritier.

Il avait amassé assez d'argent grâce aux prix des tournois pour entreprendre le voyage. Ne restait plus qu'une dernière étape avant notre grand départ. Je me souviendrai toujours de la première fois où j'ai vu Isolde, qui accueillait avec son père les chevaliers arrivés pour le tournoi, sur cette même prairie de Carcassona, au pied de la ville haute… Et je me souviens de chaque instant passé ensuite avec elle. Des instants volés dangereusement chaque jour, pendant deux semaines. Je ne doutais pas, à ce moment-là, de ma légitimité. Nous ne faisions certes pas les choses dans l'ordre, mais je comptais bien revenir une fois chevalier, et l'épouser. Ce pendentif, *À mon seul désir*, elle l'avait fait pour moi. Je l'ai porté à Carcassona, et puis je le lui ai rendu pour qu'elle ne m'oublie pas pendant mon absence. Je lui ai promis que je viendrai le lui reprendre très vite…

Le chevalier d'Imbert et moi sommes repartis. Pendant deux mois, nous avons chassé le diable, en chemin vers les bords du monde, nous arrêtant chaque fois que l'épée de mon maître pouvait servir. Mais un jour que nous traversions une forêt particulièrement sombre, ce loup-garou nous a attaqués. Si j'avais correctement fait mon travail d'éclaireur, Ayoul aurait eu le temps de préparer sa défense. Mais j'avais la tête ailleurs, je pensais à Isolde. Le temps que je reprenne mes esprits, il était trop tard. D'un coup de patte, le monstre a tué mon cheval et paralysé mon bras. La jambe coincée sous ma monture, j'ai regardé, impuissant, mon maître se faire lacérer, puis j'ai fait le mort pour éviter de subir le même sort. Quand j'ai enfin pu me dégager, plusieurs heures plus tard, le destrier du chevalier s'était enfui au galop. Je n'ai même pas pu emporter la dépouille de mon maître. Je l'ai couvert de feuilles et de terre, j'ai murmuré une prière puis je me suis traîné jusqu'au village suivant, emportant seulement son insigne de l'ordre, ses titres de noblesse, sa bourse et son épée. Un paysan bien aimable m'a soigné, pendant plusieurs jours. C'est lui aussi qui a fini par retrouver le destrier, qu'il a accepté de me rendre si je lui versais un quart de ma bourse pour ses services.

Dès que j'ai pu me tenir debout, je suis retourné à Carcassona. Je ne sais pas à quoi je pensais… Je ne réfléchissais pas vraiment. Je ne voyais plus que le visage d'Isolde, et mon rêve d'idylle qui partait en fumée. Je n'avais plus rien, je n'étais plus rien. Ayoul d'Imbert avait confié la régence de ses terres à son frère durant son absence. Celui-là n'allait pas m'ouvrir la porte et m'offrir sa place pour me faire plaisir. Arrivé à Carcassona, je suis descendu dans une auberge de la ville basse pour me laver et me trouver de beaux habits, puis je suis allé frapper à la porte de la vieille tante d'Isolde, chez qui nous avions l'habitude de nous retrouver en cachette. La servante qui m'ouvrait d'ordinaire avait été renvoyée. J'ai alors erré vers la ville haute, et sur le pont j'ai appris que la fille du sénéchal était en quarantaine dans le château comtal, et qu'on allait la marier un peu précipitamment. Naturellement, les langues bien pendues la disaient enceinte. Je n'ai pas voulu y croire, d'abord. Je me disais qu'il suffirait que je me présente à Isolde, que je lui explique ma situation, et qu'ensemble nous trouverions une solution. J'ai continué de marcher jusqu'à ce que je croise Baudoin Ebrard, à qui elle était promise. Lui m'a tout de suite reconnu comme le serviteur du chevalier d'Imbert, et m'a demandé pourquoi je portais son épée à la ceinture. Baudoin avait déjà une sacrée réputation de combattant, c'est ce qui lui avait valu sa place auprès du sénéchal… J'ai bredouillé des bêtises, et j'ai rebroussé chemin. Le temps que je retourne à l'auberge, les armes du chevalier d'Imbert avaient été reconnues sur l'écusson accroché à la selle de son destrier, et partout on cherchait qui était arrivé avec. On m'a pointé du doigt, et je me suis enfui en courant. Je ne pouvais pas prouver ce qui était arrivé à mon maître. On allait m'accuser de vol, ou pire, de meurtre. Et même si j'arrivais à faire croire aux circonstances de sa mort, jamais je ne pourrais prétendre avoir été fait chevalier… Je me suis échappé de la ville par la rivière, puis j'ai marché jusqu'à une ferme où j'ai pu m'acheter un cheval. Je n'avais plus qu'un mois pour arrêter le mariage. J'ai tenté le tout pour le tout, je me suis rendu en Aragon, chez les fondateurs de l'ordre du Dragon. Je me suis annoncé comme l'héritier d'Ayoul d'Imbert, mort avant d'avoir pu venir me présenter lui-même, et j'ai exigé qu'on me fasse chevalier. Bien sûr, ça n'a pas marché : on m'a confisqué les titres de noblesse et on m'a demandé de revenir avec un proche d'Ayoul pour attester de ma valeur. J'ai essayé de les soudoyer avec le reste de ma bourse, mais ils me l'ont prise aussi, en attendant de pouvoir vérifier mon identité. Si je leur avais montré l'insigne, ils ne m'auraient certainement pas laissé repartir avec.

Je me suis fâché tout rouge, je leur ai dit la vérité ou presque : que le frère d'Ayoul serait bien content d'avoir perdu son aîné, et que jamais il ne viendrait reconnaître son héritier légitime. Et puisqu'ils voulaient une preuve de ma valeur, j'allais me rendre seul sur les bords du monde, pour leur montrer à tous quelle noblesse m'habitait. C'est ainsi que je suis reparti, complètement abattu, sans un sou, sachant pertinemment que jamais je ne pourrais rentrer à Carcassona à temps…

La suite de mon histoire est sans grand intérêt. J'ai combattu le mal partout où j'ai pu le trouver, dans les maisons hantées, les forêts noires, les lacs maudits. J'ai vécu de ce qu'on voulait bien me donner pour mes services, ou avec des menus travaux en période creuse, et même dans les champs, comme journalier. Mais sans titres de chevalerie, sans tournois, il m'était impossible de gagner assez d'argent pour un grand voyage. Je n'ai jamais atteint les bords du monde.

— Aucun titre de noblesse n'aurait pu t'y emmener, Enndall, dit Liz, émue. Le monde n'a pas de limites. Pas celles dont tu parles, du moins.

— Quand je me suis réveillé dans ce désert, chez le vieil homme, j'ai cru qu'enfin j'avais franchi un seuil. J'ai repris espoir… Peut-être pas pour Isolde, mais au moins pour le reste.

— Tu as dupé le vieil homme, dit Meng.

— Non, je te jure que non. Le vieil homme connaissait déjà tout de mon histoire. Il m'a annoncé qu'il était enfin temps pour moi de prouver ma véritable valeur, de racheter mes mensonges et de gagner mon titre. Je devais pour cela lui accorder une confiance totale. Il m'a assuré que je ne serai pas démasqué. Que si je ne vous posais pas de questions, vous ne m'en poseriez pas non plus.

— Il nous a dit ça à tous, acquiesça Leonel.

— Je pensais qu'il nous envoyait sur les bords du monde combattre le diable. Au lieu de cela, je me suis retrouvé exactement à mon point de départ, et juste sous les yeux d'Isolde et de Baudoin… Le vieil homme n'avait certainement pas prévu cela.

— À moins qu'il ait justement prévu exactement cela, répartit Leonel.

Dans le silence qui suivit, un étrange grincement leur parvint.

— La sorcière ! s'écria Aeneas, sautant sur ses pieds.

Les derniers éclats rosés du ciel avaient disparu. La silhouette de la vieille dame était à peine visible, pendue au pot de miel qu'elle essayait désespérément de décrocher de la branche d'arbre. Ils se précipitèrent à ses côtés.

— Noble ancêtre, ce pot de miel te sera offert si tu réponds à notre question, dit Meng, tirant doucement le pot de miel des doigts noueux de la vieille.

La vieille leur offrit son plus beau sourire. Elle avait tout ce qu'on pouvait attendre d'une sorcière : dos courbé, épaules ratatinées, chevelure filasse, dents gâteuses et verrue sur le nez.

— Je vois que vous êtes bien renseignés, dit-elle. Au moins autant que ce cher Cournonsac. Un bel homme, paix à son âme. Je ne répondrai qu'à la question d'un seul homme d'armes. Celui qui affrontera la vouivre, ajouta-t-elle, lorgnant Enndall et sa grande épée.

Le chevalier se tourna vers Meng, qui soutint son regard.

— Peut-être que… Peut-être que Meng devrait poser la question.

— Meng, dit Liz en attrapant le général par le bras, tu ne peux pas lui faire ça.

— Meng sera plus compétent que moi, Liz. Je ne suis pas…

— Nous sommes ici chez toi, personne n'est plus préparé que toi pour ce rôle. Ohanko, je n'ai pas raison ?

— Liz a raison, Meng, répondit Leonel à sa place.

— Pose la question, Enndall, enchaîna Ohanko après avoir soufflé un mot à Meng.

La sorcière sourit au chevalier, qui décrocha le pot de miel et mit un genou à terre pour se mettre à sa hauteur.

— Que sont les habits de lune des Encantadas, et comment pouvons-nous les attraper ?

— Ça fait deux questions, ça, jeune homme. Un habit de lune est un habit dont seul le reflet de lune couvre ta peau.

Enndall se décomposa. Il venait d'obtenir exactement la même réponse que le chevalier de Cournonsac.

— Tu veux dire… Tout nu ?

La sorcière le regarda de haut en bas.

— Fais attention : lorsque tu pourras la voir clairement, elle aussi te verra. Tu l'attireras comme une luciole au milieu de la nuit. Et plus jamais elle ne t'oubliera.

Briséïs hocha la tête pour elle-même. La sorcière disait vrai : ses propos concordaient avec ceux de Neil Cuba Junior. De Jules. Elle jeta un énième coup d'œil à son carnet. Toujours pas de réponse. Elle avait envie d'arracher les pages du carnet et de les piétiner de rage. Comment Benji et Jules pouvaient-il la faire attendre ainsi ? Il ne lui restait plus que quelques minutes avant l'attaque de la vouivre !

La vieille avait attrapé le pot de miel des mains d'Enndall, trop abasourdi pour le retenir. Elle alla s'installer sur un petit promontoire rocheux afin de mieux profiter du spectacle.

— Ne t'inquiète pas des autres, héla-t-elle. Une fois que tu seras vêtu de l'habit de lune, la vouivre viendra, même s'ils sont encore là.

— Ne t'en fais pas, Briséïs et moi resterons à l'arrière avec le sablier. Promis, on ne regardera pas. Donne tes vêtements, ils seront plus à l'abri avec nous.

Enndall regarda la main que Liz lui tendait en attendant qu'il se déshabille.

— Ou donne-les à Leonel, si tu préfères. Allez viens, Briséïs. Les dessins. Il ne faut pas traîner.

— Ça ne se passera pas comme pour Cournonsac, poursuivit Leonel pendant que Briséïs suivait Liz. Nous savons comment capturer la vouivre, tout va bien se passer.

Tout en dessinant ses premières vouivres, Briséïs chercha activement à se remémorer les gestes qu'elle avait pu avoir sur les bords du bassin chinois, son sablier dans les mains. Le dragon avait-il obéi à ses gestes ? À sa voix ? À ses pensées ? Et les maîtres feng shui dans la pagode, qu'avaient-ils fait de particulier ? À chaque nouveau dessin le pinceau tremblait un peu plus entre ses doigts. Peut-être que si elle arrêtait de dessiner, la vouivre ne se montrerait pas ?

— Mince, il est bien fait quand même, fit Liz. Toutes ces années perdues, quel gâchis !

Elle était censée orienter le miroir vers le ciel pour fouiller la nuit à la recherche d'ombres suspects. Mais le miroir pointait droit sur la rive, où se préparait Enndall.

— Liz, on t'entend très bien d'ici, dit Leonel, récupérant les vêtements du chevalier.

— Pardon, pardon, je ne regarde plus.

— Pour que tu ne te sentes pas trop nu, dit Ohanko en traçant sur chaque joue d'Enndall deux traits à l'aide d'un pigment rouge sorti de sa besace.

Puis lui et Leonel rejoignirent Meng et Aeneas, déjà cachés dans les roseaux. Ne resta plus qu'Enndall sur la rive, les orteils enfoncés dans la vase.

La nuit était tombée. La lune apparut derrière les montagnes, ronde et pleine. Elle se reflétait dans le miroir glacé du lac, parfaitement immobile, et sur les pages blanches du carnet de Briséïs, posé sur ses genoux tremblants. La réponse de Benji allait apparaître d'un instant à l'autre, maintenant. Il n'y avait pas d'autre solution.

— Est-ce que je peux garder mon épée avec moi ? demanda Enndall à la sorcière, assise sur son perchoir.

La vieille ne lui répondit que d'un sourire.

Il cacha la lame de son épée dans la vase, et lentement entra dans le lac. Il s'immergea totalement, puis, le regard rivé sur les eaux silencieuses, recula doucement vers le bord.

— Est-ce que vous voyez quelque chose ? demanda-t-il, les dents serrées.

Briséïs scrutait l'obscurité, le cœur battant. Un nuage venait tout juste de cacher la lune, assombrissant tout sur son passage. Une envolée d'oiseaux pourrait très bien passer juste au-dessus d'eux sans qu'elle s'en aperçoive. Un vent froid balaya la masse de pins, la surface lisse de l'eau et les pics agressifs des montagnes dressés vers les étoiles.

Toujours pas de réponse de Benji.

— Il faut tout arrêter, s'écria Briséïs, n'y tenant plus. Enndall, rhabille-toi ! Vous autres, sortez !

— Briséïs ! Pas si fort ! Qu'est-ce que tu fais ?

— Je n'ai pas la moindre idée de la façon de capturer la vouivre, nous n'aurions jamais dû venir ici !

— C'est trop tard pour reculer, dit Enndall, calme-toi, tu vas y arriver. Ne t'arrête pas de dessiner.

— À quoi jouez-vous, avec tous ces dessins ? demanda la sorcière.

Briséïs hésita. La vieille ne semblait pas particulièrement préoccupée par l'arrivée imminente d'un monstre sanguinaire. Elle s'était approchée de ses peintures et lui souriait.

— Je croyais que vous vouliez tuer la vouivre, comme les autres. Pourquoi voulez-vous la capturer ? demanda-t-elle encore.

Puis elle ajouta, pour inciter Briséïs à parler :

— Il faut bien s'occuper, en attendant que la lune revienne.

— Parce que nous espérons trouver l'entrée du château du roi des Aulnes, grâce à sa pierre.

— Tiens ? Et où se trouve-t-il, d'après vous, ce château ?

Briséïs fronça les sourcils. Elle songea au kobold dans le corps de Tederic, qui avait parlé du Monde du Rêve « *comme ici, mais dans l'autre sens* ». Elle songea à Théobald, qui rêverait d'un miroir à travers lequel il pourrait passer. Si le lac était un miroir, il pourrait le traverser…

— De l'autre côté du miroir, murmura-t-elle. De l'autre côté du miroir du lac.

— Quel miroir ? demanda Aeneas, sa tête blonde émergeant des roseaux.

— Aeneas ! gronda Meng, reste en position !

— Intéressant… C'est donc le chemin vers le château que vous désirez mieux voir, et non la vouivre… Ah ! Revoilà la lune.

La lune n'était pas encore vraiment réapparue, mais Briséïs tendit l'oreille : un tumulte d'eau grandissait au milieu du lac. Soudain, une tour d'écume blanche jaillit de l'eau, et un cri perçant fendit l'air. Liz poussa un gémissement, Briséïs lâcha son pinceau et se précipita sur son sablier. Le temps qu'elle le serre entre ses mains, tout était redevenu calme.

La voix tremblante d'Aeneas s'éleva d'entre les roseaux :

— C'est… C'était la vouivre ?

— Chut ! dit Meng, garde ta place !

Enndall n'en menait pas large, tout nu sur la rive. Il se retint malgré tout de reprendre son épée.

— Elle est là, dit-il, elle se cache, toute proche…

— La sorcière ! s'exclama Liz, où est-elle ? Elle a disparu !

Le cœur de Briséïs se serra plus encore. Ce ne pouvait pas être bon signe…

Enfin, la lune réapparut entre les nuages. Enndall releva la tête, poussa un cri, trébucha en arrière et tomba à la renverse dans la vase.

— La… LA VOUIVRE ! LA VOUIVRE !

Il tâtonnait frénétiquement dans la vase à la recherche de son épée.

— Montre-toi, dit Briséïs, serrant fort son sablier tout en imaginant les grains de sable voler à l'intérieur.

Le sablier lui échappa des mains : la vouivre était apparue, juste au-dessus d'Enndall. Ses immenses ailes déployées, ses crocs acérés, son long corps de serpent, l'éclat de ses yeux jaunes et la pierre rouge, brûlante, sur son front…

Briséïs ramassa précipitamment le sablier. Ce monstre faisait bien dix fois la taille des gargouilles. Elle pourrait les croquer tous d'un seul coup, les écraser d'un battement de queue, les embraser en un clin d'œil.

— Je te déclare prisonnière du sablier ! improvisa-t-elle, la voix tremblante. Recule !

La vouivre, qui observait Enndall la gueule déjà grande ouverte, reporta son attention sur elle. Ses yeux jaunes se plissèrent, elle poussa un cri et de la fumée sortit de ses naseaux.

— RECULE ! C'EST UN ORDRE !

La vouivre se redressa, mais au lieu de reculer, elle ouvrit plus grand encore sa gueule, et un brasier illumina sa gorge.

— BRISÉÏS ! cria Enndall, se précipitant vers elle, son épée à la main.

Ils auraient fini en flammes avec Liz si Meng, jaillissant des roseaux avec un cri de guerre, n'avait pas lancé de toutes ses forces son pieu contre le long cou de la vouivre. Le tronc d'arbre ricocha contre ses écailles comme un vulgaire cure-dents, mais il détourna l'attention du monstre.

Briséïs se concentra à nouveau sur son sablier. Elle glissa deux doigts contre le verre, comme l'avait fait le chancelier Li, visualisant de toutes ses forces la vouivre replonger dans le lac. Le monstre préparait un nouveau jet de flammes pour Meng. Ohanko lui sauva la mise, lançant son pieu de toutes ses forces. Aeneas fit de même. Le pieu de Leonel décolla à peine avant de retomber, mais le mal était déjà fait : la vouivre semblait folle de rage. Un gigantesque jet de flammes illumina la forêt.

— COUREZ ! hurla Enndall.

Briséïs courait déjà à perdre haleine, sa robe retroussée jusqu'à la taille. Auraient-ils le temps d'atteindre les premiers arbres ? Cela changerait-il quelque chose ? Une nouvelle vague de feu déferla. Briséïs jeta un coup d'œil en arrière et la chaleur des flammes empourpra son visage. La vouivre volait à travers son propre brasier. La vision ne dura qu'une seconde, mais Briséïs en eut le souffle coupé. Jamais ils ne s'en sortiraient. Vouloir aller au combat contre la vouivre relevait de l'inconscience : la bête était la destruction même, une machine de mort, leur fin inévitable.

— COURS ! hurla Enndall, l'agrippant par l'épaule et l'entraînant avec lui.

Se sentant proche de ses derniers instants, Briséïs songea au chevalier de Cournonsac. Comment diable son corps avait-il pu revenir en une seule pièce pour son enterrement ? La vouivre ne faisait pas dans le détail. Elle-même terminerait hachée menu. Les arbres autour d'eux avaient pris feu, l'air sentait le soufre, une fumée grise lui piquait les yeux et brouillait sa vue. Pourquoi étaient-ils encore en vie ?

— À l'intérieur !

Briséïs releva la tête, reçut une belle poignée de sable en pleine figure, puis on l'attrapa par le col et la tira derrière une porte.

19

LE BAISER DU CRAPAUD

— Alors comme ça, vous voulez voir le chemin qui mène au château, dit la sorcière en refermant la porte de chêne derrière Ohanko. Il fallait le dire plus tôt !

— C'est toi ! Tu l'as fait exprès, tu as failli nous faire tuer ! s'exclama Leonel, hors d'haleine, crachant du sable comme ils le faisaient tous.

— *Vous* avez failli vous faire tuer. Je ne suis pas responsable de votre bêtise.

— Vieille sorcière !

— Si mes manières ne vous plaisent pas, libre à vous de ressortir. J'en connais une à qui vous ouvreriez l'appétit.

— La vouivre ! Elle est tellement énorme ! Vous l'avez vue ? demanda Enndall, courant à la fenêtre pour observer les bois.

— Dès qu'elle a voulu cracher du feu, répondit Meng en le rejoignant.

Les jambes tremblantes, Briséïs se laissa tomber près de Liz, sur une paillasse à même le sol. Son cœur battait à tout rompre, ses poumons la brûlaient, elle avait les jambes zébrées de griffures de ronces, mais elle était toujours vivante.

— Briséïs, demanda Liz, as-tu activé le sablier ? Penses-tu nous avoir fait localiser par…

Elle mima des ailes de ses mains pour illustrer les angelots.

— Non, répondit Briséïs, observant son sablier. Les grains de sable ne se sont pas soulevés. Mon expérience n'a pas marché.

Rien n'avait fonctionné comme elle l'avait espéré, mais au moins les angelots n'avaient pas eu l'occasion de les retrouver.

— Pourquoi n'avez-vous pas chassé la vouivre dès que vous avez pris la décision de nous aider ? demanda Ohanko.

La sorcière lui sourit de toutes ses dents gâtées.

— Je n'ai pas le pouvoir de la chasser, mon beau messire. Mon sable n'est qu'une petite astuce pour effacer les odeurs. Par contre, je peux vous montrer comment trouver le chemin du château. Mais seul un conte de fées vous conduira chez le roi Lugubre. Prouvez-moi que vous en vivez un, et je vous indiquerai la route.

— Comment ?

Tandis qu'Enndall se rhabillait, la sorcière ouvrit son pot de miel et le plaça à l'horizontale devant une jarre renversée. Presque aussitôt, une longue et fine langue rose jaillit de la jarre, se posa sur le miel et y resta collée. Tranquillement, la sorcière saisit la langue entre deux doigts et tira dessus, forçant ainsi un énorme crapaud à sortir de la poterie. Elle l'immobilisa avant de le libérer du miel. Il était proprement répugnant, brunâtre, visqueux et purulent, si gros qu'elle avait du mal à le soulever entre ses deux mains frêles. Elle le présenta à Liz et Briséïs.

— Si l'une de vous deux embrasse ma grenouille et qu'elle se transforme en prince, alors nous serons tous convaincus, vous ne croyez pas ?

Un silence s'installa dans la cabane.

— Pourquoi un crapaud se transformerait-il en prince ? demanda discrètement Aeneas à Ohanko, qui visiblement semblait aussi perdu que lui.

— Êtes-vous un archétype ? demanda Ohanko.

Sa question ne menait à rien, puisque les êtres nés archétype n'avaient pas conscience de leur apparenté aux archétypes du Monde du Rêve. Mais Briséïs observa avec attention la réaction de la vieille femme. Elle semblait si sûre d'elle, peut-être avait-elle compris l'origine de ses dons ? La sorcière se contenta de sourire, dévoilant ses quelques dents jaunâtres :

— Ce que je suis n'aura plus d'importance une fois que la vouivre vous aura hachés menu.

Elle cala le crapaud sous son pied le temps de plonger sa main dans un pot de terre crue et d'en ressortir une racine couverte d'insectes, dans laquelle elle croqua comme dans une miche de pain.

— C'est ridicule ! s'exclama Liz.

— Ce sont mes conditions. Les tuniques des fées Encantadas ne sont visibles à l'œil nu que quelques instants chaque nuit, lorsque la lune se trouve dans l'axe de la grotte que vous devrez rejoindre. Sans les tuniques, vous ne pourrez jamais voir les danseurs de brume. Et sans les danseurs de brume, vous ne trouverez jamais le chemin du château. Je n'offre mon aide qu'une seule fois. Si vous la refusez cette nuit, il faudra vous débrouiller sans moi.

— Et si le crapaud ne se transforme pas ?

— J'en serai désolée mais la vouivre, elle, sera ravie.

Dehors, un cri strident de la chimère résonna entre les montagnes. Briséïs déglutit. Liz jeta un coup d'œil à Enndall. Il avait enduré bien pire, elle ne pouvait pas faire la fine bouche.

— Si c'est encore un de tes vilains tours…

— Un seul essai chacune, précisa la vieille, levant son animal sous le nez de Liz.

Celle-ci visa le dos de la bête, ferma les yeux et l'embrassa rapidement. Elle se redressa en s'essuyant la bouche avec une grimace écœurée.

Le crapaud coassa. Tous retinrent leur souffle. Dehors, un second cri retentit.

— Peut-être que tu aurais dû l'embrasser sur la bouche ? demanda Leonel comme il ne se passait rien.

Liz lui décocha un regard assassin.

— Encore un essai, grinça la sorcière en se tournant vers Briséïs.

Celle-ci contempla son reflet dans les yeux noirs et luisants du crapaud. Les larges lèvres visqueuses du batracien s'étirèrent en une espèce de sourire, sa gorge se gonfla d'air, puis se vida d'un coup. « *Crooooaaak.* »

Briséïs se tourna vers les autres. Ils semblaient s'attendre à ce qu'elle leur dévoile un autre de ses talents cachés. Le dos en sueur, elle se pencha au-dessus du crapaud.

— Sur la bouche, murmura Leonel, se tripotant nerveusement le visage.

— Ne me dis pas ce que j'ai à faire, Leonel !

— Attendez ! s'écria Liz. Un prince de conte de fées n'apparaît-il pas d'ordinaire au milieu d'un nuage de fumée ? Et avec une lettre d'amour ? Une lettre écrite avec une plume magique.

Elle sortit de son sac sa bille dépliable, qu'elle agita sous les yeux de la sorcière. Le stylo apparut miraculeusement entre ses doigts. Tandis que la sorcière admirait son prodige, Liz fit un signe à Ohanko qui aussitôt fourragea dans sa besace.

— La lettre ! proclama Liz, plongeant sa main dans le bustier de Briséïs pour en tirer l'enveloppe raturée de Lucien.

Ohanko avait sorti plusieurs tiges de plantes médicinales qu'il enflamma à l'aide d'une branche rougeoyante, tirée de la cheminée de la sorcière. Il souffla ensuite dessus pour éteindre la flamme et attrapa une marmite vide qu'il retourna au-dessus de son bouquet, afin de retenir la fumée blanche qui commençait à s'élever.

— Dame sorcière, tenez-vous prête, un prince va apparaître ! s'exclama Liz. Damoiselle Briséïs, si vous voulez bien…

Elle lui remit son stylo et la lettre. Briséïs contempla la mention *À mon seul désir* sur l'enveloppe, chaque lettre raturée plusieurs fois. Elle comprenait bien l'idée de Liz, mais elle ne savait comment appeler le facteur, la lettre lui était déjà adressée.

— Je ne sais pas si…

Elle sursauta : Aeneas lui présentait le crapaud à quelques centimètres du visage. Ohanko soulevait déjà la marmite et jetait une poudre sur le bouquet de brindilles. Elle pressa brusquement ses lèvres contre celles du crapaud. Il y eut un craquement, d'un coup l'épaisse fumée blanche envahit la cabane. Briséïs ne voyait plus que sa lettre. Le goût du crapaud sur ses lèvres lui donnait la nausée. Le sang battait trop rapidement à ses tempes, comme le tic-tac d'une bombe à retardement. Le stylo glissait entre ses doigts moites. Que pouvait-elle ajouter à la mention *À mon seul désir* ?

Soudain, un détail lui sauta aux yeux : la lettre *M*, absente de l'anagramme *roi des Aulnes*, avait été barrée une fois de moins que les autres. Elle la cocha une fois de plus. Puis le stylo lui échappa des mains. Il roula par terre, dans le blanc laiteux.

— Non ! Quelle poisse !

— Quelle purée de pois plutôt ! Qui a eu l'idée de faire un feu pareil ?

La porte s'ouvrit en grand, un courant d'air glacial s'engouffra à l'intérieur et dissipa la fumée. La sorcière referma la porte d'un coup sec. Le facteur se tenait au centre de la pièce.

— Eh bien voilà ! s'exclama-t-il, c'est tout de même mieux comme ça, vous ne trouvez pas ?

— Si, c'est mieux, cher prince, répondit Liz avec emphase, se plaçant devant Aeneas qui poussait du pied le crapaud sous la marmite. Vous avez l'air beaucoup moins baveux sous cette forme.

Le facteur frotta sa moustache naissante, lui adressa un sourire perplexe et sursauta en découvrant la sorcière venue le tâter du doigt.

— Nom d'une trouille-de-nouille ! Qu'est-ce que c'est que ça ?

Le facteur, l'air gêné, laissa la vieille explorer de deux doigts son uniforme, sa poitrine, ses bras, ses mains.

— Elle… Elle va bien ? Elle m'a l'air un peu…

La sorcière se mit sur la pointe des pieds pour attraper son képi.

— A... Attention madame, c'est personnel, ça…

— Votre couronne ?

— Ma… ? Oui, enfin, vous voulez dire mon…

— Voici ma lettre, le coupa Briséïs, lui fourrant l'enveloppe de son père dans les mains et le poussant vers la porte. C'est vraiment très gentil à vous d'avoir bien voulu vous transformer, monsieur le prince. Tenez, il y a justement un dragon qui attend dehors. Allez donc le pourfendre pendant que nous finissons notre conversation.

— Mais…

— À tout à l'heure !

Elle lui claqua la porte au nez. Elle eut à peine le temps de se retourner, déjà on frappait trois coups, et la porte s'ouvrait de l'extérieur. Un facteur sans moustache passa la tête à l'intérieur, retirant poliment son képi.

— Pardon, excusez-moi ! Désolé de vous déranger, mais est-ce qu'une certaine « *désirée* » se trouverait parmi vous ? Ah ! Mais oui, c'est vous ! s'exclama-t-il, tout guilleret. Ben ça, vous avez meilleure mine… Regardez, j'ai votre lettre ! Vous n'avez pas été facile à trouver ! Dites, vous avez remarqué ce gros serpent, dans le lac juste à côté ? Il a failli me faire tomber de mon vélo !

— Merci ! fit Briséïs, lui arrachant la lettre des mains, bonne journée, au revoir !

Elle lui claqua à nouveau la porte au nez.

Alors seulement elle réalisa que cette enveloppe-là n'avait jamais été ouverte. Avait-elle enfin entre les mains la lettre originale ? Elle rouvrit la porte, maudissant son geste irréfléchi, constata comme elle s'y attendait que le facteur avait disparu.

— Ne laissez pas cette porte ouverte, protesta la vieille, vous allez attirer la vouivre ! C'est bon, vous avez gagné, ajouta-t-elle en reniflant bruyamment. Je vais vous montrer comment trouver le chemin.

— Merci ! s'exclamèrent Enndall et Meng en chœur.

— Ne vous emballez pas vous deux, vous n'irez nulle part. Beaucoup trop vieux ! Les danseurs de brume aiment la chair fraîche et naïve, poursuivit-elle, s'approchant d'Aeneas pour lui caresser les biceps. Seuls vos jeunes, s'ils savent danser, pourront les séduire. Je les enduirai de mon sable pour qu'ils puissent se rendre jusqu'à la grotte de la vouivre, où ils trouveront les tuniques. Ensuite, la brume devrait suffire à les cacher.

— Devrait ?

— Ils s'y rendront sans arme, sans quoi les danseurs ne se montreront pas. Et après, *s*'ils parviennent à se libérer du sortilège des esprits de brume, ils pourront pénétrer dans le château. Un vrai conte de fées, ajouta-t-elle avec un clin d'œil.

Délicatement, Aeneas détacha un à un les doigts de la sorcière, agglutinés comme des sangsues sur son bras.

— Si tu nous racontes encore n'importe quoi, vieille sorcière… menaça Meng.

— Allez, les vieux, ne vous inquiétez pas, fit Liz entre ses dents, on s'en sortira.

La sorcière secoua la tête, désigna Briséïs et Leonel :

— Eux trois seulement.

— Quoi ? Et moi, je suis quoi ? Une vieille loque ?

— Les tuniques sont accrochées aux perles musicales, devant la grotte. N'essayez pas de les décrocher, elles s'évanouiraient dans l'instant. Revêtez-les seulement. Ensuite, vous vous laisserez guider par la brume.

— Tu es certaine qu'ainsi nous pourrons entrer dans le château du roi des Aulnes ?

— Attends Leonel, coupa Enndall, il faut en discuter, nous ne pouvons pas vous laisser partir comme ça…

Briséïs tira son cahier de son sac. Si seulement elle avait pu contacter Benji, il aurait pu l'aider à y voir plus clair… Son cœur bondit quand elle découvrit un nouveau texte. Elle parcourut à toute allure les quelques lignes :

J'ai trouvé quelque chose de fondamental : Alfred Richet fait partie de la famille Moulin ! Sa mère était une Moulin. Voilà pourquoi le docteur Moulin a été affecté dans cet hôpital. Richet a même fait construire cet hôpital à la demande de la Citadelle. Ses descendants ont ensuite repris le nom de sa mère à cause de pressions de la Citadelle : elle fait toujours cela pour garder le contrôle d'une lignée de gardiens.

Il n'y avait rien d'autre. Briséïs sortit sa plume, écrivit trois mots, se rendit vite compte que Benji ne lui répondrait pas. Elle renfonça sa plume dans son sac, furieuse. Benji n'avait-il rien de mieux à lui dire à un moment pareil ?

— C'est pour ça que nous sommes venus, disait Leonel aux *vieux*. On ne va pas rebrousser chemin maintenant !

— Et que ferez-vous une fois à l'intérieur ?

— Ce qu'on aurait fait avec vous, on improvisera…

Briséïs rangea son cahier. Que Benji aille au diable, elle se débrouillerait toute seule ! Elle se concentra sur sa lettre pour se calmer.

— Tu ne l'ouvres pas ? demanda Aeneas.

— Je sais déjà ce qu'il y a dedans.

— On ne sait jamais…

Piquée de curiosité, Briséïs glissa son doigt le long du rabat et déchira l'enveloppe. Elle en retira la lettre de son père, exactement identique aux précédentes. Elle rangeait l'enveloppe dans son sac quand un second papier tomba à ses pieds.

— Qu'est-ce que c'est ? fit Aeneas en le ramassant.

Elle le lui arracha des mains.

— Je ne sais pas.

C'était une deuxième lettre, écrite à la main. Briséïs se laissa retomber sur la paillasse et parcourut ébahie le nouveau message.

Briséïs,

Permets-moi d'ajouter un message à celui de Neil Cuba. Il est important que tu saches ce qui suit.

Tout ce qui arrive est de la faute du docteur Moulin. Le rôle des gardiens ne se limite pas à faciliter le passage des élèves. Ils doivent également garder un œil sur les éventuels perturbateurs, les fouineurs comme Neil Cuba, capables de découvrir par eux-mêmes l'existence de la Citadelle.

D'autres gardiens sont peut-être moins consciencieux, moins cruels. Moulin, lui, n'a pas hésité à jeter Neil en enfer. Plutôt que de le guider vers une fausse route, il lui a montré comment entrer pour de bon dans la Citadelle, et l'a poussé à se piéger lui-même.

Neil aurait peut-être eu une chance de s'en sortir s'il s'était fait tout petit, s'il était resté caché durant ses neuf premiers mois, ceux qui s'écoulent en une seconde de temps réel. Mais Moulin lui avait fait miroiter un moyen de démanteler l'école, et il a préféré croire au mirage. Pendant neuf mois, il est allé courir dans les couloirs à la recherche d'une solution qui n'existe pas. Bien sûr, il a fini par se faire repérer sans rien avoir découvert. Il n'y a rien à découvrir ici quand on n'est pas élève. Je le sais bien, ce n'est pas faute d'essayer.

Fébrile, Briséïs retourna la feuille. L'entrée en matière aurait suffi à lui retourner les entrailles. Mais ce qui suivait l'acheva :

. . .

Neil a donc connu l'enfer ici, durant les années qui ont suivi. Mais il n'est pas homme à se laisser abattre, et il a fini par échafauder un plan, celui dont nous faisons maintenant partie.

J'ai longtemps hésité à t'écrire cette lettre.

C'est cruel de savoir à l'avance ce qui va t'arriver. C'est d'autant plus navrant que je ne peux rien faire, il est déjà trop tard. Mais les choses sont ainsi. Si elles avaient été autrement, je ne serais pas là, en train de t'écrire.

Je regrette seulement que tu portes sur tes épaules les erreurs familiales. Moulin aussi porte sur ses épaules les erreurs de sa famille. Il est gardien, et pour l'éternité sa famille continuera à servir ainsi la Citadelle. Tout cela parce qu'un jour, un de ses ancêtres, un membre de l'Élite, a commis une erreur fatale. La Citadelle ne pardonne rien. Voilà pourquoi l'Élite a toujours peur. Il ne faut jamais faire confiance à l'Élite, la peur qui la guide est incontrôlable.

Ce qui suit sera difficile à avaler, et d'avance, je m'en excuse. Mais Neil est un génie, il sait ce qu'il fait. Nous avons tous un rôle à jouer.

Briséïs, une fois passée la grande porte, on ne ressort plus. Jamais.

Le plan de Neil Cuba va te coûter la vie. Mais ton sacrifice ne sera pas vain, je le sais, je le sens. J'espère que cette pensée saura te consoler.

Maintenant, cours accomplir ton destin.

Briséïs n'arrivait plus à respirer. Voilà pourquoi Jules se retrouverait dans la Citadelle : son père l'y enverrait pour la remplacer elle, après son décès. Jules le savait déjà, à l'abri dans le futur, et il l'avait guidée jusqu'à ce lac pour qu'elle passe la « sixième porte » menant à la bibliothèque, sachant pertinemment qu'elle courait à sa mort. Tout cela au nom du Grand Secret qui les enivrait tous. Elle avait envie de vomir.

— Qu'est-ce que ça dit ? demanda Aeneas en se penchant vers elle. Ça va ? Tu es toute pâle.

Jules avait-il également calculé le moment propice pour lui envoyer sa lettre, quand elle serait piégée dans une maisonnette gardée par un monstre, sans aucune possibilité de faire marche arrière ?

Elle tremblait comme une feuille, la tête lui tournait, une douleur atroce s'était installée dans son estomac. Son propre frère. Son propre père. Elle ne s'était jamais sentie aussi trahie.

— Si vous partez maintenant, vous arriverez peut-être encore à temps, dit la sorcière, interrompant Enndall et Leonel qui débattaient encore.

— Alors c'est parti.

Briséïs s'observa replier sa lettre, glisser l'enveloppe dans son sac. Elle n'était pas près de la remettre contre son cœur. Elle retroussa les pans de sa robe.

— Dans quelle direction ?

— Briséïs, tu es sûre ? demanda Enndall, inquiet. Tu n'as vraiment pas l'air bien.

Elle éclata d'un rire nerveux.

— Mais non, voyons. Il ne s'agit que d'un monstre sanguinaire et d'esprits maléfiques, on en a vu d'autres.

— Ne sois pas sarcastique…

— Je crois qu'à ce stade, j'ai le droit d'être ce que je veux. Sorcière, montre-nous la…

Pour la deuxième fois, elle se prit une poignée de sable en pleine figure.

— Longez le lac par la droite, franchissez le ruisseau qui s'y jette puis montez au sommet du monticule rocheux. Là, vous trouverez le chemin qui vous mènera à la grotte.

Briséïs passa devant Enndall sans oser le regarder. Il savait trop bien lire dans ses yeux. Elle retira son sac à bandoulière, le tendit à Liz. Ils auraient besoin du sablier pour rentrer chez eux. Elle, n'aurait bientôt plus à se soucier du temps. Liz la prit dans ses bras, balaya le sable de son visage.

— C'était une bêtise de garder ces robes. Tu ne peux pas y aller avec celle-là, tu ne pourras jamais courir.

— Et avec quoi dansera-t-elle ? remarqua la sorcière.

— Nous sommes en train de commettre une grave erreur, grommela Enndall.

— Si seulement je pouvais faire quelque chose, pesta Meng.

— Oh, ne vous inquiétez pas, vous aurez votre lot d'aventures, dit la vieille. Seul un feu diabolique peut éclairer le château du roi des Aulnes. Quand je vous le dirai, vous autres retournerez sur le bord du lac alerter la vouivre. Juste assez pour qu'elle se fâche, pas assez pour qu'elle vous trouve, si vous tenez à la vie.

Liz éclata d'un rire étranglé.

— Elle rigole. C'est une blague, n'est-ce pas ?

Ohanko appuya son front contre celui de Briséïs, comme il venait de le faire avec Aeneas et Leonel.

— Tu es plus forte que tu ne le crois, lui glissa-t-il dans l'oreille.

Elle sourit faiblement, se dégagea pour tirer de toutes ses forces sur la porte. Un vent froid s'engouffra à l'intérieur. La vieille la retint par le bras :

— Une fois devant la grotte, vous devrez trouver les tuniques. Le sable ne dissimulera pas votre odeur assez longtemps pour vous permettre de revenir.

Aeneas mit le premier un pied à l'extérieur. Sans son glaive, seul au milieu de la nuit, il avait l'air d'un écolier ayant perdu son chemin.

— La voie est libre, dit-il, dépêchons-nous.

20

LE CHÂTEAU DU ROI DES AULNES

De ce côté-ci du lac, seule l'odeur de soufre témoignait encore de l'incendie. La forêt paraissait étonnamment tranquille, après l'épisode cataclysmique qu'ils venaient de vivre. En silence, ils suivirent le chemin indiqué par la sorcière, guidés par l'éclat de la lune. Ils sursautaient au moindre craquement de branche, au moindre bruissement d'aiguille de pin.

Ils trouvèrent sans difficulté le monticule rocheux. Un sentier en son sommet les guida entre de hautes fougères, à travers un dédale de roches. Un grondement sourd leur parvint, de plus en plus fort. Enfin ils débouchèrent à l'intérieur d'une cavité, derrière une imposante cascade.

— Nous ne sommes pas seulement près de la grotte, nous sommes à l'intérieur, souffla Leonel.

Il avança son bras vers la cascade. Aeneas le retint :

— Le sable, il ne faut pas le perdre. Attendons les rayons de la lune.

Leonel s'assit sur une pierre, jongla avec trois galets pour s'occuper les mains.

— Tu ne nous as toujours pas dit ce qu'il y avait dans cette lettre, Briséïs, dit-il au bout d'un moment. Qui te l'a écrite ?

— Le futur de mon frère, dans la Citadelle.

Les galets retombèrent à terre.

— Le futur de ton frère ?

— Ce n'est pas important. Je préfère ne pas en parler. Ça m'angoisse.

Leonel hocha la tête.

— Bien sûr. Ce n'est pas important, c'est pour ça que ça t'angoisse.

— Ça y est !

Aeneas pointait un doigt dans la direction de la cascade. Un éclat de lumière était apparu au milieu de la masse sombre de l'eau. Les gouttes illuminées de reflets argentés tombaient dans le vide telles les perles d'un gigantesque collier. L'éclat de la lune embellissait jusqu'aux parois de la grotte, comme recouvertes d'un fin manteau scintillant.

— Les perles musicales, dit Aeneas, tendant un bras sous l'eau pour pincer de ses doigts l'éclat de lune sur les gouttelettes lumineuses. Il retira sa main, observa ses doigts mouillés.

— *N'essayez pas de les décrocher, elles s'évanouiraient dans l'instant. Revêtez-les seulement*… Il faut traverser la cascade.

Leonel déglutit.

— Si tu te trompes, nous aurons perdu notre sable. Est-ce que ça ressemble à la vision que tu as eue de la fée Encantadas près du lavoir, Briséïs ?

— Non. Mais je n'en ai jamais revu. Ça ne veut pas dire qu'elles ne sont pas là. Le sable n'aura bientôt plus d'effet.

Et sans attendre, elle traversa la chute d'eau.

La cataracte l'envoya bouler plusieurs mètres plus bas. Curieusement, elle s'échoua sans douleur. Ses multiples jupons lui avaient peut-être été utiles, pour une fois. Mais l'eau continuait de se déchaîner sur son crâne, et sa robe trempée, martelée par le flot continu, l'empêchait de se relever. Aeneas et Leonel arrivés juste derrière, la tirèrent hors de danger.

— Vous croyez que ça a marché ? demanda Aeneas, observant sa chemise trempée, éclairée de reflets de lune.

— Oui, répondit Leonel en s'accroupissant pour observer le sol. Regardez…

Briséïs baissa les yeux, eut un hoquet de surprise. Ils ne pataugeaient pas à la limite d'une plage, comme elle l'avait supposé, mais marchaient à plus de cinq mètres du bord, sur une eau noire de jais. De gros poissons apparaissaient de temps en temps, évoluant lentement juste sous leurs pieds, d'où naissaient des ronds de vaguelettes qui ondulaient sur la surface lisse du miroir naturel. Briséïs plongea sa main dans l'eau : elle ne pouvait l'enfoncer à plus de dix centimètres sans être repoussée vers la surface. Voilà pourquoi elle ne s'était pas fait mal en tombant.

L'étrangeté de la scène n'aurait pas dû la surprendre, après des journées entières passées sur un chemin invisible, au beau milieu du ciel. Malgré tout, elle ne se sentait pas fière. Aeneas, au contraire, semblait beaucoup plus rassuré.

— Les dieux sont avec nous, leur dit-il, souriant. Nous allons y arriver. Regardez ! Je crois qu'ils approchent. C'est beau…

Au-dessus du lac était apparu un épais nuage de brume. Les volutes blanches dansaient doucement, s'étiraient en silence vers la cascade.

— Qu'est-ce qu'il faut faire ? demanda nerveusement Leonel.

— Parader, répondit Aeneas.

Il se redressa, recoiffa en arrière ses beaux cheveux blonds dégoulinants et s'avança d'un pas qui se voulait assuré vers la brume mystérieuse.

— Nous sommes venus danser ! annonça-t-il à la cantonade avant d'être happé par le nuage.

— Aeneas ? glapit Briséïs.

Pas de réponse.

— Restons groupés, murmura Leonel, l'attrapant par la main.

Lentement, la brume s'approcha… les engloutit.

Partout autour d'eux les vapeurs bleu-gris effacèrent le paysage, la noirceur de la nuit, les douces lueurs réconfortantes des étoiles. Puis le bourdonnement de la cascade lui aussi s'effaça. Ils n'eurent plus comme repère que le sol aquatique, refuge de la vouivre et de quelques poissons macabres.

— AENEAS ! tenta Leonel, s'accrochant au bras de Briséïs.

— Moins fort ! gémit Briséïs.

Un éclat orangé venait de traverser le brouillard. Comme le

tonnerre suivant l'éclair, un grondement rauque, bestial, s'éleva ensuite depuis l'autre côté du lac.

— La vouivre, souffla Leonel, et Briséïs acquiesça.

— Les autres ont dû la faire sortir.

— Ils nous ouvrent le passage, c'est le moment ou jamais.

Il fit un pas en avant pour mieux discerner les étranges contours que prenaient les volutes. Briséïs sentit un mouvement derrière elle. Elle se retourna.

— Leonel, il y a quelque chose par là, murmura-t-elle. Leonel !

Il lui avait lâché la main. Elle fit volte-face : il n'était plus là. Un autre éclair orangé traversa l'ombre, suivi d'un râle strident.

Ce n'était pas le moment de paniquer. La vouivre ne pouvait pas la voir, et Leonel ne devait être qu'à quelques mètres… Le brouillard était si dense, elle distinguait à peine ses pieds. Briséïs se retourna : fallait-il repartir vers la cascade ou continuer d'avancer ? Question futile, elle avait perdu le sens de l'orientation…

Elle se retourna encore, oublia un instant de respirer.

Un fantôme de brume – le plus beau jeune homme qu'elle ait jamais rencontré – se tenait devant elle, ses prunelles voilées plongées dans les siennes. Il lui sourit, exécuta une révérence et lui tendit une main vaporeuse. Ses vêtements éphémères, aussi transparents que sa main, ressemblaient aux atours des nobles de Carcassona. Une longue cape tombait de ses épaules, flottant majestueusement dans la brise.

Briséïs lui tendit sa main, tremblante. Les doigts du jeune homme se refermèrent autour des siens. On eut dit un vent solidifié, aussi impénétrable que l'eau du lac.

— Je suis un peu mouillée, bredouilla-t-elle, retirant une mèche de sa bouche.

Le bras du jeune homme, passé autour de sa taille, lui fit l'effet d'un courant d'air.

— … Ma robe est toute trempée, je ne sais pas si je pourrai danser…

Le jeune homme resserra sa prise et l'emporta dans sa danse.

Ses pieds touchaient à peine terre. Ils touchaient à peine lac, à dire vrai. Elle piétinait pour faire bonne figure, mais ne pouvait réellement se concentrer : le danseur de brume l'hypnotisait. Ses mouvements gracieux, son regard sincère… Une douce musique monta du nuage. S'arrachant un instant au regard du jeune homme, Briséïs aperçut des couples fantomatiques danser en tourbillonnant autour d'eux. Le jeune homme lui souriait, la faisant tournoyer toujours plus vite. Trop vite. Briséïs trébucha, s'étala sur l'eau de tout son long. Elle éclata de rire :

— On aurait peut-être dû vous prévenir, je ne suis pas exactement la plus gracieuse des princesses…

Le jeune homme s'était penché au-dessus d'elle. Il lui caressa le visage. Elle en eut le souffle coupé. Il s'allongea doucement sur elle et, la prenant par la taille, la fit basculer sur le côté. Après un demi-tour, sans qu'elle puisse se l'expliquer, le danseur se trouvait toujours au-dessus d'elle.

Reprenant sa respiration, Briséïs sentit l'eau douce du lac s'infiltrer dans sa gorge et ses narines. Elle cracha l'eau, en avala de plus belle. Le danseur lui baisa la joue. Elle le repoussa de toutes ses forces, se redressa brusquement pour prendre une goulée d'air. Le liquide envahit ses poumons. La douleur était atroce. Le jeune homme l'attira à lui. Elle le repoussa encore dans un mouvement désespéré. Sa robe flottait, légère, autour de ses jambes. Elle ne sentait plus ses cheveux dégouliner sur ses épaules, ils dansaient tels des algues autour de son visage. La brume avait disparu. Briséïs découvrit avec horreur la surface de l'eau bizarrement éclairée à ses pieds : de l'autre côté des flots miroitaient la lune, le ciel, et ses milliers d'étoiles. Elle se tenait debout sur l'envers du lac.

Elle se mit à genoux, poussa de toutes ses forces contre la surface. Impossible de passer au travers. Un réflexe de survie l'obligea une fois encore à happer de l'air. Une nouvelle vague d'eau noire s'engouffra dans ses poumons. La douleur fut insupportable. Sans doute avait-elle passé la porte. Ne lui restait plus qu'à succomber à son destin…

L'esprit danseur persistait à vouloir lui saisir le visage. À bout de force, elle le laissa faire. Il colla ses lèvres contre les siennes, et lui offrit le souffle d'un baiser.

Dans ses poumons, la douleur s'évanouit d'un seul coup. Il l'embrassa encore et, la bouche ouverte, elle ne put s'empêcher d'inspirer. L'eau s'engouffra dans sa gorge, envahit ses poumons, et ce fut un délice. Elle écarquilla les yeux, reprit une goulée d'eau, sentit ses muscles se détendre et reprendre vie. Elle respirait. Le lac n'était plus son ennemi.

— Comment est-ce possible ? demanda-t-elle.

Sa voix s'étira dans un nuage de sons incompréhensibles. Le jeune homme la prit dans ses bras. Ses cheveux de brume dansaient autour de ses yeux, plus éclatants sous l'eau qu'à l'air libre.

Briséïs se sentit fondre. Personne ne l'avait encore jamais contemplée de la sorte. Plus rien ne semblait exister aux yeux du jeune homme que son irradiante beauté. Si elle ne devait jamais rentrer chez elle, se dit-elle, cet endroit serait la parfaite prison éternelle, pourvu qu'il l'embrasse encore.

Le danseur voulait danser. Briséïs obtempéra, n'importe quoi pour lui faire plaisir. Sous l'eau, la ronde n'avait pas le même tempo, plus lente, plus douce. Mais elle était tout aussi merveilleuse. Rien en cet instant n'aurait pu la distraire de son étourdissant bonheur.

Rien, si ce n'était Leonel.

Elle l'aperçut du coin de l'œil. Lui aussi se tenait debout sur l'envers du lac et dansait avec la brume. Sa brume à lui avait pris la forme d'une jeune fille à la beauté surnaturelle. Elle embrassait sauvagement Leonel, conquis jusqu'à la moelle. Cette vision souleva en Briséïs une colère dont elle ne se serait pas crue capable. D'un coup, elle repoussa son amant, fendit l'eau, marchant et nageant tout à la fois, et assena à la peste fantomatique le bon coup dans la mâchoire qu'elle méritait. Son poing traversa le visage sublime et vaporeux de la jeune fille. Celle-ci s'écarta, surprise, juste assez pour que Briséïs lui arrache la main de Leonel et l'entraîne avec elle.

— Viens, glissa sa voix déformée dans l'eau. Il faut trouver le château du roi des Aulnes.

Briséïs serrait fort la main de Leonel pour ne plus le perdre de vue. Mais à l'envers du lac, chaque pas les propulsait comme sur la lune, et, l'un montant l'autre descendant, ils peinaient à garder l'équilibre. Des lueurs jaune orangé éclairèrent les eaux limpides du lac depuis la surface. D'un mouvement de tête, Leonel lui désigna le ciel, sous leurs pieds. Briséïs acquiesça : les flammes de la vouivre. Elle pria pour Enndall, Meng, Ohanko, et Liz, restés sur la berge.

Un jet de lumière plus puissant que les précédents leur révéla

Aeneas, debout sur l'envers de l'eau un peu plus loin. Sa partenaire de bal ne semblait pas être parvenue à l'envoûter. Il se dégagea poliment en voyant ses amis arriver. Briséïs voulut le rejoindre, mais Leonel la retint, pointant un doigt horrifié vers la surface : les jets de flammes se rapprochaient. À travers le miroir de l'eau, la monstrueuse masse noire de la vouivre apparut, à quelques mètres seulement d'Aeneas. Une nouvelle flambée illumina ciel et lac. Briséïs vit Aeneas se protéger les yeux, ébloui, à l'instant où un corps percutait l'eau et plongeait brutalement dans le lac, tout près d'elle, traçant un sillon de bulles blanches sur quelques mètres.

— Enndall ! cria-t-elle, levant la tête pour observer le chevalier se débattre, s'enfonçant loin dans l'eau noire.

Une traînée de sang s'échappait de son épaule, mais il tenait toujours son épée en main. Il fit quelques brasses pour rejoindre la surface, repassa près de Briséïs et Leonel sans les voir et sortit la tête de l'eau. Observant le chevalier dressé à l'envers sur la surface du lac, Briséïs se dit que jamais elle n'aurait imaginé mourir dans d'aussi étranges conditions.

Leonel lui tira le bras, criant une phrase inaudible. Briséïs se joignit à lui pour hurler à Aeneas de s'écarter, et leurs voix se perdirent en nuées de sons déformés. La vouivre fondait en piqué vers le lac, gueule ouverte, brûlante de haine. Le visage tétanisé d'Aeneas, comprenant trop tard, frappa Briséïs. Encore une fraction de seconde et il disparaissait dans une gigantesque colonne de bulles blanches provoquées par la vouivre.

— NON !

Elle ne pouvait pas le croire, Aeneas ne pouvait pas mourir ainsi.

Elle se mit à courir avec Leonel vers la colonne de bulles. Ils n'avaient pas vu la vouivre sortir du sillon et s'enfoncer dans le lac. Mais tout était devenu si sombre, sans la lumière de ses flammes. Ils arrivèrent sur le lieu du massacre au moment où les dernières bulles s'éparpillaient.

Apparut alors sous leurs yeux ébahis Aeneas, bien vivant, tenant entre ses mains le visage d'une belle jeune femme, faite de chair et d'os. Celle-ci semblait le captiver bien plus que sa comparse vaporeuse et, ses yeux s'habituant à la nouvelle luminosité, Briséïs comprit pourquoi : devant le Spartiate se tenait Imène, sa femme disparue en Grèce, l'amour de sa vie. Il devait se croire au royaume des morts, où enfin il avait pu la rejoindre. Imène lui souriait comme elle le faisait en Grèce, un grand éclat de bonté naturelle. Elle pleurait de joie, redécouvrant le visage de son amant, sa tunique grecque et ses boucles brunes dansant dans l'eau claire… Une lumière rosée baignait leurs poignantes retrouvailles. Levant la tête, Briséïs aperçut au-dessus du couple une pierre rouge, brillante, s'éloigner peu à peu vers le fond du lac.

Le rubis de la vouivre. La pierre du Saint Graal.

Briséïs étudia à nouveau l'Imène qu'Aeneas couvrait de baisers. Si le rubis de la vouivre ne se trouvait plus sur son front, c'était que le monstre avait repris sa forme humaine. Aeneas tenait-il la vouivre dans ses bras ?

Leonel semblait en être venu à la même conclusion. Il s'approcha d'un pas décidé, tira Aeneas pour l'éloigner de la chimère. Mais celui-ci le repoussa brusquement. Briséïs essaya à son tour. Il l'envoya bouler sans même la regarder. Imène lui caressait les joues, l'enlaçait tendrement, et, front contre front, ils se regardaient, inlassablement. La scène semblait si réelle…

Mais Imène était morte, Briséïs en était à peu près sûre, et Aeneas avait encore une chance de rester parmi les vivants. Elle allait tenter une nouvelle approche quand Leonel attira son attention vers le rubis, qui lentement continuait sa chute vers le fond du lac. Briséïs réalisa alors avec quelle véritable flamme la vouivre avait le pouvoir d'éclairer le château du roi des Aulnes.

Au passage de la pierre, de gigantesques structures prenaient forme, aussi vaporeuses que les danseurs de brume. Des murs, des plafonds sculptés, des grandes salles vides… Le rubis remontait le long d'un vaste puits formé par deux immenses escaliers en colimaçon s'enroulant l'un dans l'autre. Leonel attrapa la main de Briséïs. L'un des deux escaliers débutait à quelques mètres de là, au niveau de la surface du lac.

La faible pesanteur les propulsait à chaque pas quatre marches par quatre marches, mais l'inertie de l'eau ralentissait leurs mouvements. Ils parvinrent malgré tout à se rapprocher de la pierre, montant toujours plus haut, ou toujours plus profond. Tout autour d'eux les pièces translucides du château se dessinaient en superposition, laissant entrevoir l'immensité du lieu. Briséïs jeta un œil au centre du puits, là où Aeneas tenait toujours la vouivre entre ses bras. Était-il prudent de le laisser seul en si mauvaise compagnie ? *Il le faut*, lut-elle dans le regard de Leonel, déterminé à suivre la pierre. Puis le rubis s'immobilisa.

Trois êtres éthérés aux allures de démons – petites cornes sur la tête, torses d'enfants, pattes de chèvre – venaient d'apparaître en haut des marches. Les deux premiers firent la courte échelle au troisième qui enjamba promptement la rambarde de l'escalier, tendit un filet à papillons devant lui et attrapa la pierre. Sitôt le rubis récupéré, il sauta à terre, et les trois filèrent par une porte dérobée. Leonel et Briséïs s'élancèrent à leur suite.

Les chimères n'avaient pas à se battre contre l'eau, elles prirent de l'avance. Elles bondissaient d'une pièce à l'autre et Briséïs craignait de les perdre dans le dédale des grandes salles aux murs transparents, subitement remplies de tableaux, sculptures, machines et inventions…

Un seul endroit au monde possédait tant de richesses dans une succession infinie de pièces et de couloirs : la Citadelle.

Guidés par la lumière du rubis, Briséïs et Leonel gravirent des escaliers aux structures improbables, traversèrent des couloirs puis des places où apparurent, tout aussi translucides que les murs, les élèves et le personnel de la Citadelle. Leonel s'attarda, fasciné par ce nouveau monde, ses costumes et son insouciance. Personne ne semblait avoir conscience de la présence d'intrus. Rattrapant les trois premiers démons, des chimères de toutes tailles affluèrent dans les couloirs. Elles émergeaient des statues et tableaux au passage du rubis et couraient ou volaient après lui, se faufilant entre les humains comme entre les arbres d'une forêt en flamme.

Briséïs reconnaissait les lieux à présent : ils venaient d'arriver dans le grand réfectoire. Tout était identique et pourtant si différent sous l'eau, en jeu d'ombres et de lumières. Elle aurait cru à un rêve si Benji n'avait surgi au milieu des élèves. Transparent, il n'en était pas moins reconnaissable, avec son regard fier, ses sourcils hauts, ses mains noueuses. Briséïs stoppa net devant lui. Il eut un haut-le-corps puis leva les yeux, cherchant ce qui l'avait alerté. Un nuage de chimères passa tout près d'eux. Licorne, fées, gnomes, monstres décadents. Benji tourna brusquement la tête, comme s'il avait senti leur présence. Il posa précipitamment son assiette sur le plateau d'un serveur coiffé d'un chapeau à plumes et se fraya un chemin entre les élèves, vers le fond de la salle. Les dernières chimères venaient de franchir la grande porte. Benji tira un document roulé de sous sa veste. Willis apparut devant lui pour lui barrer la route. Benji lui adressa une réponse cinglante que Briséïs ne put entendre, présenta son document avec impatience au veilleur posté devant l'entrée et s'engouffra dans les couloirs interdits.

Benji courait dans les couloirs, son document à la main. Briséïs et Leonel peinaient à le suivre, ralentis par l'eau comme dans un mauvais rêve. Ils rattrapèrent malgré tout le flot de chimères palpitantes, guidées par l'étincelant rubis. Benji s'arrêta devant une petite porte entrouverte, par laquelle le rubis et les chimères s'étaient faufilés. Sans prétention, à peine visible entre deux rideaux d'un immense couloir, elle n'était pas transparente comme les autres portes et ne laissait rien voir de se qui se cachait derrière. Elle portait sur son montant le bas-relief d'une flûte à bec.

La porte de l'ouïe.

Les mains de Briséïs se remirent à trembler. L'instant de vérité approchait… Et sa mort peut-être.

Benji était si nerveux qu'il laissa tomber sa cloche fendue par terre en la sortant de son sac. Il glissa son anneau à son doigt, le frappa contre la cloche. Une onde se répandit dans l'eau du lac, balaya Briséïs et Leonel. Pour la première fois depuis longtemps, Benji regarda Briséïs droit dans les yeux. Bouche bée, il s'approcha d'elle, tendit une main pour lui toucher le visage. Ses doigts contre sa joue firent à Briséïs l'effet d'un courant d'air. Il lui sourit, puis se tourna vers Leonel. Son sourire s'effaça. « C'est qui, lui ? » put-elle lire sur ses lèvres. Ils n'avaient pas de temps à perdre. Pour toute réponse, Briséïs sourit et s'avança vers la porte. Benji tenta de bloquer Leonel qui le repoussa brusquement. Benji tituba contre le rideau comme s'il avait été soufflé par un vent violent tandis que Leonel traversait la porte de l'ouïe à la suite de Briséïs.

Briséïs guida Leonel dans la bibliothèque. Celle-ci se présentait semblable à son premier souvenir : l'immense pièce circulaire, ses rosaces en hauteur, ses livres par milliers, ses rangées d'étagères rayonnant autour d'un gigantesque puits central, qui permettait d'accéder aux étages inférieurs et supérieurs… Une bibliothèque vaporeuse elle aussi, mais hermétique au monde, tout comme la porte. Dans le silence de l'eau, des centaines de chimères s'agitaient tels des papillons de nuit autour de l'éclat rouge de la pierre, en suspension au bord du puits. Briséïs s'approcha lentement, et les chimères s'écartèrent pour la laisser passer.

Levant les yeux, elle croisa le regard vitreux du crocodile, accroché au plafond. Elle fit deux pas en arrière, lorgnant la bête d'un œil méfiant. Comptait-il se réveiller subitement encore une fois ? Mais l'animal empaillé semblait figé pour l'éternité.

Briséïs rassembla son courage, se concentra à nouveau sur la pierre. Elle en approcha ses deux mains, éblouie par la lueur rouge écarlate. Elle eut à peine le temps de l'effleurer. Leonel se jeta sur elle, la poussant sur le côté juste avant que les mâchoires du crocodile soudain revenu à la vie ne se referment sur le rubis. La pierre vola en éclats, les chimères s'enfuirent derrière les étagères. La lumière rouge brillait toujours, flottant seule au-dessus des morceaux de la pierre à présent transparente tombés à terre. Sous les yeux de Briséïs, ces derniers s'assemblèrent pour former une large coupe dans laquelle la lumière vint reposer, liquéfiée. Sur le bord de la coupe apparut alors, gravée en lettres rouges, la mention :

A MON SEVL DESIR

Le crocodile avait repris sa place au plafond.

Des larmes coulèrent sur les joues de Briséïs. Le moment était arrivé. Elle savait parfaitement quoi faire. Au moins allait-elle enfin connaître le Grand Secret. Pourvu que cela en vaille la peine…

Elle prit la coupe entre ses mains, inspira une dernière fois, la porta à ses lèvres.

Leonel interrompit son geste, fit non de la tête : elle risquait sa vie. Elle évita son regard. Elle le savait, bien sûr. Comprenant tout à coup, Leonel se fâcha tout rouge. Il voulut lui arracher la coupe des mains, mais Benji, arrivant par-derrière, se jeta sur lui et le poussa violemment à terre. *Bois,* lut-elle sur les lèvres de Benji tandis qu'il maintenait Leonel au sol, *pour la vérité, Briséïs, tu dois ouvrir la porte ! Bois, maintenant !*

Briséïs trouva la force de relever la coupe. Elle ferma les yeux, but une toute petite gorgée. La lumière coula, brûlante, le long de sa gorge. Aussitôt, une douleur insoutenable la prit au ventre, remonta dans son cœur, s'étendit dans ses membres, sa tête. Elle tomba à genoux, rouvrit les yeux, mais le puissant éclat rouge l'éblouissait de l'intérieur. La douleur s'intensifia. Elle ne pouvait plus voir ; elle ne put bientôt plus penser, ni respirer, ni…

21

A MON SEVL DESIR

Le vent soufflait dans les feuilles une douce musique de printemps. Le soleil caressait ses paupières. Elle promena ses doigts sur l'herbe fraîche, soupira d'aise. Une voix l'appela au loin. Un nom qui ne lui disait rien, mais qui ne pouvait que la désigner. Elle s'assit, ouvrit les yeux sur un splendide paysage de campagne. Un jeune homme courait vers elle, une épée à la main. Elle ne l'avait jamais vu, et pourtant, alors qu'elle découvrait son visage, une vague d'amour l'envahit, si puissante que les larmes lui montèrent aux yeux.

— Tu ne devineras jamais ! s'exclama le jeune homme en s'asseyant à côté d'elle. Artrand d'Isambra accepte de me prendre avec lui ! Mais… tu pleures ?

— Non, ce n'est rien, répondit-elle, je suis heureuse.

Le jeune homme lui sourit, lâcha son épée pour l'embrasser. Le cœur de Briséïs battait la chamade. Jamais elle n'avait ressenti pareille passion. Un tel amour ne pouvait se contenir dans un seul corps ; si elle ne mourait pas dans l'instant, elle s'effondrerait plus tard d'épuisement.

— Artrand part pour le tournoi du comte de Gonsten dans trois jours et il m'emmène avec lui. S'il gagne le tournoi, il aura assez de fonds pour entreprendre son voyage vers les bords du monde ! Je vais devenir célèbre ! Tu te rends compte ?

— Qu'est-ce que tu veux dire ?

— Ne fais pas cette tête-là, je serai revenu bientôt !

Briséïs agrippa la chemise du jeune homme de ses deux mains, le tira vers elle.

— Combien d'hommes sont partis chercher la gloire sur les bords du monde, et combien sont revenus ?

— Voyons, ne dis pas de bêtises, tu ne veux pas que je renonce à la vie par peur de la mort ?

— Je suis la vie ! Les bords du monde sont la mort !

Il l'embrassa encore. Mais ce baiser-là avait un goût amer.

— Je *dois* y aller. C'est ma destinée, je le sens. C'est ce dont j'ai toujours rêvé.

Briséïs n'avait pas envie d'entendre cela. Elle tira plus fort sur sa chemise, mais ses doigts se refermèrent sur le vide. Le jeune homme avait disparu, remplacé par la nuit. Briséïs s'élança, les bras tendus, la peur au ventre. L'air lui manquait, ses jambes flageolaient. Le jeune homme la saisit par les épaules et ôta sa capuche pour la regarder droit dans les yeux. Les reflets de lune sur le lac éclairaient son beau visage déterminé.

— Ne sois pas triste, je serai de retour bientôt. Même si Messire d'Isambra gagne le tournoi, l'argent gagné ne sera suffisant que pour une année de voyage. Si je ne suis pas rentré au printemps prochain, alors tu pourras t'inquiéter. Pas avant.

Briséïs avait envie de hurler. Elle se contenta de baisser la tête pour cacher ses larmes.

— Je ne crois pas que je le supporterais, s'il t'arrivait quelque chose.

— Tu n'auras pas à le supporter. Promets-moi d'attendre un an avant de t'intéresser à d'autres.

— Pour cette remarque, tu mérites que je ne t'attende pas un instant.

Le jeune homme sourit. Son dernier baiser brûla comme une promesse déchue. Jamais elle n'oublierait la silhouette des deux cavaliers découpées dans le disque de la lune, au-delà des eaux immuables du lac.

Un an durant, elle n'osa prononcer le nom du jeune homme de peur de tenter le Malin. Elle craignait même que l'empreinte sur ses lèvres de leur dernier baiser suffise à leur porter malheur. Puis, quand les bourgeons apparurent autour du lac, elle s'assit sur la berge et attendit.

Comme le jour descendait, elle décida de revenir à la même heure le lendemain. Puis le jour suivant. Et le suivant.

Les bourgeons fleurirent, les fruits mûrirent, les feuilles tombèrent et la neige recouvrit le lac d'un grand manteau blanc. Puis la terre reprit vie, et elle observa à nouveau les bourgeons, les fruits, les feuilles... Tous les jours, son regard se perdait plus longtemps dans le lac. La troisième année, elle cessa d'observer l'horizon. À la quatrième, l'eau du lac ne contenait plus que ses larmes. C'est à la cinquième qu'elle se glissa dans l'eau et qu'on ne la revit plus.

Briséïs s'étira, libérant ses muscles de la tension d'une longue journée de cheval. Elle observa ses mains, surprise de les voir masculines, tâta l'épaisse barbe poussée sur son menton. Elle fut distraite par la vue d'un merveilleux lac, un lac qu'elle n'avait pas vu depuis des années. Une bouffée de chaleur envahit son cœur. Son compagnon d'armes rapprocha son cheval du sien, lui donna une tape sur l'épaule.

— Le voilà, ton lac. T'es content ? Il n'est pas si beau, franchement. Je ne vois pas ce que tu lui trouves.

— Il abrite le plus beau des trésors, lui répondit Briséïs d'une voix caverneuse.

— Hé, hé, le plus beau des trésors, c'est ça, ouais.

Briséïs lança son destrier au grand galop. Après tant d'années, elle aurait bien rendu son épée, son armure, et tout ce qui avait fait sa gloire, pour enlacer un peu plus tôt son unique amour. Elle découvrit avec un pincement au cœur qu'il n'y avait personne sur la berge. Mais personne ne pouvait attendre des années sagement assis sur un rocher. Elle talonna plus fort sa monture. Au village, on saurait la renseigner.

Son cheval disparut, et dans sa main les rênes se muèrent en chope de bière. Elle la serrait entre ses doigts comme si sa vie en dépendait. Le goût amer de l'alcool était à peine descendu dans sa gorge. L'odeur de tabac, de crasse et de ragoût l'étourdissait.

— Qu'est-ce que vous voulez dire ? lança-t-elle sur un ton agressif.

Le groupe d'hommes rassemblé devant elle garda un silence navré. L'un d'eux, enfin, prit la parole :

— Ce qu'on vient de te dire. Qu'elle s'est noyée. L'an dernier.

Il se peut bien qu'un autre ait ajouté quelque chose. Briséïs ne l'entendit pas. Déjà elle courait vers le lac, hors d'haleine, la vue brouillée par un océan de larmes. Ce n'était pas possible. Sa douce lui avait promis de l'attendre. De rage, elle lança son épée dans le lac. Cette épée qu'elle avait tant convoitée. Un bout de ferraille. La mort qu'elle était partie chercher, tandis que près du lac, la vie dépérissait. La douleur dans sa poitrine devint insupportable. Ses grosses mains de guerrier, ses biceps gonflés, sa large poitrine, ses puissants mollets, tout lui faisait honte. Elle s'enfonça dans l'eau, comme si la pureté du lac pouvait nettoyer six années d'erreur ; la ramener au premier jour et au dernier baiser.

Elle s'attendait à être happée par le désespoir glacial du lac. Mais rien de tel n'arriva. L'eau caressa sa peau, épousa ses formes, étouffa ses pleurs. Elle se sentait bien, comme si l'amour de sa belle tout entier l'entourait, comme si chaque goutte de l'eau du lac lui criait sa présence. Bientôt une nouvelle certitude s'insinua dans son cœur. Sa dame vivait encore. Son corps peut-être avait disparu, mais son âme l'attendait toujours, prisonnière des eaux. Creusant ses mains en coupe, elle écopa l'eau du lac qu'elle ramena à elle, suppliant les vagues de lui rendre sa flamme. Et comme l'eau retombait inerte entre ses doigts, elle la frappa du poing, folle de rage, en appelant à Dieu, en appelant au diable, qu'on lui rende sa femme…

Dieu peut-être l'entendit. Mais c'est le diable qui se présenta.

Haut comme trois pommes, le visage joufflu, la peau verdâtre, des ailes de chauve-souris accrochées dans le dos. L'âme de sa dame se trouvait bien dans l'eau du lac, lui confirma le diable. Dans ses larmes, versées durant toutes ces années. Il ne pouvait pas la ramener à la vie, mais contre promesse de Briséïs de le servir, il pourrait lui rendre sa conscience, sous une certaine forme. Briséïs accepta son marché dans l'instant. Le diable lui serra la main puis versa un étrange sable aux reflets d'or sur la surface du lac. Le sable fut dissous, et de l'eau émergea une femme à la chevelure blonde. En la découvrant, Briséïs fut transportée de joie. La femme portait la même robe de velours qu'elle lui connaissait, la même tresse négligée sur son épaule. Entre ses mains croisées brillait un large rubis, d'un éclat incroyable. Mais son regard semblait perdu dans le lac. Timidement, Briséïs approcha sa grande main de guerrier, caressa sa joue, souleva son menton.

— C'est moi, je suis là. Je suis revenu.

Elle ne put rien ajouter d'autre, trop émue pour parler. Enfin la femme releva la tête, plongea son regard dans le sien et lui glaça le sang. Elle reconnaissait bien là les traits de son amour, le visage qui durant toutes ses nuits de conquête l'avait tenue éveillée, et qui avant cela avait fait fondre son cœur comme neige au soleil. Mais la noirceur habitait maintenant ses prunelles de glace. Briséïs fit un pas en arrière, horrifiée, murmura dans un souffle :

— Mon Dieu, qu'ai-je fait ?

Le beau visage de sa dame se crispa, un cri terrible sortit de sa gorge, acheva de broyer le cœur de Briséïs. Sous ses yeux, le visage de sa belle se tordit de douleur. Dans sa bouche poussèrent des crocs, de son nez sortirent des flammes, ses prunelles se fendirent, sa peau se couvrit d'écailles. Ses bras devenus des ailes battirent l'air et elle s'éleva vers le ciel, le rubis sur son front, cinglant l'eau de sa longue et puissante queue. Briséïs se laissa tomber à genoux dans le lac.

— Nous n'avons pas encore parlé de ma contrepartie, fit remarquer le diable, comme si de rien n'était.

— Mais… mais quelle est cette chose ? demanda Briséïs, tremblante, suivant des yeux le vol de la créature.

— La femme que tu voulais revoir, répondit le diable. Ce qu'il en reste, du moins. Son désespoir. Je ne peux pas faire de miracles.

— Ce n'est pas ce que j'avais demandé !

— En échange de mon service, tu iras montrer ta valeur de chevalier dans les tournois. Tu ne provoqueras en duel monté que des chevaliers ayant un fils en âge de prendre les armes. Tu vaincras ceux que je te désignerai, et tu réclameras en échange de ta victoire que le fils du vaincu t'accompagne au bord du lac. Je t'y attendrai chaque fois, et tu me les confieras.

— Elle souffre…

— Bien sûr qu'elle souffre.

— Ce n'est pas ce que j'avais demandé, sanglota Briséïs.

— Tu n'as pas réfléchi à ce que tu demandais, tu ne pensais qu'à toi, encore une fois.

— Je… Je préfère la laisser mourir en paix…

— C'est trop tard, il fallait y penser avant.

— Je vous en supplie… Pourquoi…

Le diable se pencha vers Briséïs avec un grand sourire.

— Vous, les humains, êtes tellement naïfs. Il n'y a pas de vie ou de mort, il y a seulement la conscience. Ce qui reste, ce qui part… Ta dame a perdu son seul désir. Ne reste que son désespoir, qu'elle a laissé couler dans le lac, emporté par ses larmes. C'est tout ce dont ses larmes se souviennent maintenant.

— Libérez-la, je vous en supplie, c'est tout ce que je désire à présent.

— À qui crois-tu t'adresser ? Tu ne peux pas jouer aux repentis avec moi. Tu ne peux pas cacher ta vraie nature. Tu ne penses qu'à toi-même, tu es un égoïste, et c'est cela qui t'a amené jusqu'à moi. Le véritable désir aussi est égoïste… Si tu m'obéis, si tu vas chercher ces âmes pour moi, alors je pourrai peut-être rendre ta dame à la bonté Divine. Mais seulement quand tu seras capable de te montrer sous ton vrai visage. Quand tu repartiras sur les routes uniquement pour ta propre félicité, sans une pensée pour ta dame. Quand tu l'auras oubliée totalement, ta dame réapparaîtra devant toi sous sa forme humaine. Elle te donnera son rubis, que tu me rendras. Alors, elle sera libérée.

— Jamais je ne pourrai l'oublier…

— Dans ce cas, elle restera chimère, et elle souffrira.

— Combien de temps me reste-t-il ?

Les yeux noirs du diable brillèrent de plaisir.

— Elle a l'éternité devant elle.

Briséïs sentit toute sa force la quitter. Elle observa ses mains qui bientôt travailleraient pour le diable.

— Ces fils, qu'allez-vous en faire ?

— Cela dépendra d'eux… Mais s'ils échouent, s'ils souffrent, ce sera par ta faute. Souviens-t'en.

. . .

Briséïs tenait d'une main une lourde lance en bois, de l'autre les rênes de son cheval impatient. Son souffle se heurtait à son heaume, et la chaleur empourprait ses joues. Elle transpirait. À travers la fente du heaume, elle pouvait apercevoir son adversaire, de l'autre côté de la lice, retenant sa monture, son imposante armure rutilant au soleil. Une trompette retentit. Son cheval bondit en avant. Elle coucha sa lance à l'horizontale, visa le torse de l'autre. Sa lance se brisa sous le choc, l'homme en face vacilla, perdit l'équilibre, chuta à terre, traîné par son cheval.

Une douce brise, au bord du lac. Une douleur atroce la lançait à l'épaule. Le dernier coup d'une lance. D'une main, elle triturait le pendentif qu'elle s'était fabriqué. Un simple morceau de cuir rassemblé en bourse et relié à un cordon. À l'intérieur, elle avait inscrit avec son propre sang les mots « A MON SEVL DESIR ». Le jeune homme à son côté leva des yeux interrogateurs. Sur le bas de sa joue, une tache rougeâtre était apparue.

— Nage jusqu'au milieu du lac, lui dit-elle, pointant la direction. N'aie pas peur, je t'attends ici.

Le jeune homme se déshabilla en silence, s'enfonça dans l'eau noire et tranquille. Briséïs veilla toute la nuit. Il ne revint pas.

Un autre tournoi. Des défaites, une victoire, puis un fils disparu. Puis une autre ville, un autre tournoi. Briséïs sentait la fin approcher : aller de contrée en contrée ne serait bientôt plus suffisant. Son histoire la devancerait et on lui ferait la peau. Mais un jour, le jeune homme parti nager dans le lac revint. Il se dressa ruisselant devant elle, lui accorda un signe de tête supérieur et s'éloigna tel un roi.

Briséïs poursuivit sa besogne. Les années passèrent sans que jamais elle ne puisse oublier les raisons de son malheur. La souffrance de sa dame métamorphosée hantait chacun de ses rêves, chacun de ses succès.

Vint enfin le jour où un homme s'approcha de lui-même pour lui demander de se battre. Il avait entendu parler des fils des vaincus, les survivants, qui tous s'étaient peu à peu construit des chemins glorieux. Il souhaitait un même destin pour son fils ; il croyait en lui, et était prêt à lui faire courir le risque. Si jamais elle acceptait de lui donner sa chance…

Il n'appartenait pas à Briséïs de la lui refuser. L'homme perdit son fils.

Malgré tout, d'autres suivirent. Des fils moururent, certains furent couronnés. Les années passèrent, et la renommée de Briséïs grandit. On l'appela le faiseur de gloire, puis le créateur de rois, puis roi des marécages, et enfin, le roi des Aulnes, en mémoire des arbres poussant autour du lac.

Elle porta sa couronne d'épines jusqu'à la fin. Les mains fripées et le souffle las, elle poursuivit encore les combats, livra ses âmes au diable. Un jour, pensait-elle toujours, un jour viendra où je me serai rachetée. Où le souvenir de ma dame enfin s'envolera. Mais le jour de sa mort arriva avant. Alors, folle de désespoir, elle offrit son âme au diable, afin de poursuivre le rachat de sa faute.

Montée sur un cheval d'ombre, elle se lança à la poursuite des nobles fils, se promettant de ne jamais connaître le repos tant que sa dame porterait sur le front le poids de son erreur, la pierre rouge du diable.

La pierre rouge du diable…

Briséïs ouvrit les yeux ; elle serrait entre ses mains la coupe de pierre transparente de nouveau métamorphosée en rubis rouge sombre. Son éclat l'éblouissait, masquant les murs translucides de la bibliothèque. Mais en levant les yeux, elle crut apercevoir la silhouette d'un vieillard perché sur un vieux cheval. Ses longs cheveux blancs filasses flottaient négligemment dans l'eau du lac, et autour de son cou pendait une bourse de cuir. Tendant une main frêle et tremblante, il la suppliait de ses prunelles laiteuses de lui rendre le rubis. Briséïs sentait encore battre dans son cœur la douleur du roi. Elle ne désirait rien de plus que de lui donner la pierre. Elle se releva pour la lui tendre, mais Benji s'interposa, l'attrapant par le bras pour l'obliger à le regarder.

Briséïs n'entendait rien de ce qu'il disait, mais son expression n'était pas difficile à déchiffrer. Il voulait savoir ce qui se passait. Avait-elle découvert le Grand Secret ? Pourquoi n'était-elle toujours pas passée dans la Citadelle ? Benji lui apparaissait toujours aussi vaporeux que les danseurs de brume, et elle devinait n'être pas beaucoup plus réelle à ses yeux. Elle secoua la tête, désolée. Jamais elle ne pourrait lui expliquer sans mots ce qu'elle venait de voir. Leonel se relevait, se frottant la tête douloureusement. Briséïs lança un regard de reproche à Benji qui continuait de la secouer, exigeant une explication. Derrière lui, le roi des Aulnes tendait le bras, immobile. Briséïs repoussa Benji et se tourna vers Leonel pour qu'il vienne l'aider.

Celui-ci cria quelque chose en pointant derrière elle. Elle eut juste le temps de se retourner et de se jeter sur le côté. Une masse sombre fondit sur la pierre, une vague de bulles repoussa Briséïs, un cri perçant retentit et la vouivre se dressa devant elle : ailes de chauve-souris, tête de serpent, rubis de nouveau étincelant sur le front. Aeneas gisait, inconscient, entre ses puissantes pattes postérieures. Benji attrapa le bras de Briséïs et la tira à lui. Il exigeait son attention. Il ne semblait pas voir le monstre, rugissant la gueule grande ouverte.

— Benji ! Pousse-toi !

Le doute sembla arrêter le jeune homme qui jeta un coup d'œil aveugle autour de lui, mais comme happé par son idée fixe, il revint à la charge. Briséïs se jeta sur lui, saisit sa main, pivota de manière à lui bloquer le bras, lui arracha sa bague du doigt et la lança aussi loin qu'elle le put. À son grand étonnement, la vouivre suivit son mouvement et lâcha Aeneas pour tenter de s'emparer de la bague. Enragée, elle claquait des mâchoires, battait des ailes, lançait des coups de patte pour attraper le petit bijou qui glissait entre ses immenses griffes et ses terribles crocs. Benji aussi s'était lancé à la poursuite de la bague, pestant et râlant de la voir s'éloigner sans qu'il ne puisse se l'expliquer. Atterrée, Briséïs l'observa danser sans le savoir entre les pattes du monstre, évitant miraculeusement chacun de ses coups violents.

Elle se précipita pour aider Leonel à soulever Aeneas. La vouivre exécuta une pirouette à l'instant où ils se relevaient avec Aeneas. La puissante queue de la chimère les frappa tous les trois de plein fouet et ils basculèrent par-dessus la rambarde de l'immense puits. Lancés dans un tourbillon d'eau, ils furent précipités vers le fond.

Leur chute à grande vitesse à travers les étages de la bibliothèque fut bientôt ralentie, comme si le sens de gravitation s'inversait. Lançant un cri strident, la vouivre s'élança alors du haut du puits dans leur direction, nageant de toute sa force pour les rattraper.

L'eau changea de consistance, de plus en plus dense, irrespirable. La magie des danseurs de brume disparaissait. Un bras soutenant Aeneas, l'autre plongé vers l'avant, Briséïs et Leonel se mirent à nager à corps perdu vers la surface. Sous leurs pieds, le château disparaissait peu à peu dans le noir. Mais le rubis brillait toujours sur le front de la vouivre, de plus en plus proche…

Enfin l'eau redevint totalement liquide, s'infiltra dans leurs poumons comme un poison mortel. Briséïs suffoquait, nageant contre le poids de ses jupons sans plus en avoir la force. Des rayons de soleil illuminaient la surface. Il ne leur manquait plus que quelques mètres, mais les tourbillons provoqués par la vouivre les tiraient vers le bas. Elle était tellement proche, la gueule déjà béante, les naseaux fumants. Si seulement ils pouvaient nager encore un peu, ne plus penser qu'à l'air tout proche, à la lumière…

La vouivre poussa un cri quand ils crevèrent la surface. Briséïs prit une grande inspiration, les poumons brûlants. Les mâchoires de la vouivre allaient se refermer sur ses jambes, la tirer vers le fond, vers une mort certaine…

Mais rien ne se passa. Un beau soleil matinal brillait sur le lac tranquille.

— JE LES VOIS, ILS SONT LÀ ! REGARDEZ ! ILS SONT VIVANTS !

Briséïs aperçut deux grandes gerbes d'eau avant de repérer Liz, debout sur la rive en compagnie de Meng. Enndall et Ohanko nageaient déjà dans leur direction.

— Aeneas, il faut faire quelque chose… grimaça Leonel à Enndall qui arrivait.

— On est là, on s'en occupe, tout va bien.

Briséïs laissa Enndall attraper Aeneas, et se laissa tirer par Ohanko, bientôt rejoint par Meng, qui l'aida à s'allonger sur la rive.

— La vouivre, elle était juste là, toussa Leonel en se relevant péniblement.

— La vouivre ne sort pas en plein jour, c'est fini, le rassura Ohanko en le forçant à se rallonger.

Penchés au-dessus d'Aeneas, Enndall et Liz essayaient de le ranimer, alternant pressions et bouche-à-bouche.

— Allez mon vieux, il faut se réveiller maintenant, le cauchemar est fini…

L'épuisement gagna Briséïs d'un seul coup. Elle ferma les yeux et sombra dans un profond sommeil.

22

LES CRÉATURES DU MAL

— On ne peut plus attendre, ça fait plus de trois heures.

— Elle a besoin de dormir !

— Elle dormira après !

— … Quelle heure est-il ?

— Briséïs ? Briséïs, écoute, je sais que tu as besoin de dormir, mais tu dois nous raconter ce qui s'est passé dans le lac, quand tu as bu l'eau du Saint Graal.

Briséïs rassembla ses forces pour relever la tête, faire le point sur Enndall, assis à son chevet. Chaque muscle la faisait souffrir, ses poumons la brûlaient encore et une douleur la lançait dans le dos, là où la queue de la vouivre l'avait frappée. Elle avait l'impression de ne pas avoir dormi depuis des jours.

— Ce n'était pas une porte pour atteindre le Grand Secret, grimaça-t-elle. Ce n'était pas un passage vers la Citadelle, Benji avait tout faux.

— Benji ?

— Comment va Aeneas ?

— Tout va bien, il se remettra. Leonel va bien aussi. Briséïs, il faut que tu nous dises ce que tu sais…

— J'ai vu… J'ai vécu l'histoire du roi des Aulnes et de la vouivre. C'est sa dame.

— Quoi ? Je n'ai pas compris Briséïs, explique-toi mi…

— La vouivre ! La vouivre est la dame qui a perdu son rêve. La Citadelle a changé l'esprit de la dame du roi des Aulnes en chimère pour le forcer à prendre le rôle de gardien et qu'il lui ramène des élèves.

Elle ferma les yeux, épuisée.

— Briséïs, ne te rendors pas, dis-nous la suite…

— Pour libérer sa dame du diable, de la Citadelle, le roi des Aulnes devait cesser de penser à elle. Alors que toute sa vie ne tournait plus qu'autour d'elle… C'était impossible, et la Citadelle le savait bien…

— Et ensuite, que s'est-il passé ?

— Lui aussi a vendu son âme. La Citadelle a tout gagné. Ce n'est pas le *château* du roi des Aulnes, c'est sa prison…

— Et ensuite ? Briséïs, regarde-moi !

Briséïs aurait bien voulu, mais c'était au-dessus de ses forces. Le sommeil l'emporta comme le vent balaye une plume.

Liz se pencha au-dessus d'elle, lui sourit. Briséïs promena son regard autour de sa paillasse, aperçut par la fenêtre la nuit peser sur la petite hutte de la sorcière. Elle se redressa brusquement.

— J'ai dormi toute la journée ?

— Ne prends pas cet air catastrophé, tu n'étais pas la seule à avoir besoin de repos. Aeneas n'a pas ouvert l'œil, Leonel n'est réveillé que depuis deux heures et nous aussi, même si on n'est pas allés patauger au fond du lac, on a vécu une belle bataille et une vraie nuit blanche à vous attendre. Et vos vêtements ne sont pas encore secs. Ohanko est allé voir Théobald dans la journée : il nous attend toujours avec les chevaux, et il a promis de rester là jusqu'à demain matin. Détends-toi, tout va bien.

Briséïs sortit un bras de sous sa couverture, constata qu'on lui avait enfilé sa tenue blanche de résistante. Elle se laissa retomber sur son lit.

— Je n'ai pas l'impression d'avoir passé une nuit entière dans le lac…

— Je sais, Leonel nous a dit la même chose. Vous étiez dans la Citadelle, le temps devait être déformé.

Briséïs ne savait que penser. Elle avait également la sensation d'y avoir vécu toute une vie…

— Et vous ? Comment avez-vous fait pour vous en sortir aussi bien ?

— La vieille nous a dit de monter à la cime des arbres et de lancer des pierres dans l'eau, parce que la vouivre ne fouille toujours que le sol. Il nous a fallu une bonne dose de courage pour lui faire confiance : une fois là-haut, on était totalement vulnérables.

— J'ai vu Enndall tomber dans l'eau, tout près de la vouivre, quand nous étions en dessous…

— La vouivre commençait à se rapprocher un peu trop de la cascade, elle avait dû sentir votre présence, et nos ronds dans l'eau ne l'intéressaient pas assez. Alors quand elle est passée près des arbres la fois suivante, Enndall a sauté sur son dos.

Briséïs jeta un coup d'œil à Enndall, occupé à éponger le front en sueur d'Aeneas. Liz hocha la tête avec un petit sourire :

— C'était un peu stupide aussi. Il a eu de la chance qu'elle finisse par plonger. Si vous ne l'aviez pas attirée, je ne crois pas qu'il aurait survécu.

— Et maintenant ?

— La nuit est tombée, on ne pourra rien faire avant demain matin. Surtout que vous avez rendu la vouivre folle de rage, elle n'a pas l'habitude qu'on lui échappe. C'est ce que dit la vieille, en tout cas.

— On l'a bien eue, la vouivre, hein ? fit Leonel en s'asseyant à côté de Liz.

Briséïs esquissa un sourire.

— C'était la Citadelle, qu'on a traversée, pas vrai ?

Briséïs hésita avant de hocher la tête.

— Mais ce n'était qu'un cul-de-sac, une illusion. Il n'y a pas de véritable entrée au fond du lac.

— Et le gars ? Il avait l'air de bien t'aimer.

— Benji ? Ce n'était qu'un air, il ne pense qu'à son Grand Secret.

— C'est avec lui que tu visitais la Citadelle quand tu étais élève ? Il n'avait pas l'air surpris de te voir.

— Moi je l'ai trouvé assez surpris.

— Je veux dire, on aurait dit qu'il t'attendait. Qu'il savait que tu allais venir.

— Je ne sais pas, riposta Briséïs d'un ton impatient, je n'étais pas dans sa tête.

— C'était juste une remarque comme ça…

— Je suis fatiguée, Leonel.

Enndall posa une main sur l'épaule de Leonel et s'assit sur un tabouret :

— Tu vas mieux Briséïs ? Vous avez vécu une sacrée aventure sous l'eau, dis-moi.

— Vous ne vous êtes pas trop mal débrouillés non plus.

Il balaya son compliment de la main.

— Je devrais écrire pour remettre mes idées en place, déclara Briséïs, tendant la main vers son sac.

La vieille sorcière s'approcha, une grosse louche à la main.

— Raconte-nous l'histoire du roi Lugubre d'abord. Sois précise, c'est important.

Ils se regroupèrent autour d'elle. Briséïs se résigna à remettre sa correspondance à plus tard.

Elle leur décrivit ce qu'elle avait vu et ressenti, dans les moindres détails. Elle éprouvait encore la douleur du roi des Aulnes, et des larmes coulèrent le long de ses joues au fur et à mesure qu'elle leur racontait son histoire. Il ne désirait plus qu'une chose : pouvoir remettre la pierre au diable. À la Citadelle. Elle aurait tant aimé pouvoir l'aider.

— Tu le peux, remarqua la vieille.

— Comment ?

— Comme vous l'avez fait pour le prince charmant.

— Le prince ? Non, ça, c'était… Ce n'était pas vraiment un prince charmant, il…

— Il est apparu de nulle part et a remplacé mon crapaud : c'était un prince charmant. Voyons, de quels éléments aurez-vous besoin pour cette mise en scène ? Du roi des Aulnes, de la pierre, de la vouivre, de la dame, du diable, du lac, du tournoi et des victimes du roi des Aulnes. Facile ! Ah ! Et bien sûr, pour terminer l'histoire, il vous faudra le Désir. Je peux vous l'offrir, si vous voulez. Pour le reste, il faudra vous débrouiller. Vous recréez l'histoire, vous la finissez, et tout rentre dans l'ordre. Simple, non ?

— Vous… Vous allez nous offrir le Désir ? tenta Meng après un long silence.

— Sur-le-champ.

D'un bond, la sorcière se jeta sur Leonel, le renversa à terre et le couvrit de baisers baveux.

— Hé !

Leonel eut à peine le temps de protester. La porte de la hutte s'ouvrit d'un coup, enfoncée par une drôle de vieille chose à la peau grisâtre, pratiquement dénudée. Ses longs mamelons lui pendaient jusqu'au nombril et ballottaient contre son buste maigrichon tandis qu'elle salivait, ses lèvres énormes aussi flasques que ses cuisses démesurées. La sorcière s'était écartée : la chose se précipita vers Leonel en poussant des cris aigus, se jeta sur lui de tout son poids et le couvrit de répugnants baisers visqueux.

— Non ! Arrêtez ! cria Leonel, écrasé au sol.

— Attrapez-la ! ordonna la sorcière, se tournant vers Ohanko, Meng et Enndall.

Sidérés par cette apparition grotesque, les trois hommes ne réagirent pas tout de suite. Enfin, ils écartèrent la folle furieuse qui se débattait comme un fauve. Ils n'étaient pas trop de trois pour la retenir. Leonel se releva précipitamment, tout ébouriffé, s'essuyant le visage de sa manche.

— Qu'est-ce que c'est que ce truc !?

— Une trouille-de-nouille, répondit la sorcière en s'asseyant tranquillement sur son tabouret. Quelques-unes vivent dans le coin. Elles sont l'incarnation du désir, un peu… exacerbé.

— C'est une chimère déchue, s'exclama Briséïs, se rappelant ce que Théobald lui avait raconté à leur sujet.

La sorcière secoua la tête :

— Non, pas celle-ci. Les créatures du mal n'ont de véritable maître que la peur : elles pourraient vous faire faux bond, c'est trop risqué. Il vous faut une créature libre pour mener à bien votre projet.

— Une créature libre ? répéta Ohanko.

— Une chimère qui n'a pas été piégée par la Citadelle, réalisa

Briséïs. La trouille-de-nouille est ici naturellement, elle ne fait pas partie du flux forcé.

La chimère tirait de tout son poids en direction de Leonel, ses grosses lèvres en avant, ses petits yeux noirs assombris par d'énormes cernes, ses cheveux épars laissant apparaître de petites oreilles pointues et poilues.

— Comment l'avez-vous fait venir ? demanda Briséïs.

C'était la première fois qu'elle voyait une chimère de si près, si longtemps, sans avoir à craindre pour sa vie.

— De la même manière que l'amour perdu du jeune homme endormi ici vous a permis de pénétrer dans le château du roi des Aulnes : les créatures ne peuvent résister à l'énergie de leur propre histoire, ça les attire comme des mouches. Tout ce que vous avez à faire, c'est reproduire l'histoire.

Briséïs acquiesça, convaincue. Une mise en scène physique était capable d'attirer une chimère. Il était logique que raconter son histoire ait le même effet.

— Vous le saviez, pour l'amour d'Aeneas ? demanda Leonel.

— Bien sûr.

— Nous ne sommes pas certains que sa femme soit morte, intervint Enndall.

— Mais lui ressent sa perte et c'est ce qui compte. Pour mettre fin aux souffrances du roi des Aulnes et de sa dame, chevauchez le souffle des légendes. Racontez leur histoire. Ils viendront. Pour la trouille-de-nouille, c'était plus facile, son histoire est plutôt basique. Il ne fallait qu'une vieille dame et un jeune homme épris de désir.

Tout à coup, la trouille-de-nouille s'appuya de toutes ses forces contre Meng, lui marcha sur le pied, profita de son déséquilibre pour secouer son bras et se rapprocher d'un bond de Leonel, qui sursauta et tomba à la renverse.

— Mais tenez-la bon sang ! Pourquoi moi ? Pourquoi se jette-t-elle sur moi ?

— Parce que tu désires quelqu'un.

— Moi ?

— Je sais, je sais, ton désir est encore timide, c'est pour ça qu'il vous faut l'aide de la trouille-de-nouille.

— Mais je ne désire personne ! protesta-t-il, gêné, se relevant maladroitement.

La sorcière haussa les épaules, sortit d'un coffre une longue corde.

— Alors c'est le désir de quelqu'un d'autre pour toi.

Briséïs crut voir son regard se poser sur elle, et ses joues s'enflammèrent. Elle concentra son attention sur ses mains, furieuse contre son habitude ridicule de s'empourprer pour un rien. Elle n'avait aucune raison de se sentir concernée.

— Tenez, si vous ne voulez pas que votre ami se fasse étouffer, ajouta la sorcière en lançant sa corde à Enndall.

— Pourquoi ne s'en prend-elle pas à Enndall ? poursuivit Leonel, ou à Aeneas ?

— Leurs cas ne sont pas si simples. Il vous faut une histoire fraîche. Si vous ne voulez pas que la trouille-de-nouille s'échappe, surveillez-la bien. Ne la perdez *jamais* de vue.

— Elle risque d'arracher ses liens ?

— Non, mon bon chevalier, elle disparaîtra.

— Que voulez-vous dire ?

— Tant qu'elle est observée, une créature est astreinte aux lois du monde réel. Mais laissez-la seule un instant, et elle ne sera plus limitée que par les lois du rêve. Et alors, bon courage pour la retrouver !

Briséïs songea au facteur. Il n'était peut-être pas un prince charmant, mais il se débrouillait toujours pour disparaître de la sorte.

Enndall maintenait d'un genou la trouille-de-nouille à terre tandis qu'Ohanko lui ligotait les poignets dans le dos avec la corde.

— Comment savez-vous toutes ces choses ? Qui vous les a apprises ?

— Je vous en pose, des questions, moi ? Je vis dans ce monde depuis longtemps. J'ai observé, j'ai appris.

— Combien de temps va-t-elle encore s'obstiner comme ça ? demanda Leonel, impressionné par la résistance de la chimère.

— Jusqu'à ce que tu succombes, ou que vous la perdiez de vue et qu'elle retourne dans son monde.

— Succombe… dans le sens mourir, ou… ?

La sorcière l'ignora :

— Vous devez savoir autre chose : celui qui veut l'observer ne doit pas avoir peur. La peur la ferait disparaître en un claquement de doigts. Même la peur de la perdre serait suffisante pour la faire disparaître.

— Il ne faut pas avoir peur, répéta Meng.

— Pourtant la vouivre nous a bien terrorisés, remarqua Liz.

— Mais la vouivre est une créature du mal.

— Elle a été ressuscitée par le diable… dit Enndall, songeur.

— Les créatures du mal sont façonnées dans le désespoir et la douleur, acquiesça la sorcière, l'air grave.

— Façonnées ? releva Briséïs. Oui, c'est vrai, le diable les a créées… Il n'a pas hésité à voler l'esprit de cette femme, puis celui du chevalier…

Un éclair de lucidité frappa Briséïs :

— Comme il l'a déjà fait avec les bêtes ! Le chancelier Li n'a pas capturé le dragon, chez Meng, il l'a créé, à partir de l'esprit du lion ! Voilà pourquoi Aeneas a vu le lion devant le sablier, le jour où nous avons essayé de monter en haut de la pagode. L'Élite devait l'abrutir petit à petit avec le sable, pour récupérer son esprit… Ce qui veut dire que c'est le lion qui m'a bousculée dans la pagode, le premier soir. Et le jour de l'opéra, le lion s'est effondré tout à coup, et ne s'est pas relevé, parce que l'Élite était enfin prête à récupérer son esprit !

— Tu crois que l'Élite crée toutes ses créatures ? demanda Meng.

— Et les créatures libres dont nous parle notre amie seraient celles du rêve de l'humanité, réfléchit Liz.

— Et l'Élite ne capturerait pas ses chimères ? demanda Leonel.

Les images défilaient à toute allure dans l'esprit de Briséïs.

— Dans la pagode il y avait aussi cette nuée de papillons, que j'avais suivie depuis le jardin…

— Une créature libre ? demanda Enndall. Il y avait peut-être deux dragons. Un libre, attiré par les dessins que l'Élite a posés sur le sol, et celui qu'elle essayait de créer avec le lion.

— La présence d'une créature libre doit être nécessaire pour la transformation, supposa Liz.

— Nécessaire ou naturelle, dit Enndall, si les créatures libres sont attirées par les peintures.

— Mais alors seules les chimères libres sont attirées par les dessins ? demanda Ohanko.

— Parce qu'elles sont libres de leur mouvement, compléta Liz. Cela expliquerait pourquoi nous n'avons jamais réussi à faire venir les gargouilles sous notre fenêtre.

— Tu veux dire que cette nuée d'oiseaux qui est passée sous notre fenêtre ne suivait pas la vouivre ?

— Une autre vouivre, peut-être, dit Enndall. Une chimère libre. Les vouivres font partie de l'imaginaire commun depuis longtemps. Une vouivre véritable, provenant du Monde du Rêve.

— Mais qui est venu en premier ? remarqua Ohanko. Si l'Élite a créé une histoire en capturant l'âme de cette dame, et que l'histoire s'est répandue ; si les hommes l'ont écoutée, répétée, et créé des œuvres d'art pour l'illustrer, alors de nouvelles chimères libres ont pu naître dans le Monde du Rêve grâce à l'action de l'Élite.

— Encore une histoire de cercle, sourit Liz, à quoi Ohanko répondit d'un hochement de tête entendu.

— Cela expliquerait pourquoi cette vouivre ne nous a pas attaqués, contrairement aux gargouilles, réalisa Briséïs. Tederic nous disait qu'il serait impossible de voir les chimères si nous souhaitions les voir. Il devait parler des chimères prisonnières de la Citadelle, fabriquées à partir d'esprits volés et manipulés. Celles qui sont gouvernées par la peur et que la peur attire.

La première chimère qu'elle avait vue dans le bain de Ménina avait dû être une chimère libre : elle lui était apparue alors qu'elle se sentait bien. Elle avait dû disparaître juste après parce que Briséïs avait eu peur en la voyant. Idem pour la fée Encantadas près de la fontaine : un bruit avait fait sursauter Briséïs et la chimère avait disparu.

— Si les chimères de la Citadelle sont faites d'esprits volés, pourquoi celle-ci aurait-elle besoin de faire vivre une légende pour les attirer dans le réel ? demanda Leonel.

— Les esprits sont aussi volatiles et invisibles que les chimères, remarqua Meng. Souvenez-vous de mon frère Shu Fang, le fantôme.

— Alors les règles des niveaux de réalités que décrit la pyramide de Neil Cuba Junior s'appliquent aux chimères créées par la Citadelle ?

— La Citadelle se trouve dans le Monde du Rêve, répondit Briséïs. Elle le parasite. Elle doit parasiter les disques du réel de la même manière, avec ses esprits volés. Ceux-ci suivent d'ailleurs les règles du Monde du Rêve : il est possible de les faire venir en recréant leur histoire.

— Même si les peindre ne les attire pas ?

— Recréer une histoire est beaucoup plus puissant, approuva la sorcière. Aucune chimère n'y résiste. Même celles créées par le diable.

Briséïs commençait enfin à comprendre. Elle en avait la chair de poule.

— Et vous dites qu'il faut terminer une histoire pour que tout rentre dans l'ordre ? reprit Leonel. Comment se fait-il qu'une vieille sorcière dans la montagne connaisse la réponse à la question que tous les groupes de résistants se posent depuis des siècles ?

— Déductions, jeune homme, intervint la vieille femme. Ce qui est difficile, c'est de retrouver l'histoire. Et cela, vous vous en êtes chargés.

— Alors tout ça n'est qu'une théorie ? Vous n'êtes pas certaine que cela fonctionne ?

La vieille haussa les épaules.

— La vie est faite d'incertitudes.

— Et que se passera-t-il, d'après vous, si ça ne fonctionne pas ?

— Nous aurons donné de la puissance aux chimères de la Citadelle, j'imagine, en recréant leur histoire, dit Briséïs. Nous leur aurons donné la possibilité de se manifester tout près.

— Nous aurons rendu un service à l'Élite, acheva Liz.

— Alors ! reprit gaiement la sorcière, avec le jeune homme et la trouille-de-nouille, vous avez donc le Désir. Vous, messire chevalier, pourrez prendre le rôle du roi des Aulnes, et vous, avec les cheveux rouges, vous jouerez la dame. Il vous reste à trouver la pierre, la vouivre, le diable, le lac, le tournoi et les victimes du roi des Aulnes. Bien ! Comment comptez-vous vous y prendre ?

La sorcière s'installa confortablement sur son tabouret, attendant la réponse.

— Je… En fait je ne suis pas vraiment chevalier… annonça Enndall, le regard fuyant.

— Et ton amie n'est pas vraiment une vouivre, je ne suis pas vraiment une trouille-de-nouille et votre jeune homme au chapeau l'autre jour n'avait pas vraiment l'air d'un prince. Tant que tu porteras ce pendentif et que tu te battras pour ta dame perdue, tu seras chevalier, et le roi des Aulnes.

Enndall porta la main à son pendentif de cuir.

— Pourquoi nous aidez-vous ?

— Tu rigoles ? s'esclaffa la sorcière. Qu'y a-t-il de mieux à faire que de raconter des histoires ?

— Pierre, vouivre, diable, lac, tournoi et victimes, reprit Meng, sortant de l'encre et du papier pour peindre les éléments manquants. Commençons par le plus simple : les joutes ont lieu après-demain, nous avons tout juste le temps de nous y rendre.

— Tu veux attirer la vouivre à Carcassona ? s'exclama Leonel. Alors nous allons réellement faire le travail de l'Élite à sa place !

— Si tu vois une autre solution, n'hésite pas.

— Notre hôte est une archétype, dit Ohanko, posant une main rassurante sur l'épaule de Leonel, qui secouait nerveusement sa jambe. Les esprits du Monde du Rêve la guident. Ses intuitions sont justes, nous pouvons lui faire confiance.

— Il faut des titres de noblesse pour participer aux joutes, rappela Enndall. Nous créerons un faux tournoi, ce sera plus simple.

— Vous ne pourrez pas faire cela, intervint la vieille. La vouivre est une créature très puissante. Un public nombreux devra assister à votre mise en scène si vous voulez la forcer à revivre son histoire.

— C'est vrai, acquiesça Briséïs : plus la créature est puissante, plus elle requiert un imaginaire collectif important.

— Jamais nous ne pourrons nous procurer des titres, insista Enndall, en plus de vingt-cinq ans, je n'ai jamais réussi à en obtenir.

— Je ne vois pas pourquoi tu t'inquiètes pour des titres alors qu'il faut faire apparaître le diable, soupira Liz.

— Quelqu'un de diabolique devrait suffire, remarqua la sorcière.

Ils échangèrent des regards :

— Théobald ! s'exclamèrent Enndall, Ohanko et Leonel en même temps.

— Il sera ravi de participer à un spectacle, ajouta Liz.

— C'est hors de question, intervint Meng. Il nous faut des

complices sûrs pour un tel plan d'attaque, et Théobald est tout sauf sûr.

— C'est toujours mieux que de n'avoir personne, objecta Liz.

— Foncer tête baissée est la pire des tactiques militaires. Dis-nous, l'ancêtre, à quoi reconnait-on quelqu'un de diabolique ?

— Il fait peur aux foules.

— Alors nous avons notre homme, dit Leonel en souriant à Meng.

— Moi ?

— C'est vrai, réalisa Enndall. Chez toi, c'était ton rang, ici, c'est ta couleur…

— Et d'un côté comme de l'autre, c'est son caractère, ajouta Leonel.

Meng gonfla la poitrine sans rien trouver à répliquer, et Briséïs rit sous cape. Doucement, elle se détendait. Elle n'avait pas trouvé la sixième porte, et s'expliquait de moins en moins la lettre de son frère. Mais pour la première fois depuis le début de leur voyage, elle n'avait plus le sentiment de courir après un train déjà en marche. Enfin, ils tenaient de vraies pistes. Ils allaient commencer le travail que leur avait confié le vieil homme en les propulsant dans toutes ces époques. Peut-être n'y avait-il jamais eu de sixième porte menant au Grand Secret ? Ils tenaient déjà la seule vérité qui comptait pour l'instant : le moyen de rétablir le flux des chimères. Tout le reste n'avait peut-être été que de folles théories de Benji…

Elle mourait d'envie de lui parler, de savoir ce qu'il pensait de ce qui s'était passé. Il interprétait toujours si bien la situation. Dès qu'elle eut cette idée en tête, elle sentit les picotements familiers sur sa nuque. Il devait déjà l'attendre, plume en main, dans la salle circulaire des chimères. Enndall venait de lancer le sujet du faux lac, et Liz et Meng débattaient de la nécessité de transporter des tonnes d'eau sur le terrain de joute. Leur mise en scène était loin d'être au point, et la discussion risquait de se prolonger tard dans la nuit.

— Je vais prendre des notes plus précises, dit-elle.

Enndall soupira en la voyant sortir sa plume.

— Comme tu veux… Commence par faire une liste. Liz est la dame, je suis le roi des Aulnes, nous avons notre diable…

Avec application, Briséïs tira des traits, puis, entre les numéros, inscrivit sa phrase pour Benji :

1. Je suis sortie du lac, il n'y avait pas de passage.

2. Je n'ai vu qu'une histoire en buvant à la coupe, celle de la vouivre et du roi des Aulnes, qui est un gardien de la Citadelle, comme le docteur Moulin.

3. Je ne suis pas certaine qu'une porte vers le Grand Secret existe.

Ne raconte pas de bêtises, eut-elle le temps de voir s'inscrire sous sa liste avant d'être transportée dans la Citadelle.

— Nous l'avons manquée ce coup-ci, ça ne veut pas dire qu'elle n'existe pas, acheva Benji après avoir fait sonner sa cloche. La sixième porte est là, quelque part, il faut continuer à la chercher. De toute façon je m'en doutais, c'était trop facile. Et puis Jules en parlait dans ses textes.

Briséïs faillit s'étrangler.

— *Comment ça, trop facile ? Est-ce que tu as la moindre idée de ce qu'on a traversé, nous, de notre côté ? Tu te rends compte au moins qu'on a risqué nos vies ? De quoi tu parles, « dans les textes de Jules » ? Qu'est-ce que tu m'as caché ?*

— Calme-toi, je ne t'ai rien caché, c'est juste qu'il parle souvent de fausses pistes mises en place par la Citadelle pour désorienter les agitateurs, les résistants, et même les passeurs qui rêvent d'un moyen de s'évader. Du côté de la Citadelle, il y a les trompe-l'œil, et du côté du monde physique, des culs-de-sac comme celui-ci, qui nous donnent l'impression d'être près du but. Mais tu n'as pas fait tout ça pour rien, chaque légende détient une part de vérité… La sixième porte existe, il faut continuer à chercher.

— *J'ai reçu une lettre de Jules, juste avant de partir. Elle était avec la lettre de mon père, dans l'enveloppe du facteur. Elle disait qu'il n'y avait pas de retour possible après avoir passé la porte. Que j'y laisserai ma vie. Il me disait de partir immédiatement accomplir mon destin. Il avait l'air de tout contrôler, comme un marionnettiste, de tout savoir à l'avance, j'ai vraiment cru que...*

Elle se tut, sentant l'émotion la prendre à la gorge. Benji hocha la tête, garda le silence.

— *Tu ne dis rien ?* s'impatienta-t-elle.

— Tu es toujours là. C'est donc qu'il ne contrôle pas tout.

— *Hum...*

— Nous pouvons attendre de trouver la porte du sixième sens, et risquer encore une fois ta vie ; ou nous pouvons chercher comment nous rendre au rendez-vous de Jules. J'ai eu beau m'acharner, dessiner ne m'a rien apporté. Je suis très loin de faire venir Alfred Richet comme on fait venir une chimère.

— *Je... Je sais comment faire autrement,* réalisa-t-elle tout à coup. *Pour faire venir une chimère, il faut raconter son histoire, une sorcière nous l'a expliqué après que je lui ai raconté l'histoire du roi des Aulnes.*

— Tu vois que ça n'a pas servi à rien ! s'exclama Benji, sautant sur ses pieds, emporté par son enthousiasme. Il faut trouver l'histoire d'Alfred Richet... Tu sais ce qu'il te reste à faire ?

— *Richet fait partie de la famille Moulin...* se souvint Briséïs.

— Et comme je te l'ai déjà dit, la bague d'un membre de l'Élite permet de retrouver dans les registres de la Citadelle toute l'histoire de sa famille. Ses ancêtres, comme ses descendants. L'histoire d'Alfred Richet sera dans le dossier de l'archevêque Du Moulin.

— *Benji, c'est impossible, nous avons déjà essayé, l'archevêque Du Moulin tient à sa bague comme à la prunelle de ses yeux.*

— Tu as bien réussi à me retirer ma bague quand ça t'arrangeait, fit remarquer Benji, une certaine aigreur dans la voix.

— *Tu ne m'as pas vraiment laissé le choix ! La vouivre s'apprêtait à nous avaler tout cru, et toi, tu n'en avais que pour ta porte de la vérité !*

— La vouivre ?

— *Elle s'est jetée sur ta bague en même temps que toi, c'est un miracle qu'elle ne t'ait pas blessé, et tu ne t'en es même pas rendu compte.*

Benji la dévisagea, sincèrement étonné, joua pensivement avec son bijou.

— Pourquoi la vouivre s'est-elle intéressée à ma bague ?

— *Qu'est-ce que j'en sais ! Peut-être parce qu'elle représente sa servitude ? La vouivre n'est rien d'autre qu'un esprit prisonnier, celui de la dame du roi des Aulnes. La Citadelle n'a eu aucun scrupule à lui voler son âme, comme celle du chevalier qui est devenu le roi des Aulnes.*

— Ça ne change rien pour Du Moulin. Tu dois absolument aller chercher sa bague.

— *Et si je n'y arrive pas ?*

— Réfléchis, Briséïs, comment crois-tu que tu récupères la lettre de ton père et celle de Jules la première fois ? Je suis sûr que c'est Jules qui te donnera tes lettres. Et si on ne se rend pas à son rendez-vous, jamais tu ne récupéreras tes lettres, et jamais tu ne découvriras tout ce que tu as déjà découvert.

— *Tu crois ?*

— Vois le bon côté des choses : si tu les as reçues jusqu'à maintenant, c'est que tu as déjà réussi, dans ton futur. Tu trouveras le moyen de récupérer la bague de Du Moulin, fais-toi confiance. Moi, j'ai confiance en toi.

Briséïs hocha la tête d'un air déterminé.

— Oh, et une dernière chose, dit Benji. Qui était ce garçon, avec toi ?

— *Leonel ? Il fait partie de la résistance, c'est un am...*

— Ne ramène plus jamais quelqu'un d'autre dans la Citadelle. Je ne peux te faire confiance qu'à cette condition. Je te le dis une fois, je ne te le dirai pas deux fois.

— *Quoi ? Non mais pour qui tu...*

— Bonne chance Briséïs, reviens me voir quand tu auras la bague.

Benji posa sa plume, et instantanément Briséïs se retrouva projetée dans la hutte de la sorcière.

— Argh ! s'exclama-t-elle, jetant sa plume de frustration.

Comment osait-il la traiter ainsi ! Comme une vulgaire subalterne ! Le mufle, le…

— Briséïs ? Ça va ? Il y a un point qui ne te plaît pas ? Si tu veux revenir sur ton vote, c'est maintenant ou jamais…

— Mon vote ?

— À propos des koboldes.

— Je prenais des notes, je…

— Oui, ça, on avait remarqué.

Briséïs leva les yeux vers Leonel, dont le genou tressautait impatiemment. Aeneas dormait toujours. Briséïs toussota.

— Oui, non, pardon, je ne sais plus. Qu'est-ce qu'on a dit à propos des koboldes ?

— Qu'on se servirait d'eux pour jouer les victimes du roi des Aulnes, répondit patiemment Enndall.

— Ah, oui, bien sûr. Mais… attendez, vous voulez dire les *koboldes ?* Ceux qui volent les corps des morts ? Comme celui qui a terrorisé toute la ville quand ils ont pendu Tederic ? Vous ne croyez pas que ce sont des créatures du mal ?

— Des fois, je me demande si ça sert vraiment à quelque chose de te parler, soupira Leonel. Notre hôte nous a expliqué tout ça il y a moins d'un quart d'heure.

Puis il reprit à toute allure :

— *Oui,* on peut les voir quand on a peur, mais *non,* ce ne sont pas des créatures du mal, parce que ce sont les corps des morts que l'on voit et non les koboldes, et c'est d'ailleurs bien pour ça que les koboldes volent des corps, parce qu'ils sont tellement pressés de rendre service, mais ils ne peuvent rien faire si on ne les voit pas, et de nos jours les humains accumulent trop de peurs pour les voir.

Briséïs pouffa nerveusement.

— Ils volent les corps des morts pour aller rendre service aux vivants ?

— Je t'ai même fait remarquer qu'on les avait effectivement vus disparaître sous la cathédrale, après avoir eu peur.

— *Nous vous connaissons*, murmura Briséïs. C'est ce que m'a dit Tederic, sur l'estrade.

— Les koboldes empruntent parfois un corps à plusieurs, quand ils n'ont pas le choix. Et ils ont une très bonne mémoire visuelle, approuva la sorcière.

— Mais le premier cadavre que j'ai rencontré m'a attaqué pour me voler ma lettre ! Il s'est jeté sur moi et l'a tirée de mon bustier.

— Ta lettre ou ceci ? demanda la sorcière, s'approchant pour soulever son pendentif orangé. Ce pendentif contient de la magie, et les koboldes sont attirés par la magie. Une pierre de rêve… Vous ne trouverez pas mieux que ce que porte mademoiselle autour du cou pour symboliser le rubis de la vouivre.

— Entendu, fit Enndall, hochant la tête.

Briséïs posa une main protectrice sur son pendentif. Le cadavre de Tederic aussi s'y était intéressé.

— En attendant, les koboldes ont terrorisé tout le monde avec leurs cabrioles. Ce n'est pas très malin.

— Je n'ai jamais dit que les koboldes étaient malins, remarqua la sorcière.

— Et c'est pour ça que nous avons voté à l'instant, reprit Leonel. Parce que c'est risqué d'engager des êtres qui agissent sans réfléchir.

— Et parce que d'après ce que nous décrit notre hôte, ajouta Liz, l'Élite a trouvé le moyen de cantonner les koboldes dans la prison de l'inquisiteur, avec de la poudre d'idée. L'Élite ne peut pas leur donner d'ordre, comme le croyait Llyr, mais une idée peut effectivement en retenir une autre dans un espace clos. Puisque les koboldes n'ont qu'une envie, aider les humains, l'Élite a intérêt à les garder emprisonnés. Ce ne sera pas facile de les faire sortir de la prison…

— Ils sont sortis pour venir chercher mon pendentif, le soir où nous les avons découverts, dit Briséïs.

— La magie d'une pierre de rêve peut annuler un sort du diable, approuva la sorcière.

— Alors nous savons comment les faire sortir à nouveau, avec ton pendentif, sourit Liz.

— Bref, nous avons finalement voté *pour* demander leur aide aux koboldes, puisqu'au moins eux savent ce qu'ils veulent, marmonna Leonel en allant se rasseoir. Eux ne collaborent pas avec l'ennemi.

— Qu'est-ce que tu veux dire ?

— Je vous ai bien vus, dans le lac avec Benji. Il était au courant de tout. Il t'attendait. Si tu passes tout ton temps à écrire, c'est parce que tu parles avec lui.

L'estomac de Briséïs se noua. Si les autres croyaient Leonel, jamais elle ne pourrait retourner voir Benji, et tous leurs plans tomberaient à l'eau.

— C'est grâce à ce que j'ai vécu dans la Citadelle que nous savons où nous diriger aujourd'hui. Aucune de nos découvertes n'aurait été possible si je n'y avais pas passé du temps avec Benji. Alors si sa tête ne te revient pas, j'en suis désolée, mais je n'y peux absolument rien.

— Briséïs, est-ce que c'est vrai ? Est-ce que tu parles avec Benji quand tu écris ? demanda Enndall.

— C'est un journal intime ! s'exclama-t-elle. Je l'écris avec de l'encre et du papier ! Comment voulez-vous que je corresponde avec Benji ? S'il y en a un à qui il faut demander de quel bord il est, c'est Leonel ! M'accuser comme ça pour un rien après tout ce que je viens de faire !

— Je suis français, se défendit Leonel.

— Quoi ? Quel est le rapport ?

— Tu me demandes mon camp.

— Ta nationalité n'a aucune importance, je te demande si…

— Tu crois ? Parce que tu vois, moi, je n'en suis pas certain. Je ne sais pas pourquoi tu t'es mis dans la tête que j'étais allemand, que j'étais un danger pour toi, mais je suis sûr d'une chose…

— Leonel, à mon époque, la guerre dans laquelle tu te trouves est finie depuis presque un siècle, je n'ai aucune…

— Tu ne me regarderais pas comme ça si tu ne me considérais pas comme un ennemi !

— Comment voudrais-tu que je te regarde ? fit Briséïs, ahurie.

Elle lança un regard interrogateur aux autres.

— Plus gentiment… ? suggéra Liz.

Leonel arracha son cahier des mains de Briséïs.

— Eh ! Qu'est-ce que tu fais ?

— Écoutez, Briséïs, Leonel, tenta Liz, vous croyez que c'est le moment…

— Je suis français, et je vais te le prouver tout de suite.

— Arrête avec ça Leonel, s'énerva Briséïs, tout le monde sait parfaitement que tu es allem…

Leonel couvrit sa voix en proclamant :

— Aujourd'hui, tu as écrit dans ton cahier…

Il pointa un doigt sur le texte, comme pour bien montrer qu'il lisait, et articula autant qu'il put :

— Prevenetz lalfa qwilts onte lintensi-oene de libere la vouivr komeu souite…

— On ne comprend rien, Leonel, soupira Liz, arrête ton char…

— Iltz vontente doutilisae daiss koboldess pour representar laiss ellaivess de la tsitadeleu… Tu vois, je comprends tout.

Briséïs lui tira son carnet des mains, parcourut les lignes à toute vitesse :

Prévenez l'alpha qu'ils ont l'intention de libérer la vouivre comme suit : ils vont tenter d'utiliser des koboldes pour représenter les élèves de la Citadelle, et vont bénir leurs flèches pour repousser nos tempestaires...

Le reste du plan était expliqué minutieusement de la même manière. Briséïs passa un doigt tremblant sur les lettres soigneusement inscrites de sa propre écriture. Puis elle tourna quelques pages pour revenir en arrière. Elle ne prenait jamais plus le temps de se relire après un passage dans la Citadelle. Elle avait toujours pensé qu'elle écrivait inconsciemment ce qu'elle y vivait…

... se préparent à partir pour le lac. Ils n'ont encore rien découvert de la façon d'y pénétrer, mais ils ont trouvé des clés qui pourraient les y emmener...

Et encore plus loin :

... Enndall est un élément perturbé, il pourrait nous être utile. La peur les gagne, ils sont presque prêts. Envoyez les gargouilles ce soir pour un dernier coup de pouce...

... Briséïs doit me laisser la place plus souvent, allez chercher Benji, donnez-lui du nouveau, qu'il l'appelle...

. . .

Il y en avait partout, dissimulé entre les descriptions de ses visites dans la Citadelle. Briséïs referma brusquement son cahier, comme si les pages ouvertes pouvaient à elles seules espionner la hutte et fouiller dans ses pensées. Mais elle savait parfaitement ce qui se passait. Un angelot avait pris sa place dans son corps chaque fois qu'elle avait utilisé sa plume. Comme elle l'avait vu faire en Grèce avec l'oracle. Comment avait-elle pu être assez naïve pour imaginer que les règles seraient différentes pour elle ? Mais elle avait tellement appris grâce à Benji, les angelots ne pouvaient pas être au courant de toutes leurs découvertes, jamais ils ne les auraient laissés faire... Peut-être... Les angelots ne savaient pas lire. Peut-être ne pouvaient-ils pas décrypter ce qu'elle écrivait, ni ce qu'elle vivait avec Benji... Sans doute n'avaient-ils pas même conscience qu'elle retranscrivait une partie de leur espionnage... Quoi qu'il en soit, ils savaient tout de leurs prochains plans...

Brusquement, Briséïs se souvint d'une conversation avec ses amis sur la place du temps, avant d'arriver au Moyen Âge : Liz s'était demandée pourquoi les angelots l'avaient laissée partir au VIIIe siècle. Ensemble ils avaient imaginé que les angelots cherchaient à les espionner pour remonter vers la source de la résistance. Le vieil homme du désert et son mouvement étaient-ils en danger par sa faute ? Les autres le penseraient certainement... Briséïs serra les dents. Elle aurait voulu leur faire part de sa terrifiante découverte. Mais vue la façon dont Enndall avait interrompu les tentatives de communication avec les esprits d'Ohanko en Chine, elle savait qu'elle ne pouvait prendre le risque de parler de ses communications avec Benji. On lui retirerait sa plume, alors que son passé dépendait de sa rencontre future avec son frère...

Un silence inattendu planait dans la hutte. Elle leva le nez, eut un haut-le-corps :

— Où est la trouille-de-nouille ?

— Juste ici, répondit Meng, tapotant l'air devant lui.

— Briséïs ?

Briséïs sursauta en découvrant Enndall penché au-dessus d'elle.

— As-tu peur de quelque chose ?

— Moi ? Non... Je ne sais pas...

— Briséïs, si tu nous disais une bonne fois pour toutes ce que tu fabriques avec ce cahier depuis le début ?

— Nous… Nous allons bénir des flèches pour repousser les créatures ? demanda-t-elle d'une petite voix.

— D'après notre hôte, c'est le seul moyen de s'assurer que les démons n'interrompront pas notre histoire.

— C'est le seul moyen d'arrêter des tempestaires, les créatures du vent et de l'orage. Celles qui arrivent toujours pour ruiner vos plans de la journée, compléta la sorcière, un petit sourire en coin.

Briséïs hocha la tête :

— Théobald m'en a parlé une fois, en venant à Carcassona.

Enndall lui tendit la main.

— Briséïs, donne-moi ce cahier s'il te plaît.

— Mais… tu ne sais pas lire, et puis tu parles surtout occitan…

— Je commence à me demander si Leonel n'a pas raison. Je suis désolé Briséïs, mais je crois que nous allons devoir nous débarrasser de ce cahier.

— Non, attends !

Enndall lui avait déjà retiré le cahier des mains.

— Il a raison, ajouta Ohanko, si tu voyais ta tête ! Ce cahier ne te fait pas de bien.

Enndall s'approcha de la cheminée où flambait un grand feu sous une large marmite.

— NON ENNDALL, NE FAIS PAS ÇA !

— Pourquoi ? demanda-t-il, suspendant son geste, le cahier au-dessus de l'âtre.

— Parce que… Parce que… Parce que c'est mon seul lien avec mon père, dit-elle, tâchant d'avoir l'air accablé. Je lui parle dans mon journal intime, et j'imagine qu'il me répond, et… J'ai espéré pendant tant d'années qu'il se réveille, qu'il me regarde, qu'il s'intéresse à moi… C'est nul de grandir sans son père, alors même s'il n'est qu'imaginaire sur les pages de mon cahier, au moins pour une fois il est plus proche de moi, et… Il me manque. Pourquoi est-ce qu'un père a le droit d'abandonner sa fille ?

Briséïs ne se serait jamais imaginé un tel talent de comédienne. Elle pleurait à chaudes larmes à présent, elle ne pouvait plus s'arrêter.

Enndall s'éloigna du feu, mais elle pleurait toujours. Peut-être pleurait-elle pour de vrai, finalement.

— Je suis désolé, fit Enndall, entourant ses épaules d'un bras et lui rendant son cahier. Aucun enfant ne devrait être privé de son père.

Le voyant les larmes aux yeux, Briséïs sentit une pointe de culpabilité.

— Je ne disais pas ça pour toi. Tu as fait ce que tu as pu, et Cassandre a quand même eu un père…

Enndall acquiesça d'un air sombre. Elle se mordit la lèvre. Encore une bourde.

— Je veux dire… Bien sûr, c'est toi son père, et tu le resteras toujours, mais au moins, avec Baudoin, elle n'était pas trop…

— Il a compris, je crois, l'interrompit Leonel.

— Je vous promets de moins utiliser mon cahier, déclara Briséïs. De toute façon tout sera bientôt réglé… pas vrai ?

— Je l'espère, dit Meng d'un air grave.

23

LE MONSTRE

— Si l'Élite nous voit recréer l'histoire de la vouivre, elle comprendra forcément ce qui se passe. S'ils veulent nous mettre des bâtons dans les roues, les flèches bénites d'Ohanko ne suffiront pas à les arrêter, fit remarquer Aeneas.

— Je sais, répondit Enndall.

Le Spartiate s'était enfin réveillé, tôt dans la matinée. Il avait gardé le silence depuis, écoutant Enndall lui raconter leur prochain plan d'attaque en descendant le sentier de la montagne. Briséïs ne l'avait pas vu si maussade depuis la Chine, quand il avait appris la mort de sa femme.

Briséïs n'en menait pas large. Ils avaient passé la moitié de la nuit à affiner leur plan d'attaque. Le résultat était un cheval de Troie boiteux, construit sur de dangereuses suppositions.

S'ils obtenaient des titres pour inscrire Enndall aux joutes ; *si* on les autorisait à choisir son adversaire – puisqu'il leur fallait un homme avec un fils ayant l'âge de prendre les armes ; et *si* on acceptait de les laisser mettre en scène sur la piste les faits d'armes du chevalier de l'ordre du Dragon… alors Meng viendrait se poster devant un baquet d'eau, duquel il ferait sortir Liz, qui imiterait la colère de la vouivre, tandis qu'Aeneas, promu héraut, se creuserait les méninges pour inventer une histoire qui justifie la scène. Enndall entrerait alors en lice pour concourir. Ensuite, *si* Enndall parvenait à vaincre son adversaire – ce qui n'était absolument pas certain, l'homme qu'il combattrait aurait certainement des années d'expérience – alors ils pourraient raconter la suite de l'histoire. *S'ils* parvenaient à se procurer une dizaine de cadavres déterrés dans quelque obscur cimetière avant les joutes, et *s'ils* réussissaient à convaincre les koboldes d'en prendre possession, Meng les inviterait un à un à entrer dans le bac d'eau pour les tuer à l'aide de son épée, devant le public de Carcassona. *Si par miracle* on ne l'arrêtait pas avant, il épargnerait le dernier qu'il couronnerait de fleurs. Enfin Leonel débarquerait avec la trouille-de-nouille pour symboliser le retour du désir disparut de la dame, pendant que Briséïs tenterait de faire venir une chimère libre en dessinant des vouivres sur le sable. Enndall s'approcherait alors d'un cadre de bois représentant un tableau de la Citadelle et y jetterait le pendentif de Briséïs, incarnant la partie manquante de l'histoire, le roi des Aulnes rendant enfin son rubis au diable. Pendant ce temps, Ohanko, armé de flèches trempées dans de l'eau bénite, garderait un œil sur les alentours.

Tout cela, ils l'avaient décidé en suivant les conseils incongrus de la sorcière, dont l'inspiration semblait pour le moins aléatoire.

Ils devraient le faire sous les yeux de l'Élite, à commencer par l'archevêque, qui en tant que représentant du clergé ne manquerait pas d'assister aux joutes.

Briséïs en avait la nausée. C'était le plan le plus bancal qu'ils aient jamais mis au point. Pire, les angelots, et donc l'Élite, étaient déjà au courant de tout. Par sa faute. Et si elle prévenait ses amis, elle perdait à coup sûr ses chances de rencontrer Jules et de recevoir sa lettre…

— Je suis désolé, lui dit Aeneas, interprétant mal son air préoccupé. Je t'ai repoussée dans le lac, j'ai été faible.

— Ne dis pas de bêtises, sans toi, nous n'aurions rien trouvé. C'est ton amour pour Imène qui a fait venir la vouivre. Tu as fait ce que tu as pu.

Leonel avançait en tête, donnant une direction à la trouille-de-nouille qui tirait sur ses cordes comme un chien en laisse pour le rattraper. Ohanko et Meng marchaient penchés en arrière, tenant fermement les cordes de chaque côté de la chimère.

— Si seulement je pouvais avoir peur et arrêter de voir son écœurante expression, marmonnait Leonel de temps en temps en se retournant.

— Si tu lui accordais au moins un baiser, peut-être qu'elle se calmerait ? rétorqua Liz qui s'amusait beaucoup de la situation. Sur la bouche, pour être sûr que ça marche.

— Très drôle.

Meng trébucha sur une pierre, en oublia presque de tirer sur sa corde. La trouille-de-nouille fit un bond en avant, manqua de peu Leonel.

— Meng ! Fais gaffe, bon sang !

— Comment croyez-vous que Théobald va réagir en voyant la trouille-de-nouille ? demanda Aeneas.

— S'il la voit, nota Ohanko.

— Vous croyez qu'il verra la corde flotter toute seule, comme avec le fantôme de Shu Fang ?

— S'il ne la voit pas, gardons le silence, proposa Enndall. Le pauvre est déjà suffisamment accusé de folie comme cela.

Théobald les attendait, assis près des chevaux.

Briséïs l'observa attentivement quand Leonel, la trouille-de-nouille et ses deux gardiens passèrent tout près de lui. Théobald ne remarqua même pas la position étrange de Meng et d'Ohanko, légèrement penchés en arrière. Pourtant il avait l'œil vif :

— Qu'est-ce que j'ai ? fit-il en se tâtant le torse. On dirait que tu vois un revenant… Je ne suis pas mort, au moins ?

— À cheval, déclara Enndall en montant en selle. Nous avons une longue route à faire.

Meng avait amarré les liens de la trouille-de-nouille à sa selle. Son cheval ajusta sa position pour retrouver l'équilibre comme un cheval de cow-boy l'aurait fait avec un veau, mais il ne parut pas s'alarmer de la présence de la chimère.

— C'est une chance que vous soyez revenus à temps, déclara Théobald en milieu de matinée. De là où je vous attendais, j'ai pu voir pas mal de fumée dans les vallées alentours, en plein bois. Les écorcheurs se rassemblent, et ils ne cherchent même pas à se cacher. À mon avis, ils seront aux portes de Carcassona d'ici deux jours.

— Que se passerait-il, si on les rencontrait ? demanda Liz.

Elle n'aurait jamais dû poser une telle question à Théobald. Briséïs ne put s'empêcher d'être affectée en voyant Théobald tirer un trait sous sa gorge avec son pouce, un sourire diabolique traversant son visage.

Comme s'ils comprenaient Théobald, les chevaux se mirent tout à coup à piaffer nerveusement. Ils se trouvaient toujours dans les bois, au fond d'un vallon, sans aucune visibilité. Briséïs serra ses rênes, concentrant son attention sur la trouille-de-nouille qui tirait sur sa corde en direction de Leonel.

— Ce n'est rien, assura Meng pendant qu'Ohanko sortait une flèche de son carquois et bandait son arc.

Quelque chose fendit l'air, atterrit tout près du cheval de Liz.

— AH ! QU'EST-CE QUE C'EST ? hurla-t-elle.

— Une pierre, ce n'est rien ! rétorqua Enndall fermement.

Le temps que Briséïs ramène son attention à la trouille-de-nouille, celle-ci avait disparu.

— Elle est toujours là, la rassura Meng, tapotant la corde apparemment tirée dans le vide.

— Il ne faut pas entrer en ville comme ça, dit Briséïs tout bas à Enndall. Vous n'avez peut-être pas peur des brigands, mais aucun de nous n'est indifférent à l'atmosphère de Carcassona.

Elle avait été soulagée, en sortant de la ville, de ne plus ressentir l'angoisse latente qui y régnait. Maintenant qu'elle devait y remettre les pieds, elle réalisait à quel point l'Élite et les chimères de la Citadelle excellaient à leur tâche. Que Briséïs ait pu apercevoir des chimères libres au début de leur séjour relevait tout bonnement du miracle. À présent, elle pouvait à nouveau voir la trouille-de-nouille tirant sur sa laisse, mais elle sentait la tension monter dans le groupe à l'idée de retourner en ville.

— Arrêtons-nous au prochain village et échangeons un cheval contre une carriole, dit Enndall.

Ils firent halte dans trois hameaux avant de trouver quelqu'un prêt à faire un échange. La carriole en question tenait à peine debout, mais le paysan leur offrit également une vieille cage à ours qu'il tenait du temps où il chassait ces bêtes dans les montagnes pour fournir les gens du spectacle. Elle n'était pas bien grande, à peine de quoi s'y glisser avec la trouille-de-nouille.

— Vous y rentrez parfaitement, fit le paysan en haussant les épaules, voyant Enndall hésiter, debout à l'intérieur. Excusez-moi, mais… ajouta-t-il tout bas pour Aeneas, pourquoi est-ce qu'il tient à voyager dans une cage ?

— Ce n'est pas pour lui, c'est pour le jaune, répondit Aeneas en pointant Meng du doigt.

— Oh, je vois, répondit l'homme d'un air entendu en serrant plus fermement sa fourche. Qu'allez vous faire avec lui ? Le vendre pour le cirque ? Je peux vous trouver des acheteurs si vous voulez, pour une petite commission.

Meng lança un regard méchant au paysan qui recula brusquement, puis il monta dans la cage pour prendre la place d'Enndall.

Liz lui tendit la main :

— Tiens, des boules Quies, elles sont très efficaces.

— Des quoi ?

— Mets-les dans tes oreilles, ça coupe le son.

Ils couvrirent la cage de couvertures, puis Leonel s'y glissa pour faire venir la trouille-de-nouille. Il eut un mal de chien à ressortir, la chimère lui bloquait le passage. La cage tangua, la charrette grinça tandis que Leonel se tirait péniblement à l'extérieur.

— Il est sacrément coriace, votre homme jaune, commenta le paysan en se signant.

Théobald n'avait pas fait un seul commentaire sur leurs étranges manigances. Plus le temps passait, plus il s'assombrissait, ne laissant aucun doute quant à son unique préoccupation : rentrer à Carcassona au plus vite.

Meng resta dans la cage deux bonnes heures, puis ils alternèrent la garde. Ohanko s'y installa ensuite, puis Enndall, et enfin Briséïs. Les boules Quies de Liz étaient d'une efficacité surprenante. Dès l'instant où elle les enfonça dans ses oreilles, un silence surréaliste s'installa. D'autant qu'il n'empêchait pas le ballottement incessant de la carriole et qu'elle pouvait toujours voir la trouille-de-nouille gratter frénétiquement les barreaux de la cage avec ses ongles, et pousser de petits cris, ses grosses lèvres en avant. De peur de la toucher par inadvertance, Briséïs garda ses bras croisés autour de ses jambes, recroquevillée dans un coin de la cage.

De temps à autre, la créature se retournait vers elle. Les couvertures laissaient passer quelques filets de lumière au travers des barreaux, et Briséïs pouvait apercevoir les prunelles de la trouille-de-nouille luire comme des points d'interrogation dans le noir. Son haleine de hyène s'ajoutait alors à son odeur déjà pestilentielle, décuplée sous l'épaisse cloche de couvertures. Mais aussitôt, elle reprenait sa quête frénétique et oubliait son observatrice.

Enfermée dans la cage, Briséïs eut tout le loisir de réfléchir à sa situation. Elle songea d'abord au chancelier Li, en Chine, qui les avait laissés s'agiter, caché dans l'ombre, attendant le meilleur moment pour frapper. Leur erreur alors avait été de ne pas imaginer à quel point les choses pouvaient mal tourner. Aussi se força-t-elle à imaginer le pire.

Ce n'était pas difficile : les angelots avaient même commenté dans son cahier les origines d'Enndall. Il suffisait à l'Élite de le démasquer pendant les joutes. Ce serait le déshonneur de toute la famille de Théobald : Isolde, Cassandre, Baudoin, et même le père d'Isolde, sénéchal de Carcassona. Si ce dernier ne faisait pas partie de l'Élite, cela donnerait une excuse à l'archevêque Du Moulin pour le remplacer par l'un de ses subalternes. Oui, constata-t-elle, dépitée, cela constituait une raison largement suffisante pour que l'archevêque décide d'attendre le meilleur moment pour frapper. Et elle lui avait livré sur un plateau toutes les informations dont il aurait besoin…

Liz la rejoignit plusieurs heures plus tard. Briséïs commençait sérieusement à regretter son cheval et l'air frais du dehors. D'un signe, la comédienne lui indiqua qu'il était préférable qu'elle reste à l'intérieur et qu'elle garde ses boules Quies. D'abord Briséïs pesta contre Liz, puis elle la bénit quand ils arrivèrent à Carcassona : elle avait un plan, et Liz en faisait partie.

— Reste avec la trouille-de-nouille, lui dit-elle une fois la carriole immobilisée, j'ai une idée.

Ils s'étaient arrêtés directement dans la cour de l'hospice. Enndall était en train de remercier quelques gardes qui allaient prendre congé avec Théobald.

— On s'est fait attaquer par une vingtaine d'hommes armés, dit Leonel à Briséïs. Des écorcheurs. Si Baudoin n'avait pas placé des soldats dans toute la périphérie de Carcassona, on y serait sans doute restés.

Levant les yeux, Briséïs aperçut une dizaine de flèches plantées dans le manteau de couvertures, sur le toit et le côté droit de la cage. Elle-même s'était adossée contre son côté gauche. Un frisson la parcourut. Il s'en était fallu de peu.

Avec une courbette, Enndall laissa partir les soldats et vint les rejoindre près de la carriole.

— Les écorcheurs se sont rapprochés de la ville en bien plus grand nombre que prévu. Les attaques se multiplient, le lieutenant a peur pour la ville.

— Encore une façon pour l'Élite de faire monter la pression, acquiesça Meng. Tous les moyens sont permis… Tu laisses Théobald partir avec ces soldats ?

— Leur chef va le ramener chez lui. J'ai dit que je les rejoignais au bout de la rue. Je vais aller m'excuser auprès de Baudoin pour Théobald.

— Ne traîne pas. Tu ne voudrais pas que ce soit les soldats qui lui apprennent que son fils était avec nous.

Enndall hocha la tête.

Briséïs devinait sa tension : ils avaient conclu la veille que leur meilleure chance d'obtenir des titres pour la joute dépendait d'Isolde. Enndall allait devoir profiter de sa visite à la famille Ebrard pour trouver le moyen de lui parler seul à seule et lui demander de l'aide.

Le nouveau plan de Briséïs commençait justement avec la visite d'Enndall à la famille Ebrard. Elle le prit à part et murmura :

— Tu dois dire à Baudoin que nous avons attrapé la vouivre sous sa forme humaine. Dis-lui qu'elle a pris les traits de Liz. Dis-lui que demain, nous allons obliger la vouivre à nous rendre le rubis qu'elle a caché, et sans lequel elle ne peut pas reprendre sa forme de dragon.

— Quoi ?

— Jamais Baudoin ne nous laissera jouer toute notre mise en scène si nous ne le mettons pas dans la confidence. Mais nous ne pouvons pas non plus lui dire que nous avons l'intention de recréer et terminer l'histoire du roi des Aulnes, pour le renvoyer avec la vouivre d'où ils viennent. L'Élite pourrait écouter aux portes. Alors mieux vaut inventer une autre excuse. Une excuse que Baudoin pourra croire, et que l'Élite ne prendra pas au sérieux, puisqu'elle doit savoir que nous n'avons pas capturé la vouivre.

— Tu es sûre ?...

— Dis-lui que la sorcière du lac nous a expliqué comment forcer la vouivre, *Liz*, à nous rendre le rubis en lui jouant un tour particulier, que l'on doit garder secret jusqu'au dernier moment. Si Baudoin veut vraiment en finir avec la vouivre, il acceptera de nous laisser faire. Dis-lui que l'inquisiteur doit venir récupérer Liz, pour l'enfermer dans sa prison jusqu'à demain. Je donnerai mon pendentif à Liz, pour que les koboldes la suivent dehors quand l'inquisiteur la fera ressortir pour notre mise en scène.

— Nous aurions dû en discuter avec les autres...

— Nous n'avons plus le temps de mettre tout le monde d'accord, tu sais comment est Meng.

Enndall soupira devant son regard implorant.

— J'espère que tu as bien réfléchi... Liz va t'en vouloir.

— Merci.

Elle lui déposa un baiser sur la joue et le laissa partir. La première partie de son plan était en marche.

— Nous avons capturé la vouivre, elle a pris la forme de Liz, déclara-t-elle en revenant vers les autres, qui venaient de faire descendre la trouille-de-nouille de la carriole.

— Quoi ?

— Ne faites pas cette tête-là, nous n'avons pas le choix. C'est ce qu'Enndall est parti raconter à Baudoin.

— Sans nous prévenir ?

— Celui-là, il va m'entendre, dit Meng, gonflant sa poitrine.

— Liz, tu vas pouvoir jouer le rôle de ta vie, déclara Aeneas en soulevant la couverture à l'entrée de la cage.

Comme elle ne répondait pas, il monta à l'intérieur et ressortit aussitôt :

— Elle est tombée dans les pommes, c'est sa blessure.

— Elle a reçu un coup sur la tête pendant l'attaque, pas très grave je pense, mais bien assommant, expliqua Ohanko à Briséïs en lui calant la corde de la trouille-de-nouille dans les mains afin d'aider Aeneas à tirer une couverture de la cage pour couvrir Liz et la transporter dans l'hospice. Ne nous attendez pas, montez dans la chambre, on vous rejoint.

Leonel fit un pas hésitant vers l'hospice, et la trouille-de-nouille se rua derrière lui. Briséïs tira de toutes ses forces sur la corde, ralentissant un peu la chimère, mais moins efficacement que Meng de l'autre côté. Sentant sa protection mal assurée, Leonel accéléra le pas, et la trouille-de-nouille fit de même.

Le quatuor poussa violemment la porte de l'hospice, traversa précipitamment la salle commune et se jeta dans l'escalier dans une bousculade qui dut paraître bien étrange aux personnes attablées. Le jeune moine intendant, Jacin, suspendit son geste pour les regarder passer, sa cruche au-dessus du verre d'un pèlerin.

— Tout va bien ! grimaça Briséïs, projetée contre la rambarde. Nous mangerons tard ce soir, ne nous attendez pas !

Ils entrèrent dans la chambre, attachèrent la trouille-de-nouille aux montants d'un des deux lits et firent place à Ohanko et Aeneas qui déposèrent Liz sur le second.

— Je vais lui préparer un pansement, déclara Ohanko après l'avoir examinée. Quelques heures de repos, et elle devrait aller beaucoup mieux.

— Briséïs, si elle ne va pas mieux demain, tu prendras sa place dans le rôle de la vouivre, dit Meng.

— Mais… Ce n'est pas ce qu'Enndall est parti dire à Baudoin…

— Elle ira mieux, assura Ohanko.

— Il faudrait faire une liste des choses à préparer pour demain, dit Aeneas, plongeant la main dans le sac de Liz pour en sortir sa petite bille-stylo.

Il agita la bille dans tous les sens, sans succès.

— Comment on ouvre ce machin ?

— Presse-la entre tes doigts.

— C'est ce que je fais…

Leonel soupira, tendit la main pour qu'Aeneas lui donne la bille, la tritura un moment avant de la passer à Briséïs.

— Tiens, tu t'y connais mieux en technologie.

— Il faut aller déterrer des cadavres, dix au moins, et trouver de quoi les cacher jusqu'à demain, commença Meng. Il faut aussi les habiller, avec des capuches pour camoufler leur aspect.

— Tu n'as qu'à utiliser ta plume, suggéra Aeneas tandis que Briséïs bataillait avec la bille.

— Il faut trouver une grande bassine, la remplir d'eau de la rivière et l'emmener proche de la piste avant le début du tournoi…

— Ma plume ? Je ne suis pas sûre que ce soit une bonne idée.

— Pourquoi pas ?

— Nous la poserons sur la carriole et nous attacherons la trouille-de-nouille à un cheval, comme en descendant de la montagne. Il faut surtout consulter la liste des chevaliers qui concourent demain, et aller enquêter sur leur descendance pour en trouver un qui a un fils en âge de se battre… Ohanko ?

— Je préparerai de la fumée, pour ajouter de l'effet au spectacle si besoin. Il nous faut une armure pour Enndall aussi, et un bon cheval de combat.

— Oui, un cheval de combat. Briséïs, tu notes ?

— Pas la peine, je m'en souviendrai.

Leonel leva les sourcils :

— Tout ce foin pour utiliser ta plume, et maintenant tu ne veux plus ?

Briséïs lui lança un regard noir.

— Certains d'entre nous devraient aller chercher les cadavres, c'est ce qui risque d'être le plus long. Meng, si Leonel t'accompagnait…

— Tu essayes de te débarrasser de moi ?

Le rouge monta aux joues de Briséïs.

— Pas du tout.

— Je vois clair dans ton jeu.

— Voyez-vous ça.

— C'est dommage, je dois garder la trouille-de-nouille.

— Oui, parce que tu désires quelqu'un.

— Bon, vous n'avez pas bientôt fini, vous deux ? s'agaça Meng. Ohanko viendra avec moi. Aeneas, tu restes ici, au cas où la trouille-de-nouille se détacherait. Et puis nous aurons besoin d'aide pour hisser les cadavres dans la chambre, tout à l'heure.

— Ils vont passer la nuit ici, avec nous ?

— Où voudrais-tu les mettre, Leonel ?

— Avec l'odeur, ils vont faire fuir tous les clients de l'hospice !

— C'est déjà le cas avec la trouille-de-nouille.

— Ils ne peuvent pas sentir la trouille-de-nouille, ils ne peuvent même pas la voir !

— Je les enduirai d'un onguent qui devrait atténuer l'odeur, proposa Ohanko. Si Liz se réveille avant que nous revenions, faites-lui boire ceci, pour faire passer le mal de tête.

Briséïs sentit des picotements sur sa nuque, Benji ne devait pas être loin de la salle des chimères. C'était le moment ou jamais de lancer la suite de son plan…

Par sa faute, les angelots et l'Élite savaient déjà qu'ils prévoyaient de faire une reconstitution de l'histoire du roi des Aulnes. Briséïs ne pourrait plus les persuader du contraire. Leurs ennemis ne les laisseraient pas achever leur mise en scène… À moins d'être accaparés par un problème encore plus important.

L'Alpha n'aimerait certainement pas qu'ils détruisent son travail en renvoyant ses chimères dans la Citadelle, mais il apprécierait encore moins qu'ils aient découvert le code caché dans sa bague, et qu'ils aillent retrouver tous les détails de sa vie passée et future dans les registres de la Citadelle. Car les résistants pourraient alors connaître à l'avance tous ses faits et gestes. L'archevêque n'aurait plus aucun moyen de se défendre.

Briséïs comptait enfin mettre en pratique ses cours d'apprentie Élite.

Elle allait bluffer pour faire croire aux angelots et à l'archevêque qu'elle avait pu voir le code à l'intérieur de sa bague d'Alpha. Si son plan fonctionnait jusqu'au bout, non seulement l'Élite et les angelots les laisseraient finir leur mise en scène sur le terrain de joute, mais l'archevêque lui-même lui communiquerait son code si précieux. Briséïs pourrait alors retrouver l'histoire d'Alfred Richet et aller au rendez-vous de son frère, pendant que ses amis renvoyaient la vouivre dans la Citadelle. Elle gagnerait sur tous les tableaux.

Pour que son plan fonctionne jusqu'au bout, il fallait qu'elle donne l'idée aux angelots de communiquer avec l'archevêque à travers elle, grâce à leur plume, de la même manière qu'ils l'avaient fait en Grèce avec l'Oracle…

Elle attendit juste le temps que la porte de la chambre se referme sur Ohanko et Meng avant d'enchaîner à bâtons rompus :

— Aeneas, Leonel, j'ai une idée pour éloigner l'Élite du terrain de joute demain. C'est pour cela que j'ai imaginé dire à Baudoin que Liz était possédée par la vouivre. Tout est en place.

— C'est toi qui as eu cette idée ? s'étonna Aeneas.

Leonel secoua la tête :

— Liz va t'en vouloir…

— Sur le terrain de joute, l'Élite comprendra vite qui nous sommes et ce que nous tentons de faire, quand nous commencerons notre mise en scène. Pour aller jusqu'au bout de la reconstitution de l'histoire du roi des Aulnes sans qu'elle nous interrompe, nous n'aurons qu'une seule solution : lui faire croire que la mise en scène sur le terrain de joute n'est qu'une petite diversion, pour l'éloigner de notre grand plan, bien plus dangereux pour elle. La clé, c'est de faire en sorte que l'Élite découvre ce second plan au bon moment, pendant les joutes. Mais dès qu'elle nous aura repérés, elle écoutera le moindre de nos échanges, ce ne devrait plus être difficile alors de la laisser comprendre ce que nous voulons qu'elle comprenne.

— Mais qu'est-ce que ça serait, ce grand plan ?

— Nous allons leur faire croire que nous avons réussi à lire le code inscrit dans la bague de l'archevêque. Nous avons trouvé le moyen d'accéder à la Citadelle en utilisant de la poudre d'idée pour nous propulser au niveau réservé aux chimères : nous avons compris comment reproduire l'effet qu'a eu sur moi l'insigne des angelots, en Grèce. Vous m'avez chargée de me rendre dans la Citadelle pendant les joutes, quand vous retiendrez l'attention de l'Élite, pour y chercher le registre qui contient l'histoire de l'archevêque Du Moulin. Je vais me rendre dans la prison de l'inquisiteur pour utiliser notre poudre d'idée, car l'endroit est déjà empli de poudre d'idée pour retenir les koboldes : mes manipulations risquent moins d'être repérées par l'Élite. Je me rendrais effectivement dans la prison, pour confirmer ce qu'ils auront entendu.

— C'est un super plan, commenta Leonel. Dommage qu'il ne soit pas réalisable…

— Il faut s'assurer que les angelots aussi prennent peur, s'ils nous entendent. Ils se fichent peut-être pas mal que l'archevêque soit dans le pétrin. Par contre, s'ils apprennent qu'une fois son histoire en main, nous comptons proposer à l'Alpha de dénoncer l'erreur des angelots à la Citadelle, en échange de quoi nous le laisserons tranquille, les angelots réagiront. Tout le monde ira voir dans la prison de l'inquisiteur ce que je fabrique.

— Et tu comptes vraiment les y attendre ? demanda Aeneas.

— Il le faudra bien, pour les retenir le plus longtemps possible. Voilà pourquoi Liz doit passer la nuit dans la prison : il faut à tout prix qu'elle en récupère la clé. Les koboldes devraient pouvoir l'aider, surtout si elle leur fait miroiter mon pendentif.

— Mais l'Élite verra tout de suite que tu n'as pas de moyen de te propulser dans la Citadelle. Ta diversion ne durera pas, et après tu seras à leur merci.

— Je ferai de mon mieux pour me donner en spectacle et semer le doute. Je pourrais imiter l'Oracle de Grèce par exemple, en prenant cette plume avec moi pour prétendre pouvoir parler à quelqu'un dans la Citadelle, comme tu l'as suggéré, Leonel… Et puis il faudra que vous veniez me chercher juste après la fin de votre mise en scène. Le plus important, c'est d'empêcher l'Alpha et les angelots de communiquer entre eux et d'allier leurs forces. Pour cela, nous allons aussi faire croire à l'Élite que pour être en position de menacer l'Alpha, nous devons attendre qu'il fasse sonner une cloche avec sa bague, pour que l'empreinte spatio-temporelle de la bague s'affiche clairement dans la Citadelle.

— Tu crois que l'Élite va avaler un truc pareil ? demanda Leonel.

Briséïs haussa les épaules :

— Ce ne doit pas être si loin de la réalité, puisque les membres de l'Élite utilisent effectivement leur bague pour permettre aux angelots de les retrouver dans un espace-temps précis. L'archevêque ne prendra pas le risque d'utiliser sa bague pour parler aux angelots, s'il pense nous offrir ainsi le moyen de réussir notre coup.

— C'est tordu, quand même… grimaça Leonel.

— Mais non, au contraire, c'est parfaitement logique.

Briséïs appuya sa déclaration d'un sourire encourageant pour convaincre ses amis. Elle ne pouvait malheureusement pas leur expliquer la suite de son raisonnement, qui justifiait qu'elle tente sa chance seule face à l'Élite…

Benji l'attendait, dans la Citadelle. Briséïs saisit sa plume d'angelot, prête à écrire. Elle allait demander à Leonel et Aeneas de répéter ce qu'elle venait de dire, prétextant devoir vérifier qu'ils avaient bien compris ses explications. Elle irait pendant ce temps retrouver Benji pour laisser sa place à l'un des deux angelots, qui ne manquerait pas d'écouter leur nouveau grand plan.

Avec un peu de chance, les angelots prendraient peur, et n'oseraient pas contacter l'Alpha grâce à sa bague. Avec encore plus de chance, ils attendraient que Briséïs soit en face de l'archevêque avec sa plume à la main, dans la prison de l'inquisiteur, pour parler à l'Alpha à travers elle en toute sécurité. Alors, si jamais ils voulaient vérifier que le code de Du Moulin avait bien été volé, s'ils en parlaient avec lui et si elle le notait dans son cahier sans que les angelots s'en rendent compte, comme cela avait été le cas pour toutes leurs autres communications... Alors Briséïs pourrait retrouver le code plus tard dans son cahier, au milieu de ses tartines de texte.

Tout cela, bien sûr, ne fonctionnerait que si Benji se rendait disponible au bon moment.

Elle se prit la tête dans les mains. Leonel avait raison, son plan était complètement tiré par les cheveux. Il était tellement truffé de « si » qu'elle n'osait même plus les compter.

Elle tira sa plume et lissa son cahier.

— Allez-y, répétez-moi notre grand plan point par point. Je vais le noter ici, pour que nous soyons d'accord. Il faudra tous ébruiter la même histoire, demain, sur le terrain de joute.

— Attends, attends, l'interrompit Leonel, tout à coup, tu es prête à réutiliser ta plume ?

— À moins que tu trouves le moyen d'actionner le stylo de Liz.

— Bon, on fait comme tu dis. Mais c'est moi qui prends des notes.

Avant qu'elle n'ait eu le temps de réagir, il lui tira la plume des doigts.

— Leonel !

— Ne t'inquiète pas, je ne te l'abîmerai pas.

Elle voulut la lui arracher, mais il anticipa son mouvement et changea la plume de main.

— Leonel, réfléchit, fit-elle, contrôlant ses nerfs, si quelqu'un tombe sur ce cahier et que c'est écrit en allemand, qu'est-ce que les gens d'ici penseront ?

— Je suis allemand, oui, et alors ? Je croyais que ma nationalité ne comptait pas pour toi ?

— Pour moi, non !

— Et tu crois que les gens d'ici, s'ils comprennent ton français du XXe siècle…

— XXIe ! Donne-moi cette plume !

— Tu crois que s'ils trouvent toutes nos aventures détaillées racontées dans ton journal, ils seront moins tentés de nous jeter sur un bûcher ?

— Écoute Leonel, intervint Aeneas, tu ne vois pas comme elle est tendue ? C'est mauvais pour la trouille-de-nouille. Laisse-la faire comme elle veut, quelle importance ?

Leonel soupira, tendit la plume à Briséïs qui la lui reprit d'un geste vif. Elle ne perdit pas un instant, sortit son encre et son cahier.

— Allez-y, racontez-moi tout jusqu'à la fin. Je ne vous interromprai pas, nous comparerons ensuite.

Elle posa la plume sur le papier, écrivit :

Deuxième partie du plan :

La cloche à la main, Benji se pencha sur son papier, lut à voix haute :

— Deuxième partie de plan. Je n'ai rien contre la deuxième partie du plan, du moment qu'il y en a une première. Tu as un plan, Briséïs ?

— Benji, les angelots sont au courant de tout ! Chaque fois que je viens te voir ici, ils prennent possession de mon corps là-bas, en 1450, et écoutent tout ce qui se dit autour de moi ! Je note tout ce qu'ils espionnent sur mon cahier, je viens seulement de m'en rendre compte !

Benji fouilla l'air, comme s'il voulait déchiffrer son expression.

— Quels angelots ?

— Comment t'es-tu procuré ta plume, Benji ?

— Je l'ai trouvée…

— Tu ne l'as pas trouvée, ils ont fait en sorte que tu la trouves ! Ils connaissent ton nom, ils t'ont même montré de nouveaux docu-

ments pour que tu m'appelles et qu'ils puissent aller espionner à travers moi plus souvent !

— Est-ce qu'ils entendent ce que nous nous disons ici ?

— *Je ne crois pas, jamais ils ne nous auraient laissés faire s'ils savaient réellement ce que nous avons découvert... Mais en même temps, ce qu'ils savent de nos avancées avec la vouivre aurait déjà dû suffire... Je ne comprends pas ce qu'ils veulent, et honnêtement, il n'y a rien de plus inquiétant.*

— Pourquoi as-tu pris le risque de revenir alors ? Tu as trouvé l'histoire de Du Moulin ?

— Liz se réveille ! entendit-elle dans un écho lointain.

Elle sentit la pression de la main d'Aeneas contre son épaule, à Carcassona.

— *Je dois y aller Benji, on se recontacte bientôt...*

Quand la chambre de l'hospice réapparut, Aeneas aidait Liz à se redresser sur son lit.

— Tiens, c'est une préparation d'Ohanko, pour le mal de crâne.

Liz grommela un merci, et but d'une traite.

— Pouah ! C'est dégoûtant ! On croirait qu'il le fait exprès, c'est pas possible ! Les confitures qui puent, les fumées qui piquent les yeux et maintenant...

— On est contents de te retrouver, coupa Leonel, mi-sarcastique.

— Briséïs, vire-moi ces deux-là, qu'ils me fassent de l'air.

— Oh, il ne faut pas se fier aux apparences ! repartit Leonel. La tête d'ange que tu vois là vient d'annoncer à tout Carcassona que tu étais possédée par la vouivre. Elle trouvait ça plus crédible pour notre histoire.

— Quoi ?!

— Elle a donné l'idée à Enndall, qui est parti le raconter à Baudoin et à sa famille. Avec Théobald, autant dire que d'ici demain matin, tout Carcassona sera au courant.

— Baudoin le canalisera, il ne faut pas semer la panique avant l'heure. Tu vas pouvoir jouer le rôle de ta vie, dit Briséïs d'une petite voix.

Aeneas hocha vigoureusement la tête.

— Briséïs ! Tu aurais quand même pu m'en parler avant !

De violents coups retentirent contre la porte de la chambre, et une voix autoritaire s'éleva :

— Au nom du sénéchal de Carcassona, ouvrez cette porte !

Briséïs arracha son pendentif, le fourra dans les mains de Liz. Elle ne s'attendait pas à ce qu'on vienne la chercher si rapidement.

— Il faut que tu fasses sortir les koboldes pour nous et que tu récupères la clé de la prison…

— Quoi ?!

— Joue le jeu s'il te plaît, c'est important…

La porte n'était pas fermée à clé et l'homme campé derrière entra d'un pas décidé : un chanoine, suivi d'un autre et du père Asemar, l'inquisiteur.

— J'entends dire que vous cachez un monstre dans cette chambre, déclara ce dernier sans plus de préambule.

— Nous ?

Asemar toisa Leonel d'un air de dédain, s'approcha du lit de la trouille-de-nouille, en fit le tour, s'assit sur le bord à quelques millimètres de cette dernière, agitée comme toujours, et se pencha précautionneusement vers le lit de Liz.

— Une vouivre, m'a-t-on dit.

Liz lui rendit un regard glacial. Un gros bleu violacé lui barrait le front, en partie dissimulé par sa tignasse rousse en pagaille.

— Dans ce cas, vous avez sans doute entendu aussi que nous aurons besoin de vos services demain ? avança Briséïs.

L'inquisiteur ne parvenait pas à détacher son regard de Liz, qui tout doucement se pencha vers lui, plus près, encore plus près… D'un coup, ses traits se déformèrent, et, les lèvres retroussées, les yeux haineux, elle lui hurla dans les oreilles un cri déchirant de vouivre. L'inquisiteur bondit de côté, arracha sa croix en or de son cou et la tendit droit devant lui d'un bras tremblant.

Leonel et Aeneas eurent juste le temps de retenir Liz par les poignets avant qu'elle ne se jette sur l'homme d'Église.

— Vous ne l'avez pas attachée ! Vous êtes fous ! Pourquoi ne l'avez-vous pas attachée ? s'exclama-t-il, les yeux exorbités.

— Elle était inconsciente, s'excusa Aeneas.

— Mais de sentir Votre Sainteté, ça a dû la réveiller, ajouta Leonel.

— Pauvres imbéciles, rumina l'inquisiteur, vous n'avez pas idée de ce que peut faire une vouivre ! Allez-y !

Les deux prêtres s'approchèrent prudemment du lit, leurs mains cachées derrière le dos.

— Nous avons ordre de la surveiller, appuya Aeneas.

Mais les moines se jetèrent tout de même sur Liz et lui attachèrent solidement une chaîne argentée autour des poignets. L'inquisiteur se tourna vers Aeneas en s'essuyant le front :

— Vous avez assez pris de risque comme cela. Sa place est dans la prison de l'inquisition, en attendant qu'on la brûle.

— Quoi ?! s'exclama Liz, oubliant son rôle.

— Père Asemar, si vous avez appris que la vouivre se trouvait ici, vous avez sans doute entendu le reste de l'histoire, pour demain… reprit Briséïs, appuyant sa phrase d'un regard entendu.

— On m'a dit, oui, votre petite mise en scène… Il est hors de question que je m'y plie. C'est beaucoup trop dangereux.

— Soyez raisonnable, c'est la seule façon d'en finir une fois pour toutes. Si nous ne retrouvons par le rubis, brûler la vouivre ne la détruira pas.

— Hum… J'en référerai à mes supérieurs ecclésiastiques, nous verrons…

— Merci.

— En attendant il est hors de question qu'elle reste toute la nuit ici. Il y a des gens honnêtes, dans cet hospice.

— Naturellement, ajouta Briséïs, le regard baissé, sentant malgré tout le regard perçant que lui jetait Liz. Naturellement, mettez-la avec les autres créatures démoniaques, dans vos souterrains.

— Je n'aime vraiment pas votre attitude, grogna l'inquisiteur, levant un doigt menaçant. Vous n'avez pas idée de ce avec quoi vous jouez. Vous avez de la chance d'avoir le soutien du lieutenant Ebrard.

Briséïs exécuta une petite révérence. L'inquisiteur et les moines emportèrent Liz qui criait et se débattait comme une déchaînée.

— Qu'est-ce qu'elle joue bien, murmura Aeneas impressionné, une fois la porte refermée.

— Elle avait de quoi puiser dans sa propre colère, je crois, commenta Leonel.

— Ne me regarde pas comme si j'étais la seule responsable, riposta Briséïs. Au moins demain, quand Liz sortira, elle pourra ramener tous les koboldes avec elle.

— Oui, si elle sort.

Briséïs ramassa son cahier et le posa brusquement sur ses genoux pour bien signifier que la conversation était terminée. Elle parcourut les dernières lignes écrites de sa main : ce qu'elle y lut lui mit du baume au cœur. Les angelots avaient tout noté de son faux plan, ajoutant même quelques détails qu'Aeneas avait inventés. Leur inquiétude se lisait facilement entre les lignes. Ils avaient foncé droit dans le panneau.

— Vous sentez cette odeur ? murmura Aeneas.

Presque aussitôt, un sifflement s'éleva depuis la fenêtre. Aeneas s'y précipita.

— C'est Meng et Ohanko ! Ils sont de retour !

— Déjà ?

Aeneas aida les deux hommes à caler l'échelle qu'ils installaient sous la fenêtre, et la maintint en place pendant qu'ils montaient.

Ils portaient sur leurs épaules un cadavre vêtu de loques, sa peau verdâtre couverte de pustules boursouflées.

— Je croyais que vous alliez vous occuper de l'odeur, grimaça Leonel en se couvrant la bouche de sa manche.

— Crois-moi, c'est déjà beaucoup mieux qu'avant, répondit Meng, laissant le cadavre tomber sur le plancher. Voilà les vêtements. Où est Liz ?

— L'inquisiteur est venu la chercher.

— Comment ?

En quelques phrases, Aeneas résuma le plan de Briséïs : ils détourneraient l'attention de l'Élite loin de leur mise en scène juste avant les joutes en ébruitant l'idée d'un plan plus important, qui aurait lieu dans la prison de l'inquisiteur. Briséïs les attendrait là-bas pour les y retenir le plus longtemps possible. Mais pour cela il fallait récupérer à l'avance la clé de la prison. Comme il fallait aussi se charger de faire sortir les koboldes pour les joutes, Briséïs avait envoyé l'inquisiteur chercher la comédienne transformée en vouivre, pour qu'elle passe la nuit dans sa prison.

Meng sourcilla à peine.

— Elle va t'en vouloir.

— C'est déjà fait, je crois…

Le général soupira, et désigna le corps à ses pieds :

— Commencez à l'habiller pendant qu'on remonte le reste. Ensuite, nous les couvrirons jusqu'à demain.

— Vous avez été rapides, commenta Leonel, enfilant déjà des chausses aux pieds gonflés du premier cadavre.

— Nous avons eu de la chance, ceux-là n'étaient pas encore enterrés. Il y a trop de morts en ce moment, ils sont débordés. Nous avons piqué les vêtements dans un lavoir près du cimetière.

Quand Enndall revint, le dernier cadavre était déjà installé sur la pile de corps, sous les couvertures. Il porta sa main à sa bouche en entrant, surpris par l'odeur.

— Où est Liz ?

— L'inquisiteur l'a invitée à une soirée entre monstres, renifla Leonel. Ça y est, l'histoire est lancée, impossible de faire marche arrière.

Enndall accueillit l'information d'un air grave, ferma la porte, alla tâter les couvertures, approuva d'un hochement de tête. Il s'assit sur le lit, soucieux.

— On a un plan pour détourner l'Élite, demain, reprit Aeneas, croyant alléger l'atmosphère.

Lancé dans son élan, il répéta les détails du plan de Briséïs pour la troisième fois. Enndall l'écouta attentivement, mais ne se dérida pas.

— Nous allons devoir modifier nos plans, avoua-t-il enfin. Isolde n'a rien voulu entendre. Elle ne m'a même pas laissé la possibilité de m'expliquer.

— Tu n'as pas obtenu de titres ? s'exclama Meng.

— Mais Théobald est venu me voir après. Il va pouvoir nous aider. L'un de ses amis proches est malade et n'a pas voulu se retirer des joutes, par orgueil.

— Théobald a un ami proche ? s'étonna Leonel.

— Il me propose de prendre sa place, et du même coup de sauver son honneur.

— Tu es sûr qu'il ne cherche pas à te faire pendre, comme ce bon vieux Tederic ?

— Il n'y a qu'un seul problème : les armes de son ami sont bien connues dans le monde de la chevalerie. Pour prendre sa place, je dois me servir de son armure.

— Si tu lui rends service, il ne peut pas te la refuser.

— Cet homme est plus petit que moi, jamais je ne rentrerai dans son armure.

Une mouche vola vers la pile de corps.

— C'est ce que tu as répondu à Théobald ? demanda enfin Aeneas.

— Je n'ai pas fait de commentaire. Il a promis de me faire apporter l'armure demain, à l'aube.

— Attends, je ne comprends pas, intervint Leonel. Une armure, c'est fait de plein de bouts différents, non ? Pourquoi tu ne les ajustes pas pour que ça passe quand même ?

— Le casque n'est pas ajustable, mais c'est surtout le buste qui m'inquiète. Les plaques du buste sont rigides, et elles sont ce qu'il y a de plus reconnaissable dans son armure. Sans compter que ses proches verront tout de suite que je suis plus grand.

— Leonel pourrait peut-être y entrer, proposa Meng, mais Enndall secoua la tête.

— Non, vous ne vous rendez pas compte, cet homme m'arrive à la poitrine. Si quelqu'un peut enfiler son armure, c'est une des filles. Liz n'est pas là. Il ne reste plus que toi, Briséïs.

Briséïs laissa à la mouche le temps de faire trois fois le tour des cadavres avant d'exploser de rire.

— Quoi, et que voudrais-tu que je fasse, une fois l'armure endossée ? Que j'aille vaincre ton adversaire ? Je tiens à peine à cheval !

— L'armure est lourde, elle te calera dans la selle. Le cheval connaît son travail. Tout ce que tu auras à faire, c'est tenir la lance en place.

— Et catapulter l'autre avant qu'il me dégomme. C'est vrai,

d'ailleurs, je me demande pourquoi ils s'entraînent tous pendant des années, c'est tout bête, en fait.

— Nous te trouverons un adversaire adapté. Tu as vécu l'histoire du roi des Aulnes, tu sais quel était son état d'esprit. Avec mon pendentif caché sous l'armure, tu feras un aussi bon roi que moi... Je ne vois pas d'autre solution. Il est trop tard.

— Moi, j'en vois une : on arrête tout. Ça ne marchera jamais !

— Va dire ça à Liz, elle sera ravie de l'entendre, rétorqua Leonel.

— On ne peut pas tout arrêter, Briséïs, reprit Ohanko d'un ton plus conciliant. En prévenant la famille Ebrard et en envoyant Liz chez l'inquisiteur, vous avez lancé l'histoire. C'est trop tard, la véritable vouivre va venir.

— Qu'est-ce que tu veux dire ?

— Tu n'as pas entendu la sorcière ?

— Je crois qu'elle écrivait, remarqua Meng.

— Qu'est-ce qu'elle a dit ?

— Maintenant que nous avons commencé à rassembler l'énergie de son histoire, et qu'il y a des témoins, c'est comme si nous lui avions planté une aiguille de vaudou entre les écailles, soupira Leonel. Elle ne pourra s'en défaire qu'en se débarrassant de nous, et d'après la sorcière, c'est suffisant pour la faire venir jusqu'ici nous chercher. Et comme la vouivre nous a vraiment vus, elle peut reconnaître nos traits, sentir notre odeur et nous repérer de très loin. La vouivre va venir. Si on ne fait pas en sorte de s'en débarrasser demain, elle nous retrouvera plus tard. Et elle ne nous manquera pas deux fois. Sans compter qu'elle saccagera probablement Carcassona au passage.

— Mais... Je dois m'occuper de la diversion pour l'Élite, sous la cathédrale... dit Briséïs dans un souffle.

— Je prendrai ta place, répondit Enndall. Je m'arrangerai pour les retenir le plus longtemps possible dans la prison de l'inquisiteur.

Elle baissa la tête. Ses chances de découvrir le code de la bague de l'archevêque venaient de s'évaporer. Il était inutile de prendre le risque de raconter ce qu'avait été son véritable plan aux autres. Enndall ne pourrait jamais prendre sa place dans la Citadelle : étant donné la façon dont Benji avait accueilli la présence de Leonel, il n'accepterait certainement pas de parler à quelqu'un d'autre qu'elle.

Mieux valait garder son secret, pour être sûre qu'on ne lui retire pas sa plume. Elle la garderait avec elle, et attendrait un miracle…

Des hurlements fendirent l'air au-dessus du toit de l'hospice. Ohanko réclama les boules Quies, se posta sur le lit, en tailleur, face à la trouille-de-nouille.

— Baudoin m'a peint un tableau plutôt sombre, poursuivit Enndall. Depuis la nuit dernière, les chimères sont proprement passées à l'attaque. Elles semblent folles de rage. Ces hommes que vous avez ramassés font probablement partie de leurs victimes. La nouvelle de notre visite à la vouivre a dû faire le tour de l'Élite.

— Et le chevalier d'Imbert, demanda Meng, Baudoin ne trouvera-t-il pas étrange qu'il ne concoure pas aux joutes ?

— Quand il s'en rendra compte, il sera trop tard pour me poser des questions. Baudoin accepte de nous laisser faire notre petite mise en scène devant tout le monde à condition que l'inquisiteur orchestre le tout. Il faudra composer avec le père Asemar, mais avoir obtenu la confiance de Baudoin est une chance inespérée. Nous ne pouvons pas laisser les gens de Carcassona dans une situation pareille.

Il se tourna anxieusement vers Briséïs, qui avait viré au blanc. Des visions des chevaliers s'entraînant dans la prairie passaient devant ses yeux. Fracassant d'énormes lances de bois contre leurs torses, mordant la poussière dans leurs lourdes carcasses de fer, tirés par leurs chevaux emballés… Les images s'entremêlaient avec celles de la vouivre crachant du feu au-dessus de la ville, de l'archevêque Du Moulin riant à gorge déployée, triturant sa bague à son annulaire ; des angelots tirant des flèches à la volée ; de Benji s'arrachant les cheveux ; et de Jules adulte, la main tendue vers elle, s'éloignant peu à peu…

— Je n'ai jamais dit que je refusais, j'ai juste…

Briséïs balaya la pièce du regard. Sur le lit, la trouille-de-nouille avait disparu.

24

LA VEILLÉE

Ce fut incontestablement l'une des nuits les plus détestables de sa courte existence. Entre les cris des hurleurs, les ricanements des gargouilles, l'odeur tenace des cadavres empilés comme du bétail à quelques mètres de là et l'angoisse qui la tenait aux tripes, Briséïs ne ferma pas l'œil un instant. Elle aurait pu soulager ses compagnons d'un tour de garde, mais la trouille-de-nouille ne lui était pas réapparue. Le regard fixe, elle attendit que l'aube pointe par la fenêtre. Elle croyait tout le monde encore endormi, excepté Aeneas au poste de garde, mais Enndall sauta sur ses pieds dès le premier coup frappé à la porte.

— Pour messire d'Imbert, chuchota un valet à l'entrée, de la part de messire de Gonzague.

— Merci, murmura Enndall. Dans un cliquetis de métal, il aida les deux hommes à poser les éléments de l'armure sur le plancher de la chambre.

— Le cheval de messire de Gonzague se trouve dans l'écurie de l'hospice. La dernière stalle, tout au fond. Une tente bleue aux armes de Gonzague est à votre disposition sur la prairie, proche de la rivière. Voici les titres… Messire de Gonzague compte sur la droiture de messire d'Imbert, et bien sûr, sur sa discrétion. Il lui transmet toute sa sympathie.

— Et vous lui ferez part de la mienne.

Comprenant à qui il avait affaire, le valet observa la stature d'Enndall d'un air soupçonneux, le nez froncé pour faire face à l'odeur. Mais il garda ses pensées pour lui.

— Avec plaisir, Messire.

La porte se referma.

Ohanko, Meng et Leonel émergeaient doucement. Enndall s'accroupit devant Briséïs avec un sourire d'encouragement.

— L'instant de vérité. Tu es prête ?

L'armure lui allait tout juste.

C'était un harnois entièrement couvrant, composé de plaques luisantes et d'articulations méticuleusement encastrées. Sur la poitrine était incrusté le blason du chevalier de Gonzague, un aigle aux ailes déployées, gueule ouverte et serres proéminentes. Il leur fallut plus d'un quart d'heure pour nouer sur elle toutes les lanières du cuir, et l'enfermer comme dans une boîte de conserve. Ne restait plus que le casque, en forme de cylindre jusqu'au niveau des yeux, et fuyant en arrière au-dessus de l'étroite fente. Ses mains étant déjà piégées dans les gants de fer articulés, Ohanko l'aida à attacher ses cheveux en arrière pour qu'Enndall lui enfile le heaume. Aussitôt le casque sur la tête, elle sentit la chaleur de sa propre respiration contre ses joues, renvoyée par la plaque de métal, comme lorsqu'elle avait vécu l'histoire du roi des Aulnes. Mais cette fois il y avait le poids énorme de l'armure en plus.

— On ne voit rien là-dedans, remarqua-t-elle, réalisant que la forme du heaume lui interdisait de baisser la tête.

— Tout ce que tu auras à regarder une fois à cheval, c'est ton adversaire, droit devant toi.

— Comment fait-on pour soulever la visière ?

Les yeux d'Enndall apparurent par la fente :

— Elle ne se soulève pas sur les heaumes crapauds. Ils sont conçus spécialement pour les joutes. Une fois qu'il sera attaché à l'armure, tu auras besoin d'une aide extérieure pour l'enlever. C'est une bonne chose pour nous, on ne pourra pas te demander de révéler ton identité. Et tu ne seras pas tentée de le retirer.

— Oui, si elle avait envie de se gratter, ou d'aller faire une pause pipi, entendit-elle Leonel commenter.

— Il faudra bien faire attention de ne jamais dire un mot, et de ne surtout pas t'exclamer. Usurper l'identité d'un noble n'est déjà pas bien vu, mais qu'une femme endosse une armure…

Briséïs l'arrêta là, elle n'avait pas besoin d'en entendre plus.

— En attendant, évite les mouvements brusques.

— Pourquoi ?

Tout en posant la question, elle chercha de la main le pied du lit pour s'y appuyer. L'ayant trouvé, elle voulut se décaler pour s'asseoir, sans prendre en compte les longues pointes de métal qui terminaient ses bottes. Elle buta contre le pied du lit, et, incapable de se rattraper à temps, chuta sur le matelas pour finir sa glissade dans un grand fracas jusqu'au plancher.

— Aïe…

— Parce qu'une fois par terre, ce sera difficile de te relever seule, soupira Enndall en aidant Meng à la remettre sur pied. On va t'enlever tout ça pour l'instant, tu n'auras besoin de l'enfiler qu'avant d'entrer en lice. Vous autres, il va falloir aller chercher son adversaire. Briséïs, nous avons tout juste le temps de t'emmener dans ta tente pour ta veillée. Je vais t'y accompagner maintenant, et nous t'apporterons ton armure plus tard, pour ne pas attirer l'attention.

Briséïs estimait avoir déjà veillé toute la nuit, ce qui lui suffisait amplement, mais Enndall avait en tête un autre type de veillée :

— Il faut remettre ton âme au Seigneur Tout-Puissant. Il aurait fallu que tu le fasses hier soir, mais mieux vaut tard que jamais.

Comme si la main de Dieu avait pu descendre des cieux et balayer d'un puissant revers leurs maigres soucis de mortels.

Enndall n'était pas le seul à penser de la sorte. Le chevalier de Gonzague avait fait installer une véritable petite chapelle sous sa tente, avec des cierges, des portraits de saints et un tableau particulièrement sanglant de la Crucifixion. Le Christ sur sa croix l'observait d'un air affligé, comme s'il s'apprêtait à revivre son calvaire par sa faute. Briséïs releva les yeux vers la statue de la vierge Marie, posée au milieu de l'autel. La sainte dame de bois peint lui tendait les bras dans un geste compatissant, mais son expression miséricordieuse semblait mêlée d'une pitié dont Briséïs se serait passée. Elle se sentait la proie d'une comédie gigantesque, destinée à lui prouver l'absurdité de son ambition. Sauver le monde, vraiment ? Eh bien, nous allons vous montrer ce qu'il en coûte, chère enfant, de se prendre pour le messie.

Elle priait depuis une éternité, à genoux sur la terre durcie, les mains jointes autour d'un chapelet que lui avait dégoté Enndall. De l'autre côté de la toile de tente, une musique joyeuse, tambours, flûtes, harpe, rythmait les derniers préparatifs pour les joutes. Les spectateurs commençaient à se diriger vers les gradins de bois. Le brouhaha croissant de la foule se mêlait aux fracas métalliques des chevaliers enfilant leurs armures, testant leurs armes, enfourchant leurs puissants destriers pour un dernier échauffement.

Trois fois, Briséïs s'était levée pour épier la scène à travers un petit trou dans la toile. Ce qu'elle y avait vu l'avait découragée un peu plus à chaque fois. Pourquoi les chevaliers avaient-ils tous adopté une voix si puissante que l'éclat de leur rire aurait suffi à faire s'effondrer une montagne ? Non, elle préférait fermer les yeux devant l'autel et s'en remettre à Dieu. Enndall avait raison, prier était utile. Même si elle doutait que les chevaliers des tentes voisines érigent des autels et veillent les soirs précédant les joutes pour les mêmes raisons.

Une interminable demi-heure plus tard, Enndall entra dans la tente pour lui annoncer, le teint blafard, qu'il avait une bonne nouvelle.

— L'inquisiteur a fait sortir Liz de la prison. Elle est dans un sale état, mais elle marche. Il l'a déplacée dans une tente proche des gradins.

— Et… ?

— Liz a récupéré la clé de la prison, mais les koboldes se sont enfuis avec ton pendentif. Aeneas et Ohanko sont partis à leur recherche.

— Génial, soupira Briséïs, se laissant tomber sur la terre battue.

— Nous t'avons aussi trouvé un adversaire. Ne panique pas. Ce n'est pas exactement un débutant, mais il se fait vieux, il aura moins de force qu'autrefois.

— Ne t'inquiète pas, je ne connais pas les glorieux exploits des chevaliers de ton époque. Je n'aurai sans doute jamais entendu son nom.

— C'est Baudoin Ebrard.

— Quoi ?!

— Il a un fils en âge de prendre les armes, et les autres chevaliers hésitent à l'affronter parce qu'il est l'hôte qui les reçoit.

— Et parce qu'il se bat comme un lion !

— Ce n'est qu'un jeu, il n'attaquera pas avec l'intention de te tuer.

— Est-ce qu'il n'a pas autre chose à faire, avec les égorgeurs presque arrivés aux portes de la ville ?

— Il doit montrer l'exemple, prouver que tout est sous contrôle. Mais il sera préoccupé, c'est tout à ton avantage. Vous vous affronterez en troisième position. Dans un peu plus d'une heure, je pense. Mais tu devras être prête avant, pour le défilé d'ouverture.

Il lui montra à nouveau comment tenir sa lance, gainer ses abdominaux, positionner son épaule pour se protéger des mauvais coups. Briséïs n'entendait plus ses conseils que dans un brouillard vaporeux.

— C'est bon, tu as compris ?

— Hum hum…

— Bon, résumons : quand ce sera à ton tour de combattre Baudoin, l'inquisiteur fera venir Liz sur la piste, annoncera que la vouivre a été trouvée, et la plongera dans l'eau de notre bac qu'il aura bénie. Liz en ressortira rouge de colère, et cela illustrera le désespoir de la dame qui se transforme en dragon et sort du lac. Ensuite vous raconterez la vie du roi des Aulnes : tu entreras en piste et vaincras Baudoin, et les koboldes courront vers le bac pour se faire embrocher par Meng, qui représentera le diable. Meng n'épargnera que le dernier qu'il couronnera de fleurs en le faisant ressortir de l'eau, symbolisant un élève devenu membre de l'Élite. Leonel et la trouille-de-nouille se rapprocheront du bac pour illustrer les désirs de la dame et du chevalier réunis. Enfin, pour finir l'histoire, Aeneas brandira le cadre vide pour figurer une porte vers la Citadelle, tu jetteras ton pendentif à travers le cadre et Meng le récupérera de l'autre côté, comme si tu rendais le rubis au diable. L'Élite cherchera à interrompre l'histoire, mais il faut aussi garder en tête que nous recréons l'histoire pour attirer le roi des Aulnes et la vouivre. Nous ne savons pas comment ces deux-là réagiront. La vouivre pourrait attaquer.

Les yeux dans le vague, Briséïs frotta la sueur entre les paumes de ses mains.

Enndall lui attrapa le bras pour attirer son regard.

— Ohanko sera sur les toits avec son arc pour te protéger de ce qui viendra du ciel. Meng et Aeneas repousseront les assaillants au sol.

Briséïs n'osa rien dire. Les flèches d'Ohanko arrêteraient peut-être les tempestaires, chimères du mauvais temps, mais ils savaient tous deux qu'elles ne pourraient rien contre la vouivre.

— Si nous achevons l'histoire à temps, la vouivre n'aura pas le temps d'attaquer, dit Enndall, lisant dans ses pensées. Concentre-toi sur ce que tu as à faire : vaincre Baudoin, puis jeter ta pierre que nous aurons récupérée par le cadre. Je vais aller chercher ton armure, et ensuite j'irai parler de notre grand faux plan à Ugolin Popian. Il est ici, sur la prairie, il accompagne les derniers préparatifs des joutes. Je lui raconterai que s'il vient m'aider dans la prison, il aura l'occasion de voir un phénomène de magie comme il espère toujours en voir. Prions pour que l'Élite le surveille bien de près comme tous les archétypes de Carcassona. J'irai ensuite avec lui sous la cathédrale attendre l'archevêque Du Moulin.

— Il faut que je t'avoue quelque chose, déclara-t-elle précipitamment. Je ne vous ai pas tout dit, mais j'avais peur, et maintenant, je ne sais plus…

Enndall la prit par les épaules pour la regarder bien droit dans les yeux :

— Est-ce que cela concerne notre plan immédiat ? Tu crois qu'il faut changer quelque chose ?

— Non… Je ne vois pas comment, mais…

— Alors ça attendra. Ne t'inquiète pas, tout ira bien. Tiens, j'allais presque oublier.

Pétrifiée, Briséïs l'observa retirer le pendentif de Cassandre et le lui passer autour du cou. Il appuya doucement sur la bourse de cuir contenant les mots *A MON SEVL DESIR,* et avec un sourire la planta là, seule face au visage contrit de la Vierge Marie.

• • •

Les perles du chapelet glissaient entre ses doigts en sueur. C'était un miracle qu'elle puisse encore respirer avec les intérieurs si noués. Elle desserra les lacets de son corset. L'enveloppe de son père glissa sur ses genoux. Elle l'avait replacée là après être revenue saine et sauve du lac. Elle en tira la lettre de son frère pour la relire une énième fois :

Briséïs, une fois passée la grande porte, on ne ressort plus. Jamais.

Le plan de Neil Cuba va te coûter la vie. Mais ton sacrifice ne sera pas vain. Je le sais. Je le sens. J'espère que cette pensée saura te consoler. Maintenant, cours accomplir ton destin.

Avait-elle manqué à sa tâche ? Ou avait-elle simplement mal interprété le message de Jules ? Si seulement elle avait pu lui parler ! Tenir entre ses mains la bague de l'archevêque, ne serait-ce que quelques instants… Au moins, les angelots ne semblaient pas conscients de l'existence de son frère. Jamais ils ne faisaient allusion à Jules. Elle avait parcouru son carnet en long, en large et en travers durant la nuit passée pour s'en assurer.

Soudain, elle fut frappée par une illumination : quand elle avait reçu sa lettre dans la chambre de l'hospice, l'enveloppe ouverte avait été recollée. Et s'il lui suffisait de la refermer pour faire revenir le facteur ? Comment n'y avait-elle pas pensé plus tôt ! S'il revenait avec une deuxième lettre de Jules glissée dans la même enveloppe, qu'il lui aurait écrite en réponse aux événements du lac… Mais où trouver de la colle dans une tente de chevalier ? Son regard se posa sur la statue de la Vierge et sur le cierge allumé à ses pieds. Elle déboîta la grosse bougie de son socle si précipitamment qu'une partie de la cire brûlante se déversa sur les pieds blancs de la Vierge. Elle respira un grand coup, versa le reste de la cire sur les bords déchirés de l'enveloppe qu'elle referma de ses pouces.

— Que faut-il pour votre service ?

Briséïs fit volte-face, extatique. Elle n'avait même pas eu le temps de replacer la bougie.

— Vous ? fit le facteur, étonné, refermant les pans de la tente derrière lui. Je viens tout juste de délivrer votre dernière lettre, vous en avez déjà écrit une autre ?

— La même, en fait, répondit Briséïs en lui tendant l'enveloppe.

— Que je dois envoyer dans…

Il désigna son dos avec son pouce.

— Dans le passé, oui, confirma Briséïs.

Le facteur fit tourner la lettre dans ses mains, l'air songeur.

— C'est bizarre, votre histoire, quand même… Si c'est pour vous, vous ne voulez pas que je vous la donne maintenant ?

Il lui tendit la lettre avec un sourire plein d'espoir.

— Non, tu dois l'envoyer loin dans mon passé, à un moment où je ne l'ai plus.

Le facteur retira son képi pour se gratter la tête.

— À quoi ça sert tout ça ?

— Tu es le facteur, oui ou non ? s'impatienta Briséïs.

— Oui, mais…

— Alors fais ton travail.

Le facteur la fixa d'un air dépité, soupira et rangea la lettre dans sa sacoche.

— Tu devrais te faire pousser la moustache, ça t'irait bien, commenta Briséïs pour détendre l'atmosphère, le poussant vers l'entrée.

— Vous croyez ?

— J'en suis sûre. Au revoir et à très bientôt !

Elle le laissa sortir, referma promptement la toile derrière lui pour ne pas être vue par d'éventuels curieux. Satisfaite, elle se retourna pour contempler son petit autel privé. Son sang se figea : la lettre de Jules se trouvait toujours aux pieds de la Vierge. Elle avait oublié de la remettre dans l'enveloppe. Elle jeta un œil dehors : personne. Elle résista à l'envie de sortir pour appeler le facteur. Il s'était certainement déjà volatilisé. Il serait de retour d'ici quelques instants, se dit-elle pour se rassurer. Peut-être pourrait-il prendre sa lettre alors, et se rattraper lui-même, pour se donner la deuxième lettre… Ou peut-être pas… Elle s'assit par terre, réalisant sa bêtise. Voilà pourquoi elle n'avait reçu la lettre de son frère que la dernière fois. Non parce qu'il l'avait ajoutée mystérieusement au bon moment, mais parce qu'elle,

Briséïs, avait stupidement manqué à sa tâche de relais… Était-il possible de manquer à ce point de bon sens ?

Une demi-heure passa encore sans que le facteur ne réapparaisse. Une conséquence plus grave planait à présent au-dessus de Briséïs : elle venait d'utiliser sa dernière carte. Benji l'avait prévenue, ce moment devait arriver un jour. Sans sa lettre, elle ne pourrait plus appeler le facteur, et il venait de repartir pour la dernière fois. Elle sentit un grand vide s'immiscer dans sa poitrine.

Des trompettes retentirent, annonçant le début de la journée de joutes. Enndall n'avait toujours pas donné signe de vie. Elle fit les cent pas dans la tente. Elle commençait à nouveau à manquer d'air. Pourtant elle ne portait plus que l'ample chemise qui lui servait de sous-vêtement. Elle avait retiré sa robe de velours vert, espérant gagner un peu de temps. Elle s'agenouilla devant la Vierge, s'obligeant à reprendre son souffle, leva les yeux vers la statue. Elle se figea, parcourue d'un frisson glacé : la Sainte Vierge avait bougé. Elle était toujours de marbre, mais sa posture avait changé. Marie la regardait droit dans les yeux. Sa tête s'était redressée pour croiser le regard de Briséïs.

Doucement, Briséïs se releva, fit quelques pas en arrière, se retourna dans l'espoir de voir Enndall arriver. Quand elle posa à nouveau son regard sur la statue, celle-ci tendait une main vers elle, un bout de papier coincé entre son pouce et son index.

Briséïs prit une grande inspiration, fit deux enjambées pour atteindre le morceau de papier. La statue ne broncha pas. Briséïs leva le message à hauteur d'yeux, pour garder la statue dans son angle de vue. Il était écrit en lettres manuscrites :

Nous sommes partout. Nous vous observons. Nous connaissons votre plan. Vous êtes perdus.

La toile d'entrée de la tente vola sur le côté, laissant apparaître un homme capuchonné dont l'atroce visage n'avait d'égal que son odeur pestilentielle. Cette fois-ci, elle ne put se retenir de crier.

— Chut ! Du calme, c'est nous ! s'exclama Aeneas qui arrivait derrière. Pousse-toi mon vieux, tu bouches le passage.

L'homme émit quelques grognements aigus, boitilla sur le côté pour laisser passer Aeneas et Ohanko. Aeneas portait une tunique marquée de l'aigle de Gonzague sur le torse, des demi-manches tombantes jaune et bleu, et un turban de page dont l'extrémité dégringolait nonchalamment sur son épaule.

— Comment tu le trouves ? demanda-t-il. Il s'en sort bien pour un cadavre, non ? Il faut se dépêcher, on a perdu un peu de temps à s'organiser. Kasen va nous aider à te mettre ton armure.

— Kasen ?

— On les a nommés, pour pas s'y perdre. Pas moyen d'obtenir leurs vrais noms. « Nous » par-ci, « nous » par-là, sont pas très individualistes, les koboldes. Allez, dépêchez-vous !

Trois autres hommes encapuchonnés pénétrèrent dans la tente, les éléments de l'armure dans les bras, mais ils restèrent bloqués à l'entrée comme le premier. Briséïs remarqua alors qu'ils fixaient tous la statue de la Vierge. Cette dernière avait repris sa position initiale, hormis son visage, imperceptiblement tourné vers les koboldes. Briséïs saisit une hache de tournoi posée près de l'entrée et fondit sur l'autel avec un cri de guerre. La lame rebondit contre le bois, l'égratignant à peine. Briséïs donna un second coup, puis un troisième, jusqu'à ce que la statue se renverse sur le côté et tombe au sol, où elle se brisa en deux morceaux. Briséïs se retourna vers les koboldes, reprenant son souffle. Ils lui souriaient de leurs dents jaunes, sautillant d'un pied sur l'autre et tapant dans leurs mains. Ohanko et Aeneas la fixaient, hébétés.

— Briséïs, ça va ? demanda Aeneas.

— Beaucoup mieux, merci.

Elle décrocha les autres icônes, qu'elle jeta dehors par précaution.

— Ce n'est pas le moment de nous faire une scène, commenta Leonel en entrant à son tour. Les trompettes ont sonné, tu devrais déjà être en lice pour le défilé d'ouverture.

— Où est la trouille-de-nouille ?

— Dehors. Elle nous attend bien sagement, Meng la surveille. J'avais besoin de prendre un peu l'air. Crétin 2, Crétin 3 et Crétin 5, c'est le moment d'aller remplir le bac pour le lac.

Les koboldes ne se firent pas prier.

— Ce n'est toujours pas fait ? s'exclama Briséïs.

— On fait ce qu'on peut, messire chevalier, rétorqua Leonel, lui jetant sa tunique blanche de résistante. Tu avais oublié ça à l'hospice. Je ne crois pas que ta chemise de nuit rentrerait dans l'armure. Fais vite.

Ohanko, Aeneas et Leonel se retournèrent pour la laisser se changer. Ohanko attrapa par le cou le cadavre resté dans la tente pour le faire pivoter également.

Briséïs retira promptement sa grande chemise blanche. Elle profita qu'ils aient le dos tourné pour glisser sa plume d'angelot dans la manche de sa tunique. Il pouvait encore se produire un miracle. Si elle se retrouvait en possession de la bague, il fallait qu'elle puisse aussitôt prévenir Benji. Elle hésita pour l'encre. C'était plus difficile à cacher.

— C'est bon ? fit Leonel, se retournant sans attendre la réponse.

— Leonel !

— Tu devrais déjà être en lice, Briséïs.

Elle attrapa son sac pour y remettre discrètement la petite bouteille d'encre et le tendit à Ohanko. Le kobolde se plaça entre les deux et, sans demander leur avis, plongea la main dans le sac pour en ressortir le sablier, aussi joyeux qu'un cadavre puisse l'être.

— Pas touche ! gronda Ohanko, tapant sur sa main pour qu'il lâche le sablier.

— Faites attention à ne pas le perdre, pressa Briséïs tandis qu'Ohanko ajoutait à sa besace son sac en bandoulière.

— Bien sûr.

Le kobolde ne fut pas d'une grande aide pour lui enfiler les plaques de métal et serrer les lanières. Ses mains trop gonflées l'empêtraient. N'ayant pas de terminaison nerveuse, il se coinçait parfois les doigts sans s'en rendre compte, et il fallait tout défaire pour le déficeler.

— Comment avez-vous fait pour retrouver les koboldes ? demanda-t-elle pour s'occuper l'esprit.

— On a accroché des bonbons à nos hameçons et on a lancé nos cannes à pêche depuis le toit de la cathédrale.

— Quoi ?!

Leonel, qui attachait le haut de son plastron au garde-bras, interrompit son geste et lui sourit.

— Je rigole, Briséïs. Détends-toi un peu, sinon tu ne tiendras pas cinq minutes.

— On les a trouvés au cimetière, répondit Ohanko. Ton pendentif se promenait entre les tombes. Nous les avons attrapés avec les filets à papillons. Une fois les corps enfilés, ils étaient tout disposés à nous écouter. La vieille avait raison, ils sont très serviables.

— Et la pierre ?

— La voilà.

Ohanko sortit le pendentif de sa poche, et l'arrima au poignet ganté de fer de Briséïs, pour qu'elle puisse le saisir rapidement le moment venu.

— La dernière touche, annonça enfin Leonel, soulevant le heaume crapaud. Un dernier souhait, messire Sardine, avant l'emboîtement final ?

— Oui, Leonel, j'aimerais que tu la boucles pour l'éternité.

— Et c'est bouclé ! déclara-t-il, enfonçant le heaume jusqu'à ses épaules.

— Ne t'en fais pas, lui glissa discrètement Aeneas tandis que Leonel soulevait les pans de la tente pour la laisser sortir, il est aussi nerveux que toi.

Voilà qui la rassurait grandement.

Son cheval, un destrier blanc fort imposant attendait en piaffant, tenu par Crétin 1. Le cheval aussi avait droit à une armure : sur son poitrail, son encolure et son front luisaient des plaques de métal flambant neuves. Sur sa croupe pendait un grand drapé aux couleurs de Gonzague, l'aigle noir sur fond jaune et bleu azur, le bec et les serres rouge sang.

— Où est Enndall ? demanda Briséïs pendant qu'Aeneas lui installait une large tunique aux couleurs de Gonzague sur le torse et qu'Ohanko fixait sur le haut de son heaume une sorte de poupée en tissu rouge et jaune représentant l'aigle de Gonzague. Il ne faut pas qu'il prenne le risque de se faire coincer par l'Alpha dans la prison. Il doit laisser Ugolin Popian attirer l'Élite là-bas et rester caché pour s'échapper ensuite.

— Nous lui ferons part de vos réflexions, répondit Ohanko. Mais vous feriez mieux de prendre l'habitude de ne plus parler, messire de Gonzague. Ne vous inquiétez pas, nous savons tous quoi faire. Si vous voulez bien monter sur le marchepied…

L'armure avait l'avantage de lui servir de second squelette. Elle n'était pas certaine de réussir à se maintenir debout autrement tant ses jambes tremblaient. Leonel lui prit la main pour la guider vers le marchepied, et ils s'y mirent à trois pour la hisser sur son destrier. Aeneas plaça ensuite un bouclier dans sa main gauche, et une immense lance striée de jaune et de bleu dans la droite.

— Sur ton épaule, repose-la sur ton épaule, dit-il, évitant de justesse la lance qu'elle ne parvenait pas à maintenir droite avec une seule main.

Jamais Briséïs ne pourrait diriger son cheval dans de telles conditions. Elle arrivait à peine à repérer ses rênes à travers la fente de son heaume, en se penchant en avant. Heureusement, Aeneas le tenait fermement. Leonel monta sur un cheval bai, qui peinait à garder l'équilibre, luttant contre la force de l'invisible trouille-de-nouille, tenue à distance grâce à un long bâton. Les neuf koboldes prirent position autour de la carriole où avait été placé un large bac en bois rempli d'eau à ras bord, et Meng, posté à l'avant, donna l'ordre du départ.

Ils se séparèrent près des gradins. Aeneas conduisit le cheval de Briséïs vers la piste où une cinquantaine de chevaliers en armure, affublés de poupées de chiffons au sommet de leurs heaumes – licorne, tour de guet, cygne, fleur de lys, ailes de pigeon –, se tenaient déjà en ligne devant les juges. Les couleurs éclatantes des blasons et des drapeaux tenus par les valets rivalisaient avec les parures des nobles pressés contre les balustrades, au bord des gradins montés sur pilotis des deux côtés de la piste. Le petit peuple trouvait sa place sous les hautes plateformes, entre les piliers de bois, derrière une ligne de soldats en cottes de mailles.

— D'or au chef de même soutenu de sinople, à la croix pattée de Malte de gueules ! déclama un héraut muni d'un grand parchemin, debout près des juges.

Un chevalier portant un blason jaune traversé d'un trait vert et d'une grande croix rouge sortit du rang et exécuta un salut de la main. Son écuyer gravit de petits escaliers pour tendre au héraut un écusson en bois peint et des titres de noblesse, que ce dernier déroula pour les lire à la foule :

— Messire Mesmin d'Astariou, fils d'Aynard d'Astariou, petit-fils de Pierre d'Astariou, seigneur de Lébon, Florensan, Vauval, comte de Vidanars, sire de la Boche et banneret d'Auvergnat ! Vainqueur par trois fois aux joutes de printemps de Nice, détenteur de cinq titres de champion en royaume de France et au-delà ! Messire d'Astariou, la ville de Carcassona vous souhaite bonne chance, et que Dieu vous garde !

Les titres furent confiés au jury et des hourras retentirent, tandis que trois hommes levaient de longues trompettes pour sonner trois coups. Aeneas bataillait pour que le cheval de Briséïs, excité par l'effervescence ambiante, accepte de rejoindre la ligne de chevaliers.

Le héraut recommençait déjà son manège.

— D'or flanqué en pal à senestre de gueules au lévrier d'azur ! D'argent au comble de gueules à l'aigle de sinople lampassée et armée de sable ! Fascé de quatre pièces d'or et d'argent gringolée de gueules au faucon masqué de sable ! déclama-t-il, tandis qu'un à un les chevaliers s'avançaient, que leurs titres étaient lus et que leurs écussons de bois étaient placés sur des portants de part et d'autre de la table du jury.

— Taillé d'argent et de sinople à la rose de gueules et trescheur de même !

Un chevalier portant un blason blanc et vert orné d'une fleur rouge s'avança.

— Messire Baudoin Ebrard, fils de Jean Ebrard, petit-fils d'Archibald Ebrard, héritier des seigneuries de Frontaniac, lieutenant de Carcassona, vingt-trois fois champion en titre, en Languedoc, en royaume de France, d'Aragon et au-delà ! Messire Ebrard, la ville de Carcassona vous souhaite bonne chance, et que Dieu vous garde !

Reprenant sa place parmi les autres sous les acclamations de la foule, Baudoin adressa à Briséïs un petit signe courtois. La panique la prit d'abord comme elle pensa qu'il l'avait reconnue, puis elle se rappela qu'elle était officiellement son adversaire de la matinée. Aeneas avait baissé la tête, laissant le drapé de son chapeau couvrir son visage.

— Écartelé d'azur et d'or à l'aigle de sable becquée, lampassée, membrée et armée de gueules !

Briséïs pivota légèrement pour observer du coin de l'œil la carriole tirée par les koboldes s'arrêter en bout de piste, près des gradins. Elle était déjà en nage dans son armure.

— Écartelé d'azur et d'or à l'aigle de sable becquée, lampassée, membrée et armée de gueules ! répéta le héraut.

— Dites, c'est pour bientôt ? râla une grosse voix sortie de l'armure directement à la droite de Briséïs.

Elle réalisa que tous les regards étaient tournés vers elle. Elle talonna son cheval en même temps qu'Aeneas le tirait par les rênes. Aeneas monta sur l'estrade et tendit l'écusson et les titres de Gonzague.

— Messire Vidau de Gonzague, fils de Gilbert de Gonzague, petit-fils de Jacques de Gonzague, seigneur de Jouflant…

Se penchant légèrement en arrière, Briséïs dirigea son étroit champ de vision vers les gradins au-dessus des jurés. Son cœur se serra. L'archevêque se trouvait là, assis juste derrière la famille Ebrard. Il était installé confortablement et parlait avec ses voisins ecclésiastiques. Il ne semblait ni alarmé, ni sur le point de partir. Théobald, planté entre Cassandre et Isolde, se pencha vers sa mère et lui chuchota quelque chose à l'oreille. La façon dont elle releva le menton tout en posant son regard droit sur Briséïs en contrebas, les doigts serrés sur la balustrade, ne laissait pas de place au doute.

— Maudit Théobald, tu ne pouvais pas te taire ? maugréa Briséïs pour elle-même, voyant ce dernier lui sourire largement, fier comme un pape de sa dernière trouvaille.

— Messire de Gonzague, la ville de Carcassona vous souhaite bonne chance, et que Dieu vous garde !

Une fanfare de trompettes résonna dans l'air comme un impitoyable couperet.

25

LA JOUTE

La première rencontre fut annoncée par dix coups de trompette, les écussons des combattants placés devant la table des jurés. Se frayant un chemin entre les destriers rassemblés à chaque extrémité de la piste, les deux chevaliers s'approchèrent de la barrière le long de laquelle ils allaient s'élancer. Pour faire monter la tension avant le coup d'envoi, les deux écuyers accompagnant les chevaliers rappelèrent à forte voix, sous les roulements de tambour, les derniers grands exploits de leurs champions.

Leonel était descendu de sa monture pour s'occuper du cheval de Briséïs, le temps qu'Aeneas vérifie où en étaient Liz et l'inquisiteur. Il se décala pour entrer dans son champ de vision.

— Regarde bien comment ils font pour positionner leur lance.

Il tenait la sienne en équilibre sur son épaule. Il n'avait pas trop de ses deux mains pour retenir le puissant destrier blanc d'un côté, et sa pauvre bête de l'autre, qui ne savait plus sur quel pied danser, constamment poussée par l'invisible trouille-de-nouille.

Pour toute réponse Briséïs rassembla ses rênes, puisqu'elle ne pouvait ni hocher la tête, ni prononcer un mot. Elle tremblait de tout son corps, mais elle savait ce qu'elle avait à faire. Du coin de l'œil, elle pouvait voir les koboldes assis par terre au pied de la carriole. Ils avaient ordre de se faire le plus discrets possible. Il n'aurait pas fallu que l'on découvre leur état cadavérique avant l'heure. Leur odeur constituait déjà un inconvénient majeur que seule l'agitation générale réussissait à éclipser.

— Bien sûr, il faut que tu restes à cheval, mais tu devras marquer des points aussi pour gagner contre Baudoin, poursuivit Leonel. Un point si tu le touches de ta lance, deux si ta lance se brise, et dix si Baudoin tombe de cheval. Tu auras le droit à quatre passages, il faudra en profiter au mieux…

— Je sais, Leonel ! siffla Briséïs entre ses dents.

— Et tu ne devrais pas parler ! Tiens, regarde, regarde bien, ça commence…

Un dernier coup de trompette et les deux énormes destriers sur la piste plantèrent leurs sabots dans le sable, se cabrèrent, bondirent en avant dans un nuage de poussière. En quelques foulées, ils atteignirent une vitesse fulgurante. L'impact ne tarda pas, fracassant, phénoménal. Les deux lances volèrent en éclat sous les exclamations de la foule. En sueur sous son armure, Briséïs fut forcée de constater que les joutes de compétition étaient bien plus brutales encore que les entraînements auxquels elle avait assisté. Le chevalier au blason rouge et bleu se portait bien, mais l'autre, avec trois larges plumes sur la tête, penchait légèrement sur le côté. Il regagna malgré tout le bout de la piste pour aller chercher une deuxième lance.

— Deux points chacun ! s'excita Leonel, enroulant fébrilement les rênes de Briséïs autour de son poing fermé. Tu vois ? Tu vois comment il faut faire ?

Au deuxième tour, seul le chevalier bleu et rouge marqua des points. Au troisième tour, il envoya son adversaire s'écraser contre le sable, sous les hourras des spectateurs. L'autre n'avait que quelques minutes pour remonter à cheval et ne pas s'avouer vaincu. Il le fit au prix d'un terrible effort, mais le quatrième coup du chevalier bleu et rouge, s'il ne le fit pas tomber, l'anéantit définitivement : voulant descendre de cheval en fin de partie, il trembla, trébucha, s'écroula à terre et ne trouva pas la force de se relever.

— Peut-être… Peut-être qu'il vaudrait mieux que tu ne regardes pas, décida Leonel, retournant le cheval de Briséïs alors que le second duo entrait en lice au son des trompettes.

— Non ! Leonel ! Je veux voir ! chuchota Briséïs en tirant sur ses rênes.

— Ce n'est pas bon pour le moral, mieux vaut rester concentrée.

Elle protesta encore, mais il ne voulut rien entendre. Il jura se priver lui aussi du spectacle, mais ne put s'empêcher de se retourner dès les trompettes sonnées. Ses grimaces et le bruit violent des coups, ajoutés aux glapissements de la foule, furent une véritable torture pour Briséïs, condamnée à imaginer le pire.

Il y eut un énième coup et Leonel s'exclama en même temps que la foule, les yeux exorbités.

— Quoi ? Qu'est-ce qu'il y a ? demanda Briséïs, n'y tenant plus. Leonel ! Dis-moi !

— C'est bon, on est prêts ! fit Aeneas en déboulant près des chevaux. L'inquisiteur insiste pour s'occuper de la vouivre au début de notre mise en scène, quand Liz doit la représenter qui sort du lac. Alors il va prendre la place de Meng et symboliser le diable, au moins pour cette scène.

— Quoi ?!

— Mais ce n'est pas grave, les gens ont tout aussi peur de lui. Messire de Gonzague, vous êtes prêt ?

— La trouille-de-nouille ! s'exclama Leonel, Aeneas, dis-moi que tu la vois encore !

— Oui, elle est là…

— Alors ne la quitte plus des yeux. On va devoir échanger de rôle, je ne la vois plus.

Aeneas enfonça dans ses oreilles les boules Quies que Leonel lui tendait et attrapa les rênes du cheval qui retenait la chimère. Leonel se tourna vers Briséïs, posa sa main sur son genou, la regarda droit dans les yeux, le visage pâle.

— Tu n'es pas obligée d'aller jusqu'au bout. Personne ne t'en voudra, on peut encore tout arrêter.

— Ne sois pas ridicule !

— Non vraiment, tu ne devrais pas…

Briséïs voulut prendre la lance des mains de Leonel, qui refusa de la lâcher.

— Leonel ! chuchota-t-elle énergiquement.

Déjà, les trompettes appelaient les prochains jouteurs. Briséïs agrippa ses rênes et talonna son cheval. Leonel la rattrapa de justesse, l'aiguilla dans la bonne direction. Dépassant les derniers chevaux rassemblés en bout de piste, Briséïs aperçut quatre hommes s'éloigner avec une civière, emportant un chevalier en armure. Elle crut voir une pique de bois ensanglantée enfoncée dans son épaule, entre deux plaques de fer. Le nœud au creux de son estomac se serra si fort qu'elle en eut le souffle coupé. Elle avait dû mal regarder... Leonel lui glissa sa lance dans la main.

L'écuyer de Baudoin Ebrard, à l'autre bout de la piste, exécutait une révérence pour lui laisser l'honneur de vanter les mérites de son chevalier en premier. Leonel exécuta une petite révérence en retour – non, non, vraiment, ce n'était pas nécessaire –, mais l'homme du lieutenant insista lourdement. Leonel se tourna vers le public, un sourire figé sur son visage.

— Bonnes gens de Carcassona, et d'ailleurs ! Je vous présente Messire Vidi... Messire Viti... MESSIRE DE GONZAGUE ! Chevalier bien connu de tous pour ses nombreux exploits très connus ! Il parcourt les chemins pour ses exploits, qui sont nombreux, et pour les tournois de joute !... Des fois, il gagne, des fois, il ne gagne pas, mais on ne l'oublie pas, parce que c'est bien lui, ça oui ! MESSIRE... DE GONZAGUE !

De maigres applaudissements montèrent des gradins, et le lieutenant Ebrard, à l'autre bout de la piste, monté sur son puissant destrier alezan, superbe dans son armure argentée aux liserés d'or, adressa à Briséïs un nouveau signe courtois. Briséïs souleva son bouclier pour lui répondre. Le soleil chauffait sa carapace de métal. Elle ne savait pas combien de temps encore elle supporterait une telle pression. En face, Baudoin glissa quelques mots à son écuyer, qui exécuta une révérence cette fois-ci en direction de la tribune du jury. Les soldats en poste sous la tribune s'écartèrent alors pour laisser passer l'inquisiteur Asemar, qui s'avança pompeusement sur la piste.

— Messires et gentes dames ! s'exclama-t-il, ouvrant chaleureusement les bras en parfait orateur, le chevalier à la rose de gueules, Messire Baudoin Ebrard, notre cher lieutenant protecteur de Carcassona, vingt-trois fois champion en titre en royaume de France et au-delà, n'a nullement besoin d'être présenté. Toutefois aujourd'hui, il m'est accordé cet honneur, et je n'aurais pu rêver meilleure occasion. Car en ce jour de fête, et ce malgré la présence des écorcheurs non loin de la ville, nous avons, messires et gentes dames, de quoi nous réjouir. Baudoin Ebrard est l'homme qui depuis des semaines organise la protection de notre belle ville, qui aide nos chevaliers à trouver le courage de se battre contre les démons et qui rassure nos dames. Il est l'homme qui vous a apporté ce tournoi, et aujourd'hui, moi, père Asemar, inquisiteur de Carcassona, j'ai l'immense plaisir de vous annoncer qu'il est également l'homme qui a mis fin à la traque du plus grand d'entre tous les démons !

Il désigna de la main deux moines s'extirpant à leur tour de sous la tribune, encadrant une silhouette encapuchonnée et menottée.

— Messires et gentes dames ! poursuivit-il, permettez-moi de vous présenter, ramenée du lac maudit où elle avait trouvé refuge, arrachée à sa forme diabolique de même qu'à son rubis, LA MONSTRUEUSE VOUIVRE !

Il retira la capuche et Liz apparut, hurlant, secouant sa grande chevelure rousse, crachant à la figure de l'inquisiteur sous les cris de surprise de la foule. Du coin de l'œil, Briséïs vit l'archevêque se redresser, les traits tendus.

— Ne vous affolez pas, messires et gentes dames, la vouivre est sous contrôle ! les rassura l'inquisiteur, s'essuyant le visage et s'éloignant prudemment de quelques pas. Et sous vos yeux aujourd'hui, elle va être à jamais détruite !

Il fit signe à d'autres soldats de s'écarter plus loin sous les gradins, et une dizaine d'entre eux firent leur entrée en scène, tirant la carriole et son grand bac d'eau.

À travers la fente de son heaume, Briséïs vit Liz s'agiter de plus belle à leur approche. Son attitude démoniaque était profondément troublante, Briséïs n'avait aucun mal à se représenter la terreur qu'elle inspirait aux gens blottis les uns contre les autres dans les gradins. Elle-même se serait extasiée de la performance de la comédienne, si elle n'avait remarqué quelques gouttes de sang perler de sa bouche… L'inquisiteur monta sur la carriole, y fit hisser Liz de l'autre côté du bac.

— En cet acte sacré de purification et de bénédiction, j'en appelle à toi, ô Seigneur, j'en appelle à ta main, qu'elle me donne la force de renvoyer en enfer cet être du mal, ce démon incarné qui jamais n'aurait dû quitter les entrailles de la Terre ! Ô Seigneur Tout-Puissant, ô Esprit Saint, ayez pitié de nous pauvres pécheurs, et libérez-nous de ce monstre infernal !

Liz redoubla d'énergie pour ne pas toucher l'eau du bac dans laquelle quatre soldats tentaient de la plonger. Au prix de plus gros efforts qu'il semblait nécessaire, ils parvinrent à la submerger totalement. L'inquisiteur leva les bras au ciel, implora les cieux, puis, exécutant le signe de croix, déclama :

— Béni sois-tu, Seigneur, car c'est à Toi qu'appartiennent le règne, la puissance et la gloire, pour les siècles des siècles !

Dans les gradins, Du Moulin s'était levé pour adresser un mot au sénéchal, assis devant lui. Le grand-père de Cassandre avait l'air tendu lui aussi, mais il semblait contrôler la situation. Il indiqua à l'archevêque qu'il pouvait se rasseoir. Isolde et Cassandre ne semblaient pas à leur aise, mais Théobald s'était penché au-dessus de la rambarde, fasciné par la scène.

Liz se débattait toujours, la tête sous l'eau. Enfin, après ce qui parut à Briséïs une éternité, Asemar l'attrapa par les cheveux et la souleva hors de l'eau. Comment Liz trouva encore la force de crier, Briséïs n'en avait pas la moindre idée. Plus qu'un cri, une plainte déchirante s'échappa de sa gorge, qui tel un cauchemar sorti tout droit des enfers, se condensa, se densifia, forma une fumée noire qui déploya ses ailes et s'envola au-dessus des gradins avant de se dissoudre dans le ciel. Ne resta plus alors qu'un silence effroyable pour balayer la scène.

Jamais Briséïs n'avait vu une telle forme vaporeuse, mais le cri de la bête était reconnaissable entre mille : celui d'un hurleur. Une chimère de la Citadelle venait de s'extraire de la gorge de Liz… L'inquisiteur était-il responsable de cette nouvelle mise en scène ? Faisait-il partie de l'Élite ? Le cœur tambourinant, Briséïs chercha l'archevêque dans les gradins. Du Moulin paraissait fou de rage. Il foudroya du regard le sénéchal qui, assis devant lui, ne le voyait pas, fit un signe à plusieurs de ses ecclésiastiques. Le teint pâle, ces derniers se levèrent et partirent avec lui. Briséïs n'arrivait plus à réfléchir, la situation lui échappait complètement.

L'inquisiteur, qui paraissait aussi choqué que la foule, reposa Liz inconsciente contre le bord du bac, réajusta son habit de prêtre et adressa un sourire tremblant à son public :

— Détendez-vous chers amis, la vouivre n'est plus ! Le Seigneur Tout-Puissant toujours triomphe des enfers ! Maintenant, nous pouvons célébrer le courage et la force de Messire Ebrard ! Chevaliers, en piste !

Les juges se tournèrent vers le sénéchal, qui d'un signe de tête indiqua que l'on pouvait poursuivre. Les trompettistes levèrent leurs instruments, et en dix notes tonitruantes étouffèrent le malaise ambiant. Même s'il l'avait provoqué, le lieutenant Baudoin ne s'était certainement pas attendu à un tel spectacle : il mit un long moment à reprendre son cheval en main et à réclamer de son écuyer qu'il lui apporte sa lance. Leonel redressa celle de Briséïs et guida ses doigts gantés de fer autour de la poignée de bois peint.

— C'est le moment, Messire de Gonzague. Rappelez-vous, le dos bien droit, le coude bien haut, le poignet au niveau des yeux.

— Liz…

— Concentrez-vous Messire ! Pensez au roi des Aulnes !

Meng venait d'arriver sur le terrain. Briséïs n'eut pas le temps de voir ce qu'il comptait faire : la trompette avait sonné son dernier coup.

— Maintenant ! cria Leonel inutilement : le cheval de Briséïs connaissait parfaitement son rôle.

Il se cabra, fléchit ses postérieurs, bondit en avant dans une ruade qui faillit désarçonner Briséïs. Baudoin aussi s'était élancé, et déjà abaissait sa lance en position d'attaque. Briséïs fit de même, mais sa lance ne semblait pas vouloir rester en place. Bataillant contre le poids de sa lance et les secousses de son destrier, accablée de chaleur, assourdie par le fracas de sa propre armure, tous les muscles tendus, elle attendait l'impact tout en refusant d'accepter l'inévitable…

Et puis d'un coup, comme la prenant par surprise, une douleur atroce, phénoménale, la frappa en pleine poitrine. Comme si on avait brandi un marteau au-dessus de sa cage thoracique, et qu'on l'avait brutalement abattu. Elle se sentit à peine décoller de la selle. Respirer était impossible. Son vol plané dura éternellement. Elle sentit la douleur se répandre, observa sa lance s'arracher de sa main gantée, sans avoir même effleuré son adversaire, sentit sa plume d'angelot glisser sous la masse de fer, de son poignet à sa paume…

Meng suspendit son geste, les bras enfoncés dans l'eau, tirant Liz par les aisselles ; Ohanko en oublia de surveiller le ciel ; Isolde se leva brusquement de son siège ; la foule entière retint son souffle, contemplant la prodigieuse chute du chevalier de Gonzague, percuté de plein fouet, qui s'écrasait sur le sable.

Le chevalier ne bougeait plus. Son écuyer se précipita à ses côtés et lui murmura quelque chose à l'oreille. Comme le chevalier ne réagissait pas, il entreprit de dénouer l'attache de son heaume. Mais soudain, le chevalier attrapa la main de son écuyer, le repoussa, chercha à se relever. La foule laissa exploser sa joie. Le chevalier était debout. Déboussolé, il fit quelques pas, cherchant son destrier, repoussa encore son écuyer venu l'aider. Un membre du juré appela le héraut qui se pencha vers lui, hocha la tête, se redressa et clama pour la foule :

— Messire Vidau de Gonzague, après une telle chute, souhaitez-vous poursuivre les jeux ?

Le chevalier se tourna un instant vers le jury, attrapa les rênes de son cheval, se rapprocha de la carriole désertée par l'inquisiteur et, au prix d'un grand effort, monta sur la plateforme de bois et enfourcha son destrier.

— Messire de Gonzague ! l'interpella le héraut avant qu'il ne talonne son cheval, le jury exige une réponse de votre part ! Prononcez-vous ! Vous sentez-vous apte à concourir ?

L'écuyer accourut pour placer une lance dans la main du chevalier. De Gonzague l'agrippa fermement, se pencha en arrière dans sa selle pour observer le jury.

Ohanko avait détendu son arc. Meng serrait Liz dans ses bras, Isolde se cramponnait à la rambarde du gradin. Même Théobald retenait sa respiration.

— Oui ! clama le chevalier, je me ferai une joie de donner à Messire Ebrard une bonne leçon !

Une voix masculine mais étrangement nasillarde, presque celle d'un petit garçon.

. . .

Briséïs percuta le sol dallé de la salle ronde des chimères, le souffle coupé. La douleur dans sa poitrine se répandait dans ses membres comme une onde de choc. Benji reposa la cloche sur la table et le bois frissonna contre les dernières vibrations du métal.

— Tu l'as ? s'exclama-t-il, toisant le Minotaure comme il le faisait toujours.

— *Je ne peux pas rester Benji, ce n'est pas le moment*, grimaça Briséïs en se relevant péniblement, tâchant de surmonter la douleur et de clarifier ses pensées.

Comment faisait-elle habituellement pour partir ? Il fallait penser à sa plume dans sa main, au Moyen Âge…

Sa voix avait redirigé Benji. Il s'accroupit, fouillant le sol de ses mains.

— *Qu'est-ce que tu fais par terre ?*

Il tomba sur son genou, remonta jusqu'à sa hanche, son épaule, redescendit vers sa main.

— *Je ne suis pas venue exprès, c'était un accident. Je dois y retourner, il faut absolument finir l'histoire avant que l'Élite nous tombe dessus.*

Benji l'aida à se relever d'une façon plus autoritaire qu'amicale, et la fit s'asseoir sur sa chaise. Briséïs manquait d'air, et chaque inspiration forcée ravivait la douleur dans sa poitrine. Plus le temps passait, moins elle arrivait à se concentrer, obnubilée par l'idée que chaque seconde passée dans la Citadelle multipliait les risques de catastrophe à Carcassona.

— *Je n'y arrive pas... Benji, si tu lâches ta plume, la connexion s'arrêtera... Il faut que j'y retourne.*

— L'histoire ? Vous racontez une histoire ? Laquelle ? Celle du roi des Aulnes ? Comment faites-vous ?

— *Je n'ai pas le temps Benji !*

— Je veux comprendre, dis-moi comment vous faites !

— *On ne fera rien si je ne repars pas immédiatement ! Les angelots vont tout faire rater, je le sens...*

Benji se tenait encore tout près d'elle, sa plume dans la main droite. Briséïs se jeta en avant et la lui arracha des mains.

Sa douleur à la poitrine s'intensifia brutalement. Elle fut à nouveau propulsée dans l'armure du chevalier de Gonzague, étouffant de chaleur, prisonnière, baignée dans l'humidité de son propre souffle. Elle se trouvait à cheval. Son destrier galopait vers le bout du terrain de joute pour reprendre sa place le long de la barrière centrale. Chacune des secousses lui faisait souffrir le martyre. Une lumière étrange, verdâtre, éclairait le sable, les chevaux, les tribunes. Un énorme orage s'apprêtait à éclater au-dessus de leur tête, là où un grand ciel bleu s'était tenu quelques minutes auparavant. Les tempestaires. Créatures du vent et de l'orage, arrivant toujours pour ruiner les plans de la journée... L'Élite faisait venir les tempestaires pour interrompre leur histoire. Briséïs pouvait toujours sentir la plume contre ses doigts, coincée dans son gant de fer. Les trompettes retentirent. Les dernières notes furent remplacées par l'éclat dissonant de la cloche de Benji.

— Comment racontez-vous une histoire ? s'exclama-t-il, tenant sa plume le plus loin possible de Briséïs.

— *BENJI ! Lâche cette plume, tu vas tout faire rater !*

Voilà pourquoi elle n'arrivait pas à lâcher mentalement sa plume, elle était coincée dans son gant, et tant que Benji l'appellerait de son côté, elle serait piégée dans la Citadelle. Elle se précipita à nouveau sur lui, mais cette fois-ci, il réussit à l'intercepter, la saisissant par le col pour la maintenir loin de lui.

— Tu crois que tu peux m'utiliser quand ça t'arrange et me lâcher après ? Sans moi, tu n'aurais rien découvert des secrets de ton père et de ton frère. À toi de me rendre la pareille, je ne lâcherai pas ma plume tant que tu ne m'auras pas expliqué.

— *Je reviendrai tout te raconter dès que ce sera fini, je te le promets, mais pas maintenant...*

— NON ! MAINTENANT !

— *ON RECRÉE L'HISTOIRE SYMBOLIQUEMENT !* s'époumona Briséïs malgré la douleur dans sa poitrine.

— Comment ?

— *Comme une pièce de théâtre ! Je dois gagner la joute qui a lieu à l'instant et qui sera finie dans quelques minutes !*

— Et ensuite ?

— Ensuite, Meng tue les jeunes gens emportés dans le lac par le roi des Aulnes...

— Il va tuer des gens ?

— Non, des koboldes ! Dans des corps de...

Un violent coup la ramena brusquement au Moyen Âge. Un nouveau coup à la poitrine, par-dessus sa première douleur. Des larmes coulèrent sur ses joues. Elle avait l'impression qu'on lui avait arraché l'épaule, mais elle se trouvait encore à cheval. Baudoin avait été catapulté hors de sa selle et gisait sur la piste, immobile. Plusieurs écuyers accouraient déjà. Toujours cette lumière verdâtre. Un coup de tonnerre tonitruant retentit.

— Messire Baudoin Ebrard ! s'exclama le héraut, vous disposez pour remonter en selle de…

— Dans des corps de quoi ? s'exclama Benji, la secouant par le col.

— Ils me font gagner la partie, les angelots me font gagner, pourquoi ?

— Briséïs ! Je veux savoir ! Dans des corps de quoi ?

— De cadavres !

— Bon, mais ça, c'est pour recréer l'histoire telle qu'elle est déjà. Comment avez-vous l'intention de la modifier ? Comment allez-vous recréer le rubis de la vouivre que vous voulez renvoyer dans la Citadelle ?

— Comment sais-tu...

— J'ai fait mes recherches sur le roi des Aulnes.

Briséïs hésita avant de répondre.

Elle n'avait jamais dit à Benji qu'ils avaient l'intention de modifier l'histoire. Et quand ils avaient décidé d'utiliser son pendentif pour figurer la pierre, Briséïs savait *déjà* que les angelots les espionnaient. Elle avait donc bien fait attention de garder cela pour elle… C'était à peu près la seule information qui manquait aux angelots à propos de leur plan.

— Pourquoi veux-tu absolument savoir ça maintenant ? Ce sont les angelots qui veulent le savoir, n'est-ce pas ? Qu'ont-ils l'intention de faire ?

Un éclat prodigieux l'aveugla en même temps qu'un formidable coup de tonnerre faisait trembler la terre. Son cheval se cabra, effrayé. Il pleuvait des trombes d'eau. Baudoin était toujours au sol, entouré d'une dizaine de personnes. La foule se terrait dans les gradins protégés de la pluie. Se tournant vers la carriole, Briséïs vit neuf silhouettes encapuchonnées foncer vers Meng tel des zombies dans un film d'horreur, les mains nues levées en avant. Meng fit face au premier qui escalada la carriole, le saisit par le col, lui planta la lame de son épée dans le corps et le jeta dans le bac d'eau avant de se retourner juste à temps pour attaquer le second. Nouvel éclair. L'espace d'un instant, des silhouettes cauchemardesques apparurent sur les toits des gradins. Des monstres couverts d'écailles, l'œil mauvais, les crocs pointus. Des gargouilles. L'Élite sortait toutes ses cartes. Un cri retentit sur sa droite. Leonel chargeait à pied vers les gradins, brandissant une lance de chevalier en direction des toits. Il filait à la rescousse d'Aeneas, piégé avec la trouille-de-nouille à quelques mètres d'une gargouille qui s'apprêtait à bondir vers…

— Je me fous de ce que veulent savoir les angelots ! Ils ne sont que de pauvres petites chimères au service de l'Élite, au service des Alphas !

— *BENJI !*

— À *mon* service ! *Je* veux savoir ce que vous tramez dans mon dos, toi et tes petits copains résistants !

Briséïs se jeta de toutes ses forces contre Benji. Elle comptait sur son invisibilité pour prendre le dessus. Mais elle ne s'était jamais battue de sa vie, elle n'avait aucune expérience en la matière. Benji semblait en connaître un rayon. Après les deux premiers coups, il réussit à lui saisir les poignets, et la bataille fut terminée. Il la plaqua au sol pour être sûr de garder le contrôle.

— *On ne trame rien du tout ! On est dans le même camp, Benji !*

— J'ai besoin de la bague de Du Moulin, Briséïs ! Pourquoi tu fais semblant de ne pas réussir à l'attraper ?

— *Je ne fais pas semblant ! Qui t'a mis ça dans la tête ? Les angelots ?*

Son silence suffit à lui répondre.

— *Les angelots ?* répéta-t-elle, ayant du mal à le croire. *Les angelots t'ont mis ça dans la tête ?*

— Non, bien sûr, je ne leur ai jamais parlé, j'ai juste entendu une conversation que je n'aurais pas dû entendre en arrivant ici…

— *Si tu veux mon avis,* gronda Briséïs, écumant de rage devant sa propre impuissance, *elle t'était toute destinée.*

L'hésitation de Benji le fit desserrer son étreinte. Elle en profita pour déplacer son bras juste assez pour saisir la plume de Benji entre ses dents et la lui arracher de la main.

Un vent à décorner les bœufs soufflait entre les gradins, agitant violemment les drapeaux autour de la piste. Huit cadavres inertes jonchaient le sol de la carriole, près de Liz toujours inconsciente. Le dernier kobolde émergeait du bac d'eau, une couronne de fleurs sur la tête. Juste derrière lui, Meng faisait tournoyer son épée, repoussant comme il le pouvait quatre gargouilles qui gagnaient du terrain. Trop tétanisée pour bouger, la foule observait la scène, terrée dans ses gradins. Leonel avait rapproché le cheval de la trouille-de-nouille de la carriole, et plaquait ses mains de chaque côté de son visage pour ne rien voir d'autre que la chimère. Aeneas dépliait le cadre à travers lequel Briséïs devait lancer sa pierre à Meng. Briséïs rassembla ses rênes, arracha le pendentif accroché à son poignet, talonna son destrier avec un cri de guerre. Plus que quelques instants et la mise en scène serait terminée. La vouivre serait forcée d'imiter la fin de l'histoire, et donnerait son rubis au roi des Aulnes pour qu'il le remette au diable…

Soudain une bourrasque énorme façonna le lourd nuage au-dessus de leurs têtes en un gigantesque entonnoir qui fondit vers Briséïs. Elle tira sur ses rênes pour l'éviter, mais la tornade blanche, grise, rose et verte ajusta sa trajectoire. Elle allait projeter Briséïs et son cheval loin de la carriole quand une flèche la traversa. La tornade se tordit comme un serpent, en prit l'apparence. Elle ouvrit grand sa gueule, découvrant d'immenses crochets de brume, ses prunelles fendues comme des éclairs, et se rua vers Ohanko, en équilibre sur le toit, sa prochaine flèche trempée dans de l'eau bénite déjà en place sur son arc tendu…

Et puis tout disparut.

— Je l'ai ! s'écria Benji en brandissant sa plume sous son nez, toujours à quatre pattes au-dessus d'elle.

Briséïs se jeta en avant pour lui mordre la joue. Il poussa un cri, elle attrapa la chaise par un pied et lui jeta dessus de toutes ses forces. Il lâcha la plume, et elle se vit traverser le terrain de joute en plein galop, la main tendue tenant son pendentif orangé, fonçant vers Aeneas qui brandissait haut le cadre vide. Il ne lui restait que quelques foulées, mais un gigantesque jet de flamme lui barra le chemin. Son cheval pila, se cabra devant la vouivre qui battait ses monstrueuses ailes au-dessus de la prairie. Agrippée à l'encolure de l'étalon, Briséïs aperçut à travers sa visière la silhouette d'un vieux chevalier apparu de l'autre côté, sur la piste de joute.

Son armure sans heaume laissait glisser dans le vent de longs cheveux blancs filandreux et danser sur le plus pâle des visages et le plus vide des regards les reflets de la plus grande des tristesses. Il tendit la main vers la vouivre, et cette dernière répondit d'un terrible rugissement, folle de rage. Les koboldes s'étaient relevés et aidaient Meng à repousser les gargouilles, qui attaquaient sans relâche. Les tempestaires poursuivaient leur carnage, esquivant les flèches d'Ohanko, balayant la prairie de rafales dévastatrices et de coups de tonnerre tonitruants qui décuplait la fureur de la vouivre. Cette dernière ouvrit grand la gueule, et une boule de feu se forma dans sa gorge. D'un instant à l'autre elle allait relâcher ses flammes sur son amant qui ne bougeait pas, se contentant de la supplier du regard. Briséïs devait achever l'histoire, tout de suite. La chimère lui barrait le passage vers le cadre, mais elle volait haut. Briséïs lança son cheval en avant. Elle entendit la vouivre crier, sentit l'air tourbillonner autour d'elle comme le monstre réajustait son vol, vit à travers son heaume Leonel ouvrir de grands yeux affolés, couper brusquement le lien qui retenait la trouille-de-nouille et passer près d'elle en courant vers le roi des Aulnes. Aeneas brandissait toujours le cadre droit au-dessus de lui, et Meng en la voyant arriver s'était placé derrière, prêt à recevoir la pierre. Mais Briséïs avait tourné la tête, distraite par l'attitude de Leonel, et remarqua trop tard la queue de la vouivre balayer l'air dans sa direction. Trop surprise pour adapter sa trajectoire, elle se coucha en avant, la main tendue vers le cadre, priant pour l'atteindre avant que…

— Mon Dieu, ce que les filles peuvent être têtues !

— *Non !*

Briséïs aurait étranglé.

— *Mais qu'est-ce que tu cherches à la fin ?* cria-t-elle, se débattant de toutes ses forces.

— Vous avez classé vos priorités dans le mauvais sens ! Vous vous fatiguez à poursuivre une pauvre petite chimère, une vouivre sans cervelle, dans *une* situation, *un seul espace-temps*, vous vous agitez comme des singes pour un rien, alors que moi, j'essaye de trouver la vérité ! Je ne me fatigue pas à remuer les coins d'ombre, je fonce droit à l'interrupteur et j'allume la lumière ! Et s'il faut pour que tu coopères que je fiche en l'air ta petite expérience de rétablissement du flux, j'hésiterai pas un instant !

Briséïs se laissa retomber contre les dalles, à bout de souffle.

— Je ne sais pas comment récupérer la bague. Tu viens de me faire manquer ma seule occasion de filer l'archevêque. C'est la vérité, et me secouer comme un cocotier n'y changera rien. Je veux aller à ce rendez-vous autant que toi, Benji. Je ne comprends pas ce qui te fait croire le contraire.

— Mais tu veux tout à la fois. Plaire à tes amis résistants, suivre les commandements de ton père, retrouver le Grand Secret… Je t'aide simplement à ordonner tes priorités.

— *En réalité, je n'ai jamais eu l'occasion de filer l'archevêque*, avoua Briséïs, au bout du rouleau. *Et le facteur ne reviendra plus. Il est parti avec ma dernière lettre et n'est pas revenu. Je suis désolée Benji, mais je ne suis pas celle que tu crois. Je n'ai pas la force de t'aider à trouver ce que tu cherches… Laisse-moi partir maintenant, j'ai…*

Benji releva brusquement la tête. Des pas résonnaient dans le couloir menant à la salle ronde. Il se releva d'un coup, juste à temps pour accueillir Willis de front, les bras croisés, la tête haute.

— Ha ! s'exclama Willis, je savais bien que je finirais par trouver ton antre ! Qu'est-ce que tu fiches là, Alpha de mes deux ?

— Surveille ton langage devant un supérieur, Willis.

— Qu'est-ce que c'est que cette plume et cette cloche ? Qu'est-ce que tu fabriques ?

Avant de lui répondre, Benji posa tranquillement la plume sur la table, et Briséïs se trouva encore une fois propulsée au XVᵉ siècle.

26

L'ALPHA

Le soleil brillait à nouveau. Elle marchait le long d'une ruelle encrassée, tenant son destrier par la bride, son armure bringuebalant à chaque pas. Elle s'arrêta, observa les murs délabrés autour d'elle. Une rue comme une autre, dans la ville basse sans doute, vu son allure rectiligne. Une rue encombrée d'immondices, d'étalages, de cochons et d'enfants courant pieds nus. Que faisait-elle ici ?

Le cœur serré, Briséïs réalisa que la mise en scène s'était forcément soldée par un échec. Si elle avait été un succès, on ne l'aurait pas laissée partir seule se perdre dans les rues. Tâtant son torse, elle constata qu'elle ne portait plus la tunique aux couleurs de Gonzague par-dessus son armure. Elle tendit l'oreille pour écouter les bruits de la ville. Pas de hurlements, ni d'explosions, ni aucune agitation suspecte. Combien de temps s'était écoulé depuis son dernier éclair de conscience sur le terrain de joute ?

Elle transpirait à grosses gouttes. Sa poitrine, mais aussi tous les muscles de son corps la faisaient souffrir. Elle n'avait qu'une envie : sortir de sa coquille, respirer l'air frais, nauséabond mais frais, hors de son scaphandre de guerre. Elle tira sur son heaume avant de se rappeler qu'il était soigneusement noué au reste de son armure. Elle ne pouvait ni dénouer les cordons de cuir, ni retirer ses gants de fer méticuleusement lacés. Inspirant profondément pour se calmer, elle se souvint qu'elle ne devait absolument pas se montrer en armure. Peu de monde évoluait dans cette ruelle, mais une seule personne suffirait à la dénoncer. Il lui fallait retrouver son chemin vers la piste de joute – non, plutôt l'hospice – et espérer qu'on l'attende là-bas.

Au prix d'un gros effort, elle reprit sa marche et fit demi-tour pour revenir sur ses pas. Les pointes de ses chausses de métal se prenaient dans les ordures jonchant la ruelle dans un cliquetis de ferraille. Chaque mouvement l'obligeait à subir le froissement du squelette de métal contre sa peau. À chaque nouvelle enjambée, elle imaginait les pires catastrophes : ses amis à la merci de l'Alpha, la vouivre en furie dévastant la prairie… Jamais elle n'aurait la force de rejoindre la ville haute. Son cheval piaffait comme un beau diable. Alors qu'ils débouchaient sur une large place carrée, un bruit éclatant le fit bondir de côté ; il échappa à sa garde et s'enfuit à grand fracas de sabots.

Les gens sur la place lui prêtèrent à peine attention. Elle les observa à l'ombre de la ruelle : marchands, artisans, passants… Chacun allait à ses occupations d'un pas pressé, perdu dans ses pensées ou emporté dans une morne conversation :

« … Ont fait surgir des démons de sous terre et s'abattre du ciel un ouragan d'esprits maléfiques… Ont ressuscité la vouivre alors que l'inquisiteur venait de l'anéantir… Sont le mal incarné… Doivent être brûlés vifs avec la sorcière aux cheveux rouges… Carcassona prise dans les crochets du Malin, encerclée par les écorcheurs… Venus des montagnes du Sud, ont tout saccagé sur leur passage… Aux portes de la ville, des centaines, peut-être même des milliers… Ville maudite, tous maudits… »

Briséïs manquait d'air, et bientôt, elle ne serait plus capable de retenir ses sanglots. On ne devait pas l'entendre. Elle n'avait pas la moindre idée de la direction à prendre pour rejoindre la cité haute. Toutes les rues qui donnaient sur la place se ressemblaient. Elle repéra le long de la place, tout près de la ruelle, un tas de paille coincé entre les ateliers de deux ferronniers qui avaient déposé leurs armures à demi confectionnées sur des tables. Si Briséïs s'asseyait sur cette paille, armure parmi d'autres, si elle parvenait à s'installer sans qu'on la remarque, peut-être pourrait-elle se reposer, juste un peu, juste assez pour retrouver la force de marcher…

Elle prit appui contre un tréteau pour retenir le poids de son armure. Elle glissa et tomba à la renverse sur la paille. Le tréteau et les cinq plastrons qu'il retenait basculèrent contre son bras. Briséïs se figea, observa ce qu'elle pouvait voir des passants à travers sa visière. Les coups du ferronnier avaient couvert sa chute. Personne ne semblait l'avoir repérée. Elle ferma les yeux, inspira profondément. Elle ne pouvait plus bouger le bras. Doucement, elle se tortilla pour tenter de se dégager des plastrons. Mais même avec le seul poids de son armure et sans cette extrême fatigue, elle ne s'était jamais relevée seule. Elle ne parvint qu'à s'enfoncer un peu plus dans la paille.

Un bruit sourd résonna trois fois contre son heaume. Les yeux plissés d'un garçon d'une dizaine d'années lui apparurent de l'autre côté de sa visière.

— Il y a quelqu'un là-dedans ?

Le garçon tira sur l'un des cordons d'attache du heaume.

— Sergi ! s'exclama une femme plus loin, qu'est-ce que tu fais ? Reviens ici !

— Il y a quelque chose là-dedans ! s'exclama le garçon, se retournant vers la femme.

— Ne touche pas à cette armure Sergi, tu vas tout faire tomber !

Le garçon soupira, s'éloigna en donnant un grand coup de pied dans une pile de boucliers en équilibre qui se renversa avec fracas. Le ferronnier sortit de son atelier en protestant à grands cris et la femme éloigna le garçon en le tirant par l'oreille.

Le ferronnier remit en place les boucliers, s'approcha de Briséïs, étudia cette armure qu'il ne se souvenait pas avoir mise là… Au dernier moment, il releva la tête, jura et courut à son atelier.

Briséïs resta là, immobile. Une heure, peut-être deux ou trois. Un temps interminable.

Elle ne pouvait se résoudre à crier. Il faudrait bien pourtant qu'elle trouve une solution…

Des bribes d'informations lui parvenaient, tournoyant dans l'air depuis la place bruissant d'activité. La garde personnelle de l'archevêque de Tolosa organisait la défense contre les écorcheurs qui s'étaient encore rapprochés. Le lieutenant Ebrard n'avait toujours pas repris connaissance. On ne savait pas ce qu'il était advenu du sire de Gonzague, qui l'avait vaincu dans un surprenant tour de force. Les joutes avaient été interrompues pour la journée, le public étant trop choqué par le spectacle démoniaque auquel il avait assisté. Elles reprendraient demain, si Carcassona tenait toujours debout…

— J'ai toujours dit qu'il ne fallait pas faire confiance aux rouquins, commentait un homme près de l'étalage du ferronnier, le timbre de sa voix étouffé par le martèlement du métal. Tous des fourbes, des serviteurs du mal, des… Attendez… J'ai déjà vu cette armure quelque part…

Les collants rouge violacé de l'homme s'approchèrent de Briséïs, et son regard de travers plongea dans la fente du heaume. Le cœur de Briséïs bondit dans sa poitrine.

— Théobald ! chuchota-t-elle. Théobald, aide-moi, je t'en prie… Mais ne dis rien… Personne ne doit savoir…

Elle devina son sourire à la lueur qui s'alluma dans ses yeux.

— C'est *toi* qui as flanqué cette rouste à mon père ? Une f…

— S'il te plaît, je dois retirer cette armure, mais pas ici, à l'hospice. Je n'arrive pas à me relever…

— Qu'est-ce que j'y gagne ?

— Comment ?

— Si je t'aide, qu'est-ce que j'y gagne ?

— Qu'est-ce que tu veux ? dit Briséïs, maîtrisant ses nerfs.

Théobald fit mine de réfléchir profondément.

— Je veux que tu te présentes au jugement de tes amis, et je veux que tu fasses peur au conseil avec une de vos sorcelleries. Ne me dis pas que tu ne peux pas, je vous ai vus faire tout à l'heure.

— Je…

— Ils vont les juger aujourd'hui. Vous leur avez bien flanqué la frousse, ils veulent en finir le plus vite possible. Tes amis seront là. Ma famille aussi.

— D'accord, trancha Briséïs sans prendre le temps de réfléchir.

Théobald attrapa le bec de son heaume crapaud et le tira vers lui.

— Je veux voir l'archevêque trembler de terreur, et mon grand-père le sénéchal tomber à genoux, et ma mère et ma sœur s'évanouir à mes pieds.

— D'accord !

Il sourit.

— Une petite faim ? demanda-t-il, glissant un biscuit dans la fente du heaume.

Théobald la conduisit chez lui. Ils n'étaient qu'à quelques rues de la demeure familiale, désertée pour l'heure. Baudoin avait été confié aux bons soins des chanoines de la cathédrale, et Cassandre et Isolde avaient tenu à accompagner le sénéchal pour le soutenir dans ce moment d'intense confusion générale. Théobald prit tout son temps pour délacer les cordons de cuir de l'armure un à un d'une main, sirotant une infusion de l'autre.

— Ce qui m'étonne, commenta-t-il alors qu'il se décidait enfin à lui retirer ses gants, c'est de ne pas avoir vu notre bon chevalier d'Imbert parmi vous. Est-ce qu'il aurait pris la poudre d'escampette ?

— Je ne sais pas. Il m'attend peut-être près de l'hospice.

— C'est dommage que tu sois partie si tôt après avoir vaincu mon père. Avant le clou du spectacle... Bien sûr tu étais là quand la vouivre est apparue du cœur de l'orage, et que la pâle figure de ce vieux chevalier s'est matérialisée devant elle et lui a tendu le bras comme pour l'inviter à danser. Inviter la vouivre à danser ! Ha ha ! Mais tu es partie dès que tu as lancé ta pierre à ton copain jaune, et tu as manqué le meilleur moment, quand la vouivre s'apprêtait à bouffer le vieux tout cru ! Ton petit ami aux cheveux courts s'est jeté entre eux, s'est *aplati* entre eux pour ainsi dire, comme s'il avait été écrasé par une grosse vache invisible ! Et après, l'éclat de lumière rouge, et la vouivre, pffff ! Envolée, et le chevalier blanc qui danse avec une dame, qui tournoie tellement vite qu'ils finissent par trébucher contre le cadre que tient ton autre ami, et pffff ! Le couple qui disparaît pour de bon, comme s'ils avaient été happés par le cadre, et tous les démons de l'enfer qui leur courent après et qui se volatilisent à leur tour, et la tempête elle-même, un dragon de nuage, aspirée pfff ! Ce que j'ai préféré, c'est la débandade du public après coup.

— C'est vrai, ce que tu me racontes ? s'exclama Briséïs.

— Oh oui, c'était un vrai carnage, les gens qui se bousculaient, qui se marchaient dessus...

— Non, non, notre spectacle, Théobald !

— Ah, eh bien… J'ai peut-être utilisé un vocabulaire poétique, mais les faits sont là.

— Et tous les autres démons ont disparu aussi ?

— Dans le ventre de l'invisible.

— Et le rubis ?

— Récupéré par l'inquisiteur. L'évêque de Carcassona veut l'encastrer dans un reliquaire de la cathédrale. Mais il ne brille plus, alors ça ne va pas faire très joli.

Briséïs se laissa tomber sur une chaise. Ils avaient réussi. Elle n'avait pas voulu croire que c'était possible.

— Pourquoi mes amis vont-ils être jugés s'ils ont fait disparaître tous les démons ?

— Les démons sont apparus avant de disparaître. Et en plein jour, alors que l'inquisiteur avait fait tout son possible pour exorciser la vouivre. Reste à savoir qui est responsable de quoi. Et si on ne comptait que sur l'avis du public…

Théobald eut recours à une pléthore de mimiques et bruitages pour illustrer sa vision grandiose d'une mort sur le bûcher.

— Je vois, coupa Briséïs, ce qui ne l'empêcha pas d'aller jusqu'au bout de sa représentation.

La porte d'entrée s'ouvrit en grand. Théobald sursauta comme si le diable était entré en personne.

— Ohanko ! s'exclama Briséïs, sautant sur ses pieds, avant que ses douleurs ne la coupent dans son élan.

— J'espérais bien te trouver là, fit-il avec un grand sourire, déposant sur le sol tous les sacs de la troupe qu'il avait répartis sur ses épaules. J'ai patienté longtemps près de l'hospice, et puis j'ai fini par me dire que tu devais attendre ailleurs.

Il la serra dans ses bras, doucement à cause de ses bleus.

— Théobald m'a dit pour les autres. Tu t'es échappé ?

— Ils ne m'ont jamais attrapé : sur les toits, j'avais une longueur d'avance.

— Et Enndall ?

— Je l'ai retrouvé près de l'hospice. Il est parti récupérer les autres au château comtal. C'est là que va avoir lieu le procès, il va bientôt commencer.

— Déjà ?

— Nous devons organiser notre départ en l'attendant. J'ai tous les instruments avec moi pour retrouver…

Il pointa l'index et le majeur vers le bas pour mimer des jambes grimpant un escalier invisible.

— Un coussin moelleux ? L'usage de ta main ? suggéra Théobald.

— Ohanko, on ne peut pas partir maintenant, il me manque quelque chose de capital. J'aurais dû vous en parler avant, mais…

Elle se tourna vers Théobald, qui l'observait d'un air très intéressé.

— Est-ce que nous pourrions monter à l'étage pour parler un moment, Ohanko et moi ?

Théobald soupira mais finit par obtempérer. Il les guida jusqu'à la chambre d'Isolde dont les fenêtres étaient couvertes de drapés noirs qui plongeaient la pièce dans une obscurité presque totale. Là, assise sur le lit, Briséïs raconta à voix basse à Ohanko absolument tout ce qu'elle avait gardé pour elle. Ses échanges avec Benji, la plume, les angelots, son père, Jules, le tableau de Richet et la bague de l'archevêque, qu'elle devait absolument récupérer pour se rendre au rendez-vous de Jules et recevoir ses deux lettres, sans lesquelles jamais ils ne seraient arrivés jusqu'ici. Elle ne garda pour elle que le contenu exact de la lettre de Jules. Tant qu'elle ne la comprenait pas, elle préférait ne pas l'alarmer.

— Même si ton plan pour récupérer le code de l'archevêque était perdu d'avance, tous tes calculs n'ont pas été vains, dit Ohanko.

Briséïs avait parlé à toute vitesse. Elle reprit sa respiration, scruta le visage d'Ohanko plongé dans la pénombre. Il ne lui reprochait pas ses secrets. Elle aurait tout de même aimé pouvoir lire son expression.

— L'archevêque s'est bien rendu sous la cathédrale, poursuivit Ohanko. Il a suivi Ugolin Popian, comme tu le voulais. Enndall est resté caché. Il a pu identifier les membres de l'Élite qui accompagnaient l'archevêque : ils ont malmené Ugolin, puis ont relâché les gargouilles qui sont venues sur le terrain.

— Qui y avait-il ?

— Le père Narcis ; Jean d'Étampes, l'évêque de Carcassona ; des soldats et quelques nobles.

— D'autres Alphas ?

— D'après Enndall, ça n'en avait pas l'air. Ils étaient tous extrêmement tendus, la situation semblait totalement leur échapper. L'archevêque surtout était au comble de l'anxiété. Il a fait sonner sa cloche, mais les angelots n'ont pas dû venir, Du Moulin a fini par la jeter par terre de rage. C'est lui qui va présider le jugement tout à l'heure.

— Naturellement, il va vouloir se venger. Enndall sait comment il va s'y prendre pour libérer les autres ?

— Il va plaider notre cause auprès du sénéchal. Enndall ne pense toujours pas qu'il fasse partie de l'Élite, il n'en a pas le caractère, il me l'a répété. Il l'a beaucoup observé quand il était jeune.

— C'est vrai que l'archevêque avait l'air de ne pas pouvoir lui parler franchement, dans les gradins… Mais ça ne suffira jamais, après ce que nous avons fait. L'archevêque avait l'air tellement furieux…

— Ce hurleur qui est sorti de la gorge de Liz, quand elle a crié… Tu crois que c'est un plan des angelots ?

— Je ne sais pas, peut-être… Mais ils m'ont aidé à vaincre Baudoin Ebrard, c'est certain. Pourquoi nous ont-ils aidés à recréer l'histoire ? Je n'arrive pas à comprendre.

— Qui est responsable, si une chimère de la Citadelle est renvoyée d'où elle vient ? Sans doute le chef de l'Élite, non ? L'Alpha, l'archevêque Du Moulin, en l'occurrence. Les angelots ont peut-être cherché à le mettre dans une position difficile. S'ils ont cru à ton bluff, s'ils pensent l'archevêque effectivement capable, pour protéger son histoire et celle de ses ancêtres, de rapporter à la Citadelle toutes les erreurs qu'ils ont commises avec ton père et toi… Ils auront voulu lui retirer son pouvoir, pour l'empêcher de se retourner contre eux, avant même que tu aies le temps de lui proposer ton chantage.

— … Tu crois ?

— Et si nous reprenions ton plan initial ? Il est encore temps de tenter d'obtenir le code de la bague de l'archevêque, pour que tu te rendes au rendez-vous de ton frère. Il faut aller au château comtal. Je ferai de mon mieux pour aider Enndall à libérer les autres et semer la pagaille, pour que tu aies l'occasion de te trouver seule face à l'archevêque et son Élite Beta. Tu feindras la peur et sortiras ta plume pour aller chercher de l'aide dans la Citadelle. Du Moulin doit certainement avoir envie de régler ses comptes avec les angelots. Il devrait voir là l'occasion de les forcer à lui parler, bien qu'ils ne répondent pas à l'appel de sa bague d'Alpha. Il te laissera rejoindre Benji, et les angelots prendront ta place. Ils parleront avec l'archevêque du code de sa bague, et tu le noteras à leur insu avec la plume, sur ton carnet.

— La plume ! s'exclama Briséïs, tâtant sa manche.

Elle ne l'avait plus. Où l'avait-elle laissée ? Elle ne se souvenait pas de l'avoir retirée de son armure, mais...

— Théobald.

Elle se précipita au rez-de-chaussée. Théobald les attendait, assis à la table de la cuisine. Il faisait danser la plume de l'angelot entre ses doigts pour s'occuper.

— Ne touche pas à ça ! s'exclama Briséïs, la lui retirant vivement des mains.

— Elle a souffert, dis donc, ta plume, remarqua Théobald.

— Théobald, penses-tu pouvoir nous amener jusqu'au château comtal ?

Théobald fit mine de réfléchir.

— Je crois pouvoir me souvenir du chemin, oui.

— Je veux dire, est-ce que les gardes te laisseront entrer avec nous jusque dans la grande salle, si tu demandes à parler à ton grand-père ? Ohanko au moins s'est rendu aussi coupable que les autres, ils pourraient le jeter directement au cachot. Est-ce qu'on nous laissera parler ?

— J'y compte bien. Tu m'as promis, tu te souviens? De toute façon mon grand-père sera très occupé avec le procès. Il faudrait qu'il y ait une raison urgente pour qu'il me reçoive... Si j'avais trouvé une sorcière, par exemple, ajouta-t-il, les yeux brillants.

— Je ne prendrai pas le risque de finir sur un bûcher pour te faire plaisir, Théobald, dit Briséïs, se rappelant malgré tout la promesse qu'elle lui avait faite.

— Tu m'as promis ! Tu es bien égoïste. Ta copine, elle, n'a pas hésité à se jeter dans les bras de l'inquisiteur.

— Ne commence pas, Théobald. À quoi bon sinon m'être donné tout ce mal pour garder mon identité secrète, sous l'armure ?

— Tu ne pourras pas influencer la décision des juges, si c'est ce que tu penses. Quand le clergé commet une erreur, il faut toujours un coupable. Il n'est plus temps de jouer les gentilles jeunes filles. Si tu veux sauver tes amis, il ne te reste qu'une seule possibilité : leur faire tous PEUR ! Tellement peur qu'ils vous laisseront quitter Carcassona sans rien dire.

Briséïs sourit malgré elle. Faire peur aux maîtres de la peur. Tout un programme.

— Théobald a raison, fit remarquer Ohanko. Ce n'est pas une mauvaise idée : ce sera un bon moyen de tenir les gens à distance, pour… tu sais, la suite de notre plan.

— Mais…

— Théobald, aide-moi à la transformer en sorcière.

Théobald ne se le fit pas dire deux fois.

Il se précipita vers une malle, fouilla à l'intérieur, fit voler les tissus autour de lui et en brandit quelques-uns d'un air triomphant. Puis, laissant Briséïs endosser une vieille robe noire, il courut à la cheminée, remplit un seau de cendre et de charbon qu'il vint lui verser sur la tête. Après quoi il étala soigneusement la mixture sur sa robe qu'il déchira ici et là, roula du charbon contre son visage et peignit ses cheveux à rebours, tandis qu'Ohanko ajoutait quelques touches d'un produit gluant de sa confection pour faire tenir le tout.

— Parfait ! s'exclama Théobald, radieux, la faisant tourner sur elle-même. Vite, allons-y !

— Il faudra attendre le bon moment, dit Briséïs à Ohanko en tapotant sa plume. Si Benji n'est pas là je ne pourrai pas…

— Attendre ? Certainement pas ! s'exclama Théobald, lui tirant la plume des mains pour la plonger dans son sac, tout près de son sablier, avant de le lui passer en bandoulière. Dépêchez-vous, vous ne voulez pas rater le procès !

Il ouvrit grand les bras, attrapa la moitié de leurs besaces restées sur la table et fila vers le pas de la porte.

— SORCIÈRE ! SORCIÈRE ! PLACE ! ÉCARTEZ-VOUS ! hurla-t-il d'un air affolé en sortant dans la rue.

Le long du chemin, Briséïs s'entraîna à lancer des regards diaboliques aux plus téméraires des Carcassonnais. Son allure de sorcière suffirait-elle à interrompre le procès et faire sortir les nobles de la salle ? Sans doute pas. Ohanko pourrait-il s'éclipser pour délivrer les autres ? Elle en doutait. Ils auraient dû réfléchir à un meilleur plan, c'était de la folie de suivre Théobald dans sa lubie. Mais elle n'avait plus le temps de reculer. Au moins rejoindraient-ils Enndall. Ne lui restait plus qu'à faire de son mieux... Elle s'exerça aussi à grogner, et cracha plusieurs fois vers les pauvres passants, mais dut renoncer à cet effet de style, constatant qu'elle ne réussissait qu'à baver. Elle n'avait jamais été très forte à ce jeu-là. Elle se concentra plutôt sur les étapes de leur nouveau plan irréalisable : interrompre le procès. Faire fuir la foule avec ses grimaces de sorcière. Retenir seulement les membres de l'Élite, et donner à l'archevêque l'opportunité de converser avec les angelots à travers elle, avant de fuir, son carnet en poche...

Enfin, ils furent devant le pont-levis du château comtal.

— J'amène une pièce à conviction pour le procès, dit Théobald aux gardes avec une révérence.

À leurs regards, Briséïs sut que les gardes avaient reconnu Théobald sur-le-champ. L'un d'eux partit tout de même chercher quelques instructions avant de les autoriser à entrer, et revint avec du renfort. Quatre gardes se postèrent autour d'eux pour les escorter jusqu'à la salle du conseil.

— Nous y voilà ! murmura Théobald tout excité. Donnez-moi ça ma chère, vous devez avoir les mains libres.

D'un geste vif, il déposa sa pile de sacs dans les bras d'Ohanko pour attraper celui de Briséïs. Elle voulut l'en empêcher, il lui fallait garder sa plume toute proche, mais l'un des soldats, la voyant lever les bras vers Théobald, la plaqua brutalement contre le mur.

— Tout doux, mon beau, fit Théobald, il me la faut encore vivante un moment. Tiens ? Vous entendez ? On dirait bien que le chevalier d'Imbert est déjà arrivé !

Briséïs tendit l'oreille, son cœur se serra. La voix d'Enndall était bien audible, de l'autre côté des portes de la grande salle. « Si le lieutenant Ebrard était parmi nous, il confirmerait mes dires, messire », disait-il, « il faut me croire, la vouivre n'aurait jamais été détruite par la seule intervention de l'inquisiteur, et les autres démons n'auraient certainement pas disparu si nous n'avions pas fait venir le roi des Aulnes... » « Mensonge ! Blasphème ! Hérésie ! » criait une voix, sans aucun doute celle de l'inquisiteur.

— Théobald ! Rends-moi mon sac, sinon je ne pourrai rien faire !

— Mais si, voyons. Vous allez voir, vous allez très bien y arriver.

Les gardes les observaient. Briséïs mourait d'envie de gifler Théobald.

— Rends-le-moi Théobald, siffla-t-elle entre ses dents. Je ne bougerai pas d'ici sans mon sac.

— Dans ce cas, je crois que le moment des grandes révélations est arrivé.

Et sans attendre il poussa les deux battants de la grande porte.

— Vous ai-je déjà manqué de respect ? demandait Enndall.

— J'ai bien peur que oui ! s'exclama triomphalement Théobald. Je crois même que c'est votre spécialité, d'ailleurs ! Déjà, dans votre jeunesse, vous ne pensiez qu'à cela…

— HA HA HA ! s'exclama Briséïs, se précipitant derrière lui avant que les gardes n'aient le temps de réagir. HA HA HA HA !

— AH ! SORCIÈRE ! SORCIÈRE DANS LE CHÂTEAU COMTAL ! hurla immédiatement Théobald d'un air terrorisé.

Il se fraya un chemin entre les gens de la cour, une centaine d'hommes et de femmes qui s'écartèrent comme un troupeau de brebis apeurées en voyant Briséïs arriver. Au bout de la salle s'élevait une longue table dressée sur une estrade. L'archevêque Du Moulin y trônait avec Jean d'Étampes, évêque de Carcassona, et le vieux sénéchal.

— Aidez-moi, je vous en supplie ! cria encore Théobald, gesticulant, s'accrochant aux robes des dames pour ne pas tomber. LA SORCIÈRE !

Enndall se tenait devant l'estrade, tout près de l'inquisiteur dont la main était posée sur l'épaule de Liz, qui tremblait, tête baissée, à genoux sur le parquet. Briséïs jeta un coup d'œil en arrière. Ohanko faisait son possible pour ralentir les quatre gardes.

— HA HA HA HA ! hurla-t-elle à pleins poumons.

— Que se passe-t-il ? gronda l'archevêque en se levant.

Théobald, poussant Enndall au passage, se jeta contre la table du conseil.

— Ah ! Monseigneur ! Vous avez pris peur devant la sorcière aux cheveux rouges, mais attendez de voir celle-là ! Ah ! C'est une horreur !

Le visage empourpré de honte devant le comportement de son petit-fils, le vieux sénéchal amorça un geste, mais sa colère n'était rien à côté de celle de l'archevêque.

— Dame Ebrard ! Voulez-vous bien contrôler votre fils ! s'emporta ce dernier, tout rouge, faisant signe à ses gardes de reculer.

Les quatre gardes avaient finalement maîtrisé Ohanko, et attendaient un signe de l'archevêque pour courir après Briséïs. Mais celui-ci ne leur accorda pas un regard.

Théobald s'était retourné, comme surpris d'entendre parler de sa mère. Il la repéra dans la foule et s'approcha en trois pas dansants pour lui baiser la main.

— Théobald, je t'en prie, murmura-t-elle, pâle comme un linge.

— Et vous aussi, ma sœur, fit Théobald, attrapant la main de Cassandre juste à côté pour la couvrir d'un énorme bisou baveux.

— Théobald !

— Escortez-le chez vous je vous prie ! postillonna l'archevêque.

— Il est trop tard, vous le savez bien, Monseigneur, commenta Théobald d'une voix mielleuse, ce à quoi, étrangement, l'archevêque ne répondit rien.

Briséïs n'eut pas le temps de se demander pourquoi car Théobald reprenait, le visage figé dans une expression de douleur :

— Ah ! La voilà qui me lance un sort ! Déjà je le sens dans mes entrailles ! Cette douleur ! C'est horrible ! Sauvez-moi !

Briséïs partit d'un rire démoniaque, ouvrant grand les bras, et Théobald y répondit en se jetant à terre.

— Arrrgh ! Je vous en supplie, non, arrêtez ! Arrrrrrrggghhhh !

Il se roulait sur les dalles, écrasant le sac de Briséïs qu'il ne tenait plus que d'une main.

— HA HA HA ! poursuivit Briséïs, se jetant sur lui pour le lui arracher.

— Théobald Ebrard ! cessez ce petit jeu ! s'exclama l'archevêque, rouge cramoisi, tapant du poing sur la table.

Pourtant, il n'ordonna pas aux gardes postés de chaque côté de la longue table d'intervenir. Quand Cassandre prit sur elle d'aller interrompre Théobald, l'évêque de Carcassona, Jean d'Étampes, à la droite de l'archevêque, la somma sèchement de sa voix aiguë de s'éloigner. L'inquisiteur s'était retranché derrière la table, laissant Liz, exténuée, sur le plancher.

Briséïs croisa le regard affolé d'Enndall. Elle-même n'était pas certaine de comprendre ce qu'il se passait. L'archevêque pouvait-il réellement avoir peur ? Jouait-il la comédie ? Elle avait récupéré son sac. Elle plongea son bras dans la besace. Sa plume ne s'y trouvait plus.

— AH ! La voilà qui me possède ! hurla Théobald, mimant une féroce bataille contre lui-même pour s'empêcher de sortir de sous sa veste une pile de larges feuilles. Briséïs reconnut tout de suite ses propres dessins de dragons et de chimères.

L'évêque Jean d'Étampes se leva brusquement.

— Arrêtez-le ! hurla finalement l'archevêque Du Moulin, les yeux exorbités, près de s'étouffer de rage, en pointant Théobald.

Mais les gardes postés près de la table ne semblaient plus prêts à réagir. Comme s'ils avaient changé de maître, ils levèrent le regard vers l'évêque de Carcassona, attendant qu'il se prononce. Ce dernier resta pétrifié, engoncé dans sa toge trop serrée.

— Tu ne peux pas faire ça Théobald ! s'époumona Du Moulin, escaladant la longue table pour interrompre lui-même Théobald qui, tout en continuant son numéro, se dépêchait d'étaler les dessins autour de Briséïs comme il les avait vus faire dans la prairie.

Un grondement sourd descendit soudain de l'imposante cheminée, le long du grand hall.

— Tout le monde dehors ! ordonna l'évêque Jean d'Étampes de sa voix fluette.

Aussitôt, les gardes s'activèrent pour faire sortir les nobles. Enndall, resté trop longtemps indécis, fut emporté avec Ohanko par la vague de gardes. Pendant ce temps, l'archevêque s'était jeté sur Théobald. Il le serra par le cou, rugissant comme un diable. Théobald lui fit un croche-pied roula avec lui sur le sol.

Théobald réussit à plier un bras de l'archevêque dans son dos, mais il ne faisait pas le poids face à la corpulence de son adversaire. Briséïs plongea à sa rescousse, entourant les jambes de l'homme d'Église de ses bras. Il n'était plus temps d'utiliser la plume pour obtenir le code de l'Alpha à la dérobée.

— Sa bague ! Retire-lui sa bague ! cria-t-elle.

Théobald grimpa à califourchon sur le dos de l'archevêque et tira sur la bague.

Des cris stridents descendirent de la cheminée. Une nuée de chauves-souris jaillit de l'âtre et envahit la pièce dans un tourbillon de folie. La panique explosa parmi les nobles encore présents qui se bousculèrent pour sortir de la salle.

— Tu ne peux pas faire ça, Théobald ! gémit Du Moulin, coincé sous le genou de ce dernier.

— Donne-moi la bague, Théobald ! cria Briséïs de son côté.

Mais Théobald glissa le bijou dans une des poches de son veston et tira d'une autre un petit lézard, qu'il plaça entre les omoplates de l'archevêque tout en déclamant :

— *Il tombait foudroyé, morne, silencieux,*
Triste, la bouche ouverte et les pieds vers les cieux,
Seul et derrière lui, dans les nuits éternelles,
Tombaient plus lentement les plumes de ses ailes...

Briséïs ne remarqua pas le geste de Théobald qui plongea la main dans son sac pour en ressortir le sablier. Elle ne le vit qu'une fois son couvercle entrouvert : Théobald faisait glisser une poignée de sable entre les omoplates de l'archevêque et sur le dos du lézard.

— Qu'est-ce que tu fais ? s'exclama-t-elle, avant de réaliser, prise d'effroi, qu'elle le savait parfaitement.

Les chauves-souris continuaient d'affluer. Briséïs lâcha l'archevêque qui, dans un brusque élan, désarçonna Théobald et se releva à la hâte. Le visage crispé de terreur, il happait l'air avec difficulté. Il fit quelques pas, la bouche ouverte, le lézard toujours agrippé à ses omoplates, puis tomba à genoux et disparut sous la nuée de chauves-souris.

Lorsqu'enfin, quelques instants plus tard, elles s'envolèrent par la cheminée, ne restait plus dans la grande salle que Briséïs, Liz et Théobald. Un frisson parcourut Briséïs, découvrant Pierre Du Moulin gisant à terre : sur son dos se tenait une créature troublante. À peine plus grande qu'un chat, elle possédait une longue queue de lézard qui battait mollement, une peau reptilienne verte mouchetée de noir, des doigts ventouses, de grandes pupilles fendues et une longue langue fourchue. Mais elle était accroupie comme un homme et son visage plat, pourvu d'une lourde mâchoire, reprenait avec une précision perturbante les traits et expressions de l'archevêque. Elle observait d'un œil triste le corps du véritable Pierre Du Moulin.

Théobald se baissa pour caresser le haut du crâne de la créature juchée sur le corps de l'archevêque.

— Sincèrement désolé, Pierre. Mais voilà ce qu'il en coûte de vouloir jouer au plus malin avec moi.

— Pourquoi ? s'écria Briséïs, au comble de l'incompréhension.

Elle n'eut pas le temps d'entendre la réponse. Liz abattit de toutes ses forces une chaise sur Théobald, qui s'effondra. Elle ramassa le sablier, le fourra dans le sac jaune poussière qu'elle mit en bandoulière avant d'attraper le bras de Briséïs, encore hébétée.

— Viens ! dit-elle dans un souffle, la voix éraillée, il faut partir.

— Attends ! La bague de l'archevêque !

Briséïs voulut s'approcher de Théobald, mais la nouvelle chimère réagit brusquement, lui barra le passage, montrant les crocs et grognant furieusement. Elle avait vraiment de très grosses dents pour sa petite taille. Un vacarme se fit entendre à l'extérieur de la salle. Des gardes approchaient.

Briséïs chercha hâtivement une autre chaise pour attaquer la créature. Il lui fallait cette bague.

— Il est trop tard Briséïs ! s'exclama Liz. Il faut y aller, maintenant !

— Mais je ne peux pas partir sans…

— Plus tard, les gardes arrivent !

Liz la tira hors de la salle, loin de la chimère maintenant perchée sur Théobald.

— Les autres sont enfermés dans les oubliettes, grimaça Liz en courant dans le premier couloir, déjà à bout de souffle. Il faut les délivrer avant que les gens du château ne reprennent leurs esprits !

— Bon, mais ensuite, il faudra revenir chercher Théobald ! Il nous faut absolument cette bague !

— Quoi ? Ça ne va pas la tête ?

Briséïs faillit renverser Liz qui s'était arrêtée subitement pour lui faire face.

— Attention !

Trois soldats venaient d'apparaître au fond du couloir. Liz se précipita vers un escalier pour échapper à leur vue. Le temps que

Briséïs réagisse, il était trop tard. Elle ne pouvait que faire marche arrière pour ne pas être repérée. Mais déjà, des bruits de pas résonnaient depuis l'autre côté. Elle recula contre le mur, paniquée, incapable de prendre une décision.

Un courant d'air lui caressa le dos, deux mains apparurent de nulle part, l'agrippèrent et l'aspirèrent vers la pénombre.

27

LES ANGELOTS

Leonel appuya sa main contre sa bouche pour qu'elle ne crie pas. Elle n'en avait aucunement l'intention, même si elle mourait d'envie de lui demander ce qu'il faisait recroquevillé dans un placard, éclairé par une bougie. Un à un, elle retira ses doigts, puisqu'il était trop occupé à écouter les pas des soldats dans le couloir pour le faire lui-même. Enfin les pas s'éloignèrent.

— Qu'est-ce que tu fais là ? chuchota-t-elle. Où sont les autres ?

Leonel ne lui répondit pas. Il se contenta de l'observer d'une façon si intense qu'elle se crut tout à coup changée en chimère.

— Quoi ? Qu'est-ce que j'ai ?

Il se pencha vers elle, sourit en attrapant une mèche de cheveux pleine de cendre et de poix.

— Ah, oui, ça… C'est une idée de Théobald, il…

À présent, Leonel lui caressait la joue noircie de charbon avec son pouce.

— Il… Il…

Leonel approcha son visage. Le cœur de Briséïs se mit à faire des bonds dans sa poitrine. Qu'avait-elle de si important à lui dire, déjà ?

— Il…

Leonel posa ses lèvres sur les siennes. Un nuage de papillons s'envola dans l'estomac de Briséïs. Il passa sa main derrière sa nuque, comme pour l'empêcher de s'évader dans les profondeurs imaginaires du placard, et l'embrassa pour de bon.

Il ne la laissa reprendre son souffle que pour mieux admirer la flamme de la bougie se refléter dans la prunelle de ses yeux. Elle tenta d'articuler quelque chose, mais rien ne lui vint, que le goût de ses lèvres et un sourire stupide qu'il lui rendit d'un air coupable.

— J'ai toujours voulu savoir ce que cela faisait.

Le son de sa voix gifla Briséïs comme une tempête de grêlons. Non pas la voix claire et chaleureuse de Leonel, mais une voix anormalement aiguë. Nasillarde.

Briséïs attrapa brusquement le bras droit de Leonel, resté jusque-là caché le long de son corps : il tenait sa plume blanche à la main. Elle la lui arracha. Leonel se redressa, cligna des paupières comme s'il avait eu une poussière dans l'œil.

— Briséïs ! s'exclama-t-il à pleine voix, la découvrant devant lui, Théobald fait partie de l'Élite ! *Seul et derrière lui, dans les nuits éternelles, tombaient plus lentement les plumes de ses ailes,* c'est ce qu'il nous a dit à l'auberge le premier jour, tu te souviens ? C'est un poème de Victor Hugo ! Je m'en suis souvenu en écoutant Benji : il a le même genre de voix qu'un soldat français qui n'arrêtait pas de le beugler, de l'autre côté des tranchées. J'avais fini par demander à un ami qui parlait français de me le traduire. L'autre nous soûlait tellement avec ça ! *La Fin de Satan,* c'est comme ça que le poème s'appelle. Théobald n'a pu l'apprendre que dans la Citadelle ! Où est-ce qu'on est ? ajouta-t-il, découvrant la pénombre du placard.

Puis il toucha ses lèvres du bout des doigts, comme s'il prenait conscience d'un goût étrange qui y avait été déposé.

— Moins fort, on est cachés, répondit Briséïs d'une petite voix, submergée de honte.

— Ça va ? chuchota-t-il. Tes cheveux…

— Je…

Il repéra la plume blanche entre ses mains, la lui reprit brusquement.

— Je le savais ! Tout ce temps, tu étais dans la Citadelle avec Benji !

— Où as-tu trouvé cette plume, Leonel ?

— Elle a volé à travers les barreaux de ma cellule. Et quand je l'ai prise, je me suis retrouvé en face de ton copain.

— Qu'est-ce qu'il t'a dit ?

— Il était obsédé par une histoire de rendez-vous devant un tableau. Pendant un bon moment il a cru que j'étais toi. Vu la tête qu'il a faite quand il s'est rendu compte qu'il se trompait, il n'est pas près de reprendre contact.

— Leonel ! C'est pas vrai !

— Si tu tenais tellement à passer ta vie avec lui, tu aurais mieux fait de ne jamais quitter la Citadelle ! Franchement, je ne comprends pas ce que tu lui trouves, il me donne la chair de poule. Et puis qu'est-ce qu'on fait dans ce placard à la fin ?

— C'est justement ce que j'étais en train de me demander, claironna Théobald, ouvrant grand les deux portes battantes. La confiance règne à ce que je vois, soupira-t-il, découvrant la plume entre les doigts de Leonel.

Avec une fausse politesse, il la lui tira des mains et la fourra dans sa poche.

— Merci, c'est trop aimable.

— Pourquoi ? demanda Briséïs, sans savoir par quelle question commencer.

Théobald choisit le sujet lui-même :

— Les angelots n'ont pas apprécié que je te retire ta plume, ils aimaient bien espionner à travers tes yeux. Alors comme tu n'étais plus disponible, ils se sont trouvé une autre mule. Et ils t'ont fait sortir de ta cellule avec… ça ? demanda-t-il, soulevant la main de Leonel qui avait tenu la plume, ses doigts encore serrés en poing.

Leonel ouvrit sa paume d'un drôle d'air, tout surpris d'y trouver une vieille tige de fer tordue. Théobald écarquilla les yeux, singeant son incompréhension, puis reprit de plus belle :

— Ils savent bien qu'ils ont enfreint certaines règles en ayant recours à mes services, ils n'ont pas la conscience tranquille. Ils s'imaginent sans doute que je vais les doubler. Allez comprendre…

Il secoua la tête, amusé, reçut son deuxième coup de la journée sur le crâne et s'effondra sur les grandes dalles froides. Enndall n'y était pas allé de main morte.

— Dépêchons-nous, fit-il, prenant Théobald sous les bras, il faut trouver un moyen de sortir d'ici.

— Liz ! s'exclama Leonel en la voyant apparaître derrière Enndall, tu n'as rien ?

— Et Ohanko ? enchaîna Briséïs, où est Ohanko ?

— Parti à la recherche des autres, dit Enndall.

— Moi je sais où ils sont, ajouta Liz.

— Alors allons-y.

— Attendez, il nous faut la bague !

Briséïs fouilla les poches de Théobald à la recherche de la bague de l'archevêque. Elles étaient toutes vides.

— Il faut y aller, Briséïs, grogna Enndall, qu'est-ce que tu cherches ?

— Il l'a mise là pourtant, j'en suis sûre !

Un étrange mugissement monta de l'autre bout du couloir.

— Ah ! Qu'est-ce que c'est que ce truc ! s'exclama Leonel, pointant un doigt vers la chimère mi-archevêque mi-lézard qui titubait en avançant vers eux. Mais… Ce visage, on dirait…

— C'est parce que c'est lui, souffla Briséïs. Il me faut la bague de l'archevêque, c'est important ! Théobald l'avait mise dans sa poche, mais elle n'est plus là…

— Il l'a peut-être mise à l'un de ses doigts, suggéra Liz.

Briséïs tira sur toutes les bagues que Théobald portait aux doigts. Pas une n'était gravée à l'intérieur de lettres ou de symboles.

— Dépêchons, fit Enndall alors que la chimère prenait de la vitesse.

— C'est celle-ci, je crois ! dit Liz, tirant une bague au bout d'une chaînette que Théobald portait autour du cou.

— Non, ce doit être la sienne, soupira Briséïs, celle de l'archevêque était argentée.

— Nous verrons plus tard, il faut y aller ! s'exclama Enndall.

Ils s'élancèrent dans la direction opposée à la chimère, Théobald dans les bras d'Enndall, sa tête reposant contre son épaule, un air de petit garçon angélique peint sur le visage. Les gardes du château réorganisaient leur défense. Plusieurs fois ils durent faire demi-tour, trouver un autre couloir, une autre issue. De temps à autre, Leonel chargeait l'archevêque-lézard avec l'épée d'Enndall pour l'obliger à garder ses distances. Mais la créature prenait de l'assurance et s'approchait de plus en plus.

— Séparons-nous, proposa Leonel dans l'espoir de perdre la chimère au détour d'un couloir. Liz, va libérer les autres !

— Je sais où les trouver, ça ne veut pas dire que je sais comment les libérer, grogna Liz, bifurquant dans un escalier à colimaçon.

Ils dégringolèrent les marches quatre à quatre, à mi-chemin entendirent des coups et des cris monter du cachot. Ils s'y précipitèrent, Liz les arrêta avant la dernière marche et passa timidement la tête vers le couloir.

— Ohanko !

— Il n'a pas de clés, répondit Ohanko, occupé à fouiller les poches du garde qu'il venait de mettre KO.

Des torches accrochées au mur éclairaient le lugubre corridor.

— Ho hé ! On est là ! s'exclama Aeneas en entendant leurs voix, depuis le fond d'une des oubliettes creusées à même la roche.

— On sait Aeneas, moins fort !

À l'autre bout du corridor, une clé cliqueta dans une serrure. Isolde s'arrêta sur le pas de la porte. Son regard alla du garde couché à terre aux pieds d'Ohanko, à Liz et Briséïs, et enfin à Enndall portant Théobald, toujours inconscient, dans ses bras.

— Je peux tout expliquer, chuchota nerveusement Enndall. Si tu nous laisses sortir, je…

— Non.

Enndall ravala sa phrase.

— C'est bon, j'ai coincé la chimère derrière une porte ! s'exclama Leonel en arrivant derrière eux. Madame… salua-t-il maladroitement en découvrant Isolde.

— Vous ne pouvez pas sortir par là-haut, enchaîna cette dernière, relevant son trousseau pour glisser une clé dans la serrure de la première oubliette, puis de la deuxième. Une dizaine de gardes sont postés à l'entrée. Mais si vous me suivez, vous aurez peut-être une chance. J'ai passé mon enfance dans ce château, j'en connais tous les secrets. Par là.

Meng et Aeneas émergèrent des oubliettes.

— Merci… tenta Enndall, mais elle le fit taire d'un geste de la main.

Ils empruntèrent un passage souterrain creusé profondément dans la roche qui les mena jusqu'à la ville basse. Puis ils coururent de point d'ombre en point d'ombre dans des rues mal famées, jusqu'à la large rue boueuse où se dressait la grande demeure de la famille Ebrard.

À l'intérieur, Isolde débarrassa la table de la cuisine et Enndall y déposa Théobald. Elle examina la bosse qui commençait à pointer sur le haut du crâne de son fils.

— Je ne crois pas que ce soit trop grave, risqua faiblement Enndall, il devrait s'en remettre…

Comme s'il l'avait entendu, Théobald se mit à geindre et gesticuler faiblement, peut-être pour se battre contre les démons du sommeil.

— Vous ne devriez pas rester ici, répondit Isolde sans lever la tête. Bientôt il ne sera plus possible de sortir de Carcassona, si ce n'est pas déjà le cas. Les écorcheurs sont tout proches.

— Nous allons partir, répondit Enndall après une hésitation. Mais avant, laisse-moi m'expliquer, je t'en supplie.

Isolde eut un léger tremblement, mais se ressaisit et alla chercher un linge pour mouiller le visage de son fils.

— Ce n'est pas nécessaire. Tu as toujours fait ce que tu as pu. J'ai compris cela tout à l'heure, en regardant la joute. Et… C'est difficile, mais je veux vraiment te pardonner. Un jour.

— Ce n'était pas moi dans l'armure de Gonzague.

— Ne sois pas ridicule, qui d'autre que toi aurait pu battre le lieutenant Ebrard ? intervint Briséïs, lui attrapant le bras.

Un bruit à l'étage attira leur attention. Ils n'étaient pas seuls.

— Ne bougez pas, j'arrive, ordonna Isolde avant de monter l'escalier.

— Qu'est-ce qui te prend ? gronda Liz. Pour une fois qu'elle accepte de te parler !

— J'ai menti toute ma vie, je ne veux plus continuer, et certainement pas avec Isolde.

— Et que vas-tu lui dire ? Qui aurait été dans l'armure pour Isolde ? demanda Briséïs.

— Toi bien sûr.

— Ne dis pas n'importe quoi ! Jamais elle ne croira que j'aurais eu la force de battre Baudoin ! Il aurait fallu que je sois animée par un démon !

Ce qui, réalisa-t-elle, était exactement ce qui s'était passé.

— C'est bien ce que tu as fait pourtant, tu l'as vaincu. De toute manière, Théobald se fera un plaisir de dire la vérité à sa mère dès qu'il en aura l'occasion.

— À propos de vérité, Briséïs a quelques petites choses à vous dire, annonça Leonel.

Briséïs baissa les yeux.

Elle eut tout juste le temps de leur donner des explications. Benji, la plume, les angelots, Théobald, Lucien, Jules, le tableau de Richet et le rendez-vous, l'histoire de l'archevêque, et pour les trois qui ne l'avaient pas vue, sa chimère.

— Je vous ai encore menti, je suis désolée… ajouta-t-elle devant leurs mines ahuries.

— Nous verrons pour les excuses plus tard, trancha Meng.

Les pas d'Isolde se faisaient entendre dans l'escalier.

— Cassandre est en haut, annonça-t-elle en revenant dans la pièce. Elle va descendre dans une minute.

— Isolde, annonça précipitamment Enndall, ce n'est pas moi qui ai vaincu ton mari. Je ne me suis jamais battu en tournoi, même si j'en ai toujours rêvé, parce que je ne suis jamais devenu chevalier. Le chevalier dont j'étais le serviteur quand je t'ai connue est mort avant de m'élever au rang de noble comme il me l'avait promis. J'ai appris que tu étais enceinte, que tu allais te marier, et je ne pouvais rien faire. Toute ma vie j'ai prétendu être un autre, j'ai menti dans l'espoir de pouvoir un jour conquérir ces titres et revenir à toi… J'ai échoué, et je me rends compte à présent que je faisais fausse route… Je n'espère plus regagner tes faveurs, et je ne cherche pas ton pardon. Je ne le mérite pas. Mais pour conserver un peu d'estime de moi-même, pour les années qu'il me reste encore à vivre, et en mémoire de notre amour, je veux que tu saches. Ce n'était pas moi dans l'armure.

— Tu n'es pas allé combattre la vouivre près du lac ?

Enndall hésita.

— Si, mais…

— Est-ce que vous n'avez pas, toi et tes amis, trouvé le moyen de la faire venir ici et de la faire disparaître, quand personne d'autre avant vous n'y était parvenu ? Est-ce que vous n'avez pas pris des risques phénoménaux ce faisant, à jongler avec les forces du mal ?

Enndall voulut parler, mais Isolde ne lui en laissa pas le temps :

— Je me fiche pas mal de l'identité du chevalier dans cette armure, tout à l'heure. Mon mari n'était pas votre véritable ennemi, que je sache. Et je me fiche éperdument de ce que tu peux me révéler ou non à présent. Les mots ne veulent rien dire. Si c'était le cas, Théobald serait le plus grand des champions.

— Et… Vous ne vous êtes pas dit, en me voyant débarquer en sorcière tout à l'heure… commença Briséïs.

— J'ai peut-être le cœur fragile, mais je ne suis pas faible d'esprit. Je connais mon fils et j'ai bien vu votre mise en scène. S'agissait-il d'un dernier effort pour chasser le mal et libérer vos amis ?

— Oui…

— Alors c'est tout ce que j'ai besoin de savoir.

Les marches de l'escalier craquèrent, et Cassandre pénétra dans la pièce.

— Messire Enndallor d'Imbert ! s'exclama-t-elle, vous n'avez rien ? Dieu que cette joute a été terrifiante ! Théobald !

— Il a reçu un coup sur la tête, il s'en remettra, fit sa mère sans quitter Enndall des yeux pendant que Cassandre se penchait sur son frère. Cassandre, viens ici s'il te plaît.

Cassandre lâcha la main de son frère, s'approcha de sa mère et d'Enndall. Isolde serra fort sa fille dans ses bras.

— Maman ?

— Cassandre, je suis affreusement désolée. Je t'ai menti et je n'aurais sans doute pas dû. Je voulais te protéger. Baudoin t'a vu naître, t'a regardée grandir et t'a aimée chaque jour de ta vie. Pour cela, il restera toujours ton père. Mais il n'est pas l'homme à qui tu dois ton pendentif. Celui qui a offert à ta mère la plus grande flamme d'amour qu'elle ait jamais connue. Mon seul désir, ajouta-t-elle, se tournant vers Enndall.

Des larmes commençaient à noyer les yeux d'Enndall. Cassandre avait blêmi un peu plus à chaque nouvelle phrase d'Isolde. Elle ne remit pas en doute sa parole. Le regard du chevalier d'Imbert pour sa mère en disait plus long que tout discours. Elle chercha une chaise d'une main, ne remarqua pas le geste précipité de Liz pour lui en rapprocher une. Briséïs décrocha de son cou la petite bourse en cuir contenant la mention *À mon seul désir*, la tendit à Cassandre. Celle-ci l'ouvrit et caressa lentement les lettres brûlées sur l'intérieur du cuir. Elle brisa le silence d'une voix hésitante :

— Papa le savait quand il t'a épousée ?

— Oui. Mais il n'a jamais appris son identité, ni la signification de ce pendentif. Je ne pourrai jamais assez le remercier.

— Tu n'aimais pas Baudoin ?

— Avec le temps, j'ai appris à l'apprécier profondément.

Cassandre hocha la tête : elle connaissait cette situation. Elle hésita, sentant tous les regards accrochés à ses lèvres.

— J'imagine… Peut-être est-ce pour cette raison que… chaque fois que Messire d'Imbert… Est-ce que nous nous ressemblons ?

Cassandre s'était adressée à l'assemblée, mais Isolde fut la plus prompte à lui répondre :

— Pendant vingt-six ans, j'ai vu ses yeux chaque fois que tu me regardais.

On frappa à la porte. Isolde s'essuya rapidement les joues avant d'aller ouvrir.

— Ma dame, on m'envoie vous dire que Messire Ebrard a repris connaissance et qu'il souhaiterait vous voir avec votre fille, dit un homme sur le pas de la porte.

— Merci, nous y allons de ce pas.

— Nous prendrons soin de Théobald en votre absence, dit Liz, voyant Isolde hésiter en revenant vers eux.

— Merci. Nous tâcherons de faire vite, je n'oublie pas que le temps vous est compté.

— Vous allez rester parmi nous bien sûr, appuya Cassandre en attrapant la main d'Enndall.

— Je n'aspire qu'à cela, mais… Peut-être quand les choses se seront calmées, que la vie aura repris son cours, dans quelque temps… En attendant, vous serez comme toujours au cœur de mes pensées.

Cassandre esquissa un sourire et s'en fut avec sa mère.

— Bon ! Nous n'avons pas beaucoup de temps, déclara Leonel en tapant dans ses mains pour se secouer tandis que Liz reniflait bruyamment et qu'Enndall s'asseyait, un peu abasourdi, comme s'il n'était pas sûr d'avoir le droit de se réjouir de ce qui venait de se passer.

Leonel attrapa un pichet d'eau posé sur une commode, versa d'un coup son contenu sur le visage de Théobald qui se redressa brusquement sous le choc. Les voyant tous autour de la table, il porta sa main à son cou et, ne trouvant pas sa chaînette, tritura ses doigts pour chercher ses bagues.

— Ça ne sert à rien de te fatiguer, nous t'avons tout pris, dit Leonel, reposant son pichet. Il n'y a plus que toi et nous.

Théobald s'assit, retrouvant son calme et la maîtrise de ses mouvements.

— C'est la deuxième fois aujourd'hui que vous m'assommez. Il ne faudrait pas qu'il y en ait une troisième.

Puis, comme Ohanko ramassait une casserole, prêt à le prendre au mot :

— Vous semblez oublier que les chimères ne sont pas mes seules alliées. Je suis l'Alpha, et l'Élite Bêta sait parfaitement où j'habite. Dès qu'ils remarqueront mon absence…

— *Tu* es l'Alpha ? fit Leonel, avant de se retourner vers Briséïs : Je ne comprends pas, je croyais que l'archevêque Du Moulin était l'Alpha ?

— L'archevêque est l'Alpha de Tolosa, répondit Théobald avec une grimace de mépris. Il n'est à Carcassona que pour la réunion des États du Lengadoc.

— Il y aurait donc un Alpha par grande ville ? demanda Enndall. C'est beaucoup plus que ce que nous pensions. Nous avions cru comprendre qu'il ne pouvait y avoir qu'un seul Alpha par région.

— C'est vrai, plus ou moins. Mais les générations d'Alpha s'entrecroisent, car l'Élite ne veut pas risquer de se retrouver sans chef en cas de faute grave, comme celle que vient de commettre l'archevêque.

— Tu as tué l'archevêque, et c'est lui qui aurait commis une faute grave ?

Théobald se tourna vers Leonel et éclata de rire.

— Vous autres, résistants, vous êtes trop chou. L'archevêque n'est pas mort. Je ne prendrais pas le risque de me faire accuser de meurtre par tout Carcassona, tout de même ! Il est simplement diminué. Disons, scindé en deux. Une partie de son âme a contribué à former la chimère, et l'autre est encore dans son corps. Du Moulin va se réveiller d'ici peu, dans le château comtal. Il sera vaseux, comme s'il avait pris un méchant coup sur la tête, mais il se relèvera. Il lui reste… Je dirais un an à vivre ainsi, comme l'ombre de lui-même. Malheureusement le lézard est bien mort, lui, par contre.

— Mais Du Moulin va mourir, et par ta faute. C'est la même chose, dit Leonel.

— Pas tout à fait : la partie de lui-même transformée en chimère restera suffisamment consciente pour méditer sur son sort pour l'éternité.

La bouche de Théobald se tordit en un sourire malsain.

— Du Moulin a failli à sa tâche d'Alpha : il n'a pas su interrompre à temps votre création de l'histoire du roi des Aulnes. La Citadelle n'a pas l'habitude de laisser une seconde chance aux ratés dans son genre. Il a lui-même scellé son destin et celui de sa famille. Il devait être puni, je n'ai fait que mon devoir en le transformant en chimère.

— C'est toi qui as montré à ce pauvre Tederic comment trouver la vouivre, et non l'inverse ! réalisa Ohanko. C'est à cause de toi que cette chasse au monstre a commencé, que tant de gens sont morts en allant à la rencontre de la vouivre… Tout ce qui se passe à Carcassona est le résultat de ton travail, est sous ta responsabilité. C'est toi qui aurais dû être puni.

— Faux ! Du Moulin était mon aîné : dès qu'il est arrivé à Carcassona, il a pris la place d'autorité et est devenu responsable des évènements dans la ville. C'est ainsi que cela fonctionne : il ne peut y avoir deux chefs à la fois. Et on ne peut pas avoir tous les avantages et aucun inconvénient. S'il avait été plus malin, il aurait fait son travail correctement et il m'aurait remis à ma place à temps. Maintenant qu'il n'est plus apte, *je* suis le grand responsable, et je peux vous dire que je ne me laisserai pas avoir par le prochain petit jeunot qui débarquera tout frais de la Citadelle.

— Tu nous as menés jusqu'à la vouivre pour que nous découvrions son histoire et celle du roi des Aulnes, réfléchit Briséïs, puis tu nous as trouvé une armure pour les joutes… Sans toi nous n'aurions jamais pu aller jusqu'au bout. Tu t'es servi de nous pour te débarrasser de l'archevêque.

— C'est exact.

— Pourquoi voulais-tu te débarrasser de lui ? demanda Meng d'un air menaçant pour l'obliger à parler, mais Théobald n'avait nullement besoin qu'on l'incite à se confier.

Il aurait pu se plaindre à son propre reflet qu'il n'en aurait pas moins dit, tant sa rancœur était profonde :

— Dès l'instant où je suis revenu de la Citadelle, Du Moulin s'est mis en tête de me pourrir la vie, à me promener comme un pantin, à me donner des ordres même depuis Tolosa, comme à un misérable Bêta ! Sous prétexte que sa couverture d'archevêque lui donnait une autorité officielle, il se croyait tout permis ! Il s'estimait le plus fort alors qu'il n'avait aucun mérite : le vrai talent se trouve dans ce que *je* fais. Diriger sans jamais en avoir l'air, tout organiser quand on est constamment surveillé par ses proches – même s'ils vous veulent tout le bien du monde, bien sûr. Vous n'avez pas idée du savoir-faire que ça représente !

— Alors tu nous as permis de faire disparaître toutes les chimères de Carcassona rien que pour te débarrasser de l'archevêque ? fit Liz, incrédule.

— Lui faire commettre une faute grave était le seul moyen de l'attaquer sans risquer de me faire taper sur les doigts. Mais ne vous inquiétez pas, les choses rentreront rapidement dans l'ordre. Quelques mois devraient suffire pour recréer des chimères.

— Comment ?

— Comme toujours, voyons. On fait circuler les rumeurs, on reconstruit les peurs, jusqu'à ce que l'imaginaire commun de la ville soit assez développé pour accueillir une nouvelle belle et grande chimère. C'est cela qui prend le plus de temps. Ensuite, on sacrifie quelques esprits, et le tour est joué.

— Et tu as orchestré la faute de l'archevêque dès notre arrivée dans l'auberge, le soir où nous nous sommes rencontrés ?

— À vrai dire, au début vous n'étiez qu'un moyen de m'amuser un peu. Des résistants, certes, je l'ai vu tout de suite, mais pas bien dangereux. Vous n'avez pas idée de l'ennui que l'on peut ressentir quand on est seul ou presque à connaître la solution aux problèmes qu'absolument tout le monde se pose. Pourquoi tant de malheurs ? Qu'avons-nous fait au bon Dieu ? Je ne vais pas vous faire un dessin. Mais c'est vrai qu'après avoir vu celle-là sortir sa plume d'angelot la veille de notre départ pour le lac, les règles ont un peu changé. Je vous ai *effectivement* menés jusqu'à la vouivre, pour commencer.

— Tu as compris que les angelots nous observaient.

— Je dois dire que ça m'a intrigué. Dès que j'ai pu me trouver seul, après vous avoir laissés près du lac, je les ai convoqués et nous nous sommes mis d'accord pour nous entre-aider, puisque nous avions le même but.

— Quel but ? demanda Enndall.

— La fin de l'archevêque, bien entendu.

Briséïs fouilla dans sa mémoire à la recherche de quelques-uns des échanges entre les angelots qu'elle avait pu capturer sur les pages de son cahier :

... Briséïs doit me laisser la place plus souvent, allez chercher Benji, donnez-lui du nouveau, qu'il l'appelle...

... Enndall est un élément perturbé, il pourrait nous être utile. La peur les gagne, ils sont presque prêts. Envoyez les gargouilles ce soir pour un dernier coup de pouce...

... se préparent à partir pour le lac. Ils n'ont encore rien découvert de la façon d'y pénétrer, mais ils ont trouvé des clés qui pourraient les y emmener...

Les angelots les avaient poussés à aller chasser la vouivre afin qu'ils découvrent l'histoire du roi des Aulnes, puis les avaient aidés à achever leur mise en scène… dans le seul but de provoquer la faute de l'archevêque ?

— Que veulent les angelots ? demanda Briséïs, le défiant de descendre de la table avant d'avoir répondu. Pourquoi voulaient-ils se débarrasser de l'archevêque ?

— Les angelots et moi, on ne s'assied pas entre copines autour d'une tisane pour parler de nos petits problèmes et pleurer sur notre sort. Je ne connais pas leur motivation, et je m'en contrefiche.

— Mais tu pourrais la deviner, en réfléchissant un peu, non ? dit Enndall.

— Les angelots sont terrifiés à l'idée d'être accusés d'une faute, renchérit Briséïs. Il faut qu'ils aient eu une *très* bonne raison pour prendre le risque de nous aider. Bien meilleure en tout cas qu'un simple règlement de comptes. Et si leur seul but avait été de piéger l'archevêque, ils se seraient déjà débarrassés de nous, je me trompe ?

— C'est vrai, je l'avoue, même après toutes vos âneries, les angelots semblent avoir encore de grands plans pour votre petite troupe... Mais allez savoir pourquoi ! Pourtant vous nous en avez fait voir ! Même pas capables de s'inscrire aux joutes tous seuls ou de se trouver une armure, je vous jure ! Trop gentils pour piquer l'identité d'un autre, j'ai dû tout faire à votre place !

— Tu savais très bien que je serais la seule à pouvoir enfiler l'armure du chevalier De Gonzague... Tu l'as fait exprès.

— Il n'y pouvait rien si son ami était petit, pointa Aeneas. À moins que... De Gonzague n'était pas ton ami ?

— Oh si, un très bon ami, ligoté dans un placard ! Ne vous affolez pas, il a de quoi boire et on le trouvera d'ici demain matin. Bande de chiffes moles...

— Pourquoi voulais-tu que je tienne le rôle du chevalier ? reprit Briséïs.

— Parce que je savais que mon père était le seul chevalier avec un fils en âge de se battre n'ayant pas encore trouvé d'adversaire. Enndall n'aurait jamais pu le vaincre sur le terrain de joute ! Un pauvre écuyer sans aucune expérience, en face d'un des plus grands jouteurs du royaume ! Vous rêviez, bande d'abrutis, il n'avait aucune chance ! J'ai failli avoir une crise cardiaque, quand les angelots m'ont raconté votre plan !

— Bien sûr, c'est avec toi que parlaient les angelots.

Ces phrases qu'elle avait notées sur mon carnet, *Prévenez l'Alpha qu'ils ont l'intention de libérer la vouivre comme suit...* Briséïs avait cru que les angelots voulaient avertir l'archevêque, pour qu'il leur mette des bâtons dans les roues, mais c'était au contraire pour que Théobald puisse rectifier leur plan bancal...

— Seule une chimère pouvait gagner contre le grand Baudoin Ebrard, et nous assurer de pouvoir achever l'histoire du roi des

Aulnes, poursuivit Théobald. Alors j'ai fait en sorte qu'un des angelots puisse prendre ta place dans ton corps.

— Parce que je portais leur plume… Mais comment savais-tu que je la prendrais avec moi dans l'armure ?

— J'ai dû t'y pousser. Je t'ai ajouté de la pression dans la tente pour que tu te décides.

— La statue de la Vierge, c'était toi.

— Une de mes chimères.

— Tu avais aussi des alliés parmi les humains, je me trompe ? fit Meng. L'Élite Beta de Carcassona qui avait choisi de te rester fidèle, même en présence de l'archevêque.

— Encore une fois exact. Même si je n'appellerais pas cela un véritable choix. L'Élite Beta de Carcassona me connaît, elle sait de quoi je suis capable. Elle savait que j'arriverais à mes fins, et qu'il ne ferait plus si bon vivre à Carcassona, une fois l'archevêque hors course, si elle ne se rangeait pas de mon côté dès le début.

— Qui sont les Betas ? demanda Briséïs. Ton grand-père le sénéchal ? L'inquisiteur ?

— L'inquisiteur, pour sûr, frissonna Liz. J'ai passé la nuit la plus détestable de toute mon existence. Ce qu'il m'a mis à l'intérieur… C'était…

— Un esprit hurleur. L'inquisiteur n'y était pour rien, c'est moi qui te l'ai envoyé. Je voulais mettre la puce à l'oreille de l'archevêque avant le clou du spectacle, histoire d'ajouter un peu de piment. L'inquisiteur et mon grand-père ne sont que des pantins, ils ne savent rien de la Citadelle.

— Bien sûr… souffla Briséïs, cherchant dans sa mémoire. Sur le terrain de joute, j'ai cru voir l'archevêque foudroyer le sénéchal du regard, quand le hurleur est sorti de la gorge de Liz. Mais ce n'était pas contre lui qu'il était furieux, c'était contre toi, tu étais assis juste à côté… Après il est parti avec ses hommes… Il a suivi Ugolin Popian dans la prison de l'inquisiteur. A-t-il cru au faux plan qu'Enndall avait fait circuler grâce à Ugolin ? A-t-il cru que nous étions capables de retrouver son histoire dans la Citadelle ?

— Ugolin Popian est effectivement surveillé en permanence, parce qu'il est un archétype. Mais il est aussi Carcassonnais, c'est donc l'un de *mes* hommes qui l'avait à l'œil. L'archevêque Du

Moulin n'a jamais entendu parler de votre faux plan abracadabrant. Il s'est rendu dans la prison parce qu'il espérait obtenir des angelots qu'ils l'aident à interrompre ma mise en scène. Naturellement, quand il a compris que les angelots s'étaient rangés de mon côté, il n'a pas été très content… Alors il a lancé toutes les chimères qu'il a pu sur la prairie des joutes pour interrompre l'histoire, mais elle était déjà bien avancée, ses chimères n'étaient pas assez nombreuses pour l'arrêter.

— Et de leur côté les angelots n'avaient aucune raison de craindre que l'archevêque plie à notre chantage et les dénonce en notre nom, puisque l'archevêque n'était même pas au courant de notre faux plan.

— Oh, les angelots se sont bien inquiétés. Je ne comprends pas ce qui a pu tant les déranger en entendant vos plans ridicules, mais ils étaient tout retournés, il a fallu que je les secoue comme des pruniers pour qu'ils se reprennent. Vraiment, c'était grotesque, même si l'archevêque s'était plié à votre chantage et avait dénoncé les angelots à la Citadelle, de quel genre d'erreur aurait-il pu les accuser ?

Briséïs porta instinctivement sa main à sa poitrine, là où la lettre de son père s'était encore trouvée le matin même. Ne restait plus que le mot de Jules, calé dans son soutien-gorge. Théobald devait dire la vérité : il ne connaissait pas les réelles motivations des angelots. Si ceux-ci s'étaient confiés à lui, Théobald aurait entendu parler de la lettre de Lucien, et aurait su pourquoi les angelots s'inquiétaient. Et connaissant mieux Théobald, elle comprenait pourquoi les angelots n'auraient pas pris le risque de s'ouvrir à lui…

—Ah, j'ai bien ri ! s'esclaffa Théobald, mais je ne pouvais pas te permettre d'aller à ton petit rendez-vous sous la cathédrale, ça les aurait trop ébranlés. Encore une bonne raison de te donner le rôle du chevalier.

— Toutes tes bizarreries, depuis le début, ce n'est qu'un rôle que tu joues ? demanda Liz. Tu n'as jamais été un archétype, pas vrai ?

— Bien sûr que si ! Je suis né archétype : étrange, décalé, rêvant toujours à un ailleurs, comme notre cher Ugolin… C'est ma nature, et je ne peux aller contre. Je suis le reflet d'un archétype du Monde du Rêve. Lequel ? Va savoir ! L'innocent ? L'ange gardien ? Le héros ? Je ne prétendrais pas être le miroir du sage…

— Le fou, dit Leonel entre ses dents.

— Enfin ! soupira Théobald, c'est ce qui m'a permis de vous flairer avant même votre arrivée dans l'auberge. Alpha, et archétype. L'un n'empêche pas l'autre.

— La Citadelle inviterait des archétypes à devenir élève ? dit Briséïs.

— Pourquoi pas ? C'est tout à son avantage, d'engager des êtres dotés de dons supérieurs. Imaginez si tous les Alphas étaient capables de repérer les résistants aussi rapidement que je vous ai repérés ! Évidemment ce n'est pas si simple, la Citadelle ne peut pas faire tirer une flèche d'angelot sur n'importe qui. Encore faut-il que les archétypes ressentent un besoin de changement. Qu'est-ce que vous voulez ! Je suis un spécimen rare, infiniment précieux.

— Si tu peux te débarrasser si facilement de tes ennemis en volant leurs esprits, pourquoi la Citadelle ne s'attaque-t-elle pas directement aux résistants et à toute personne qui l'ennuie de la même façon ? demanda Enndall.

— Tu as écouté, depuis tout à l'heure ? La Citadelle ne peut s'octroyer un esprit comme cela : l'être doit être lié par contrat et il doit avoir rompu son contrat en commettant une faute grave !

— Vous ne pouvez vous attaquer qu'aux membres de l'Élite…

— Aux esprits ayant perdu leur connexion au Monde du Rêve, corrigea Théobald. Pour les animaux, c'est plus simple : il suffit de les priver de sommeil suffisamment longtemps. Au bout de quelques jours ils perdent leurs rêves, leurs désirs, et nous n'avons plus qu'à nous servir.

— Voilà pourquoi le lion était surveillé par ces gardiens le jour du jeu de polo en Chine, réfléchit Aeneas tout haut. Ils veillaient à l'empêcher de dormir !

— Les humains, par contre, c'est une autre paire de manches : leurs désirs sont trop puissants, les priver de sommeil ne suffit pas. Mais s'ils ont pénétré dans la Citadelle, alors ils ont pris conscience de la fragilité de leur propre volonté face à celle de la forteresse, et ils ne pourront jamais l'oublier. Cette nouvelle connaissance devient une bénédiction s'ils savent tirer profit du pouvoir de la Citadelle ; ou une malédiction s'ils ne respectent pas sa volonté. C'est cela que l'on appelle le *contrat*.

— Benji m'en avait parlé, confirma Briséïs pour les autres. Mais je n'arrive pas à comprendre : j'ai été élève de la Citadelle avant de m'enfuir. Je suis déjà liée par contrat. Alors pourquoi ne peux-tu pas m'attaquer tout de suite ?

Théobald réagit aussitôt :

— Je ne peux rien tant que tu voyages hors de ton corps physique. Tant que tu joues le rôle de ta propre chimère, pour ainsi dire. Mais ne te fais pas d'illusions : dès que tu auras retrouvé ton corps, au bout de tes neuf mois, et si tu ne restes pas coincée dans la Citadelle, nous te ferons commettre une erreur.

Ses yeux s'étaient remis à pétiller. Les choses étant claires, il prit un air totalement innocent pour déclarer :

— Je peux descendre de la table, maintenant ?

— La bague de l'archevêque, enchaîna Ohanko, donne-la-nous.

— Trop tard, je l'ai déjà détruite.

Meng l'attrapa par le col et le souleva de la table.

— Cela faisait partie des conditions pour que je sois officiellement nommé responsable du Languedoc ! s'exclama Théobald. Je ne vous raconte pas de salades ! Et puis vous m'avez bien fouillé, vous avez vu par vous-même !

Enndall posa sa main sur le bras de Meng, qui lâcha Théobald à contrecœur.

— Pourquoi elle vous intéresse tant, sa bague, d'abord, maintenant qu'il n'est plus Alpha ? fit Théobald, remettant son veston en place.

— Il nous faut le code à l'intérieur pour retrouver l'histoire de Du Moulin et de sa famille. À moins que… À moins que tu ne la connaisses ? réalisa Briséïs.

Une lueur s'alluma dans les prunelles de Théobald, ce qui n'annonçait rien de bon. Il se tourna vers Briséïs et l'observa avec curiosité tout en croisant les bras.

— L'histoire de sa transformation, tu veux dire ? Tu la connais aussi bien que moi, je te ferais remarquer, tu en fais même partie ! Aaaaah ! fit-il tout à coup, comme frappé par une illumination, alors tu ne t'intéressais pas à l'histoire de l'archevêque parce que tu voulais le faire chanter, mais parce que ton histoire est liée à celle de sa descendance ! Et c'est pour *ça* que les angelots sont tant obsédés par votre petit groupe, pas vrai ? De quelle époque viens-tu ?

— Comment les descendants Moulin deviendront-ils gardiens ? riposta fermement Briséïs, pour bien montrer qu'elle était celle qui posait les questions.

— C'est déjà fait, s'amusa Théobald. Tout élève atteignant la fin de son cursus, s'il veut pouvoir retourner dans le monde physique, doit d'abord accepter d'inclure sa descendance dans son contrat au cas où il décevrait la Citadelle. Il lève la main et jure devant la Citadelle, on lui signe un papier et on le lui tamponne. C'est une mesure de sécurité compréhensible. Du Moulin avait un contrat avec la Citadelle et il ne l'a pas respecté. En conséquence, son héritier le plus proche doit allégeance à la Citadelle et doit la servir comme gardien, ainsi que le devront ses enfants et les enfants de ses enfants, pour l'éternité, sous peine de subir le même sort que l'archevêque. Et ça tombe bien : maintenant que le roi des Aulnes n'est plus, il nous faut un nouveau gardien pour recruter les prochains élèves. Ce sera le frère de l'archevêque. La Citadelle fait très bien les choses.

Son sourire s'élargit en croisant le regard d'Enndall, et Briséïs comprit qu'il venait de jouer sa dernière carte : la règle de filiation qui avait condamné la famille de l'archevêque s'appliquerait de la même façon pour la famille de Théobald : n'ayant pas d'enfants, si la troupe faisait le moindre geste pour mettre en péril son travail, la Citadelle s'octroierait le droit de faire de Cassandre, son héritière la plus proche, l'une de ses gardiennes. Et la descendance d'Enndall serait asservie jusqu'à la fin des temps.

— Tu avais prévu ton coup, n'est-ce pas ? gronda Enndall dans une colère sourde.

— Il y a une chose que vous n'avez pas l'air d'avoir encore compris, claironna Théobald, triomphant : nous autres, dans la Citadelle, avons accès à toutes les époques en même temps. Nous savons tout ce qui s'est passé et tout ce qui se passera. Considérant cela, vous pourrez répondre à toutes les questions qui pourraient suivre par la phrase suivante : nous avons fait ce que nous avons fait pour qu'il arrive ce qui est arrivé. Vous ne pouvez tout simplement pas nous battre. Vous êtes perdus d'avance.

Le coup de poing d'Enndall partit comme un éclair.

— Et ça, tu l'avais prévu, peut-être ?

Théobald se redressa, s'essuya la bouche d'où perlaient quelques gouttes de sang. Enndall avait réussi à lui enlever son sourire exaspérant, pour une fois.

— Non, ça non. Malheureusement, je ne peux visionner tous les détails de ma vie à l'avance, il me faudrait une vie entière pour cela, vous imaginez bien. Nous dépendons des angelots pour sélectionner les informations capitales. Parfois, leur sens des priorités laisse à désirer.

— Si tu connais toutes les informations capitales, Théobald, tu sais certainement s'il existe une porte du sixième sens, qui permette d'obtenir ce que l'on veut de la bibliothèque de la Citadelle quand on l'emprunte ? tenta Liz.

— Ben voyons, vous ne voulez pas aussi que je vous révèle qui dirige la Citadelle, et quel est son Grand Secret ?

— Tu le sais ? Tu sais dans quel but la Citadelle cherche à tout diriger ?

— Si je le savais, je ne serais plus de ce monde, grande cruche ! Vous croyez vraiment que la Citadelle laisserait repartir l'Élite de ses murs, son Grand Secret en tête ? Il suffirait alors au premier venu de nous coincer et de nous torturer, pour détruire des siècles de suprématie ! La Citadelle n'aurait jamais survécu, si elle prenait de tels risques ! Nous sommes l'Élite, mais nous ne sommes que des hommes, seuls au milieu d'un océan de bêtise. Perdus parmi les ploucs, les ignorants, les…

— Ça va, Théobald, on a compris, soupira Meng.

— Une naïveté pareille, grogna Théobald, ça devrait pas être permis.

— La plume, demanda Briséïs en se tournant vers Leonel, qui l'avait récupérée. Je dois contacter Benji.

— Et les angelots ? fit Leonel.

— Tu ne peux pas prendre le risque de les faire venir ici, ajouta Enndall.

— Mais je dois lui raconter l'histoire de la famille Moulin, parce que…

Elle hésita, voyant que Théobald écoutait attentivement.

— Viens, Théobald, on va faire un tour dans l'autre pièce, déclara Ohanko, le tirant de la table pour le faire sortir.

— Benji a besoin de connaître l'histoire de l'archevêque pour se rendre au rendez-vous de mon frère, chuchota Briséïs dès la porte fermée. Je vous en ai parlé tout à l'heure : il existe dans la Citadelle une zone réservée aux passeurs. Dans cette zone, nous avons trouvé un jour avec Benji une pièce au fond de laquelle était peint en trompe-l'œil le hall d'entrée de l'hôpital où je me trouvais avant de me réveiller dans la Citadelle. Il y avait aussi beaucoup de tiroirs : sur l'un d'eux était écrit le nom de Moulin, et caché dans un double fond, Benji a découvert plusieurs documents de recherches de mon frère Jules, et un des derniers enregistrements de mon père, avant qu'il se fasse interner à l'hôpital. Benji a récupéré ces documents, et quand il est revenu jeter un coup d'œil au tiroir quelques jours plus tard, un mot y avait été déposé. Il n'était pas signé, mais nous sommes certains qu'il était de Jules. Mon frère demandait à Benji de lui ramener les documents volés, en échange de quoi il lui donnerait la clé qui lui manque pour découvrir *la vérité*. Jules a peut-être découvert un moyen de trouver la porte du sixième sens, ou le Grand Secret lui-même ! Il *faut* prendre le risque de se rendre à son rendez-vous. Sans compter que c'est certainement à ce rendez-vous que mon frère me donnera la lettre de mon père, que je me suis envoyée plusieurs fois grâce au facteur, et qui nous a permis de trouver tous les indices qui nous ont menés jusqu'ici.

— Je vois, dit Liz, il faut boucler la boucle. Et dire qu'Ohanko n'est même pas là pour entendre ça… Mais pourquoi Benji a-t-il besoin de l'histoire de l'archevêque pour aller à ce rendez-vous ?

— Jules ne nous a pas donné de jour ou d'heure de rendez-vous. Il a seulement écrit : « *Fais venir Alfred Richet comme on fait venir une chimère, et attends près du tableau. Je serai là, je t'attendrai.* » Alfred Richet est le fondateur de l'hôpital, mais il fait aussi partie de la famille Moulin. Nous ne l'avons pas compris tout de suite, parce que Moulin était le nom de sa mère. Il a été gardien lui aussi, avant de passer la main au docteur Moulin que je connais. Son portrait est accroché dans tous les bâtiments de l'hôpital, et il en existe un exemplaire dans les couloirs de la Citadelle. Mon frère nous propose de le rencontrer dans la Citadelle, devant ce tableau. Mais pour l'alerter et le faire venir, nous devons attirer près du tableau *Alfred Richet*, en racontant l'histoire de la famille Moulin. C'est à dire, d'après ce que dit Théobald, l'histoire de la chute de l'archevêque Du Moulin, qui a condamné sa famille à servir la Citadelle pour l'éternité. C'est cette histoire que Benji devra recréer.

— Tout seul ? Comment va-t-il faire ?

— Benji est très fort, il trouvera un moyen.

— Alors ton frère te demande de faire venir *le fantôme* d'Alfred Richet ? demanda Aeneas.

Briséïs réfléchit un moment :

— Je ne sais pas… J'imagine que c'est ce qu'il a voulu dire, oui. L'esprit d'Alfred Richet.

— Mais dans quel but ? Pourquoi ne pouvait-il pas vous donner un rendez-vous classique ?

Briséïs secoua la tête, désemparée.

— Il doit avoir ses raisons. S'il se cache dans la Citadelle depuis des années, ce doit être un moyen de se protéger. Pour que personne ne puisse nous suivre à sa rencontre, et le prendre par surprise. Tout ce que je sais, c'est que je ne peux pas manquer ce rendez-vous. C'est pour cette raison que j'insistais tant pour récupérer la bague de l'archevêque. Mais maintenant que nous connaissons l'histoire de sa transformation, il suffit que je la raconte à Benji. Les angelots pensent encore qu'ils peuvent nous espionner sans être remarqués. Si je me sers de leur plume, ils se contenteront d'écouter notre conversation. Vous n'aurez qu'à choisir un sujet anodin. Il faut seulement qu'ils ne voient pas que Théobald est à notre merci.

— Nous n'avons qu'à l'enfermer à double tour en haut, suggéra Meng à Enndall, qui hésitait.

Briséïs implora Enndall du regard.

— Bon, très bien, céda-t-il enfin.

— Merci ! Merci mille fois !

— Ohanko, on emmène Théobald en haut, dit Meng, rouvrant la porte donnant sur la pièce voisine. Vous autres, trouvez un sujet de conversation qui ne mette pas la puce à l'oreille des angelots, pendant que Briséïs écrit.

Briséïs sortit sa bouteille d'encre et son cahier. Pour la première fois, elle l'étala bien à la vue de tous, sans le moindre sentiment de culpabilité. Une vague de chaleur l'envahit. Elle se sentait tellement mieux, soutenue par ses amis.

— Rappelle-moi, Leonel, qu'est-ce que Benji t'a dit, juste avant ton départ ?

— Il n'a pas dit grand-chose, en fait. Il t'a traitée de tous les noms et il a placé sa plume au-dessus de la flamme de la bougie qui se trouvait sur la table.

Théobald, encore sur le pas de la porte, explosa de rire.

— Il a brûlé sa plume ? pâlit Briséïs.

— Je ne suis pas resté jusqu'au bout, mais elle était déjà bien allumée quand je suis parti, et ça ne sentait pas très bon. Comme je te l'ai dit, il n'avait pas l'air de très bonne humeur. Qu'est-ce qu'il a, l'autre, à rire comme ça ? On dirait qu'il va se pisser dessus !

— Leonel, il faut deux plumes pour établir le contact avec la Citadelle ! s'exclama-t-elle, atterrée. Benji ne s'est pas juste un peu énervé, il a carrément coupé les ponts ! Comment je vais faire pour récupérer ma lettre, maintenant ?

— Pauvres nuls ! s'esclaffa Théobald, au comble de l'hilarité.

— Il doit y avoir un autre moyen de prendre contact avec la Citadelle, grâce à Théobald, suggéra Meng, ramenant brusquement Théobald sur la table.

— Aïe ! Doucement quand même !

— Théobald ?

— Je ne peux rien pour vous, Messire d'Imbert, si votre ami à l'intérieur ne veut pas vous parler, votre seule option serait de vous y rendre et de le secouer comme un prunier. Mais me secouer moi n'y changera rien…

— Alors dis-nous comment nous y rendre.

— Vous rigolez ? On n'entre pas dans la Citadelle sans autorisation !

— Alors donne-nous-en une !

— Il faudrait que je la signe de mon nom pour qu'elle soit validée ! Et faire entrer des résistants dans la Citadelle, ça se paye très cher, au moins aussi cher que de laisser des résistants raconter l'histoire d'une chimère, si vous voyez ce que je veux dire… Je ne peux rien pour vous, je vous dis !

— Pourtant, je ne pourrai pas recevoir ma lettre si je ne reprends pas contact avec la Citadelle, répéta Briséïs, se prenant la tête dans les mains. C'est donc qu'il existe bien une solution, sinon je ne l'aurais pas reçue et nous ne serions pas là… Si je retournais dans le lac de la vouivre avec le rubis ?

— Le lac de la vouivre est un cul-de-sac, un mirage pour détourner de la vraie porte ceux qui voudraient se rendre dans…

Théobald s'interrompit, réalisant ce qu'il venait de dire.

— Il existe donc une porte ! s'exclama Meng, resserrant son emprise autour du cou de Théobald. Qu'est-ce que c'est ? La porte du sixième sens ? Allez ! Crache le morceau !

— Ce n'est pas la porte du sixième sens, ce n'est même pas vraiment une porte ! grimaça Théobald, cherchant de l'air, plutôt une brèche, un défaut de construction… Mais elle ne vous servira à rien, personne ne peut survivre à un tel passage !

Le sang monta au visage de Briséïs. Elle y venait donc, à ce fameux passage sans retour, celui dont parlait la lettre de Jules.

— Ah oui ? Et pourquoi la Citadelle s'embêterait-elle à créer des diversions avec des mirages si vraiment ce passage était infranchissable ? renchérit Meng.

— La Citadelle ne laisse rien au hasard, on ne vous l'a pas déjà dit ? suffoqua Théobald dont le visage virait au violet.

Ce fut le moment que choisit Isolde pour faire irruption dans la pièce.

— Baudoin va bien, mais Cassandre est restée là-bas, elle…

Meng lâcha Théobald qui se laissa tomber par terre en toussant violemment. Il rampa misérablement vers sa mère en couinant : « Maman ! Aide-moi ! »

Isolde ne se laissa pas impressionner.

— Qu'as-tu encore fait cette fois, Théobald ? demanda-t-elle d'un ton ferme, ignorant la main désespérément tendue de son fils.

— Maman ! s'écria Théobald, redoublant d'énergie en s'accrochant aux chevilles de sa mère, ils veulent me faire dire quelque chose d'impossible, et je ne peux pas, et j'ai peur ! J'ai peur Maman !

Il sanglotait à présent. Isolde soupira :

— De quoi s'agit-il, Enndall ?

Enndall prit le temps de bien choisir ses mots.

— Il nous reste encore un dernier rituel à accomplir pour assurer la pérennité de notre travail d'aujourd'hui. Mais il nous manque une information cruciale, que Théobald détient. C'est Théobald qui nous a menés jusqu'au lac de la vouivre, Cassandre et Baudoin pourront te le confirmer. Et il peut encore nous aider une dernière fois, s'il en trouve le courage.

Isolde dévisagea Briséïs et ses amis puis se pencha vers son fils écroulé à ses pieds.

— Et vous comptez l'exhorter au courage en l'étouffant ?

— Non… Non, bien sûr…

Isolde aida Théobald à se relever tout en le réconfortant de mots doux, l'escorta jusqu'à une chaise et le fit s'asseoir. Sous ses larmes de crocodile, le triomphe de Théobald était déjà visible. Briséïs bouillonnait.

— Là, là, tout va bien, disait Isolde, embrassant son fils sur le front. Il ne faut pas avoir peur, Théobald, personne ne te fera du mal. Je te le promets. Tu me crois ? Théobald, regarde-moi, tu me crois ?

— Oui Maman, renifla Théobald.

Liz leva les yeux au ciel.

Isolde remit en place une mèche de cheveux de Théobald :

— Alors, est-ce que tu veux bien aider le chevalier d'Imbert, maintenant ?

Théobald s'arrêta de renifler et sur son visage fleurit un sourire mauvais, comme une redoutable promesse.

— Qu'il aille au diable !

La main d'Isolde partit comme un bolide, gifla Théobald et laissa sur sa joue une cuisante marque rouge. Théobald ne s'attendait certainement pas à un tel traitement : il resta sans voix.

— Théobald, j'ai toujours supporté tes bizarreries parce que tu es mon fils et que je t'aime. Et je les supporterai encore, jusqu'à ma mort. Mais si tu choisis aujourd'hui de punir Enndall pour son passé, si tu lui refuses ton aide ou le rabaisses de quelque façon, alors ce sera comme si tu m'avais frappée à sa place, et jamais plus je ne pourrai te regarder en face. Pèse mes mots, Théobald. Ce ne sont pas des paroles en l'air.

Le sourire de Théobald perdit de son insolence.

— Tu ne pourras jamais me faire interner, riposta-t-il sur un ton de défi.

— Tu sais parfaitement que je ne parle pas de ça.

Le sourire s'envola pour de bon des lèvres de Théobald.

— Tu es ma mère, tu ne pourras jamais t'empêcher de m'aimer.

— Très bien. Monte dans ta chambre.

Le visage d'Isolde s'était fermé dans une solide détermination. Celui de Théobald se décomposait à vue d'œil. Cela n'avait plus rien à voir avec la comédie qu'il avait maintes fois jouée. Pour la première fois, Briséïs aperçut une lueur d'angoisse briller dans ses yeux.

— Tu ne peux pas me faire ça, Maman, glissa-t-il d'une voix tremblante.

Mais Isolde resta de marbre, répétant distinctement les mots : « Monte. Dans. Ta. Chambre. »

— Tu n'as pas idée de ce qu'ils me demandent ! explosa Théobald, fou de rage.

Isolde essuya la tempête sans sourciller.

— Parfait ! lui hurla Théobald au visage, tremblant de la tête aux pieds. Qu'est-ce que ça change de toute façon, ils n'y arriveront jamais ! *Il n'y arrivera* jamais, puisqu'une seule personne peut entrer dans l'armure !

— Le passage se fait à travers l'armure ? demanda Aeneas, laissant échapper sa surprise sans la moindre retenue.

— Mais non, abruti ! Il faut *mettre une armure* pour accéder au passage ! Chaque espace-temps dispose d'un tableau référentiel qui l'identifie, et le nôtre représente notre gardien, le roi des Aulnes, dans sa jeunesse, en chevalier affrontant ses peurs sur les bords du monde. Si vous voulez retrouver votre brèche, il faudra le recréer.

— Un tableau comme une adresse, souffla Briséïs. De la même manière que le portrait d'Alfred Richet représente l'hôpital. Alors nous avions raison.

— Une seule personne pourra entrer dans… répéta Liz.

— Un chevalier et sa monture, point.

— C'est moi qui dois y aller, dit Briséïs. De toute façon, je suis la seule à pouvoir enfiler l'armure et à avoir une chance de raisonner Benji.

— Et comment feras-tu une fois à l'intérieur, toute seule, pour recréer l'histoire de l'archevêque pour ton rendez-vous ? demanda Enndall.

— Je trouverai bien un moyen.

Isolde suivait la scène sans comprendre, mais n'en perdait pas une miette.

— Elle n'aurait pas besoin de la recréer, puisqu'elle en fait partie, intervint Théobald. Mais elle n'arrivera jamais de l'autre côté, les choses ne sont pas si simples. Normalement, seul le gardien peut ouvrir le passage de son tableau.

— Et nous venons de renvoyer le roi des Aulnes, souffla Aeneas.

— Bingo ! Il y en a un qui suit ! De toute façon, même si le gardien vous ouvrait la porte de son tableau, en le traversant sans autorisation de la Citadelle, vous subiriez la chute.

— Je croyais que seules les chimères pouvaient subir la chute ? l'interrompit Briséïs.

— Tant que ton esprit est en voyage, tu es de la même nature qu'une chimère, je l'ai dit tout à l'heure, tu écoutes un peu ?

— Mais il y a une brèche, dit Meng, l'incitant à poursuivre.

— La première défense de la Citadelle est la peur. Imaginez que la peur soit comme des flammes. C'est un peu comme si la Citadelle avait érigé des barrières de feu derrière chacun de ses tableaux, pour se protéger. Si, de votre côté, vous parvenez à rencontrer la plus pure des peurs, comme le jeune chevalier parti en conquête, non seulement vous recréerez à merveille son tableau et pourrez l'ouvrir facilement, mais en plus, la Citadelle ne pourra pas vous refuser le passage. Parce que ce sera comme si vous aviez trouvé le moyen de vous métamorphoser en flamme, pour passer sans vous brûler. Mais comme je le disais, c'est impossible. Jamais personne ne pourrait vivre une telle peur et encore trouver la force de se tenir droit sur son destrier.

— Où pouvons-nous trouver cette peur ? demanda Briséïs.

— Je t'en ai déjà parlé. C'est l'esprit *Ça*, l'être de toutes les angoisses. Si l'un de vous revêt l'armure et parvient à pénétrer la forêt de la montagne noire suffisamment profondément pour faire la rencontre de *Ça,* s'il se laisse pénétrer par la plus pure des peurs, il parviendra à représenter l'essence du tableau du roi des Aulnes et il n'aura plus besoin du gardien pour retrouver la porte.

— Alors cette bouche des enfers existe, soupira Leonel. Encore une création de la Citadelle ?

— Oui, mais la seule et unique qui ait été involontaire. *Ça* est né de la psyché commune de toutes les chimères déchues de la Citadelle, qui se sont réfugiées dans la montagne noire, attirées les unes par les autres, perdues dans leurs souffrances éternelles.

— C'est aussi ce que m'a décrit Benji, intervint Briséïs. Théobald dit vrai.

— Les chimères déchues ? demanda Ohanko.

— La première étape de la punition de la Citadelle est la transformation en chimère. Ce n'est pas la plus cruelle : l'angelot porte encore ses plumes. Mais s'il ruine sa deuxième chance au service de la Citadelle, alors il tombera pour l'éternité dans l'abîme. Alors ses plumes une à une lui seront arrachées, et dans cette dégringolade interminable, il se consumera de l'intérieur, tant et si bien que ne restera plus de lui qu'un spectre de hantise, garantie de son supplice infini. Comment croyez-vous que la Citadelle garde son emprise sur ses chimères ? Par la peur, bien sûr. Il n'y a que la peur, pour gouverner correctement.

Théobald laissa le silence envelopper sa nouvelle révélation. Pour une fois, il ne semblait pas prendre plaisir au spectacle. Il ne jouait plus. Il ne faisait qu'énoncer la vérité.

— Mais… Si les chimères déchues se retrouvent dans la montagne noire, elles ne chutent pas indéfiniment ? s'aventura Aeneas, au risque de paraître encore ridicule.

— Personne ne sait réellement quand la chute cesse d'être un état physique, répondit sombrement Théobald, mais dans l'esprit des damnés, elle est éternelle.

— Quelle direction faut-il prendre, pour la montagne noire ? demanda Briséïs.

— Briséïs, tu n'es pas sérieuse… commença Enndall, mais Briséïs le coupa net :

— Je suis passée par la Citadelle et je ne pourrai pas l'oublier. Si je ne fais pas face maintenant, je devrai le faire à la fin des neuf mois. Pourquoi attendre d'avoir perdu tous mes moyens ? Il faut que je tente ma chance.

Enndall resta muet, à court d'arguments.

Théobald planta son regard dans celui de Briséïs : son strabisme n'était jamais aussi impressionnant que lorsqu'il vous prenait ainsi entre quatre yeux.

— On la voit d'ici. Si tu montes droit vers le nord, tu ne pourras pas la manquer.

— Et une fois sur la montagne ?

— On ne peut plus simple : à chaque intersection, choisis le chemin qui te terrorise le plus. Tu dois t'y engager sans hésiter, jusqu'à ce que mort s'ensuive.

— Mort de peur, tu veux dire ? Le seul véritable danger se trouve dans la peur ?

— Bien sûr que non. Les dangers de la forêt ne sont pas imaginaires. Tu pourrais très bien te faire cribler de flèches, dévorer par un monstre, étrangler entre les branches des arbres-démons ou engloutir dans des sables mouvants. Comment crois-tu que la peur te sera insufflée ? Mais tu ferais erreur en sous-estimant la peur elle-même. Elle est bien plus dangereuse que tous les autres dangers réunis. De quoi as-tu le plus peur, Briséïs ?

— Je…

— Tu ferais bien d'y penser et d'être honnête avec toi-même, parce que c'est aussi ce que tu auras à affronter là-bas. Si tu ne t'y prépares pas, le choc sera brutal.

Briséïs fouilla les recoins de son âme. De quoi avait-elle le plus peur ?

— Excusez-moi, vous nous accordez une minute ? demanda Leonel avant de l'attraper par la main et de la tirer vers la pièce voisine.

— Tu ne penses pas sérieusement y aller, quand même ? fit-il à voix basse après avoir refermé la porte derrière lui.

— Je n'ai pas vraiment le choix, Leonel, se défendit-elle, surprise qu'il la prenne à part pour cela.

— Briséïs, je ne dis pas qu'il ne faut pas prendre quelques risques de temps en temps. Mais là, c'est du suicide. Je ne crois pas que Théobald bluffe.

— Je ne le crois pas non plus.

— Tu tenais à peine sur ton cheval la dernière fois ! Si l'angelot n'avait pas été là pour prendre ta place…

— Tu crois que je ne le sais pas ?

— Tu ne peux pas mourir, Briséïs ! la coupa-t-il, serrant plus fort son poignet.

L'intensité de son regard vert lui coupa le souffle un instant.

— Je n'en ai pas l'intention. Lâche-moi, tu me fais mal.

Enndall ouvrit la porte.

— Le sablier est presque écoulé, dit-il pour excuser son intrusion. Il faut prendre une décision.

— Elle est déjà prise, rétorqua Briséïs en retournant dans la cuisine. Je vais me rendre seule dans la forêt noire pendant que vous reprendrez l'escalier.

— Tu ne peux pas prendre cette décision toute seule !

— Ce n'est pas moi qui l'ai prise, Leonel, c'est mon frère ou mon père. Ou les deux à la fois. C'est ce que dit la deuxième lettre, celle de mon frère. Ils ont fait ce qu'ils ont fait pour qu'il arrive ce qui arrive…

— Et après on m'accuse d'être le méchant de l'histoire, gloussa Théobald. Moi, au moins, je respecte ma famille.

— Vous allez la laisser partir ? explosa Leonel. Très bien, faites ce que vous voulez, ajouta-t-il, voyant les autres baisser les yeux, mais ça sera sans moi !

Et dans un torrent d'exaspération, il se fraya un chemin jusqu'à la porte d'entrée qu'il claqua avant de s'enfoncer dans la rue.

— Aeneas, dit Meng à mi-voix, suis-le et empêche-le de faire une bêtise.

28

ÇA

— Il s'inquiète pour toi et il a raison, dit Enndall après de longues minutes de silence.

Il nouait les gants de fer autour de ses poignets. Jamais Briséïs n'aurait imaginé devoir endosser à nouveau l'armure du chevalier de Gonzague. Les plis du métal contre sa peau réveillaient les bleus vieux d'à peine quelques heures, et elle maudissait déjà son obstination à vouloir se sacrifier pour la bonne cause.

— Je sais, répondit-elle simplement.

— Si nous avions un peu de bon sens, nous réagirions tous de la même façon.

— Je sais.

— Je ne sais pas ce qui me pousse à te laisser faire.

— Je dois m'envoyer la lettre que j'ai déjà reçue. C'est donc que je vais y arriver, répéta Briséïs pour la troisième fois depuis que Leonel et Aeneas étaient partis, dans un effort pour se convaincre elle-même.

Bien sûr, qu'elle réussisse à s'envoyer sa lettre ne garantissait pas du tout sa survie après le passage. Mais elle se refusait à penser au mot de Jules.

— Tu possèdes une force extraordinaire, Briséïs. Ne l'oublie pas.

Je veux croire en toi parce que tu le mérites. C'est un choix délibéré, que je ne veux jamais regretter quoi qu'il arrive.

Elle lui sourit, ne sachant que répondre.

— C'est vrai, ajouta Ohanko qui achevait le lacet de sa botte droite. Je te l'avais déjà dit au bord du lac et je le pense toujours.

— Souviens-toi, ajouta Meng, posant un genou à terre devant elle comme un entraîneur sportif, surtout, ne descend pas de cheval. Une fois à terre, tu ne pourrais pas remonter, et le chevalier du tableau se tient droit sur son destrier.

— Je sais, répéta Briséïs.

— Théobald est bien ficelé sur son lit, annonça Liz, descendant les escaliers. Sa bague d'archevêque est cachée à l'abri dans un coffre, pour qu'Isolde puisse la lui redonner quand elle reviendra chez elle ce soir.

Ils avaient décidé de la lui rendre, pour que Théobald n'ait pas d'ennuis avec la Citadelle. Personne ne souhaitait que la descendance future de Cassandre soit liée à la forteresse par sa faute.

— Isolde arrive, ajouta Liz.

Briséïs acquiesça. Isolde allait l'accompagner seule jusqu'à la porte nord pendant que les autres se prépareraient à reprendre la route du ciel. Les baguettes de sourcier et la boussole avaient pointé l'escalier vers le sud-ouest : ils allaient devoir passer sous le nez des écorcheurs. Ils ne pouvaient pas se permettre d'attendre le retour potentiel de Briséïs. Isolde s'était montrée très discrète suite à l'échange qu'ils avaient eu avec son fils. Briséïs lui était reconnaissante du précieux temps qu'elle leur permettait de gagner à ne pas leur demander d'explications.

Enndall plaça le heaume sur sa tête, le fixa à ses épaules.

— Nous t'attendrons sur la place du Temps, dit-il, cherchant son regard à travers la fente. Le plus longtemps possible.

Elle n'avait pas le courage de le contredire. Meng et Ohanko l'aidèrent à se relever, la guidèrent vers la cuisine et l'entrée. Aeneas leur ouvrit la porte, de l'extérieur :

— Nous avons retrouvé le cheval de Gonzague ! s'exclama-t-il.

— Tant mieux, se réjouit Isolde. Il fera certainement mieux l'affaire que ma pauvre jument.

Les hommes s'affairèrent un moment autour du grand destrier blanc. Ils lui retirèrent les couleurs de Gonzague pour le rendre moins visible, lui offrirent de l'eau, quelques pommes et carottes, vérifièrent ses sangles et l'état de ses sabots.

Leonel tenait les rênes, les bras croisés, l'air renfrogné. Briséïs lui tendit la main. Il se braqua, finit par lui donner les rênes avec un lourd soupir.

— Tu ne me dis pas au revoir ? murmura-t-elle.

— Adieu tu veux dire ?

— S'il te plaît, Leonel.

Quelque chose dans sa voix le décida. Il s'avança d'un coup et la prit dans ses bras. Il la serra probablement assez fort, à en juger par le bruit de la ferraille.

— Ouille… C'est l'embrassade la moins agréable que j'aie jamais expérimentée de ma vie, grimaça-t-il, reprenant ses distances.

— Oui, ce n'est pas tellement mieux de l'intérieur…

Et pourtant, elle n'avait qu'une envie, qu'il la serre à nouveau. Il dut lire dans ses pensées, car presque aussitôt il se rapprocha pour la serrer encore plus fort.

Un instant, elle fut tentée de lui parler de ce qui s'était passé dans le placard. Ce serait peut-être sa seule occasion de le faire. Mais ils ne disposaient pas d'une grande intimité, ainsi entourés des autres, elle enfermée dans sa boîte de conserve.

— Reviens-nous, d'accord ? l'entendit-elle murmurer à travers la paroi de son heaume.

— D'accord.

— Hé ! Moi aussi, je veux un câlin ! fit Liz dans son dos, et un poids de plus s'ajouta à celui de Leonel contre son armure. Tu vas y arriver, Briséïs, je le sais.

— On le sait tous, ajouta Aeneas, se joignant à l'embrassade.

Bientôt, Enndall, Ohanko et Meng s'y mêlèrent également. Briséïs ne pouvait qu'imaginer la tête des passants, voyant six énergumènes accrochés à un chevalier en armure.

— Il faut y aller, s'excusa Isolde au bout d'un long moment.

— Je suis prête, déclara fermement Briséïs.

Enndall et Ohanko l'aidèrent à enfourcher l'étalon. Puis Enndall tira sa longue épée de son dos et la lui plaça dans la main droite.

— Et si je la perds ? demanda-t-elle, incertaine.

— Ce n'est qu'une épée. Elle est très lourde : pour le voyage, laisse-la reposer sur ton épaule. Elle te sera utile pour te frayer un chemin parmi les branches, et pour impressionner d'éventuels adversaires. Mais mieux vaut la faire tournoyer de loin que d'essayer de t'en servir de près.

— Je comprends.

— Est-ce que tu sais ce qui te fait le plus peur ? demanda-t-il avec hésitation.

Il ne voulait pas la déconcentrer en l'effrayant trop tôt. Mais à la vérité, elle n'aurait su dire ce qui lui faisait le plus peur. Ses expériences des dernières semaines avaient pour le moins redéfini ses critères. Avant, elle aurait répondu sans hésiter les araignées, les méduses, s'approcher très près d'un ravin ou s'enfoncer trop profondément dans l'eau. Mais à présent qu'elle voyageait régulièrement dans le ciel, qu'elle avait respiré sous un lac et survécu à une araignée une nuit durant, sans oublier bien sûr les quelques esprits fantôme, démons, dragons…

— Je verrai bien, fit-elle, haussant les épaules dans un cliquetis de ferraille.

Isolde empoigna sa bride et, plus tôt que Briséïs ne se l'était imaginé, ses amis disparurent pour de bon de son champ de vision.

Un sursaut d'angoisse l'envahit devant cette nouvelle perspective. C'était fini. Elle ne les reverrait peut-être plus. Jamais. L'idée germa en elle : avait-elle trouvé là sa plus grande peur ? Non pas une peur générique, mais une réalité très probable, à laquelle elle ne s'était de toute évidence pas assez préparée. Elle souffla fort à travers la fente de son heaume. Elle ne pouvait pas se laisser emporter par la panique si tôt, la montagne noire était encore loin. Elle se força à souffler encore, longuement, profondément.

Déjà, les deux femmes approchaient de la porte nord. Elles y étaient.

— Un cavalier pour aller quérir l'aide de Tolosa et Castras, annonça Isolde avec autorité aux gardes de la porte.

Isolde, fille du sénéchal, était connue de tous : les soldats donnèrent l'ordre d'ouvrir sans poser de questions.

— Merci pour tout, dit-elle à Briséïs une fois les portes ouvertes et la herse relevée. Que le Seigneur soit avec vous.

Elle lâcha la bride, fit un pas de côté, et Briséïs talonna sa monture qui s'élança sans hésiter.

Elle avait cru se sentir seule en perdant de vue ses amis quelques minutes plus tôt. Mais elle découvrit la véritable solitude en s'avançant dans la plaine désertée par les paysans, partis se mettre à l'abri des remparts de la ville avant l'arrivée des écorcheurs. Le vide qui s'ouvrit sous ses pieds la prit à la poitrine et l'aspira comme le siphon d'une tornade. Devant elle, au bout des champs, se dressait la montagne noire, imposante masse ténébreuse.

— C'est par là, annonça-t-elle à son cheval, pointant ostensiblement son épée dans la direction qu'indiquaient ses peurs, comme pour vérifier que sa boussole interne fonctionnait bien.

Elle fonctionnait à merveille.

Le destrier prit de la vitesse, et voyant la montagne se rapprocher, Briséïs se mit à prier pour qu'il pique une colère et refuse d'avancer plus. Elle pourrait rentrer à Carcassona, dépitée, désolée, blâmant ce satané canasson pour son impossible caractère. Mais c'était un cheval de combat, dressé pour fondre vers la mort, et une fois lancé, elle le savait bien, rien ni personne ne pourrait l'arrêter.

Le silence de la solitude. Le bruit des sabots contre la terre battue du sentier, le souffle lourd de la bête dans l'effort, les frottements du métal et le vent par rafales s'engouffrant dans sa visière.

Puis l'odeur de la forêt, quelques centaines de mètres avant les premiers troncs, les premières branches aux feuilles de printemps encore timides, frissonnant dans la brise.

Un étroit chemin s'enfonçait entre les fougères vert prairie. Peu à peu, le feuillage s'éleva au-dessus de Briséïs, assombrit le ciel et priva les fougères de leurs belles couleurs. Puis Briséïs ne devina plus à travers sa visière que la pénombre entre les arbres. La forêt grimpait sur le flanc de la montagne, son destrier fit de même. Les troncs se resserrèrent, la végétation se densifia. Les oiseaux se turent et le ciel s'assombrit, encore. Mais ce n'était toujours qu'une forêt.

Briséïs resserra ses rênes, ajusta la position de l'épée sur son épaule. Si Théobald n'avait pas menti, elle ne tarderait pas à voir apparaître son premier cauchemar…

Soudain, son destrier s'arrêta net.

Briséïs se pencha en avant pour essayer de voir, à travers sa visière, un peu plus que les oreilles du cheval. Le grand étalon blanc soufflait fort par les naseaux, fixant un point dans les feuilles mortes. Le cœur de Briséïs se mit à battre à toute allure. Elle talonna son destrier, mais il refusa d'avancer. Elle fouilla le sol du regard, finit par apercevoir un petit champignon au chapeau brunâtre entre les feuilles.

— Qui va là ? lança-t-elle pour se donner du courage.

Silence.

Le ridicule lui parut soudain plus mortel que sa peur. Si tout ceci n'était encore qu'une plaisanterie de Théobald, il allait l'entendre… Le chapeau du champignon bascula en arrière.

Apparut alors un être blanchâtre, filiforme, pourvu de bras aussi longs que ses jambes. Il s'avança de quelques pas. L'étalon souffla plus fort dans ses narines.

— Quelle est la plus grande, la plus pure, la plus profonde de tes peurs ? demanda la créature d'une voix chantante.

Son visage se découpait, s'élargissait et prenait progressivement la forme de lamelles sous son chapeau de champignon. La créature leva un sourcil fait de mousse, attendant la réponse de Briséïs.

— Je… Je pensais que la forêt me montrerait le chemin vers mes peurs, répondit-elle.

— Le chemin est là, mais toi, y es-tu ? Dis-moi quelle est la plus grande, la plus pure, la plus profonde de tes peurs, et le chemin t'apparaîtra.

Briséïs maudit intérieurement Théobald. Ce n'était pas ce qu'il lui avait promis. Et si elle ne trouvait pas la bonne réponse ? Voyons… Quelle peur pouvait bien inclure toutes les autres ?

— J'ai peur de mourir, admit-elle, pleine d'espoir.

La chimère opina du chef.

— Bon voyage…

Elle fit quelques pas de côté, tendant le bras pour l'inviter à passer. Dans la direction qu'elle pointait, les arbres se mirent à craquer dangereusement. Un souffle balaya les branchages, fit frémir les feuilles qui crissèrent et gémirent.

Le champignon avait disparu.

— Nous y voilà… murmura Briséïs, reprenant ses rênes, exécutant un moulinet avec l'épée pour tester sa force.

Elle faillit blesser son cheval et lâcher l'épée. Elle se passerait de moulinets. La simple vue du chemin lui donnait des sueurs froides. Une odeur de pourriture commençait à chatouiller ses narines. Un hurlement traversa l'air. Son cheval bondit sur le côté. Seuls le poids de son armure et la forme recourbée de sa selle permirent à Briséïs de ne pas se faire désarçonner comme une malpropre.

— Ce n'est pas le moment ! s'exclama-t-elle. Allez, avance !

Elle pointa son épée droit devant. Elle connaissait ce sentiment d'angoisse latente, le même mal s'était insinué en elle dans les rues de Carcassona, quand elle chassait les gargouilles au milieu de la nuit. Seulement l'oppression ici était décuplée, étouffante jusqu'à la déraison. Des yeux jaunes lui apparurent au milieu des branchages noueux qui ne semblaient plus vouloir que sa mort. Elle ne pouvait s'autoriser à échapper à cette peur qu'en allant au-devant d'une plus grande. Elle talonna son cheval.

— Charge ! cria-t-elle, visant le regard diabolique de la pointe de son épée.

L'étalon se cabra, s'élança comme une furie. Les yeux jaunes s'étaient mis en mouvement et prenaient de la vitesse. La lune soudain perça la voûte de feuillages, et le pelage de l'animal s'illumina de reflets bleutés. La blessure verdâtre sur le bras d'Enndall lui revint à l'esprit. D'un seul coup de patte, avait-il dit, son bras s'était retrouvé paralysé. Le loup-garou était extrêmement rapide, et faisait presque la taille de son étalon. Il lui suffirait de fondre sur elle pour renverser le destrier, et d'un coup de mâchoire mettre fin à son voyage. Mais Briséïs savait que dès l'instant où elle essayerait d'éviter sa peur, son chemin disparaîtrait. Plus que quelques foulées. Briséïs replia son bras. Peut-être que si elle attendait le dernier moment pour lancer sa lame, la bête fonçant sur elle pourrait s'empaler dessus ? Non, la bête semblait agile, elle choisirait son angle, elle éviterait l'épée que Briséïs arrivait à peine à tenir.

Briséïs ne souhaita plus qu'une chose, fermer les yeux, oublier sa propre existence, passer de l'autre côté, être déjà morte pour ne pas avoir à souffrir.

Un prodigieux grognement emplit soudain la forêt, suivit d'un immense jet de flammes. Un monstre à trois têtes, écailles de serpent, ailes gigantesques surgit derrière les arbres. Son cœur se mit à battre plus fort ; de peur, d'espoir.

— À DROITE ! hurla-t-elle, tirant de toutes ses forces sur les rênes de son cheval alors que le loup-garou bondissait sur elle.

Le destrier esquiva de justesse la bête qui grogna toute sa rage, prit appui contre les arbres et s'élança à leur poursuite.

Les sabots de l'étalon tambourinaient sur le sol. Les branches basses des pins frappaient l'armure, déstabilisant Briséïs. Les rugissements du monstre ailé étouffaient les hurlements à la mort du loup-garou. Quel titan serait capable de la terroriser plus encore que ce prodigieux dragon à trois têtes ? Son corps immense se dressait au-dessus des cimes. Ses trois têtes, gueules ouvertes comme des brasiers, la suivaient du regard, l'attendaient. Rien ne pouvait lui faire plus peur, réalisa Briséïs, hypnotisée par les flammes.

Le dragon était si proche, elle ne voyait plus à présent que ses postérieurs à travers la fente de son heaume. Imaginer les trois têtes juste au-dessus, sentir leur haleine brûlante chauffer sa cuirasse de métal… C'était un miracle que son cœur tienne encore.

Une seule chose la terrorisait plus encore que sa mort imminente : la douleur d'une mort lente, que seul un être aussi vil que le diable pourrait lui infliger.

Une silhouette de feu apparut derrière les pattes du dragon. Mi-homme mi-bête, de grandes cornes sur le front, un sourire infernal et un regard de braise qui ne pouvait appartenir qu'à Satan lui-même.

— PAR LÀ ! hurla Briséïs.

Elle dévia sa monture et évita par miracle un formidable jet de flammes. Le loup-garou derrière elle ne fut pas aussi chanceux. Ses couinements désespérés poursuivirent Briséïs, comme elle galopait entre les pattes du dragon, évitant son énorme queue pour foncer vers le diable. Le visage du Malin se tordit de plaisir en la voyant chevaucher vers lui. Une intelligence surnaturelle brillait dans ses pupilles incandescentes. La voyant prête à se jeter dans ses bras, ses ailes de chauve-souris se déployèrent, et Briséïs comprit que tout était fini. Si elle devait mourir atrocement pour vivre la plus pure de ses peurs, il n'y avait aucune échappatoire possible. Voilà pourquoi Théobald et Jules avaient été si sûr d'eux.

Son destrier ralentit. Pourtant il donnait toute sa force, mais les troncs et les branches se tordaient autour d'eux, les racines sous ses sabots glissaient tels des serpents sur le tapis de feuilles mortes. Briséïs sentit les yeux de la forêt entière posés sur elle. Le diable éclata de rire. Les arbres prenaient vie, grondaient, craquaient, se resserraient. Bientôt, l'étalon ne put plus faire un pas, mais l'écorce continua de se nouer autour de ses membres, de son encolure et de l'armure de Briséïs. Elle était prisonnière. *Aucune échappatoire possible.* La fatalité du piège refermé sur elle lui faisait plus peur encore que l'idée d'une mort lente.

Le diable derrière les branches tendit sa main de braises. Même lui ne pouvait plus passer à travers le labyrinthe végétal. Son visage s'anima d'une colère démoniaque. *Ça* était-il là, plus fort que le diable, la peur à l'état pur qui bientôt allait réduire Briséïs en poussière ? Paniqué, l'étalon se débattait, incapable de se libérer. Le métal de l'armure de Briséïs se mit à geindre, bientôt il ploierait sous le bois. Seul son bras tenant l'épée était encore libre. Jamais Briséïs n'aurait la force d'enfoncer sa lame dans l'une des branches de *Ça*. L'odeur de la peur emplissait ses narines. Le plastron sur son torse céda à la pression, s'enfonça contre sa poitrine. Briséïs laissa échapper un cri de douleur. Parce qu'il ne lui restait rien d'autre, elle imagina la peur et brandissant son épée, l'enfonça au plus haut vers le ciel. La lame glissa entre les branches, fendit l'air. Un tourbillon rugit dans les feuilles, et le bois relâcha son étreinte. Dès qu'il le put, son destrier rua dans les branchages, bondit en avant comme une tornade. Briséïs s'accrocha de toutes ses forces au pommeau de sa selle pour ne pas se faire balayer par les arbres au passage. Elle n'avait plus aucun contrôle de la direction, elle ne voyait rien d'autre à travers sa visière qu'un fouillis de feuillage.

Enfin l'étalon ralentit, puis stoppa net, frémissant, soufflant fort dans ses naseaux dilatés.

À ses pieds, perdu dans les feuilles mortes, se tenait un petit champignon au chapeau brun, un air coquin sur son visage blanchâtre.

— Quelle est la plus grande, la plus pure, la plus profonde de tes peurs ?

— QUOI ? s'exclama Briséïs, à deux doigts d'éclater en sanglots, mais je viens juste de mourir de peur au moins une bonne douzaine de fois !

Elle reconnaissait la forme des arbres autour de la chimère. Elle se trouvait exactement au même endroit que quelques minutes plus tôt, avant d'avoir à subir le plus horrible des cauchemars. Le champignon secoua la tête.

— Tu en as choisi une. Ce n'était pas la plus grande, ni la plus pure, ni la plus profonde. Il te reste deux essais. Quelle est la plus grande, la plus pure, la plus profonde de tes peurs ?

Briséïs était si retournée qu'elle ne pouvait plus réfléchir correctement. Mais elle avait déjà survécu à tant de choses, elle ne pouvait pas abandonner maintenant.

— J'ai peur…de perdre mes proches.

— Bon voyage, fit le champignon en hochant la tête, s'esquivant pour la laisser passer.

Les branches des arbres se remirent à craquer. Briséïs ne se sentait pas prête à vivre les mêmes tourments une seconde fois. Pourtant, elle talonna son cheval et brandit son épée. L'étalon rechignait, elle l'encouragea en hurlant des cris de guerre, et ils se jetèrent à nouveau au cœur de la forêt.

Celle-ci s'ouvrit doucement sur une vaste étendue de sable, comme une immense clairière plongée dans les ténèbres. Un calme surnaturel régnait sur les lieux. Seuls le souffle puissant de son cheval et la pulsation trop rapide du sang contre ses oreilles venaient déranger l'épais silence poisseux. Briséïs fouilla des yeux la façade de grands arbres encerclant le sable, à la recherche d'indices. Son cheval fit quelques pas, sauta sur le côté, pris d'une nouvelle panique. Elle le sentit s'enfoncer dans le sol, chercher un meilleur appuis et s'enfoncer encore. Des sables mouvants. Encore quelques pas et ils ne pourraient plus bouger.

— En arrière ! cria-t-elle, tirant de toutes ses forces sur les rênes.

Mais l'étalon était déjà trop enlisé pour lever ses pattes arrière.

— Demi-tour, demi-tour !

Elle se jeta en arrière pour tirer de tout son poids sur la pauvre mâchoire de son cheval. Le destrier se cabra sur ses postérieurs à en perdre l'équilibre, bondit et pivota pour se tirer du sable. Ils venaient à peine de retrouver le sol ferme quand une voix s'éleva :

— Qu'est-ce que c'est ? Qui est là ? Jules ?

Le cœur de Briséïs bondit. Elle tira comme une folle sur ses rênes pour forcer l'étalon à se retourner, fouilla la pénombre à travers sa visière. C'était la voix de sa mère, elle en était certaine.

— C'est pas moi… fit une voix hésitante de jeune garçon.

— Jules ! Viens par ici !

Briséïs se mit à trembler si fort que les plaques de métal de son armure s'entrechoquèrent. Au beau milieu de la clairière se trouvaient son frère, en pyjama, une tartine de confiture à la main, et sa mère, en uniforme de travail. Briséïs aurait dû s'y attendre, jamais elle n'aurait dû parler de ses proches. Le bol de sa mère tomba sans bruit sur le sable qui but le café instantanément. Annie s'accroupit et effleura les grains de ses doigts.

— Qu'est-ce qui se passe… murmura-t-elle.

— Maman, où est la maison ? demanda son frère d'une voix inquiète.

La Citadelle était responsable de cette mise en scène, songea Briséïs, tâchant de retrouver son calme. Sa famille ne pouvait se trouver là, en plein milieu d'un sable mouvant. Elle était forcément victime d'une illusion.

— Jules, qu'est-ce que je t'ai dit, viens ici tout de suite !

— Je peux pas, je m'enfonce…

— Quoi ?

Jules s'était déjà enfoncé dans le sable jusqu'aux genoux. Et si la Citadelle les avait bel et bien transportés jusqu'ici ? Briséïs ne pouvait pas prendre le risque.

— Maman ! cria-t-elle, ce sont des sables mouvants, fais-le sortir de là !

— Briséïs ? Où es-tu ?

— Elle est là, Maman ! s'exclama Jules, c'est le chevalier là-bas, je la vois !

— Tire-le de là, Maman ! Il n'y arrivera pas tout seul !

Jules était enfoncé à mi-cuisses. Il avait lâché sa tartine pour s'aider de ses mains, mais elles aussi s'enfoncèrent dès qu'il les appuya sur le sable.

— Jules ! Sors de là ! s'écria Annie, courant vers lui.

Aussitôt, elle s'enfonça jusqu'aux genoux. Jules en avait déjà jusqu'à la taille.

— C'est un cauchemar, souffla Annie, s'arrêtant pour réfléchir. Briséïs est à l'hôpital, et nous sommes à la maison, rue de Bellevue, je vais me réveiller…

— Maman, je m'enfonce, aide-moi !

— Maman ! Ce n'est pas un cauchemar, il faut que tu le fasses sortir ! cria Briséïs, pointant son doigt ganté de fer vers Jules.

— Tu sais ce qui se passe ?

— Oui, mais…

— Dis-moi ce qui se passe, Briséïs !

— Je ne peux pas, c'est trop compliqué ! Tire-le de là, vite !

Mais déjà sa mère aussi en avait jusqu'à mi-cuisse. Elle se débattit contre le sable, ne réussissant qu'à s'enfoncer davantage. Jules en avait jusqu'à la poitrine et paniquait complètement.

— BRISÉÏS ! cria Annie, je suis coincée ! Aide-nous, va chercher de l'aide !

— Il n'y a personne, Maman, répondit Briséïs, les larmes aux yeux. Ne bouge pas, Jules ! Tu t'enfonces encore plus !

— Je peux pas sortir ! s'exclama Jules, terrorisé, la suppliant du regard. Briséïs !

Annie réussit à attraper la main de son fils englué jusqu'au cou, mais elle était enfoncée jusqu'à la taille et n'avait aucun appui pour le tirer de là. Tous deux continuaient d'être aspirés par le fond.

— BRISÉÏS ! VITE ! Descends de ce cheval et apporte-nous une branche !

— Je ne peux pas descendre de cheval, sanglota Briséïs.

— Qu'est-ce que tu racontes ? Descends de ce cheval !

— Je ne peux pas…

— Ma… an…

— JULES !

Le sable s'infiltrait dans la bouche et les narines de Jules qui bataillait pour garder le visage à l'air libre. Sa main glissa de celle d'Annie, et le sable l'engloutit pour de bon.

— JULES ! REMONTE ! hurla Annie. BRISÉÏS ! VITE ! SORS-LE DE LÀ ! BRISÉÏS !

C'en était trop pour Briséïs. Elle tira sur une rêne de son cheval à lui tordre l'encolure, talonna comme une folle pour qu'il s'enfonce dans la forêt. Elle pleurait tellement qu'elle ne voyait plus rien. Derrière elle, les cris de sa mère emplissaient la clairière. L'étalon galopa ventre à terre, l'écume aux lèvres et le pelage en nage, jusqu'à ce qu'il s'arrête net.

— Quelle est la plus grande, la plus pure, la plus profonde de tes peurs ?

— Toi, je vais te réduire en bouillie ! éclata Briséïs, menaçant le champignon de l'épée d'Enndall.

— Il te reste un essai, veux-tu arrêter là ?

Briséïs se força à prendre de longues inspirations. Elle se trouvait toujours au même endroit, devant les mêmes arbres. Elle n'était pas morte de peur, puisque la mort n'était pas sa peur la plus pure. Si perdre les siens ne l'était pas non plus, Jules ne pouvait pas être mort. Tout ceci n'était qu'un sordide jeu de chimères. Personne d'autre ne risquait réellement de perdre la vie ou la raison. Elle souffla encore. Elle voulait avoir une chance de ressortir triomphante de cette épreuve, d'atteindre enfin la Citadelle. Mais elle ne voyait vraiment pas comment expérimenter pire cauchemar que ce qu'elle venait de vivre.

— Que se passera-t-il si je me trompe encore une fois ? Si j'échoue ?

— Nous disparaîtrons et la forêt ne sera plus qu'à toi.

Cette réponse laissa Briséïs interdite. Que ferait-elle si elle se retrouvait abandonnée au réel, sans rien ni personne contre qui se battre, sans aucun espoir auquel se raccrocher ? Non, c'était impensable. Elle allait trouver sa peur la plus profonde. Elle n'allait pas échouer après tout ce qu'elle avait enduré…

— C'est peut-être bien ça qui me fait le plus peur, pensa-t-elle à voix haute. D'échouer.

Le champignon secoua son chapeau d'un air navré.

— C'est dommage.

— Non, ce n'est pas ma réponse ! s'exclama Briséïs, j'ai parlé tout haut mais je…

— C'est ce que tu as dit.

— La Citadelle ! Ce dont j'ai le plus peur, c'est la Citadelle !

— Désolé, mais c'est trop tard, tu as déjà répondu.

— Non non non ! Attends ! ATTENDS !

Mais la petite chimère s'était déjà évaporée. D'un coup, la pénombre laissa place aux lueurs paisibles d'une fin d'après-midi, les rayons du soleil jouant entre les branches de ce qui était redevenu une simple forêt.

— Non non non ! martela Briséïs, talonnant furieusement sa monture.

Mais le destrier en avait assez qu'on le malmène. Il s'ébroua, furieux, et en trois bourrades envoya Briséïs valser dans les feuilles mortes, avant de détaler.

— NON NON NON ! hurla Briséïs, n'en croyant pas ses yeux, ses oreilles, son dos fracassé et ses muscles meurtris, elle *ne pouvait pas* échouer, ce n'était pas possible !

Et pourtant, elle se trouvait là, allongée par terre, emprisonnée dans une armure, seule face aux majestueuses cimes des arbres dansant dans la brise.

Elle inspira d'un coup.

Ce fut comme si toutes les ténèbres de la forêt de *Ça* se frayaient un chemin à travers ses poumons et se logeaient pour toujours dans sa poitrine. Son cœur n'était plus qu'un nœud de douleur. Elle ferma les yeux. Bientôt, elle ne pourrait plus le supporter... À travers ses paupières closes, un nuage de volutes noires glissa vers elle un sourire macabre. Les volutes épousèrent les formes de son armure, l'enveloppèrent d'un froid glacial, la projetèrent en l'air... Elle ouvrit les yeux, découvrit à travers sa visière les oreilles blanches de son destrier lancé en plein galop. Elle ne trouva pas le temps de démêler le réel du délire. La forêt noire s'était amassée autour d'elle telle une foule convergeant vers un point unique, un cadre empli de vide vers lequel l'étalon blanc se précipitait sans retenue. Plusieurs monstres fondaient eux aussi vers le grand cadre. Briséïs brandit son épée, hurla sa rage, passa sous le nez d'un loup-garou, d'un cyclope géant, d'une hydre à sept têtes, d'un serpent de trente pieds de long... et sauta dans l'inconnu.

À peine traversé, le vide noir du cadre se chargea de formes et de lumières. Le grand étalon blanc atterrit sur la moquette bleue d'un long couloir, vira sec pour ne pas heurter le mur d'en face. Briséïs, elle, continua tout droit son vol plané. Elle percuta de plein fouet une armure d'apparat et dégringola avec elle sur la moquette. Les pieds en l'air, la tête à l'envers, elle ne pouvait plus voir à travers sa visière qu'un joli tableau accroché devant elle, représentant un preux chevalier sur son destrier blanc qui brandissait fièrement son épée, échappant de justesse à la noire forêt de chimères agglutinées derrière lui.

29

LE RENDEZ-VOUS

— Qu'est-ce que ça fait là ? Ça ne devrait pas être là.

— Moins fort Thomas, aide-moi à la tirer.

— Qui est responsable de ce couloir ? On va se faire taper sur les doigts !

— Tais-toi et tire !

— C'est lourd…

— C'est une armure !

— Ça respire.

— Comment ça, ça… Mais oui, ça respire !

— On va se faire taper sur les doigts, Donald…

— Tais-toi et tire !

…

— … sorti du tableau, à mon avis…

— Mais ce n'est pas une chimère…

— Vous avez prévenu quelqu'un ? Ne prévenez personne.

…

— C'est elle.

— Tu en es sûre ?

— Certaine !

— Mais comment a-t-elle fait ?

— Briséïs ? Briséïs, c'est moi, Katie, tu peux ouvrir les yeux…

Au prix d'un grand effort, Briséïs souleva ses paupières. La lumière crue d'un néon vint frapper sa rétine. Des larmes coulèrent le long de ses tempes. La tête d'une femme rondelette apparut, bloquant le faisceau de l'ampoule, une auréole de lumière illuminant sa chevelure brune.

Katie... Katie... se répéta Briséïs, fouillant sa mémoire. Qui était cette femme ? Amie ? Ennemie ?

— Tout va bien, Briséïs, tu es en sécurité, personne ne viendra te chercher ici, ce secteur est à la charge des passeurs.

Katie, bien sûr ! La passeuse qui l'avait accueillie à son réveil dans la Citadelle et qu'elle avait revue avec Benji, défendant farouchement les cagibis peints en trompe-l'œil. Briséïs rassembla ses forces pour se relever sur un coude. On lui avait retiré son armure, elle ne portait plus que son habit blanc, si maculé de taches à présent qu'il virait plutôt au brun.

— Doucement, doucement, tu as tout le temps…

— Pauvre gamine, fit un homme derrière Katie. Couverte de crasse et de bleus des pieds à la tête ! Comment as-tu fait pour te retrouver dans une galère pareille ?

C'était le peintre qui les avait chassés de son cagibi avec un grand coup de pied aux fesses.

— Comment m'avez-vous retrouvée ?

— Ce sont des passeurs hollandais qui t'ont ramassée, dit Katie, et comme tu marmonnais du français, ils t'ont emmenée dans notre quartier. Ensuite, c'est Gilles qui est allé voir Yvain, qui en a parlé à Victor, qui en a discuté avec Henri, qui s'est confié à Capucine, qui a tout dit à Louis, qui est venu me voir. Mais ne t'inquiète pas, à part ceux-là, personne ne sait que tu es là.

— Et moi, et François, et Robin aussi, remarqua le peintre.

— Oui, bon, peu importe, des passeurs quoi, des gens sur qui on peut compter. Comment t'es-tu retrouvée dans cette armure, pauvre bichon ? On a eu un mal de chien à te l'enlever.

La carcasse de métal gisait dans un coin de la pièce, contre le mur blanc.

— Merci, grimaça Briséïs, se redressant pour de bon.

— Ce n'est rien, l'encouragea Katie, accrochée à ses lèvres, espérant une réponse à sa question.

— Je dois retrouver les dortoirs des élèves français de troisième mois, éluda Briséïs.

— Nous sommes en milieu de journée, les élèves sont en cours… Qui souhaites-tu retrouver ?

L'homme et la femme la scrutaient avec une curiosité dévorante. Ils pourraient peut-être l'aider, après tout…

— Je voudrais parler à Benji Lorenz, il est venu vous voir plusieurs fois avec un parapluie à clochettes.

— Lui ! s'exclama le peintre, se redressant brusquement, l'air offusqué.

— Tu ne peux rien lui dire, renchérit Katie, tout à coup affolée.

— Pourquoi ?

— Pourquoi ! Pour commencer, parce qu'il a voulu nous amadouer et qu'il nous a vandalisés ! rugit le peintre. Et ensuite, parce que c'est un futur Alpha ! On ne peut pas faire confiance aux futurs Alphas ! Ils ne pensent qu'à leur succès personnel !

Briséïs ne trouvait rien à redire concernant ce dernier point.

— Non, lui est différent, il cherche le Grand Secret, argua-t-elle malgré tout.

— Et c'est pour ça qu'il a volé tous les documents de ton père ? s'emporta Katie.

— Non, vous ne comprenez pas, c'était pour me les donner. Ce ne sont pas les documents de mon père, ce sont ceux de mon frère. Attendez…Vous saviez que ces documents se trouvaient là ? Que savez-vous exactement de Jules ? Vous savez où il se cache ?

— Benji t'a tout rendu ? Tu as récupéré les cinq cent cinquante-huit pages ? demanda le peintre, les yeux brillants d'espoir.

— Les… Quoi ? Non, bien sûr… Tant que ça ?

L'homme soupira d'un air navré.

— C'est bien ce que je pensais. Même s'il t'a laissé des miettes, il a gardé le principal. Ces recherches n'auraient jamais dû tomber entre les mains d'un futur Alpha. On court à la catastrophe ! Et ce n'est pas un accident, il sait parfaitement ce qu'il fait, autrement il ne serait pas venu rapporter tes deux lettres.

Le cœur de Briséïs bondit dans sa poitrine.

— Mes lettres ?

— Celle de ton père et la mienne, dit Katie. Ne bouge pas, je vais les chercher.

Briséïs tâta sa chemise, là où elle avait enfoncé le mot de Jules juste avant d'endosser l'armure, sous son soutien-gorge. Il ne s'y trouvait plus.

— Vous m'avez pris une lettre ? demanda-t-elle au peintre, resté avec elle. Elle était là, sous ma chemise.

— Jamais de la vie, mademoiselle ! se défendit-il. Personne ne serait allé voir sous votre chemise !

Katie revint de la pièce voisine, tenant dans la main une enveloppe dont elle tira deux feuilles de papier pliées qu'elle lui tendit.

— Ton père m'avait donné la sienne juste avant de partir. À ce propos, je suis vraiment désolée, j'avais prévu de te la donner le jour de ton arrivée dans la Citadelle, mais tu étais en retard et rien ne s'est passé comme prévu, et… j'ai oublié. J'ai voulu te la donner ensuite plusieurs fois dans le mois, avant que tu ne disparaisses, mais ce n'était pas facile, ça aurait eu l'air louche qu'une passeuse approche une élève comme ça, sans raison… Alors quand je ne t'ai plus vue dans la Citadelle, j'ai remis les deux lettres dans l'enveloppe et je les ai cachées parmi les recherches de Neil, à l'abri dans le double-fond du tiroir. Elles y sont restées jusqu'à ce que Benji Lorenz nous vole les documents. Puis, quelque temps plus tard, il est revenu placer les lettres dans le tiroir. Il avait déjà prévu que tu viendrais les chercher…

Briséïs déplia fébrilement les deux lettres. La première était incontestablement celle de son père. Elle n'avait jamais été aussi propre, aussi peu froissée, mais c'était bien sa lettre. La deuxième exhibait mot pour mot le texte de Jules.

— Je ne comprends pas… Vous dites que vous avez écrit cette lettre ?

— Je trouvais le texte de Neil Cuba un peu court. J'ai pensé que le mien t'aiderait à comprendre. Évidemment, ça aurait mieux fonctionné si tu l'avais reçu à temps, mais…

— Ce n'est pas une lettre de Neil Cuba Junior ? répéta Briséïs, tâchant de déceler une quelconque hésitation sur le visage de Katie.

— Non, Neil Cuba a écrit celle-là, répéta patiemment Katie, pointant la lettre de Lucien.

— Non, Neil Cuba *Junior*, je parle de Junior, pas de Neil Cuba.

— Mais c'est la même chose, voyons, Briséïs. Les deux sont ton père.

— Chuut ! Moins fort ! sursauta le peintre, la tête rentrée entre les épaules, jetant des regards craintifs aux murs et au plafond. On pourrait nous entendre !

— Neil Cuba a simplement ajouté un J à son nom après avoir perdu son fils, poursuivit Katie un peu plus bas. Tout ça, c'est de la faute du docteur Moulin. Il lui a fait croire des trucs...

— Jules est mort ? fit Briséïs d'une voix coincée, le visage blême, les jambes molles.

— Je suis désolée. J'imagine que ça aurait été sympathique d'avoir un petit frère...

— Comment ? Mais... Non, *j'ai* un petit frère, Jules, il a onze ans !

Katie resta interdite un moment puis haussa les épaules et s'excusa devant l'inévitable :

— Alors c'est qu'il est condamné à mourir, cela revient au même. J'imagine que Neil devait le savoir... Il parlait de son futur fils avant, tant qu'il pensait qu'il y avait de l'espoir, mais un jour, il a cessé d'en parler... J'avoue que je n'ai jamais osé relancer le sujet, mais... C'est bien triste. Et tout cela par la faute de Moulin...

Briséïs ne pouvait pas le croire. Tout ce temps passé à imaginer son frère adulte, errant dans la citadelle, inventant des moyens de mesurer les étages du rêve, cherchant le Grand Secret... Elle releva la lettre de Jules, survola le passage accusant Moulin d'être responsable de tous leurs malheurs et lut à voix haute quelques lignes, plus bas :

— *Bien sûr, il a fini par se faire repérer sans rien avoir découvert. Il n'y a rien à découvrir ici quand on n'est pas élève. Je le sais bien, ce n'est pas faute d'essayer.*

Elle releva la tête. Katie l'observait d'un air assuré, et Briséïs réalisa qu'effectivement, ces deux passeurs, sans être élèves, passaient leur temps à chercher les failles de la Citadelle. Elle les avait vus à l'œuvre avec leur trompe-l'œil... Elle poursuivit sa lecture :

— *Neil a donc connu l'enfer ici, durant les années qui ont suivi.*

Mais il n'est pas homme à se laisser abattre, et il a fini par échafauder un plan, celui dont nous faisons maintenant partie.

Katie ne broncha pas. Se rappelant que la passeuse lui avait parlé de son père à son arrivée dans la Citadelle le premier jour, Briséïs dut admettre que Katie faisait peut-être partie du grand plan de Lucien…

— *Je regrette seulement que tu doives porter sur tes épaules les erreurs familiales.*

— Tu aurais pu écrire *de ta famille*, c'est vrai, admit le peintre, se tournant vers Katie qui leva les yeux au ciel.

— J'ai fait de mon mieux, d'accord ?

Le cœur de Briséïs battait de plus en plus vite. Elle sauta les lignes suivantes pour arriver à la fin, qu'elle déclama comme un dernier argument foudroyant :

— *Briséïs, une fois passée la grande porte, on ne ressort plus. Jamais. Le plan de Neil Cuba va te coûter la vie. Mais ton sacrifice ne sera pas vain, je le sais, je le sens. J'espère que cette pensée saura te consoler. Maintenant, cours accomplir ton destin.*

— Je ne t'ai dit que la vérité Briséïs, fit Katie, profondément désolée mais résolue. Une fois entré dans la Citadelle comme élève, on ne ressort plus à moins de faire partie de l'Élite, et les places sont très difficiles à obtenir. Et même en ne parvenant pas au bout du cursus, tu avais plus de chances de trouver les failles de la Citadelle que nous tous et ton père réunis, bien que ton père soit un génie.

— Mais le plan de mon père va me *coûter la vie ?* répéta Briséïs, impatiente.

— Ta vie libre, dans le réel, répondit Katie, hésitante. On ne vit plus vraiment, quand on est enfermé ici pour le restant de ses jours.

Briséïs laissa retomber ses mains sur ses genoux, atterrée.

— Neil Cuba Junior n'a jamais existé…

— Si c'est de ton frère que tu parles, alors non, effectivement…

Elle n'arrivait pas à le croire. Jamais Jules ne l'avait guidée vers quoi que ce soit, jamais il ne lui avait parlé de son futur, jamais il ne lui avait prédit sa perte.

— Et l'enveloppe ?

Katie la lui remit :

— C'est celle de ton père. Il ne l'avait pas fermée, alors j'en ai profité pour ajouter ma lettre… Ah, oui, *À mon seul désir*, fit-elle, voyant Briséïs passer son doigt sur l'adresse. Ton père aimait bien t'appeler comme ça. Ça me rendait un peu jalouse, des fois... Quelque chose en rapport avec un sixième sens, reprit-elle plus sérieusement, les joues légèrement rosées. Un truc qui l'aurait aidé à chercher un Grand Secret, ou je ne sais trop quoi... Ne m'en demande pas plus, se défendit-elle, Neil est toujours resté très discret sur ses recherches. Même après ses premiers neuf mois, quand il a su qu'il resterait ici et qu'il a cessé de parler de son fils. Je t'ai raconté à peu près tout ce que je sais.

Une nouvelle illumination frappa Briséïs de plein fouet :

— Et le message dans le tiroir, le rendez-vous près du portrait d'Alfred Richet, c'était vous aussi ?

— Un rendez-vous ? Quel rendez-vous ? s'inquiéta le peintre.

— Je n'ai laissé aucun message, se défendit Katie.

— Alors, c'était qui ? Lucien ?

— Ne prononce pas son prénom !

— Neil Cuba aurait-il pu l'écrire ? s'impatienta Briséïs.

— Je... Je ne sais pas, avoua Katie, déstabilisée. Ça me paraît improbable : il a choisi de se trouver dans le même espace-temps que toi pendant ton passage vers la Citadelle pour n'avoir à vivre qu'une seconde pendant tes neuf mois d'apprentissage... Enfin je crois, c'est ce qu'il nous a expliqué quand il nous a dit qu'on ne pourrait pas le tenir au courant de ta progression pendant tes neuf mois dans la Citadelle.

— Et comment le feriez-vous, si vous le pouviez ?

— Par ce fameux tiroir que ton ami a dévalisé, c'est le seul lien que nous ayons avec cette réalité-là. Chaque espace-temps a son tiroir...

— Je dois retrouver le tableau d'Alfred Richet, déclara Briséïs, sautant de la table où on l'avait allongée.

Un bruit comme un roulement de tambour monta du couloir derrière la porte fermée. Il se rapprocha, passa en trombe puis s'éloigna tout aussi rapidement.

Le peintre se précipita vers la porte, passa la tête à l'extérieur pendant que Katie terrorisée s'écriait :

— Qu'est-ce que c'était ?

— Un cheval ! fit l'homme, ahuri, refermant la porte.

Des bruits de pas et des cris suivirent, croissant puis s'évanouissant dans la même direction.

— Un cheval blanc avec une armure ? demanda Briséïs une fois le calme revenu.

— Oui, souffla l'homme, surpris. Comment le sais-tu ?

Briséïs sauta sur ses pieds, saisit l'épée d'Enndall posée près de l'armure et se précipita vers la porte.

— Attends ! s'écria Katie, tu ne veux pas tes lettres ?

— Mes lettres !

Le peintre les tira des mains de Katie :

— Je vais fermer ton enveloppe pour que tu ne perdes rien.

Il passa dans la pièce d'à côté – beaucoup trop lentement selon Briséïs – fouilla dans un fourbi, revint avec un pot de colle, replaça soigneusement les deux feuilles pliées en deux dans l'enveloppe, s'aperçut que celle-ci possédait un bandeau adhésif et retourna ranger le pot de colle avant de lécher le bord de l'enveloppe et de le replier soigneusement.

— Voilà !

— Merci, fit Briséïs, saisissant vivement l'enveloppe.

Elle posa la main sur la poignée de la porte, se retourna une dernière fois :

— De quel côté sommes-nous de la grande porte du réfectoire ? À l'intérieur ou à l'extérieur ?

— Nous t'avons ramenée à l'extérieur, bien sûr, chez les passeurs.

— Mince ! Merci, au revoir.

Elle se souvenait très bien qu'en allant voir le tableau d'Alfred Richet pour la première fois avec Benji, ils étaient passés par le réfectoire et avaient pénétré dans la partie solidement gardée de la Citadelle. Pour retrouver le tableau, elle devrait repasser par là. Elle arpenta les couloirs tête basse, longeant les murs et retrouvant peu à peu ses repères : la place de marbre blanc, la porte égyptienne, les escaliers gothiques… Elle arriva au réfectoire presque trop vite. Elle avait eu de la chance de ne rencontrer personne dans les premiers couloirs, déambulant avec une longue épée moyenâgeuse sous le bras. Elle ne pourrait pas compter sur une telle chance pour passer les grandes portes, habituellement gardées par trois ou quatre veilleurs, puis pour arpenter le long chemin à parcourir de l'autre côté, sans savoir comment se diriger, sans aucune autorisation de veilleur ni même un uniforme pour donner le change… Cinq veilleurs en toge blanche montaient la garde près des portes, et le réfectoire n'était qu'à moitié plein. Elle pesta. Aucune chance de passer dans ces conditions.

Un fracas de vaisselle cassée attira son attention, tout prêt du rideau rouge derrière lequel elle avait trouvé refuge.

— Briséïs ! Briséïs, c'est bien toi, c'est pas vrai !

En quelques pas, Willis se tenait devant elle, sa fourchette encore à la main, sa serviette coincée dans le col de sa veste. Derrière lui, Briséïs aperçut les têtes tournées et les yeux écarquillés de ses anciens camarades de classe, tous présents hormis Benji.

— Willis ! Salut… Je suis désolée, mais je n'ai vraiment pas le temps. Où est Benji ?

Le visage de Willis s'assombrit. Elle venait à peine d'arriver, et elle ne pensait qu'à Benji, bien sûr. Il haussa les épaules.

— En vadrouille, comme d'habitude. Benji nous a dit que tu reviendrais peut-être, mais on ne le croyait pas.

— Willis, je dois me rendre de l'autre côté des grandes portes, tu peux m'aider ?

— Benji nous a dit que tu étais devenue un danger mortel et que si on te voyait, il fallait te livrer aux veilleurs dans l'instant.

— Il a dit ça ? s'exclama Briséïs, atterrée, oubliant un moment son but.

Puis elle remarqua le regard de Willis posé sur la longue épée d'Enndall, qu'elle ne parvenait pas vraiment à cacher le long de son bras. Il choisit pourtant de ne pas s'y attarder :

— Mais là aussi, je ne l'ai pas cru. Où étais-tu, pendant tout ce temps ?

— Loin. Très loin. Je dois vraiment rejoindre ces portes sans me faire remarquer Willis, c'est une question de vie ou de mort.

Willis secoua la tête d'un air navré :

— Nous sommes tous en bleu et tu es en gris. C'est même étonnant que personne ne t'ait encore remarquée. Et… qu'est-ce que tu as dans les cheveux ?

Briséïs toucha une de ses mèches, hirsute et dure comme de la paille. Ses cheveux de sorcière. Elle avait oublié ce détail.

Des cris retentirent de l'autre côté de la salle. Des élèves se levèrent à la hâte, renversant leurs chaises. Une fraction de seconde plus tard, son grand destrier blanc faisait irruption dans le réfectoire. Il galopa entre les tables, affolé, sautant par-dessus les chaises, bondissant dans une direction puis l'autre, donnant des coups de sabot dans les tables que les élèves désertaient à son approche. Briséïs évalua le chemin à parcourir jusqu'aux grandes portes. Les veilleurs quittaient leur poste en hurlant des ordres. Pouvait-elle en profiter pour s'y précipiter ?

Willis lut dans ses pensées : il l'attrapa par le bras.

— Ne fais pas ça.

À cet instant, l'étalon s'arrêta, la tête bien haute, hennit puis fondit en direction de Briséïs. Il stoppa juste devant elle, piaffant et soufflant comme un diable.

— Il me reconnaît. Je suis de son monde… murmura-t-elle, ahurie, attrapant ses rênes.

Impressionné par la bête, Willis l'avait lâchée. Elle se tourna vers lui.

— Je suis désolée, Willis, il faut vraiment que j'y aille. Je ne suis pas un danger et je ne suis pas contre vous.

Elle mit le pied à l'étrier, monta à cheval, leva son épée et poussa un grand cri de guerre pour lancer son destrier à la charge. Personne n'eut le courage de lui barrer le passage. Elle franchit la grande porte habituellement si bien gardée et s'enfonça dans les couloirs interdits.

Elle retrouva rapidement l'entrée de la salle circulaire dans laquelle elle avait pris ses premiers cours du matin avec le pédagogue Don Kallys. Benji partait souvent de là pour commencer à chanter la carte-chanson de la Citadelle. Si seulement il avait bien voulu la lui donner ! Jamais il ne lui avait réellement fait confiance. Il n'avait toujours pensé qu'à l'utiliser, les passeurs avaient raison. Elle ne pouvait plus prendre le temps d'hésiter, bientôt on serait à ses trousses.

— À gauche, annonça-t-elle à l'étalon, pointant son épée, pensant reconnaître un couloir qu'elle avait plusieurs fois emprunté avec Benji.

Le destrier s'élança.

Au prochain carrefour, elle choisit encore une direction familière. Benji ne l'avait menée qu'une seule fois devant le tableau d'Alfred Richet, et elle avait parcouru tellement d'autres couloirs ! Mais il fallait qu'elle tente sa chance.

À droite. À gauche. Encore à gauche. À droite… Elle hésitait de plus en plus. Si elle s'éloignait trop, jamais elle ne retrouverait le bon chemin. Des images de l'archevêque Du Moulin encombraient ses pensées. Sa chimère, mi-homme, mi-lézard ; la fureur sur son visage en voyant arriver Théobald au procès de sorcellerie ; sa panique dans les gradins du terrain de joute, devant le spectacle de l'esprit hurleur sortant de Liz ; son assurance lorsqu'il l'avait dévisagée sous la tente près de la rivière. Voyons, un peu de concentration, devait-elle tourner à gauche ou à droite ?

Une silhouette passa à vive allure au bout du couloir de droite. Briséïs eut à peine le temps de l'apercevoir, mais elle fut frappée par sa couleur. Personne dans la Citadelle n'était vêtu de noir des pieds à la tête hormis les dix grands maîtres gérants qu'on ne voyait jamais.

Droite. De toute façon, il fallait tourner à droite. Elle lança son cheval au galop. Au carrefour suivant, elle eut juste le temps de voir la silhouette disparaître au détour d'un couloir. Elle allait très vite, anormalement vite. Briséïs n'allait pas la laisser filer ainsi… Trois fois encore la silhouette s'éclipsa à l'instant où Briséïs la retrouvait. C'était à se demander si elle le faisait exprès. Mais la fois suivante, Briséïs la trouva plantée au milieu d'un long couloir, immobile, à trente mètres de distance.

Un homme, vêtu d'un élégant complet noir.

Il faisait face au mur de droite, contemplant un tableau à hauteur de ses yeux. Il ne bougea pas un muscle quand Briséïs s'approcha au pas, faisant pourtant un raffut du tonnerre avec son destrier en armure. Elle s'arrêta à quelques mètres, descendit de cheval.

Quelque chose d'étrange chez cet homme l'incitait à garder le silence. Il lui rappelait quelqu'un… Laissant son destrier évoluer à sa guise, elle s'approcha encore.

— Monsieur ?

Pas de réponse. Pas même le tressautement d'un muscle sur son visage parfaitement concentré. Briséïs reporta son attention sur le tableau qu'il observait si intensément. Ce n'était qu'un fond vert sombre, entouré d'un beau cadre de bois massif et doré. Elle s'approcha encore. Non, il n'y avait rien d'autre. Rien d'autre que du vert. L'homme ne réagissait toujours pas. Briséïs poussa l'insolence jusqu'à se placer juste en face de lui, dos au tableau vert. Ils faisaient presque la même taille. Elle secoua sa main à hauteur d'yeux.

— Monsieur ?

Soudain, elle le reconnut. Ses petits yeux noirs, son air sévère et hautain, un air qui lui avait donné des frissons toute son adolescence, un air aussi impérieux que celui de l'archevêque Du Moulin, quoique son nez soit plus proche de celui du docteur Moulin… Alfred Richet. Exactement le portrait de l'hôpital, sur fond vert.

À cet instant, le visage d'Alfred Richet sembla se raidir encore, se figer dans une position inhumaine. Puis sa veste se fendilla, et sa peau se craquela. Horrifiée, Briséïs fit trois pas en arrière, buta contre le bord du tableau et tomba à la renverse.

30

JULES

Briséïs n'avait toujours pas quitté Alfred Richet des yeux. Mais celui-ci n'était plus qu'un portrait, un large tableau accroché sur un mur blanc et aseptisé d'hôpital, un portrait sur fond vert sombre, la peinture du visage et de la veste légèrement craquelée par l'usure du temps.

Il faisait nuit. Derrière Briséïs, de l'autre côté du petit vestibule flambant neuf, un distributeur de boissons fraîches ronronnait tranquillement. Briséïs ne connaissait pas tous les recoins de l'hôpital Richet, mais elle aurait reconnu ce hall entre mille : celui du tout nouveau bâtiment de radiologie, encore en rénovation. C'était dans cette pièce même qu'elle était venue chercher deux cafés pour son père et Francis pendant leurs expériences, juste avant qu'elle ne soit transportée dans la Citadelle. Un frisson lui parcourut l'échine : deux gobelets blancs trempaient dans une marre de café, au pied de la porte à battants. Les gobelets qu'elle avait fait tomber, se croyant observée par le portrait d'Alfred Richet. Elle se retourna vers le portrait. L'avait-il effectivement observé, ce jour-là ? Mais, réalisa-t-elle tout à coup, si les gobelets se trouvaient encore là, c'était que cette soirée qui lui semblait si lointaine se déroulait sous ses yeux. Pour la deuxième fois elle venait de revenir dans le même espace-temps. La première fois, un angelot l'y avait accompagnée, caché sous les traits de son père… Son véritable père se trouvait-il dans la salle du scanner, à quelques pas de là, au fond du couloir ? Lui avait-il envoyé ce message de rendez-vous, pour la faire revenir à lui ? Pour enfin lui expliquer ce qu'il avait eu en tête, depuis le début. Elle sauta sur ses pieds.

— Où crois-tu aller comme ça ? tonna la voix d'un homme. Briséïs ? J'aurais dû m'en douter.

Elle se figea. Le docteur Moulin venait de faire irruption, bloquant l'entrée du couloir. Il ne semblait pas prêt à la laisser passer. Il était plus grand qu'elle et beaucoup plus costaud. Elle écarta l'idée de foncer sur lui tête baissée. Puis elle se rappela qu'elle tenait encore la lourde épée d'Enndall. Elle la releva à deux mains, avança doucement, en position d'attaque.

— Qu'est-ce que tu comptes faire exactement avec ça ?

D'un mouvement vif, elle exécuta un moulinet à gauche, un moulinet à droite, comme elle avait vu Enndall le faire quand il se préparait à attaquer. Mais quand le docteur Moulin se jeta en avant, sa première réaction fut d'écarter la lame pour éviter qu'il ne se blesse. Le temps qu'elle se ressaisisse, il était trop tard, Moulin lui attrapait les poignets, la secouait comme un cocotier pour lui faire lâcher l'épée. L'éclat du métal contre le carrelage fit résonner tout le hall. Le docteur lui fit un croche-patte, la plaqua dos au sol, lui bloqua les bras comme elle se débattait pour se dégager.

— Les documents ! Où sont les documents ? grimaça-t-il, rouge de colère.

— Quels documents ? répondit-elle, poussant de toutes ses forces pour se libérer.

— Ceux que tu as volés dans le double fond du tiroir ! s'exclama-t-il, impatient. Tous les travaux de ton père !

— C'est vous qui les aviez mis là ? fit Briséïs, le cœur soudain serré.

Était-ce le docteur Moulin qui lui avait donné ce rendez-vous, et non son père ?

— Où sont-ils ?

— Je ne sais pas ! Ce n'est pas moi qui les ai volés, c'est un ami !

— Ne me raconte pas de salades !

— C'est la vérité ! Nous faisions nos recherches ensemble et maintenant il est parti avec les documents ! Il ne veut plus me parler ! Vous n'avez qu'à demander à vos passeurs !

Moulin se jeta sur l'épée et se redressa, pointant la lame sur elle d'un geste menaçant.

— Quelqu'un d'autre ? Qui est-ce ?

— Vous n'avez qu'à demander à vos passeurs, ils le savent très bien !

Elle se remit péniblement debout, reprenant son souffle. Moulin se frotta nerveusement le visage.

— Ce tiroir est le seul endroit où les travaux de Lucien peuvent être cachés du regard de la Citadelle. Le seul endroit qui n'est ni dans le réel, ni dans la Citadelle. Pour tous les documents qui existent dans le réel, une copie se crée dans la bibliothèque de la Citadelle. Ça, tu le sais maintenant, je pense. Et si les documents sont dans la Citadelle, eh bien, c'est assez évident, elle n'a même plus besoin de se recréer une copie... Il faut *absolument* que ton ami rapporte ces documents, et le plus tôt possible, avant que quelqu'un ne s'en rende compte.

Il lui avait dit cette dernière phrase d'un ton presque suppliant, la regardant droit dans les yeux.

— Pourquoi voulez-vous protéger les travaux de mon père ? demanda Briséïs, tâchant de se rappeler que c'était par la faute de Moulin que les problèmes de Lucien avaient commencé.

Sans lui, son père ne serait jamais allé assez loin dans ses recherches pour trouver la Citadelle, et se faire piéger par elle. C'était lui ensuite qui était venu chercher Lucien chez lui, alors qu'il faisait ses recherches, pour le ramener à l'hôpital.

— Sans mon intervention, ton père n'aurait jamais pu construire son propre chemin vers la Citadelle, lui confirma-t-il. Je lui ai permis d'accomplir l'impensable. Dans toute l'histoire de la Citadelle, jamais une telle chose ne s'était produite. J'ai eu la chance extraordinaire que personne ne se penche en détail sur ces travaux lorsqu'ils étaient encore dans le réel, et qu'une copie était disponible dans la bibliothèque. Il y a dans ces documents largement de quoi remonter jusqu'à moi.

— Pourquoi ne pas avoir simplement tout détruit dans ce cas ?

— Parce que la Citadelle se trouve dans un hors-temps : ce qui a existé un jour existera toujours à ses yeux. Mais si ce qui existe est perdu dans un entre-deux, ni réel, ni rêve, c'est une autre histoire. Et puis… Je n'aurais pas voulu détruire à jamais les chances de… Tu en sais certainement bien plus que moi sur la Citadelle. Je n'y ai jamais mis les pieds, je ne connais rien d'elle hormis ses menaces, que je sais bien réelles.

Briséïs profita qu'il semble perdu dans ses pensées pour faire un pas de côté, mais Moulin releva vivement l'épée d'Enndall et la lui pointa sous la gorge.

— Mon père se trouve peut-être dans la salle du scanner, juste à côté. Je dois aller voir…

— Il y est sans doute, mais tu ne peux pas t'y rendre. Ton corps s'y trouve aussi.

— L'ami qui détient les travaux de Lucien ne cherche qu'une chose : trouver le Grand Secret. Racontez-moi tout ce que vous savez, comme vous l'avez promis dans votre message, et peut-être arriverai-je à le convaincre de vous rendre les documents.

— Mais qu'est-ce que tu crois ? Je voulais juste te faire venir pour récupérer les documents qui prouvent que j'ai aidé ton père à découvrir la Citadelle, que je suis un traître… Les gardiens ne savent rien, je te l'ai dit. Ce serait trop facile.

Briséïs sentit les larmes lui venir aux yeux. Son père n'était décidément pas responsable de sa venue ici. Il n'avait rien fait pour la retrouver, pour lui parler, lui venir en aide. Il n'avait pas l'intention de lui expliquer quoi que ce soit.

— Mais moi, je veux comprendre ! s'exclama-t-elle en s'asseyant par terre, épuisée, frustrée, écœurée de s'être fait si facilement roulée dans la farine.

Moulin soupira.

— Pour tout te dire, les travaux de ton père me donnaient la nausée. Tout ce qui se rapporte à la Citadelle, au rêve, à ces satanées chimères me donne la nausée. Mais si jamais il existait une petite chance de débarrasser ma famille de cette malédiction pour de bon… Voilà pourquoi je voulais comprendre autant que lui.

— Alors pourquoi lui avoir ensuite mis des bâtons dans les roues ?

— J'aurais dû dénoncer Lucien dès le début : en tant que gardien, j'ai à ma disposition un instrument, une sorte de boussole capable d'indiquer les oscillations entre les différents niveaux de rêve et de réalité. Je dois surveiller un certain périmètre, et tenir l'Élite informée de toute anomalie. C'est ainsi que j'ai découvert les premières recherches de ton père, quand il a tenté de forcer le passage entre les niveaux. Jamais je n'étais tombé sur une anomalie, et je crois bien avoir été le premier de ma famille. J'ai été curieux, je suis allé voir ce qu'il trafiquait. Je me suis rendu « par hasard » dans les mêmes magasins que lui, quand il allait chercher son matériel, et j'ai engagé la conversation, de manière anodine… Je n'aurais jamais dû faire ce premier pas. Quand je me suis rendu compte à quel point il était proche d'avoir découvert la vérité, je n'ai pas pu m'en empêcher, je lui ai donné les éléments qui lui manquaient pour construire sa machine. Oh, ce n'était pas grand-chose : il utilisait un équipement français pour fabriquer son scanner, mais les scanners français n'ont pas de cuivre, ils préfèrent ajouter trois pour cent de nickel à la place. C'était cela qui faussait ses résultats, il lui fallait du mu-métal allemand… Une fois que nous avons fait connaissance, il est revenu plusieurs fois à l'hôpital pour me poser des questions. Peu à peu, j'ai commencé à regretter de m'être engagé dans cette voie. Que se passerait-il, si la Citadelle découvrait ma traîtrise ? Mais peu de temps après, Lucien a cessé de me rendre visite et j'en ai conclu qu'il avait abandonné son idée. Il avait toujours tellement d'idées, celle-ci n'en était qu'une parmi d'autres. Un an s'est écoulé sans que je ne me doute de rien. Mais Lucien n'avait pas du tout arrêté ses recherches : il avait simplement cessé de me consulter parce qu'il avait peur que je ne comprenne pas, que je le prenne pour un fou. Ses théories bouleversaient tant de choses… Quand Annie l'a emmené à l'hôpital la première fois, parce qu'elle se faisait du souci pour lui, je me suis tout de suite rendu compte de mon erreur. Mais il était déjà trop tard. Il était allé beaucoup trop loin, la Citadelle l'avait repéré. L'Élite le suivait de près, je n'avais plus le choix. J'ai donc fait mon travail, je l'ai fait interner. C'est toujours ainsi que l'on se débarrasse d'un homme trop proche de découvrir la vérité, depuis la nuit des temps.

— Mais mon père n'a pas seulement été interné : vous avez piégé son esprit dans la Citadelle !

— C'est lui qui a voulu y aller ! s'insurgea Moulin, et nous n'en serions pas là si je ne l'avais pas bêtement écouté ! Il s'est vite rendu compte, une fois dans l'hôpital, que j'avais conscience de l'existence de la Citadelle. Il a commencé à me harceler. Il me jurait qu'il avait fait d'énormes découvertes durant l'année où il avait coupé les ponts, et qu'il n'était pas trop tard pour s'en servir. Mais pour cela, il lui fallait arriver à rester là-bas de façon stable, ce que ne lui permettait pas sa machine. Il voulait que je lui injecte le sérum réservé aux élèves. C'était le seul moyen d'aller plus loin. Il savait parfaitement qu'il ne disposerait que de neuf mois pour trouver un moyen de ressortir ensuite, ce n'est pas faute de le lui avoir répété. Il savait très bien aussi que sans avoir été marqué d'une flèche d'angelot, il serait traité dès son premier jour comme un technicien périphérique, et que jamais il ne pourrait se mêler aux élèves.

— Mais il a tenu à le faire quand même parce qu'il préférait risquer de se couper pour toujours de sa famille plutôt que de laisser tomber ses recherches, compléta amèrement Briséïs. Et quand il s'est rendu compte qu'il pouvait y envoyer sa fille en tant qu'élève, il s'est jeté sur l'occasion.

— Non, tu n'y es pas du tout. D'abord, c'est un hasard si tu as été marquée d'une flèche, Lucien n'y est pour rien. Et si tu n'étais pas entrée dans la Citadelle juste après, la tache rouge aurait envahi tout ton corps et tu serais morte en moins de trois jours. Ensuite, Lucien n'est pas entré dans la Citadelle par soif de vérité. Il avait dépassé ce stade depuis longtemps quand je l'ai fait interné. Depuis qu'Annie était tombée enceinte, en fait. Depuis que la Citadelle possédait un moyen de pression et avait pris contact avec lui. Non, il voulait sauver son fils, et moi, comme un imbécile, j'ai cédé… J'ai pris des risques énormes. Je lui ai même promis de veiller sur sa famille s'il lui arrivait quelque chose. C'est moi qui ai proposé ce travail à l'hôpital à Annie, après, pour l'aider financièrement. Et c'est encore moi qui ai permis qu'elle le ramène chez elle, parce qu'elle ne supportait plus de le voir à l'hôpital. Et voilà comment je suis récompensé aujourd'hui.

— La Citadelle l'a menacé de tuer Jules ? fit Briséïs.

Son histoire se rapprochait de celle de Katie. Mais pourquoi Jules particulièrement, s'il n'y avait jamais eu de Jules adulte dans la Citadelle ?

— Dans un de ses documents, mon père parle de trouver une solution pour son fils avant qu'il ne soit trop tard, dit-elle sans attendre la réponse à sa première question. Il parle *d'infliger un tel destin à son propre fils*, et longtemps j'ai cru qu'il parlait de risquer d'envoyer son fils dans la Citadelle, mais peut-être qu'on voulait tout simplement le tuer…

— La mort n'est pas un destin, c'est une absence de destin. Et c'est infiniment plus doux que ce qui attendait Jules, si Lucien n'avait pas réagi.

— Comment cela ?

— En inventant un moyen de pénétrer de lui-même dans la Citadelle, Lucien a fait quelque chose dont je n'avais pas mesuré l'ampleur au départ. Il n'a pas seulement violé le secret de son existence, il a ébranlé la certitude sur laquelle reposent ses fondements : son assurance de rester maîtresse absolue des règles du jeu. D'avoir toujours un temps d'avance, de pouvoir tout contrôler. Pour la première fois, la Citadelle s'est vue en danger. Et pour cela, elle lui a réservé sa plus terrible des punitions.

Moulin fit une pause, comme s'il rechignait à se laisser entraîner vers un sujet si sombre.

— Qu'est-ce que c'était ?

— Sais-tu ce qu'est une chimère, Briséïs ?

Elle acquiesça.

— Je sais qu'il y en a deux sortes. Celles qui appartiennent à la Citadelle, et celles qui sont libres et qui proviennent du rêve commun des hommes.

— Non, non, je veux dire, quelle définition trouverais-tu dans le dictionnaire ?

— C'est… une créature imaginaire, réfléchit-elle à voix haute.

— Une créature imaginée à partir de corps de plusieurs espèces différentes. Bec d'aigle, corps de lion, écailles de serpent. Le sphinx est une chimère, la sirène, le dragon sont des chimères. As-tu… As-tu déjà vu la Citadelle *créer* une chimère ? Une chimère partiellement humaine ?

— Oui, admit Briséïs, les joues rouges, prenant pleinement conscience de sa responsabilité dans l'histoire du docteur.

Si elle et ses amis n'avaient pas recréé l'histoire du roi des Aulnes, l'archevêque n'aurait pas failli à sa tâche, et Théobald n'aurait pas pu le punir, lui et sa famille.

— As-tu eu le temps de l'observer ?

— Elle n'était pas très jolie…

— Avait-elle l'air aussi vive d'esprit que l'humain dont elle a été partiellement tirée ?

— Non. Non, certainement pas.

— À la manière de son corps, l'esprit d'une chimère est formé d'une combinaison de parties des esprits d'origine. Si un homme, même brillant, est associé à… mettons, un lézard, la chimère résultante se retrouvera avec une capacité mentale se situant quelque part entre les deux. Je te laisse imaginer.

Briséïs baissa les yeux.

— Connaissez-vous l'histoire du roi des Aulnes ?

— Je la connais très bien, en fait, fit Moulin d'un air suspicieux.

Briséïs rougit plus encore. L'histoire du roi des Aulnes, réalisa-t-elle, était directement liée à la transformation de son ancêtre. Elle enchaîna au plus vite :

— Le roi aussi est une chimère, d'après ce que j'ai compris. Pourtant, il ne possède aucune caractéristique animale, il est fidèle à lui-même.

— Fidèle à lui-même, vraiment ? Je n'ai vu que des représentations approximatives du roi, mais je doute que le chevalier dont il est issu possédait de tels yeux vides et se mouvait avec une telle léthargie. Non, je ne connais pas tout des secrets de la naissance du roi Lugubre, mais il est certain que du chevalier, seul le désespoir a nourri la chimère. Il en est de même pour sa dame.

Briséïs prit le temps de s'imprégner de ces informations. Tout était si nouveau et en même temps tellement logique, comme les pièces d'un puzzle tombant naturellement à leur place. Moulin disait la vérité.

— De par leur nature hybride, poursuivit le docteur, les chimères sont très imprévisibles et, puisqu'elles sont aussi animales, limitées intellectuellement et enclines à suivre un instinct parfois mal venu.

On les contrôle tant qu'on peut en leur faisant peur, mais on ne peut pas les forcer à aller contre leur nature. Tout cela n'était pas du goût de la Citadelle qui au commencement dépendait d'elles pour assurer les liens entre l'Élite dans le réel et son monde immatériel. Pour y remédier, elle a cherché à créer des chimères dont l'esprit serait entièrement humain. Mais elle s'est vite rendu compte que l'esprit de l'homme, puisqu'il a pleinement conscience de lui-même, ne survivait pas à une telle transformation. C'était un changement trop radical pour un être ayant grandi dans l'expérience physique. Il ne pouvait supporter sa nouvelle condition d'être immortel et éthérique, pour toujours enchaîné au service d'un pouvoir tout-puissant. La Citadelle a donc trouvé une solution : transformer l'humain en chimère *avant* qu'il ne puisse sentir la vie. Lui voler son âme dès la naissance, purement et simplement. Cela n'empêchait pas le pauvre être de souffrir, son esprit mûrissant. Imagine-toi, te découvrir privée de la vie comme de la mort, sans aucune échappatoire, pour l'éternité… La Citadelle a alors décidé de réserver ce terrible sort à la progéniture des plus impardonnables fauteurs de troubles, comme ton père.

— Sa femme attendait un enfant. Ils voulaient faire de Jules…

— … un angelot, compléta Moulin.

Briséïs ouvrit de grands yeux. Jamais elle ne s'était arrêtée pour imaginer l'origine des angelots. Ils étaient trop intelligents pour qu'elle les associe aux restes des chimères qu'elle avait pu rencontrer. Pourtant, il était logique qu'eux aussi soient des créations de la Citadelle. Moulin hocha la tête.

— Jules serait né bien portant, vous n'auriez rien remarqué pendant sa première année. Mais après un an, il serait apparemment mort brusquement, sans qu'on ne trouve aucune explication… Bien sûr, la Citadelle ne pouvait s'attaquer à Jules que si Lucien était lié à elle par contrat et qu'il commettait une faute. Elle l'a donc tranquillement laissé approfondir ses découvertes et s'est ensuite ingéniée, sitôt qu'Annie est tombée enceinte, à le pousser à bout. Je ne sais pas si tu es familière avec la notion de contrat ?

— Toute personne ayant découvert la Citadelle est liée à elle par contrat.

— Oui, toute personne ayant suffisamment expérimenté son existence pour en avoir peur. Quand Annie est tombée enceinte, Lucien avait déjà pris peur. Ne restait plus qu'à lui faire commettre une faute. Et pour cela, la Citadelle a plus d'un tour dans son sac, même si sa cible ne fait pas partie de l'Élite.

— Mais je croyais que la Citadelle ne pouvait pas inclure dans le contrat la descendance d'un élève sans son autorisation…

— Sauf si la faute a été commise pendant une grossesse. Aux yeux de la Citadelle, le bébé dans le ventre de sa mère existe déjà, mais il n'est pas encore une personne à part entière, il n'est que l'extension de ses parents. L'angelot doit lui décocher une flèche à la naissance, avant que son cordon ombilical ne soit coupé, avant même qu'il ne prenne sa première inspiration d'être indépendant.

— Une flèche d'angelot ?

— Ironique, n'est-ce pas ? Ne me demande pas comment le premier a été créé, je ne saurais pas mieux te répondre que si tu me demandais qui, de la poule ou de l'œuf, est apparu le premier. Pendant longtemps, ton père a oscillé entre poursuivre ses recherches pour trouver une faille dans le système de la Citadelle, en risquant ainsi d'augmenter sa peur et la possibilité de commettre une erreur fatale, et ne rien faire, en espérant que la Citadelle ne parviendrait pas à provoquer sa faute à temps pour la naissance de son fils… Elle y serait arrivée, j'en suis persuadé, et lui aussi l'avait compris. C'est en désespoir de cause qu'il m'a supplié de l'aider. Il a voulu tenter le tout pour le tout. Entrer vraiment, avoir neuf mois sur place pour trouver une faille – une seconde de temps terrestre – et s'il ne la trouvait pas, se laisser enfermer dans la Citadelle au moins jusqu'à ce que son fils naisse afin que le danger soit écarté. Mais bien sûr, il serait alors piégé là-bas pour toujours. Et c'est ce qui s'est passé. Si les angelots n'étaient pas venus chercher son aide pour couvrir leur erreur avec toi, il ne serait jamais ressorti.

Briséïs avait la tête comme une pastèque. Des images de son enfance lui revenaient en cascade, se mêlant au récit du docteur.

— Je me souviens un jour l'avoir vu revenir à la maison, il était déjà interné à l'hôpital, c'était juste avant qu'il ne perde totalement conscience…

— Je lui ai permis de venir te dire au revoir, au cas où il ne reviendrait pas. Ça a été dur pour ta mère, elle pensait vraiment qu'il allait mieux.

— Un angelot se trouvait là. J'étais encore petite, je l'ai entendu. Bien sûr, à l'époque, je n'avais aucune idée de ce que ça pouvait être.

— Un angelot ? répéta Moulin, étonné, avant de secouer la tête. La Citadelle surveillait le moindre de ses mouvements de près, ce n'est pas si étonnant. Malgré tout, elle ne s'attendait pas à ce qu'il aille volontairement s'enfermer dans la forteresse. J'ai su qu'il avait échoué dès l'instant où j'ai fini de lui administrer le produit. Ou réussi, si l'on peut dire. Parce que ton père s'est sacrifié, qu'il est resté caché dans la Citadelle, elle n'a pu lui faire commettre une faute dans le monde physique, et ton frère a pu vivre et grandir.

— Il va bien alors ?

Moulin sourit pour la première fois :

— Il est sans doute le seul à ne pas avoir été touché par la tragédie familiale.

— Oui, si on oublie le fait qu'il n'a jamais connu son père…

Briséïs réfléchit quelques instants, puis elle reprit :

— Peut-être les angelots ont-ils aidé Lucien, comme vous l'avez déjà fait, parce qu'ils espèrent trouver un moyen de démanteler la Citadelle grâce à ses découvertes ?

Moulin fit la moue :

— Je ne suis pas sûr que les angelots soient capables de se retourner à ce point contre la Citadelle. Elle les terrifie. La chute, pour eux, signifierait une torture de l'esprit insoutenable, et pour l'éternité. Tu ne peux pas imaginer…

Il se tut, observa l'épée dans ses mains sans trop la voir. Comme s'il cherchait à fuir son regard.

— Mais Lucien ne serait jamais parvenu à tant de découvertes sans votre aide, insista Briséïs, sans pouvoir formuler à haute voix la suite de son raisonnement.

Et si les angelots s'étaient donné tout ce mal pour leur venir en aide au Moyen Âge à l'insu de la Citadelle ? Pour provoquer la transformation de l'archevêque et faire du docteur Moulin le gardien sans qui jamais Lucien, leur libérateur potentiel, n'aurait fait ses grandes découvertes ?

— Voilà pourquoi je ne peux pas risquer que la Citadelle

découvre ma position, poursuivit le docteur. Ma faute est au moins aussi grande que celle de ton père. Mais contrairement à lui, ma famille est déjà liée pour toujours à la Citadelle. Si la forteresse venait à comprendre ce que j'ai fait, le prochain enfant à naître dans ma famille serait transformé en angelot. Pour l'éternité il devrait servir la Citadelle, sous peine de connaître la chute… Je suis sincèrement désolé, Briséïs. J'aurais aimé pouvoir t'éviter cela, mais j'ai déjà tout risqué pour ta famille, et maintenant, je dois penser à la mienne.

Il s'était rapproché, tapotant nerveusement la lame de l'épée d'Enndall contre la paume de sa main. Briséïs reprit soudainement conscience de sa situation, du mauvais côté de l'épée, en face d'un ennemi potentiel.

— Je peux demander à Benji qu'il rapporte les documents, dit-elle précipitamment, se relevant.

— Il ne les rapportera jamais. Je sais ce que ces recherches contiennent. Si ton ami en a après le Grand Secret, jamais il n'acceptera de s'en séparer.

— Vous allez me tuer ? M'embrocher avec cette épée ?

Un docteur de bonne famille né au XXe siècle ne pourrait sûrement pas se résoudre à un tel acte. Il allait se dégonfler…

— J'ai pris le temps de tout te raconter parce que j'estime que je te devais au moins ça avant de te faire subir la chute. Je n'ai pas le choix, je dois racheter ma faute.

— La chute ?

— Je vais te faire passer à travers ce tableau. Tu es un esprit en voyage. Tu n'es que la représentation de toi-même. Ta propre chimère, en quelque sorte. Tu vas subir la chute. Tu vas avoir tout le temps de penser à notre conversation. Console-toi en te rappelant que la tienne ne sera pas éternelle, ton corps finira par mourir. Et puis… tu es élève, peut-être que la Citadelle acceptera de te reprendre.

Il en doutait pourtant, elle le lut dans ses yeux.

— Je suis vraiment désolé, Briséïs, répéta-t-il d'une voix éteinte tandis qu'elle cherchait fébrilement un moyen de lui échapper. Crois-moi, s'il y avait eu une autre solution…

Il se jeta sur elle, l'attrapa par le col, la poussa en arrière pendant qu'elle s'agrippait à sa main qui tenait l'épée pour l'empêcher de s'en servir. Mais il n'avait pas besoin d'une arme pour la faire basculer, leur différence de poids suffisait.

— Pourquoi l'hôpital possède-t-il plusieurs portraits d'Alfred Richet ? demanda précipitamment Briséïs, espérant gagner du temps. Nulle part ailleurs je n'ai vu de tableaux dupliqués ainsi !

— Le portrait dans l'hôpital a été dupliqué pour permettre à la Citadelle d'avoir plusieurs points de vue, et parce que notre époque le permet. Mais un seul tableau suffit au gardien. Alfred, je te prie, commanda Moulin, et se tordant en arrière, Briséïs vit le portrait hocher la tête et s'écarter du cadre pour libérer le passage.

L'adrénaline monta brutalement en elle. Ce n'était pas une farce. Il allait vraiment lui faire subir la chute. La menace semblait si irréelle encore, et pourtant elle savait déjà qu'elle aurait cent fois préféré mourir : elle pourrait chuter soixante-dix ans encore si l'on s'occupait amoureusement de son corps jusqu'à sa mort… Elle sortit dents et ongles, prêtre à se défendre jusqu'au dernier souffle. Le docteur hurla à sa première morsure, lâcha l'épée à la deuxième. Elle la rattrapa, n'eut pas le temps de s'en servir : se penchant de côté, Moulin lui envoya un phénoménal coup de pied dans le ventre qui la projeta violemment en arrière.

Elle se vit passer dans le cadre doré, l'épée encore à la main. Le fond vert du cadre s'évapora, ne resta plus que le cadre, seul et vide au milieu du blanc, s'éloignant à grande vitesse au-dessus d'elle, dans la direction opposée au vent. Bientôt le cadre fut si petit qu'il disparut lui aussi, et ne resta plus que Briséïs, son épée, le blanc et le vent étourdissant, accompagnant sa chute.

31

LA CHUTE

Il tombait foudroyé, morne, silencieux,
Triste, la bouche ouverte et les pieds vers les cieux,
Seul et derrière lui, dans les nuits éternelles,
Tombaient plus lentement les plumes de ses ailes…

Il tombait foudroyé, morne, silencieux,
Triste, la bouche ouverte et les pieds vers les cieux,
Seul et derrière lui, dans les nuits éternelles,
Tombaient plus lentement les plumes de ses ailes…

Il tombait foudroyé, morne, silencieux,
Triste, la bouche ouverte et les pieds vers les cieux,
Seul et derrière lui, dans les nuits éternelles,
Tombaient plus lentement les plumes de ses ailes…

Le poème circulait en boucle dans son esprit. Pourtant il ne l'occupait pas encore assez pour effacer les notions vertigineuses qui s'y bousculaient aussi.

Chute.

Vide.

Infini.

Éternité d'une vie.

Chaque nouveau concept la frappait en plein cœur, lui faisait perdre un peu plus les pédales. Elle ne chutait que depuis quelques minutes, et déjà l'ampleur de son malheur l'atteignait de plein fouet. À ce rythme, il ne lui faudrait pas une semaine pour perdre la raison. Se savoir condamnée à perpétuité, sans aucun recours, jamais un soulagement… Sa chute perpétuelle l'empêchait de crier. De pleurer sur son sort, de songer à tout ce qu'elle avait quitté. En déplacement toujours, elle ne percevait plus que son futur, son absence de futur, son futur fait de blanc, de vide et de vent, qui la laissait figée dans la stupeur de l'instant.

Il tombait foudroyé, morne, silencieux,
Triste, la bouche ouverte et les pieds vers les cieux,
Seul et derrière lui, dans les nuits éternelles,
Tombaient plus lentement les plumes de ses ailes…

Soudain, une lueur d'espoir : dans le désert du Monde du Rêve, elle avait cru mourir de faim. Et durant ses voyages, tout esprit qu'elle était, elle avait eu froid, avait ressenti la douleur, avait flirté plusieurs fois avec la noyade et la mort… Elle n'aurait pas à attendre la mort de son corps réel ! D'ici trois jours, elle mourrait de soif. Diable ! Il ne lui était pas même nécessaire d'attendre trois jours, elle tenait encore l'épée d'Enndall dans sa main, il lui suffisait de se trancher les veines…

Il tombait foudroyé, morne, silencieux,
Triste, la bouche ouverte et les pieds vers les cieux,
Seul et derrière lui, dans les nuits éternelles,
Tombaient plus lentement les plumes de ses ailes…

. . .

Elle ne réussit pas même à se faire une égratignure. La lame glissait sur sa peau comme une plume contre une statue de marbre : l'illusion du réel n'était plus là pour l'éblouir des principes de vie et de mort. Elle n'était plus qu'un esprit perdu dans l'abstraction, le vide, l'infini.

Il tombait foudroyé, morne, silencieux,
Triste, la bouche ouverte et les pieds vers les cieux,
Seul et derrière lui, dans les nuits éternelles,
Tombaient plus lentement les plumes de ses ailes...

Combien de temps encore tiendrait-elle l'épée d'Enndall ? Jusqu'à quand s'accrocherait-elle à l'idée de la lui rendre un jour ? Question rhétorique, sans queue ni tête. Le temps n'était plus, dans le vide et le blanc. Chuter depuis une heure, un jour, un mois – sans marques et sans repères, c'était du pareil au même… Mais s'imaginer lui tendre l'épée fit naître en elle un nouveau désir. La voix de Leonel lui revint en mémoire. *Reviens-nous, d'accord ?* Elle était d'accord. Elle voulait le revoir, se blottir dans ses bras. Les retrouver tous, partager avec eux ses joies et ses peurs, se sentir entourée, aimée… L'idée lui vint d'appeler un dragon. Elle l'avait déjà fait, elle pouvait le refaire. Une chimère libre, qui pourrait voler à son secours et l'arracher au vide. Bien sûr, elle n'avait rien avec elle pour dessiner, mais si elle fermait les yeux, se concentrait pour imaginer, tracer peut-être avec son doigt, reproduire le *tchi* de la chimère, son essence, son mouvement… Elle se concentra comme jamais elle ne l'avait fait, fit appel à toute la force de son esprit. Des heures durant, elle lutta contre la distraction du vide. Des jours, des semaines sans le moindre résultat. Elle insista jusqu'à l'épuisement. Il finirait bien par se passer quelque chose : une chimère apparaîtrait, ou bien elle tomberait dans les pommes et s'enfoncerait dans les délices de l'inconscience.

Mais rien n'arriva.

Elle chutait toujours, chaque seconde plus réelle et saisissante que la précédente. Lui apparut alors la faute de son raisonnement : elle chutait dans la peur, une peur éternelle, inévitable, et les chimères libres ne supportaient pas la peur. Jamais elle ne pourrait attirer l'une d'elles. Cette nouvelle révélation marqua un tournant dans sa chute. Sachant ses désirs à jamais inassouvis, une tristesse incommensurable l'envahit, et pétrit son cœur de douleur. Elle ne chutait plus seulement dans le vide, elle chutait de l'intérieur. Ne plus jamais revoir ses amis, sa famille, Jules, Annie…

Il tombait foudroyé, morne, silencieux,
Triste, la bouche ouverte et les pieds vers les cieux,
Seul et derrière lui, dans les nuits éternelles,
Tombaient plus lentement les plumes de ses ailes…

Il tombait foudroyé, morne, silencieux,
Triste, la bouche ouverte et les pieds vers les cieux,
Seul et derrière lui, dans les nuits éternelles,
Tombaient plus lentement les plumes de ses ailes…

Il tombait foudroyé, morne, silencieux,
Triste, la bouche ouverte et les pieds vers les cieux,
Seul et derrière lui, dans les nuits éternelles,
Tombaient plus lentement les plumes de ses ailes…

— Service des postes bonjour !

Le cœur de Briséïs faillit imploser. Le facteur se tenait juste en face d'elle, la tête en bas, une main sur le guidon de son monocycle ailé, l'autre au-dessus de son képi pour éviter qu'il ne s'envole.

— Vous avez une lettre pour moi, il me semble, fit-il avec un sourire poli.

Et comme Briséïs restait sans voix, il ajouta, désignant son vêtement du menton :

— Vous l'avez rangée sous votre tunique, je crois.

Briséïs porta sa main libre à sa poitrine, sentit l'enveloppe de son père sous le tissu.

— Si vous ne voyez pas d'inconvénient à me la tendre, l'encouragea le facteur, cette position est quelque peu inconfortable et si je ne veux pas perdre mon couvre-chef…

Briséïs tira l'enveloppe de sous sa chemise.

— Parfait ! fit le facteur, lâchant son képi pour tendre la main et se ravisant immédiatement en sentant la casquette près de s'envoler.

— Oups ! Attendez…

Il retira sa casquette, la coinça sous son bras qui tenait le guidon et tendit à nouveau la main :

— Voilà, comme ça, c'est mieux.

Mais Briséïs n'avait plus l'intention de lui remettre sa lettre. Du moins, pas tout de suite.

— Ramène-moi sur la place du Temps, et je te la donnerai ! cria-t-elle dans le vent, glissant la lettre sous sa chemise.

Le facteur secoua la tête :

— Navré mademoiselle, mais je ne suis que facteur, ce n'est pas mon rôle de…

— Ce sera ton rôle cette fois-ci ! s'exclama Briséïs d'un ton prodigieusement autoritaire. Je ne te la donnerai pas tant que tu ne m'auras pas déposée là-bas, et tu *dois* prendre cette lettre !

Le facteur prit une grande inspiration, attrapa son poignet et se mit à pédaler comme un forcené. Le vent faiblit, s'évapora pour de bon. Le blanc du vide peu à peu prit de l'éclat, s'égaya de fins liserés dorés.

Et puis brusquement le ciel bleu apparut, comme une trouée entre les nuages. L'éclat du soleil éblouit Briséïs, caressa son visage. Quelques coups de pédale encore et un village suspendu émergea des cumulus éclatants de blancheur. Le facteur déposa Briséïs à la lisière du vide, le plus loin possible des premières roulottes. La sensation d'un sol sous ses pieds, même invisible, emplit Briséïs d'une ivresse troublante.

— La lettre, mademoiselle, je vous prie, fit le facteur, sans prendre le temps de descendre de son monocycle.

Briséïs la lui tendit d'un geste engourdi.

Le facteur lut l'inscription *À mon seul désir*, leva les sourcils, jaugea Briséïs pour voir si elle se moquait de lui et lui replaça l'enveloppe entre les doigts.

— Et voilà le travail ! s'exclama-t-il, satisfait.

Briséïs le regarda de travers.

— Quoi ? se défendit-il, c'est vous que ça désigne, cette phrase, *À mon seul désir*, non ? C'est à vous que pensait la personne qui l'a écrite. Alors moi, je vous l'envoie. Voilà, c'est fait.

— Tu dois l'envoyer dans mon passé, expliqua-t-elle d'un ton morne.

Le facteur éclata de rire, redevint sérieux, voyant qu'elle ne plaisantait pas.

— Vous êtes pas un peu zinzin ma'mselle ? Pour quoi faire ?

— Pourquoi tu n'es pas venu plus tôt, dès que j'ai eu ma lettre à la main ?

— Je suis venu dès que je vous ai sentie avec votre lettre, s'insurgea-t-il. Et puis il a fallu vous rattraper quand même, vous alliez plutôt vite.

Briséïs acquiesça. Il ne devait pas pouvoir intervenir à l'intérieur de la Citadelle ou face à un gardien. Il était venu dès qu'il avait pu...

— Cherche un moment dans mon passé où je n'ai plus cette lettre et va me la donner. Ça devrait être... près d'un lac, la nuit.

— C'est bon, c'est bon, j'ai compris, fit-il en lui arrachant la lettre des mains. Mais vous devez bien admettre que vous êtes étrange, tout de même.

Briséïs eut l'idée d'ajouter un mot d'explication sur l'enveloppe, pour préparer son passé à son futur. Mais elle hésita une seconde de trop. Il ne fallut au facteur, déjà en équilibre sur son monocycle, qu'un seul mouvement de pédale en arrière pour rouler hors de la place invisible et tomber dans le vide.

Briséïs l'observa chuter entre les nuages, tournoyant dans les airs comme un adepte des sports extrêmes, indifférent d'abord à son orientation. Puis le facteur en pédalant déclencha le déploiement des ailes de chaque côté de la roue. Lorsqu'enfin il se stabilisa dans une trajectoire raisonnable, il n'était déjà plus qu'un point dans le lointain.

Briséïs ne chutait plus, mais son cœur souffrait encore. Elle se voyait comme un marin jeté sur le quai d'un port et dont les sens ne parvenaient pas à s'acclimater, après le roulis de la mer, à la déroutante stabilité de la terre. Elle tanguait de l'intérieur, et plus son regard se perdait dans le vide qui avait happé le facteur, plus elle se sentait prête à se laisser happer à son tour…

— BRISÉÏS !

On avait crié son nom, elle l'aurait juré. Mais elle ne parvenait plus à détacher son regard du vide, si proche. Il lui suffirait d'un pas…

— Briséïs…

On la prit dans ses bras.

— Éloigne-toi du bord… Briséïs… J'ai eu tellement peur…

Leonel la tira vers les roulottes. Ils ne restèrent pas longtemps seuls. Enndall arriva le premier, serra les deux dans ses bras puisque Leonel ne voulait plus la lâcher. Liz s'ajouta ensuite, puis Meng, Ohanko, Aeneas. Ils s'agglutinaient les uns aux autres et à Briséïs, comme si chacun s'était attribué la responsabilité de sa sécurité.

— J'ai donné ma lettre au facteur, dit-elle dans un souffle. Et… je sais pourquoi les angelots nous ont aidés…

— Tu vas nous raconter tout ça, renifla Liz, mais nous avons tout le temps.

Levant les yeux, Briséïs s'aperçut qu'ils pleuraient tous. Même le général chinois avait versé une larme. La chaleur de leurs regards pénétra son âme, et le poids terrible qui pesait dans sa poitrine disparut progressivement. Des larmes de soulagement glissèrent sur ses joues.

— Tu as réussi, dit Enndall, un grand sourire aux lèvres. Tu as accompli l'impossible, tu as réussi.

Briséïs lui tendit son épée, qu'il accepta avec un hochement de tête, ne trouvant plus les mots.

— Je… Je crois que je suis un peu fatiguée.

— J'ai ce qu'il te faut ! s'exclama Liz. En t'attendant on a fait le tour des étalages, ce ne sont pas tous les mêmes que la dernière fois, et j'en ai trouvé un de mon époque ! Allez les garçons, poussez-vous, faites-lui de la place !

Enndall et Leonel la soutinrent jusqu'au centre de la place pendant qu'Aeneas leur frayait un chemin entre les résistants, sautillant comme un enfant surexcité.

— Poussez-vous ! Poussez-vous ! Laissez passer !

— Et j'ai trouvé des douches, un tas de douches ! poursuivit Liz, débordant d'un intarissable et joyeux flot de paroles, et puis un grand lit dépliable, un oreiller bien épais, et une couette qui fait du bruit quand on la froisse, tu vas bien dormir cette nuit, c'est moi qui te le dis… Attends, ne bouge pas…

Elle plongea la main dans son sac, farfouilla quelque peu, en ressortit une petite bille bleu clair transparente, légèrement moelleuse.

— D'abord, la douche, tu fais peur à voir.

Elle positionna la bille au-dessus de la tête de Briséïs et la pressa entre ses doigts. Aussitôt, une vague de chaleur la traversa du crâne jusqu'aux orteils, comme si elle venait de vivre en accéléré tous les délices d'une douche bien chaude.

— Parfait ! s'exclama Liz, caressant ses cheveux propres, soyeux, déjà secs et démêlés. Maintenant, le lit !

Elle tira une seconde bille de son sac, à peine plus grosse. Elle la jeta au sol tandis que Briséïs effleurait du doigt sa tunique toute propre, sèche et repassée. Un lit apparut sur la place invisible. En quelques mouvements, Liz y ajouta une couette et un oreiller blancs. Briséïs grimaça en s'asseyant dessus, malgré les efforts d'Enndall et de Leonel pour la guider délicatement dans ses mouvements. Partout sur son corps, les bleus se réveillaient.

— Ohanko, ta pommade, demanda Leonel sans lui lâcher la main.

— Tout ça c'était dans une de tes petites billes ? demanda Meng à Liz, étudiant l'une des grandes boules dorées du pied de lit massif.

— C'est un dispositif rudimentaire de compression atomique, associé à un système anti-gravité, répondit machinalement Liz. Mais ne cherche pas à comprendre, ça ne te sera possible que d'ici un millénaire.

Son regard se posa sur Briséïs, elle rectifia son pronostic :

— Un millénaire ou deux.

— Où as-tu le plus mal ? demanda Leonel à Briséïs, la pommade d'Ohanko à la main.

— Là, fit Briséïs, désignant sa poitrine tout près de son cœur, là où la lance de Baudoin Ebrard l'avait plusieurs fois percutée.

Leonel approcha sa main et, après réflexion, tendit la pommade à Liz.

— J'ai faim aussi.

— Je vais te chercher quelque chose, déclara Enndall.

Meng partit chercher une boisson chaude et Liz la borda dans son grand lit, le dos relevé par l'énorme coussin posé contre la tête de lit en volutes de fer forgé.

— Isolde et Enndall se sont embrassés avant qu'on parte, lui confia-t-elle tout bas.

— Oui, et Liz a pleuré comme une fontaine, s'amusa Aeneas, s'asseyant de l'autre côté du lit.

— C'est malin ! Vous ne faisiez pas les fiers non plus ! Ça ne vous faisait pas plaisir, peut-être, de savoir qu'il lui reste encore de l'espoir ?

— C'est vrai, elle a pleuré comme une madeleine, ajouta d'un air complice Leonel qui n'avait toujours pas lâché la main de Briséïs.

Ou peut-être était-ce elle qui ne voulait plus le libérer ? Leonel lui souriait, et pour la première fois depuis longtemps, Briséïs sentit un large sourire éclore sur son visage. Enndall revint avec un pain chaud, Meng avec une grande tasse de thé.

— Merci, ça va déjà beaucoup mieux, annonça-t-elle après quelques gorgées.

Ohanko s'assit en tailleur au bout du lit, les autres prirent place sur les bords du matelas. Ils ne lui demandaient rien, mais Briséïs sentait la curiosité les ronger. De toute façon, elle préférait tout raconter le plus tôt possible, partager avec eux son expérience et se décharger le cœur. Elle leur raconta tout en détail. Son entrée dans la forêt de *Ça*, ses trois essais pour trouver la plus pure de ses peurs, la peur de l'échec. Son arrivée dans la Citadelle, son réveil chez les passeurs, la découverte du véritable auteur de la lettre de Jules, Katie, la passeuse qui aurait dû lui remettre la lettre de son père dès son premier jour dans la Citadelle. Puis son passage mouvementé dans le réfectoire, sa traque du tableau d'Alfred Richet, qu'elle avait fini par trouver sans s'en rendre compte, simplement en ressassant dans son esprit l'histoire de l'archevêque, son ancêtre. Son passage en miroir, face à la peinture, et sa réception dans l'hôpital tout près de son père, qu'elle n'avait pourtant pas pu voir. Et enfin, les explications détaillées du docteur Moulin, avant qu'il ne la renvoie dans le tableau, et vers sa chute.

— Le facteur m'a retrouvée parce que je portais la lettre. Sans elle, je serais encore en train de chuter, acheva-t-elle avec un frisson.

Leonel serra plus fort sa main entre ses paumes.

— Et Benji, tu ne l'as pas revu ?

— Non… Il savait pourtant que je viendrais récupérer les lettres que Katie avait cachées dans le double fond du tiroir, avec les documents de mon père… Dès qu'il a trouvé ces documents, il a su où se trouvaient les lettres d'origine, et il a compris que je viendrai dans la Citadelle les chercher. C'est pour cela qu'il était convaincu que je trouverais la porte de la vérité, le passage du sixième sens… Il s'est braqué trop tôt en coupant les ponts avec moi quand Leonel a pris ma place. Il ne se doutait pas que j'arriverais plus tard. S'il a gardé toutes les recherches de mon père sans me le dire, et qu'il ne m'a pas avoué qu'il savait où je trouverai mes lettres, c'est qu'il a un plan pour la suite. Mais lequel…

— N'y pense plus, dit Enndall d'une voix douce. Nous avons encore le temps de voir venir. Pour l'instant, il faut te reposer.

— Il y a une chose que je ne suis pas sûr de comprendre, fit Aeneas au risque de dire une bêtise : les angelots ont provoqué la faute de l'archevêque à travers nous, pour qu'un jour l'un de ses descendants, le docteur Moulin, soit tenté de venir en aide à ton père qui faisait des recherches sur la Citadelle. Ils l'ont fait parce qu'ils sont prisonniers de la Citadelle depuis toujours, et ils le resteront pour l'éternité si nous ne les aidons pas.

— C'est ça, acquiesça Briséïs. Avant, ils voulaient me tuer parce qu'ils avaient peur. Maintenant, ils veulent que nous trouvions le Grand Secret. Ils sont de notre côté.

— Et maintenant que nous savons renvoyer les chimères dans le Monde du Rêve, affaiblir la Citadelle pour découvrir qui la gouverne et quel est le Grand Secret qui la protège devrait être un jeu d'enfant, ajouta Liz avec enthousiasme, serrant Briséïs dans ses bras.

— Mais ça veut dire que ton père ne serait jamais entré dans la Citadelle si nous n'étions pas allés chez Enndall, non ? insista Aeneas. Et donc qu'il n'y serait jamais entré si tu n'étais pas devenue élève.

— Je… Je suppose, réalisa Briséïs.

— Ce qui fait que toute la boucle entre le passé et le futur sur laquelle est basé le plan des angelots repose sur leur erreur, quand ils t'ont désignée de leur flèche. Sur un hasard. C'est ça ?

— Ce n'était peut-être pas un hasard, supposa Briséïs.

Mais elle devait bien reconnaître qu'elle n'en savait rien.

— Ce hasard se trouve en plein milieu de l'histoire. Comment savoir, avec toutes ces boucles dans le temps, ce qui est vraiment au début et ce qui est vraiment à la fin ?

— Il n'y a pas de début et il n'y a pas de fin puisque le temps est en cercle, répondit Ohanko d'un ton catégorique.

Le sourire de Briséïs se répandit comme une traînée de poudre sur les visages de ses amis.

— C'est vrai ! appuya Ohanko, sentant qu'on ne le prenait pas au sérieux.

Le soleil s'était décidé à descendre sur l'horizon. De magnifiques couleurs orangées teintaient les tuniques blanches des résistants rassemblés par petits groupes, entre les roulottes et autour du grand lit.

Ohanko avait croisé les bras, une idée en tête, refusant de se confier à ces ignares qui imaginaient sottement le temps autrement qu'en cercle. Il observa un moment les lueurs étincelantes du couchant jouer avec les objets suspendus des étalages des marchands, puis finit par demander, n'y tenant plus :

— Et alors, où croyez-vous qu'on aille ensuite ?

ÉPILOGUE

Allongé sur son lit, Benji triturait la tige de sa plume d'angelot carbonisée. Il l'avait brûlée sans réfléchir lors de la visite surprise de l'ami de Briséïs, et regrettait maintenant son geste. Il avait tant œuvré pour rencontrer le frère de Briséïs, et en un seul geste, il avait détruit ses chances de lui parler un jour. C'était trop bête.

Mais Briséïs l'avait cherché. Benji lui avait pourtant dit de ne plus jamais venir avec l'un de ses amis renégats. Alors laisser un de ces résistants venir lui parler à sa place ! Peut-être avait-elle compris qu'il lui avait caché une grosse partie des recherches de son père ? Peut-être même avait-elle envoyé son ami les lui reprendre de force, et s'il n'avait pas réagi à temps…

Benji réduisit en bouillie dans le creux de sa paume ce qui restait de la plume. Il avait bien fait de suivre son instinct et de couper les ponts. Briséïs s'était fait laver le cerveau par ces teignes de résistants. Elle n'était plus contrôlable, elle devenait dangereuse. Mieux valait qu'il continue ses recherches tout seul. Même s'il fallait pour cela renoncer à rencontrer l'homme le plus informé sur la Citadelle, et qui se cachait quelque part dans ses couloirs. Jules Riccetti.

Benji déplia le bout de plume, l'étira et le lissa pour la énième fois. Quel gâchis, tout de même. Ils auraient pu faire tant de découvertes ensemble, si Briséïs avait su se tenir…

On frappa à la porte. Benji tendit l'oreille.

— Monsieur Benji ? fit une voix timide de l'autre côté. C'est Robin… Vous êtes là ? J'ai des nouvelles !

Benji sauta au pied du lit, ouvrit la porte en grand.

— Elle est là ! s'exclama Robin, un homme chétif au regard fiévreux. Briséïs, elle est arrivée. Enfin je crois… Une jeune fille française est apparue soudain dans un couloir, vêtue d'une armure de chevalier. Ce doit être elle, non ? Les passeurs hollandais qui l'ont récupérée l'ont emmenée chez nous. J'ai eu le temps de la fouiller avant que Katie en entende parler. La jeune fille avait cette lettre sur elle.

Benji arracha des mains de Robin le papier froissé qu'il lui tendait. C'était le mot de Jules. Celui qu'il avait replacé dans le double fond du tiroir, avec la lettre de Lucien Riccetti. Mais ce papier-là avait subi quelques misères : il était couvert de taches. Probablement la version que Briséïs avait trimbalée au Moyen Âge, avant de la ramener avec elle dans la Citadelle. Elle avait finalement trouvé le moyen de revenir, par ses propres moyens… Que comptait-elle faire maintenant ? Certainement se rendre seule au rendez-vous de son frère, sans l'avoir lui dans les pattes.

Un éclair de lucidité frappa Benji : voilà pourquoi Briséïs avait permis à l'un de ses amis résistants de venir le voir : parce qu'elle savait comment Benji réagirait. Elle lui avait fait couper les ponts de lui-même, pour profiter seule du rendez-vous de son frère sans qu'il ne se doute de rien. Elle l'avait parfaitement manœuvré, et lui qui se vantait de ses talents de manipulateur, n'y avait vu que du feu.

Benji froissa la lettre dans sa main. Si elle s'imaginait qu'il allait la laisser faire, elle se fourrait le doigt dans l'œil.

— Où est-elle ?

— Quand je l'ai laissée, toujours chez les passeurs, mais…

Un élève vêtu de bleu déboula tout essoufflé dans le couloir.

— Vous avez vu ce cheval couvert d'une armure qui galope dans les couloirs ? s'exclama-t-il, passant en courant. Paraît qu'il vient de la partie gardée de la Citadelle ! C'est dément !

Benji le regarda s'éloigner, calculant rapidement ses options. Il pouvait tenter d'intercepter Briséïs chez les passeurs. S'il arrivait à temps pour reprendre ses lettres dans le double fond du tiroir avant qu'elle ne les trouve, il pourrait lui faire du chantage, pour qu'elle l'emmène au rendez-vous de Jules. Mais si elle ne se trouvait déjà plus chez les passeurs ? Si elle rejoignait Jules au point de rendez-vous et disparaissait avec lui, pendant que Benji courait bêtement chez les passeurs ? Benji ne pouvait pas prendre le risque de manquer Jules. Tant pis, il ferait le pied de grue près du portrait d'Alfred Richet.

Il s'engagea dans le couloir.

— Monsieur Benji ? fit Robin, lui emboitant le pas, vous m'aviez promis d'envoyer une lettre à ma famille dans le monde réel, si je vous tenais au courant, pour Briséïs…

Benji soupira. Il avait oublié ce détail. Il serait bientôt temps de s'éloigner de ce cher Robin.

— Pose-la sous mon oreiller, lança-t-il par-dessus son épaule. C'est le lit du fond, en haut à droite. Et ne traîne pas dans le coin !

— Je le fais tout de suite, monsieur Benji ! Je la garde toujours dans ma poche. Merci ! Merci monsieur Benji !

Benji lui répondit d'un geste de la main et commença à courir. Il ne fallait surtout pas qu'il rate ce rendez-vous.

Lorsqu'il déboucha dans le grand réfectoire, ses camarades de classe étaient déjà à table pour le dîner. Il les salua de loin quand Willis se mit debout, prêt à l'apostropher, et bifurqua vers les grandes portes du fond, son autorisation en main. Il courut ensuite dans les couloirs, récitant précipitamment la carte-chanson de la Citadelle, et arriva à bout de souffle devant le tableau d'Alfred Richet. Il n'y avait personne. Priant pour que la rencontre n'ait pas encore eu lieu, il se cacha derrière une large statue de sphinx. Écouter discrètement la discussion entre le frère et la sœur aurait peut-être du bon, dans un premier temps. Jules serait sans doute moins méfiant.

Il patienta ainsi plus d'une heure. Enfin, une étrange silhouette noire apparut au bout du couloir. Elle avançait extraordinairement vite, sans pourtant donner l'impression de se mouvoir réellement. Bientôt elle s'arrêta en face du tableau d'Alfred Richet. Benji se redressa, interloqué. Depuis sa cachette, il ne pouvait voir du tableau que son cadre doré. Mais il le connaissait par cœur, et reconnut immédiatement l'homme en complet noir : Alfred Richet contemplait son propre portrait.

Benji sourit malgré lui. Briséïs avait réussi. Elle avait fait venir l'homme comme on fait venir une chimère. Mais où se trouvait-elle ?

Des bruits de sabots montèrent du fond du couloir. Briséïs déboula au galop sur un grand destrier blanc en armure. Elle tenait une longue épée à la main. Mettant pied à terre, elle s'approcha d'Alfred Richet, qui regardait obstinément son portrait. Elle faisait peur à voir, dans sa tenue grise maculée de taches, ses cheveux en bataille. Par où était-elle passée pour arriver jusque là ?

— Monsieur ?

Alfred Richet resta de marbre. Benji se recroquevilla dans sa cachette. Jules allait se montrer d'un instant à l'autre. Il attendait d'être sûr que la voie soit libre. Briséïs se planta devant Alfred Richet, dos au tableau, et leva sa main pour attirer son attention.

— Monsieur ?

Alfred Richet ne semblait toujours pas vouloir réagir.

Briséïs regarda soudain l'homme plus intensément. Le fondateur de l'hôpital lui murmurait-il quelque chose ? Ce satané canasson couvert de plaques de métal faisait un tel raffut, Benji avait beau tendre l'oreille, rien ne lui parvenait. Il lui démangeait de bondir hors de sa cachette. Mais il fallait tenir, Jules devait être tout proche. Benji regretta soudain de ne pas avoir prévu d'escorte, ou au moins une petite arme, et de quoi ligoter Jules s'il se montrait récalcitrant. L'homme connaissait tout des chimères et des étages du Monde du Rêve. Il avait certainement plus d'un tour dans son sac pour disparaître brusquement… Qu'attendait-il pour se montrer, nom d'un chien ?

Soudain Briséïs fit trois pas en arrière, buta contre le cadre du tableau, tomba à la renverse et disparut à l'intérieur. Benji s'extirpa précipitamment de sa cachette, se prit les pieds dans un tapis, se rua vers le tableau.

L'homme au complet noir avait disparu. Aucune trace de Briséïs. Le portrait d'Alfred Richet le toisait de son habituel air dédaigneux. Seul restait le cheval blanc, perdu et agité.

— La garce ! cria Benji de rage, tapant du poing contre le visage peint d'Alfred Richet.

Il s'était fait doubler. Jules n'avait jamais eu l'intention de se montrer dans ce couloir, il avait fait venir Briséïs à lui. Et Benji n'avait aucun moyen de la suivre. Il étudia chaque détail du tableau et de son cadre, tâta le mur à l'arrière. Peine perdue. Il avait tenté à maintes reprises de percer le mystère des passages des tableaux, sans succès.

Il rumina longuement sa défaite, sur le chemin de retour vers la chambre des élèves de troisième mois français. Il avait perdu la trace de Jules, et ne pouvait plus compter sur Briséïs. Mais il avait encore en sa possession toutes les recherches de leur père, trouvées dans le double fond du tiroir. Cinq cent cinquante-huit pages de schémas et gribouillis, qu'il avait à peine commencé à éplucher. De quoi l'occuper un moment. Qui sait, peut-être trouverait-il dans ces documents de quoi faire un chantage plus menaçant. Jules ne pourrait plus alors jouer les fantômes. Oui, se dit Benji revigoré, poussant la porte de la petite pièce aux huit lits superposés, ce n'était finalement que partie remise.

— Salut, fit Willis, nonchalamment perché sur son lit. Tu n'es pas venu dîner tout à l'heure. Tu n'avais pas faim ?

— Où sont les autres ?

— Encore de sortie. Qu'est-ce que c'est, dans ta main ?

Sans s'en rendre compte, Benji avait réduit en bouillie le mot de Jules. Il le fourra dans sa poche.

— Occupe-toi de tes oignons.

— Ce n'est pas mes oignons, c'est vrai, soupira Willis. Encore une histoire d'Alpha, n'est-ce pas ? Encore une histoire de manipulation, comme avec ce pauvre Robin, à qui tu as promis d'envoyer une lettre *dans le réel*. Je l'ai trouvé tout à l'heure devant la porte. Il espérait pouvoir te donner un mot pour sa sœur, en plus de la première lettre qu'il t'avait glissée sous l'oreiller pour sa mère.

— Pourquoi aurais-je promis une chose pareille ? répondit Benji d'un air détaché, accrochant sa veste sur le bord de son lit pour se mettre à son aise. Tout le monde sait bien qu'il est impossible d'envoyer une lettre hors de la Citadelle.

— On est d'accord. C'est pour ça que je lui ai fait remarquer que tu l'avais berné, et qu'il ferait bien d'aller remettre sa lettre à un veilleur, s'il ne voulait pas avoir d'ennuis. En même temps que la pile de documents qu'il garde précieusement pour toi, évidemment. Cinq cent cinquante-huit pages, c'est bien ça ? Il a filé aussi sec, je crois qu'il m'a pris au sérieux.

En un bon Benji sauta sur le lit de Willis, l'attrapa par le col et le tira à lui.

— Dans quelle direction l'as-tu envoyé ? Réponds ! Où est parti Robin ?

— Même les Alphas n'ont pas le droit de faire tout ce qu'ils veulent, Benji. Tu n'avais pas le droit de donner de faux espoirs à ce pauvre homme. Tu n'as que ce que tu mérites.

— OÙ EST-IL PARTI ?

— Aïe ! T'énerve pas ! Je l'ai envoyé du côté du bureau du maître gérant !

Benji se rua vers la porte. Avant de sortir, il se retourna vers Willis pour lui lancer d'un œil mauvais :

— Tu vas me le payer, Willis. Je te jure que tu vas me le payer.

Willis le laissa claquer la porte comme une furie, écouta ses pas s'évanouir en direction du bureau du maître gérant de l'Europe occidentale. Quand il fut certain d'être seul, il rajusta son col, se laissa glisser par terre, et plongea la main dans la poche de la veste de Benji. Il en ressortit un vieux papier tout abimé, qu'il défroissa et ramena proche de la lumière du néon. Une lettre concernant Briséïs, comme il l'avait espéré. Mais ce n'était pas l'écriture de Benji, et le message n'était pas signé…

Willis lut attentivement le texte écrit à la plume. Puis il le relut, tâchant de s'imprégner des informations importantes :

Tout ce qui arrive est de la faute du docteur Moulin.

Neil est un génie, il sait ce qu'il fait. Nous avons tous un rôle à jouer.

Briséïs, une fois passée la grande porte, on ne ressort plus. Jamais.

. . .

Le plan de Neil Cuba va te coûter la vie. Mais ton sacrifice ne sera pas vain, je le sais, je le sens. J'espère que cette pensée saura te consoler.

Maintenant, cours accomplir ton destin.

Willis froissa à nouveau le papier, le replaça dans la poche de Benji et remonta sur son lit, pensif. Le nom du docteur Moulin lui disait quelque chose… Celui de Neil Cuba en revanche, lui était totalement inconnu. Était-il de mèche avec Benji ? Avaient-ils planifié ensemble la mort imminente de Briséïs ? Mais dans ce cas, pourquoi l'avoir prévenue ? La croyaient-ils capable de se sacrifier pour ce fameux plan, qui à première vue semblait aussi irréfléchi que tout ce qu'entreprenait Benji ?

Willis s'allongea sur son lit et contempla le néon clignotant.

À bien y réfléchir, le mot semblait vieux, et Willis avait pu voir Briséïs en vie à peine une heure plus tôt. Le sacrifice dont parlait le texte ne devait pas représenter pour Briséïs un danger imminent. Avait-elle reçu ce mot au moment de sa disparition ? Était-il la raison pour laquelle elle avait disparu ? Mais dans ce cas, pourquoi avait-elle subitement réapparu aujourd'hui, dans cet état, après presque deux mois d'absence ?

Willis ne pouvait plus se contenter de courir derrière Benji comme il le faisait, dans l'espoir de le ralentir. Il était temps pour lui de passer à la vitesse supérieure, et de mener sa propre enquête.

À PROPOS DE TIPHAINE SIOVEL

Tiphaine Siovel a grandi à Vannes, sur la côte bretonne, dans une famille de grands artistes : 1 mètre 96 pour le plus grand, tout de même.

Après avoir chuchoté à l'oreille des chevaux en Angleterre, on la retrouve à New York, puis à Paris, Londres, Toulouse, Los Angeles, Séoul, dans un ordre de voyage sans queue ni tête.

Comédienne, metteur en scène, productrice, entrepreneur, elle multiplie les projets avec toujours la même passion : celle de raconter des histoires, pour donner un petit goût de magie au quotidien de la vie. La série Briséïs, à ses côtés depuis ses 18 ans, reste son premier amour, et son plus grand projet. Elle poursuit donc les aventures de son héroïne, tout en préparant ses prochains voyages. Toutes deux sont loin d'avoir fini leur épopée.

Retrouvez Tiphaine Siovel sur le site de la série Briséïs :

fr.siovel.com

Pour toute question, n'hésitez pas à lui écrire par mail sur tiphaine@ siovel.com

Ou sur Instagram : @tiphainesiovel

LES ROMANS DE TIPHAINE SIOVEL

BRISÉÏS Tome 1 : La Citadelle Intemporelle

BRISÉÏS Tome 2 : Ombres et Chimères

BRISÉÏS Tome 3 : La chimère maudite

BRISÉÏS Tome hors série:
La Gardienne des Brumes

À paraître:
BRISÉÏS : Tomes 4, 5, 6 et 7

Pour plus d'information sur la série,
rendez-vous sur
fr.siovel.com

REMERCIEMENTS

Merci à Hélène et Perrine, qui m'ont été d'une aide inestimable lors de la relecture.

Merci à Carine Barth, amie et correctrice de talent.

Merci à mes lecteurs Rémi Pingault et Maud Le Mat, pour leurs précieux retours.

Merci aussi à Matthieu, Hadrien, Zélie, Sibylle, Ded, Manou, Lotti, Marianne, Heidi et Michaël pour leurs conseils, leur soutien et l'inspiration qu'ils ont pu me donner.

Couverture : www.bookscovered.co.uk

Dépôt légal : Octobre 2019

Imprimé en France par CPI
en août 2025

N° d'impression : 185162